文
景

———————

Horizon

[古希腊]伊索 等 著

罗念生 译

《伊索寓言》
古希腊诗歌散文选

Αἰσώπου Μύθοι

上海人民出版社

编者说明

　　本卷收集的是罗念生先生翻译的古代抒情诗和其他散文。

　　在古希腊，抒情诗作为诗歌体裁的一种，曾经获得高度的发展，形式多样，格律丰富，取得了很高的成就，成为古希腊文学遗产的一个重要方面。这里收集的罗先生所译《古希腊抒情诗选》见罗先生选编的《古希腊罗马文学作品选》，该书由北京出版社于 1988 年 12 月出版。

　　《古希腊碑铭体诗歌选》为罗先生的遗稿。先生自上个世纪80 年代前半期开始选译古希腊碑铭体诗，直至 80 年代后期。译稿中有些页面上标有翻译时间，大部分未标注，因此无法根据译稿本身核实每篇诗歌的具体翻译时间，只好按遗稿的顺序编排出版。先生翻译时对每首诗都注明了所据版本，读者可据此核对。诗稿中除了真正的碑铭体诗歌外，还有埃斯库罗斯和索福克勒斯的悲剧中富于抒情性的片段。其中的抒情诗，与取自《古希腊罗马文学作品选》的抒情诗相同，只是译文不尽相同，应为先生不同时期所译，本卷也收录于此。先生曾经从翻译希腊抒情诗出发，翻译过荷马史诗《伊利亚特》中的一些片段，其中第二十四卷是首先翻译并独立题解注释的，与这里包括的几部悲剧片段的题解注释相类似。先生曾经有意把《伊利亚特》第二十四卷作为这些诗歌译稿的一部分发表，只是后来决定另译《伊利亚特》全文，从而最后未把它纳入这部译稿。

欧洲中世纪是基督教教会文化居主导地位的时期，但年轻的学生们模仿古典，创作了许多富有生活朝气的诗歌，追求现世的人生幸福，歌颂青春，歌颂酒乐，歌颂爱情。《醇酒·妇人·诗歌》就是这类诗歌的汇集，感怀朴实、自然。译诗集由英译本转译，由上海光华书店于 1930 年 2 月出版，此次便采用这一译本整理。

伊索相传为公元前 6 世纪希腊寓言作家，以善讲寓言闻名。本卷收集的《伊索寓言》由罗念生、王焕生、陈洪文、冯文华等四人从古希腊文合译，由人民文学出版社于 1981 年第一次出版。这次编辑时把 1980 年罗先生在世界古代史诗讨论会上作的题为《荷马问题及其他》的发言 (后收入《世界古代史论丛》第一集，生活·读书·新知三联书店，1982 年) 中的"伊索寓言"部分收入，作为《伊索寓言》译文的前言。

古希腊特有的奴隶主民主制度促进了演说术的发展，使演说辞成为古希腊散文的主要形式之一。古希腊演说分政治演说、诉讼演说和典礼演说三类。自公元前 5 世纪后期至公元前 4 世纪，产生了十大演说家，其中以吕西阿斯、伊索格拉底、狄摩西尼最为著名。吕西阿斯的《控告忒翁涅托斯辞》、伊索格拉底的《泛希腊集会辞》、狄摩西尼的《反腓力辞》三篇演说辞译文和"引言"均采自《希腊罗马散文选》，该书由湖南人民出版社于 1985 年出版。

普卢塔克 (约公元 46—公元 120 或 127) 是罗马帝国时期著名的希腊传记作家，主要著作是《希腊罗马名人传》，包括传记五十篇，其中多为按希腊罗马政绩或经历相似的名人成对撰写，并作比较。《狄摩西尼传》和《西塞罗传》是其中成对的两篇传记，罗先生翻译的《西塞罗传》原为商务印书馆出版的普卢塔克《希腊罗马名人传》所译，为未刊遗稿。

琉善 (约公元 120—？，一译卢奇安努斯) 是罗马帝国时期著名的希腊讽刺散文作家，他在自己的讽刺散文中对古代神话、宗教和各派哲学思想进行了辛辣的讽刺。本卷收集的罗先生翻译的琉善的几篇讽刺作品第一次发表于《琉善哲学文选》,由商务印书馆于 1980 年出版。罗先生后来曾把其中的《伊卡洛墨尼波斯》和《摆渡》两篇收入《希腊罗马散文选》(湖南人民出版社,1985 年),并专门写了一篇《译后记》,全面介绍琉善的创作。这次编辑时,把该译后记作为琉善讽刺散文选译的引言收入。

本卷中专名保持原有的译法,以保持原译文风格。卷末附专名索引。

《罗念生全集》编辑委员会

卷　目

目　次

古希腊碑铭体诗歌选

目
次

醇酒·妇人·诗歌

伊索寓言

目
次

诗歌 散文

古希腊演说辞选

普卢塔克名人传记选

琉善讽刺散文选

古希腊抒情诗选

阿尔开俄斯 [1]

墓碑（双行体）

皮拉得斯 [2]，你现在辞世了，全希腊在悲伤，
　　把她的松散的头发剪一绺致哀；
太阳神从他的轻飘的鬈发上摘下桂冠，
　　对他的歌手致礼，理应如此；
九尊文艺女神垂泪，阿索波河停流，
　　他听见有哀悼你的哭泣之声；
大厅里酒神的歌队中断了翩跹的舞蹈，
　　在你踏上冥土的铁石道路时。

古希腊抒情诗选

勒翁尼达斯[3]

咏雕刻（双行体）

米戎[4]并没有把我雕成牛，他说假话，
只把我从牛群中赶来，拴在石基上。

忒俄多里达斯 [5]

墓碑（双行体）

这是遭海难的水手的坟墓，过路人，扬帆吧！
我虽然淹死了，别的船只却安然过海。

尼卡科斯^[6]

讽刺诗（双行体）

吝啬鬼斐冬并不为他快要咽气而流泪，
　　而是为花了五谟那^[7]买口棺材。
白送给他吧，棺材里既然还有空位，
　　把他众多儿女放一个进去。

安提菲洛斯^[8]

咏第欧根尼^[9]（双行体）

行囊、斗篷、冷水泡胀的大麦粑粑，
　　倚在脚前的棍子、陶土的杯子，
这明哲的犬儒把这些当作生活必需品，
　　但其中一件却是多余之物，
他看见一个耕田人用掌心舀水来喝，
　　便对陶杯说："我为何白白背着你？"

尤利阿诺斯 [10]

墓碑（双行体）

"你死了没死，皮浪？"[11]"我怀疑。""命数已尽，
"还怀疑吗？""我怀疑。""这坟墓会埋葬怀疑。"

注　释

[1] 墨塞涅人阿尔开俄斯是公元前 3 世纪诗人。

[2] 皮拉得斯是著名的悲剧演员。

[3] 勒翁尼达斯是公元前 3 世纪诗人。

[4] 米戎是公元前 5 世纪著名雕刻家。

[5] 忒俄多里达斯是公元前 3 世纪诗人。

[6] 尼卡科斯约是 1 世纪诗人。

[7] 1 谟那合 100 希腊德拉克马，1 德拉克马合 6 俄波罗斯。当时劳动者每日工资是
4 俄波罗斯。

[8] 安提菲洛斯是 1 世纪诗人。

[9] 第欧根尼（公元前 412？—前 323）是犬儒派哲学家，一生过着艰苦朴素的
生活。

[10] 尤利阿诺斯是古希腊晚期诗人。

[11] 皮浪（公元前 360—前 270？）是怀疑派哲学的创建者。

古希腊碑铭体诗歌选

前　言

古希腊的诗分三大类，即史诗、抒情诗、戏剧诗。史诗产生于氏族社会开始解体时期。当时的权力操在军事首长手中，军事首长是一种独裁君主。氏族社会是一个整体，个人是集体的一分子，脱离集体便不能生存，因此史诗中不表现作者个人的思想情感。荷马只是在史诗的开头祈求文艺女神歌唱英雄的事迹，他随即隐退，不再出现。史诗歌颂部落的首领，是宫廷文学。

氏族社会解体之后，出现私有财产，工商业逐渐发达，权力操在寡头派手中，政治动乱经常发生。人们失去氏族的庇护，不得不独自谋生，追求个人的政治权利和自由，于是个人的悲欢成败凝结为抒情诗。抒情诗，一般说来，反映贵族的思想情感，是贵族文学。

公元前 6 至 5 世纪，雅典推翻贵族的统治，建立民主制度。民主政治提倡集体生活，个人与城邦是统一的。集体的思想情感要求用新的形式来表现，于是戏剧应运而生。戏剧诗是人民的文学，它随着民主制度的盛衰而盛衰。

"抒情诗"是现代的名称。古希腊人称这种诗体为"琴歌"，意思是"用弦琴伴奏的歌"。现代西方语文中的 lyric 一词源出希腊文 lyrikos，意思是"和着弦琴唱的诗歌"，一般不照字面译，而译为"抒情诗"。

古希腊的抒情诗分碑铭体诗、讽刺诗、独唱琴歌、合唱琴

古希腊碑铭体诗歌选

歌、牧歌。

"碑铭体诗"希腊文作 elegos。据说这种诗体最初用来写哀歌，以双管伴奏，所以一般译为"哀歌体"或"挽歌体"。这种诗体用处甚广，可以表示感伤、欢乐、爱情、劝告、政治思想，以及各种情感、各种题材。

一说 elegos 源出小亚细亚弗律基亚语 elege，意思是"芦苇"，指用来制造笛子或双管的芦苇，也就是说，这种抒情诗是用芦苇伴奏的，并不是用来写哀歌的。

根据上面的两种说法，把 elegos 译成"双管体"，比较合式。但就形式而论，这种诗体是一种双行体。

古希腊诗的节奏是由长音缀与短音缀相间而构成的。一个长音缀所占的时间等于两个短音缀所占的时间。古希腊语原有高低音，类似我们的平仄，这种高低音与节奏无关。到了公元 4 世纪，诗人农诺斯企图把这种高音变成重音，用来构成节奏，没有成功。

双行体的第一行是六音步长短短格诗行，即史诗诗行。第二行也是这种诗行，但第三音步只有一个长音缀，缺少了两个短音缀。第六音步也只有一个长音缀，缺少了一个长音缀。在史诗中第六音步通常是两个长音缀，表示是诗行的末尾。试以美国诗人朗弗罗的 Evangeline 一诗的头两行为例，加以说明。英文诗的重音和轻音相当于古希腊诗的长音和短音。

Thís ǐs thě | fórěst prǐ | mévǎ l. Thě | múrm ǔrǐng |
pínes ǎnd thě | hémlŏcks
Béarděd wǐth | móss ǎnd ǐn | gárměnts gréen,
ǐndǐs | tínct ǐn thě | twílǐght,

第一行第三音步中 the 和希腊诗一样落在节奏的自然停顿的

地方（caesura）。（由此看来，一般把"音步"或"音组"改称为"顿"的办法，是不妥当的。）还有，hemlocks，garments 和 twilight 的第二音缀都可作为次重音看待，在古希腊诗里这种字是作为长音缀看待的。这两行都是仿古希腊史诗的重轻轻诗行。试用 cloaks 代替第二行中的 garments，用 dusk 代替此行中的 twilight，这样就造成了古希腊双行体的第二行：

Béardĕd wĭth | móss ănd ĭn | clóaks gréen,
índĭs | tínct ĭn thĕ | dúsk,

cloaks后面缺少一个轻音缀（应缺少两个轻音缀）。dusk后面缺少一个轻音缀（在古希腊双行体里是缺少一个长音缀）。古希腊双行体第二行的节奏难以模仿，一般都把这种诗行译作五音步诗行，因为第三音步和第六音步合而为一个音步，所以这行诗所占的时间相当于五音步。

双行体的节奏比较缓慢、雍容、平和，与这种诗所表现的内容是一致的，不象讽刺诗的短长节奏那样快速、轻飘、冲动。

此外，古希腊诗是不押韵的，很象莎士比亚和密尔顿的无韵体诗。脚韵在古希腊诗里只用来写滑稽的事物，如醉态。古希腊语的动词几乎每一个都可以用来押韵，所以显得滑稽。

古希腊的碑铭体诗采用这种双行体，一般只写两行，也可以连续写若干双行。这种双行体诗以及讽刺诗原来都是用弦琴或双管伴奏的，但音乐的地位并不十分重要。这两种诗体后来都逐渐脱离音乐。史诗原来也是用弦琴伴奏的，后来也逐渐脱离音乐，只是朗诵。

首先写双行体的诗人是卡利诺斯，他是小亚细亚以弗所城的人，生活于公元前7世纪上半叶。他写这种诗鼓励同胞为祖国而战斗，抗击马格里西亚人。

帕洛斯人阿喀洛科斯是卡利诺斯的同时代人。他以写讽刺诗闻名，也写双行体诗，在当时与荷马齐名。他曾到处流浪，当雇佣兵，最后回到祖国，与纳克索斯人作战而死。据说他求婚未遂，写诗讽刺，使女方父女感到羞辱而自尽。他的诗富有生气，简洁，优美。他自称为战神的侍者，获得文艺女神赏赐的天赋。他在诗中说："我靠这支矛揉出面包，斟出酒，我倚矛而饮。"他曾弃盾逃生，他说："这盾牌，随它去吧，我会弄到一块与此差不多的。"

塔泰俄斯是公元前7世纪下半叶的诗人。据说斯巴达人吃败仗，神叫他们向雅典要一个将领，雅典人只是把这个跛脚的教师塔泰俄斯送给他们。塔泰俄斯为斯巴达人写双行体战歌，鼓励他们作战，转败为胜。

小亚细亚科洛丰城的诗人明涅摩斯，生活于公元前7世纪下半叶，他歌颂爱情与欢乐的生活，情调忧郁，音节柔和。他被认为是双行体情诗的首创者，在古代甚是有名。他在诗中说："但愿我无恙无痛，活到六十岁，碰上死亡的命运。"这种不健康的情绪在古希腊诗中是很稀罕的。

梭伦（公元前640—前558）是雅典第一位著名的诗人。他用双行体和讽刺体写政治诗，足以代表雅典人的精神：身心的和谐、意志的坚强、勇敢而谨慎的性情。他的风格宁静而庄严，诗中有许多箴言与格言，如："一旦富有，饱足会生产傲慢。"

墨伽拉人忒俄格尼斯生活于公元前6世纪中期，他是寡头派人，参与反对平民的斗争，遭到放逐。他写双行体教诲诗，教育青年。他告诫说："吃吃喝喝朋友多，干正经事朋友少。"

福库利得斯是小亚细亚米利都城的人，生活于公元前6世纪中期。他的双行体箴言不入乐，是拿来在筵席上朗诵的。

科洛丰城的色诺法涅斯是忒俄格涅斯和福库利得斯的同时代人，善于写筵席上的美味佳肴，他劝人喝酒不要过量，免得喝醉了，不能独自回家。

克奥斯岛的西摩尼得斯（公元前556？—前476？）最善于写碑铭体诗。他曾经同悲剧诗人埃斯库罗斯比赛写诗来纪念马拉松战役殉国的英雄，获得胜利。他最著名的诗是赞美死守温泉关的三百个斯巴达英雄和预言者墨癸提阿斯的两首双行体诗。他的诗雄浑有力，优美动人，和谐悦耳。他是第一个高价卖诗的人，以前的诗人只是接受贵重的赠品。第二个高价卖诗的人是品达。

到了亚历山大里亚时期，双行体多用来写情诗，出现四十多个诗人。科斯岛的诗人菲勒塔斯，生活于公元前4世纪下半期，他写情诗赠送他的情人比提斯，风格优雅、精致、完美。罗马诗人普罗佩提乌斯称誉他为双行体诗的圣手。

意大利塔伦通城的勒翁尼达斯生活于公元前3世纪上半期，是一个靠写诗糊口的流浪乞丐，他写墓碑、铭辞，歌咏诗人、艺术家和穷苦的人，风格很精致，深受罗马诗人的称赞。

叙利亚人墨勒阿格罗斯（公元前140？—前70）首先编订《花环诗选》，收古今四十个诗人的作品。选集中选入他自己的一百三十首双行体情诗，风格优雅，音节柔和，情意缠绵。后人仿效他编订各种诗选，使古希腊的抒情诗得以大量流传下来。

罗马时代产生了一些优美的希腊碑铭体诗。比较著名的诗人是6世纪的阿伽提阿斯、马刻多尼俄斯和保罗·西楞提阿里俄斯（私人秘书保罗）。阿伽提阿斯传下一百首碑铭体诗。他模仿亚历山大里亚诗派的风格，优美而无生气。他的功绩是编订了一部诗选，叫做《歌集》，为现存的希腊诗选的主要资料。

在古希腊，几乎每个能诗的人都写双行体诗。七贤中就有喀隆、庞塔科斯、佩里安德罗斯、比阿斯、梭伦等五人写过这种诗。我们的"永垂不朽"当然是佳句，如果写成诗，意味更深长。

从这里选译的碑铭体诗中，可以看出古希腊人是很达观的，

古希腊碑铭体诗歌选

他们热爱生活，墓碑上的诗也表现死者生前的欢乐生活。墓碑上的浮雕也是如此，有一块墓碑雕刻一个少妇在生前欣赏她的珠宝，无限喜悦。死者的家属要求表现悲哀，雕刻家便在雕像的凳子下面刻上一个哭泣的小孩。歌德到意大利旅行，见到这种艺术作品，深受感动。有人认为这种人生观与我国春秋战国时的思想相似，从而对这些碑铭体诗加以肯定。这些小诗不重词藻，而以意境取胜，质朴，简洁，而意味深长，这是古希腊诗的特色。

讽刺诗采用六音步（或称三双音步）一短一长的节奏，接近口语，类似散文，比较自然。这种诗体很象英国的无韵体，但每行诗多一个音步。讽刺体在公元前 7 世纪至前 6 世纪广泛采用，后来衰退，到了亚历山大里亚时期，又才兴盛起来。

最著名的写讽刺诗的诗人是阿喀洛科斯、西摩尼得斯、以弗所人希皮那克斯。

独唱琴歌与合唱琴歌各曲首次两节的音步与节奏是相同的，末节的音步和节奏与首次两节的不同，但全歌中各曲末节的音步与节奏是相同的。有的合唱歌缺少末节。独唱琴歌抒发个人的思想情感，最著名的作者是累斯博斯岛的阿尔开俄斯、女诗人萨福、阿那克瑞翁。合唱琴歌抒发集体的思想情感，最著名的作者是阿里翁、斯忒西科洛斯、西摩尼得斯、品达。

牧歌采用六音步长短短节奏，诗中偶尔有双行体诗行。牧歌以写景见长，最著名的作者是忒俄克里托斯、比翁、摩斯科斯。

古希腊抒情诗自公元前 7 世纪开始，至公元 6 世纪随古希腊文学同时结束。拜占廷时期没有什么文学成就。

译诗根据勒布（Loeb）古典丛书《希腊诗选》希腊文译出。这部诗选是 10 世纪人刻法拉斯编订的，原名《帕拉提那诗选》（*Palatina Anthologia*），抄本存海德堡（Heidellerg）的帕拉泰（Palatine）图书馆，共十五卷，收五千二百多首碑铭体诗。

阿德里阿诺斯[1]

墓 碑
（P. A. VII, 674）

阿喀洛科斯埋在这里，文艺女神
　祖护荷马，引导他写愤怒的讽刺诗。[2]

注 释

[1] 阿德里阿诺斯（Adrianus）可能是 2 世纪的智者。

[2] 否则阿喀洛科斯会写史诗，胜过荷马。

阿伽提阿斯[1]

杯中留吻[2]
（P. A. V, 263; Oxf. 665）

我不嗜酒；如果要我喝得醉醺醺，
　　你先尝一口，递过来，我就接受。
只要你用芳唇抿一抿，那就不容易
　　叫我戒酒，同可爱的递酒人分离。
这酒杯会从你唇边给我带来亲吻，
　　向我诉说它享受过多大的欢娱。

注　释

[1] 阿伽提阿斯（Agathias）是公元 6 世纪修辞学教师。

[2] 英国著名诗人班·江苏（1573—1637）曾借用这首诗的意境，写成他的《致西
　　丽霞》，他这首诗谱成曲子，歌唱了三四百年。下面是孙大雨特为我们的诗集译
　　出的诗：

　　　　将你的明眸代祝酒来眷顾，
　　　　　我自会向你报青恩；
　　　　你或在杯中只留下吻香，
　　　　　我便不想把酒去斟。

从灵魂深处飞升的渴慕，

　　要求有神仙的芝饮；

但即令我能饮天帝底琼浆，

　　也不愿换你的明樽。

我新近送你串玫瑰底花环，

　　说不上能给你光彩，

而只会使得它存一个希望，

　　在那里它不会萎败；

你若在花上将馨香去嘘转，

　　随后且将它送回来，

我深信它自会生长，吐芬芳，

　　不为它自己，为你开。

　　这首译诗采用原诗的格律和韵法，单行每行四音步，双行每行三音步，比古希腊碑铭体诗单行六音步，双行五音步（原是六音步，但第三音步及第六音步截短，合而为五音步）短一些。古希腊诗不用韵，这首英文诗第一和第五行押韵，第二、四、六、八行押韵，第三和第七行押韵。

古希腊碑铭体诗歌选

墨塞涅人阿尔开俄斯^[1]

墓 碑
（P. A. VII, 412）

皮拉得斯，你现在辞世了，全希腊在悲伤，^[2]
　　把她的篷松头发剪一绺志哀，
太阳神从他的轻飘卷发上摘下桂冠，
　　对他的歌手致礼，理应如此，
九尊文艺女神垂泪，阿索波停流，^[3]
　　他听见有哀悼你的哭泣之声，
大厅里酒神的歌队中断了翩跹的舞蹈，
　　在你踏上冥土的铁石道路时。

注 释

[1] 墨塞涅城（Mesene）在伯罗奔尼撒半岛南部。诗人阿尔开俄斯（Alcaeus）是公元前 3 世纪人。

[2] 皮拉得斯是著名的悲剧演员。

[3] 阿索波（斯）是雅典领土阿提卡北部的河流。

讽刺腓力五世[1]
（P. A. IX, 518）

加高你的城墙，俄林波斯的宙斯，
　　任何地方腓力都能攀登，
快把众神的铜门关上！腓力的权杖
　　已制服地和海，只剩下上天的道路。

1983 年 12 月 19 日

注 释

[1] 腓力五世是马其顿国王（公元前 220—前 178 年在位），曾两次向罗马进攻，为
　　人很凶恶。

阿尔开俄斯^[1]

致萨福
（L. G. I, 124）

诗歌　散文

蓝紫发，轻声笑，白璧无瑕的萨福，
我有话想对你说，又羞于启齿。

1988 年 5 月 11 日

注　释

[1] 阿尔开俄斯（Alcaeus）是公元前 6 世纪诗人。

阿那克瑞翁（？）[1]

咏雕刻
（P. A. IX, 715）

牧人，到远处去放牧，免得你把米戎[2]的犊子
　当作有生气的牛一起赶走了。

1983 年 12 月 19 日

注　释

[1] 阿那克瑞翁（Anacreon）是公元前 6 世纪诗人。

[2] 米戎（Myron）是公元前 5 世纪著名雕刻家。

忒萨洛尼卡人安提帕忒罗斯[1]

墓　碑
（P. A. VII, 493）

我罗佩和我母亲玻伊卡不是病死的，
　　也不是倒在敌人矛尖下死的，
是我们在凶恶的战神烧毁我们的城市
　　科林斯的时候勇于视死如归。
我母亲用屠刀杀死我，她本人，不幸的人，
　　并没有顾惜自己的宝贵性命，
而是把活套套在脖子上：自由而死，
　　对我们来说，胜于被俘为奴。

注　释

[1] 安提帕忒罗斯（Antipateros）是 1 世纪诗人。忒萨洛尼卡城（Thessalonica）在马其顿。

咏阿里斯托芬[1]
（P. A. IX, 186）

这些是阿里斯托芬的书卷，神圣的著作，
  阿卡奈的常春藤卷须在书上飘动，[2]
每一栏都感受酒神[3]的灵感，每一出喜剧
  都声如洪钟，充满警人的魅力。
高尚的心灵啊，诗人啊，你解释希腊精神，
  该恨的恨，应当讥笑的讥笑。

注 释

[1] 阿里斯托芬（公元前446？—前385？）是最著名的喜剧诗人。

[2] 这行诗称赞阿里斯托芬的《阿卡奈人》，这部喜剧写一个雅典农民反对雅典同斯巴达打内战，单独同斯巴达人议和。他遭到阿卡奈乡的烧炭人反对，但终于说服了这些烧炭人。

[3] 酒神狄俄倪索斯是戏剧的保护神。

咏雕刻

（P. A. IX, 728）

这牛犊，我猜想，想要吼叫，一时叫不出，
　是青铜无知觉，不是米戎的错。

1983 年 12 月 19 日

安提法涅斯[1]

咏守财奴
（P. A. XI, 168）

古希腊碑铭体诗歌选

你在数钱，倒霉的人，岁月生子息，
　　也会追上你，生出白发老年，
你不肯饮酒，两边鬓角不肯戴花，
　　你不识香膏，不识美妙的爱情，
临死时你签署遗嘱，留下一大笔财产，
　　这么多钱，只带走一小块银币。[2]

1988 年 5 月 5 日

注　释

[1] 马其顿人安提法涅斯（Antiphanes），生平不详。

[2] “银币”，原文作“俄玻洛斯”，当时劳动人民每日的收入是四个俄玻洛斯。这块
　　钱币放在死者嘴里，作为他渡过冥河的船资。

拜占廷人安提菲洛斯[1]

咏勒翁尼达斯
（P. A. IX, 294）

"薛西斯把这件紫袍赠给你，勒翁尼达斯，[2]
　　对你的英勇战斗表示敬重。"
"我不领情，那是对叛徒的犒赏；有盾牌
　　盛我的尸体，不必要丰厚的葬礼。"
"你已经死了，为何这样憎恨波斯人？"
　"人们对自由的热爱是永生不灭的。"

1983 年 12 月 16 日

注　释

[1] 安提菲洛斯（Antiphilus）是公元 1 世纪诗人。

[2] 薛西斯是波斯国王，他在公元前 480 年通过温泉关南下，烧毁雅典城。他的海
　　军在萨拉米海湾吃败仗。勒翁尼达斯是死守温泉关的斯巴达国王。

咏美狄亚画像
（P. A. XVI, 333）

提摩马科斯的手法绘出毁家的美狄亚，[1]
　　这女人被嫉妒和母爱东拉西拖，
艺术家费尽苦心，刻画出双重性格，
　　她一边发怒，一边又发生怜悯，
这两种情感都很饱满，请看这张画：
　　威胁中有眼泪，怜悯中又有忿怒。
"意图就足够，"圣人说得好；孩儿的血
　　和美狄亚相宜，和提摩马科斯不相宜。[2]

1982 年 12 月 20 日

古希腊碑铭体诗歌选

注　释

[1] 美狄亚因为她丈夫另娶科林斯的公主，愤而毒死公主和科林斯国王，然后杀死
　　她的两个儿子，乘龙车逃走。故事见于欧里庇得斯悲剧《美狄亚》。提摩马科斯
　　是公元前 4 世纪画家。

[2] 这两行称赞提摩马科斯只画美狄亚杀子的意图，没有画她杀子流血。

咏第欧根尼

（P. A. XVI,136）

行囊、斗篷、冷水泡胀的大麦粑粑、
　　倚在脚前的棍子、陶土的杯子，
这些被明哲的犬儒当作生活必需品，
　　但其中一件却是多余之物，
他看见一个耕田人用掌窝舀水来喝，
　　便对陶杯说："我为何白白地背着你？"

1983 年 12 月 20 日

阿倪忒 [1]

墓　碑
（P. A. VII, 649）

忒西斯，你母亲没有为你布置洞房，
　安排婚礼，而是在白云石坟头上，
竖立一个象你的身材和美貌的少女像，
　你虽然死了，我们还是告诉你。

注　释

[1] 阿倪忒（Anyte）是公元前 3 世纪女诗人。

咏奴隶
（Oxf. 488）

这人生前是马涅斯，是个奴隶，

　他死后比得上波斯大王大流士。[1]

1988 年 5 月 2 日

注　释

[1] 大流士指波斯国王大流士一世（公元前 521—前 485 年在位），势力强大。

阿斯克勒庇阿得斯[1]

咏 灯
（P. A. V, 7）

古希腊碑铭体诗歌选

灯啊，赫勒亚三次当着你发誓说要来，
　　又没有来，你是神，要向她报复，
她在家里接待情人，同他玩耍，
　　你就熄灭，不给他们照亮。

1985 年 5 月 3 日

注 释

[1] 阿斯克勒庇阿得斯（Asclepiades）是公元前 3 世纪诗人，最善于写碑铭体爱
　　情诗。

巴库利得斯[1]

铭　辞
（P. A. VI, 53; L. G. III, 75）

诗歌　散文

欧得摩斯在他的田地上建筑这神龛，
　　献给风中最温和的泽孚罗斯，[2]
感谢风神响应祷告，快快飘来，
　　帮助他把麦粒上成熟的糠壳吹走。

1988 年 5 月 12 日

注　释

[1] 巴库利得斯（Bacchilydes）是公元前 5 世纪诗人。

[2] 泽孚罗斯是司西南风的神。

刻　隆[1]

酒　歌
（L. G. Ⅲ, 31）

黄金受测验，在石头上
显示真伪。人心的善恶
在时间过程中受到考验。

1988 年 5 月 20 日

注　释

[1] 刻隆（Cheilon）是公元前 6 世纪斯巴达政治家，为"七哲"之一。

卡利马科斯[1]

死者的答话

（P. A. VII, 524，又见 Oxf. 515）

"你是卡里达斯的坟墓吗？"[2]"如果你问的
　　是阿里马斯的儿子，昔兰尼人氏，我就是。"[3]
"下界是什么样子？""黑魆魆的。""退路呢？"
　"是骗人的话。""冥王呢？""是神话。""没有希望了。"
"我告诉你的是真话；如果你想听好听的，
　　一头大公牛在冥间只值一个佩拉牛。"[4]

注　释

[1] 卡利马科斯（Callimachus）是公元前 3 世纪上半期的诗人。

[2] 卡里达斯可能是个哲学家。

[3] 昔兰尼在非洲北岸。

[4] "佩拉牛"指马其顿铸造的印得有牛像的钱币，价值不高。

墓　碑
（P. A. VI, 451）

阿坎托斯人狄孔之子萨昂在此
　　魂归大梦。别说好人会死。

古希腊碑铭体诗歌选

忆赫剌勒托斯 [1]
（Oxf, 513）

有人说，赫剌勒托斯，你死了，引起我流泪，
　　我想起我们时常屈膝谈心，
把太阳送下山；如今你，哈利加纳苏客人， [2]
　　很早就火化成了骨灰一堆，
你的"夜莺之声"犹在耳，死神掠夺， [3]
　　却不曾把你的声音也一齐劫走。

注 释

[1] 赫剌（克）勒托斯（Heracleitus）是公元前 3 世纪诗人。
[2] 哈利加纳苏（Halicarnassus）在小亚细亚西岸南部。
[3] "夜莺之声"指歌声，一说指诗集的名称。赫剌勒托斯只传下一首诗。

哲学家达马斯喀俄斯[1]

墓　碑
（P. A. VII, 553）

佐西墨生前只是躯体上沦为奴隶，
　　她如今为她的躯体也争得了自由。

注　释

[1] 达马斯喀俄斯（Damascius）是公元 6 世纪新柏拉图派哲学家。

第欧根尼·拉厄耳提俄斯[1]

墓　碑
（P. A. Ⅶ, 87）

塞浦路斯的火焰烧化了梭伦的尸体，[2]
　　骨灰却埋在萨拉米，生长出谷穗。
他的法律立刻把他的灵魂送上天，
　　只缘他减轻了市民的沉重负担。

注　释

[1] 第欧根尼·拉厄耳提俄斯（Diogenes Laertius）是公元 1 世纪上半期的人，传下《哲学史——著名哲学家的生平、见解、箴言》一书。他的名字"拉厄耳提俄斯"可能是摹仿荷马史诗中"奥德修斯·拉厄耳提阿得斯"的名字，"拉厄耳提阿得斯"意思是"拉厄耳忒斯的儿子"。所以第欧根尼也是以他父亲的名字为自己的第二个名字。

[2] 梭伦（公元前 640？—前 561？）是雅典立法家，他曾解除穷人所负的债务。梭伦曾从梅加腊人手里夺回雅典南边的萨拉米岛。塞浦路斯岛在小亚细亚南岸外。

咏柏拉图
（P. A. Ⅶ, 109）

太阳神为凡人降生了阿勒庇俄斯和柏拉图，[1]
　前一位医治身体，后一位救灵魂，[2]
他吃了喜酒，然后去到他建立的城邦，[3]
　卜居于大神宙斯的宫殿之中。

注　释

[1] 阿（斯克）勒庇俄斯是太阳神赫勒俄斯的儿子，为医神。

[2] 这两行并不是第欧根尼写的，据说曾经刻在柏拉图的墓碑上。

[3] 据说柏拉图是在参加了婚宴之后死去的。"城邦"指柏拉图创造的理想国。

格劳科斯[1]

纪念碑
（Oxf. 622）

没有一抔泥土，没有一块石头
　　表示厄剌西波斯的葬身之处，
他的坟墓是你眼前的浩渺大海；
　　他和自己的船只一起覆灭，
他的尸骨已经沉入海水深处，
　　只有潜水鸟知道，能告诉我们。

1988 年 5 月 3 日

注　释

[1] 格劳科斯（Glaucus）是 2 世纪的诗人。

伪希波那克斯

最愉快的日子[1]
（Oxf. 182）

古希腊碑铭体诗歌选

女人有两个最愉快的日子，
在丈夫迎亲和送葬的时辰。

1988 年 5 月 1 日

注　释

[1] 这首诗是在希波那克斯（Hipponax）（公元前 6 世纪中期的诗人）的名义下传下
来的。

尤利阿努斯 [1]

铭 辞
（P. A. Ⅵ, 25）

喀倪剌斯把鱼网献给海上众仙女，
　　只缘他老了，不耐撒网的辛劳。
鱼儿啊，高高兴兴吃喝吧，喀倪剌斯
　　已告老，把自由还给了大海。

注 释

[1] 尤利阿努斯（Julianus）是 6 世纪诗人，曾任罗马驻埃及的副总督。

咏皮浪^[1]

（P. A. VII, 276）

"你死了没有？""我怀疑。""命数已尽，还怀疑吗？"
"我怀疑。""这坟墓会打消你的怀疑。"

注　释

[1] 皮浪（Pyrron，公元前 360—前 270）是怀疑派哲学的创建者。

古希腊碑铭体诗歌选

咏米戎雕刻的牛
（P. A. IX, 797）

狮子见了我张开大嘴，农夫见了我
提起轭，牧人见了我提起手杖。

咏雕刻
（P. A. IX, 793）

看见米戎雕刻的牛犊，你会嚷道：
"大自然无生气，艺术才有生命。"

伊　翁 [1]

斗　鸡 [2]
（L. G. Ⅲ, 7）

它的身体和两只眼睛
　已受伤，依然没有忘记
它有力量，声音虽弱，
　宁可斗死，免遭奴役。

1988 年 5 月 12 日

注　释

[1] 伊翁（Ion）是公元前 5 世纪的戏剧诗人，出生在开俄斯岛。

[2] 公元前 490 年，波斯大军向希腊进攻，雅典将军弥尔提阿得斯召集盟友观看斗
鸡，他们大为感动，英勇参加战斗，在马拉松获得胜利。

科林斯人荷涅斯托斯^[1]

咏忒拜城^[2]
（P. A. IX, 216）

你赞美哈摩亚的神圣婚姻，俄狄浦娶母
　　却不合法度。^[3]你说安提涅很虔敬，
她两个哥哥却有血污。^[4]伊诺成了神，
　　阿塔马却很不幸。^[5]竖琴造城墙，
双管奏出的却不是音乐。^[6]上天为忒拜
　　安排的，是好的坏的相混的命运。

1983 年 12 月 15 日

注　释

[1] 荷涅斯托斯（Honestus）是公元 1 世纪诗人。

[2] 忒拜城在雅典城邦西北。

[3] 哈摩（尼）亚是战神阿瑞斯和美神阿佛罗狄忒的女儿，嫁给忒拜国王卡德摩斯。
　　俄狄浦（斯）是忒拜国王拉伊俄斯的儿子，他曾杀死父亲，娶母为妻。

[4] 安提（戈）涅是俄狄浦斯的女儿。她的两个哥哥因为争夺王位，互相残杀而死。
　　安提戈涅因为埋葬了她的一个哥哥，被处死刑。

古希腊碑铭体诗歌选

[5] 伊诺是卡德摩斯和哈摩尼亚的女儿，她是俄耳科墨诺国王阿塔马（斯）的第二
　　个妻子。阿堤乌斯因为重婚，惹婚姻之神赫拉和他第一个妻子涅斐勒发怒，她
　　们使他发疯，杀死伊诺给他生的一个儿子。伊诺带着另一个儿子投海，母子都
　　化成了海上的神。

[6] 大神宙斯的儿子安菲昂弹竖琴，石头自动滚来建筑忒拜的城墙。马其顿国王亚
　　历山大攻下忒拜，他的兵士在双管的伴奏下拆毁了忒拜的城墙。

荷 马

儿 歌^[1]
（L. G. Ⅲ, 18）

古希腊碑铭体诗歌选

我们来到这有权有势的高门大厦，
这家人强壮，声音宏亮，幸福无涯。
大门开开，财源滚进，喜气洋洋，
繁荣昌盛，和平美好。祝福你家
缸满盆满，麦粑成堆，摇摇欲坠。
今朝烤制面粉芝麻糕，好看好吃，……
你家亲眷拜别高堂，由稳健骡子
拖引到婆家成礼，愿她在金银地上
绕着织机转来转去。我年年象燕子
飞了回来，赤着脚站在大门前面，
请快快赏赐！望主母看日神面上施舍。
　　你给，我道谢；你不给，我不等，
　　我不想和你住在一起。

1988 年 5 月 12 日

注　释

[1] 据说荷马（Homerus）曾在萨摩斯过冬，新月时候在一群儿童陪伴下，到富贵人
　　 家门前唱这支歌，收受礼物。后来这些儿童长期在日神阿波罗的节日里到各家
　　 门口唱这支歌，获得赏赐。

勒翁尼达斯[1]

铭　辞
（P. A. II, 355）

他的母亲贫穷，把弥库托斯的肖像
　　献给巴克科斯，画得不象样。
酒神啊，请你抬举他，这礼物尽管不值钱，
　　却是清贫人家所有奉献的。

注　释

[1] 勒翁尼达斯（Leonidas）是公元前 3 世纪诗人。

古希腊碑铭体诗歌选

墓　碑
（P. A. VII, 67）

冥土的忧郁艄公，你在黑色木船上
　　摆渡冥河，请接收我这个犬儒
第欧根尼，哪怕你的水冷的船只
　　已经载满一大堆死者的阴魂。
我的行李只有小油瓶、破行囊、旧斗篷、
　　一枚作为死人的船资的银角，[1]
我生前享有的家财都带到冥间来了，
　　没有在阳光下留下一件劳什子。[2]

注　释

[1]　"银角"原文作"俄玻洛斯"。

[2]　第欧根尼（公元前412—前323）是犬儒派哲学家，一生过着艰苦朴素的生活。

亚历山大里亚城的勒翁尼达斯 [1]

墓　碑
（P. A. VII, 675）

你且从遭海难的水手的坟头上解下缆索，
　　别发抖，我淹死了，别人却平安地航行。

注　释

[1] 这个勒翁尼达斯（Leonidas）是 1 世纪的诗人。

塔剌斯人勒翁尼达斯^[1]

咏荷马
（P. A. IX, 24）

象火焰高烧的太阳转动车轮，使星辰
　和月亮的神圣光环暗淡无光，
荷马这样高擎文艺女神们的火炬，
　光彩夺目，隐没了一大群诗人。

注　释

[1] 这个勒翁尼达斯（Leonidas）是公元前 3 世纪人。塔剌斯（Taras）在意大利
南部。

咏雕刻
（P. A. IX, 719）

米戎并没有把我雕成牛，他说假话，
　只把我从牛群中赶来，拴在石座上。

1983 年 12 月 19 日

古希腊碑铭体诗歌选

琉 善[1]

咏时间
（P. A. X, 28）

对于幸福的人，一生嫌短，
　对于不幸的人，一夜太长。

1988 年 5 月 4 日

注　释

[1] 琉善（Lucianus，一译卢奇安）是 2 世纪讽刺作家。

卢喀利俄斯[1]

占星家
（P. A. XI, 159）

所有的占星家都众口一词，对我父亲说，
　　他的哥哥有福，长命百岁，
说他早夭的，只有赫摩勒得斯一个人，
　　他是在我们哭丧时讲这句预言。

1988 年 5 月 5 日

注　释

[1] 卢喀利俄斯（Lucillius）是公元 1 世纪诗人。

吝啬鬼
（P. A. XI, 171）

吝啬鬼赫库剌忒斯临终时，亲自在遗嘱上
　　写上他的财产继承人的名字，
他躺在床上计算，病好起身要付
　　医生多少钱。他发现，若能得救，
要多花一块钱币，他就说：“宁可死去，[1]
　　有利可图。”他就这样伸直了。
他躺在那里，嘴里只有一个俄玻洛斯，
　　他的几个继承人喜得钱财。

1988 年 5 月 5 日

注　释

[1] “钱币”原文作“德拉克马”。1 块德拉克马合 6 个俄玻洛斯。这个俄玻洛斯是用
　　来付他摆渡冥河的船资的。

气死吝啬鬼
（P. A. XI, 264）

爱钱的赫蒙在睡眠中浪费了很多金钱，
　　他感到万分痛苦，自缢而死。

1988 年 5 月 5 日

古希腊碑铭体诗歌选

预言者吕西斯特剌托斯[1]

预　言
（P. A. IX, 509）

诗歌　散文

科利阿斯的妇女将烧桨片来烤饼。[2]

注　释

[1] 吕西斯特剌托斯（Lysistratus）是公元前 6 世纪末叶、前 5 世纪初叶人。

[2] 公元前 480 年，希腊人在萨拉米海湾击溃波斯海军，波斯的破船烂片被西风吹到萨拉米岛东边的科利阿斯海角。这句预言是在战前许多年说出的，但没引起人注意。

马刻多尼俄斯^[1]

献 祭
（P. A. VI, 40）

这对牛是我的，生产过粮食，地母啊，慈祥地
　　收下吧，尽管是生面团，不是肉身。
让我的真牛活下来，田地上麦束成堆，
　　用丰厚的谢礼报答我供上的祭品；
你的诚实的农夫到如今已经渡过
　　九十二个春秋，老态龙钟，
他从来没有收获过科林斯的丰盛庄稼。^[2]
　　也没有尝过那不爱麦穗的贫穷。

注　释

[1] 马刻多尼俄斯（Macedonius）是 6 世纪诗人。

[2] 科林斯在伯罗奔尼撒东北部，土地肥沃。

马格诺斯[1]

咏伽勒诺斯画像
（P. A. XVI, 270）

有一个时期，伽勒诺斯，因为你高明，
　大地接受的是凡人，却永生不死，
你的医疗圣手使引人流泪的阿刻戎[2]
　岸上的厅堂连一个阴魂都没有。

1983 年 12 月 20 日

注　释

[1] 马格诺斯（Magnus）是公元 4 世纪的医生。

[2] 伽勒诺斯（公元 129 ？—199）是罗马皇帝的御医，医术高明，著有许多哲学和
　　医学书籍。阿刻戎是冥界的河流。

马可·阿耳根塔里乌斯[1]

咏雕刻
（P. A. IX, 732）

古希腊碑铭体诗歌选

客人，你见到我的牧人，告诉他这消息：
雕刻家米戎把我拴在这里。

1983 年 12 月 19 日

注　释

[1] 马可·阿耳根塔里乌斯（Marcus Argentalius）是公元前 1 世纪诗人。

墨勒阿格罗斯[1]

咏 灯
（P. A. V, 8）

神圣的夜和灯啊，我们没有找别人，
　而是专请你们做誓言的证人，
他发誓爱我，我赌咒永远不同他分离，
　你们都是见证。但如今他却说，
那样盟誓是写在水上的，灯啊，你却看见他
　躺在许多别的情人的怀抱里。

1988 年 5 月 3 日

注 释

[1] 墨勒阿格罗斯（Meleagros）是公元前 1 世纪诗人。

咏蚊虫
（P. A. V, 151）

你们这些嗡嗡叫、厚颜无耻的蚊虫，
　你们用嘴管吸吮人们的血，
夜间飞行的毒虫啊，我在这里求你们
　让泽诺菲拉享受片刻安眠。
请来咬我腿上的肉！我是白说吗？
　甚至残忍的野兽也喜欢偎傍她的
温柔的身体。可是我警告你们停下来，
　否则请尝尝这嫉妒的手心的拍击。

古希腊碑铭体诗歌选

咏酒杯
（P. A. V, 171）

酒杯感到愉快，告诉我它怎样接触到
　泽诺菲亚的多言多语的嘴唇。
酒杯有福！但愿她启芳唇同我接吻，
　把我的灵魂一口吞咽下去。

1988 年 5 月 4 日

米南德[1]

神所喜爱的人
（Oxf. 467）

神所喜爱的人年纪轻轻就早殇。

1988 年 5 月 2 日

古希腊碑铭体诗歌选

注　释

[1] 米南德（Menander，公元前 343？—前 292？）是新喜剧诗人。

咏爱情
（Oxf. 475）

我的拉刻斯，你且仔细观察，
没有东西象男女这样亲密。

1988 年 5 月 2 日

咏婚姻
（Oxf. 475）

我们观察真相，就会洞悉，
　婚姻是祸害，却是必要的祸害。

1988 年 5 月 2 日

古希腊碑铭体诗歌选

涅洛斯[1]

咏镶嵌细工
（P. A. XVI, 247）

"每个羊人都爱开玩笑；请你告诉我，
　为什么你见人就露出满脸笑容？"
"我发笑，因为我觉得奇怪，各种石子
　拼起来，我突然就成了一个羊人。"

1983 年 12 月 20 日

注　释

[1] 涅洛斯（Neilus）是个学者，生卒年待考。

尼卡科斯^[1]

咏吝啬鬼（一）
（P. A. VI, 169）

古希腊碑铭体诗歌选

昨天，格劳科斯，吝啬鬼得那科斯
　要上吊，为省六个铜元没有死，
因为活套值那么多钱；他讨价还价，
　也许想找个别的便宜死法。
这是爱钱的极端表现，格劳科斯，
　为省六个铜元想死又死不成。

1988 年 5 月 5 日

注　释

[1] 尼卡科斯（Nicarchus）是公元 1 世纪诗人。

咏吝啬鬼（二）
（P. A. XI, 170）

吝啬鬼斐冬并不为他快咽气而流泪，
　　而是为花了五百元买口棺材。[1]
白送给他吧，棺材里既然还有空位，
　　把他的众多儿女放一个进去。

注　释

[1] "五百元"原文作"五模那"，1模那合1百德拉克马，1德拉克马合6俄玻洛斯。

诺西斯^[1]

咏爱情
（P. A. V, 170）

没有一种事物比爱情更是甜蜜，
　别的赏心乐事都退居第二位，
连嘴上的蜂蜜也是如此。没有被美神
　吻过的人，不知玫瑰是什么花。

1988 年 5 月 4 日

注　释

[1] 诺西斯（Nossis）是公元前 3 世纪诗人。

帕拉达斯^[1]

人生—舞台
（Oxf. 639）

人生是个舞台，逢场作戏讲笑话，
或者一本正经，忍受苦难。

1988 年 5 月 2 日

注　释

[1] 帕拉达斯（Palladas）是亚历山大里亚城的诗人，生活于 4 世纪下半叶至 5 世纪
上半叶。

解　脱
（P. A. X, 59）

预料要死，是一件令人痛苦的事，
　　凡人死后却摆脱了这种烦恼。
不要为那舍弃了生命的人流泪志哀，
　　因为人一死就没有再受的苦难。

谚　语[1]
（P. A. X, 32）

酒杯与嘴唇之间有很多失误。

1988 年 5 月 4 日

注　释

[1] 一说是荷马讲的。

礼宾官保罗[1]

忧虑的眼泪
（Oxf. 661）

古希腊碑铭体诗歌选

拉伊斯的笑容真是可爱，她的泪珠
　　自眼睑间滴滴滚出，也可爱。
昨天她无缘无故呻吟，长久把头
　　斜靠在我肩上，我亲亲她，她哭泣，
她的晶莹泪水好似清泉趵突，
　　落在我们深深接吻的唇边。
我问她："为何泪流不尽？"她回答说：
　　"是怕尔抛弃我；你们不守信誓。"

1988 年 5 月 3 日

注　释
[1] 保罗（Paulus）是 6 世纪诗人。

铭　辞
（P. A. VI, 54）

洛克里斯人欧诺摩把这只蝉献给[1]
　　阿波罗，作为他争夺花冠的纪念。[2]
那是弹琴竞赛，对手是帕耳提斯，
　　当洛克里斯毡壳随着拨子
鸣响的时候，琴弦当的一声断了，
　　在流动和谐的曲调停步之前，
有一只知了落在琴上，鸣声悠扬，
　　追上了琴弦上正在消逝的乐音，
用它以前荡漾于原野林间的歌声
　　来配合我们的弦琴的优美音调。
为此，勒托[3]的神圣儿郎啊，他献上这只蝉，
　　这黄铜的歌手立在你的竖琴上。

注　释

[1] 洛克里斯在希腊中部。
[2] 阿波罗是司音乐、预言的神。
[3] 勒托是科俄斯和福柏的女儿，她给宙斯生下阿波罗和女猎神阿耳忒弥斯。

咏发丝

（P. A. V, 230）

多里斯将她的金黄的发丝拔下一根，
　把我的双手当作俘虏捆起来，
起初我发笑，认为很容易从可爱人儿的
　束缚里摆脱出来；后来发现
没有力量挣开，我就痛哭流涕，
　象一个被铜链紧紧绑着的囚徒。
如今我这个最不幸的人被发丝牵着，
　任凭主妇拖到哪里是哪里。

1988 年 5 月 4 日

古希腊碑铭体诗歌选

帕拉达斯[1]

咏斯巴达妇女
（P. A. Ⅸ, 398）

有一个拉孔人临阵逃生，他的母亲[2]
　　当胸刺他一剑，对他嚷道：
"你活下来，会给母亲招来耻辱，
　　又破坏强大的斯巴达的祖传法令；[3]
你死在我手里，母亲将成为不幸的妇女，
　　却和城邦一起避免了骂名。"

1983 年 12 月 17 日

注　释

[1] 帕拉达斯（Palladas），生卒不详。

[2] "拉孔人"即斯巴达人。

[3] 斯巴达的法令是：不胜即死。

菲勒蒙[1]

咏欧里庇得斯[2]
（P. A. IX, 450）

如果死者真是有知觉，
如有些人所说，我倒想上吊，
好去会见欧里庇得斯。

1983 年 12 月 17 日

注　释

[1] 菲勒蒙（Philemon）是公元前 4 世纪喜剧诗人。

[2] 欧里庇得斯（公元前 485？—前 406）是古希腊三大悲剧诗人中的第三人。

腓 力 [1]

咏奥林匹亚的宙斯像
（P. A. XVI, 81）

菲迪亚斯，不是神从天上来到人间 [2]
　　向你显灵，就是你上去见过神。

注 释

[1] 腓力（Philippos）是 2 世纪诗人。

[2] 菲迪亚斯是公元前 5 世纪著名的雕刻家。

菲洛得摩斯[1]

警 告
（P. A. V, 24）

我的心警告我躲避赫利俄多拉的爱情。
　因为它回忆起过去的眼泪和嫉妒。
它这样下命令，我却没有力气躲避，
　因为那无耻的女子在警告时亲了我。

1988 年 5 月 3 日

注 释

[1] 菲洛得摩斯（Philodemus）是公元前 1 世纪诗人。一说这首诗是墨勒阿格罗斯
　写的。

柏拉图

咏萨福
（P. A. IX, 506）

有人说文艺女神有九位，这句话太轻慢，
　请看累斯博的萨福，她就是第十位。[1]

1988 年 5 月 9 日

注　释

[1] 累斯博（斯）岛在小亚细亚西岸外。

波利阿诺斯[1]

咏放债人
（P. A. XI, 167）

你有铜钱；我告诉你，你一文莫名：
你放债，别人，自己一无所有。

1988 年 5 月 3 日

古希腊碑铭体诗歌选

注 释

[1] 波利阿诺斯（Pollianus）是公元 2 世纪诗人。

普刺克西拉 [1]

阿多尼斯在冥土的答言 [2]
（L. G. Ⅲ, 1）

我留在身后最美好的东西是阳光，
其次是闪烁的星星、清辉的月亮，
还有成熟的黄瓜、甜梨、苹果。

注　释

[1] 普刺克西拉（Praxilla）是公元前 5 世纪女诗人。

[2] 阿多尼斯是个美男子，为美神阿佛罗狄忒所爱。他在打猎时被野猪刺死。

谚　语
（L. G. Ⅲ, 4）

朋友，当心每一块下面有蝎子。

1988 年 5 月 11 日

忒俄格尼斯^[1]

珍惜青春
（Oxf. 196）

愚蠢的人只是流泪哀悼死者，
却不珍惜青春花瓣的零落。

注 释

[1] 忒俄格尼斯（Theognes）是公元前 6 世纪末叶的诗人。

菲勒蒙[1]

咏欧里庇得斯
（Oxf. 464）

古希腊碑铭体诗歌选

如果事情是真的，
有如人们所说的，
人死后还有知觉，
我愿上吊去见，
诗人欧里庇得斯。

1988 年 5 月 2 日

注　释

[1] 菲勒蒙（Philemon，公元前 361—前 263）是新喜剧诗人。

萨 福[1]

残 句
（ L. G. I, 11 ）

金色的文艺女神们赐我纯真的幸福，
我死后不会被人忘记。

1988 年 5 月 9 日

注　释

[1] 萨福（Sappho）是公元前 6 世纪女诗人。

贺婚（残诗）
（L. G. I, 66）

……塞浦路斯……[1]
有个信使快步跑来向伊达山的人民[2]
传报喜讯……
消息传到亚细亚，获得不佳的称赞：[3]
"王子赫克托和他的侍从自神圣的忒柏[4]
和水波粼粼的普拉亚用咸海上的朦艟[5]
迎来那目光炯炯、俏丽的安德罗玛刻，[6]
和风送来许多只金镯、许多条紫带、
各种各样的赏玩礼物，还有无数只
银杯和象牙装饰品。"信使是这样通报的。
王子的父亲普里阿摩斯轻捷地跳跃，
这喜报传遍伊洛斯的宽宏博大的都城。[7]
伊利昂人立刻把骡子驾在轮车前，
一大群妇人和脚步轻盈的少女登车，
普里阿摩的女儿各自上马奔驰，
年轻人把马驾在战车前，全体出发，
浩浩荡荡的队伍奔腾，御车人赶着
白鬃的马出城。……
在似神的赫克托和安德罗玛刻上车时候，
他们簇拥护送，一起回到伊利昂。

声音悦耳的双管、弦琴与响板齐鸣，
少女高唱圣洁的曲调，乐音冲云霄。
众神莞尔而笑，人间处处是欢愉，
调缸和酒盅在对水，没药、肉柱、乳香的 [8]
青烟袅袅上升；老妇也放声歌唱，
全体男子向着那远射的琴师阿波罗
发出高亢的歌声，祝贺似神的赫克托
和俏丽含羞的安德罗玛刻新婚燕尔。

1988 年 5 月 10 日

注 释

[1] 塞浦路斯岛在小亚细亚南岸外。

[2] 伊达山在小亚细亚西北部密西亚境内。

[3] 指小亚细亚。

[4] 赫克托（耳）是特洛亚国王普里阿摩斯的儿子。忒柏在密西亚境内。

[5] 普拉（喀）亚在密西亚境内。

[6] 安德罗玛刻是忒柏国王厄厄提翁的女儿。

[7] 伊洛斯是伊利昂（特洛亚）城的创建者。

[8] 调缸是用来调和纯酒与水的大缸。通常是两分酒里掺三分水。

拒绝（残诗）

……

你若真心爱我，
就娶个年轻的姑娘；
我不忍和比我年少的
男子共同生活。

古希腊碑铭体诗歌选

墓　碑

这是提玛斯的骨灰，这女子还没有结婚
　　就被迎入冥后的幽暗卧室，
为悼念她早殇，她的同伴都拿起快剑
　　把她们头上的卷发割下来志哀。

西摩尼得斯

咏时间^[1]
（L. G. Ⅱ, 1997）

时间比测验任何事物的试真石更强大，
　它能显示一个人胸膛里的心。

1988 年 5 月 11 日

注　释

[1] 西摩尼得斯（Simonides）是公元前 5 世纪诗人，善于写墓志铭。

墓 碑

（P. A. VII, 677; L. G. II, 120）

诗歌 散文

这坟墓纪念闻名的先知墨癸提阿斯，[1]
　　是波斯人渡过斯佩刻俄斯后杀死的，[2]
他当时分明知道自己面临的命运，
　　却不忍抛下斯巴达的英勇将领。

注 释

[1] 墨癸提阿斯是死守温泉关的斯巴达人的预言者，他并不是战斗人员，本来可退
　　出关口，但出于爱国热情，英勇牺牲。

[2] 斯佩刻俄斯河在温泉关西边。

墓　碑

（P. A. Ⅶ, 344a）

我是最勇猛的走兽，我站在这白云石坟墓上
　　保卫的，是人间勇猛如狮的英雄。[1]

注　释

[1] "走兽"指狮子。"英雄"指公元前 480 年死守温泉关的斯巴达国王勒翁尼达斯，他的名字 Leōnidas 的前半部分 Leōn，是"狮子"的意思。据说他的坟墓上立得有一个石狮子。

古希腊碑铭体诗歌选

墓　碑
（P. A. Ⅶ, 248）

来自伯罗奔尼撒半岛的四千勇士
在这里抗击过入侵的三百万貔貅。[1]

注　释

[1] 这个墓碑悼念公元前 480 年在温泉关战役殉国的希腊人，其中三百人是斯巴达
　　国王勒翁尼达斯的卫兵。据希罗多德记载，波斯军连同夫役随从共达五百万人。

墓　碑
（P. A. VII, 250; L. G. II, 124）

我们躺在这里，把生命献给全希腊，

挽救她处于剃刀锋上的险境。[1]

注　释

[1] 悼念在温泉关殉国的科林斯人。科林斯在伯罗奔尼撒半岛东北角上。这块墓碑
已被发掘出来。

纪念碑[1]
（L. G. II, 126）

这些人自己投身于死亡的阴云之中，
　　用不朽的名声给亲爱的祖国加冠；
这些人死而不死，他们的英勇把他们
　　从冥间暗室里荣耀地送回人世。

1988 年 5 月 18 日

注　释

[1] 纪念公元前 479 年在普拉泰亚击败波斯陆军的战士。据说西摩尼得斯曾为在普拉泰亚战死的雅典人和斯巴达人分别写了一首碑铭。

墓　碑
（P. A. Ⅶ, 251; L. G. Ⅱ, 126 ）

　　这些人给他们亲爱的祖国照射不灭的

　　　　荣光，自身裹上了亡死的黑云，

　　他们死而不死，靠自己的英勇名声

　　　　从冥王的宫中升起，回到人间。[1]

古希腊碑铭体诗歌选

注　释

[1] 这首碑铭大概悼念公元前 479 年在普拉泰亚战役殉国的斯巴达人。

西摩尼得斯或西弥阿斯 [1]

墓　碑
（P. A. VII, 647）

葛耳葛抱着她母亲的脖子，泪流满颊
　　向她诉说最后一句遗言：
"你留在父亲身边，生一个更幸运的女儿，
　　好侍候你那鬓发如霜的老年。"

注　释
[1] 西弥阿斯（Simias）是公元前 4 世纪诗人。

咏雕刻
（P. A. IX, 60）

"这是谁？""酒神的女信徒。""谁雕的？""斯科帕斯。"
"是酒神还是雕刻家使她发狂的？""雕刻家。"

1983 年 12 月 20 日

忒俄多里达斯[1]

墓　碑
（P. A. VII, 282）

　　这是遭海难的水手的坟墓，客人，扬帆吧！
　　我淹死了，别的船只却安然过海。

注　释

[1] 忒俄多里达斯（Theodoridas）是公元前 3 世纪下半期的诗人。

墓　碑

（P. A. Ⅶ, 529）

　　大无畏的精神把人送下冥土送上天，
　　　大无畏的精神把索珊罗之子多洛透
　　送上火葬堆，他为佛提亚争取自由，[1]
　　　战死在塞科与喀墨拉两地之间。

注　释

[1] 佛提亚在希腊北部帖萨利亚境内。

古希腊碑铭体诗歌选

忒俄格尼斯[1]

白鹤的信息
（Oxf. 199）

诗歌　散文

波吕帕德，我听见白鹤高声啼唤，
　向农夫传报耕种时节来临，
这鸟音使我的心怦怦跳动转忧愁
　只缘肥沃的土地已归别人霸占。

1988 年 5 月 2 日

注　释

[1] 忒俄格尼斯（Theognis）是公元前 6 世纪中叶诗人。

提摩克瑞翁

咏财神
（L. G. Ⅱ, 8）

古希腊碑铭体诗歌选

但愿你，瞎眼的财神，
　　不要在海上、岸上、
陆地上出现身影，
　　而是住在地下的
冥河边！因为你是人间
　　一切祸害的根源。

1988 年 5 月 11 日

提摩透斯或修昔底德[1]

碑　铭
（P. A. VII, 45; L. G. III, 31）

整个希腊是欧里庇得斯的纪念碑，
　　诗人的骸骨埋在他客死的马其顿，
诗人的故乡本是雅典，希腊的希腊，
　　他的戏剧供娱乐，人人称赞。[2]

1988 年 5 月 12 日

注　释

[1] 提摩透斯，（Timotheus，公元前 450—前 360）出生在小亚细亚米利都城，是个
　　著名的抒情诗人。修昔底德是公元前 5 世纪历史家。

[2] 悲剧诗人欧里庇得斯（公元前 480？—前 406）思想进步，他在世时不大受欢
　　迎。他年老时去到马其顿国王阿耳刻拉俄斯的宫中作客。雅典人曾派人去迎接
　　他的骸骨，遭受拒绝，他们只好在雅典给诗人立了一个纪念碑。

无名氏

阿波罗的神谕
（Oxf. 705）

古希腊碑铭体诗歌选

客人，你来到这神圣的庙地，心要清洁，
　　用仙女洞的泉水净洗你的手，
善良的人几滴神水就能涤干净，
　　邪恶的人长河的流水洗不清。[1]

1988 年 5 月 2 日

注　释

[1] 阿波罗在德尔斐颁发神谕。求问的人须用卡斯塔利亚泉水净手。女祭司喝了这
　　泉水，受到神的灵感，代阿波罗发出预言，由男祭司把神的话写成诗句。"长
　　河"是环绕那扁平的大地的河流。

无名氏

玫瑰凋残
（Oxf. 694）

诗歌 散文

玫瑰盛开，花期短暂，凋残以后，
　你去寻找，不见花瓣只有刺。

1988 年 5 月 2 日

无名氏

阿那克瑞翁的坟墓
（Oxf. 672）

客人，这是阿那克瑞翁的坟墓，你过路，
　给我奠酒，只缘我贪杯好饮。

1988 年 5 月 2 日

无名氏

咏头发
(P. A. V, 26)

我的王后，不论我看见你有青绿的头发，
　　或是你的两鬓已褪色变黄。
这两种秀丽都同样放光彩，这些卷发
　　转白以后，爱情依然住在那里。

1988 年 5 月 3 日

无名氏

咏雕刻
（P. A. XVI, 129）

众神使我尼俄柏从活人化成石头，
　普剌西忒勒斯使我还原为活人。[1]

1988 年 5 月 6 日

注　释

[1] 尼俄柏生了七男七女，她讥笑勒托只生了一男一女，勒托的儿子阿波罗和女儿
　　阿耳忒弥斯因此把尼俄柏的儿女全都射死了。大神宙斯把尼俄柏化成石头，石
　　头在夏天流泪。普剌（克）西忒勒斯是公元前 4 世纪著名雕刻家。

无名氏

问荷马^[1]

（P. A. XVI, 299）

诗歌　散文

"你是开俄斯人？""不是。""是斯密那人？""我否认。"
　"是库米人？你的祖籍是科洛？""都不是。"
"你的城邦是萨拉米？""我不是那里生的。"
　"告诉我，你出生在哪里？""我不愿意说。"
"为什么？""我知道得很清楚，我若是说真话，
　别的城邦会同我翻脸成仇。"

1988 年 5 月 7 日

注　释

[1] 开俄斯（一译希俄斯）岛在小亚细亚西岸外。斯密那（一译士麦那）在小亚细
　亚西岸。库米在意大利西岸中部，靠近那不勒斯，是古希腊人的殖民地。科洛
　（丰）在小亚细亚西岸，靠近以弗所。萨拉米（斯）岛在雅典港口南边。据说
　荷马的出生地还包括雅典和阿耳戈斯（一译阿尔戈斯，在伯罗奔尼撒东北角上，
　是特洛亚战争中的统帅阿伽门农的都城之一）。

无名氏

墓　碑

（P. A. Ⅶ, 62; Oxf. 679）

“鹰啊，为何立在这坟头上？是谁的坟墓？

　　为何遥望众神的闪烁的宫殿？”

“我是柏拉图的灵魂的肖像，灵魂升天，[1]

　　他的肉身却埋在阿提卡泥土里。”[2]

注　释

[1] 柏拉图（公元前 429？—前 347）提出理式（一译理念）论，认为世间事物都
　　是理式的摹本，是虚假的，只有理式才是真实的。这里讽刺他的灵魂进入虚无
　　缥缈间。

[2] 阿提卡是雅典城邦的领土。

无名氏

咏米南德^[1]
（P. A. IX, 187）

诗歌 散文

蜜蜂采集文艺女神的各样花精，
　　把蜜送到你的唇边，米南德，
美乐女神也把她们的礼物赠送你，^[2]
　　给你的喜剧增添诗词的优雅。
你永生不朽，雅典城从你的戏里获得
　　直冲云霄河汉的无上光荣。

注　释

[1] 米南德（公元前 342—前 292）是著名的新喜剧诗人，他的作品非常优雅。

[2] 美乐女神是司美丽、快乐与魅力的女神，共三位。

无名氏

咏羊人的铜像
（P. A. XVI, 246）

古希腊碑铭体诗歌选

不是羊人偷偷地钻到青铜里面，
　　就是艺术使青铜包住羊人。[1]

1983 年 12 月 20 日

注　释

[1]　"羊人"是人身羊腿的精灵，为酒神的伴侣。

无名氏

咏雕刻
（P. A. IX, 725）

诗歌　散文

米戎在牛群中寻找他的牛，他把别的牛
赶走以后，好容易才发现他的牛。

1983 年 12 月 19 日

咏雕刻
（P. A. IX, 731）

米戎把我这条牛犊安放在这里，
　　牧人扔石头打我，担心我迷失了。

1983 年 12 月 19 日

无名氏

咏美狄亚画像
（P. A. XVI, 135）

提摩马科斯的艺术把美狄亚的母爱和嫉妒
　　掺合在一起，在死亡逼近孩子时；
她看看剑，心里同意又不同意，
　　想救救孩子，又想杀死他们。

1983 年 12 月 20 日

埃斯库罗斯

咏海伦
——悲剧《阿伽门农》中第二合唱歌，
原诗第 681—782 行

歌 队

（第一曲首节）

是谁念起名字，

这样名副其实，

　　——是不是冥冥中的神

预知那注定的命运，一语道破？

他给那引起战争的

双方争夺的新娘

起名叫海伦，因为她恰好成为

"害"船的、"害"人的、"害"城邦的女人，[1]

在她从家里精致的

门帘后面走出来，

趁强烈的西风吹拂

扬帆而去的时候，

跟着就有无数持盾的重甲兵

在桨后正在消失的

痕迹上追踪而来——

是争吵之神在作弄啊！[2]

（第一曲次节）

忿怒之神为特洛亚

促成了一个苦姻缘——

这个词儿很正确——

日后好为那种不看重筵席、

不尊敬宙斯的罪过

而惩罚那些唱歌

贺婚的人——那婚歌是亲戚唱的。

但是普里阿摩斯的古老的都城[3]

却学会了唱一支

十分凄惨的歌，

它正在大声悲叹

帕里斯的婚姻害死人，

它的生命充满了毁灭和悲哀，

它的市民全都

惨死在敌人的矛尖下。

（第二曲首节）

这就象有人在家里，

养了一头小狮子，

它突然断了奶，

还在想念那乳头；

在它的生命初期，

它很服服帖帖，

偎在老少的怀中，

望着他们的手中物，

迫于饥肠辘辘

而向人摇尾乞食。

（第二曲次节）

但是一经成长，

它就露出本性，

不邀请就杀羊饱餐。

这个家染上血污，

家里人不胜悲痛，

祸事越闹越大，

多少头羊被杀害，

此中似有天意，

这个家才养了那侍奉，

毁灭之神的祭司。[4]

（第三曲首节）

我要说当初去到特洛亚城的

是一颗温柔的心，

富贵人家的明珠，

她眼里射出的是柔软而轻飘的箭，

好一朵迷魂的花！

但是忿怒之神

使这门婚姻结出

令人心酸的苦果，

她在宙斯的护送下，

扑向特洛亚王子们，

她是个为害的客人，

惹得新娘哭泣。

（第三曲次节）

自古流传在人间有一句谚语：

幸福一旦壮大，

就会生育儿女，

但是这幸运会为儿孙遗下祸害；

我的见解却不同，

我认为不义的行为

会产生更多的不义，

这样传下的后嗣

和它的种族很相似，

但是正直的家庭

永远有好的儿孙。

（第四曲首节）

那年事已高的傲慢，

一俟时机到来，

也会生个女儿，

它在人们的祸害中是年轻的傲慢、

新生的恶魔，

无法抵抗或战胜，

这不畏神明的鲁莽和它的父母一样，

会使家庭遭毁灭。

（第四曲次节）

正义之神在茅舍里露出满面笑容，

她看重正直的人；

对于那金碧辉煌的宅第她却掉头不顾，

要是里面不洁净；

她鄙视财富的势力，

只进入清白人家；

万事由她定结局。

　　说明 《阿伽门农》开场时，守望人望见那传报希腊联军攻下特洛亚的信号火花。组成歌队的长老们在第一合唱歌中谴责特洛亚王子帕里斯玷污了宴客的筵席，拐走了墨涅拉俄斯（阿伽门农的弟弟）的妻子海伦。于是希腊联军的传令官到来，他请求众神迎接残余的军队。王后克吕泰墨斯特拉出来说，她准备迎接丈夫归来，并且表明她是个忠贞的妻子。长老们打听墨涅拉俄斯的消息，传令官说，他也不清楚，只提起暴风雨毁灭了希腊的凯旋军，于是歌队唱第二合唱歌，谴责海伦和帕里斯。阿伽门农一回到家里，就被他的妻子和她的情夫谋杀了。

　　古希腊戏剧中的合唱歌的组织非常严密，各曲首节和次节的音步和节奏是相同的，有些象我们按曲牌填写的词。译成诗体，首节和次节的形式，包括音步、节奏与诗行的长短要完全相同。

　　这段原诗的逐字翻译见于《埃斯库罗斯悲剧二种》：《阿伽门农》（人民文学出版社，1961 年）。

注　释

[1] "海伦"这名字的字音和希腊文"毁灭"一词的字音很近似。

[2] 传说珀琉斯和女神忒提斯（希腊英雄阿喀琉斯的父母）结婚时，忘记邀请争吵之神，这位女神因此扔了一个苹果到婚筵上，苹果上刻着"赠给最美丽的女神"。天后赫拉，雅典城守护神雅典娜和阿佛洛狄忒都争着要这只苹果。特洛亚王子帕里斯把苹果赠给阿佛洛狄忒，这位女神便帮助帕里斯拐走了墨涅拉俄斯的妻子海伦。

[3] 普里阿摩斯是特洛亚的国王。

[4] "祭司"，指海伦。

古希腊碑铭体诗歌选

索福克勒斯

埃阿斯的悲叹
—— 悲剧《埃阿斯》第 815—865 行

埃阿斯

这杀人的剑立好了，这样刺人最锋利，
不过——若是我有闲暇这样推想的话。
这是特洛亚人赫克托耳赠送的礼物，[1]
他是我心目中最憎恨最恶嫌的客人。
这把剑安插在与我为敌的特洛亚土地上，
而且是刚从那啮铁的砥石上磨得很锋利的。
我把它在这块土地上栽得稳稳当当，
它会对我发善心，使我快速死去。
我已经准备停当；其余的事，宙斯啊，
你要首先帮助我，这是你应当做的。
我恳求于你的并不是什么重大的恩惠，
只请你派人把噩耗传给透克罗斯，[2]
他会趁我倒在这鲜血淋漓的剑上，
首先把我扶起来，免得我被敌人发现，
扔去喂野狗和飞鸟。我求你帮这么一点忙；

我吁请赫耳墨斯、那护送阴魂的神，

在我把这把短剑刺进胁间的时候，

使我轻捷地一跳就安然入睡不抽搐；

我还要吁请那三位永生的慈祥的处女神，

永远注视人间一切苦难的报仇神，

请她们注意我这个时乖命蹇的人

是怎样被阿特柔斯的两个儿子害死的；[3]

愿她们把坏人抓起来，使他们遭受毁灭，

正象他们看见我遭受的一样惨重。

赶快来呀，你们三位捷足的报仇神，

来尝一尝这整个希腊军队的血，

把他们收拾干净，手下不要留情。

还有你这位驱车直上高天的太阳神啊，

在你遥遥望见我的祖国的时候，

请勒住缰绳，把我的噩耗传给我父亲

和那个不幸的养育者，那可怜的妇人听见了，

她的高声的哀悼会响彻萨拉米斯。

可是我这样徒然呻吟，没有益处，

这件事情得赶快进行，不得拖延。

死神啊，快来看我，这是最后一眼，

等我到了冥土的时候，再和你长谈。

白日的耀眼的阳光啊，御车的太阳神啊，

我向你们告别了，这是最后一次，

今后再也不能向你们虔诚致敬了。

我的祖国萨拉米斯的神圣土地啊，

我父亲厅堂里的灶火啊，光荣的雅典城啊，

和我共同生长的宗族啊，水泉、河流、

特洛亚平原啊，我向你们道一声永别，

这是埃阿斯向你们说的最后一语，
其余的话我只能同冥间鬼魂攀谈。

下面是这一段原诗的逐字翻译：

埃阿斯

这杀人的剑立好了，这样刺杀最锋利不过了——若是我有闲暇这样推想的话。这是赫克托耳赠送的礼物，他是我心目中最憎恨最恶嫌的客人。这把剑安插在敌对的特洛亚土地上，而且是刚从那啮铁的砥石上磨快了的；我把它安插得稳稳当当，它会对我大发善心，使我快速死去。我已经准备好了；其余的事，宙斯啊，你要首先帮助我，这是应当的。我恳求于你的并不是什么重大的恩惠，只请你派个报信人把噩耗传给透克罗斯，他会趁我倒在这把鲜血淋漓的剑上，首先把我扶起来，免得我被敌人发现，扔去喂狗和鸟。宙斯啊，我只恳求你帮这么一点忙；我吁请赫耳墨斯，那护送阴魂赴下界的神，在我把这把剑刺进胁间的时候，使我轻捷地一跳就安然入睡，一点也不抽搐。我还要吁请那三位永生的慈祥的处女神，威严的、步履疾速的、永远注视着人间一切苦难的报仇神，请她们注意我这不幸的人是怎样被阿特柔斯的儿子们毁灭的；愿她们把这两个坏人抓起来，使他们惨遭毁灭，正象他们看见我遭受的一样。快来呀，你们三位捷足的报仇神，来尝一尝这整个军队的血，把他们毁灭，不要留情。还有你，驱车上高天的太阳神啊，在你望见我的祖国的时候，请勒住那嵌金的缰绳，把我的灾难和死亡告诉我的年老的父亲和不幸的养育者，那可怜的妇人听见了这消息，她的高声的哀悼会响彻全城。可是我这样徒然呻吟，没有益处，事情得赶快进行。

死神啊，快来看我，等我到了地下和你在一起，再作长谈。白日的耀眼的阳光啊，御阵的太阳神啊，我同你们告别，这是最后一切，今后再也不能向你们致敬了。阳光啊，我的祖国萨拉米斯的神圣土地啊，我父亲的灶火啊，光荣的雅典城啊，和我共同生长的宗族的，水泉、河流、特洛亚平原啊，我也向你们致敬，我的养育者啊，告别了！这是埃阿斯向你们说的最后一语，其余的话我只能同冥间的鬼魂攀谈。

说明　埃阿斯是攻打特洛亚的希腊联军中的著名英雄，他同奥德修斯争夺阿喀琉斯遗下的甲仗失败，气得发病，把羊群当作阿伽门农、奥德修斯等人加以杀害。他清醒后，羞愧自杀。

索福克勒斯（公元前 496？—前 406）是古希腊三大悲剧诗人中的第二人。他的风格朴质、简洁、自然、有力量。

这一段原诗是用六音步短长节奏的口语对话体写成的。

注　释

[1] 赫克托耳是特洛亚王子，曾经在战场上同埃阿斯交换礼物而退。

[2] 透克罗斯是埃阿斯的同父异母弟。

[3] "两个儿子"，指攻打特洛亚的统帅阿伽门农和墨涅拉俄斯。

古希腊碑铭体诗歌选

厄勒克特拉的悲哀

——悲剧《厄勒克特拉》第 1126—1170 行

厄勒克特拉

诗歌 散文

哎呀，哎呀！我最亲爱的人遗下的纪念物、
俄瑞斯忒斯的生命化成的一罐残灰啊，
我这样迎接你归来，不合乎我送你出去时
所抱的希望。我现在把你捧在手里，
你已经化为乌有。可是，亲爱的弟弟啊，
当初我把你从我们家里送出去的时候，
你却是满面春风，光彩夺人眼目，
但愿我用这双手把你偷偷地弄出来，
送到外邦去，使你免遭凶杀之前，
我早就舍弃了自己的性命，在那种情形下，
你当天也会被他们杀死，躺在那里，
分得一份你的父亲下葬的坟墓。
如今你是远离乡井，流落异邦，
这样悲惨地在赛车场上丧了性命，
你的姐姐又不在身边，恨只恨
我这双亲热的手未能给你装扮，
也没有把你的可怜的骨殖从火里捡起来，
那本来是我应当尽的、亲人的义务。
但是这些礼仪只是由陌生人代劳，
你就这样归来，这小罐里的一堆灰。

唉，唉！我从前对你的爱护只是徒劳，

我曾经时常那样辛苦而愉快地养育你。

你母亲对你的心情从来没有胜过

我对你的喜爱。那宫中没有人是你的保姆，

只有我才是，我永远被称为你的姐姐。

但如今，一日之间，所有这些都随着

你的死亡而消失了，你象一阵旋风

席卷一切归去了。父亲早已去世，

我也因你而死去，你自己也死了，过去了；

我们的仇人却在那里狂欢嘻笑，

那不象母亲的母亲乐得发疯发狂；

你曾经多少次偷偷地给我送来音信，

要回家来向她报复血海深仇。

但是你和我的厄运已夺去了这样希望，

给我送来的是你——这么一点骨灰，

一团无用的黑影，代替那可爱的形象。

哎呀！这可怜的尸体！唉，唉！这可怕的景象！

最亲爱的弟弟，你被送上这样的归程，

你这样害死我，弟弟，真是这样害死我！

且把姐姐接到你的骨灰罐里，

一个废物去到一个废物那里，

今后我好同你一块儿住在下界；

既然你在地上时，我曾经和你一起

分享同样的生活，如今我愿意死去，

好分享你的坟墓。人一死就不感觉痛苦。

古希腊碑体诗歌选

说明　远征特洛亚的统帅阿伽门农在凯旋时被他的妻子克吕泰墨斯特拉和她的情夫谋杀了。王子俄瑞斯忒斯当时由他的姐姐厄勒克特拉派人送到亲戚家去避难。他成人后回家来报仇。他托人传报，说他本人已经在运动会上赛车出险，丧了性命。在这部悲剧中，他把一罐假骨灰交给厄勒克特拉。姐弟认识后，俄瑞斯忒斯杀死了他的母亲和她的情夫。古时候扮演厄勒克特拉的著名演员波洛斯曾把他刚死去的儿子的骨灰罐从墓室里取出来，捧在手里表演这场戏，发出真实的情感。

下面是这一段原诗的逐字翻译：

厄勒克特拉

我最亲爱的人的纪念物、俄瑞斯忒斯生命的遗灰啊，我这样迎接你，不合乎我送你出去时所抱的希望。我现在把你捧在手里，你已经化为乌有。可是，孩子啊，当初我把你从家里送出去时，你是满面春风。但愿在我用这双手把你偷偷地弄出来送到外邦去，使你免遭凶杀之前，我早就舍弃了性命；那样一来，你在当天也死去躺在那里，好分得一份你父亲的坟墓。

如今你远离乡井，流落异邦，这样悲惨地丧命，你的姐姐又不在身边，哎呀，我这双亲热的手没有给你净洗装扮，也没有把你的可怜的骨殖从燃烧的火葬堆里捡起来，那本是我应尽的义务。但是，哎呀，这些礼仪只是由陌生人出手代劳，你就是这样归来，这罐里小小的一堆灰。

唉，我从前对你的养育是徒劳，我曾经时常那样辛苦而愉快地养育你。你母亲对你的喜爱从没有胜过我对你的喜爱。那宫中没有人是你的保姆，只有我才是，我永远被称为你的姐姐。但如今，一日之间，所有这些都随着你的死亡而消失了，你象一阵旋风席卷一切归去了。父亲早已去世，我也因你而死去，你自己也死了，过去了；我们的仇人却在那里欢笑，那不象母亲的母亲乐得发狂，你曾经多少次偷偷地给我送来音信，要前来向她报复冤仇。但是你和我的不幸的命运已经把这种希望剥夺了，给我送来的是你——这么一点骨灰、一团无用的黑影，代替那可爱的形象。

哎呀，这可怜的尸体！唉，唉，这可怕的景象啊！哎呀呀！亲爱的弟弟，你被送上这样的归程，你这样害死了我，弟弟，你真是害死了我！

且把我接到你的骨灰罐里，一个废物去到一个废物那里，今后我好同你一块儿住在下界；既然你在地上的时候，我曾经和你分享同样的生活，如今我愿意死去，好分享你的坟墓。在我看来，那些死去的人却不感觉痛苦。

原诗是用六音步短长节奏的口语对话体写成的。

古希腊碑铭体诗歌选

菲洛克忒忒斯的悲叹

——悲剧《菲洛克忒忒斯》中第 3 合唱歌，

原诗第 1079—1168 行

（第一曲首节）

菲洛克忒忒斯

你这个中空的石洞啊，

时而炎热，时而冰凉，

我命中注定，不会离开你，

你还可以看见我死去。

哎呀呀！

你这个为我的灾难

而感到痛苦的洞穴啊，

我每天怎么生活？

我到哪里去觅食？

那胆怯的斑鸠在上空。

嗖嗖的风中飞翔，

我不能再阻挠它们了。

歌　队

这命运是你自己注定的，

不幸的人啊，

不是从敌人那里飞来的，

是你不聪明
放弃好运而挑选霉运。

（第一曲次节）

菲洛克忒忒斯

我这人多么不幸，
遭遇痛苦，受到摧残，
今后再没有人同我作伴，
我将在这里逐渐毁灭。
哎呀呀！
我不能把食物弄回来，
不能去射猎鸟兽，
那出自诡诈心机的
隐语欺骗了我。
但愿我看见那阴谋的
策划者也长久受到
我所遭受的痛苦！

歌　队

是命运，天神注定的命运
捉住了你，
请把这可憎的不祥的诅咒
向别人发泄；
希望你不要拒绝我的友谊。

（第二曲首节）

菲洛克忒忒斯

他坐在那白浪翻腾的

海滩上讥笑我，手里
挥舞着那养活我的弓，
那是没有人触摸过的。
那张可爱的弓啊，
那张被人从我手里
强行夺走的弓啊，
你若是有一点知觉，
一定会用怜悯的目光
看赫剌克勒斯的朋友，
他不能再使用你了
你已经另换主人，
由他来开弓射箭。
你见过这骗局，见过这可憎的人，
他谲诈多端，给我制造灾难。

歌　队

一个人可以申诉理由，
但不要伤人
他是军队派遣的使者
为朋友完成了
一件挽救战局的事业。

（第二曲次节）

菲洛克忒忒斯

山中饲养的鸟兽啊，
你们不必再逃跑，
因为我手里已经
没有箭矢的威力了。

你们飞吧，游吧，

这地方时你们再没有

再没有什么可怕了。

现在是你们报仇的

好时机，你们可以

拿我的黑色的肉

来饱享口福吃个饱，

因为我就要抛弃

我的可怜的生命了。

我的生计从哪里来？一个人取不到

大地生产的食物，怎能尽喝风？

歌　队

你尊重一个接近你的人，

就同他接近，

你是能摆脱这种病的，

这种病伤肌肉，

引起的痛苦难以忍受。

下面是这一段原诗的逐字翻译：

（第一曲首节）

菲洛克忒忒斯

你这个时而炎热，时而水凉的中空的石洞啊，我命中注定，哎呀，不会离开你，你还可以看见我死去呢。你这个为我的缘故而感到痛苦的、凄惨的洞穴啊，我每天怎么生活呢？唉，我从哪里获得觅食的希望呢？那胆怯的斑鸠会在上空嗖嗖的风中飞翔，我再也不能阻挠它们了。

歌　队

这是你，不幸的人啊，是你自己注定的，这命运不是从别的地方、从强大的敌人那里飞来的。在你能放聪明一点的时候，你却放弃那较好的命运而挑选这较坏的。

（第一曲次节）

菲洛克忒忒斯

我多么不幸，多么不幸，遭受苦难的摧残，今后再也没有人同我作伴，我将在这里逐渐毁灭。唉，唉，我再也不能把食物弄回来，再也不能用这支强有力的手射出羽箭，猎取鸟兽。只怪那出自诡诈心机的、难以理解隐语欺骗了我。但愿我看见他、这阴谋的策划者也同样长久地受到我所遭受的痛苦。

歌　队

是命运、天神注定的命运，不是我亲手布置的诡计捉住了你。请把这可憎的不祥的诅咒向着别人发泄。我很关心这件事，你不要拒绝我的友谊。

（第二曲首节）

菲洛克忒忒斯

哎呀，他坐在那白浪翻腾的海滩上讥笑我，手里挥舞着那给我的不幸的生命以营养的弓，那是从来没有人触摸过的。可爱的弓啊，那张被人从我的亲热的手里强行夺走的弓啊，你若是有一点知觉，一定会用怜悯的目光望着赫剌克勒斯的朋友，从今后他再也不能使用你了，你已经另换主人、一个多计谋的人，由他来操纵；你曾亲眼看见这卑鄙的骗局，看见这可憎的仇人，他凭那卑鄙的诡计制造了千百种灾难。

歌　队

一个人可以申诉正当的理由，但是在申诉的时候，不要怀恨伤人。他是大军派遣的一个使者，在他们的命令下完成了一件挽救战局的共同事业。

（第二曲次节）

菲洛克忒忒斯

飞鸟啊，山中饲养的野兽啊，你们再也不必从巢穴里逃跑，因为我手里已经没有原来的箭矢的威力了。我现在多么不幸呀！你们自由自主的飞吧，游吧，这地方对你们再也没有，再也没有什么可怕了。

现在正是报复血仇的好时机，你们可以尽情地拿我的变了颜色的肉来饱享口福，因为我就要抛弃我的生命了。我的生计从哪里来呢？一个人不能取得那赐予生命的大地送来的食物，怎么能尽喝风？

歌　队

看在天神面上，你若是尊重一个好心好意同你接近的人，就同他接近吧。你要想一想，好好想一想，你是能摆脱这种病的，这种病要用肉来养，也不知怎样才能忍受这无穷尽的和它作伴的痛苦。

说明　菲洛克忒忒斯在希腊军远征特洛亚的途中，被毒蛇咬伤，希腊将领把他扔在一个荒岛上。希腊军十年攻不下特洛亚，派奥德修斯带着阿喀琉斯的儿子涅俄普托勒摩斯到荒岛上来骗菲洛克忒忒斯到特洛亚去。奥德修斯把菲洛克忒忒斯赖以谋生的弓骗到手，菲洛克忒忒斯因此这样悲叹。后来，涅俄普托勒摩斯良心上过不去，把弓还给菲洛克忒忒斯，并且答应送他回希腊。最后，菲洛克忒忒斯的朋友、已升天成神的赫剌克勒斯下凡来劝菲洛克忒忒斯到特洛亚去参加战争。

这支合唱歌采用抒情节奏。

古希腊碑铭体诗歌选

颂 歌

——悲剧《俄狄浦斯在科洛诺斯》
中第一合唱歌，原诗第 668—719 行

歌 队

（第一曲首节）

客人，你来到这圣地，

世上最美丽的家园，

这亮晶晶的科洛诺斯，

这里夜莺是常客，

在浅绿色的林间

放出清脆的歌声，

它栖息在常春藤里，

在酒神的果实累累的，

不许侵犯的丛林间，

这里阳光照不透，

风暴不得侵袭，

酒神夜夜陪伴着

仙女在林间游逛。

（第一曲次节）

这里有一串一串的

水仙花，在天降的露水

哺育下朝朝开放，

自古就是用来

为地母地女扎花冠；[1]

还有黄澄澄的花朵，

刻菲索斯的泉水

泛着清彻的涟漪，

奔过大地胸前，

灌溉着漠漠平原，

使土地肥沃有生机；

文艺女神的歌舞队

最喜爱这地方，那手执

金缰的美神也喜爱。

（第二曲首节）

这里有一种树

这样的树从没有生长在亚细亚，

或是多里斯岛上，

这不是用手种植的，

而是自然生长的，

在这里茂盛成长，

为敌人的戈矛所畏惧，

那就是养育男儿青青的橄榄树，

宙斯看守着它，

那明眸的雅典娜也看守。

（第二曲次节）

我夸耀我的祖国，

赞美那震撼大地的神的赏赐，[2]

这地方最大的荣耀：

良马和海上的权力。

克罗诺斯的儿子啊，

我们的主上波塞冬啊，

你使这家园有荣光，

你首先在这里制造出驯马的嚼子，

还教人划着桨

追随水仙们的舞步。

说明　忒拜城的国王俄狄浦斯发现他杀父娶母，后来出外流亡，来到雅典西北郊科洛诺斯地方，受到雅典国王忒修斯的保护，组成歌队的长老们为此赞美他们的家乡（也就是悲剧诗人索福克勒斯的家乡）和雅典城，歌颂科洛诺斯的守护神波塞冬。俄狄浦斯随即受到天神的眷顾，神秘地死去，他的遗体能保证雅典城的安全。

据说索福克勒斯的儿子伊俄丰曾经在族盟法庭上控告他父亲神经失常，要把家产传给他的庶出的孙子，诗人因此在法庭上朗读这首合唱歌，然后说："我若是索福克勒斯，便没有神经失常。"结果他被宣判无罪。

这段原诗的逐字翻译，见于《索福克勒斯悲剧两种》：《俄狄浦斯在科洛诺斯》（湖南人民出版社，1983 年）。

古希腊的合唱歌采用抒情节奏。

注　释

[1]　"地母地女"，指农神得墨忒耳和她的女儿珀耳塞福涅。

[2]　"神"，指海神波塞冬。

醇酒·妇人·诗歌

序

《醇酒·妇人·诗歌》，这诗集是从西梦（John Addington Symonds）的英译集 *Wine, Women and Song: Medieval Latin Student's Songs*，拉丁中世纪学生歌里面重译出来的。那书在伦敦 Chattoand Windus 书局出版，定价五先令。那诗集材料的来源有两大种：第一种是根据 13 世纪钞本来的，那钞本装饰得很美观，原存 Upper Bavaria 的黑衣僧院，后移存 Munich。1947 年在 Stuttgart 出版，定名为 *Carmina Burana*。第二种是根据哈赖安（Harleian）钞本来的，那钞本经怀堤 Thomas Wright 混合其他英文钞本集成一册，1841 年出版，定名为 *Latin poems commonly astributed to Walter Mapes*。

提起"中世纪"，我们脑中立刻就生出一个印像：那时期人的智力沉入了睡眠状况中；希腊罗马传下来的艺术与科学伏在教权底下渐渐的退化；哲学逻辑变成了虚空的议论；古代文明所遗下的图书与宝器慢慢的化做了尘埃。那时的人想望死后的天堂，疏忽了现实的人生；社会躺在宗教暴力的铁蹄下，组成了许多种类，阶级，团契和"基尔特"，不让个性自由发展。人性的败坏和世界的丑恶影响许多人怀抱着厌世主义逃入了空门。人生隐没在悲哀罪恶的迷雾里，死，像一阵恐怖的暴风，将他们卷了去。

一直到 15 世纪，幸喜得欧洲产生一个文艺复兴运动（Renaissance），扫除了中世纪一千多年的黑暗；但在中世纪里面早已发生了一个流产的中世纪文艺复兴运动（Medieval Renaissance），约在 12 世纪的末叶，运动的中心在法国。同时英国发起了一个宗教运动，开了全欧宗教改革运动（Reformation）的先河。这集诗歌就是那时的产物，可说是那两大运动的结晶，一方面表现生命的欢忻，和肉体的享乐，这是文艺复兴的要素；一方面反抗罗马教权的腐败，这是宗教改革的原动力。从 13 世纪钞本选来的诗歌多半代表前一种精神，从哈赖安钞本选来的多半代表后一种精神。

这些诗歌的作者是漂泊的青年学生，他们从这个大学转到那个大学，因为当时各种科学要到各地方才能学习。他们远别了家乡，袋里的金钱总是很轻，但他们的心儿也很轻，恣意的寻找快乐，他们留恋旅舍，不欢喜教堂，他们在游荡里消磨的时间比上课的钟点许还要多些，他们厌恶神学和逻辑，对于醇酒妇人一类的问题却极有趣味。他们在社会上所处的地位与当时滑稽优伶和游行唱歌的人差不多，但比起兵士似乎又高一层，他们的诗中没有一点儿武士味儿。

他们虽然沉沦在醇酒妇人当中，他们的人生是强烈的，新鲜的，自然的，还带着一些异教色彩。他们极力歌咏爱情。他们不赞成"卜拉陀"式的恋爱，或当时武士式的恋爱；他们崇拜邪教的恋爱，那是属于感觉的，冲动的，和肉欲的。性的烦闷使他们不顾什么道德观念，甚至不尊重妇女的地位，把她们当作不洁的玩物。他们多半害单思病，爱情不专一，不永久，缺乏高尚的情感。他们的情人多半是村姑和女工，也许还有些不名誉的女人，但绝少有夫之妇。这是可以原谅的，因为他们要遵守教规，不能享受家庭幸福。其次醇酒也给了他们不少的灵感，"无酒不成诗"，这是咱们中国的老说法。

但这些并不是他们的缺点，反是他们的特点，因为这种精神在那黑暗期中，在那宗教的威权下是难能可贵的，而且他们又是和尚诗人，和尚公然做得出这样的诗来，更是难能可贵了！他们不受宗教的，道德的，封建的，政治的，武士的，战争的……影响；他们绝对不谈什么形上学；他们崇拜邪教，皈依自然；他们极力发扬人生的真义。在文学上，在艺术上有他们的位置。这些精神孕育了后来的文艺复兴，甚至还影响以利沙白时代的英国文学。

现在谈谈诗的内容：这集子可以分做两大类，第一类是春曲，牧歌，写景诗，抒情诗，酒歌和一些"幽默的"作品；第二类是一些庄严的诗，描写人生的悲哀，生命的短促和对社会，尤其是对宗教的讽刺。

这些诗歌没有个性，与其说这首诗是某个人写的，不如说是某群人写的，代表那一群人的情感：快乐，悲伤，恋爱，失意。在艺术上的价值许不顶高，但颇能够代表人性。中间有些精采的句子很能表现人生的真实，这种力量，只是极伟大的诗人才有。因为没有个性，同样的意思，同样的句子处处都有，也许有人会疑心他们彼此钞袭。这些诗正如同歌谣一样，一作好就成了公有的，像空中的游丝般，飞散了全欧，也许还添上许多修改和错误。

不说作者的姓名无从稽考，就连这些诗歌生产的国籍也不能确定，因为宗教本没有国界，而且拉丁文盛行一世，更看不出文字上的差异。但大概说来，咏青春及爱情的诗，有菩提树，夜莺或德文复句的多半产自德国，这并不说那诗人一定是德国人；诗中有涉及政治背景或有 Shellinck 一字者多写自英国；有法国语调的自然出自法国；从意大利来的往往爱用松树，橄榄树和 Bela mia 复句，那首"戈利亚的忏悔"引用"伯维亚"城名，显然是由意大利来的。

他们喜欢描写自然，但不是专写某种景像，乃是借用一个普通的背景。譬如在抒情诗中，爱写一点五月的园林，花草，溪流，白柠檬，松树，橄榄树，与那和缓的馨风。玫瑰和夜莺自然是少不了的；山神，牧神，和半人半山羊的神在那儿跳舞，中间还夹着一群少女乐队。

描写爱情的更有趣了：他们称呼情人叫做村女，花神，和"丽娣亚"，他们自家的名字却尽管隐瞒着。只是一点儿肉体的感觉已够他们描写了。"维娜丝"爱神在前面领路，"天帝"，"德娜"，"口比"，"姊妹女神"，"巴黎"和"郝琴"跟在后边。还有酒歌也有趣：酒神驾起文豹在带酒的歌声里驰过；在酒馆里，许多醉汉围着诗人，那些乖乖的女人将酒杯举起送到他们的唇边。这也是他们日常生活的一斑。

这些诗的格式和韵律是从赞美诗中借来的，很单纯，很工整；还有一种歌曲，形式很复杂，长短句相间，更有复句，单韵中夹着重韵。

西梦说他的英译一大半是直译，格式和音韵极力摹仿原诗，只有一小部分是意译。有时为要传神和求文字上的便利起见，不惜牺牲原有的形式，甚至还有增省的地方。我的译法全是仿效西梦的。

十七年（1928）七月廿五日，北平清华。

鸟的爱曲

到这儿来，来呀！
救救命罢，快来呀！
　吱喳，吱喳，呢呷呷，[1]
　吱呢吱喳。[2]

你的脸儿多美，美呀！
你的眼儿多媚，媚呀！
　吱喳，吱喳，呢呷呷，
　吱呢吱喳。

你的青丝分外柔美！
美呵，美呵，真的美！
　吱喳，吱喳，呢呷呷，
　吱呢吱喳。

你的红艳胜过蔷薇，
比起百合还要净美，
　吱喳，吱喳，呢呷呷，
　吱呢吱喳。

你是美中之美，我敢道，

你是我心中的骄傲！

　吱喳，吱喳，呢呷呷，

　吱呢吱喳。

注　释

[1] 吱喳，吱喳，呢呷呷：Hyria hysria nazaza 鸟声。

[2] 吱呢吱喳：Trilliriuos 鸟声。

春　曲

是春天，快乐的时辰；
在树荫里，我的爱人
偕她的姊妹徐行。
　　甜蜜的爱情！[1]

呀！花枝开的芬芳，
鸟儿在亭里歌唱；
少女们感受爱的力量。
　　甜蜜的爱情！

百合花正是香馨！
少女们结队成群
歌颂至美的真神。
　　甜蜜的爱情！

要是我搂抱着情人，
在那繁茂的树林，

我要亲她的眉和唇。

甜蜜的爱情！

注　释

[1] 此诗复句首尾两节尚有：

"要是那人丧失了爱恋，

他真是可怜！"

二句，因欠整齐，故删去。

春的甜蜜

青春的时光像金花菜的香甜，
含着爱蜜似流水之潺湲；
万物呀，在温暖之地上长存，
春回气转时感赋了新生。

大好的阳春百花繁盛，
地气苏润，天露滋生；
少女的忧愁度过隆冬，
换成了情爱与笑容。

情男爱女翩翩的迷恋，
在春光里寻乐消闲；
只要天时地点都凑美，
偷偷的顽皮，拥抱又亲嘴。

纯洁的爱

——诗歌 散文

甜蜜的夏天来到时，
快乐的日子从今开始；
严冬的威权早已丧尽，
曦和又来管照地星。

我不胜痛悔与悲伤，
误中了女郎的爱创；
悲哀追逐我，直到她
跪降在我的脚下。

你应当怜恤我的经过！
我们心心相印的谐和！
爱与爱的共鸣，
才是生命之究竟。

情人与夜莺

春日的良辰多么轻快；
　　女郎，欢笑罢！
扔掉那暗淡的悲哀，
　　朋友，趁早呀！
哦！我的年华正是青春！
为一个女郎的爱使我吞声，
我宁愿死呀，偕着新的爱人！

夜莺的歌喉婉转，
　　真是甜蜜！
悦耳的声音高入云汉，
　　从不停息。

多情的少女之花
　　是我的爱人；
红色玫瑰的女娃，
　　伤了我心。

她给了我一个约言
　　使我开心；

万一她的心肠改变，
　　我永不见光明。

爱怜我的女郎
　　玩的起劲，
她纯洁的心从不讲：
　　"我爱，停一停！"

夜莺，把你的歌声止住，
　　在这片刻时辰！
让我的胸中奏出
　　灵魂的歌声。

在这荒凉的冬天，
　　人人在盼望时机；
春天煽动了残灰冷焰，
　　还流露爱蜜。

来罢，少女，来罢，情人！
　　给我欢愉！
来，来，你这美人儿，
　　我真想死了你！
哦，我的年华正是青春！
为一个女郎的爱使我吞声，
我宁愿死呀，偕着新的爱人。

给青年

跳舞，嬉游，记取我们的快活，
让大家及时行乐：
青年是活泼的，多么伶俐；
老年是蹒跚的，寸步难移。

趁我们血气方刚，
斗一斗爱情的争仗；
少年爱慕的欢愉
住在"维娜丝"的幕底。[1]

年轻人然起心头的欲望；
他们好比是一团火花；
白头人只有严霜与苍老，
爱情都给它们骇跑了。

注　释

[1] 维娜丝（Venus），司美与爱之女神，为 Jupiter 女。（Venus 今通译"维纳斯"。——编者注）

五朔节庆祝 [1]

少女们在寻找消遣；
田野与林间露着笑颜：
　夏天正值百花繁盛，
　朵朵的花灯映照爱情。

果树飏花；叶儿绿的艳；
冬底怒容已褪：青年，
　请用五月花挥去忧愁！
　爱情招你们和少女同游，

让我们同来游戏；青轻的
应该享乐，这是爱神的叮咛：
　五月茂盛时，柔笑与欢歌，
　希望与爱情邀来了快乐。

注　释

[1] 五朔节庆祝：A-Maying 西俗逢五月一日以花冠加"五月皇后"（May-Queen）之
　首，且绕"五月柱"（May-pole）跳舞以庆祝之。

向村女求爱 [1]

美哉！你这想望的五月，
爱人们同你相亲相悦！
你时刻给人类以生命，
又把鲜花装饰园亭！
呀，你的花儿与美容，
与快乐的感觉相融，
美哉！你的幸福和愉快
充满了我们的胸怀！
鸟儿的歌声真是甜蜜；
爱人们倾听它们细语：
愁苦的冬天已经失丧，
和暖的春风又在吹扬。

大地披上了紫色的轻纱，
田间满戴着含笑的鲜花，
野树林中绿荫繁茂，
乔木高擎着浓密的枝头；
自然在她的欢笑之中，
使得万物也快乐雍容；
在太阳的怀中，瞧见

她的美丽与和颜！
"维那丝"激动爱人的心情，
用生命之露射注他的脉筋；
用爱力焚烧他的肢体，
脉搏与情焰永不停息。

这诞生是多么幸福，
当美丽的灵魂感赋了
你的形像与生命，
在幸福之内诞生！
你的头发金样的黄！
你整个的生命与形像，
真真是白璧无瑕；
一朵可爱的心花！
看呀，你额上戴着皇冠，
你的眉毛青青的，弯弯的，
像一道彩虹挂在眉尖，
彩虹流泻在青碧的天边！

你那脂粉均匀的脸色，
红的似玫瑰，白的似雪；
任在千万美女当中
也挑不出你这美的颜容。
你那圆润的嘴唇，
像果树上的林檎；
你的牙齿像星儿的明亮；
你的声音柔细又清朗，
你的手臂细长，杨柳的身材，

你的喉咙平分你的胸怀；
你这些绝世的仙姿
都是上帝的匠心所创制。

你送来一点热情的星花
将我的心儿焚烧火化；
你是我唯一的知心，
你永远是我的爱情，
看，我的心儿要化作烟灰，
除非你把这火焰收回；
生活着，等这情火熄了，
我终于要死赴阴曹！
村女呀，听顺我的恳求，
让我俩一块儿嬉游，
唇对着唇，胸靠着胸，
我们这样的同死同终！

注　释

[1] 村女：Phyllis 系 Virgil 所著 Eclogues 书中之乡村女郎，后沿用于诗歌中，指乡
村美女或意中人。[Vigil 即古罗马著名诗人维吉尔，撰《牧歌》(*Eclogues*) 十
首，很有名。——编者注]

给野茨的夜曲

快乐的青春日日前行，
残暴的冬天无踪无影，
苦短的天日慢慢的添长，
气候温和了，热力也增长，
　自从正月开了曙光，
　我的心波随着爱情荡漾，
　为了那意志不羁的女郎。

那娇美的聪明的女娃呀，
满胸的热情，像一朵百合花；
她那纤细的身材真够庄丽，
人间再没有这般的美丽。
　法国的皇后不及她的尊贵；
　假如这野茨不是我的安慰，
　我情愿把这生命交给死鬼。

爱情的女皇用痛苦的金箭
把我脆弱的心儿创的可怜；
爱情的主宰擎起他的神灯，
引然了这热情的火葬柴薪。

我为那女郎舍生送死；
不管这伤心有如刀刺，
终不能转变我的意志。

我降服在她爱情的威权下，
她的花儿长了嫩芽又开花，
这工作是甜蜜的，劳动也轻，
嘴儿亲着嘴是我们的酬薪。
亲嘴还不能医治我的创痛，
除非是心心相印，情感融融，
花儿的花儿呀，此别怕难逢。

醇酒·妇人·诗歌

乡村跳舞

花满草地，在冬的屋里，
　　爱情与美丽主宰世间；
献上绿芽，它们的绿芽
　　映着含笑的脸；
在欢忻的阳光中，五月的阳光中，
　　春天的快乐闪耀着，
　　羞红着，生长着，
它们的样儿各不相同。

甜蜜的歌禽向这季候欢迎，
　　奏着流丽的歌；
赞美的乐曲响遍通衢，
　　小径也分享这快乐，
绿树林中枝叶丛茂，
　　花儿开展，芳香四散，
　　青年男女的心意绵缠，
秘密的情爱融融。

远望草坪，经过一群
　　热情的少年乐队；

待嫁的姑娘，娇羞的女郎，
　一行行的像百鸟翻飞。
快乐的瞧罢，瞧那菩提树下，
　　那儿的歌女们笑眼迷人，
瞧，那主妇慢慢的前行！
　她身旁还有一个女娃！
她是我的，只是为我的，
　要是运气好，我就留下，
等到五月的新月，迟早没分别，
　我一定要娶她！
我见她起立不住的太息，
　她是贞洁的爱友，正当的择偶，
　她把我心中的忧愁
换成了天堂的欢愉。

她的身旁耀着天光，
　我要学神仙开放花蕊；
我不怕什么，直到我将她得获。
　怀抱在我的胸中。
我的灵魂渴的难忍，
　我要瞧她，我要搂她，
　用双手去拥抱她，
在爱情的神秘的宫庭。

跳舞的邀请

丢开无味的思想和书籍；
　甜蜜呀，放浪，快活呀，玩耍；
享受那春天带来的欣喜，
　趁这年轻愉快的闲暇！
老迈的人呀应该忧愁，
　考究那些劳心的事情；
热情的青年呀尽可嬉游，
　自由的飘舞，气样的轻。
　　梦一般逝去了，我们的壮年呀，
　　　长此消磨在那书本中间：
　　　游戏和放荡呀是青年的，
　　　柔媚与桃红的青年。

看哪，生命的春天渐渐抛却，
　冰冷的冬天迈步来临；
爱情的力量无声萎弱，
　我们脸上印着劳苦的皱纹；
我们的胆丧了，血也枯了，
　欢情不在了，快乐也颓唐。
直到老年使着疾病的队伍

前来袭击我们，直到死亡。
　　梦一般逝去了，我们的壮年呀，
　　　　长此消磨在那书本中间：
　　游戏和放荡呀是青年的，
　　　　柔媚与桃红的青年。

我们要像天神一般的活着；
　　这才是真理，这才是学识，
去追赶那柔情的快乐，
　　正当我们年轻的暇时！
记取我们所发的誓言，
　　青年，遵守那个命令：
大晴天往田野中猎艳，
　　那儿有欢笑的女郎跳舞不停。
　　　　梦一般逝去了，我们的壮年呀，
　　　　　　长此消磨在那书本中间：
　　　　游戏和放荡呀是青年的，
　　　　　　柔媚与桃红的青年。

赴宴的客人可以瞧见
　　谁家的女郎最是温柔：
在那快乐的跳舞中间
　　晃着轻盈的白嫩的手：
少女们举起她们的膀膊，
　　挥舞呀，拂过那青青的草坪，
我站在那儿凝视着，凝视着，
　　直到她们摄取了我的心！
　　　　梦一般逝去了，我们的壮年呀，

　　长此消磨在那书本中间：
游戏和放荡呀是青年的，
　　柔媚与桃红的青年。

牧　女

在夏天的赤热中，
花儿正开的香浓，
碰巧，在那橄榄的枝丛，
寻得一张座位空空；
炎灼的天气使我疲倦，
粗心懒意，正好消闲。

远望那田原绿树成行，
彩色的花儿吐散芳香，
带露的野草遍地滋长，
微风拂过鲜翠的草场；
"卜拉陀"凭他新奇的文笔[1]
也写不出这般美丽。

潺潺的小河在身旁流过，
夜莺在林内高声的歌，
水仙花也起来相和，
真是天堂呀，我这样说；
我没有寻得一个胜地，
这样的鲜妍，这样的甜蜜。

我正在这儿高兴忘怀，

宽慰中有无边的畅快；

夏日的绿阴真是爽快，

有一位牧女迎面走来，

娟秀呀，在那儿静息屏声

攀采那枝上的桑葚。

我一见她就发生了情爱：

我敢说这是"维娜丝"作怪！

"别怕，我不是强盗，过来！

我从不会偷窃与陷害；

我和我的所有全归你得，

你比起花神还要圣洁。"

那位姑娘却这样回答：

"我从不爱和男子玩耍：

我的家人对我太过欺压；

阿娘待我也时常打骂，

当我做了一件小小的错：

开恩呀，先生，今天饶了我！"

注　释

[1] 卜拉陀（Plato），为希腊哲学家。在中世纪时被认为是最善于描写者。

求 爱

到处的园林花草芬芳，
鸟儿在田间，在亭里唱，
果园中的白花开放了，
寻乐罢，青年，趁这爱的时光！

醒龊的悲哀早已不见，
白热的爱情住在此间；
这爱情要立刻去敦劝
那些应爱而不爱的青年。

（他）"女郎，听顺我的好意，
别做得那样的骄倨；
嘲笑同怒恼，不适于
你的芳龄，且会伤害你。

"我比起你来简直不行；
神伟的爱箭创了我心；
我难忍这毒矢在身；
我怕会死呀，快医治这创痕！"

（她）"你为甚花言巧语，盲人？
　　　你的恳求不能如命；
　　　我怕爱的连累，我太年轻；
　　　无益的琐事会恼怒我心。

　　　"你成心要调戏我么？
　　　我不爱同男子结合：
　　　像那丹凰，我的快乐
　　　是贪恋孤独的生活。"

（他）"爱情虽是暴虐的，
　　　高傲的，刻薄的！
　　　但如我会把人心捣破，
　　　必能驯服一个女人，
　　　像你这般暴戾的人！"

（她）"从你的话中，我猜破了
　　　你要甚么，你是甚么；
　　　你深了爱情，我敢说！
　　　因此我领受你的爱恋；
　　　我现在也然起了情焰！"

花神和村女 [1]

在春天，和蔼的天
　　隐没了冬的霜晨，
彩色的鲜艳的花
　　装饰大地的衣裙，
启明高照在天空，
　　归去罢，它警告众星，
村女和花神醒了，
　　东方转出红旭一轮。

两位少女在那儿欢跃，
　　趁着春日的晴明，
热情的胸怀挥去了
　　睡眠，像毛羽的轻；
她们的步武舒徐，
　　走入那青青的草坪，
野草与鲜花满地，
　　在那儿寻找开心。

我猜那一对少女
　　定长在王侯的闺门；

醇酒·妇人·诗歌

花神的辫子直垂，
　村女的散发轻盈，
她们不像人间的美丽，
　像一对天上的童贞；
在白日的怀抱中，
　她们的脸好似黎明。

一样的美，一样的身家，
　可爱的少女结伴游行；
她们的心中得意洋洋，
　她俩都是年纪轻轻；
可是她们还没有出嫁，
　为情场角逐还未许人；
村女的命运交给骑士，
　花神爱上了一位书生。

她俩生得像宝心一对，
　看起来没有区分，
内心和外貌相同，
　美丽原是天生；
两个女儿一模一样，
　同样的装饰和心情，
但她们有一件憾事，
　她们不能讲爱情！

那绿树的枝头，
　春风拂的轻轻，
那草场的四周，

茅草儿长的青青；
　山谷里流出一条小河，
　　透过那嫩翠的草根，
缓缓的流出平原，
　　发出那轻快的琮琤。

她们忘却了痛苦，
　　在这中午的晴明，
那溪边伞状的青松，
　　它的枝头朝天高擎；
浓密的枝叶蔽空，
　　掩盖着田畴万顷；
四围熏着各样的热力，
　　像大气一般凭空镇定。

少女坐在草地上，
　　再没有更好的草地；
村女倚在溪边，
　　花神在草间安息；
沉思到灵魂的深处，
　　灵魂底甜美的秘密，
爱情遣散了她们的沉思，
　　爱情刺伤了这双少女。

隐密的，潜伏的，
　　各人胸间怀着爱情，
从她们忧郁的心中，
　　发出痛苦的呼声；

红颜褪成了惨白，
　　自觉的，感受了爱情；
但为那满怀的娇羞，
　　不曾吐露她们的真情。

村女在旁窃听
　　花神低微的咽呜；
花神也同样的
　　闻得村女在暗哭。
她们换了新的游戏，
　　在草地上往来追逐；
直到真情暴露出来，
　　很明显的，不容装做。

她们默默的对语，
　　很久很久还不肯停，
那忠实的叹息
　　结束了这一场争论。
爱情是她们的意志，
　　她们的唇上居住爱情；
花神含笑的时候
　　村女话出她的真情。

"勇敢的骑士，我爱！"她说，
　　"我的巴黎在那儿漂荡？[2]
他是否在战场上斗勇，
　　或流连在大地何方？
哦，武士的人生，常言道，

　　戴着生命的荣光；
　勇敢套进他的手臂，
　　同维娜丝配合成双！"

注　释

[1] 花神（Flora），司春与花之女神，亦即春神。

[2] "巴黎"（Paris），在希腊传说中，为 Troy 之王 Priam 子，曾拐诱 Menelaus 妻
　　Helen，因酿 Trojon 大战。

醇酒·妇人·诗歌

花　神

请你哂纳这玫瑰，哦，玫瑰，爱情在玫瑰里安睡：
我因爱上了这蔷薇，在残冬的时节遭了捕围：
请你接收这鲜花，我的花，把她搁在你的妆榻：
在你那美丽底威权下，你更是长得可爱如花：
望着这蔷薇笑笑，我的蔷薇，在我的眼前笑笑：
这玫瑰是你的所有，你的声音是夜莺的歌喉：
给这蔷薇一个亲吻，她红艳得像你有福的唇：
画上的花儿不是花，那只是梦里的一点昙花：
虽描出了玫瑰的花样，却描不出玫瑰的芳香。

给"丽娣亚" [1]

漂亮的丽娣亚，你这女娃
　白细过那朝晨的鲜乳，
和阳光里初开的百合花！
　再配上那玫瑰的净素，
蔷薇不再是绯红与雪白，
　光泽的象牙也褪了颜色，
　　　　　　褪了颜色。

打散呀，打散你的头发轻盈，
　琥珀似的黄，天光似的亮，
像黄金的空气，纯洁的黄金！
　伸张呀，伸张你粉白的颈项，
云石一般的喉咙与双腮
依靠着你那如酥的胸怀，
　　　　　如酥的胸怀。

张开呀，张开你的眼睛，
　别藏在那发黑的眼帘，
明净得像那傍晚的星，
　在青碧的天幕中闪现！

露出呀，露出你玫瑰的脸庞，
面上涂满了鲜明的紫红，
　　　　鲜明的紫红。

给我呀，给我爱情的嘴唇，
　那嘴唇红过珊瑚的枝干；
像一队鸽子，这甜蜜的吻
　轻轻的飞来我的唇端。
你瞧我的灵魂怎样的飘！
当接吻时，我的心儿停了跳，
　　　　心儿停了跳。

你因何将我的生命摄取，
　用你的嘴把我的心血吸尽？
我耐不了这幸福的欢愉
　所给我一种难受的兴奋！
放释呀，放释我灵魂的自由，
　别再用你的冰链把它幽囚，
　　　　把它幽囚。

掩埋呀，掩埋那白雪的山巅，
　把它们藏进你的胸膛，
从那山下贞洁的泉源
　流出天堂底新鲜乳浆！
你胸中呼吸末药的香馨，
快乐透过了你的全身，
　　　　你的全身。

藏起呀，藏起你那对奶头，

　　因为那过于雪白的肌肤，

和那如酥胸怀的引诱，

　　把我的性灵与知觉麻木！

惨痛呵，不见我神昏颠错！

你竟自眼见我半死半活？

　　　　半死半活？

注　释

[1] "丽娣亚"（Lydia），此处指一女郎，原系小亚细亚一古地名，其地居民多溺于酒色。

秘密底诗

当一个青年怀着热情，
在暗室里惊遇美人，
　于是快感的交流，
经过他俩爱情的力量，
　从和谐中渗透了；
为着腕与唇的，奥妙的迷魂的
　种种戏谑，莫名的戏谑。

春 神

冬风呀，狂暴的吹，

黄叶呀，纷纷的坠，

寒冰封锁了鸟儿的嘴，

　　一直到晴和的五月，

　　这自然的骄子可爱可亲，

　　但这季候的转迭

　　　　不会感动人心，

　　　　那野兽也不做声。

哦，这情狂的快乐！

春神赐予我的

　　幸福呀，一言难尽！

当我还不曾取得酬佣，

当我的采还没有中，

我决不抱怨这苦工。

　　花神运着有福的清氛，

　　　　张开含笑的眼儿望着我，

　　她摄取了我狂热的精神，

　　　　亲一个吻，拿我的灵魂止渴；

　　　　顽皮的日子这样消磨。

哦，这情狂的愉快！
我再也道不来
　花神所赐我的快乐！

我走上了桃花运，
在这室内的深沉，
爱神为我闪耀光明！
　美洁的春神花样娇羞，
　　我饱看她手臂的光滑；
　处女的胸怀多么温柔，
　　那对乳峰一上一下，
　　像天堂的山岳倾斜。
哦，这情狂的愉快！
等我中了花神的采，
　这幸福不能描画！

从她柔软的奶尖，
顺着那一条曲线，
露出天鹅绒的胁骭，
　她那细腻的肌肤，
　　雪花一样的光滑；
　柳腰下圆满的腹，
　　正当那肚子底下，
　　爱园里开着百合花。
哦，这情狂的欢畅！
花神流着香甜的蜜酿，
　这幸福一言难答！

呀，要是"天帝"碰着我爱，[1]

他准会惹动情怀，

又要耍弄他的鬼怪；

　他化作金雨长流，

　　滴在"德娜"的铜塔，[2]

或是变做蠢笨的白牛，

　　更隐着他神圣的门法，

　　变一只天鹅飞到人家，

哦，这情狂的欢愉！

这莫名的福气！

　圣洁呀，春神的鲜花！

注　释

[1] 天帝（Jove），即 Jupiter，古罗马之天神，与希腊之 Zeus 相同，为 Olympus 山
上诸神之长。常化身各种形象与诸女神相通。

[2] "德娜"（Danae），为希腊传说中之一女神，当其被父囚于一高塔时，天帝化为
金雨而通之，遂生 Perseus。参看上注。

情人的自语

爱情宰制世间万物；
又把心儿换成了爱抚；
爱情寻找离奇的幸福；
　爱情甜过蜂蜜，
　爱情苦过胆汁。
盲目的爱情不知羞恶。
　爱情冷酷又热烈；
　爱情勇敢又胆怯；
　爱情放荡又贞洁。

这个时辰正好游玩，
让爱情寻求他的侣伴；
听，鸟儿的歌声婉啭！
　爱情来领导青年；
　引诱少女到这儿玩，
白头的人呀多愁多难。
　可爱的人儿世间罕有，
　美丽又高贵呀，我的皇后；
　哎哟，我有个顶大的忧愁。

别让那凄凉的老人

前来接近你的身心；
他常在抑郁里酣沉，
　这寒伧不能使你快乐；
　也决不能将你诱惑。
青年们应该双双配定，
　愿有情人都成眷属；
　我不求什么也不懂世故，
　只愿做你们的保护。

爱情在世上翱翔；
　淫邪的爱好比受创；
年轻的男女应当
　带着爱情的镣铐。
　要是少女碰不着情好
她必定很是悲伤！
　一晚到亮都在痛哭，
　形容憔悴，心神恍惚；
　她的境遇生来受苦。

爱情很天真也很鬼祟；
爱情的红艳透着青灰：
爱情是万有的精髓。
　爱情的功能无限，
　有时忠信，有时改变；
爱情服从艺术的权威。
　爱情在秘室里躲藏，
　正当这黑夜的安祥，
　爱情屈服了，甘愿投降。

爱情的邀请

女郎，我用蜜言向你要宠；
丝毫没有调戏你的举动：
呀！我坐在你的面前，
饱餐秀色，求你爱怜；
我停住眼，或随意瞧瞧，
瞧那爱箭的目标，
　　　和它的飞行。
试试看，女郎，年轻人享过
什么幸福，当他们的嘴亲着！

青年是正直的，强悍的；
老年人的步武蹒跚。
我们得获的爱情的欢欣，
是春天的温和与恬静
春天的自由与清新；
我爱的指戒有花馨，
甜蜜过诗人的歌声，
　　　与一切的芳芬！
试试看，女郎，年轻人享过
什么幸福，当他们的嘴亲着！

度过了灼热的白天，
露珠下降，滋润田园；
发出了青翠的叶干，
开放着雪白的花冠；
雪白的花儿枯黄了，
夜间还留着余香，

　　　百合的香馨。
试试看，女郎，年轻人享过
什么幸福，当他们的嘴亲着！

爱　念

诗歌　散文

我唱着歌儿去寻求快乐的命运，
像那天鹅的寻求，当死神已逼近；
鲜艳的蔷薇在我的脸上枯萎，
我的心儿怀着爱的欲念衰颓。
　忧思与苦恼渐渐增高，生命之光在下然烧，
　　我这可怜虫，死呀！
　哎哟，死呀！我这可怜虫，死呀！
遭了爱情的束缚有谁怜，我的命儿苦死了呀！

要是我的意中人有心同我爱恋，
你就叫我做天帝我也不情愿；
哈哈！我真想再和她拥抱一回，
吸她的唇，像枯槁的花儿吸水！
　我碰着死神，他向我欢迎，我厌倦了生命，
　　我将要快乐！
　哎哟！快乐呀，我将要快乐，
我取得了快乐与欢情的财货。

我忆起了她那酥润的心胸，
我更想念那对雪白的乳峰；

我真想用手儿轻轻摸抚，

那样才能了解爱情的神律。

　　南方的玫瑰，开满了她的嘴；我感到爱的

　　　　枯萎，

　　　在她的唇边接吻！

　　哎哟！接吻呀，在她的唇边接吻！

在幸福底昼梦和空想里消冥。

山盟海誓

那人的话靠不住，奸谗污秽，
龟鸹的毒舌，阴险可畏，
刽子手的杀刀挖他的舌根，
扔在火焰里永远烧焚；

因为他说我是一个骗子，
喜新厌旧，人又不老实，
说我傲慢的奚落了情人，
不知报德，另自找欢心！

听呀，九尊诗画的女神！^[1]
天帝，一切人神的父亲！
你曾化身来引诱"德娜"
与"欧罗巴"，你胆大的淫娃！^[2]

真神，一切的真神！听我说，
我不曾干犯这样的罪过，
听我说，真神，一切的真神！
我是清白的，我敬畏你们。

我向战神同日神许愿，[3]
他们是深了爱情的神仙；
我更要向爱神发誓，[4]
他的弓箭不许人间有过失。

我战栗的向你放射的箭
和你的弯弓发出誓言，
我没有一点欺诈，诚敬的
看守我许婚的见证。

我牢记着订亲的约言，
这个缘由可拿来考验：
就是在那群少女中央，
不见有更可爱的女郎。

在那一群少女中间，
你似宝珠嵌在金框里面，
你的颈项，胸怀与肩膊，
佩上许多美丽底花朵。

她的眉额，喉咙与嘴唇，
用米粮来滋养爱情！
还有那鬈发，我最心赏——
平滑美洁，照映天光。

我不管自然怎样嘲弄；
任辛苦备尝，任夜半或天晓，
任山林不再发青翠，

任火焰化成了流水；

任海洋不见了船桅，
任"巴息"的箭儿不再飞，[5]
女郎，我对你的爱始终不变，
我不负你，我不会欺骗。

注　释

[1] 九尊诗画女神（Nine Muses），为诗歌艺术之九位姊妹女神，即 Calliope，Clio，Erato, Euterpe，Melpomene，Polyhymnia, Terpsichore, Thalia 及 Urania。

[2] "欧罗巴"（Europe），为腓尼基亚之女公主，天帝化为白牛诱之至 Crete 岛而通焉，遂生 Minos, Rhadamanthus 及 Sarpedon。

[3] 战神（Mars），司战争之神，与希腊之 Ares 相同，又说与 Venus 相联结。日神：Apollo 为少年美貌诗歌音乐神示之神，及后视同太阳神。

[4] "鸠比"（Cupid），司爱情之神，亦称爱神，"维娜丝"子，为一裸体童子，有翼，手执弓矢射人，中则其人必发生爱情。

[5] "巴息"（Parthians），为古代巴西国民之一，善骑射，每于放箭之后，其马辄旋转如飞。

诗歌　散文

别负心女郎

一个致命的苦痛，
　　时刻把我创伤；
经不起苦难的沉重，
　　忧郁的暗自颓唐；
我聆了你罪过的
　　往事，可悲可泣，
这臭名的音波
　　吹到万人耳里！

这忌妒的风声
　　终于会害死你；
别把爱情当的太真，
　　谨防她欺骗你。

你的言行要秘密，
　　怕惹起不好的名誉；
讲爱情只好暗喜，
　　他爱玩弄他的诡计，
带着情人的笑声。

你不曾遭过白眼，
　　也不曾污毁令名，
当我们互相爱恋，
　　一对隐没的情人；
而今你的情感
　　像你冷浸的胸膛，
同情的心肠一刀两断，
　　你的故事这样收场。

名誉，他最喜欢
　　吐露男女私情，
你的羞辱四远谣传，
　　她长上羽毛到处飞行。

你看贞洁的殿宇
铺成了娼家的枕席；
你瞧见的百合处女
被肮脏的手和淫欲的
　　拥抱把她污损了。

我为你青春的
　　脆嫩的花儿忧伤，
那光辉比晚星的
　　闪耀还要明亮，
你的笑鸽子一般可爱，
　　你的接吻多么纯洁，
而今呀，你的毒害
　　像一条"咝咝"的蛇。

你门前恳求你的
　　情人已经分散，
你床上拥抱你的
　　汉子正甜言阿谄。

你要求他们离开你，
因为他们没有钱币；
你的情人瞎眼跛足；
外貌阔绰，心中诡计，
　　他惯用蜜语欺人。

小格提 [1]

我悄悄偷了个情人，
把真情严密的瞒隐，
　哎呀！一直瞒到了今天。
我的罪过忽然暴露；
眼睁睁的就要受苦，
　我的丑态谁都瞧见。
娘要活活的捶死我，
阿父骂的越见冒火；
　他们待我全不爱怜。
我成天的躲在闺房，
再不敢走向那街坊，
　也不敢嬉游，当着人前。

要是我穿过街心，
那些逢着我的人
　定把我当妖精看待：
邻居见我背着的东西，
挤眉弄眼互相惊异！
　我低着头，脚步加快；
他们的手肱挨挨闯闯；

还用指头对我点向，
　　好像我是一个妖怪；
他们摆头眦目有意轻蔑，
咒我要遭雷火打烧，
　　只因一点儿贞操的破坏。

无味的话儿这样哆嗦！
简洁些，把我谱做诗歌，
　　在人人的口中都成笑柄。
冤家路窄，一死了之，
悲哀杀害我，闭了呼吸，
　　我从没哭的这么痛心。
有桩事儿更觉惨伤，
我的爱友要离避家乡，
　　也为了这一个缘因。
那末，我这两重的悲哀，
许还要加上莫测的灾害，
　　因为我没有了情人。

注　释

[1]　"小格提"（Gretchen），Gret 为一少女名，Chen 为小字之意，此名由德文来。

别　离

亲爱的乡土呀，拜别了！生我的家乡！
爱人迷恋的楼台，快乐居住的厢房！
今明两天就要离别了，漂流到远方；
爱情刺激我，在穷困与烦恼里颓唐，
　　　　　　　天涯流浪！

别了，家乡！再会罢，朋友，知心的人！
我诚敬的把我的心儿献给你们，
我无心去追寻我们爱好的学问；
挥泪呀，朋友，我对你们永世忠诚，
　　　　　　　相爱相亲。

这许多创痕痛煞那忠诚的恋人，
多得像"海拉"的野花开遍了山林，[1]
多得像"多当拉"天空的落叶纷纷，[2]
多得像大海里的鱼儿来往成群，
　　　　　　　永数不清。

我负伤的胸中焚起爱情的新焰；
爱情不知体恤，嘲笑脆薄的悯怜；

把真切的格言向爱人进句忠言；
痛苦随爱情，在快乐中呻唤连天，

这叫爱恋！

伤心呀！幸福的报酬这般的悲惨！
但快乐的火焰在恋人的心内燃；
"维娜丝"更送来一些新愁与新憾，
当迷醉的心灵享受了过度甜甘，

过度甜甘！

注　释

[1] 海拉（Hybla）为西西利岛之一古镇，其地以产蜜著名，花木必多。

[2] 多当拉（Dodona），古希腊地名，在 Epirus。其地之橡树颇有名。传说该地有天帝
宣示凡人请问之所，由一神圣橡树之枝叶声与溪中之流水声表示神意。

死前的辩论

（子）哦，爸爸呀，快来救命！
　　　　死神逼近了儿的魂灵；
　　　　托爸爸的福，让儿马上
　　　　出家去做一个和尚！

　　　　呀，仇人要害儿的性命！
　　　　赶紧帮助孩儿，赶紧！
　　　　使儿安心，使儿欢喜，
　　　　在儿的病中加以鼓励！

（父）哦，我心痛的孩子呀，
　　　　你要做甚么事呀？
　　　　你用心反复思量：
　　　　别让我在这儿忧伤。

（子）爸爸，你这爱儿的心肠，
　　　　天哪！使儿哭的更悲伤；
　　　　要是你儿遁入了空门，
　　　　爸爸终身是孤独的人。

（父）那末，你得稍稍迟延，
　　　　一直等到大后天；
　　　　我想你这危险的病，
　　　　该不会一命归阴。

（子）你儿感受这般苦恙，
　　　　一直痛进儿的肝肠，
　　　　儿疑惧等大限临头，
　　　　不到明天呀，万事均休。

（父）出家人要遵守戒条，
　　　　这戒条我通通知晓！
　　　　见天都要吃斋礼拜，
　　　　日夜还须看守祭台。

（子）谁为上帝夜间看管，
　　　　将要接受光明底冠；
　　　　谁为神明挨饥受饿，
　　　　将要吃的分外饱和。

（父）他们的食品过于粗糙，
　　　　餐餐是菜根与豆苗，
　　　　那样的筵席，你想想，
　　　　只有白水当作酒尝。

（子）甚么是节筵的美味，
　　　　甚么是酒神的光杯？
　　　　不论一切的享乐，到头时

醇酒·妇人·诗歌

这肮脏的尸体任虫蛀侵蚀。

（父）去罢，让父亲在此呻吟，
　　　儿哪，何时能感动你心？
　　　痛惜你要出家修道，
　　　忧郁的暗中衰老！

（子）父母钟爱的儿女，
　　　倘不蒙上帝之宠遇，
　　　怕会堕入罪过当中，
　　　当末日吹起审判的号筒。

（父）逻辑，你蕴藏的奥妙，
　　　别给世间的青年知道，
　　　免教学子不守家门，
　　　在外边流浪与沉沦。

　　　乖乖，你再不能亲自
　　　瞧瞧你友爱的相知，
　　　他是一位漂亮的学生，[1]
　　　你侪辈中杰出的才人！

（子）哎呀，儿真不幸啊，
　　　不知要怎样才行哟；
　　　没有引灯与向导，
　　　天涯零落与飘摇！

　　　亲爱的爸爸，止住悲哀，

快乐的事天外飞来；
儿的心情起了变化，
暂且不说要去出家。

注　释

[1] 他：此处病人之父引一友人之名，思以动其子，此名仅为一简写之 N。此诗似
　　未完全传下。

酒　赞

诗歌　散文

温润的美酒呀，善人的幸福，
温润的美酒呀，恶人的愁苦，
忏悔的人尝了更觉香酥，
　你给世界无穷的快乐！
你的颜色遮没了生命的黯影，
你的味儿强烈过一切的香馥；
我们要尽量的酌饮呀，
　为你的迷力把我们诱惑！

清洁的葡萄汁的生长，
它的用处真是瑞祥！
愿那棹席永世平康，
　它供献过美味的醇醛。
哦，这酒色真是祥瑞，
　多么馨香呀，它的美味，
吸进口里又多么甜醉，
　用舌头吮了异样温和。

赞美那首先栽培你的人，
他给了你这心醉的芳名！

他的杯中物永喝不尽，
　　一生都是无灾无祸。
你住家的丹田有福了！
你借宿的舌头有福了！
你溜过的口腔有福了！
　　连那嘴唇也加倍快乐。

因此让我们同歌酒赞，
让我们祝福世间的醉汉；
我们酣醉了，心神不乱，
　　长醉终生呀，努力饮酌。
我们愿你在此川流，
我们愿这杯中有酒，
我们尽心把你侍候，
　　快乐呀，我们酗酒高歌！

光阴似箭

诗歌 散文

桂冠的，"荷勒夏"呀，[1]
　　你的话儿万确千真！
光阴似疾风吹刮，
　　吞噬了多少的生灵。
哦！那满盛着蜜酿的
　　光杯那儿去了，
那争，恋和女郎的
　　芳唇那儿去了？

嫩葡萄脆弱的生长，
　　女孩儿也渐渐成人；
饥渴的诗人的头上，
　　岁月如雨雪纷纷。
不死的荣冠犹如敝屣，
　　要是鬓发已苍苍，
纵不能亲吻少女，
　　让我们长醉这流光。

注　释

[1]　荷勒夏（Horatius），即 Horace，为古罗马著名诗人。

醇酒·妇人·诗歌

烧天鹅的悲哀

诗歌 散文

往常我的翅膀载满了快乐，
往常我还是只可爱的鸟雀；
往常我本是个雪白的天鹅，
　哎呀！此刻
　我变做墨黑，
　我的嘴眉和背遭了火劫！

厨娘把我吊在熏肉架上，
我感受了炎热的火烫，
又把我一块一块的切伤。
我愿化作一叶轻舟
在蓝天罩着的波上浮游，
别让胡椒塞住我的喉。

羊毛和雪花那有我白净，
我的美丽呀赛过别的飞禽；
如今呵，看见乌鸦都骇掉魂。

你瞧我在汤碗里瞌睡，
不能游泳，也不能奋飞，

眼前只晃着獠牙的尖锐。
　哎呀，此刻
　我变做墨黑
　我的嘴眉和背遭了火劫。

醇酒·妇人·诗歌

死驴的遗嘱

有一位农夫，诗人这样讲，
把耐苦的驴打的不像样，
它半死半活的倒在地上。
　　拉所法，[1]
它半死半活的倒在地上，
　拉所法米乃唷。

农夫的脸儿变成了忧郁，
眼儿潮润了，不住的唏嘘，
他向着毛驴这般言语：
"驯良的驴子呀，我知道
你就要离开我死赴阴曹，
呀！我用布带来把你包。

"我为你缝做一件长衣，
长短裤用夏布来代替，
再制一套短衫和衬衣。

"起来站站，睡在地下太惨，
当生命还没与肢体分散，

赶快处分了你的遗产！"

那毛驴爬起来站立不定，
用它悲哀的，微弱的声音，
把它的遗嘱细细声明：

"我死后，头颅拿去献官，
把这双眼睛交付巡官，
把这耳朵呈给法官，

"我的牙齿拿去孝敬老人，
这嘴皮借与好色的情人，
这舌头扔给泼妇骂人。

"我的脚腿让武士抢去，
这鼻孔给烟鬼们送去，
肥厚的圣经要我的皮，

"这叫声传给唱歌的儿童，
醉汉们使得着我的喉咙，
风流的书生要我的……[2]

"把我的……赏给牧子，
把蓟草赠与传道的牧师，
这身影追随造物的意旨。

"老头子要我蹒跚的脚步，
小孩子要我粗笨的态度，

和尚们要我虔诚的面目。"

要是谁立了这些遗嘱

不能遵守，他活该受辱；

他是大家公认的毛驴。

　　　拉所法，

他是大家公认的毛驴，

　　拉所法米乃唒。

散文　诗歌

注　释

[1]"拉所法"：La sol fa 乐音。第二句之"唒"为呼驴声。

[2]残缺。

伊索寓言

前　言

伊索寓言是我国最早介绍的古希腊文学作品。《文汇报》1979 年 6 月 13 日载有吴德铎同志的《"伊索寓言"与我国史册》一文。作者说：早在公元 6 世纪上半叶，北魏时代崔鸿记录的一段故事，与伊索寓言中《农夫的儿子们》的情节相似（见北宋时的《太平御览》卷三四九），原文为：

> 白兰王吐谷浑阿柴临卒，呼子弟谓曰："汝等各奉吾一只箭，将玩之地下。"俄而命母弟慕延曰："汝取一只箭，折之。"延折之；又曰："汝取十九只箭折之。"延不能折。柴曰："汝曹知：单者易折，众则难摧，戮力一心，然后社稷可固。"言终而卒。

《魏书》卷一百一中的《吐谷浑传》也记有：

> 阿豺有子二十人，纬代，长子也。阿豺又谓曰："汝等各奉吾一只箭，折之地下。"俄而命母弟慕延利曰："汝取一只箭折之。"慕延利折之。又曰："汝取十九只箭折之。"延不能折。阿豺曰："汝曹知否？单者易折，众则难摧，戮力一心，然后社稷可固。"言终而死。

我们不敢肯定这个故事是模仿伊索寓言，也许是巧合。

伊索寓言在明代，有利马窦的翻译。1625 年（明代天启五年）又有由法国耶稣会会士金尼阁（Nicolas Trigaule）口授、张赓笔传的二十来个伊索寓言，取名《况义》，据说曾在西安刻印。此书国内有三种抄本。最好的抄本现存巴黎国家图书馆。我们曾托人自该图书馆弄到缩微照片。几百年来，伊索寓言最为我国人民所喜爱。全本有汪原放译的《伊所伯的寓言》（根据汤森 Townsend 的英译本，亚东图书馆，1929）和人民文学出版社的《伊索寓言》（根据法国版希腊原文，1963）。上海将出版方平同志的译本，由黄永玉同志作插图。我们几个人合译了一个全本（根据德国版希腊原文）。各种全本都有寓言三百五十个左右，其中三百个是相同的。

北京大学编写的《欧洲哲学史》第一章第一节的题目是："《伊索寓言》中反映的奴隶哲学"。编者认为，伊索寓言反映了公元前 6 世纪到公元后 2 世纪末的希腊罗马奴隶及下层劳动群众的思想要求。他的根据是公元前 1 世纪人菲德路斯的一句话。菲德路斯是一个奴隶，后来获释。他编有五卷本拉丁文诗体的《伊索式寓言》。他曾在该书第三卷的"序诗"中说："受压迫的奴隶想要吐露而又不敢吐露的情感，就用寓言的方式表达出来，借虚构的笑话来避免非难。"伊索本人是一个奴隶，后来获释。他的寓言可能只有很少几个流传下来。伊索寓言的另一个编纂者巴布利乌斯也是奴隶出身，传下两卷希腊文诗体的《伊索寓言》。在伊索的名义下传下的"伊索寓言"，广泛流传于古代的奴隶和劳动人民中间。由此看来，伊索寓言是反映了奴隶的思想情感。但现存的寓言中塞进了许多奴隶主的思想。究竟哪一些是奴隶的作品值得研究。

自从《欧洲哲学史》出版以来，有人对这个论点表示赞同，也有人不同意。希望今后能从史料方面提供证据，对这个论点加以评定。

鹰和狐狸

鹰和狐狸发誓交朋友，决定住在一起，以为这样友谊更能巩固。于是，鹰在一棵大树上孵化小鹰，狐狸在树下的灌木丛里哺育儿女。一天，狐狸出去觅食，鹰缺少吃的，就飞到灌木丛中，把小狐狸都抓走，带回去和小鹰饱餐了一顿。狐狸回来，知道了这件事，既为儿女的惨死难过，更为无法报仇而伤心，因为他是走兽，不可能追逐飞禽。他只好站在远处诅咒敌人，这是没有力量的弱者唯一能做到的事情。但是，鹰的背信弃义不久就受到了惩罚。一次，有人在野外杀羊祭神，鹰飞下来，从祭坛上抓起一条燃烧着的羊肠子，飞回窝里去。这时，狂风大作，干枯的小树枝做成的窝猛烈燃烧起来，那些没长好羽毛的小鹰都被烧死了，落在地上。狐狸跑上去，当着鹰的面把小鹰都吃掉了。

这故事是说，背信弃义的人，虽然能躲过受害者的报复，却逃不出神的惩罚。

鹰、穴乌和牧人

鹰从悬崖上飞下来，把一只羔羊抓走了。穴乌见了，非常羡慕，也想学鹰的样，便呼啦啦地猛扑到公羊背上，但脚爪被羊毛缠住了，怎样扑动翅膀也飞不起来。后来，牧人看见了，便跑上去把他捉住，剪去了翅膀上的羽毛。傍晚，牧人把穴乌带回家，给了孩子们。他们问那是什么鸟，牧人回答说："我明知他是穴乌，可是他自以为是鹰。"

这故事是说，与优越者竞赛，不仅没有好处，反会招致不幸，为人耻笑。

鹰和屎壳郎

鹰追兔子，兔子无处求救。可巧有只屎壳郎在旁边，兔子见了，便去求救。屎壳郎叫兔子不要害怕。屎壳郎看见鹰飞到跟前，便向鹰恳求，不要抓走求救于他的兔子。鹰瞧不起小小的屎壳郎，当着他的面把兔子吃掉了。屎壳郎记住这回的侮辱，从此总是盯着鹰巢，只要鹰一产卵，他就飞上去，把卵推出来打碎。鹰到处躲避，后来逃到宙斯[1]那里，恳求给他一个安全的地方孵化小鹰。宙斯让鹰在他的衣兜里产卵。屎壳郎见了，就滚了一个粪蛋，飞到宙斯跟前，把它扔到他的衣兜里。宙斯想把粪蛋抖掉，就站了起来，无意间把鹰卵也抖掉了。据说从此以后，凡是屎壳郎出现的时节，鹰是不孵化小鹰的。

这故事告诫人们不要瞧不起任何人，因为谁也不是懦弱到连自己受了侮辱也不能报复的。

夜莺和鹞子

夜莺栖息在大树上，象往常一样唱着歌。鹞子见了，正缺少食物，便飞过去把他捉住。夜莺临死时，请求鹞子放了他，说他填不满鹞子的肚子，如果鹞子真的缺少食物，就应该去寻找更大的鸟。鹞子回答说："我如果放弃到手的现成食物，而去追求那渺茫的东西，岂不成了傻瓜了！"

这故事是说，那些因贪图更大的利益而把手中的东西抛弃的人，是愚蠢的。

欠债人

在雅典，有个人欠了债，债主催他还钱。起初，他推说手头紧，要求延期。债主不答应，欠债人于是把自己仅有的一头老母猪赶出来，当着债主的面出卖。有个买主走上前来，问那头老母猪是否还能下崽。欠债人说，不但能下，而且不比寻常，它在土地女神[2]节会下母猪，在泛雅典娜[3]节会下公猪。买主听了，大为惊异。债主说道："这不足为奇，它在酒神[4]节还会给你生下小山羊哩！"

这故事是说，许多人为了自己的利益，不惜为不可能的事情作伪证。

野山羊和牧人

牧人把羊赶到草地去放牧，发现自己的羊同野山羊混在一起。傍晚，牧人把他们都赶进了羊圈。第二天，起了风暴，牧人不能把羊赶到常去的草地，只好在圈里喂养。他扔给自己的羊有限的饲料，仅止于不让他们挨饿，而为了使外来的羊变成自己的，他给他们堆上多得多的饲料。风暴停息以后，牧人把羊赶到草地去，那些野山羊却爬上山逃跑了。这时，牧人责备野山羊忘恩负义，怪他们得到特殊照顾，却扔下他走了。野山羊回过头来说道："正因为如此，我们更应该当心，因为你照顾我们这些昨天才来的比那些早就跟你在一起的还要好，很明显，假如以后又有别的野山羊前来，你又将偏爱他们，而不爱我们了。"

这故事是说，那些喜新厌旧的人的友谊是不足取的，因为即使我们同这种人相交很久，他们一旦有了新交，又会偏爱那些人。

猫和鸡

有一次，鸡病了，猫弯着腰问道："你身体怎样？缺什么东西，我可以给你；但愿你早日恢复健康。"鸡回答说："我告诉你，只要你离开这儿，我就死不了。"

这故事谴责那些口蜜腹剑的人。

伊索在造船厂

会讲寓言故事的伊索于闲暇时来到造船厂。造船的工匠嘲笑他，激他答话。伊索便对他们说："上古的时候，一片混沌，到处是水；宙斯想叫土元素出现，便吩咐土吸三次水。土开始吸水，第一次吸，露出了山峰；第二次吸，现出了原野。"伊索接着说："如果土遵照宙斯的意旨吸第三次，你们这点技术就没用了。"

这故事是说，讥笑比自己高明的人，往往会不知不觉地自寻烦恼。

狐狸和山羊

狐狸落在井里，没法上来，只好呆在那里。一只山羊渴极了，也来到井边，他看见狐狸，就打听井水好喝不好喝。狐狸遇见这么个好机会，大为高兴，就竭力赞美那井水如何好，如何可口，劝山羊快下去。山羊一心想喝水，又没有心眼儿，就跳下去了。当他解了渴，和狐狸一起设法上来的时候，狐狸就说，他有办法，可以救他们两个出去。他说："假如你愿意，可以用脚扒着井壁，把犄角放平，我从你后背跳上去，再拉你出去。"狐狸一再劝说，山羊欣然同意了。于是，狐狸就踩着山羊的后腿，跳到他的后背上，再从那里跳到他的犄角上，然后扒着井口，跳了上去，上去以后，就走了。山羊责备狐狸背信弃义，可是狐狸回过头来说道："朋友，你的头脑如果和你的胡子一样完美，那么，你刚才就不会不预先想好出路就跳下去了。"

所以，有头脑的人应当事先看清事情的结果，然后才去做那件事情。

狐狸和狮子

有只狐狸从未见过狮子，后来有机会遇见了。第一次见着，惊惶失措，吓得要死。第二次遇着，仍然害怕，但已不象前次那样厉害。第三次见着，竟壮着胆子走上前去，和狮子攀谈起来。

这故事是说，熟识能减少对事物的畏惧。

渔　夫

有个吹箫的渔夫，带着箫和网来到海边，站在一块突出的岩石上。他先吹箫，以为鱼听见美妙的音乐就会自动跳出来。他吹了好久，毫无结果，便放下箫，拿起网向水中撒去，却捕到了许多鱼。他把鱼从网里抓出来，扔到地上，看见鱼都欢蹦乱跳的，就对他们说：“坏东西，我吹箫的时候，你们不肯跳舞，现在我不吹了，你们倒跳起舞来了。”

这故事适用于那些做事不合时宜的人。

狐狸和豹

狐狸和豹争论谁美。豹夸耀自己身上斑驳的花纹，狐狸却回答说：“我比你美得多，我所装饰的不是身体，而是心灵。”

这故事是说，智慧的美胜过形体的美。

伊索寓言

渔夫们

渔夫们起网，觉得网很沉，以为收获一定很多。哪知拉到岸上，鱼不多，网里是一块大石头。他们心里很懊丧，捕获少倒还无所谓，难受的是，结果和他们的预期正好相反。他们当中的一个老人说道："朋友们，别难过。痛苦本是欢乐的姐妹。我们刚才高兴过了，现在该苦恼苦恼了。"

这故事是说，不要因挫折而苦恼。

狐狸和猴子

狐狸和猴子同行，彼此争论谁的家世高贵。各自吹嘘一番以后，恰好来到一处墓地。猴子凝视着墓地，不觉放声痛哭。狐狸问他原因，猴子指着墓碑说道："看见这许多为当年被我的祖先役使的奴隶和释放的奴隶而坚立的墓碑，怎能叫我不伤心呢？"狐狸于是对他说道："你想怎么撒谎就怎么撒谎吧，反正他们当中谁也不会站起来反驳你。"

同样，那些撒谎的人，看见没人反驳他们，就越发自吹自擂。

狐狸和葡萄

狐狸饥饿，看见架上挂着一串串的葡萄，想摘，又摘不到。临走时，自言自语地说："还是酸的。"

同样，有些人能力小，办不成事，就推托时机未成熟。

猫和公鸡

猫捉到公鸡，想用冠冕堂皇的理由把他吃掉。先是指责公鸡夜里打鸣，吵人睡觉，叫人讨厌。公鸡说，他打鸣对人有好处，好叫人起来工作。猫又说："可是，你和姐妹、母亲同居，伤天害理。"公鸡说："这也是为主人好，可以多给他们生蛋。"猫无言以对，便说："你有再多理由，难道我就不吃掉你么？"

这故事是说，天生要做坏事的人，如果找不到漂亮的借口，就会明目张胆地去作恶。

断尾狐

有只狐狸被捕兽器夹断了尾巴。他受了这种侮辱，觉得日子很不好过，决意劝别的狐狸都去掉尾巴，大家一样了，自己的缺点就好掩饰过去了。他于是召集所有的狐狸，劝他们都割掉尾巴。他说，这东西既不雅观，又很累赘。有一只狐狸插嘴说："朋友，如果这不是于你有益的话，你就不会劝我们割掉了。"

这故事适用于这种人，他们劝告邻人，不是出于好心，而是为了于自己有利。

渔夫和鳀鱼

渔夫下网，打上来一尾鳀鱼，鳀鱼请求渔夫暂且放掉他，说自己还小，等日后长大了，捉住他更有利。渔夫说道："我放弃手中现有的利益，而去追求渺茫的希望，就成了大傻瓜了。"

这故事是说，现实的利益虽小，总比想望中的大利益更可取。

狐狸和荆棘

狐狸蹿上篱笆，滑了一下，快要跌下来的时候，他抓住荆棘求救，不料刺破了脚，直流血，痛得要命。他对荆棘说："哎呀，我逃到你这里，是要你救我一把。"荆棘说："朋友，你抓住我求救是个错误，我是习惯于见东西就抓的。"

这故事是说，谁向生来作恶的人求救，谁就是傻瓜。

狐狸和鳄鱼

狐狸和鳄鱼争论谁的家世高贵。鳄鱼细数了祖先的许多光荣事迹，最后说，他的祖辈还当过体育场的场长呢。狐狸回答说："你即使不说，从你的皮肤也看得出来，你是经过多年锻炼的。"

同样，事实能驳倒撒谎的人。

渔夫们

渔夫们出去打鱼，劳累了半天，一无所获，坐在船上发闷。这时，一条金枪鱼被追赶，刷刷地游过来，无意中跳进了他们的船。他们把它捉住，拿到市上卖掉了。

同样，靠技能得不到的，往往可以碰运气得到。

狐狸和伐木人

狐狸躲避猎人，看见一个伐木人，便请求伐木人把他藏起来。伐木人叫狐狸到他的茅屋里去躲着。过了不久，猎人赶到了，问伐木人看见狐狸打这里经过没有。伐木人一面嘴里说没看见，一面打手势，暗示狐狸藏在什么地方。但是，猎人没有注意到他的手势，却相信了他的话。狐狸见猎人走了，便从茅屋里出来，不打招呼就要走。伐木人责备狐狸，说他保全了性命，却连一点谢意都不表示。狐狸回答说："假如你的手势和你的语言是一致的，我就该感谢你了。"

这故事适用于那些嘴里说要行好事、实际上做坏事的人。

公鸡和松鸡

有个人家里养鸡，可巧看见有只养驯的松鸡出售，便买了带回家去，一起养着。公鸡都来啄他，撵他。松鸡很苦恼，心想一定因为自己是外族，才被他们看不起。不久，他看见那些公鸡也互相殴斗，不打个头破血流，决不罢休。他暗自说道："他们啄了我，我也不觉得苦恼了，因为我看见他们自己也互不留情。"

这故事是说，明白人看见邻居对自家人都不留情，想到自己受他们粗暴对待，也就容易忍受了。

肚胀的狐狸

狐狸正饿，看见树洞里放着牧人的面包和肉，就钻进去，吃掉了；肚子胀大以后，钻不出来，不住地叫苦。别的狐狸从那里经过，听见他呻吟，就过去打听原因；问明情况后，便对他说："你在洞里呆着吧，等回复到进去时的样子，就容易出来了。"

这故事是说，时间能解决困难的问题。

鱼　狗

鱼狗这种鸟，性情孤僻，经常在海上生活。据说，她为防人捕捉，在海边悬崖上做窝。有一回临产时，她来到海角上，看见一块临海的岩石，就在那里做窠。一天，她出去觅食，海上狂风大作，掀起巨浪，卷走了她的茅屋，小鸟都淹死了。她回来，看见这情况，说道："我好苦啊！我提防陆地险恶，躲到这里来，哪知这里更不可靠。"

同样，有些人提防着敌人，不知不觉竟落在比敌人更厉害的朋友手里。

渔 夫

渔夫在河里捕鱼，他拦河张网，又用绳子拴块石头，不停地击水，吓唬鱼群窜逃，好懵懵懂懂地一头扎进他的网。那地方有个住户，看见他这样做，责怪他把河水搅浑，让大家喝不上清水。渔夫回答说："若不把河水搅浑，我就得饿死。"

同样，城邦的政客们在把祖国引向动乱时也是这样干的。

狐狸和面具

狐狸走进塑制道具的店铺，把成品一件件细看，后来看见一副供悲剧演员用的面具，便拿起来，对它说："多么好的脑壳，可惜没有脑子。"

这故事适用于身躯高大而心灵愚蠢的人。

撒谎的人

有个穷人患病，病情恶化，他向众神许愿，说如得不死，一定献上一百头牛。众神想试验他，便让他很快痊愈。他病好下床以后，没有真牛，就用面团捏成一百头牛，放在祭坛上焚化，嘴里念念有词："众神啊，请接受我许的愿。"众神也想骗他一下，就托梦给他，劝他到海边去，说在那里可以找到一千块雅典银元。他大为高兴，就直奔海边而去。到那里却遇上海盗，被他们掳走，卖了一千块钱。

这个故事适用于撒谎的人。

烧炭人和漂布人

烧炭人在一所房子里营业，看见漂布人走来，就劝他搬过来和自己同住，这样，彼此更亲密，合住也省钱。可是漂布人回答说："这在我是绝对不行的。因为凡是我漂白的，都会被你弄黑。"

这故事是说，隔行难相处。

沉船落难的人

有个雅典富人，与众人一同航海。海上狂风大作，船被打翻。别人都在使劲游水，唯独这个雅典人只顾呼唤雅典娜的名字，答应献上许多祭品，只要他能得救。有个一同落难的人游到他身边，对他说道："有雅典娜帮忙，你自己也动动手呀！"

因此，我们既要请求众神帮助，自己也得想办法做点事。

头发斑白的人和他的情妇们

一个头发斑白的人有两个情妇，一个年轻，一个年老。那年老的觉得，和比自己年轻的男人亲近，面子上不好看，每逢他来，就不断地拔掉他一些黑发。那年轻的却想隐瞒她有年老的情人，不断地拔掉他一些白发。两人轮流着拔，结果使他变成了秃子。

同样，不管在哪儿，不相称总是有害的。

凶　手

有个人杀了人，被受害者的亲属追捕。他跑到尼罗河边，遇上一只狼，吓得爬到河边的树上，在上面躲着。在树上，他又看见一条蝮蛇吊在他头上，他于是跳下河去。河里有一条鳄鱼，正等着他，就把他吃掉了。

这故事是说，对于有血污的人，无论土、空气、水、火四行都不能保证安全。

吹牛的运动员

有个参加五项竞技的运动员，每次比赛都缺乏勇气，常常受到同胞们的指责，只得离开本乡。过了一段时间，他回来了，吹嘘说，他在别的城市多次参加比赛，如何英勇，在罗得岛[5]他跳得如何远，没有一个奥林匹克选手比得上他。他说，当时在场的人只要来到这里，都能为他作证。这时，有个人从旁对他说道："朋友，如果是真的，你就不需要什么见证人；这里就是罗得岛，你跳吧！"

这故事是说，用行动可以就近证明的事，用语言来证明是多余的。

还不了的愿

有个穷人患病，病情渐渐沉重，医生说他没有希望了。病人祷告众神，说如果能病好下床的话，一定设百牛祭，送礼还愿。他妻子正站在旁边，听他这么说，便问道："你从哪儿弄这笔钱来还愿呀？"他回答说："你以为神让我病好下床，是为了向我要这些东西吗？"

这故事是说，实际上不想做的事情，人们倒最容易答应下来。

人和羊人 [6]

听说，从前有个人和羊人交朋友。冬季到了，天气寒冷，那人把手放在嘴上呵气。羊人问他为什么这样做，他说，手冷，呵气取暖。后来，他们同桌吃饭，肉很烫，那人拿到嘴边吹了吹。羊人又问他为什么这样做，他说，食物太烫，把它吹凉。羊人于是说道："你这人，我和你绝交，因为你嘴里一会儿吹热气，一会儿又吹冷风！"

有些人反复无常，切不可和他们交朋友。

好恶作剧的人

有个好恶作剧的人同人打赌，要向他证明德尔斐的神示 [7] 是假的。到了约定的日期，他手里攥着一只小麻雀，藏在衣襟底下，走到庙里，站在神前面，问他手中拿着的东西是活的还是死的；他的意思是，如果神示说是死的，他就亮出活的麻雀来，如果神示说是活的，他就捏死了再拿出来。神看穿了他的坏心计，说道："朋友，算了吧！你手中的东西，是死是活，全在你。"

这故事是说，神是不可亵渎的。

瞎 子

有个瞎子，不论把什么动物放在他手上，只要摸一摸，就能说出是什么来。一次，有人把一只小山猫交给他，他摸了摸，犹豫了一下说："我不知道它是狼，是狐狸，还是这类的什么小动物。不过我可以肯定，把它放在羊群里是不妥当的。"

同样，坏人的本性往往通过外表流露出来。

农夫和狼

农夫解下拉犁的牛，牵去饮水。有只饥饿的狼正在觅食，看见那犁，先是舔那牛套，后来不知不觉一点一点地把脖子伸进去，再也退不出来，只好拖着犁在田地上走来走去。农夫回来，看见他，说道："坏家伙！但愿你真的不再偷东西，干坏事，而来种地就好了！"

这是说，坏人即使宣称要做件最有益的事，但由于他的本性，大家都不相信。

燕子和鸟类

槲寄生抽芽的时候，燕子看出鸟类将有大难临头，他于是把鸟类都叫来，劝他们务必把生长槲寄生的树都砍倒，如果办不到，就逃到人类那里去，请求人类不要用槲寄生制成的粘胶来捕捉他们。大家都笑话燕子，说他讲傻话。他只好独自飞到人类那里去，请求保护。人类觉得他聪明，就收留了他，让他和人类住在一起。结果，别的鸟被人捉去吃，唯独请求避难的燕子得以在人类的家里安安稳稳地做窝。

这故事是说，人有预见，才能避免危险。

天文学家

有个天文学家，每天晚上照例都到外面去观测星象。有一回，他来到城外，一心望着天空，不留神落在一口井里。他大声呼叫，有个过路人听见，走过来，问明原因，对他说："朋友，你用心观察天上的情况，却不看地上的事情。"

这故事适用于这样一种人：他们连人们认为是普通的事情都办不到，却拼命夸夸其谈。

狐狸和狗

狐狸钻进羊群，抱起一只正在吃奶的羊羔，假意抚爱他。狗见了，问道："你这是干什么呀？"狐狸说："我照料他，逗他玩。"狗说："你不立刻放下这羊羔，我就叫你尝尝狗的抚爱。"

这故事适用于恶棍和窃贼。

农夫和他的孩子们

农夫临终时，想让他的孩子们懂得怎样种地，就把他们叫到跟前，说道："孩子们，葡萄园里有个地方埋藏着财宝。"农夫死后，孩子们用犁头和鹤嘴锄把土地都翻了一遍。他们没有找到财宝，可是葡萄却给他们带来几倍的收成。

这故事是说，勤劳就是人们的财宝。

两只青蛙

池塘干涸了，两只青蛙四处去找居住的地方。他们来到一口井旁边。一只青蛙没有心眼儿，劝另一只跳下去。后者说："这井水如果干涸了，我们怎么上来呢？"

这故事告诫我们，不可轻率从事。

青蛙要国王

青蛙没有首领，觉得不痛快。他们派代表去见宙斯，要求给他们一个国王。宙斯看他们太天真，就扔一块木头到池塘里去。最初，他们听见扑通一声，吓了一跳，都钻进池塘底下去了。后来，木头停住不动了，他们又钻出来，觉得它没有什么了不起，就爬上去坐着。对这第一个国王，他们很不满意，于是又去见宙斯，说这个国王太迟钝，要求换一个。宙斯生了气，就给他们派去一条水蛇。水蛇便把他们抓来吃。

这故事是说，迟钝的国王总比捣乱的国王好得多。

牛和车轴

几头牛拉车。车轴吱吱叫唤，牛回过头去对他说："朋友，我们担着全副重担，你倒叫苦吗？"

这故事是说，在别人拼命干活的时候，有些人也装出吃力的样子。

北风和太阳

北风和太阳争论谁的威力大。他们议定，谁能剥去行人的衣裳，就算谁胜利。北风开始猛烈地刮，行人把衣裳裹紧，北风就刮得更猛。后来，行人冷得厉害，又加上了更多的衣裳。北风终于刮累了，就让位给太阳。太阳先温和地晒，行人脱掉了添加的衣裳；太阳越晒越猛，行人热得难受，就把衣裳脱光，跳到附近的河里洗澡去了。

这故事是说，说服往往比压服更有效。

呕吐内脏的小孩

有个人在野外宰牛祭神，把乡邻请来赴宴。来客中有个贫穷的妇女，同她一起来的还有她的小孩。宴会进行了一会儿，小孩被内脏和酒填饱了，肚子胀得难受，痛苦地说："妈妈，我要把内脏吐出来了！"母亲回答说："孩子，那内脏不是你的，而是你吃下去的。"

这故事适用于那些借债人，他们高高兴兴地拿了别人的钱，到了该还债的日期，却感到心痛，好象是把自家的东西拿出去。

夜 莺

挂在窗口的夜莺，夜晚唱着歌。蝙蝠飞来，问他为什么白天沉默，夜间唱歌。夜莺回答说，他这样做是有原因的，原先他在白天唱歌，被人捉住了，从此有了心眼儿。蝙蝠听了，说道："你不应该现在才加小心，应该在被捉住之前多加小心，现在已经无济于事了。"

这故事是说，已经遭遇了不幸，懊悔也没用。

牧牛人

牧牛人放牧，丢了一头小牛。他到处寻找，都没有找到，便向宙斯祈祷说，如果能找到偷牛的贼，必定宰一只小山羊献祭。后来，牧牛人走进树林，看见一头狮子正在吃那头小牛，他大吃一惊，连忙朝天举起双手，祷告说："我主宙斯啊，先前我曾向你祈祷说，如果能找到偷牛的贼，必定宰一只小山羊献祭；而现在，如果我能从这窃贼手里逃生，必定宰一头公牛献祭。"

这故事是说，有些人遇到危难，在困境之中想找到为害的人，一旦找到了，却又回避他。

黄鼠狼和爱神

黄鼠狼爱上了一个漂亮的年轻人，祈求爱神把她变成一个女人。爱神怜悯她的热情，把她变成了一个美丽少女。这样，那年轻人一见就爱上了她，把她领到自己家里。当他们在屋里坐下的时候，爱神想知道，黄鼠狼的模样改变了，她的习性是不是也已改变，因此把一只老鼠放进屋。那女人忘记了自己所处的环境，跳过去捕老鼠，要把他吃掉。爱神见了，很生气，又把黄鼠狼变回了原来的模样。

同样，本性恶劣的人，模样变了，习性依然如旧。

农夫和蛇

一条蛇爬过来，把农夫的儿子咬死了。农夫非常痛苦，拿着一把斧子，走到蛇出入的洞口，等候蛇出来，想把他一斧子砍死。蛇一露头，农夫就一斧子砍下去，但是没有砍中蛇，却把洞旁一块大石头劈成了两半。农夫担心后患，就向蛇恳求，要同他和解。蛇说："我一见那劈开了的石头，就不会对你有好感；同样，你一见儿子的坟墓，也就不会对我有好感。"

这故事是说，深仇大恨，不易和解。

农夫和狗

农夫被风暴困在家里，不能出去弄食物，就先把绵羊宰来吃了。风暴还是刮个不停，他又把山羊吃了。风暴仍然没有减弱，他又把耕牛宰了。他养的几条狗看见他的所作所为，彼此商议说："咱们非离开这里不可了，主人把那条跟他一起耕田的牛都宰了，怎么会放过我们呢？"

这故事是说，对于那些连自家人都要陷害的人，必须特别警惕。

农夫的孩子们

有个农夫，他的孩子们时常争吵。农夫多次劝说，都说不通，心想须得用事实来说服他们才行，于是叫孩子们拿一捆树枝来。等他们把树枝拿来，农夫先是把整捆树枝给他们，叫他们折断。孩子们一个个费了很大力气，也折不断。接着，农夫把那捆树枝解开，给他们每人一根，他们都很容易就把树枝折断了。这时，农夫说："孩子们，你们也是一样，团结起来，就是不可战胜的；可是，你们争吵不休，就容易被敌人击破。"

这故事是说，团结就是力量，起内讧，就容易被击破。

蜗　牛

农夫的孩子烤蜗牛，听见蜗牛吱吱响，孩子说："坏东西，你们的房子都着火了，还唱歌？"

这故事是说，一切不合时宜的行为都会受到非议。

女主人和女奴们

有个寡妇很勤快，她有几个女奴隶。每天夜里公鸡一打鸣，她就叫她们起来干活。女奴们日夜操劳，累得筋疲力尽，她们觉得非把主人家里的公鸡掐死不可，因为公鸡夜里把女主人叫醒，这是使她们受苦的祸根。可是，公鸡被她们掐死以后，她们反而陷入了更难堪的境地，女主人分不清鸡叫的时刻，把她们叫醒得更早了。

对许多人来说，情况也是如此，他们的不幸正是他们自己的盘算造成的。

女　巫

有个女巫自称能念咒语，平息神的忿怒。她经常承做这种事，从中骗得不少报酬。有人就此控告她改革神道，把她抓来审问，判了死刑。有人看见女巫从法院里被押解出来，就对她说："你自称能平息神的忿怒，怎么连凡人的忿怒也平息不了呢？"

这故事是说，不少人自称能成大事，却连小事也做不到。

老太婆和医生

有个老太婆害眼病，请一位医生给她治疗，讲定付报酬。那医生每次来给她上药，都趁她闭上眼睛的时候偷走她家一件东西。东西全被偷走，老太婆的眼病也治好了。这时，医生向老太婆索取讲定的报酬，老太婆不肯给，医生便把她带到长官那里去。老太婆承认，她答应过给报酬，条件是把她的眼病治好，可是如今，经过治疗，她的眼睛反而比以前更坏了。她说："以前，我还能看见家里的全部东西，如今，却全都看不见了。"

同样，有些坏人贪得无厌，不知不觉地给自己留下了罪证。

寡妇和母鸡

有个寡妇养着一只母鸡，母鸡每天下一个蛋。寡妇以为，如果给鸡多喂些饲料，会每天多下一个蛋。她这样喂，母鸡长肥了，一个蛋也不下了。

这故事是说，不少人由于贪婪，想得到更多的东西，结果连现有的也丢掉了。

黄鼠狼和锉刀

黄鼠狼钻进铁匠铺，那里摆着一把锉刀，黄鼠狼就去舔它，结果，把舌头刮破了，流了好多血。黄鼠狼反而高兴，以为舔下了铁，终于把舌头都舔掉了。

让那些由于好斗而伤害了自己的人听听这个故事吧！

老人和死神

有个老人砍了柴，扛在肩上，走了很远的路，累极了，便把柴放下，呼唤起死神来。死神来了，问为什么呼唤他？老人说："为的是请你把那捆柴放到我肩上！"

这故事是说，人人都爱惜生命，即使遭受了无数灾难，也还是不想死。

农夫和时运女神

有个农夫挖地，挖到一块金子，以为是土地女神所赐，因此每天给土地女神献花冠。时运女神出现在他面前，说道："朋友，那件礼物是我为了让你发财送给你的，你为什么把它算作土地女神送的呢？如果时运变了，这块金子落到别人手里，我知道，那时候你一定要埋怨我时运女神了。"

这故事是说，应当认清恩人，向他报答。

农夫和蛇

诗歌 散文

一个农夫在冬天看见一条蛇冻僵了。他很可怜它，便拿来放在怀里。那蛇受了暖气，就苏醒了，等到回复了它的本性，便把它的恩人咬了一口，使他受了致命的伤。农夫临死的时候说道："我怜惜恶人，应该受这个恶报！"

这故事是说，对恶人即使仁至义尽，他们的本性也是不会改变的。

演说家得马得斯[8]

从前，演说家得马得斯在雅典城演讲，听众都不注意听，他就请大家允许他讲段伊索寓言。听众大为赞成，他开始讲道："得墨忒耳同一只燕子、一条鳗鱼一起上路。到了一处河边，燕子飞走了，鳗鱼钻到水里去了。"他讲到这里，便不再作声。听众问道："得墨忒耳怎么样呢？"得马得斯回答说："她生你们的气呢，因为你们不关心城邦大事，一心只想听伊索寓言。"

所以，只图享乐、不务正业的人，是很愚蠢的。

被狗咬了的人

有人被狗咬了，到处找人医治。别人告诉他，得用面包蘸点伤口上的血，扔给咬了他的狗吃。他回答说："假如我这样做，全城的狗一定都要来咬我了。"

同样，人的恶习受到鼓励，会更加促使他去为非作歹。

旅途中的第欧根尼[9]

犬儒派的第欧根尼出外旅行，来到洪水泛滥的河边，站在渡口没办法。有个常背人过河的人，看见他在那里为难，便过来把他背了过去。第欧根尼夸奖他心好，站在那里抱怨自己贫穷，不能报答行善的人。当他还在琢磨这件事的时候，那人看见另一个人过不来，又过去把那人背了过来。这时，第欧根尼上前说道："我不为刚才的事感谢你了，因为我看出来了，你这样做不是出于对我的偏爱，而是由于你有这种癖好。"

这故事是说，有些人热衷于对蠢人行善，他们得到的不是善行的称誉，而是愚蠢的骂名。

行人和熊

两个朋友一起上路。他们遇见一只熊，一个人抢先爬上树，藏起来了，另一个人在快要被熊抓住的时候，倒在地上装死。熊走到他跟前，用鼻子闻了闻，他屏住呼吸。据说，熊从不碰尸体。熊走了以后，那人从树上下来，问这人，熊在他耳边说了什么，这人回答说："熊说以后千万不要和那种不能共患难的朋友同行。"

这故事是说，患难见知己。

伊索寓言

年轻人和屠户

两个年轻人在一家店铺里买肉。当屠户转过身去的时候，一个人偷了一块肉，揣到另一个人的怀里。屠户转身回来寻找那块肉。偷肉的人赌咒说没拿，怀里揣着肉的人赌咒说没偷。屠户看穿了他们的诡计，说道："你们赌假咒，即使骗得过我，也骗不过神。"

这故事是说，我们赌假咒，即使骗得过人，也骗不过神，因为神能洞察一切。

行 人

两个人一起上路，一个捡到一把斧子，另一个对他说："咱们捡到了一把斧子。"那人叫他别说"咱们捡到了"，只说"你捡到了"。过了一会儿，丢斧子的人向他们追来，眼看就要追上了，这时拿着斧子的人对那同行的人说："咱们完了！"那人回答说："请你说'我完了'，因为你捡到斧子的时候，并没有把它当作和我共有的东西。"

这故事是说，有福不肯与人共享，有祸也不会有人同当。

两个仇人

两个仇人同船去航海，一个坐在船尾，另一个坐在船头。海上起了大风暴，船快要沉了，坐在船尾的人问艄公，船的哪一头先沉。艄公回答说："船头。"那人说道："我将看见我的仇人死在我的前头，死亡对我来说便没有什么痛苦了。"

这故事是说，许多人只要能看见仇人先遭难，就不管自己的安危。

两只青蛙

两只青蛙是邻居，一只住在远离道路的深水池塘里，另一只住在路上的小水洼中。池塘里的青蛙劝邻居搬到他那里去，一起过更美好、更安全的生活。邻居不听，说难以离开住惯了的地方。结果，过路的车子把他轧死了。

同样，有些人在不良的习惯中混日子，在他们还没有醒悟之前，就死掉了。

橡树和芦苇

橡树和芦苇争论谁强大。后来，起了大风，芦苇摆动着，随风仰倒，免于被连根拔掉；橡树则竭力对抗，被连根拔掉了。

这故事是说，不应同强者竞争。

发现金狮子的胆小鬼

有个胆小而贪财的人发现了一只金狮子。他自言自语地说："不知这件事会把我弄成什么样子，我的心乱得很，不知怎么办好。我既爱财，又胆小。这是什么样的运气？是哪一位神造出了这只金狮子？这件事使我心里起了冲突。我既爱金子，又怕金子制成的野兽；欲望叫我去拿它，性格又叫我躲着它。运气把它给了我，可又不让我拿到手。这宝贝毫无乐趣可言！啊，众神的恩惠，可又不是恩惠！怎么回事呢？怎么办呢？想个什么法子呢？我回去把家里人带来，他们人多，联合起来捉拿它，我呢，远远地观看吧。"

这故事适用于不敢动用家财的富人。

海豚和白杨鱼

海豚和鲸鱼打仗。他们争斗了很久，越来越激烈。这时，有一条白杨鱼[10]游上来，要给他们调解。海豚对白杨鱼说："对我们来说，宁可战斗到同归于尽，也比让你来调解好受一些。"

同样，有些人本来无足轻重，遇上动乱，却自以为是什么大人物了。

养蜂人

有个人走进养蜂人家里，趁主人不在，把蜜和蜂巢偷走了。养蜂人回来，见蜂箱空了，站在那里寻找。这时，蜜蜂从原野飞回，见了他，就蜇他，非常凶狠。养蜂人对蜜蜂说："坏东西，你们怎么白白放过偷蜂巢的人，反而攻击起关心你们的我来呢？"

同样，有些人由于无知，对敌人不加防备，却把朋友当作阴谋者加以驱逐。

海豚和猴子

航行中带着姆列特[11]狗和猴子供消遣，是航海者的一种风尚。有个人也带着一只猴子航海。旅客航行到阿提卡的苏尼翁海角[12]，忽然起了大风，把船打翻了，大家都泅水渡海，猴子也在游泳。海豚看见他，以为是人，便钻到底下，把他顶起来，送往陆地。他们到达雅典的珀赖欧斯[13]的时候，海豚问猴子是不是雅典人，猴子说是，并且说他的祖先是当地的名门望族。海豚又问他知道不知道珀赖欧斯，猴子以为海豚问起的也是什么人，便回答说，那是他很要好的朋友。海豚对猴子的谎言感到很气愤，便把他沉到水里淹死了。

这故事适用于那些不知实情而想骗人的人。

鹿和狮子

鹿口渴得难受，来到一处泉水边。他喝水时，望着自己在水里的影子，看见自己的角长而优美，洋洋得意，但看见自己的腿似乎细而无力，又闷闷不乐。鹿正自思量，出来一头狮子追他。他转身逃跑，把狮子拉下好远，因为鹿的力量在腿上，而狮子的力量在心里。这样，在空旷的平原上，鹿一直跑在前头，保住了性命；到了丛林地带，他的角被树枝绊住，再也跑不动，就被狮子捉住了。鹿临死时对自己说道："我真倒霉，我原以为会败坏我的，救了我，我十分信赖的，却使我丧命。"

同样，在危难时，曾被怀疑的朋友往往成为救星，被十分信赖的朋友却往往成为叛逆。

鹿

有一头鹿瞎了一只眼。这鹿走到海边，在那里吃草。他用好眼对着陆地，防备猎人袭击，用瞎眼对着大海，以为那边不会有什么危险。有人坐船从旁边经过，看见这头鹿，一箭就射中了他。鹿倒下时自言自语地说："我真倒霉，我原以为陆地危险，严加防范，而去投靠大海，想不到遇上了更深重的灾难。"

由此可见，事情往往和预料相反，被认为是危险的事，实际上是有益的；被认为是安全的事，却是危险的。

鹿和狮子

鹿逃避一伙猎人，躲进山洞去。一只狮子遇见他，把他捉住了。鹿临死时说道："我真不幸！我逃避猎人，反而落在最凶猛的野兽手里！"

这故事是说，许多人为逃避小的危险，反而遭到更大的危险。

鹿和葡萄树

鹿要逃避猎人，去藏在葡萄树底下。猎人从旁边走过去不远，鹿以为完全躲过了，立即开始吃起葡萄叶子来。叶子沙沙地摇动，猎人掉头回来，算定叶子底下一定有动物藏着——果然不错——就用标枪把鹿刺死了。鹿临死时说道："我是该死，因为我不应伤害那救了我的葡萄树。"

这故事是说，恩将仇报的人将受神的惩罚。

航海者

有一伙人乘船出海。到了海上，碰到大风暴，船几乎沉没。有个乘客撕扯着自己的衣服，哭哭啼啼地呼唤家乡的庇护神，向他们许愿，说如果得救，一定献上感恩的祭品。后来，风暴停止了，大海回复了平静，他们出乎意料地躲过了危险，于是大摆酒席，手舞足蹈。有个严肃的舵手在场，对他们说："朋友们，如果凑巧风暴又来了，我们也应该这样。"

这故事告诫人们，想到祸福无常，就不应因一时走运而得意忘形。

猫和老鼠

一所住宅里有许多老鼠。猫知道了，便到那里去，把老鼠一只只抓来吃。老鼠不断受害，都钻进洞里。猫再也抓不到他们，就决定用计策把他们引出来。他于是爬上一个木头橛子，吊在那里装死。有只老鼠探出头来，看见他，对他说："朋友，你即使变成皮囊，我也不会到你跟前去。"

这故事是说，聪明人吃过别人一次亏，就不会再上他的当。

苍　蝇

库房里有蜂蜜漏出来，很多苍蝇飞去吃。因为这东西好吃，他们一点儿也不肯离开。脚被粘住后，他们再也飞不起来了。苍蝇临死时叹道："我们真不幸，因贪图一时的享乐而丧生。"

由此可见，对许多人来说，贪婪往往是祸患的根源。

狐狸和猴子

猴子在野兽的集会上跳舞，受到欢迎，被选立为王。狐狸忌妒他，看见一个捕兽夹子里有一块肉，就把他领到那里，说自己发现了这个宝物，没有动用，把它当作贡品献给王家，特为猴子保管着，劝他亲自去拿。猴子不假思索，走上前去，就被夹子夹住了。他责备狐狸陷害他，狐狸回答说："猴子，凭你这点心智，就想在野兽中称王吗？"

同样，那些轻率从事的人，不但会陷于不幸，而且会被人讥笑。

驴、公鸡和狮子

一次，公鸡和驴在一起。狮子来袭击驴，公鸡一叫，狮子就逃跑了。据说狮子是怕听公鸡的叫声的。驴以为狮子逃跑是怕他，立即跟着追去。追到远处，公鸡的叫声达不到了，狮子就转过身来把驴吃掉了。驴临死时大声叹道："我真是既不幸又愚蠢，我本不是将门之子，为什么要投身于战斗呢？"

这故事是说，很多人向假装气馁的敌人进攻，结果都被消灭了。

猴子和骆蛇

在兽类的集会上，猴子起来跳舞，受到热烈欢迎，赢得了大家的称赞。骆驼忌妒他，也想获得同样的荣誉。他站起来，试着跳舞，结果，做出许多怪相，野兽都很生气，就用棍子把他打跑了。

这故事适用于那些出于忌妒去和强者竞争而遭致失败的人。

两只屎壳郎

有头牛住在一个小岛上，两只屎壳郎靠这牛的粪便生活。冬天到了，一只对另一只说，他想飞到大陆去，让那只独自留下，好有足够的食物充饥，他自己则到那边去过冬。他还说，如果发现食物丰富，就给那只带些回来。他到了大陆，发现粪便很多，却都是稀的，就留在那里过活。冬天过去以后，他又回到岛上。那只屎壳郎见他长得又肥又壮，就责备他说，为什么以前答应得蛮好，如今却什么也没带回来。他回答说："你不要责备我，还是去责备那地方的自然环境吧，因为只能在那里吃，一点也带不出来。"

这故事适用于那种人，他们的友谊以吃喝为限，此外不能给朋友以任何帮助。

猪和羊

猪跑到羊群里，同他们一起生活。后来，牧人来捉猪，猪大声号叫，拼命挣扎。羊见他号叫，责备他说："那人不是也时常来捉我们吗？怎么我们从不大声号叫？"猪回答说："捉我和捉你们是不一样的。捉你们是为了要毛，或是要奶，而捉我则是为了要肉呀！"

这故事是说，当危险不是涉及人们的钱财，而是关系到性命时，人们哭叫是理所当然的。

鸫　鸟

鸫鸟在桃金娘树上觅食，因为果实香甜，不肯离去。捕鸟人见他喜欢在那里逗留，就用粘竿把他捉住了。鸫鸟临死时说道："我真不幸，因贪图食物的香甜而丧命！"

这故事适用于骄奢淫逸、不可救药的人。

生金蛋的鸡

有人养着一只生金蛋的鸡，他以为鸡肚里有金块，就把它杀了，结果发现这只鸡和别的鸡完全一样。他妄想得到一大笔钱财，却连那小小的收入也失去了。

这故事是说，应当满足于现有的东西，不要贪得无厌。

赫耳墨斯[14]和雕像者

赫耳墨斯想知道他在人间受到多大的尊重，就化作凡人，来到一个雕像者的店里。他看见宙斯的雕像，问道："值多少钱？"

雕像者说："一个银元。"赫耳墨斯又笑着问道："赫拉[15]的雕像值多少钱？"雕像者说："还要贵一点。"后来，赫耳墨斯看见自己的雕像，心想他身为神使，又是商人的庇护神，人们对他会更尊重些，于是问道："这个值多少钱？"雕像者回答说："假如你买了那两个，这个算添头，白送。"

这故事适用于那些爱慕虚荣而不被人重视的人。

赫耳墨斯和忒瑞西阿斯[16]

赫耳墨斯想试试忒瑞西阿斯的占卜灵不灵，就从牧场上偷走了他两头牛，然后化作凡人，进城去找他，到他家里作客。忒瑞西阿斯得知丢了两头牛，就带着赫耳墨斯到郊外去观察偷盗的征兆，他要赫耳墨斯看见什么鸟就告诉他。赫耳墨斯先看见一只鹰从左边飞到右边去，就把这个征兆告诉了他。忒瑞西阿斯说，这个不相干。赫耳墨斯又看见一只冠乌落在树上，时而仰首观天，时而低头看地，又把这个征兆告诉了他。忒瑞西阿斯说："这只冠乌指着天地神祇发誓说，只要你愿意，我将找回我的两头牛。"

让人们把这个故事讲给小偷去听吧！

蝮蛇和水蛇

蝮蛇常到泉边喝水，住在泉里的水蛇见蝮蛇不满足于自己的领域，却跑到他的领域来，就感到气愤，出来阻拦。争吵愈演愈烈，双方约定交战，谁胜利了，水陆领域全都归谁所有。交战日期确定以后，青蛙因为和水蛇有仇，都跑到蝮蛇那里去给他打气，答应和他并肩作战。战斗开始了，蝮蛇向水蛇进攻，这时青蛙只是大声呐喊，别的什么也不做。蝮蛇得胜以后，责备青蛙虽保证和他并肩作战，但在战斗进行的时候，不仅不助战，反而唱起歌来。青蛙对蝮蛇说道："朋友，你要知道，我们助战不是用手，而是用声音。"

这故事是说，在需要用手帮忙的时候，用嘴是毫无用处的。

狗和主人

有个人养着一只姆列特狗和一头驴，他经常和狗逗着玩。一次，他到外面去吃饭，给狗带回一点食物，狗摇着尾巴迎上去，他就把食物扔给狗。驴很羡慕，也跑过去蹦蹦跳跳，结果踢着了主人。主人大怒，叫人打了他一顿，牵去拴在槽头上。

这故事是说，不是所有的人生来都适于做同样的事。

两只狗

有个人养着两只狗，他叫一只打猎，另一只看家。猎狗出去，捉到什么猎物，主人都分一份给看家狗。猎狗很生气，指责看家狗说，自己每次出去打猎，都很辛苦，而看家狗却什么事都不做，光享受别人的劳动果实。看家狗回答说："你不要责备我，还是去责备主人吧！是他教我不劳动而坐享别人的劳动果实的。"

同样，孩子懒惰，不应责备他们，因为是父母把他们养成这样的。

蝮蛇和锉刀

蝮蛇爬进铁匠铺，向各种工具募捐。得到他们的捐献以后，他爬到锉刀那里，要求锉刀也给点什么。锉刀回答说："你想从我这里取走什么东西，那就太傻了，我是惯于取之于人，而什么也不施舍的。"

这故事是说，想从财迷那里得到好处的人，是愚蠢的。

母亲和她的女儿们

某妇人有两个女儿，一个嫁给种菜人，另一个嫁给陶工。一天，她到种菜人家里去，和女儿谈家常，问她生活怎么样。女儿回答说："别的都好，妈妈。为了浇灌土地，使蔬菜产量相应增加，你为我们求雨吧！"母亲从这个女儿家里出来，又到陶工家里去。两口子招待她，女儿对她说："别的都好，妈妈。为了让坯子快点干，你为我们求天晴，让太阳再暖一点！"母亲于是说道："你望天晴，你姐姐却盼下雨，我为你们哪一个祈求呢？"

这故事是说，同时做两件相反的事，当然两件事都要失败。

丈夫和妻子

某人的妻子性情乖张，闹得全家人不安。他想知道，她对娘家的人是否也是这样，便找个巧妙的借口，把她送回娘家去。没几天，妻子回来了，丈夫问她，娘家的人待她怎么样。她回答说："那些放牛的赶羊的都冷眼看我。"丈夫说道："啊，女人，如果那些清早赶着牛羊出去，晚上才回家的人都厌恶你，你能指望这些整天和你一起过活的人怎样对待你呢？"

这故事是说，事情往往可以由小见大，由表及里。

蝮蛇和狐狸

蝮蛇盘绕在一捆荆棘上，顺着河水漂流。狐狸看见了，说道："船主和船正好相配。"

这故事适用于那些作恶的坏人。

小山羊和狼

小山羊落在羊群后面，有狼追来。小山羊回过头对狼说："狼，我知道我会成为你的食物，但不要让我默默无闻而死，你吹箫，我来跳舞。"狼当真吹起箫来，小山羊就跳舞。狗听见了，跑来追捕那只狼。狼回过头对小山羊说："我这是活该，我本是屠户，不该扮演吹鼓手。"

这故事是说，那些不守本分，想做别人分内之事的人，往往会遭到失败。

狼和小山羊

小山羊站在屋顶上，看见狼从下边经过，便辱骂他，嘲笑他。狼说："骂我的不是你，而是地势。"

这故事是说，天时、地利往往能给人力量去反抗强者。

卖神像的人

有人雕了一个赫耳墨斯木像，拿到市场上去卖。因为没有顾客上前，他想招徕买主，就大声吆喝，说有赐福招财的神出卖。有个人碰见他，对他说："喂，朋友，既然如此，你就该享受他给你的好处，为什么还要把他卖掉呢？"那人回答说："我需要的是马上到手的利益，他却是慢吞吞地生利。"

这故事适用于那种贪得无厌、对神不敬的人。

宙斯、普罗米修斯[17]、
雅典娜和摩摩斯[18]

宙斯、普罗米修斯、雅典娜造物的时候，宙斯造了牛，普罗米修斯造了人，雅典娜造了房子。他们推选摩摩斯来评判。摩摩斯忌妒他们的作品，开口就说宙斯做错了，没把牛的眼睛装在角上，让牛能看见撞到什么地方。接着，他又说普罗米修斯也做错了，没把人的心挂在外面，让每个人心里想的全都露在外面，使坏人无可隐藏。第三，他说雅典娜应该在房子底下安上轮子，那样，有谁与坏人为邻，才容易搬迁。宙斯对摩摩斯的诽谤感到气愤，就把他撵出了奥林波斯山[19]。

这故事是说，没有什么东西是十全十美、无可挑剔的。

穴乌和鸟类

宙斯想要给鸟类立一个王，就指定一个日期，要他们到时候都来，以便由他立最美丽的鸟为王。穴乌知道自己丑陋，就去把鸟类脱落的羽毛全都拿来插在自己身上，用胶粘好。到了指定的日期，众鸟一齐来到宙斯面前。宙斯看穴乌美丽，打算立他为王。众鸟生了气，各自把自己的羽毛衔走了。于是，这只鸟又变成了穴乌。

这故事是说，借债的人拿着别人的钱，似乎很体面，可是一旦还了债，就原形毕露了。

赫耳墨斯和地

宙斯造了男人和女人，要赫耳墨斯带他们到地上去，指点他们挖地，给自己弄粮食。赫耳墨斯遵命而行。起初地神进行阻挠。赫耳墨斯就施加压力，说这是宙斯下的命令。地神说："他们愿意挖就挖吧，反正他们是要用眼泪来偿还的。"

这故事适用于那些轻易地借债、辛苦地偿还的人。

赫耳墨斯和手艺人

宙斯命令赫耳墨斯给手艺人全都撒上撒谎药。赫耳墨斯把药研好，平均撒在每个手艺人身上。最后，只剩下皮匠，药却还剩下很多，他便端起研钵，全都折在皮匠身上。从此以后，手艺人全都撒谎，而以皮匠为最。

这故事适用于撒谎的人。

宙斯和阿波罗 [20]

宙斯和阿波罗争论射箭技术的高下。阿波罗张弓射出一箭，他射多远，宙斯一步就跨出多远。

由此可见，与强者竞争的人不仅追不上他们，还要成为笑柄。

马、牛、狗和人

宙斯造了人，却让人短寿。人依靠自己的智慧，在冬季来临时，给自己盖好房屋，住在里面。一天，冷得出奇，天又下雨，马冻得受不住，跑到人那里去请求保护。人说，除非马把自己的一部分寿命送给人，否则就不保护他。马高兴地答应了。过了不久，牛也由于耐不住这样的严寒，跑来找人。人照样对牛说，除非牛把自己的一部分寿命送给人，否则就不收留他。牛献出了自己的一部分寿命，也被收留下来了。最后，狗冻得要死，也跑来把自己的一部分寿命送给人，得到了保护。这样，在宙斯给的岁月里，人纯洁而善良；到了马给的岁数，就说大话，高傲自负；到了牛给的岁数，开始能办事；而到了狗给的岁数，动不动就发脾气，大吵大闹。

这故事适用于那些动不动就发脾气的固执的老人。

宙斯和乌龟

宙斯结婚，邀请动物都来赴宴，唯独乌龟没有到场。宙斯不知道他缺席的原因，问他为什么不来赴宴。乌龟说："家可爱，家最好。"宙斯很生气，就罚他驮着自己的家行走。

这故事是说，许多人宁愿在家简朴度日，也不愿作客过豪华的生活。

宙斯和狐狸

宙斯喜欢狐狸聪明机智，就把兽类的王冠赐给了他。宙斯想要知道，狐狸的命运改变了，他贪婪的本性是不是也改变了。狐狸坐轿子经过，宙斯就在他前面放出一只屎壳郎。屎壳郎绕着轿子飞，狐狸忍耐不住，急忙跳起来，想要捉住他。宙斯很生气，又把狐狸贬到原来的地位上去。

这故事是说，坏人即使穿上最华丽的服装，他们的本性也不会改变。

宙斯和人

宙斯造人，叫赫耳墨斯把智慧灌进他们的身体。赫耳墨斯给每人灌进等量的智慧。结果，个子小的灌满了智慧，成为聪明人；个子大的，智慧只灌到膝头，灌不满全身，就成为比较愚蠢的人。

这故事适用于身体魁梧而心灵愚蠢的人。

守护神

有个人家里供奉着守护神，经常用昂贵的祭品给神上供。他一向浪费，献祭的费用又很大，夜里守护神出现在他面前，说道："喂，朋友，不要再这样耗费你的钱财了；假如你把钱花光了，变成穷人，你就该怪我了。"

同样，许多人由于自己考虑不周而陷于不幸，却归咎于神。

赫剌克勒斯[21]和财神

赫剌克勒斯成神以后，宙斯设宴招待他。赫剌克勒斯殷勤地向众神一一问候。最后，财神进来了，赫剌克勒斯却扭转身子，把头低下去。宙斯对此感到奇怪，问他为什么高高兴兴地和众神打招呼，唯独对财神侧目而视。赫剌克勒斯回答说："我对他侧目而视，是因为在人间我总看见他和坏人在一起。"

让那些碰运气致富、论品质却是坏蛋的人听听这个故事吧！

蚂蚁和蝉

冬天，蚂蚁翻晒受潮的粮食，一只饥饿的蝉向他乞讨。蚂蚁对蝉说："你为什么不在夏天储存点粮食呢？"蝉回答说："那时我在唱悦耳的歌曲，没有功夫。"蚂蚁笑着说："如果你夏天吹箫，冬天就去跳舞吧！"

这故事是说，凡事都要预先有准备，才能防患于未然。

伊索寓言

金枪鱼和海豚

金枪鱼被海豚追赶，拼命游窜。快要被捉住的一刹那，金枪鱼猛力一冲，冲上了沙滩。海豚追赶得猛了，也和金枪鱼落在一起。金枪鱼回头看见海豚快死了，就说："看见置我于死地的家伙和我死在一起，我的死也就不可悲了。"

这故事是说，看见制造灾难的人遭殃，自己受到的灾难也就容易忍受了。

医生和病人

医生给人治病。病人死了，他对送殡的说："这人如果戒了酒，灌了肠，就不至于丧命了。"一个在场的人回答说："高明的医生，你不该现在说这话，现在已经没用了；你该在他用得着这些话的时候规劝他。"

这故事是说，朋友有困难，应及时帮助；事情已经绝望了，就不要再说空话。

捕鸟人和眼镜蛇

捕鸟人拿着树胶和粘竿去捕鸟。他看见一只鸫鸟落在大树上，想要捉它，便把粘竿接长，聚精会神，目不转睛地望着高空。他这样仰着头，无意中踩着了一条躺在他脚前的眼镜蛇，蛇回头咬了他一口。捕鸟人临死时自言自语地说："我真不幸，我一心想捉别人，没想到自己会被人捉住，送了命。"

同样，阴谋陷害别人的人，自己会首先遭到不幸。

螃蟹和狐狸

螃蟹从海里爬出来，到岸上居住。一只饥饿的狐狸正缺少吃的，看见他，就跑过去把他捉住。将要被吞下去的时候，螃蟹说："我真是活该！我本是海里的动物，却想在陆地上生活。"

同样，抛开自己的本行，去干毫不相干的事情，当然会遭到不幸。

骆驼和宙斯

牛炫耀自己的角，骆驼见了，非常羡慕，也想要两只角。他于是走到宙斯面前，请求给他两只角。骆驼已经有庞大的身体，仍不知足，还想要更多的东西，宙斯非常气愤，不仅没有让他长角，反而把他的耳朵去掉了一截。

同样，许多人贪得无厌，看见别人的东西就眼红，不知不觉连自己的东西也失掉了。

河　狸

河狸是生活在水中的四足动物，据说它的阴部可用来治某种病，因此人们看见它就去追赶。河狸知道为什么被追赶，它先是靠腿的力量逃跑，以保全自己的身体；快被追上的时候，它就把身上的这一部分撕下来抛出去，以保全自己的性命。

同样，聪明人宁肯舍弃金钱，以保全性命。

种菜人

种菜人浇菜，有人到跟前问他，为什么野生的菜很茁壮，栽种的菜却很瘦弱。种菜人回答说："地是野生的菜的亲娘，是栽种的菜的继母。"

同样，继母的孩子和亲娘的孩子生活得不一样。

种菜人和狗

种菜人的狗掉到井里，种菜人想把他救上来，也下到井里去。当种菜人靠近狗的时候，狗不懂事，以为主人要把他捺到水里去，便咬了他一口。种菜人受伤以后说道："我真是活该！你自己找死，我何必这么热心来救你？"

这故事适用于无情无义、恩将仇报的人。

弹唱人

有个天分差的弹唱人，总是在粉刷过的室内弹唱。听着墙壁发出的回声，自以为嗓子很好，洋洋得意，认为应该登台[22]表演了。他去表演时，却唱得很糟，被起哄的人用石头轰走了。

同样，有些演说家在学校里还象样，搞起政治来却一点不中用。

小偷和公鸡

几个小偷钻进一户人家，没找到别的，只找到一只公鸡，便捉住他溜走了。公鸡被杀的时候，请求放了他，说天不亮他就把人们唤醒起来工作，对人有益。小偷们回答说："正因为如此，我们更要把你杀死，你唤醒人们，就是不许我们偷盗。"

这故事是说，对于好人有益的事，对于坏人却是有害的。

穴乌和大鸦

有只穴乌体格超群，瞧不起自己的同类，跑到大鸦那里去，想和大鸦一起生活。大鸦认出了穴乌的模样和声音，把他啄跑了。穴乌离开大鸦，又回到同类中间去。他们对他的高傲感到愤慨，不肯收留他。结果，这只穴乌两头都没有了住处。

同样，那些背弃祖国、投奔异邦的人，既不受异邦人尊敬，又为同胞所唾弃。

大鸦和狐狸

大鸦抢到一块肉，落在大树上。狐狸看见了，想得到那块肉，便站在树下，夸大鸦高大、漂亮，说他最适于作鸟类的王，要是他能发出声音，那就毫无疑问了。大鸦想表明他能发出声音，便放开肉，大叫起来。狐狸跑上去，抢到那块肉，说道："喂，大鸦，假如你有头脑，你作鸟类的王就没有问题了。"

这故事适用于愚蠢的人。

冠鸟和大鸦

冠鸟羡慕大鸦能凭征兆给人们占卜，预示未来，因此被人们当作提供迹象的鸟。冠鸟也想这样做，他看见几个行人从旁经过，便飞到一棵树上，在那里大声叫起来。行人感到惊奇，都朝着他叫的地方转过头去。他们当中的一个人说道："我们走吧，朋友们，这是一只冠鸟，他虽然叫过了，却不会有预兆。"

同样，有些人同强者相争，不但比不过他们，还会叫人笑话。

穴乌和狐狸

有只饥饿的穴乌落在无花果树上，发现冬天结的无花果还是青的，就在那里等候它们成熟[23]。狐狸见穴乌总呆在那里，问明了原因，说道："朋友，你真糊涂，你死抱着的希望只能欺骗自己，决不能充饥。"

这故事适用于好胜心切的人。

冠乌和狗

冠乌祭雅典娜，请狗去赴宴。狗对冠乌说："那位女神这么憎恶你，她叫你的预兆一点不灵，你为什么还要白白地浪费这些祭品？"冠乌回答说："我知道她总是和我作对，正因为如此，我才祭她，好使她与我和解。"

同样，许多人正是由于恐惧才不惜和敌人讲亲善。

大鸦和蛇

大鸦找不到食物，看见一条蛇躺在太阳地里，便猛扑下来把他抓住。蛇回头咬了他一口。大鸦临终时说道："我真不幸，我发现了这意外之财，却送了命。"

这故事适用于那种为了发现财宝不惜拿性命去冒险的人。

穴乌和鸽子

穴乌见鸽子在鸽舍里吃得很好，便把自己刷白，去和鸽子一起过活。穴乌一直默不作声，鸽子以为他也是鸽子，就让他在一起过活。一次，穴乌不留心叫了一声，这样一来，鸽子认出了他的本来面目，便把他赶跑了。穴乌从那里得不到吃的，又回到同类当中去。他的颜色不同，他们不认他了，不让他在一起生活。这样，穴乌贪图双份，却一份也没有得到。

这故事是说，我们应该满足于自己所有的东西，贪求无益的东西，往往会把手头的东西也失掉。

胃和脚

胃和脚争论谁的力量大。脚说自己强大，能搬动整个肚子，胃回答说："但是，朋友，假如我不接收食物，你们就什么也搬不动了。"

由此可见，在征战中，如果将领不善于运筹帷幄，士兵人数再多也毫无用处。

逃走的穴乌

有人捉住一只穴乌，用麻绳拴住一只脚，给了自己的孩子。穴乌不愿和人一起生活，偶尔得到一点行动的自由，便逃回自己的窝里去。后来绳子缠在树枝上，他再也飞不起来了。穴乌临死时自言自语地说："我真不幸！我不愿忍受人类的奴役，不料却断送了自己的性命。"

这故事是说，有些人想摆脱一般的危险，反而遭到更大的灾难。

狗和厨师

狗钻进厨房，趁厨师忙乱之际，偷了一个心，逃走了。厨师一回头，看见狗逃跑了，便说道："畜生，无论你到哪里，我

伊索寓言

都会提防着你，你不是从我这里偷走了一个心，而是给了我一个心。"

这故事是说，吃一堑，长一智。

猎狗和狐狸

有条猎狗看见狮子，就去追赶。狮子回头一吼，猎狗吓得掉头就跑。狐狸见了，说道："胆小鬼，你连狮子一声吼也经不住，还去追他？"

这故事可以讲给那种自高自大的人听，他们背后诋毁比他们强的人，等到面对面，他们立刻就缩回去了。

衔肉的狗

狗衔着一块肉过河，望见自己在水里的影子，以为是另外一条狗衔着一块更大的肉。他于是放下自己这块肉，冲过去抢那块。结果，两块肉都没有了：那一块没捞到，因为本来就没有，这一块也被河水冲走了。

这故事适用于贪心的人。

狗和狼

狗在畜圈前睡觉，狼来袭击，想拿狗来饱餐一顿。狗请求暂时不要吃他，说道："我现在又小又瘦，只要你稍等几天，我的主人就要举行婚礼，那时我吃得足足的，将会肥得多，对你来说也将成为更好吃的食物。"狼信以为真，便走开了。过了几天，狼来了，发现那条狗睡在屋顶上，就站在下面叫他，提醒他别忘了以前的诺言。狗回答说："狼，要是你以后看见我在畜圈前睡觉，就不要再等婚礼了。"

这故事是说，聪明人脱险以后，一生都提防这种危险。

饥饿的狗

几只饥饿的狗，望见河里泡着兽皮，但够不着，他们商量，先把河水喝干，就可以够着兽皮了。结果，没等够着兽皮，这些狗都喝得胀破了肚皮。

同样，有些人为了追求毫无把握的利益，去从事辛苦的工作，结果，没等得到他们想要的东西，就已经力竭身亡。

猎狗和野兔

猎狗捉住一只野兔，时而咬他，时而舔他嘴唇。野兔制止猎狗说："你这家伙，你或者别咬我，或者别亲我，我才好知道，你到底是我的朋友，还是我的敌人。"

这故事适用于态度暧昧的人。

蚊子和公牛

蚊子落在公牛的角上，停了很久。他要离开的时候，问公牛愿不愿他离开。公牛回答说："你来时我不知道，你离去我也没感觉。"

这故事适用于软弱无能的人，这种人无论在与不在，都既无害处，也无益处。

核桃树

核桃树生长在路旁，行人都用石头打他。核桃树暗自叹息说："我真不幸，年年都给自己招来侮辱和苦恼！"

这故事适用于因行善而感受苦恼的人。

骆　驼

主人强迫骆驼跳舞，骆驼说："不用说跳舞，我连走路的样子也不雅观。"

这故事适用于一切不适当的行为。

兔子和青蛙

一次，很多兔子聚到一起，互相悲叹他们的生活充满危险和恐惧。人、狗、鹰和别的动物经常杀害他们，他们觉得，即便是死，也强似一生胆战心惊。他们这样决定以后，就一起奔向池塘去投水自尽。池塘周围蹲着许多青蛙。青蛙听见跑动的声音，立刻都跳到水里去。有一只兔子似乎比别的兔子聪明些，他嚷道："停住，朋友们，没有什么可怕，不要吓得去寻死了！你们看，有些动物比我们还要胆小呢！"

这故事是说，不幸的人会以别人的更大不幸来安慰自己。

海鸥和鹞子

海鸥吞下一条鱼，把喉咙撑破了，死在岸上。鹞子见了，说道："你真是活该，生来是鸟类，却要在海上生活。"

同样，抛开自己的本行，去做不相宜的事情，自然会遭到不幸。

狮子和农夫

狮子爱上了农夫的女儿，向她求婚。农夫不忍把女儿嫁给野兽，但由于害怕，不敢拒绝，于是心生一计。狮子再三催促，农夫就说，他认为狮子作自己女儿的新郎，是很相配的；但是，除非狮子把牙齿拔下来，把爪子剁掉，否则不能把女儿嫁给他，因为这两样东西使女孩子害怕。狮子情迷心窍，轻易地答应了这两件事。这样，农夫不再把狮子放在眼里，狮子再来时，农夫就用棍子把他打跑了。

这故事是说，有些人轻信敌人的话，放弃了自己的优势，结果，轻易地被原来害怕他们的人制服了。

狮子和青蛙

狮子听见青蛙高声鼓噪，心想这一定是什么庞然大物，便转过身来，对着那个声音。狮子等了一会儿，看见从池塘里爬出来的是只青蛙，就走上去把他踩个稀烂，说道："在亲眼看到之前，千万不要被别人搅得心慌意乱。"

这故事适用于夸夸其谈的人，他们除了说空话，别无所能。

狮子和狐狸

狮子老了，不能再凭力气获得食物，想到应该凭心计行事。他于是钻进山洞，躺下装病，把前去探望的野兽捉来吃。很多野兽被吃掉了。狐狸看穿了狮子的诡计，便走来，远远地站在洞外，问狮子身体怎样。狮子回答说："不好。"，并问他为什么不进洞。狐狸说："假如我没发现进去的足迹有许多，出来的却一个也没有，我也会进洞的。"

伊索寓言

同样，聪明人根据迹象预见到危险，就能避开危险。

狮子和公牛

狮子打算杀死一头大公牛，决定施展诡计。狮子邀请公牛说："我杀了一只绵羊，如果你愿意，朋友，今天我们一块儿会餐。"狮子想趁公牛躺着的时候把他吃掉。公牛到了狮子那儿，看见瓦锅很多，铁叉很大，却不见什么地方有绵羊，就走开了。狮子责问公牛为什么走开。公牛说："狮子，我不是无缘无故走开的，我已经看出你准备的一切不象是要吃羊，而是要吃牛。"

这故事是说，坏人的伎俩瞒不过聪明人。

狮子和农夫

狮子闯进农夫家里，农夫想捉住他，就把院门关上了。狮子出不去，先咬死一些羊，然后又冲着牛扑过去。农夫担心自身难保，才把院门打开。狮子走了，妻子见丈夫唉声叹气，就对他说道："你这是活该！离他老远，你就该吓得发抖，为什么还要把他关起来？"

同样，激怒强者，必然会自食其果。

狮子和海豚

狮子在海边闲走，看见海豚伸出头来张望，便劝他同自己结盟，说他们友好互助最合适，因为一个是海中动物之王，一个是陆上动物之王。海豚欣然同意。不久，狮子和野牛打仗，请海豚助战。海豚虽然想从海里上来，但不可能，狮子因此责备海豚背信弃义。海豚回答说："你不要责备我，还是去责备自然吧！是它使我成为海兽，不许我上陆的。"

因此，我们缔结盟约时，应当选择能共患难的人作盟友。

怕老鼠的狮子

狮子睡觉，一只老鼠从他嘴边跑过。狮子站起来，团团打转，寻找这不速之客。狐狸看见了，责备他身为狮子，却怕老鼠。狮子回答说："我并不是怕这老鼠，而是他的胆大妄为使我感到愤慨。"

这故事告诫聪明人，即便事情不大，也不能忽视。

狮子和熊

狮子和熊找到一只小鹿，为争夺他而打起来。他们打得很凶，经过长时间的搏斗，都头晕眼花，累得半死，倒在地上。一只狐狸在周围转来转去，看见他们两败俱伤，小鹿躺在他们中间，就从中间跑过去，把小鹿抢走了。狮子和熊眼睁睁地望着狐狸，却站不起来，同声说道："我们真倒霉，替狐狸辛苦了一场！"

这故事是说，有些人辛辛苦苦，有些人坐享其成。

狮子和兔子

兔子正睡觉，狮子碰见了，打算把他吃掉。这时，狮子看见一只鹿从旁边经过，就丢下兔子去追鹿。兔子听见响声，站起来逃走了。狮子追鹿追了好久，没有追上，又朝兔子走来，发现兔子也逃走了，便说道："我抛开手头的食物，去追求更大的希望，活该倒霉！"

同样，有些人不满足于较小的利益，不知不觉地把手头的东西也失去了。

狮子、驴和狐狸

狮子、驴和狐狸合伙去打猎，获得了很多野兽。狮子叫驴给他们分。驴把猎物分成三份，请狮子挑选。狮子大怒，扑过去就把驴吃了，然后叫狐狸分。狐狸把猎物堆到一块，只给自己留下一点点，然后请狮子去拿。狮子问他，是谁教他这样分的，狐狸回答道："驴的灾难。"

这故事是说，应该从邻人的不幸中吸取教训。

狮子和老鼠

狮子正睡觉，一只老鼠爬到他身上。狮子站起来把他捉住，想一口吞下去。老鼠恳求狮子放了他，说如果能够不死，必定报恩。狮子置之一笑，把老鼠放了。不久以后，老鼠真的报恩把狮子救了。原来狮子被猎人捉住，用绳子绑在树上，那只老鼠听见狮子叫苦，就去咬断绳子，把狮子解放了，对他说："当时你曾笑话我，不指望从我这儿得到报答；如今你就知道了，老鼠也是能够报恩的。"

这故事是说，时运转变时，强者也会需要弱者。

狮子和驴

狮子和驴合伙去打猎。他们来到野羊居住的山洞，狮子站在洞口，监视走出来的野羊；驴则进洞，对着野羊又叫又跳，吓唬他们。狮子捉住了许多野羊。驴出洞问狮子，他是否战斗得很英勇，把野羊都轰出来了。狮子回答说："你该明白，我要是不知道你是驴，也会怕你的。"

同样，在明眼人面前自吹自擂的人，自然要被人讥笑。

强盗和桑树

强盗在路上杀了人，有些人碰上了，就追他。他扔下死者，带着一身血污逃跑。迎面来的人问他，两只手怎么是红的，他说，他刚从桑树上爬下来。正说着，追的人赶到了，把他捉住，钉在一棵桑树上。桑树说："我出一把力把你处死，一点也不感到不安，因为你杀了人，却把事情栽到我身上。"

同样，本来善良的人，在被人诽谤为恶人的时候，往往会毫不迟疑地对他采取恶意的行动。

狼和羊

一些狼想打羊的主意，但是有狗看守着，不能得手，认为非得施展计谋才行。他们于是派遣使者去向羊要那些狗，说狗是双方不和的祸根，只要把狗交出来，彼此之间就会相安无事。羊不考虑后果，把狗都交出去了。狼把狗弄到手以后，很容易就把那些没有狗保护的羊都咬死了。

同样，有些城邦轻易把他们的领袖交出去，不料很快就被敌人征服了。

狼和马

狼在田里行走，发现了一些大麦，由于不能作为自己的食物，便撇下走开了。他碰见马，就领马到田里去，说他发现有大麦，因为他喜欢马的牙齿发出的声音，所以自己没有吃，给马保留着。马回答说："可是，朋友，如果你能以大麦为食，你就不会为了贪图耳福而委屈你的胃了。"

这故事是说，那些天生的坏人，即使报告了最好的消息，也不会有人相信。

狼和小羊

狼看见小羊在河边喝水，想找个合理的借口吃掉他。他站在上游，责备小羊把水搅浑了，使他喝不上清水。小羊回答说，他是站在岸上喝水，而且是处在下游，不可能把上游的水搅浑。狼撇开这个借口，又说："但是你去年骂过我的爸爸。"小羊回答说，那时候他还没有出生。狼于是对小羊说："即使你善于辩解，难道我就不吃你了吗？"

这故事是说，对于那些存心作恶的人，任何正当的辩解都不起作用。

狼和鹭鸶

狼吞了一块骨头，到处找医生。他遇见鹭鸶，讲定报酬，请鹭鸶把骨头取出来。鹭鸶把头伸进狼的喉咙，取出了骨头，就向狼索取讲定的报酬。狼回答说："朋友，你能从狼嘴里平安无事地把头拿出来，还不满意，还要索取报酬吗？"

这故事是说，为坏人办好事，他不再伤害你，就算是最大的报酬了。

狼和山羊

狼看见山羊在悬崖上吃草，无法去捉他，便劝他到低处来，免得不小心摔下来。狼还说，他身边就是草地，草很鲜嫩。山羊回答道："可是，你不是叫我去吃草，而是你自己需要吃的。"

同样，有些坏人在明眼人面前作恶，他们的诡计是枉费心机。

狼和老太婆

有只饥饿的狼走来走去寻找食物。他走到一个地方，听见小孩在哭，老太婆吓唬孩子说："别哭了，不然的话，我马上把你扔给狼。"狼以为老太婆说的是真话，便站在那里等了很久。到了晚上，狼又听见老太婆哄小孩说："孩子，狼要是到这儿来，我们就杀死他。"狼听见这话，就一面走一面说道："这家人说的是一回事，做的是另一回事。"

这故事适用于言行不一的人。

狼和绵羊

狼吃饱了，看见一只绵羊倒在地上，以为绵羊是吓倒的，便走到他跟前，鼓励说，只要他讲三句真话，就把他放了。绵羊开始讲：第一，他不愿碰见狼；第二，如果命该如此，就碰见一只瞎眼狼；第三，"但愿所有的狼都不得好死，因为我们一点也没有伤害你们，你们却要与我们为敌。"狼认为这些话没有一点虚假，就把绵羊放了。

这故事是说，说真话在敌人面前往往也是有力量的。

狼和牧人

狼尾随着羊群，没有作恶。牧人起初象防备敌人一样防备他，提心吊胆地保护着羊。狼总是跟着走，也没抢什么，这时，牧人便以为他是一只守卫的狗，而不是一只阴险的狼了。后来，牧人有事进城，把羊交给狼就走了。狼乘机猛扑过去，把大部分羊咬死了。牧人回来，看见很多羊被咬死了，说道："我这是活该，为什么把羊托付给狼呢？"

同样，委托贪婪的人保管财物，自然要上当。

狼和羊

狼被狗咬，受了重伤，倒在地上。他正缺少吃的，看见一只羊，便求他到附近的河里给他弄点水来。狼说："只要你给我弄喝的，我就能给自己弄吃的。"羊回答道："要是我给你送喝的，你就将拿我当吃的了。"

这故事适用于那种用伪装陷害人的恶人。

狮子和狐狸

狐狸讥笑母狮每胎只生一子。母狮回答说："然而是狮子！"

这故事是说：美好的东西在质不在量。

狼和小羊

狼追赶小羊，小羊逃进神庙。狼叫小羊出来，对他说，祭司要是把他捉住，将杀他来祭神。小羊回答说："我宁可成为神的牺牲，也不愿被你咬死。"

这故事是说，对注定要死的人来说，体面的死更为可取。

兔子和狐狸

有一回，兔子同鹰打仗，请狐狸助战。狐狸回答说："要是不知道你们是谁，又不知道你们同谁打仗，我们就会帮助你们了。"

这故事是说，那些喜欢同强者竞争的人，是不顾自身的安全。

卖卜者

卖卜者坐在市场里聚敛钱财。忽然有人到他面前告诉他，他家的门被人撬开，里面的东西都被搬走了。卖卜者惊慌失措，跳起来，唉声叹气地跑回去察看发生的事情。一个在场的人见了，说道："朋友，你说你能预知别人的祸福，怎么连自己的事情都没预卜到呢？"

这故事适用于那种连自己的生活都照料不好、却要去预测毫不相干的事情的人。

婴儿和大鸦

有个女人为自己的婴儿算命，卜者预言婴儿将被大鸦害死。这女人很害怕，就做了一个大箱子，把孩子放进去保护起来，免得被大鸦杀害。她经常按时打开箱子，给孩子送需要的食物。有一回，她打开箱子，送喝的，不料小孩向外探头张望，箱子上的大鸦[24]落下来，刚好扣在小孩的头顶上，把他磕死了。

这故事是说，在劫难逃。

蜜蜂和宙斯

蜜蜂不愿把蜜给人，便飞到宙斯面前，请求给他们力量，使他们能用刺把走近蜂房的人蜇死。宙斯对他们的恶意感到愤慨，就为他们这样安排：只要他们蜇了人，他们的刺就丢失了，自己也因此丧命。

这故事适用于心怀恶意、自食其果的人。

化缘僧

几个化缘僧有一头驴，他们经常把行李放在驴背上，出外云游。后来，驴累死了，化缘僧剥了驴的皮，用皮绷了鼓，拿来敲打。别的化缘僧遇见他们，问他们的驴哪里去了。他们回答说，那头驴早已死了，可是挨打挨得更厉害了，假如驴还活着，无论如何是受不了的。

同样，有些奴仆即使摆脱奴役，也改变不了他们的奴隶出身。

老鼠和黄鼠狼

老鼠同黄鼠狼作战，总是吃败仗。老鼠聚到一处议论，认为他们所以失败，是因为没有将领，于是举手表决，选出几只老鼠担任将领。这些将领想要显得与众不同，便做了一些角给自己绑上。战事再起，结果，老鼠又败下阵来。别的老鼠逃到洞口，都很容易地钻进去了，只有那些将领，因为有角，进不去，全都被黄鼠狼捉住吃掉了。

这故事是说，对许多人来说，虚荣是灾祸的根源。

蚂 蚁

古时候，蚂蚁本是人，以农为业，他不满足于自己的劳动所得，而羡慕别人的东西，经常偷邻居的庄稼。宙斯对他的贪婪感到愤慨，便把他变成了现在叫做蚂蚁的这种动物。他的形状虽然改变了，习性却依然如故。直到如今，蚂蚁还是在田里跑来跑去，收集各处的小麦和大麦，为自己储存起来。

这故事是说，天生的坏人，即使受到最严重的惩罚，本性也不会改变。

蚂蚁和鸽子

蚂蚁口渴，爬到泉边喝水，被流水冲走，快要淹死了。鸽子见了，折下一根树枝，投到泉水里。蚂蚁爬上去，保全了性命。后来，捕鸟人走来，接好粘竿，想捉那鸽子。蚂蚁见了，就在捕鸟人的脚上咬了一口。捕鸟人觉得疼，扔下了粘竿，鸽子立刻惊跑了。

这故事是说，应当以恩报恩。

苍 蝇

苍蝇落进盛肉的瓦锅，快要淹死在肉汤里的时候，自言自语说："我吃饱了，喝足了，澡也洗好了，即使死去，也死而无憾。"

这故事是说，若是死时无痛苦，人们就容易忍受。

伊索寓言

沉船落难的人和海

有个人在海上遇难，被冲到岸上，由于劳累而睡着了。不久以后，他起来，看见了大海，就责备大海装出温和的样子诱惑人，把人引进去以后，却又变得很残暴，终于把人毁灭。海化作一个女人对他说："朋友，你不应该责备我，而应该责备风，我本来是你现在看到的样子；是风突然向我吹来，掀起波浪，使我变残暴的。"

因此，做坏事的人如果是受别人唆使，我们就不应该责备他，而应该责备唆使的人。

年轻的浪子和燕子

有个年轻的浪子把祖业挥霍光，只剩下身上一件外衣。他看见一只提早飞来的燕子，以为夏天到了，再也用不着那件外衣，便拿去卖了。后来，风暴袭来，非常寒冷，他到处徘徊，看见燕子死在地上，便对他说："喂，朋友，你毁了我，也毁了你自己！"

这故事是说，一切不合时宜的行为都是危险的。

病人和医生

有个人生病，医生问他身体怎样，他说，出汗过多。医生说，这是好事。第二次，医生问他好不好，他打着冷战说，冷战得厉害。医生又说，这是好事。第三次，医生又问他怎么样，他说，全身浮肿。医生还是说，这是好事。后来，有个亲戚问他情况怎样，他说："我将因这些好事而送命。"

这故事是说，我们特别讨厌那些专捡好话说的人。

蝙蝠、荆棘和潜水鸟

蝙蝠、荆棘、潜水鸟，决定合伙经商。蝙蝠借了银子入股，荆棘投进自己的衣服，潜水鸟则买了铜投资，然后他们便乘船出发了。后来遇上大风，船被吹翻，货物全部丧失，他们漂到岸上才得救。从此以后，潜水鸟为了找铜，钻到水底的深处，总想什么时候可以把铜找回来；蝙蝠怕见债主，白天不敢露面，夜里才出来觅食；荆棘为了寻找自己的衣服，谁从旁边经过，他就把谁的衣服抓住，想要认出自己的衣服来。

这故事是说，我们以前在哪件事情上跌过跤，以后做这种事情就格外认真。

蝙蝠和黄鼠狼

蝙蝠跌在地上，被黄鼠狼捉住，将被杀死的时候，请求饶命。黄鼠狼说，自己生来与一切鸟类为敌，绝不能放过他。蝙蝠说，他不是鸟，是鼠。黄鼠狼便放了他。后来，蝙蝠又跌在地上，被另一只黄鼠狼捉住了，他再次请求不要杀他。这只黄鼠狼说，自己仇恨一切鼠类。蝙蝠说，他不是鼠，是鸟。他又被释放了。这样，蝙蝠两次改变名称而得救。

因此，我们遇事也不要一成不变，随机应变往往可以躲过大风险。

樵夫和赫耳墨斯

有个樵夫在河边打柴，斧子掉下河去，被水冲走。他坐在岸上哭。赫耳墨斯可怜他，走来问明他为什么哭，就下河去先捞起一把金斧子来，问是不是他的。他说不是。赫耳墨斯又捞起一把银斧子来，问掉下去的是不是这一把。他仍说不是。第三次，赫耳墨斯把樵夫自己的斧子拿上来，他才认出是自己的。赫耳墨斯看他为人诚实，把这些斧子都赏给他了。他拿上三把斧子，回到伙伴那里，把事情经过原原本本讲给他们听。有个伙伴眼馋，也想得到同样的好处，便拿上一把斧子，也去河边砍柴，故意让斧子落进急流深处，然后坐在那里哭。赫耳墨斯出现了，问他出了什么事。他说，丢了斧子。赫耳墨斯捞起一把金斧子来，问是不是他丢的。那个贪财，回答说，正是。神不但没有赏他，连他自己那把斧子也没还给他。

这故事是说，神反对不诚实的人，帮助诚实的人。

行人和时运女神

有个行人经过长途跋涉，乏极了，竟倒在井边睡着了。他眼看要掉下井去，时运女神出现了，唤醒他说："朋友，你要是掉下去，准不会责怪自己不小心，一定会责怪我！"

许多人也是如此，自己造成不幸，却责怪神。

行人和阔叶树

夏天，将至中午的时候，几个行人晒得很苦，看见一棵阔叶树，就走过去，躺在树荫下休息。他们仰望着阔叶树，彼此议论说："这树不结果子，对人无用。"阔叶树回答说："忘恩负义的人，你们正在享受我的恩惠，还说我不结果子，对人无用？"

同样，有些人非常不幸，替别人做了好事，别人却不领情。

行人和蝮蛇

冬天，有个行人上路，看见一条蝮蛇冻僵了，觉得很可怜，便拿来揣在怀里，想让它温暖过来。蝮蛇冻僵的时候，一动不动，等到温暖过来，便在那人胸口上咬了一口。那人临死时说道："我真是活该！蝮蛇活着，都该杀死，它快死了，我为什么偏要救活它呢？"

这故事是说，坏人受到恩惠，也不会感恩图报。

行人和枯树枝

有几个行人沿着海边赶路，走到一处高地，望见枯树枝在远处漂流，以为是一条大船，就在那里等它靠岸。当枯树枝被风吹得靠近一些的时候，他们以为是一条小船，不象先前想的那么大，但仍然观望着。等那东西到了岸边，他们才看清是一捆枯树枝，于是彼此议论说："毫无用处，我们白等了。"

有些人也是如此，远远看去似乎令人生畏，但一经考验，就可以看出一文不值。

行人和赫耳墨斯

有个行人走了很多路，他许愿说，如果捡到什么东西，一定献一半给赫耳墨斯[25]。他果然碰见一只装着杏核和椰枣的口袋，捡起来，以为里面是银子。他把口袋打开，看见里面的东西，便都拿来吃了，然后把杏核的壳儿和椰枣的核儿放到祭坛上，说道："赫耳墨斯，请接受我还的愿吧！我捡到的东西，连里带外都分给你了。"

这故事适用于贪心不足、对神也要欺骗的人。

伊索寓言

小猪和狐狸

有个人用驴驮着山羊、绵羊、小猪运进城。一路上，小猪不停地号叫，狐狸听见，就问，为什么别人让驴驮着一声不响，唯独他大声叫唤？小猪回答说："我并不是无缘无故地哭喊，因为我知道得很清楚，主人捉绵羊，是要毛和奶，捉山羊也只要干酪和羊羔，捉我，却不是要别的东西，而是要杀我祭神。"

由此看来，有些人感到大难临头而痛哭流涕，也就不足为怪了。

驴和种园人

有头驴给种园人使唤，食料少，活儿重，他求宙斯让他脱离种园人，另换主人。宙斯就派赫耳墨斯把驴卖给陶工。那驴还是受不了，因为那儿的活儿更重。驴又去求宙斯。最后，宙斯把他卖给了鞣皮匠。驴见了主人的活计，说道："我宁愿留在先前的主人那里。看来，现在我连皮都得交给这个主人了。"

这故事是说，奴仆在经历过别的主人以后，特别怀念从前的主人。

驮盐的驴

有头驴驮盐过河，滑了一跤，跌倒在水里，盐溶化了，他站起来时，觉得轻松多了，很高兴。后来，他驮着海绵过河，心想再跌倒站起来，一定也会轻松许多，就故意滑一跤，不料，海绵吸饱了水，他再也站不起来，便在水里淹死了。

有些人也是如此，由于自己的计算，不知不觉陷入灾难之中。

诗歌 散文

驴和骡子

有个赶驴的，把货物分放在驴和骡子的背上，便上了路。在平地上，驴还能对付；一到山路，就驮不动了。驴请求骡子分担一部分货物，以便自己能把其余的驮走。骡子对驴的话置之不理。不一会，驴从山上滚下去，摔死了。赶驴人不得不把驴驮的货物放在骡子的背上，而且还把那张驴皮也放在上面。骡子累极了，说道："我真是活该！假如在驴请求减轻负担时，我听了他的话，现在就不会既驮着他的货物，又驮着他了。"

同样，有些债主不肯给债户一点宽限，到头来连老本也赔光了。

驮神像的驴

有个人把神像放在驴背上，赶着驴进城。路上遇见的人都对神像顶礼膜拜。驴以为大家是拜他，就高兴得欢呼起来，再也不肯继续前进。赶驴人明白了是怎么回事，就用棍子打他，骂道："坏东西，人们拜倒在驴面前的时候还早着哩！"

这故事是说，那些借别人的财富来炫耀的人，自然要被知情人嘲笑。

野　驴

野驴看见家驴躺在阳光充足的地方，身体强壮，饲料丰富，便上前去向他祝贺。后来，野驴发现家驴驮着重东西，赶驴人还跟在后头用棍子打他，于是对家驴说："我不认为你是幸福的了，我看出，不吃大苦你是得不到那种享受的。"

所以说，冒艰险得到的利益不值得羡慕。

驴和蝉

驴听见蝉唱歌，被美妙的歌声迷住了，也想能够发出同样悦耳的声音，便问道："你们吃了什么，能发出这样悦耳的声音？"蝉回答说："露水。"于是驴一直等待露水，终于饿死了。

同样，有些人想得到份外之物，不但得不到，反而遭到了极大的不幸。

驴和赶驴人

驴由赶驴人领着，走了短短一段路以后，便径自离开了平坦的道路，紧挨着悬崖走去。驴快要摔下去的时候，赶驴人揪住了他的尾巴，想把他拖回来。可是驴拼命挣扎，赶驴人便放开他，说道："让你得胜吧！但你得到的只不过是一个悲惨的胜利。"

这故事适用于好胜的人。

驴和狼

驴在牧场上吃草，看见狼向他冲来，便装出瘸腿的样子。狼来到跟前，问是怎么瘸的。驴说："过篱笆的时候，扎了脚。"劝狼先把刺拔出来，然后吃他，免得吃的时候卡住喉咙。狼信以为真，便举起驴腿，聚精会神地察看。驴用脚对准狼的嘴一踹，把狼的牙齿踹掉了。狼吃了苦头，说道："我真是活该！父亲教我当屠户，我为什么偏要行医呢？"

同样，有些人去做不该做的事情，自然要倒霉。

驴和狮子皮

驴披着狮子皮四处游逛，吓唬野兽。他看见狐狸，也想吓唬他。碰巧那只狐狸以前听见过他叫，便对他说："你要知道，假如没听见过你叫，就是我也会怕你的。"

有些没教养的人也是如此，表面神气十足，看来象个人物，一开口，就原形毕露。

买　驴

有个人买驴，要牵去试一试，就把他牵到自家的驴中间，让他站在槽前。这驴不和别的驴在一起，单单走去站在一头好吃懒做的驴旁边。于是，买驴人就给他套上辔头，牵去还给原来的主人。主人问，这样试可靠吗？买驴人回答说："不必再试了，依我看，挑选什么样的朋友，自己就是什么样的东西。"

这故事是说，谁喜欢什么样的朋友，谁就是什么样的人。

驴和青蛙

有头驴驮着木料过沼泽地，脚下一滑，摔倒了，起不来，直哭。沼泽地里的青蛙听见驴哭，说道："喂，朋友，你摔一下就这样痛哭；象我们这样在此长住，又将怎样呢？"

这故事适用于一种庸庸碌碌的人，这种人容易忍耐大的困苦，对于小的挫折却难以忍耐。

驴、大鸦和狼

有头驴背上有伤口，在牧场上吃草。大鸦落在他背上，啄那伤口。驴痛得又叫又跳。赶驴人站在远处发笑。一只狼从旁边走过，看见这件事，自言自语地说："我们真不幸！我们只要看驴一眼，就要被人追赶，而大鸦飞近他，人们还笑。"

这故事是说，那些做坏事的人，即使在远处，也很显眼。

驴、狐狸和狮子

驴和狐狸合伙去打猎，碰到狮子。狐狸看见大难临头，就到狮子跟前，许下把驴交给他，只要他能够保证自己的安全。狮子答应了，狐狸就把驴引进一个陷阱。狮子见驴逃不掉了，便先把狐狸捉住，然后才去抓驴。

同样，那些陷害伙伴的人，往往不知不觉地和伙伴同归于尽。

驴和骡子

驴和骡子一起上路。驴见他们俩驮的货物一样多，很生气，抱怨说，骡子自以为该吃加倍的饲料，却不肯多驮一点东西。他们没走多远，赶驴人见驴支持不住，就把驴驮的货物取下一部分，放在骡子背上。他们又走了一段路，赶驴人见驴越发累得不行，便又取下一部分货物，最后把所有的货物都从驴背上取下来放在骡子背上了。这时，骡子回头对驴说："喂，朋友，你还认为我多吃一倍的饲料不公平吗？"

所以，我们判断各个人的情况，不能只看开头，还应该看到结尾。

捕鸟人和山鸡

捕鸟人有客人很晚才来，没有食物款待，便跑去捉那只养驯了的山鸡，打算杀了待客。山鸡责备捕鸟人忘恩负义，说自己帮过他大忙，招来许多同类，交给他，现在捕鸟人反而要杀他。捕鸟人回答说："那么我更要杀你，既然你连同类也不肯放过。"

这故事是说，出卖亲属的人，不仅为被害者所憎恨，也为收买者所厌恶。

母鸡和燕子

有只母鸡发现几个蛇蛋，细心地孵化，把蛋壳啄破。燕子见了，说道："傻瓜呀，你为什么养育他们？他们长大了会首先害你的。"

这故事是说，你即使仁至义尽，恶人也不会变好。

捕鸟人和冠雀

捕鸟人正在张网，冠雀从远处看见了，问他干什么。捕鸟人回答说，是在建立城市，说完就走到远处躲起来。冠雀相信了这人的话，飞进网，被捉住了。捕鸟人跑来时，冠雀对他说："喂，朋友，如果你建立这样的城市，你找到的居民决不会多。"

这故事是说，如果统治者残暴，城市和家园都会被人民舍弃。

捕鸟人和鹳鸟

捕鸟人张开捕鹤的网，站在远处等候猎物。一只鹳鸟和几只鹤落网，捕鸟人跑过来，把他们一起捉住了。鹳鸟请求不要杀他，说他于人不仅无害，而且非常有益，因为他捕杀蛇和别的爬虫。捕鸟人回答说："即使你不算太坏，但是你和坏蛋在一起，无论如何也应该受到惩罚。"

因此，我们应该避免和坏人交往，免得被认为同他们的坏事有牵连。

野鸽和家鸽

捕鸟人张开网，把几只家鸽拴在上面，然后站在远处等结果。一些野鸽飞到家鸽跟前，被网兜住了。捕鸟人跑去捕捉。野鸽责备家鸽，说他们原是同族，却不把这狡计预先透露出来。家鸽回答说："对我们来说，维护主人先于照顾自己的亲族。"

所以，那些由于爱护自己的主人而背弃亲族情谊的奴仆，无可厚非。

骆 驼

人们初次看见骆驼，对这样的庞然大物都感到恐惧和震惊，纷纷逃走。过了一些日子，人们发现骆驼性情温和，便敢于接近它了。不久以后，人们又认识到这种动物一点脾气也没有，就瞧不起它，给它套上辔头，叫孩子们牵着走。

这故事是说，接近事物可以消除对事物的恐惧。

蛇和蟹

蛇和蟹同住在一个地方。蟹对蛇很直率、善良，蛇却总是那么阴险、邪恶。蟹一再劝蛇对他也要直率点，要学他那样为人。蛇就是不听。蟹很生气，趁蛇睡着了，夹住他的喉咙，把他掐死了。蟹见蛇直挺挺地躺在那里，就对他说："朋友，你现在死了，用不着直率了，可是我劝你的时候，你却不听。"

这故事宜于讲给那些生前对朋友干了坏事、却要在死后留下善行的人听。

蛇、黄鼠狼和老鼠

蛇和黄鼠狼在一所房子里打仗。那里的老鼠经常被他们吃掉，这时见他们打仗，都走了出来。但是双方一看到老鼠，就立刻停止厮杀，一同向他们扑去。

同样，那些自行卷入政客间的倾轧的公民，不知不觉地成了双方的牺牲品。

被践踏的蛇

有条蛇常被人践踏，他去向宙斯告状。宙斯对他说："如果你见第一个践踏你的人就咬，就不会有第二个人这样干了。"

这故事是说，反击第一批来犯者，别的人就会有所畏惧。

代存财物的人和荷耳科斯 [26]

有个人保管着朋友寄存的财物，有意侵吞。朋友叫他去赌咒。他提心吊胆地向郊外走去。走到城门口，看见一个跛子正出城，就打听他是谁，上哪儿去。那人回答说，他是荷耳科斯，去找那些不敬神的人去。他又问，通常要隔多久再到城里来。荷耳科斯说："要隔四十年，有时作兴只隔三十年。"第二天，这个代存财物的人毫不迟疑地跑去赌咒，说他从来没有收存过什么财物。这样一来，他就落到荷耳科斯手里，被带到悬崖绝壁上去。

他责备荷耳科斯，以前明说要隔三十年才回来，现在却连一天也不肯宽容。荷耳科斯回答说："你该知道，要是谁把我气坏了，我照例当天就回来。"

这故事是说，神惩罚不敬神的人是不讲期限的。

捉蟋蟀的小孩

有个小孩在墙根捉蟋蟀，捉到了许多，忽然看见一只蝎子，以为那也是蟋蟀，就窝着手去捉。蝎子举起毒钩对小孩说："如果你愿意把捉到的蟋蟀都丢掉，你就这么干吧！"

这故事告诫我们，对好人和坏人，不可用同样的办法去对付。

小偷和他的母亲

有个小孩从学校里偷了同学的写字板，交给母亲。母亲不但不加责备，反而称赞一番。第二次，他偷了一件外衣，交给母亲。母亲对他更加夸奖。过了几年，孩子长大了，就开始偷更大的东西。有一回，他当场落网，背绑双手，被人押送到刽子手那里去。他母亲跟在后面，捶胸痛哭。小偷说，他想和母亲贴耳说几句话。母亲走上前去，小偷一下子衔住了母亲的耳朵，使劲咬了下来。母亲骂他不孝，犯了罪还不够，又把母亲弄成残废。小偷回答说："当初我偷写字板交给你时，如果你打了我一顿，我现在就不会落到这个地步，被人押去处死了。"

这故事是说，小过当初不惩戒，必然犯大罪。

口渴的鸽子

有只鸽子口渴得难受，看见招牌上画着一口调酒的瓦缸[27]，以为是真的，就呼啦啦猛飞过去，不料一下子撞在招牌上，结果碰断了翅膀，掉到地上，被一个在场的人捉住了。

有些人也是如此，他们头脑发热，轻率从事，结果自取灭亡。

鸽子和冠乌

有只鸽子，被人养在鸽舍里，却自夸子女多，冠乌听了，说道："喂，朋友，你不要以此自豪。你将要悔恨的是，你子女越多，所受的奴役也越多。"

所以，有些家奴是最命苦的，他们身受奴役，还生养许多孩子。

猴子和渔夫

猴子坐在大树上，看见渔夫在河边撒网，便仔细观察他们的动作。不久，渔夫把网收起，吃饭去了，猴子从树上下来，想要模仿一番。据说这种动物善于模仿。但是，他一拿起网，就把自己缠住了，险些儿憋死。他自言自语地说："我真是活该！没有学过打鱼，为什么要干这一行呢？"

这故事是说，干不相宜的事情，不但无益，而且有害。

富人和鞣皮匠

有个富人和鞣皮匠是邻居，因为受不了那种臭气，多次催鞣皮匠搬家。鞣皮匠总是说，不久就搬，借此拖延。这样拖来拖去，随着时光的流逝，富人已经闻惯了臭气，不再与鞣皮匠为难了。

这故事是说，习惯可以消除对事物的恶感。

富人和哭丧女

某富人有两个女儿，一个女儿死了，他雇了一些哭丧女来为女儿哭丧。另一个女儿对母亲说："我们真不幸！有了丧事，不会尽哀，而这些非亲非故的人却是这样使劲地捶胸痛哭。"母亲回答说："孩子，别为她们这样痛哭而感到惊奇，她们是为钱而哭的。"

有些人也是如此，他们爱钱，不惜借别人的灾难来牟利。

牧人和狗

牧人养着一条很大的狗。他常把死了的大羊和小羊扔给那狗吃。有一回，羊都进了圈，牧人看见狗走到羊跟前摇着尾巴，就对他说："你这家伙，你想对羊干的事，倒可能落到你头上！"

这故事适用于谄媚的人。

牧人和海

有个牧人在海边放牧，看见海非常平静，便想去航海经商。他把羊卖掉，买了椰枣装船出发了。不料海上起了大风暴，船有沉没的危险，他只好把全部货物抛到海里，好容易坐着空船逃了命。过了很久，有人从海边经过，碰巧海又非常平静，那人便赞美海水很温和。牧人听了说道："好朋友，海水大概又想要椰枣了，因此才显得这样平静。"

这故事是说，灾祸使人吸取教训。

牧人和羊

牧人把羊群赶到橡树林里，看见一棵高大的橡树结满了橡子，就把外衣脱下来，铺在地上，爬到树上去摇橡子。羊在下面吃橡子，不觉把外衣也啃了。牧人从树上下来，看见这情形，说道："坏透了的畜生，你们把羊毛给别人做衣服穿，我喂养你们，你们却把我的外衣给毁了。"

同样，许多人糊里糊涂，对外人好，却对自家人坏。

牧人和小狼

有个牧人弄到几只小狼，细心地抚养着，以为养大了不仅可以保护自己的羊群，还可以把别人的羊抢过来。小狼很快长大了，却大胆地咬死了牧人自己的羊。牧人叹道："我真是活该！狼长大了，都该杀死，我为什么偏要救活这些狼崽子呢？"

同样，那些救活坏人的人，正是无意中加强了坏人的力量，首先于自己有害。

开玩笑的牧人

有个牧人赶着羊到村外较远的地方去放牧，他常常开玩笑，高声向村里人呼救，说有狼来袭击他的羊。有两三回，村里人惊慌地跑来，又都笑着回去。后来，狼真的来吃他的羊了。他放声呼救，村里人都以为他照例又在开玩笑，没有理他。结果，牧人的羊全被狼吃掉了。

这故事是说，说假话的人会得到这样的下场：他说真话，也

伊索寓言

没人相信。

行人和大鸦

有几个人因事赶路，一只独眼大鸦迎面飞来，引起他们的注意。其中一人认为这是凶兆，劝大家回去。另一人反驳说："它怎么能向我们预告未来呢？它连自己受伤都没有预料到并加以防止。"

同样，那些连自己的事都考虑不周到的人，不配劝告旁人。

普罗米修斯和人

普罗米修斯奉宙斯之命造人和野兽。宙斯见野兽太多了，就命令普罗米修斯毁掉一些，改作成人。普罗米修斯执行了命令。结果，这样造出来的人却是人面兽心。

这故事适用于愚蠢而野蛮的人。

两只口袋

普罗米修斯造人，给每个人挂上两只口袋，一只装别人的恶行，另一只装自己的。他把那只装有别人的恶行的口袋挂在前面，把另一只挂在后面。因此人们老远就看见了别人的恶行，自己的却瞧不见。

这故事适用于好管闲事的人，这种人对于自己的事视而不见，却去管不相干的事。

洗澡的小孩

有一回，一个小孩在河里洗澡，快要淹死了，看见有人路过，便向他呼救。那人责备小孩太冒险。小孩回答说："你先拉我一把，救起我来，然后再责备吧！"

这故事是讲给咎由自取的人听的。

迈安德洛斯河边的狐狸

一天，许多狐狸聚集在迈安德洛斯河[28]边，想下去喝水。但水流湍急，狐狸只是互相怂恿，谁也不敢下去。其中一只傲视其余的狐狸，嘲笑大家胆小，想显示自己高人一等，便鼓起勇气跳到水里去。急流把他冲到河心，众狐狸站在岸上对他喊道："别撇下我们，回来告诉我们，从哪儿下去喝水比较安全？"那只被河水冲走的狐狸说："我有个口信要捎往米利都[29]，我想亲自捎去，等我回来，再告诉你们吧！"

这故事适用于因自我吹嘘而讨苦吃的人。

被剪毛的羊

一个手艺很差的人给羊剪毛，羊对他说："你需要毛，请剪高一点，你想要肉，那就一下子把我宰了，免得我一点一点地受罪。"

这故事适用于手艺很差的人。

石榴树、苹果树和荆棘

石榴树和苹果树争论谁结的果实好。争吵正激烈时，篱笆外边的荆棘听见了，说道："喂，朋友，我们停止论战吧！"

伊索寓言

同样，当强者起内讧时，无足轻重的人也想显示自己是个人物。

鼹　鼠

有只鼹鼠——一种瞎眼的动物——对他母亲说："我看得见。"母亲想试一试，给他一小块乳香，问他是什么。鼹鼠回答说，是个小石子。母亲说："啊，孩子，你不仅眼睛瞎了，连鼻子也不灵了。"

有些吹牛的人也是如此，他们保证能做不可能的事，却在微不足道的事情上丢了丑。

黄蜂、鹧鸪和农夫

有一回，几只黄蜂和鹧鸪口渴得要命，飞到农夫那里要水喝。作为报答，鹧鸪许诺替他松土，让葡萄树茂盛，果实丰硕；黄蜂则许诺在周围看守，用毒刺蜇走偷吃的人。农夫回答说："我有两头牛，他们尽管没有向我许诺什么，却什么活儿都干。把水给他们，比给你们更好。"

这故事适用于不能报恩的人。

黄蜂和蛇

黄蜂落在蛇的头上，不断地蜇他，折磨他。蛇痛得要命，又无法向敌人报复，便爬到路上，看见一辆车子过来，就把头放在车轮底下，说道："我将和敌人同归于尽。"蛇就这样和黄蜂一起死了。

这故事适用于那些伺机和敌人同归于尽的人。

蚯蚓和蟒蛇

蚯蚓[30]看见蟒蛇在睡觉，羡慕他身子长，自己也想能有他那样长，便躺在旁边，拼命抻长自己，可是用力过猛，不料终于把身体抻断了。

与强者竞赛，结果没等赶上他们，自己早已毁灭。

野猪、马和猎人

野猪和马一起吃草，野猪时常糟踏青草，把水弄浑，马想报复，便到猎人那里去求他帮忙。猎人说，如果马不肯套上辔头让他骑，他就帮不了忙。马完全同意了，于是猎人骑着马制服了野猪，然后把马牵去拴在槽头上。

同样，许多人由于无端的愤怒，想要向自己所恨的人报复，结果，把自己置于别人的控制之下。

大树和芦苇

有一回，大树被风刮断了。大树看见芦苇一点损伤也没有，便问芦苇，为什么树这么粗壮、沉重，都被风刮断了，而芦苇这么纤细，软弱，却什么事也没有？芦苇回答说："我们认识到自己软弱，向风头让路，因而避免了冲击；你们却相信自己的力量，进行抵抗，因而被风刮断了。"

这故事是说，做事遇到风险，退让比硬顶更稳妥。

鬣狗和狐狸

据说鬣狗每年变换性别，有时是雄的，有时是雌的。有条鬣狗看见狐狸，责备她想和自己交朋友，却又不肯接近。狐狸回答说："你不要责备我，还是责备你的性别吧！我不知道应该把你当作女朋友还是男朋友。"

这故事适用于态度暧昧的人。

公牛和野山羊

公牛遭狮子追赶，逃进山洞，洞里有一群野山羊。野山羊对他又踢又顶。公牛告诉野山羊说："我忍耐着，并不是怕你们，是怕那站在洞口的狮子。"

同样，许多人是因为害怕强大者才忍耐着弱小者的凌辱。

小　猴

听说有一对猴子生了两个小猴，对其中一个，细心喂养，特别喜爱；而对另一个，十分嫌恶，毫不经心。可是定数难逃，那个得到关怀的小猴，受母亲抚爱，被搂得紧紧的，给憋死了，而那个受轻视的却长大了。

这故事是说，千算万算，不如老天一算。

孔雀和穴鸟

众鸟商议推选国王，孔雀认为自己美丽，应被立为国王。众鸟正要推选孔雀为王时，穴鸟问孔雀说："你当了国王，如果鹰来追赶，你将怎么保护我们呢？"

这故事是说，拥立国王，不仅要看相貌，还要看威力和智慧。

蝉和狐狸

蝉在大树上唱歌。狐狸要吃蝉，想了一个计策：他站在对面称赞蝉的歌声美妙，劝蝉下来，说想看看是多大的动物发出这么响亮的声音。蝉识破了狐狸的诡计，摘了一片树叶扔下来。狐狸以为是蝉，扑了过去。蝉对狐狸说："你这家伙，你以为是我下来了，那就错了。自从我看见狐狸的粪便里有蝉的翅膀，我对狐狸就有所警惕了。"

这故事是说，邻人的灾难教育了明智的人。

骆驼、大象和猴子

野兽商议推选国王，骆驼和大象参加竞选，一个身体高大，一个强壮有力，各自都希望中选。猴子却认为两个都不合适，他说道："有动物为非作歹，骆驼也不生气；大象当了国王，小猪来进攻，他也会怕得要死。"

这故事是说，原因虽小往往会误大事。

天　鹅

据说，天鹅临死才唱歌。某人恰好碰见有人出售一只天鹅，他听说天鹅的歌声十分悦耳，就买下了。有一回，他请客吃饭，叫天鹅在宴饮间唱歌。天鹅始终默不作声。后来，有一天，天鹅知道自己要死了，才为自己唱起挽歌来。主人听了说道："你既然是除了临死，别的时候都不肯唱歌，那么我叫你唱歌那天，没有杀你，未免太傻了。"

有些人也是这样，除非迫不得已，总是不愿讨人喜欢。

伊索寓言

宙斯和蛇

宙斯结婚时，所有的动物都尽自己可能送来礼物。蛇叼着一朵玫瑰花爬来。宙斯见了，说道："别的动物的礼物我都收下，可是从你嘴里来的东西我不收。"

这故事是说，坏人的礼物令人生畏。

孔雀和白鹤

孔雀瞧不起白鹤羽毛的颜色，讥笑白鹤说："我披金挂紫，你的羽毛却一点也不华丽。"白鹤回答说："我鸣叫于星际，飞翔于九霄，你却同公鸡与家禽为伍，在地上行走。"

这故事是说，穿戴朴素而有声誉，胜于自诩富有而默默无闻。

猪和狗

猪和狗对骂。后来，猪凭阿佛洛狄忒[31]发誓，说不把狗撕成碎块，决不罢休。狗顺势说道，阿佛洛狄忒正是恨猪愚蠢，所以谁要是吃过猪肉，就不让谁进她的圣庙。猪回答说："阿佛洛狄忒这样规定，并不是憎恶我，是防备有人杀我。"

高明的演说家也是如此，往往把对手指责他的话转化为对他的赞扬。

猪和狗

猪和狗争论谁下崽顺利。狗说，四足动物中只有她下崽快。猪回答说："你可以这样说，但是，应该知道，你生的是瞎子。"

这故事是说，评定事物不是看快慢，而是看完美与否。

野猪和狐狸

野猪在树上磨牙。狐狸问他，为什么要在没有猎人或危险的时候磨牙。野猪回答说："我这样做不是没有道理的。一旦危险临头，就来不及磨了，那时就可以使用磨好了的牙。"

这故事是说，应防患于未然。

爱钱的人

有个爱钱的人把他的财产变卖，换成金块，埋在墙根底下，经常去挖开来看。附近有个农夫细心观察他的行踪，猜到了真情，趁他离开的时候，把金子挖走了。那人再来时，发现那地方已经空了，便揪头发，痛哭流涕。有人见他过于悲痛，问清了缘由，对他说："别伤心了！拿块石头放在那里，就把它当成金块埋起来，因为你有金子时，也没有动用过嘛。"

这故事是说，有钱财而不用，等于没有。

乌龟和兔子

乌龟和兔子争论谁跑得快。他们约定了比赛的时间和地点，就出发了。兔子自恃天生腿快，对比赛毫不在意，竟躺在路边睡觉去了。乌龟知道自己走得慢，一往直前，毫不停歇，这样，乌龟从睡着的兔子身边爬过去，夺得了胜利的奖品。

这故事是说，奋发图强往往胜过恃才自满。

燕子和蟒蛇

有只在法院里做窝的燕子飞出去了。蟒蛇爬进来，吞吃了那几只雏燕。燕子回来，看见窝空了，悲痛万分。另一只燕子来安慰她，对她说，丢失了孩子的不仅仅是她。她回答说："我这样悲痛，不单是因为丢失了孩子，尤其是因为在受害者可以得救的地方我反而受害。"

这故事是说，灾难来自意想不到的地方，最使受害者难受。

鹅和鹤

一群鹅和鹤在草原上觅食。猎人来到时，鹤身体轻捷，很快就飞走了，保住了性命；鹅身体笨重，停留在那里，都被捉住了。

这故事是说，城市毁灭时，可能出现这样的情形：穷人一无所有，容易离开，可以从一个城市搬到另一个城市去；富人则因为财产拖累，留在城里，往往沦为奴隶。

野驴和狼

野驴脚上扎了一根刺，痛得要命，拖着那条腿一瘸一拐，无法过河。一条强壮的狼碰见了他，想把这现成的猎物吃掉。野驴恳求说："你把我脚上的刺拔出来，先解除我的痛苦。"狼用牙齿把刺拔出来了，野驴脚痛一减轻，就把狼踢死，逃到山上，保住了性命。

这故事告诫我们，对坏人再好，也得不到感谢，甚至还会遭受辱骂。

燕子和冠乌

燕子和冠乌争论谁美。冠乌答复燕子时，说道："你的美要到春天才焕发出来，我的身体却能抵御冬日的风寒。"

这故事是说，外貌美好不如身体健康。

乌龟和老鹰

乌龟请求老鹰教他飞翔，老鹰劝告他，说他的本性根本不适合飞翔。乌龟再三恳求，老鹰便把他抓住，带到空中，然后扔下。乌龟掉到石头上，摔得粉碎。

这故事是说，许多人太好胜，不听聪明人的劝告，结果伤害了自己。

跳蚤和竞技者

有一回，一只跳蚤跳到一个急躁的竞技者的脚上，跳来跳去地咬他。竞技者很生气，想用指甲掐死他。但跳蚤凭着天生的蹦跳本领，一下子就逃掉了，免于死亡。竞技者叹道："赫剌克勒斯，对付跳蚤，你是这样帮助我；对付我的对手，你又将怎样帮助我呢？"

这故事是说，不要为了微不足道、毫无危险的事去求神，应该在遇到重大困难的时候才去求神。

鹦鹉和猫

有人买了一只鹦鹉，带回家饲养。这只鹦鹉是养驯了的，他跳上炉台，蹲在那里，高高兴兴地叫唤。猫看见了，问他是谁，从哪里来的。鹦鹉回答说:"主人刚买来的。"猫说:"如此说来,你是最鲁莽不过的动物了,刚到这里就这样大叫。我是家生的,主人都不允许这样。要是我什么时候这样叫,他们就会发脾气,把我赶出去。"鹦鹉回答说:"猫管家,那你就走远点吧,主人对我的歌声可不象对你的怪叫那么讨厌。"

这故事适用于那种老是吹毛求疵、非难别人的人。

劈橡树的人和橡树

有人劈橡树,把橡树枝削成楔子,用来劈树身。橡树说道:"我怪那劈我的斧子,更怪那些从我身上长出来的楔子。"

这故事是说,被自己人所害,比被外人所害,更叫人伤心。

松树和荆棘

松树自吹自擂,对荆棘说:"不论建造什么,你都没用处;我呢,造庙顶、盖房屋,都用得着。"荆棘回答说:"可怜的松树,假如你想一想劈你的斧子和锯你的锯子,你一定愿意作荆棘,而不愿作松树了。"

虽然贫穷却胸怀坦荡,总比富有却要牵肠挂肚好得多。

人和狮子同行

人和狮子同行。人对狮子大声说道:"人比狮子强得多。"狮子说:"狮子强得多。"他们继续走去,遇见一些石碑,上面刻着几只被征服的狮子,倒在人们脚下,那人指着石碑对狮子说:"你看,狮子怎么样?"狮子回答说:"如果狮子能雕刻,你会看见许多人倒在狮子脚下。"

这是说，有些人在没本事的人面前自吹自擂，其实他们自己也没本事。

狗和海螺

有只常吃鸡蛋的狗，看见一只海螺，以为是鸡蛋，就张大嘴一口吞了下去。不久，他感到肚子疼，不好受，说道："我真是活该，相信凡是圆的东西都是鸡蛋。"

这故事告诫我们，那些凭直觉去和事物接触的人，不知不觉就会陷于荒谬。

蚊子和狮子

蚊子飞到狮子面前，对他说："我不怕你，你并不比我强。若说不是这样，你到底有什么力量呢？是用爪子抓，牙齿咬吗？女人同男人打架，也会这么干。我比你强得多。你要是愿意，我们来较量较量吧！"蚊子吹着喇叭冲过去，朝狮子脸上专咬鼻子周围没有毛的地方。狮子气得用爪子把自己的脸都抓破了。蚊子战胜了狮子，又吹着喇叭，唱着凯歌飞走，却被蜘蛛网粘住了。蚊子将要被吃掉时，叹息说，自己同最强大的动物都较量过，不料被这小小的蜘蛛消灭了。

这故事适用于那些打败过大人物、却被小人物打败的人。

狗、公鸡和狐狸

狗和公鸡交朋友，一同赶路。天将黑时，他们走进树林，公鸡飞到树上，栖息在枝头，狗睡在下面树洞里。夜将过去，天快黎明，公鸡照常啼叫起来。狐狸听见鸡叫，想要吃他，便走来站在树下，对公鸡大声说："你这鸟很好，对人有益。快下来，我们合唱几支夜曲，同乐一番！"公鸡回答说："朋友，你到树根底下，叫醒守夜的，让他把门打开。"狐狸去叫守夜的，狗突然跳出来，咬住狐狸，把他撕成了碎块。

这故事是说，聪明人就是这样，在灾难临头时，能轻而易举地使敌人遭殃。

狮子、狼和狐狸

狮子老了，病倒在山洞里。除狐狸外，所有的动物都来探望过他们的国王。狼利用这机会在狮子面前诋毁狐狸，说狐狸轻慢兽类之王，不来探望。正说着，狐狸来了，听见了狼说的最后几句话。这时，狮子对着狐狸怒吼起来。狐狸请求给他解释的机会。他说："到你这里来的动物当中，有谁象我这样为你效劳，四处奔走，找医生，问治病的方子？"狮子命令狐狸立刻把方子说出来。狐狸说："把一只狼活剥了，趁热将他的皮披在身上。"顷刻之间，狼就变成了一具死尸，躺在那里。狐狸笑着说："你不应该挑动主人起恶意，而应该引导主人发善心。"

这故事是说，有的人对别人使圈套，反而自己落网。

小牛和公牛

小牛见公牛干活，看他吃苦，觉得可怜。可是节日来临，人们却放过公牛，捉小牛去宰了祭神。公牛见了，笑着对他说："小牛啊，正因为要你作牺牲，所以什么活儿也不必干。"

这故事是说，危险在等着游手好闲的人。

冠　雀

有只冠雀落到网里，叹道："哎呀，我这个可怜而又不幸的鸟呀！我偷的不是人家的金子、银子，也不是别的贵重物品；一小颗粮食就断送了我的性命。"

这故事适用于那些贪小便宜而冒大风险的人。

驴和马

驴说马幸福，因为马得到主人细心喂养，饲料丰富，而自己却连麦麸都不够吃，还要忍受种种辛苦。后来，战争爆发了，军士全副武装，骑着那匹马，鞭打他各处奔驰，冲锋陷阵。马受伤倒下了，驴见了，就改变看法，认为马是不幸的。

这故事是说，不应该羡慕权贵和富豪，应该想到他们所遭受的忌妒和危险，而安于贫贱。

鹰

鹰站在岩石上，居高临下，正想去捉一只兔子。有人一箭射中了他，箭头扎入体内，带羽翎的箭杆留在他眼前。鹰望着那羽翎叹道："死于自己的羽翎，这对我是苦上加苦。"

这故事是说，为亲属所害是令人寒心的。

黑　人

有人买了一个黑人，他认为黑人的肤色是由于以前主人的疏忽所致，于是把黑人带回家，用许多水和肥皂给他擦洗。黑人的肤色毫无变化，他自己却由于劳累而病倒了。

这故事是说，天生的东西始终保持原来的样子。

小鹿和鹿

有一回，小鹿对鹿说："爸爸，你比狗个子大，跑得也比他们快，又有很大的角可以用来自卫，为什么还要这样怕他们呢？"鹿笑着说："孩子，你说的这些都是事实，可是我只知道一点，一听到狗叫，我立刻就逃跑，也不知是为什么。"

这故事是说，任何激将法都不能给生来懦怯的人增加力量。

牧人和狼

牧人发现一只初生的小狼，就捡回家，同几条狗一起饲养着。小狼长大以后，每逢狼来拖羊，他就跟狗一起去追赶，狗追不上都回去了，他却继续追，待到追上狼，以狼的身份分到一份猎物，这才往回走。在狼不从外边来拖羊的时候，他就偷偷咬死一只羊，同狗分着吃。后来，牧人发觉他的所作所为，就把他吊在树上弄死了。

这故事是说，坏的天性养不成好的习惯。

天 鹅

有个富人养鹅，也养天鹅，但用处不同：养天鹅是要他唱歌，养鹅是为了吃肉。有一回，应该派鹅的用场，可是时间是在夜里，分不清是鹅还是天鹅。当天鹅被当作鹅抓来时，他唱起歌来，作为死亡的前奏。歌声显出了天鹅的本性，使他免于死亡。

这故事是说，音乐往往能使生命延长。

女人和酗酒的丈夫

有个女人，她丈夫酗酒，她想改变丈夫的嗜好，想出了这样一个办法：趁丈夫醉后昏睡，象死人一样不省人事，就把他背去放在墓穴里，然后走开。估计丈夫清醒了，女人就去敲墓门。醉汉问道："谁敲门？"女人回答说："我来给死人送吃的。"醉汉说道："好朋友，不要给我送吃的，还是送点喝的来吧！你光提吃的，不提喝的，真叫我难受。"女人挺着胸脯叹道："哎呀，我真不幸，想尽办法，可是一点效果也没有。丈夫啊，你不但没有改好，反而变得更坏，你的嗜好已经成了习惯。"

这故事是说，人们不应长久沉湎于恶习，因为尽管你不愿意，也会养成习惯。

儿子、父亲和画上的狮子

有个胆小的老头养了个独生子，这孩子喜欢打猎。一次，老头梦见儿子被狮子咬死了。他害怕梦会应验，就造了一座悬空的漂亮房子，把儿子领到里面保护起来。为了让孩子高兴，老头在房间里的墙壁上画了各种各样的动物，其中也有狮子。那孩子越看画越觉得烦恼。有一回，他对着画上的狮子说道："可恶的野兽，因为你以及我父亲的幻梦，我象坐牢一样被关在这座房子里，我将怎样对付你呢？"说着说着，就挥手向墙上打去，想把那狮子打瞎。不料有根刺扎了他的手，引起发炎，蔓延到大腿根，引起高烧，很快便夺去了他的生命。就这样，狮子把孩子害死了，孩子并没有靠他父亲的心计而得到一点好处。

这故事是说，在劫难逃。

河和皮革

河看见水面上漂着一块皮革，便问他叫什么名字。皮革说："我叫硬皮。"河向他泼着水，说道："你另找个名字吧，我很快就会把你变软的。"

这故事是说，事物很容易恢复它的本性。

射手和狮子

有个老练的射手，进山打猎，所有的动物见了他，都纷纷逃跑了，唯独狮子过来向他挑战。射手一箭射中了狮子，说道："先接待我的使者，看看如何？然后我亲自来进攻！"受伤的狮子想要逃跑，狐狸鼓励他，叫他不要逃跑。狮子回答说："朋友，你骗不了我。射手的使者已经这么厉害，要是他亲自进攻，我可吃不消！"

这故事是说，千万不要接近在远处就能为害的人。

秃 子

有个秃子，把别人的头发戴在头上，骑马出行。一阵风把假发吹掉了，旁观的人都禁不住哈哈大笑。秃子停下来说："这头发本来不属于我，从我这里丢掉了，有什么奇怪呢？它不是也曾离开了那生长它的原来主人吗？"

这故事是说，不要为突如其来的不幸而苦恼。因为不是与生俱来的东西，留也留不住。

做客的狗

有人备办酒席，邀请亲友赴宴。他的狗也邀请狗友，说："朋友，来呀，到我这里来赴宴！"狗友来了，看见那丰盛的酒席，站在那里，心里想道："好啊，真叫人高兴！真是喜出望外！我一定要饱餐一顿。"那狗这么想着，摇着尾巴望着邀请他赴宴的朋友。厨师看见那狗的尾巴在那里摇来摇去。就一把抓住他的腿，把他从窗口扔了出去。那狗摔在地上，嚎叫着走了。有些狗碰见他，问道："吃得好不好？"他回答说："我喝过了量，酩酊大醉，连出来的路都不认识了。"

这故事是说，不要相信那些什么也没弄到手的人。

打破神像的人

有人供奉一座木制的神像，他很穷，祈求神为他造福。他一再祈求，反而变得更穷了，一生气，就抓住神像的脚往墙上摔去。神像的头摔破了，从脑袋里掉出金子。这人把金子拾起来，大声说道："我看你既可恶，又愚笨，我尊敬你的时候，你一点好处也不给我；我打了你，你却给了我这许多好东西。"

这故事是说，尊敬坏人得不到一点好处，打了他，却能得到更多的利益。

骡 子

有头骡子吃大麦，长得很肥，他跳跃着，自言自语地大声叫着说："我父亲准是一匹善跑的马，我完全象他。"有一天，非干不可的差事来了，他被赶着上路，停下来以后，他愁眉苦脸，忽然才想起自己的父亲是驴。

这故事是说，时机即使给人带来了名誉，也不要忘本，因为这样的生活是不稳定的。

马和驴

某人有一匹马和一头驴。在旅途上，驴对马说："你如果肯救我一命，请分担一点我的负担。"马不听。驴筋疲力尽，倒下死了。主人把所有的货物，连同那张驴皮，都放在马背上。马哭着说："真倒霉！我怎么这样不幸？我不肯分担一点点负担，却驮上了这全部的货物，还加上这张皮！"

这故事是说，强者帮助弱者，他们才能共存。

蚯蚓和狐狸

有条藏在泥土里的蚯蚓，爬到地面上来，对全体动物说："我是医生，精通医药，象众神的医生派厄翁那样高明。"狐狸听了对蚯蚓说："你给别人治病，怎么不治一治你自己的跛脚呢？"

这故事是说，不能实现的计划，全是空话。

生病的大鸦

大鸦生病，对他母亲说："妈妈，你去求神吧，不要悲伤。"母亲回答说："孩子，哪一位神会可怜你呢？谁的祭肉你没偷吃过？"

这故事是说，平时树敌过多，困难时找不到任何朋友。

号　兵

有个号兵，在吹号集合军队的时候，被敌人俘虏了，他大喊大叫："各位，请不要无缘无故杀死我，因为我不曾杀死你们当中的任何人。除了这把铜号之外，我手上什么也没有。"敌人对号兵说："正因为如此，你更是该杀，因为你自己虽不能打仗，却鼓动全军来打。"

这故事是说，那些挑唆凶恶残暴的统治者去做坏事的人，更应该被打倒。

战士和大鸦

有个胆小的人，出去打仗，大鸦一叫，他就放下武器，一动不动，过一会儿，才又拿起武器往前走。大鸦再叫，他又停下来。末了，他说："你们放声叫吧，只要不吃我的肉就行！"

这故事讽刺那些非常胆小怕事的人。

蛇的尾巴和身体

蛇的尾巴和头争吵，说应该轮到他来带路，不该老跟在头的后面。于是，尾巴就来领路，他没有头脑，横冲直撞，结果把那个不得已而违反自然、跟着又瞎又哑的身体走的头撞碎了。

这故事是说，那些迎合一切人的执政者，就是这样失败的。

狮子、普罗米修斯和大象

狮子时常责备普罗米修斯。尽管普罗米修斯把狮子造得又高又大又美，给他牙齿当作武器，给他脚上装上趾爪，让他比别的野兽更强大，但是狮子说："可是我却害怕公鸡。"普罗米修斯回答说："你为什么无缘无故责备我？凡是我能造的，你都具备了。只是你的心灵太脆弱罢了。"狮子自悲自叹，怪自己太懦弱，最后想去寻死。他正打主意的时候，遇见了大象，打过招呼以后，站着攀谈起来。他看见大象不停地扇着耳朵，就问："你怎么了？为什么一刻不停地摇晃耳朵？"这时恰好有蚊子绕着大象飞，大象说："你瞧见这个嗡嗡叫的小东西没有？假如他钻进了我的耳朵，我就会死掉。"狮子听了说道："公鸡比蚊子强大多少，我就比大象幸福多少，我为什么还要去寻死呢？"

你看，蚊子也有力量，连大象都怕他。

狼和狗

狼看见一只肥胖的狗戴着脖套，问他："是谁把你拴住，喂得这么好？"狗回答说："猎人。"狼听了说道："但愿狼不要受这样的罪，因为对我来说，挨饿比戴沉重的脖套更好受。"

这故事是说，处于忧患，不需要饱餐。

驴和狗

驴和狗同行，发现地上有封封好的信。驴捡起来，撕破封印，打开来读，叫狗可以听见。驴说，信里提到饲料，有干草，有大麦，有麸子。驴这样读，狗听了很不耐烦，对驴说："读下去，好朋友，不要单单拉下肉和骨头。"驴把信读完了，也没有发现狗想要的东西，狗立刻对驴说："扔在地上吧，朋友，没有令人满意的东西。"

墙壁和木钉

木钉把墙壁钉坏了，墙壁大声嚷道："我什么坏事也没有做，你为什么钉我？"木钉回答说："肇事的不是我，而是在后面狠狠地敲打我的人。"

人和蝈蝈

有个穷人，在捉蝗虫的时候，捉住了一只歌声嘹亮的蝈蝈，要把他弄死。蝈蝈对他说："不要无缘无故把我弄死，我没有伤害谷穗，也没有毁坏树枝，我只是用翅膀和腿互相摩擦，发出和谐的声音，叫行人开心。除了闹一点，你对我没有什么可以挑剔的。"那人听了，就把蝈蝈放了。

老鼠和青蛙

从前动物之间是通话的，老鼠同青蛙交朋友，邀请青蛙会餐，领他到一个富人的库房里去，那里有面包，有干酪，有蜂蜜，有无花果干，还有许多好吃的东西。老鼠说："你吃吧，青蛙，随你挑选。"青蛙说："那么，你也到我那里去，把我的好东西饱餐一顿。你不用怕，我把你的脚拴在我的脚上。"于是，青蛙把老鼠的脚拴在自己脚上，跳进池塘，拖着那只拴好的老鼠。老鼠快要淹死的时候，说道："我虽然被你害死了，活着的动物会替我报仇的。"这时一只鹞子看见老鼠漂在水上，就飞下来捉住他。就这样，青蛙也一齐被抓走了，两个都被撕得粉碎。

这故事是说：朋友们的坏主意，对他们自己也很危险。

农夫和毛驴

有个农夫，住在乡下，已经上了年纪，还没有进过城，他要家里人让他去看看城市。家里人把两头毛驴套在车上，对他说："你只要赶着毛驴，它们就会把你送到城里。"后来，半道上起了风暴，天昏地暗，毛驴迷了路，走到悬崖边上。老人看到自己面临的危险，说道："宙斯啊，我在什么事情上冒犯过你吗？你要叫我摔死，而且不是死在光荣的马儿或高贵的骡子手里，而是死在小小的毛驴手下！"

这故事是说，光荣地死，胜过耻辱地生。

诗歌 散文

小狗和青蛙

有只小狗，跟着一个行人走路，由于一直没停脚，又加夏天炎热，到了晚上，他昏昏沉沉，便倒在池塘边潮湿的草地上睡着了。小狗睡得正香，附近的青蛙照例一齐哇哇地叫起来。小狗被吵醒，很不高兴。他心想，如果立刻跳到水里，冲着青蛙狂吠，必能制止他们吵闹，然后好舒舒服服地睡觉。他一连试了几次，一点用也没有，只好退回来，生气地说："如果我想叫你们这些天生吵闹烦人的东西变得文雅、善良，我就比你们还要傻。"

这故事是说，那些傲慢无礼的人总是随心所欲，不顾别人。

主人和船夫们

某个主人有一次乘船出海，遇到大风浪，感到十分疲倦；那些船夫顶着风浪划船，更是累得要死。主人对船夫们说："你们如果不把船划快点，我就拿石头砸死你们。"当时，一个船夫回答说："但愿我们是在能弄到石头的地方。"

我们的生活中也有类似的情况：为了躲避更重的惩罚，我们宁愿忍受轻一点的。

猫和鸡

猫假意做生日，请了很多鸡赴宴。猫看见鸡都进了屋，就关上门，把他们一只只地抓来吃掉了。

这故事适用于那些抱着美好的希望而来，结果却适得其反的人。

庸　医

某人生病，一个庸碌的医生认为他已经没有希望了，后来病却好了。过了一些时候，医生遇见他，就问他，已经没有希望了，怎么还能活着。那人回答说，是卡戎[32]开恩，放他从冥土回来了，卡戎还说，限定所有医生克日前去受审，因为他们粗心大意，治死了许多人。"不过，你不用害怕，因为我告诉了卡戎，你从来算不得医生，他已经做了记号，从医生名单中把你注销了。"

这故事说的是那些传达连他们自己也不知道的消息的人。

口渴的冠乌

冠乌口渴，来到一只水罐旁边，使劲推它，但水罐立得很稳，推不倒。冠乌想起了他惯用的手法，把石子投在水罐里，罐底石子增多，水面逐渐上升。这样，冠乌便喝到水，解了渴。

由此可见，力气敌不过智慧。

老鼠和青蛙

青蛙劝老鼠游水。他把老鼠的脚拴在自己脚上，然后把老鼠领到水里去。青蛙是水中动物，高高兴兴地往深处钻，老鼠则由于在不适合自己天性的环境里学潜水而淹死了。三天后，老鼠泡胀了，浮出水面，恰好有鹞子飞过，把那具浮在水面的尸体抓起来。青蛙也跟着麻绳出水，立刻被鹞子吞食了。

同样，有人把别人推向危险，自己也身受其祸。

病驴和狼

狼去看望生病的驴，摸着他的身体，问他哪些地方痛得厉害。驴回答说："你碰着的地方。"

由此可见，坏人如果假意帮助人，为害就更大。

田鼠和家鼠

田鼠邀请家鼠来赴宴，摆出地里生产的无花果、葡萄之类的果实请他吃。家鼠看出田鼠很穷，便请他第二天到自己家里做客。那天，家鼠把田鼠领到一个富人的库房里，摆出各种鱼肉和大饼来款待他。他们正面对着这些食物时，库房的管家婆走进来，把他们吓跑了。田鼠对家鼠说："你享受这有鱼有肉的生活吧，我宁愿去过那无忧无虑、自由自在的日子。"

鹞子和天鹅

从前，鹞子具有天鹅那样的唱歌本领。鹞子听见马叫，十分喜欢，就想学马的叫声。他们拼命去学，终于连自己原有的声音也丧失了。结果既没有学会马叫，又忘记了唱歌。

不适应地模仿别人，会丧失原有的本色。

捕鸟人和蝉

捕鸟人听见蝉鸣，以为可以捉到什么庞然大物。他一路走去，凭歌声来估计这动物有多大。他拿出本事，捉到了这动物，但是他捉到的东西并不比歌声大。他于是责怪自己的猜想导致了非常错误的判断。

同样，庸人显得比实际要高明。

牧人和山羊

有只山羊离开了羊群，牧人要他回来。不管呼唤也好，吹口哨也好，一点用也没有。牧人于是扔出一块石头，不料却打中了山羊的角。他恳求山羊别把这件事告诉主人，山羊回答说："你真是牧人中最傻的一个，就算我不说，我的角也会声张出去的。"

这样看来，想掩盖明显的事实的人，是很愚蠢的。

驴和狼

驴脚上扎根刺，到处去求医，很多野兽都拒绝，只有狼答应给他医治，用牙齿替他拔出那根刺。不料驴却用那只刚医好的脚把这个医生踢了一脚。

所以说，坏人常是恩将仇报。

小蟹和母蟹

母蟹对小蟹说:"孩子,你为什么横着走路?要直着走才合式。"小蟹回答说:"妈妈,你带路,我照着走吧。"可是那母蟹不会直着走,于是孩子说她笨。

劝别人做容易,自己做难。

马

有匹马悲叹年纪大了,不能再去打仗,得去拉磨。在被迫去拉磨而不是去打仗的时候,马对眼前的命运十分悲伤,对过去的生活非常怀念。他说:"磨坊主人啊,从前我从军时,全身披挂,还有人跟着伺候;如今我不明白,为什么叫我来拉磨,不叫我去打仗?"磨坊主人回答说:"不要再说过去的事了!要知道,人的命运是变幻无常的。"

公牛和狮子

三头公牛在一起过活,狮子跟在后面,想捕捉他们。因为牛团结一致,狮子无从下手,就打算趁他们分散的时候,征服他们。狮子于是唆使他们互相冲突,彼此分开,然后就轻易地把他们一个个地咬死了;而在他们联合在一起的时候,狮子是无法征服他们的。

同样,齐心协力,是穷苦人的生路。

小鹿和母鹿

母鹿劝小鹿说:"孩子,你的头上已经长了角,这很不寻常,你的体格又特别高大；不知你为什么看见狗一来就跑？"正在这时候，母鹿听见远处有狗跑动，刚才还劝孩子站住不要动，现在自己却首先逃跑了。

劝别人做容易，自己做很难。

狐狸和狮子

狐狸和狮子一起生活，充当狮子的仆人。狐狸去把野兽找出来，狮子去捕捉。他们按功劳大小分配。后来，狐狸忌妒狮子分得多，不再替狮子寻找野兽，却自己跑去捕捉。他正要捕捉一只羊，自己反而先成了猎人的猎物。

安安稳稳地服从，比岌岌可危地掌权好得多。

油橄榄树和无花果树

油橄榄树讥笑无花果树，说自己是四季常青，而无花果树到了一定季节就会凋落。正在这时候，雪花飘下来，发现油橄榄树枝叶茂盛，就堆在枝头，一下子把油橄榄树连同他的美丽一起摧毁了。雪花发现无花果树叶子掉光了，就落在地上，一点也没伤着他。

不适当的美丽会给自己招来耻辱。

蜜蜂和牧人

蜜蜂在树洞里酿蜜，有个牧人看见了，想把蜜偷走。从各处回来的蜜蜂都绕着他飞，要蜇他。牧人说道："我走；如果必定要被蜜蜂蜇，我就一点蜜也不要了。"

不义之财对于追求者来说，是危险的。

蛇和鹰

蛇和鹰交战，难解难分。后来，蛇把鹰缠住了。农夫见了，便解开蛇的缠结，使鹰获得了自由。蛇为此愤愤不平，把毒投到农夫的饮料里。农夫不知情，正要喝这饮料，鹰猛扑下来把农夫手里的杯子撞掉了。

善有善报。

葡萄树和山羊

葡萄树上果实累累，嫩枝繁茂。一只山羊非常粗暴地啃葡萄叶，走到嫩枝跟前，肆意糟蹋。葡萄树对山羊说："你太粗暴，将受惩罚。等不了多久，你就要成为祭祀的牺牲，我却要把酒洒在你身上。"

自作自受。

农夫和狐狸

有个坏心眼的农夫看见邻居的庄稼长得很茂盛，他心怀忌妒，想毁掉邻居的劳动果实。他趁捉狐狸的机会，把燃烧着的木柴[33]扔到邻居的庄稼地里。狐狸从那里经过，把木柴拿去，按照神的意志，烧毁了那个扔木柴的农夫的庄稼。

坏心眼的邻居将首先受到别人的伤害。

大　鸦

大鸦看见天鹅，羡慕天鹅的颜色。大鸦以为天鹅是经常洗澡，才变得那样洁白的，大鸦于是离开自己借以为生的祭坛，飞到江湖间去居住。他把身子洗了又洗，不但没改变自己的颜色，反由于缺少食物而饿死了。

生活方式改变不了天性。

猎人和狼

猎人看见狼来袭击羊群，把许多羊都咬坏了，他便用种种办法去追捕狼。他放出猎狗，并且对狼说："最胆小的野兽，你连这几只狗都对付不了，你的力量哪里去了？"

这故事是说，每个人都是靠自己的本事而受人尊重的。

公牛、狮子和猎野猪的人

公牛发现了一只小狮子在睡觉，便把他顶死了。母狮走来哭那死掉的小狮子。一个猎野猪的人看见狮子哭泣，便站在远处对她说："为儿女被你们咬死而伤心落泪的人，正不知有多少呢！"

这故事是说，你用什么标准去衡量别人，别人也用什么标准来衡量你。

狗和铁匠们

有条狗在铁匠家里生活。铁匠们工作，狗就打瞌睡；铁匠们坐下来吃饭，狗就醒过来，走到主人们面前，摇尾讨好。主人们对狗说道："为什么最重的铁锤敲敲打打，也没把你吵醒，而牙齿发出轻微的声音，立刻就把你惊醒了？"

这故事是说，有些人在盼望对自己有利的事情的时候，不用心听立刻就听见了；而对于他们不喜欢的事情，他们不但听不见，反而抱怀疑和冷淡的态度。

伊索寓言

狐狸和狮子

狐狸看见狮子被关起来，便站在近处狠狠地辱骂狮子。狮子对狐狸说："骂我的不是你，而是我遭遇的不幸。"

这故事是说，许多有名人物在遭遇不幸的时候，会受到地位低微的人的鄙视。

狗和狐狸

几条狗发现一张狮子皮，便把它撕毁了。狐狸见了，说道："要是狮子还活着，你们就会知道，他的爪子比你们的牙齿厉害得多。"

这故事是说，有名人物身败名裂，人们就会藐视他们。

病　鹿

鹿生病，躺在一处草地上。一些野兽来看望他，把周围的草都吃光了。后来，鹿病好了，由于缺少食料而虚弱到极点，他没有了草，也没有了性命。

这故事是说，有了过多无用的朋友，对自己有害无益。

小偷和狗

小偷看见狗从旁边走过，便不停地把小块面包扔给他。狗对小偷说："你这家伙，给我滚开！你这种好意使我感到非常害怕。"

这故事是说，那些大量送礼的人，显然不是老实人。

野驴和家驴

野驴看见家驴驮着沉重的货物，就责怪家驴甘心受奴役，对他说："我很幸福，我自由自在、无忧无虑地过日子，可以从山上得到草料。你却以另一种方式为生，经常遭受奴役和鞭打。"说着说着，狮子就来了，他不奔向家驴，因为有赶驴的同他在一起，而是朝着那孤单的野驴猛冲过去，把他吃掉了。

这故事是说，那些桀骜不驯、固执己见，不要别人帮助的人，很快就会遭到不幸。

狗和狼

狗自恃腿脚快，精力足，紧追一只狼。但由于家族的弱点，又总想躲着狼一点儿。狼转过身来对狗说道："我不是怕你，是怕你的主人的袭击。"

这故事是说，不要借别人的高贵来自豪。

人、马和小驹

有个人骑着一匹怀孕的骒马赶路，在旅途中，骒马下了小驹。小驹立刻跟着母亲走，很快就感到头晕，于是对母亲背上的骑者说："喂，你看我这么弱小，还不能走路；你该知道，假如你把我扔在这里，我立刻就会死掉；假如你把我从地上抱起来，带到什么地方去养起来，日后我长大了，就让你骑着我走。"

这故事是说，从谁那里企望报答，就应当对谁行善。

猎人和骑者

有个猎人捉住一只兔子，扛着往回走。他遇见一个骑马的人，那人假意要买兔子。骑马的人从猎人手里接过兔子，立刻纵马而去。猎人在他背后奔跑，以为可以追上他。但是他们越隔越远，猎人无可奈何，呼唤骑马的人，对他说："你走吧！我已经把兔子送给你了。"

这故事是说，许多人本来不愿意放弃自己的东西，却假装乐意送人。

狼和狮子

狼抢到了一头小猪，正叼着他走，碰上了狮子。狮子立刻把小猪从狼口里抢走了。狼失去了小猪，自言自语地说："我简直不知道，怎样才能把抢来的东西保留在身边。"

这故事是说，贪婪地抢来的他人之物，终于是保不住的。

牧人和狼

把别人的衣服穿在自己身上，是一件危险的事。狼以为服装可以使外貌改观，借此获得很多食物，他于是披上一张羊皮，去同羊住在一起，想用这诡计欺骗牧人。到了夜里，他被牧人关在羊圈里，栅栏堵住了圈门，围栏又非常牢固。牧人想吃肉的时候，就用屠刀把狼宰了。

同样，穿上别人的衣服演戏，往往会丧命，发现舞台是大难的策源地。

注　释

[1] 在古希腊神话中，宙斯是最大的神。鹰是宙斯的圣鸟。

[2] 土地女神名得墨忒耳，是宙斯的姐姐，是农神。

[3] 雅典娜是宙斯的女儿，是雅典城邦的守护神。

[4] 酒神名狄俄倪索斯，是宙斯的儿子。

[5] 罗得岛在小亚细亚西南边。

[6] 羊人，头部有些象羊，有羊尾巴，是希腊神话中一种山野小神。

[7] 德尔斐在科林斯海湾北岸。"神示"指德尔斐阿波罗神庙发出的回答。

[8] 得马得斯是公元前4世纪的雅典政治家。

[9] 第欧根尼是公元前4世纪人，古希腊犬儒派哲学的代表人物，他根据该派关于恢复自然生活状态的信条，一生过着极端贫穷的生活。

[10] 此处原文有注："一种小鱼"。

[11] 姆列特是个小岛，位于巴尔干半岛西海岸附近，以盛产小狗闻名。

[12] 苏尼翁海角位于雅典领土阿提卡东南端。

[13] 珀赖欧斯是雅典的港口。

[14] 赫耳墨斯是宙斯和玛娅的儿子，司牧畜、旅行、经商等。

[15] 赫拉是宙斯的妻子。

[16] 忒瑞西阿斯是忒拜城的预言者。

[17] 普罗米修斯是伊阿珀托斯的儿子，他曾经盗火送给人，拯救人类。

[18] 摩摩斯是夜神的儿子，专爱挑剔。

[19] 奥林波斯山在希腊北部，相传是众神居住的地方。

[20] 阿波罗是宙斯的儿子，是希腊神话中的太阳神和射神。

[21] 赫剌克勒斯是宙斯和阿尔克墨涅的儿子，是著名的英雄，力大无比，死后升天成神。

[22] 古希腊的音乐场是露天的。

[23] 冬天结的无花果很难成熟。

[24] 指箱子上鸦嘴形的钉锔儿。

[25] 意外之财是赫耳墨斯的赏赐。

[26] 荷耳科斯是监誓神，他惩罚发伪誓的人，把他们引到峭壁上，推下悬崖。

[27] 古希腊人只喝淡酒，浓酒饮用时要搀水。

[28] 迈安德洛斯河在小亚细亚西南部，今称大门德雷斯河。

[29] 米利都城位于迈安德洛斯河下游。

［30］这前面删去"路旁有棵无花果树"一语。

［31］阿佛洛狄忒是宙斯和狄俄涅的女儿（一说是由海上的泡沫变成的），是希腊神话中的爱神。

［32］卡戎是在冥河上引渡亡魂的艄公。

［33］这木柴原是用来熏狐狸出洞的。

古希腊演说辞选

吕西阿斯

引　言

　　吕西阿斯（Lysias，约公元前 450—前 380）是古希腊最著名的诉讼演说作家。他父亲刻法洛斯原是西西里岛叙拉古城的盾牌制造厂厂主。他接受雅典政治家伯里克利的邀请于公元前 450 年左右移居雅典，开设盾牌制造厂。柏拉图的对话《国家篇》（一译《理想国》）中提起的酒会便是在吕西阿斯的哥哥哲学家波勒马科斯家里举行的。吕西阿斯的父亲、他的弟弟欧堤得摩斯和他本人都曾参加。刻法洛斯年老而达观，受到苏格拉底的热情称赞。吕西阿斯不是哲学家，没有在酒会上发言。

　　吕西阿斯曾在著名的修辞学家提西阿斯门下学习修辞学。他后来在雅典讲授修辞学，以专门代人写诉讼辞，而享有名声。

　　柏拉图曾在他的对话《斐德若篇》中把吕西阿斯当作诡辩派和修辞学家的代表，加以攻击。他在对话中戏拟了吕西阿斯的模范文章，文章以诡辩派信口雌黄、颠倒是非的方式说明爱人应爱没有爱情的情人（指同性爱中年龄比较大的迷恋美少年的男子）。这种攻击是不公平的，因为吕西阿斯并不是诡辩派中的佼佼者。柏拉图对修辞学的攻击，后来受到亚理斯多德的驳斥。

　　公元前 404 年，雅典的三十独裁者因为吕西阿斯一家人同情民主派而没收了他家的财产。波勒马科斯被处死，吕西阿斯从监狱中逃亡到外地。次年，民主制度恢复后，吕西阿斯因为援助民主派有功，一度获得雅典公民权，他便以这个身份控告三十独裁者中的厄剌托忒涅斯杀害波勒马科斯，这篇控诉辞是吕西阿斯的杰作。

在古代，在吕西阿斯的名义下流传着四百二十五篇演说，据说其中只有二百三十三篇是吕西阿斯的真笔。吕西阿斯的作品现存三十一篇（其中五篇疑是别人的作品），这些演说不仅是文学作品，而且是研究当时的商业来往、家庭生活和社会活动的重要资料。

吕西阿斯的风格质朴、简洁、清晰、生动。他能用不同的文词以适应不同的时机和当事人的性格与身份。他一般只采用日常生活中的常用字，避免使用诗的语汇、隐喻和夸大的言词。他的修辞造诣很深，善于掩盖自己的修辞技巧，所以文章显得非常自然。当时曾有一位诉讼当事人对他说，他代写的诉讼辞，读第一遍时感觉是好文章，但读第二遍第三遍时，则感觉平淡无奇。他听了回答说："你在法庭上不是只宣读一遍吗？"

这篇《控告忒翁涅托斯辞》是吕西阿斯替原告写的。按照古希腊的诉讼习惯，控告辞可以请人代写，但须由当事人当庭宣读。两造所占用的时间用漏壶限制，大概只有半个小时，所以诉讼辞都是很短的。两造宣读以后，由陪审员（一般是五十人，遇重大案件增加到一百人）投票判决。陪审员每人每天审判若干庭，可得两三个德拉克马。古雅典人爱打官司，雅典城每天有十个法庭开庭。

这篇控告辞是在公元前 384 年宣读的，是一篇优秀的散文，雄辩有力而又从容不迫，足以代表吕西阿斯的最佳风格。

控告忒翁涅托斯辞

诸位陪审员，我认为我不至于找不到证人，因为我看见你们当中有许多人是前次在场的陪审员，当时吕西阿斯控告忒翁涅托斯在抛弃武器之后没有资格再向人民发表演说而他却公然发表了演说[1]。在那次的诉讼中，忒翁涅托斯还控告我杀死了我自己的父亲。他若是控告我杀死了他自己的父亲，我倒可以饶恕他信口开合，认为他是一个卑鄙的人，不值半文钱。即使我听见他把别的禁止说的词儿[2]加在我身上，我也不至于对他起诉，因为我认为为了受诽谤而诉诸法律未免气量狭窄，太爱打官司了。但是目前的案件涉及我的父亲——我父亲是应该受到你们和城邦的尊重的——我如果不对说这句话的人进行报复，就会感到羞耻。我很想从你们这里知道，到底是他要受惩罚呢，还是只有他一个雅典人能够违反法律，想做什么就做什么，想说什么就说什么？

我的年龄，诸位陪审员，是三十三岁；而从你们回到城里的时候算起，现在是第二十个年头了[3]。由此可见，我父亲被三十独裁者处死的时候，我才十三岁。在那个年龄里，我根本不懂得什么是寡头派[4]，也没有能力洗刷我父亲的冤屈。此外，我也没有真正为了金钱而谋害父亲的动机，因为是我的长兄潘塔勒昂拿走了全部家产，成为我们弟兄的监护人，剥夺了我们的财产继承权，所以，诸位陪审员，我是有许多理由希望我父亲活下来的。此刻，尽管我必须提起这些理由，但是不必多去细说，因为你们全都知道我说的是事实。然而我还是要为证明这些事实而请来一些见证人。

〔几个见证人出庭作证〕

也许，诸位陪审员，他不会就这些事实进行答辩，而是也向你们陈述，他曾厚颜无耻地向仲裁人[5]这样陈述，控告某人杀死了自己的父亲，并不算使用了那种禁止说的词儿，因为法律并不禁止人使用"杀死"这个词儿，而只是禁止说"杀人凶手"。我认为，诸位陪审员，你们所争议的不会是字眼，而是字眼的含义。你们都知道，杀过人的是杀人凶手，杀人凶手是杀过人的。要求立法者写出所有具有同一意义的字眼，那就太费事了；他只是提起其中一个以示全部字眼的意义。忒翁涅托斯，如果有人说你是"打父者"或"打母者"，你一定希望他败诉，赔偿你所受的损害，那么，如果有人说你出手打了你的生父或你的生母，你决不会认为，他既然没有使用那种禁止说的词儿，当然可以不受惩罚。我高兴听你说说这种情况：——在这种情况下，你的行动和言论都是既高明而又熟练的，——如果有人说你扔下了盾牌（法律上是这样规定的："若有人断言其人抛弃盾牌，则付审判"），难道你就不控告他吗？如果有人说你扔下了盾牌，只因为"扔下"和"抛弃"不是一码事，你就会感到满意而不加理睬吗？倘若你身为十一位司法官[6]之一，如果有人把一个犯人押来，控告那人"脱去了他的外衣"或者"剥去了他的衬衣"，你会不受理，而根据同一条法则，认为他并没有被称为"偷衣者"，就把他释放吗？如果有人因拐卖儿童而被捉住，你会说他不是"拐卖人口者"！只因为你是在字眼上争论，而并不是顾及他的行动，但是人人都是按照行动而制定词儿的。诸位陪审员，请你们考虑这一点——因为我认为这人由于懒惰成性，萎靡不振从未上过战神山[7]，——你们全都知道，在那个地方，当法庭审判杀人案的时候，两造是不使用这个字眼[8]来起誓的，而是使用那个被用来诽谤我的字眼：原告发誓说对方杀了人，被告则发誓说他没有杀人。那么，把那个由于原告发誓说被告杀了人而被称为"杀人凶手"的行动者无罪释放了，岂不是奇怪吗？难道这个和这人所说的有什么区别吗？（向忒翁涅托斯）你曾经控告吕西阿斯诽谤你，因为他说你扔下了盾牌。但是法律上并没有提起"扔下"这个词儿；然而如果有人说某某人抛弃了盾牌，就得罚他五百块德拉克马[9]。当你对仇人的诽谤进行报复的时候，你是象我现在这要理解法律的意义，而当你违反法律诽谤别人的时候，你却可以不受惩罚，这不是奇怪吗？你到底是认为你聪明绝顶能够随心所欲地利用法律呢，还是认为你无比强大，使那些被你伤害的人无法进行报复？你不觉得羞耻吗？你愚蠢到这个地步，不问你对城邦有何贡献，只是利用你的未受惩罚的罪行为自己自谋利益。请为我宣读这条法律。

〔宣读法律〕

诸位陪审员，我认为你们全都看出了我的陈述是正确的，而这人却是这样愚蠢，不能领会上面说的话。因此我想引用其他的法律来开导他，使他现在在这个高位上[10]受到一点教育，从今以后不再给我们捣麻烦。请为我宣读梭伦的古老的法律[11]。

〔宣读法律〕

"须处以五日足枷，若法庭加此。"

所谓"足枷"，忒翁涅托斯，就是我们今日所说的"处以木头"。所以，如果有人受了枷刑，而在刑满出来之后，在十一位司法官受审查[12]的时候，控告他们不是用"足枷"而是用"木头"把他枷了起来，他们不会认为他是个白痴吗？请宣读另一条法律。

"其人须凭阿波罗起誓，交保证金。如对审判有所畏惧，容其出亡。"

所谓"起誓"，就是"赌咒"；所谓"出亡"，就是我们所说的"逃走"。

"小偷入室，任何人可逐出。"

所谓"逐出"，就是"拒之于门外"。

"金钱可按放款人选择之比率放出。"

所谓"放出"，好朋友，并不是"放在天平盘上"，而是按放款人选择的数字收取利息。

请宣读这条法律的最后一句。

"所有当众来往的妇女。"[13]

还有：

"伤害家院，赔偿加倍。"

请注意！所谓"当众"，就是"公开地"。所谓"来往"，就是"走动"。所谓"家院"，就是"仆人"[14]。

这种字眼，诸位陪审员，还有许多别的。只要他不是一个冥顽不灵的人，我认为他会理解，当今的事情还是和古时的一样，只不过有时候我们不象从前那样使用同样的词儿罢了。他也会这样表示，因为他将默默无言地离开座位而去。如若不然，诸位陪审员，我请你们公正地投票判决，要考虑到被说成"杀父的凶手"，和"抛弃盾牌"比起来，是大得多的过失。我宁可抛弃所有的盾牌，也不甘心想到这种有关我父亲的事情。

这人上次被控告时，他所受的灾难是比较小的，却不仅得到你们的怜悯，而且导致那个见证人被褫夺公民权[15]。但是我曾亲眼看见他做过那件你们大家都知道的事情[16]，我自己虽然保全了我的盾牌，却被控犯有伤天害理、骇人听闻的罪行，如果他无罪获释[17]，我的灾难将是弥天大罪；如果他被判有诽谤罪，他的灾难则是微不足道的。难道我不该要他赔偿吗？你们对我有什么谴责呢？是我被正当地控告吗？不，你们自己也不会这样说。是被告为人比我更好，出身更高贵吗？不，他本人也不能这样宣称。是我在抛弃了武器之后控告那个保全了自己的武器的人诽谤我吗？这不是城里流传的故事。请你们记住，你们曾经赠送他一件有分量的珍贵礼物[18]，那一次谁不怜悯狄俄倪西俄斯遭受的灾难？他在危险中表现得最英勇不过，当他离开法庭的时候，他说，那是我们进行的最不幸的战役，我们当中有许多人阵亡了，而那些保全了自己的武器的人却因伪誓罪被那些抛弃了自己的武器的人在法庭上击败了。他还说，最好是让他死于战斗，胜于活着回家遭受这样的命运。你们不要怜悯忒翁涅托斯受到他应受的辱骂，也不要原谅他违反法律的残暴言行。我已经遭受这种涉及我父亲的可耻的控告，还有什么更大的灾难会落到我头上呢？我父亲曾多次担任将军，和你们一起多次出死入生，他从未落到敌人手里，从未在受审查的时候被他的同邦人定罪。他在六十七岁的时候由于对你们的人民表示忠诚而死于寡头政府的淫威之下。难道我不应该对说这种话的人[19]表示愤慨，不应该拯救我的陷入这种诽谤的父亲吗？他死于敌人之手，还遭受被他的孩子们谋杀的骂名，还有什么比这个更令他苦恼的命运呢？直到如今，诸位陪审员，象征他的英勇的纪念品依然悬挂在你们的庙上，而象征这人和他父亲的卑鄙的纪念品则是悬挂在敌人的庙上的，他们的怯懦是这样根深蒂固的。真的，诸位陪审员，那些外表更高大、更有生气的人更应该惹人气愤。因为很明显，尽管他们的身体是强壮的，他们的灵魂却是邪恶的。

我听说，诸位陪审员，这人求助于这样的遁词，说他是在气愤之下针对我提出的和狄俄倪西俄斯的相同的见证而发出这样的言论的。但是，诸位陪审员，你们要考虑到立法者并不认为忿怒是情有可原的，立法者惩罚这种发言者，要是他不能证明他说的是真话。我已经两次针对这人提出见证，因为我还不知道你们是不是惩罚过那些目击者，原谅过那些抛弃了盾牌的人。

我不知道这些论点是不是还须再加论述。我请求你们对忒翁涅托斯投定罪票，你们要考虑到，对我来说，再没有比这件案子更为严重的诉讼。我现在虽然是控告他有诽谤罪，但是这次的投票判决却涉及我被控告有杀父之罪，我曾独自一人，在刚刚接受检阅[20]之后，就在战神山上控告三十独裁者。请你们记住这些论证，拯救我和我的父亲，维护既定的法律和你们发过的誓言[21]。

注 释

[1] 指在公民大会上向雅典人发表演说，忒翁涅托斯在那次的审判中被宣告无罪。

[2] 雅典法庭不许两造使用有伤别人的名誉的词儿，如"杀人凶手"、"打父者"、"抛弃的盾牌"。

[3] 公元前404年，寡头派发动政变，夺获政权，成立由三十个独裁者组成的政府。这个政府非常残暴，于次年被民主派推翻。"第二十个年头"，指公元前384年。

[4] 意即原告当时太年轻，不懂政治。不可能投奔三十独裁者，和他们一起谋杀他自己的父亲。

[5] 本案件曾由四十个陪审员预审，然后交给了仲裁人，这人决定把案件移交给法院，由五十个陪审员正式审判。审判的结果不详。

[6] 指处理重大案件，管理监禁和执行死刑的十一位官吏。

[7] 战神山在雅典卫城西北边，山上有一所古老的法庭，专审判杀人案。

[8] 指"杀人凶手"。

[9] 德拉克马（drakhma）是雅典货币单位，每个德拉克马合六个俄玻罗斯（Obolos），当日一般劳动人民每天的收入是四个俄玻罗斯。

[10] 指被告坐的高凳。

[11] 梭伦（约公元前640—前561）是雅典的立法者。

[12] 古雅典官吏，如司法官，退职时，须把他的行政措施和账目交付审查，如有舞弊，须受惩罚。

[13] 古雅典的妇女是不许随便走动的。

[14] 指当仆人的自由人，不是指奴隶。

[15] "见证人"指吕西阿斯的见证人狄俄倪西俄斯，他在那次作证之后被忒翁涅托斯控告犯有伪誓罪。狄俄倪西俄斯被判有罪，丧失公民权。

[16] 指忒翁涅托斯抛弃盾牌。

[17] 意即忒翁涅托斯的官司打赢了，原告是谋杀了自己的父亲。

[18] 指忒翁涅托斯控告狄俄倪西俄斯时在诉讼上赢得的胜利。

[19] 指诽谤原告谋杀父亲的忒翁涅托斯。

[20] 古雅典年满十八岁的青年，须举行成年礼，接受检阅，从而获得公民权，有权进行控告。

[21] 陪审员须在开审之前发誓要公正地投票判决。

伊索格拉底

引　言

　　伊索格拉底（Isokrates）生于公元前436年。他父亲是双管乐器制造厂厂主。伊索格拉底受过良好的教育，曾在著名修辞学家高尔吉亚（Gorgias）门下学习修辞学。他接受苏格拉底的伦理思想和智者派传授的新知识。约在公元前404年，伊索格拉底受到三十独裁者的迫害，丧失了家产。约在公元前403年与393年之间，他替人写诉讼辞，他后来瞧不起这些作品。此后他在开俄斯岛开设学校，讲授修辞学。公元前391年与351年之间，他在雅典讲学，收取高达一千德拉克马的学费，得来的大量金钱多半用于公益事业。他给门弟子灌输一般文化知识，如修辞学、政治学、历史、文学、哲学。他并且注重道德训练，要求学生行为正直，而不是能言善辩。他反对抽象思维，认为没有用处。他反对诡辩派不重视真理，玩弄诈术。他比一般演说家富于哲学修养，比一般哲学家富于实践知识。柏拉图在他的对话《欧堤得摩斯篇》尾上，似乎是借苏格拉底之口挖苦伊索格拉底是半个哲学家，半个政治家，认为"半个"不如"一个"好。但是柏拉图在他的对话《斐德若篇》尾上却借苏格拉底之口称赞伊索格拉底天分强，性格高尚，文章有一手，使一切作家望尘莫及。

伊索格拉底很谨慎，很敏感。他借口嗓子不好，不参加政治活动，不在公民大会上发表演说，其实是因为他只顾个人的安宁。他只是以文章形式发表政见，提出建议。他传下二十一篇演说，其中七篇是政治演说，三篇是典礼演说，六篇是诉讼演说，三篇是劝告辞，两篇是教育论文。他的名声来自他的政治演说。此外，他还传下九封书信，其中六封是政治性的。他还编写过一本修辞术课本，只存片断。他的修辞学理论散见于他的演说中。

公元前8到公元前6世纪，希腊人往小亚细亚沿岸大量移民，而波斯帝国的势力也朝着这一带地方发展，这就引起希腊与波斯之间的政治、经济矛盾。公元前5世纪初爆发了两次希腊波斯战争（公元前490年的马拉松战役和公元前480年的萨拉米战役），胜利属于希腊。战后，希腊进入最繁荣的时期，但是以雅典为首的提洛海上同盟和以斯巴达为首的伯罗奔尼撒同盟之间的政治、经济矛盾终于引起内战，从公元前431年断断续续打到公元前404年，以雅典的失败告终。雅典对盟邦采取高压手段，对其他城邦采取侵略政策，这些是它失败的主要原因。此后是斯巴达的霸权。斯巴达采用军事管制，在各城邦扶植寡头政权，并且施行种种苛刻政策，以致引起各城邦的不满。公元前396年，斯巴达国王阿革西拉俄斯向小亚细亚进攻，威胁着波斯帝国的安全；公元前394年，希腊各城邦叛变，他因此被召回国作战。斯巴达陆军被围困在伯罗奔尼撒半岛上，海军被波斯人和雅典将军科农打败。公元前387年，斯巴达请求波斯国王调处希腊内部的纠纷，同他签订安塔喀达斯和约。希腊人认为这是一个屈辱的条约。斯巴达利用这和议继续压迫各城邦，在公元前382年北上攻打卡尔息狄栖。

公元前380年，伊索格拉底在奥林匹亚集会上发表《泛希腊集会辞》。这篇演说分三个部分。第一部分是序论。伊索格拉底在序论中夸耀他的口才，提出他的主题，即讨伐波斯的问题和希腊各城邦之间的和睦问题。第二部分是正文，分四大段。第一大段提出领导权问题。伊索格拉底认为领导权应当由雅典和斯巴达平分（意即雅典领导海军，斯巴达领导陆军）。第二大段证明雅典有权利争取这领导权，因为雅典人在海军方面占优势，民族最古老，对希腊人有重大贡献，最先向东方移民，重视教化和口才，扶助弱者，打败各种蛮族——西徐亚人、色雷斯人和波斯人。第三大段谴责斯巴达不但没有保护希腊，反而压迫各城邦。第四大段提出波斯必败的根据。伊索格拉底指出波斯人懦弱无能，连居鲁士残留下来的六千名希腊雇佣兵他们都消灭不了；他还批评波斯人的奴隶劣根性，指出希腊人对波斯人的仇恨，细数希腊人的有利因素，认为征伐波斯的战争还可以解决希腊人的经济困难。伊索格拉底最后建议废除安塔喀达斯和约，鼓励希腊人参加远征。第三部分是结束语。伊索格拉底劝听众使雅典同斯巴达和解，劝别的演说家也来谈论他提出的重要问题。

　　两次大战并没有使希腊与波斯之间的矛盾得到解决。波斯的策略是侵占小亚细亚沿岸的希腊城邦，怂恿雅典集团和斯巴达集团进行战斗，使它们两败俱伤。伊索格拉底提倡泛希腊爱国主义精神，他希望希腊各城邦和睦相处，联合起来征伐波斯，目的是为了报复冤仇，解放小亚细亚的希腊人，解除波斯人的威胁，劫掠亚细亚的财富和土地，以解决希腊内部的经济困难，缓和贫富矛盾，安插无业游民。但是他不明白雅典集团和斯巴达集团之间存在着不可调和的矛盾，使它们不可能和睦相处，即使在波斯大军进攻希腊的时候，希腊各城邦也没有能好好地联合起来抵抗外侮。不能联合，就不能对外进攻。伊索格拉底对波斯人的懦弱的分析，是正确的。希腊雇佣军的远征和阿革西拉俄斯的进军确实暴露了波斯兵力的弱点，但是当时的雅典和斯巴达已经由于长期的战乱而被削弱了，它们没有力量向亚细亚进军。当时雅典在政治上处于不利地位，伊索格拉底为雅典争取海上领导权。演说发

古希腊演说辞选

表两年以后（公元前 378 年），七十个希腊城邦成立第二次海上同盟，领导权仍然归于雅典。伊索格拉底曾经和他的弟子、雅典将军提摩透斯赴沿海城邦和各岛屿商定同盟条约。可是雅典仍然对盟邦采取高压政策。公元前 358 年，在波斯总督的煽动下，同盟内部发生战争（称为"同盟战争"）。雅典海军在这个战争中失利，使伊索格拉底对雅典的领导权感到失望。公元前 356 年，他写信给阿革西拉俄斯的儿子、斯巴达王阿喀达摩斯，希望他继承父志，征伐波斯。但是由于希腊各城邦不和睦，斯巴达内部问题又多，所以阿喀达摩斯对于这个使命是无能为力的。公元前 355 年，伊索格拉底发表《和平辞》，劝雅典人放弃霸权，让盟邦独立自主，但是没有再提出征伐波斯的问题。同年，雅典将军卡瑞斯利用残余舰队，帮助波斯叛军打了一个胜仗。传说波斯国王要兴兵攻打卡瑞斯，这时候一些雅典演说家鼓吹执行伊索格拉底的征伐政策，这一企图被狄摩西尼遏止了。

此后，马其顿崛起。伊索格拉底看出了腓力的强大，在公元前 346 年写了一篇《致腓力辞》，劝他征伐波斯。他把腓力当作他的理想人物，而没有估计到腓力征服希腊的野心。但是他不同于某些接受腓力的贿赂的雅典人，他从不谋求个人的利益。公元前 338 年希腊联军在喀罗尼亚战役被腓力打败。据说伊索格拉底看出这一战役使希腊失去了独立自由，因此愤而自杀。这个传说不大可靠。一说伊索格拉底在战后还上书腓力（《第二封上腓力书》，一说是伪作），他在信中说，现在无须谈论希腊各城邦的和解问题，请腓力及早向亚细亚进军。他死于战后第九天，一说第五天。

次年，希腊各城邦在科林斯召开会议，推举腓力为征伐波斯的统帅。腓力在公元前 336 年被刺，征伐波斯的事业后来由他的儿子亚历山大完成。

伊索格拉底爱希腊，更爱雅典。他想尽办法为雅典辩护，甚

诗歌 散文

至为雅典对待盟邦的残酷手段进行辩护。他美化雅典的民主制度。他对待斯巴达的态度也有失公平。

伊索格拉底认为政治演说应当首先重视实际政治问题，题材必须重大，思想必须崇高。他把语言看作性格的表现和高尚品德的反映。

《泛希腊集会辞》是伊索格拉底最著名的演说，这篇演说使作者在古希腊世界有了名声。但是当日的希腊人并不欢迎他的政治见解，而是欣赏他的风格。伊索格拉底的风格非常优美、精致。他讲究散文的节奏，重视音调的和谐，避免前后两个字的元音碰到一起，不采用有不好听的辅音的字和难读的字。《泛希腊集会辞》最能代表伊索格拉底的风格。对称句、等长句，处处可见。作者很重视整篇演说的结构、段与段之间的联系和句与句之间的衔接，这一切都可以从本篇演说中看出来。伊索格拉底不采用以连系词连接起来的"串连句"，而采用"环形句"。亚理斯多德在《修辞学》第三卷第九章说："'串连句'指本身没有结尾、要等到事情说完了才告结束的句子；'环形句'指有头有尾、有容易掌握的长度的句子。"但伊索格拉底的句子，有一些未免太长（在译文中往往被打断），不容易掌握，尽管意思依然顺畅、明晰。由于作者太讲究对称，有时候不免填入一些不必要的字。形式太整齐，反而显得单调；文章太雕琢，反而显得不自然。亚理斯多德把《泛希腊集会辞》当作希腊语的标准散文，在《修辞学》中大量引用这篇演说的字句。伊索格拉底的风格，通过罗马作家西塞罗的摹仿，对后世欧洲散文产生过很大的影响。

译文根据勒布（Loeb）古典丛书《伊索格拉底》第一卷希腊原文本译出。

古希腊演说辞选

泛希腊集会辞^[1]

我时常觉得奇怪，为什么那些召开泛希腊集会和创办体育竞赛的人认为体力上的成就应当获得这么大的奖赏，而对于那些私下为了公众的利益而勤劳的人，为了能有助于别人而锻炼自己的心灵的人，他们却不给予任何荣誉。其实人们应当特别关心他们才对，因为即使那些运动员获得了双倍的体力，别人也不会生活得更好；而一个人有了很大的智慧，所有愿意分得一份他的智力的人都能得到好处。

可是我并没有因此而灰心、懒于努力；相反，由于我相信这篇演说辞将使我获得的荣誉就是一种够好的奖赏，我才来到这里，对讨伐蛮夷的战争问题和我们彼此间的和睦问题提供意见。我并不是不知道有许多自封为"智者"的人曾经围绕着这个主题大显身手^[2]。可是我还是想远远地超过他们，使人看来就象还没有谁对这些问题发表过意见一样；同时，我把那些讨论重大问题的、最能发挥演说才能的、对听众大有益处的演说当作最崇高的演说；我这篇演说便是其中之一。其次，行动的时机尚未过去，这些问题的提出还不至于白费功夫，因为要到了那个时候，当事情已告结束，再也不需要审议的时候，或者当我们看出问题已经讨论得很透彻，再也没有给别人留下深入讨论的余地的时候，我们才应当停止发言。但是只要局势还是和从前一样，讨论还不够细致，怎么能说这个只要解决得好就可以使我们停止彼此间的殴斗、避免目前的混乱和巨大的灾难的问题，不需要考虑，不需要研究了呢？

此外，要是同一事件只能用同一格式而不能用另一格式来表达的话，我们就可以认为再用前人的同样方式来讨论，便是无端使听者感到厌烦；但是既然演说带有这样的性质，能使人用多种方式来谈论同一题材——把重大的事情讲成平凡的，把琐碎的事

情说成重要的，把旧事讲得象新的，把刚发生的事情说得象古往
的——那么我们就不应当对别人早已谈论过的题材避而不谈，而
应当争取比他们讲得更好。因为前人的成就是留给大众的公共财
富；但是怎样在适当的时候拿来使用，怎样在某种情况下对它们
作出适当的思考，怎样用美妙的言辞来表达，这些是聪明人特具
的本领。我认为演说术的研究和别的艺术的研究一样，可以有极
大的进步，只要我们不是对某些技巧的开山祖师，而是对每一种
技巧的高明技师表示赞美与尊敬；不是对那些企图谈论没有人谈
论过的题目的人，而是对那些懂得怎样用别人所不能用的方式来
谈论的人表示赞美与尊敬。

　　偏偏有人批评那些超出一般人的能力的非常精致的演说，其
实他们是大错特错，竟然用替私人契约打官司的诉讼辞的标准来
评定最完美的演说，仿佛这两种演说应当是一样的，而不应当分
为四平八稳的演说与炫耀才华的演说；仿佛他们认得清什么是适
中的风格[3]，而那个懂得怎样说雅致的话的人却不能说质朴的
话。他们瞒不过谁，他们分明是在称赞那些和他们自己相似的演
说家。我不愿意和这种人来往，而愿意和那些憎恨信口开合，又
想从我的演说里寻找别的演说所没有的特点的人交谈。我现在
就是向这种人发表演说。让我再自夸几句，然后讲我的题目。我
曾见过别的演说者在序论中想要听众谅解，为他们将要发表的演
说找借口，有时说是临时准备的，有时说难以找到与事件的重要
性相适应的言辞。说起我自己，要是我的话同我的题材、我的名
声和我所费的时间——不仅是我为这篇演说所花的时间，而且包
括我一生的岁月[4]——不相称的话，请你们不要饶恕我，而要
讥笑我，藐视我，因为要是我并不比别人强而又许下这么大的诺
言，这一切就都是我应当忍受的。

　　关于我个人的话就讲到这里为止。说起公众的事情，所有的
演说者一上来就教导我们必须化除我们彼此间的仇恨，转而对付

诗歌 散文

那个蛮子[5]；他们细数由于我们打内战而引起的灾难以及讨伐这家伙可能给我们带来的利益——这些话都讲得对，但是他们并没有从最能引起这些想法的起点出发。实际上，希腊人有一些是从属于我们的，还有一些是从属于拉栖第梦人[6]的，因此希腊人用来治理城邦的政体把他们大多数人分化为两派[7]。所以如果有人认为在使为首的城邦和解之前，其他的城邦就能联合起来，共谋福利，那么他的想法未免太天真了，一点不符合实际情况，所以一个不仅炫耀口才而且想要有所作为的人，必须找出论据来说服这两个城邦彼此平分、共同享有这种领导权，同蛮夷争夺他们现在想使希腊人吃亏而据为己有的利益。

劝我们的城邦采取这个政策倒也容易，可是直到如今，拉栖第梦人依然是难以说服的，因为他们有一个错误的观念，认为这领导权是他们祖传的权利；然而如果有人能向他们证明这种崇高荣誉属于我们而不属于他们，也许他们就不会再在这个问题上琢磨，而去追求他们自己的利益了。

所以别的演说者也应当从这一点出发，而不应当在他们就我们不同意之点教导我们之前，便就我们同意之点向我们提出劝告。总之，我有双重理由把大部分时间花在这些问题上面，特别是为了收到有益的效果，制止我们彼此间的竞争，使我们联合起来去攻打蛮子；要是办不到的话，我也可以指出是谁在和希腊人的幸福作梗，并使大家看清楚我们的城邦曾经在从前掌握过海上主权[8]，它如今并不是对这领导权提出不正当的要求。

如果在每一种活动中，只有最有经验和能力的人才值得尊重，那么我们无疑有权利收回我们从前掌握的领导权，因为没有人能指出另一个城邦在陆战方面所占的优势，比得上我们的城邦在海战方面所占的优势。但是，在另一方面，如果有人不认为这是公平的判断（因为世事变化无常，权力从来不停留在同一些人的手上），而认为领导权象别的特权一样，应当归于首先获得这荣誉的人，或者归于对希腊人最有贡献的人，那我就认为这个权力也是属于我们的，因为我们越是向过去回顾这两个问题[9]，就越是使那些有异议的人落在后面。因为大家都承认我们的城邦最古老最伟大，在全人类的心目中最有名。我们的基本原则是高尚的，下面的理由使我们更应当受到尊重。我们并不是由于把别人赶走了，也不是由于占据了这块荒无人烟的地方，也不是由于组成了一支多民族的混合队伍而定居在这里的[10]。我们的种族是这样高贵，这样纯粹，自有史以来，我们就一直占据着这个生育我们的地方，我们是土生土长的[11]，能够用称呼最亲近的人的名义来称呼我们的城邦，因为在希腊人当中唯有我们有权利称呼我们的城邦为妈妈、祖国和母亲。如果有人认为有理由自高自大，有正当的权利争取领导权，经常怀念祖先的光荣，他们就该证明他们的种族有这样高贵的起源。

所以从最初的时候起，我们原有的产业和命运的赏赐就是这样丰富。说起我们对别人的贡献，只要我们从头叙述我们城邦的历史，一件件细数它的事业，我们就能予以最高的评价，因为我们会发现它不仅在战争的危急关头做我们的领袖，而且是一个创建者，我们赖以定居、赖以享受公民权利和赖以生活的社会组织，差不多都是它的功劳。然而我们必需从它的贡献中提出那些由于重要而自古至今一直为全人类所称道、所记忆的功绩，而不提那些由于不重要而被人忽略、被人遗忘的功绩。

首先一点，人们的天性的第一需要是我们的城邦予以满足的；尽管这故事是一则神话，还是值得一讲。当得墨忒耳在她的女儿被抢走以后，四处漂流，来到我们的土地上的时候，她被我们的祖先对她献出的只能对教徒讲述而不能告诉外人的殷勤接待所感动而大发慈悲，给了他们这两件最大的礼物——使我们不至于再象野兽那样生活的麦种和使教徒们对生命的尽头和无限的永恒怀抱更美好的希望的教仪[12]；我们的城邦不仅爱天神，而且爱人类，它得到了这么大的好处，并不对别人抱吝啬的态度，而是把自己得到的东西分给每一个人。这教仪直到如今还是年年演习；至于麦种的用处——栽培它们所带来的好处，一句话，都已经由我们的城邦传授给别人了。等我再补充几句，就不会有人不相信了。

第一，我们用来贬低这故事的理由——就是说它太古老了，——正有可能使我们相信真有此事，因为许多人都讲过这故事，大家都听过这故事，这正好说明这不仅是新近的事情，而且是可以相信的。第二，我们不仅是说这故事、这传说是远古时候流传下来的，而且能对这件事情提出更大的证据。大多数城邦为了纪念我们先前的贡献，年年给我们送来初生的麦穗，那些不再赠送的城邦经常受到皮托的女祭司的劝告，叫它们把我们应得的一份果实送给我们，还叫它们对我们的城邦尽它们的祖传的责任。我们除了相信神[13]所命令的事情、多数希腊人所同意的事、在古代传说里有凭有据的现代习惯、以及与当今的事情相符合的、古代流传下来的传说而外，我们还应当更相信什么别的事情呢？此外，如果我们放下这个论点而从头追溯，我们就会发现那些最先出现在世上的人并不是一开始就过着我们今日所享受的生活，这种生活是由于他们共同努力而逐渐获得的。我们应当认为谁更应当从神那里接受这件礼物，或者是谁由于自己苦心寻找而应获得它呢？难道不是那些被大家认为最早出现的、对艺术最有天才的、最敬神的人吗？要指出那些做出这样大的贡献的人所应得的荣誉，就是多事了，因为没有人能发现一种大得足以和他们的成就相称的报酬。

这些就是我对这一最大最早而又最普及的贡献所要说的话。大约在同一个时候，我们的城邦看见蛮夷占据了大部分土地，而希腊人则被限制在一个狭小的地带，而且由于土地不足，他们彼此谋害，互相袭击，有的死于每日口粮的缺乏，有的死于战争。

我们的城邦对这种现象并不是熟视无睹，而是派一些领袖到各个城邦去，他们招募最难以谋生的人，自己担任军官，在战斗中征服蛮夷，在两个大陆[14]上建立许多新的城邦，在所有的岛屿上开拓殖民地，使那些跟随他们的人和留在家里的人都能得救。他们给后者留下足够的家乡土地，给前者弄到比他们现有的更多的土地，因为他们包围了我们今日所占领的世界。他们这样为后来的想殖民的、想摹仿我们的城邦的行动的人开辟了轻便的道路；因为他们想获得土地，就不必冒战争的危险了，他们不过是去到我们所圈定的土地上，在那里定居罢了。还有谁能指出一种比这个在大多数希腊殖民城邦建立之前就早已存在的领导权更为古老的权力，或者比这个把蛮夷赶走，把希腊人引上这样繁荣的道路的领导权更为有益的权力呢？

我们的城邦做出了这些最大的贡献之后，并没有疏忽其他的责任。它把替穷人寻找那种为那些将在别的方面好好活动的人所必需的生活，作为它做好事的起点；它并且认为只求这方面的生计，不足以使人愿意活在世上，它因此对其他的需要也很注意——正如它注意人类现在享受的福利一样。这些东西并不是从神那里得来的，而是靠我们彼此努力而造就的，其中没有一件没经过我们的城邦的努力，绝大多数都是它造就的。它发现希腊人的生活没有法律保障，住处又分散；发现他们有的受到专制的压迫，有的在无政府的状态下遭到毁灭，它便从这些灾难里把他们救了出来。它成为一些人的保护者，成为另一些人的榜样，因为它首先制定法律，建立政体。这一点可以从这一事实看出来：当初那些控告对方杀人而又愿意凭理智而不凭暴力来解决双方的纠纷的人，使讼事按照我们的法律来判决[15]。还有艺术，包括用来生产生活必需品的艺术和创造出来供人娱乐的艺术，都是我们的城邦发明或赞助的，都是它献给别的人，供他们享受的。

此外它还对其他的事务做出了这样的安排：表现出好客的精

神，对任何人都抱友好的态度；它对于需要金钱的人和想要享受自己的财富的人两方面都能适应；它对于那些在自己城邦里走运的人和不走运的人都有帮助，这两种人都从我们这里有所收获，前者得到最愉快的消遣，后者得到最安全的庇护。还有一点，各族的人并不都占据一块自给自足的土地，他们各自缺少某一些东西，生产某一些过多的东西，他们感到很困惑，不知应当到哪里去推销剩余的货物，从哪里进口缺少的东西。这些困难也是我们的城邦出来帮助解决的，因为它把珀赖欧斯[16]开辟为希腊中心的商埠，这是一个如此充足的市场，凡是世界各地难以买到的各种东西都容易从雅典购得。

我们的泛希腊集会的创办者应当受到称赞，因为他们给我们传下这样一种风俗，使我们停战议和，化除现有的仇恨，聚集在同一个地方；使我们在共同祈祷、共同献祭的时候，想起彼此间的血族关系，感到在未来的时间里我们会更加亲善，重温旧日的友谊缔结新生的关系；使我们这些普普通通的人以及具有特殊才能的人不至于虚度岁月。在希腊人的集会中，后者有机会炫耀他们的成就，前者有机会观看这些人的竞赛，没有一个人不热情。观众在看见竞技者为他们的缘故而卖力气的时候，竞技者在想念全世界的人都前来看他们的表演的时候，都引以为荣。由于这种集会给我们带来这样大的好处，所以我们的城邦在庆祝方面并不落后，它提供了最多最美的景色，有的在花钱上无度，有的在艺术上有名，还有的在这两方面都很出色[17]；前来看集会的人是这样多，不管我们个人彼此间的交往有些什么益处，这件事情对我们的城邦却是有益的。此外，人们还可以从我们这里获得最忠实的友谊以及各种各样的交情，还可以看竞赛，不仅有较量速度和力气的竞赛，而且有较量口才和智力的竞赛，此外还有其他的活动——这一切都备有最大的奖赏。除了自己发奖而外，我们的城邦还劝其他的城邦也颁发奖品，因为我们做出的评判是这样受人称赞，以致全体的人都乐于接受。还有一点，别的泛希腊集会要过了很长时间才召开，而且很快就散场了。我们的城邦，对于客人说来，却是一个终年不断的泛希腊集会[18]。

　　教化使我们想起这一切，并且把它们建立起来；教化教我们从事公共活动，教我们对人要和蔼；教化教我们辨别出于愚昧的不幸和出于必然的不幸，教我们小心防备前一种不幸，耐心忍受后一种不幸。这种教化也是由我们的城邦发起的。它还重视口才，这种才能人人都想获得，人人都嫉妒那些能言善辩的人。我们的城邦认识到唯有这种天赋使我们有别于其他一切动物；由于有了这种便利，我们在各方面都比它们优越；它看出了在其他的活动上面，运气是这样乱安排，经常是智者失败，愚者成功，而美妙的言辞却不是分配给普通人的，这是有才智的人的成就。在这方面，被认为很聪明的人和被认为很愚蠢的人彼此间是有天渊之别的。此外，我们的城邦还认识到人们是否从小就受到高尚的教育，并不是看他们有没有勇气或财富或诸如此类的优秀的东西，这种教育的表现是清清楚楚从他们的言辞里流露出来的。这正好证明言辞是我们每个人的教养的最好的标记，而长于辞令的人不但在他们自己的城邦里掌握权力[19]，而且在别的城邦里受到尊敬。我们的城邦在智慧和口才方面把别的人远远地抛在后面，使它的学子成为外族人的教师[20]；它使"希腊人"这名称不再作为种族的代称，而作为智慧的代称，而"希腊人"一词则是用来称呼受过我们的教养的人的，而不是用来称呼同种族的人的。

　　为了使我在建议讨论总的问题的时候不至于显得在细节上浪费时间，为了使我不至于显得是由于不可能称赞我们的城邦作战有功才在这方面加以颂扬，我对那些为这些成就而感到自豪的人所说的话就讲到这里为止。另一方面，我认为我们的祖先由于作战有功而应当享受的荣誉，并不亚于他们由于有其他的功劳而应当享受的荣誉，因为他们所经历的战斗并不是局部的、稀疏的、无名的，而是频繁的、可怕的、重大的，其中一些是为了保卫自己的土地，还有一些却是为了维护别的城邦的自由，因为他们始终是不断地把自己的城邦作为受害的希腊人的共同的避难所和保卫的堡垒。由于这个缘故有人谴责我们采取不得当的政策，惯于扶助弱者——仿佛这种话对于那些想称赞我们的人起不了支持的作用。其实并不是由于看不出强大的盟邦更能保证我们的安全，我们才采取这个与弱者联合的政策；不是的，尽管我们比别人更正确地认识到这种政策所引起的后果，我们还是宁肯不顾自己的利益而援助弱者，而不肯为了自己的利益与强者联合起来去伤害别人。

说起我们的城邦的性格和力量，只须看某些人对我们的恳求就明白了。那些新近提出的或不关重要的恳求，我都放下不提，单说远在特洛亚战争之前[21]（凡是对祖传的权利有所争论的人都应当从那个时期求得论据），赫剌克勒斯的孩子们就到过我们这里[22]。在这件事的前一些时候，塔拉俄斯的儿子阿德剌托斯——阿耳戈斯的国王，也到过我们这里[23]。阿德剌托斯攻打忒拜失败了，无力把那些死在卡德墨亚城下的战士的尸首收回，他因此在回师的时候前来请求我们的城邦把他从这一为大家所关心的不幸中拯救出来，免得那些死于战争的人无所安葬，免得这古老的习惯和祖传的律条遭到破坏[24]。至于赫剌克勒斯的孩子们则是在躲避欧律斯透斯的仇恨。他们不看重别的城邦，认为它们不能援助他们，使他们免去这场灾难，因此把雅典城邦当作唯一能报答他们的祖先施与全人类的恩德的城邦[25]。

从这些事实里很容易看出我们的城邦在那个时代就已经处于领导地位，因为在涉及只有有资格站在最前列的希腊人敢于过问而其他人不敢过问的公共的而不是私人的问题的时候，谁敢放过那些力量比较强大的人，而向那些比自己弱小的人或者从属于别人的人求救呢？其次，那些求救的人抱着一种希望逃到我们的祖先这里，他们显然没有被他们的希望所欺骗，因为雅典人曾经为了那些战死的人的缘故同忒拜人打过一仗，并且为了赫剌克勒斯的孩子们的缘故和欧律斯透斯的军队拼过一场。他们向忒拜人进攻，强迫他们把死者的尸首交给他们的亲人埋葬。当欧律斯透斯带领的伯罗奔尼撒人向我们的土地进攻的时候，他们前去迎击，打败了敌人，灭了那家伙的骄气。那些行动已经使他们受到赞扬，而这些功绩又使他们的名声更加响亮，因为他们并不是做一点算一点，而是彻底改变了这两个人的命运：那个愿意向我们求救的阿德剌托斯，出乎敌人的意料，获得了他所需要的东西，回家去了；而那个想压服我们的欧律斯透斯反而被俘虏，迫不得已而向我们告饶，尽管他一生曾经不断地对那个具有非凡的性格、身为宙斯的儿子、在世的时候力大如神的英雄发号施令，百般侮辱[26]，可是当他冒犯了我们的时候，他却遭到这样大的变故，落到赫剌克勒斯的儿子们手里，可耻地结束了他的性命。

我们对拉栖第梦人的城邦作出的贡献虽然很多，却只有这一件说起来同我的目的很切合：赫剌克勒斯的后代，也就是今日的拉栖第梦的统治者的祖先，获得了由于我们拯救了他们而促成的便利，回到了伯罗奔尼撒，占据了阿耳戈斯、拉栖第梦、墨塞涅，在斯巴达定居，成为拉栖第梦人今日所享受的一切福利的造就者。他们应当记住这些好处，而不应当袭击他们的出发地点——这块曾经使他们获得这样大的幸福的土地，不应当使这个曾经为赫剌克勒斯的孩子们冒过危险的城邦处于危险之中，不应当在把权力传给赫剌克勒斯的后人的时候，认为救了他们的民族的城邦该当被他们奴役。即使不谈感恩与公平而回到原来的问题上，谈谈最正确的论点，祖传的习惯也不容许外来的人领导土生土长的居民，受惠者领导施恩者，求援人领导东道主。

我还能以更简短的方式把问题讲明白。在所有的希腊城邦中，除了我们自己的城邦而外，要数阿耳戈斯、忒拜和拉栖第梦在当时最强大，它们在今天也还是那样强大。可是我们的祖先显然比它们优越，能够为了援助战败的阿耳戈斯人而向神气十足的忒拜人发出命令，能够为了援助赫剌克勒斯的孩子们而在战斗中克服阿耳戈斯人和其他的伯罗奔尼撒人，救下拉栖第梦人的创建者和领袖人物，使他们免遭欧律斯透斯的毒手。所以说起哪一个城邦在希腊最强大，我不知还有谁能拿出更可靠的证据来。

我认为谈一谈我们的城邦打蛮夷的事情是很合乎时宜的，特别因为我所提出的是谁来领导我们打蛮夷的问题。要是我把所有的战争都举出来，那就说来太长啦；因此我只谈其中最重要的，打算用方才讨论别的题目的方式来讨论这个题目。最富于统治欲和最强大的民族是西徐亚人、色雷斯人[27]和波斯人，他们全都谋害过我们，我们的城邦同他们拼过命。要是我们能证明那些无力获得自己的权利的希腊人决心向我们求救，而那些想要奴役希腊人的蛮夷又首先向我们进攻，那么我们的对手还有什么话可说呢？

尽管我们的最著名的战争是抗击波斯人的战争，但是我们的最古的战斗所提供的证据，在那些对祖传的权利有所争论的人看来，也并不是不关重要的。当希腊还很弱小的时候，我们的土地就受到波塞冬的儿子欧摩尔波斯带领的色雷斯人和阿瑞斯的女儿们——阿玛宗人带领的西徐亚人的袭击[28]，虽然不是在同一个时期，却都是在这两支民族企图统治欧罗巴的时候。他们虽然憎恨整个希腊民族，却只是对我们有怨言[29]，以为这样一来，既可只攻打一个城邦，又可同时压制其余的城邦。可是他们并没有成功，而是在同我们的祖先单独遭遇的时候照样全军覆灭，就象是同全世界的人作战一样。他们遭受的灾难有多么惨重，是显而易见的，因为如果这些事件和别的事件没有很大的差别，关于他们的传说就不会流传这么久。据说那些前来的阿玛宗人没有一个生还，而那些留在家里的阿玛宗人，也由于这里发生的祸事而被剥夺了权力；据说尽管色雷斯人在某一时期与我们为邻，住在我们的边界上，但是由于这次进军的失败，他们是这样远远地离开我们，以致这块中间地带上有了许多部落、各种各样的氏族，创立了许多伟大的城邦。

这些事业是高尚的，是适合于那些对领导权有所争论的人使用的。和方才说起的相近的、和出自这样的祖先的后人可能做出的事业相似的，是那些同大流士和薛西斯作战的英雄立下的功劳[30]。这个最大的战争爆发了，许多危机同时发生，敌人认为他们人数众多，势不可当；盟军则相信自己英勇无比，那时候我们制服了他们，叫他们各自吃了恰到好处的败仗。我们冒了这一切危险，显示了我们的优越性，立即获得武功的奖赏，不久又赢得海上的主权。那是别的希腊人赠送的，甚至那些现在想从我们手里把这种权力夺走的人，也没有提出异议。

可不要有人认为我忽视了这一事实，就是拉栖第梦人也曾在危急关头给希腊人做出许多贡献；我并没有忽视，这样一来，我更好称赞我们的城邦，因为它是在同这样一些对手竞赛，而且比他们优越得多。关于这两个城邦，我想多谈几句，而不是轻轻带过，为的是使我们双方回忆我们祖先的勇气和他们对蛮夷的仇恨。但是我并不是没有注意到这一事实，就是最后出来谈论一个早已被别人占有的、公民当中最善于演说的人在国葬仪式上多次向你们讲过的题目，是一件困难的事，因为最重要的论点必然是被他们说尽了，只有一些次要的留给后来的人。可是这些论点既然切合目前的问题，我就不能逃避责任，我要把剩下的各点提出来，好唤起你们的回忆。

我认为为我们造就这些最大的福利的、值得予以最高的称誉的人，是那些为了保卫希腊而首当其冲的人；可是我们也不该忘记那些生活在这个战争以前的、这两个城邦的各自的当权者，因为是他们预先训练出后一代人，预先培养出勇敢的群众，使他们成为蛮夷的劲敌。他们并不是不顾公共的利益，既不是把它当作私人的利益来享受，也不是把它看成别人的利益而不过问；相反，他们关心国库岁入，就象关心私人财产一样，却分文不从中侵占，就象对无权使用的钱财那样不侵占一样。他们并不用金钱的标准来衡量幸福，而是认为只有善于立身处世、给自己挣得最好的名声，给儿女留下最大荣誉的人，才似乎是蓄积了最可靠、最高尚的财富。他们并不是彼此竞赛，看谁卤莽；也不是使自己的脸皮变厚，而是认为被公民指责为苟且偷生，比为城邦而光荣地死更为可怕；他们对公众的过失所感到的羞耻大于我们今日对自己的过失所感到的羞耻。

他们之所以有这些看法，其原因是由于他们重视法律，求其严密与完善，不是说重视与私人契约有关的法律，而是说重视与日常生活有关的法则，因为他们认识到高贵的人不需要有许多条成文法，只要从少数协定出发，就容易使他们在私人生活与公共生活方面和睦相处。他们是这样富于公德心，甚至在闹内讧的时候，他们也不是要这一派打倒那一派，对残余分子加以统治，而是看哪一派争先恐后为城邦尽忠；他们结社，不是为了个人的利益，而是为了群众的福利[31]。他们用同样的精神来处理邦际间的关系：他们用为之服务的态度而不是用凌驾于其上的态度来对待希腊人；认为自己有责任率领他们，而不是压制他们；希望被称为领袖而不是主子，被称为救命者而不是毁灭者；他们之所以能把希腊城邦拉到自己身边来，是由于他们为它们行好事，而不是用暴力压服它们；是由于他们言必有信，比今日的人对于誓言还要忠实，是由于他们认为应当遵守条约，就象遵守强迫的命令一样；他们对于权力的得意感不及他们对于有节制的生活的自豪感；他们认为他们对待比他们弱小的人的心情应当同于他们所期望的、比他们强大的人对待他们的心情；他们把自己的城邦当作居住的城市，把希腊看成共同的祖国。

　　由于他们有这样的想法，用同样的风气来培养青年，所以他们造就了一批勇于攻打亚细亚人的英雄。这些人的功绩，从来没有人，不论是诗人还是修辞学家[32]，能予以得体的歌颂；这是很可以原谅的，因为称赞那些比其他的人勇敢的人和称赞那些没有做什么好事的人，是同样困难的。在后一种情况下，演说者找不到什么功绩；在前一种情况下，演说者找不到合适的言辞。有什么言辞宜于用来称赞这些比远征特洛亚的英雄优越得多的人呢？那些英雄花了十年功夫攻打一个城邦，而这些人却在短短的时间内击溃了从整个亚细亚调来的兵力，他们不仅保住了自己的城邦，而且解放了整个希腊。有什么行动、什么难事、什么战斗他们不去参加，而只图活下来坐享名声呢？这些人是为了在死后享受荣誉而愿意献出自己的生命的。我认为是某一位神为了赞赏他们的勇气才促成这个战争，使生而赋有这种精神的人不至于不引人注目，死后湮没无闻，而是被认为应当和半神即天神的儿子[33]享受同样的名声；天神虽然把他们的儿子的肉体交给自然注定的劫数，却也使人们对他们的勇气的记忆永志不忘。

　　尽管我们的祖先和拉栖第梦人一直在互相竞争，但是在那个时期，双方都是为了最高尚的目的而竞争；他们不是把对方当作仇敌看待，而是当作对手看待；他们并没有由于拍那个蛮子的马屁而使希腊人沦为奴隶；相反，他们对于共同安全的看法是一致的，他们互相竞争，看谁能保证这种安全。

　　当大流士派兵来攻打的时候，他们初次显示了他们的勇气。当波斯人在阿提卡登陆的时候，雅典人并没有等待他们的盟军，而是把共同的战争看作自己的事情，带着自己的军队去抗击那些不把整个希腊放在眼里的敌人，少数人抗击千千万万的人[34]，就象拿别人的性命去冒险一样；而拉栖第梦人则一听见阿提卡发生了战事，就扔下一切别的事情，前来相救，他们跑得这样快，就象是他们自己的土地在遭受蹂躏一样。双方的速度和竞争可以这样证明：据说我们的祖先在同一天里听见蛮夷登陆的消息，跑去保卫边境，打了胜仗，建立了战胜纪念柱[35]；而拉栖第梦人则在三天三夜之内行军一千二百斯塔狄翁[36]。双方都在奋勇前进，拉栖第梦人前来分担一部分危险，雅典人则在援军到达之前同敌人开始了交战。此后是第二次进军，由薛西斯亲自率领——他离开王宫，壮着胆子担任将军，招集亚细亚的全部军队。哪一个演说者说起这家伙不是辞不达意，尽管他很想夸张？这家伙是这样傲慢，竟自认为征服希腊是一件小小的事情。他想留下一件不是人的力量所能造成的纪念物，不住地胡思乱想，直到他想出了一个脍炙人口的计划，并且强迫执行——他在赫勒斯滂搭浮桥，在亚陀斯挖运河，在陆上行舟，在海上过兵[37]。

我们的祖先和拉栖第梦人是在抗击这个不可一世、干了这么大的事业、成为这么多人的主子的家伙，他们各自分担一半危险：拉栖第梦人选出一千精兵，同少数盟军联合起来，一起开赴温泉关去抵抗敌人的陆军，企图在那狭窄的关口上阻挡他们前进；而我们的祖先则装备六十艘三层桨战船，开赴阿耳忒弥西翁去抵抗敌人的全部海军[38]。他们这样敢作敢为，并不是由于瞧不起敌人，而是由于互相竞争：拉栖第梦人羡慕我们的城邦在马拉松打了胜仗，想要追上我们，害怕我们的城邦接连两次成为希腊人的救星；而我们的祖先则很想保持既得的名声，让大家看一看他们在上一次是靠勇气而不是运气获胜的；其次，他们想要显示在海战中，正如在陆战中一样，可以以勇胜众，借此鼓励希腊人在海上决战。

双方虽然显示了同样的勇气，但是他们的运气却各自不同：拉栖第梦人全都战死了，身体仆倒而精神胜利（既然他们当中没有一个人临阵脱逃，就不能说他们吃了败仗）；而我们的祖先则击溃了敌方的先头舰队；后来听说敌人攻下了隘口[39]，他们便扬帆回家，拟定未来的作战计划，使他们，不管从前的成就多么巨大，多么光荣，能在最后的战役中作出更优越的成就[40]。

当时所有的盟友都感到沮丧，伯罗奔尼撒人在伊斯特摩斯筑墙防守[41]，只顾自己的安全；其余的城邦处在蛮夷的逼迫之下，和他们一起行军[42]，只有一些由于弱小而不引人注意的城邦不在内；一千二百只三层桨战船向我们的祖先逼近，数不清的步兵正要侵入阿提卡，什么地方也望不见救星，雅典人被全体盟友抛弃了，被每一种希望欺骗了；他们不但有可能摆脱眼前的危险，而且可以享受国王赠予他们的特殊荣誉（因为他认为只要得到这个城邦的海军的支持，他就能立即把伯罗奔尼撒也征服了），可是我们的祖先不屑于接受他的馈赠[43]；他们也没有由于别的希腊人背弃他们、兴高采烈地跑去同蛮夷和解而生他们的气；他们原谅别的希腊人甘愿被奴役，他们自己却准备为自由而战斗。他们认为那些弱小的城邦不惜一切办法以求得自己的安全，是理所当然的，而那些有权利站在希腊的首位上的城邦则不能逃避危险。在他们看来，高贵的人光荣地死去，胜于耻辱地偷生。同样道理，优越的城邦从人们的眼界中消失了，也胜于被人望着遭受奴役。显然他们是有这样的想法的，因为当他们不可能同时摆出阵势来应付这两种兵力[44]的时候，他们就放弃城市，携带全体人丁，航行到邻近的岛屿[45]，以便挨次同每一种兵力作战。人们怎能表现得比我们的祖先更勇敢更爱希腊？他们为了使其余的希腊人免于被奴役，竟忍心看见自己的城市无人烟，自己的土地遭蹂躏，圣地被劫掠，神殿被烧毁，整个战争都发生在自己的土地上。可是他们并不甘心，而是要单独同一千二百只三层桨敌舰作一次海上较量。然而他们并没有得到许可，因为伯罗奔尼撒人看见我们表现得很勇敢而感到羞耻，他们并且认为要是我们首先灭亡了，他们自身也就难保；要是我们胜利了，他们的城邦就会落得不光彩，因此他们不得不分担一部分危险。至于战斗中发出的呐喊以及喝彩和助威的吼声——这些都是所有参加海战的人听惯了的——我看不出有什么理由花时间去描述；我的任务在于讲述那些具有特色的、足以使我们对领导权提出要求的、和前面的论点相符合的事实。我们的城邦在安全无恙的时候是无比地优越，所以即使遭到了破坏，它也还能为拯救希腊的战争提供三层桨战船，数目超过其余的参加海战的人所提供的船只的总和；没有人会对我们这样不友好，竟然不承认战争的胜利是由于这一场海战的成功，不承认战争的胜利是我们的城邦的功劳。

那么在即将向蛮夷进军的时候，谁应当获得这领导权呢？难道不是那些在先前的战争里大有名声的、多次以孤军首当其冲的、在共同的斗争中获得武功的奖赏的人吗？难道不是那些为了别的希腊人的安全而放弃自己的城邦、在古时候建立大多数殖民地、在后来把它们从最大的灾难中拯救出来的人吗？要是我们在分担大部分战祸之后，被授予较小的荣誉，要是我们在当日为了保护全体希腊人而身列前茅，在今天迫于不得已而追随别人，这岂不是使我们受到可怕的待遇吗？

说到这里，我相信人人都会认为我们的城邦是大多数福利的造就者，它应当获得这领导权。可是，说起别的事情，就有人谴责我们，说我们在接受海上主权以后，给希腊人造成了许多灾难。他们在这些言论中责备我们使弥罗斯人沦为奴隶，使斯喀俄涅人遭到毁灭[46]。

先谈第一点，我认为即使一些对我们作战的城邦显然受到严厉的惩戒，这也不足以证明我们指挥得不当，而那些从属于我们的城邦却没有一个遭到这些祸害，这就更有力地证明我们把盟友的事务处理得很好。第二点，要是其他的人处理同样的事件比较宽大，他们倒可以谴责我们；要是没有那么回事，要是不惩戒那些犯错误的人，就不能控制这么多的城邦，那么，我们既然最少使用严厉的手腕而又能在最长的时期里掌握这主权，怎么不该受到表扬呢？

我相信所有的人都会认为只有那些曾经使顺从者享受幸福繁荣的生活的人，才能成为希腊人的最好的领袖。人们会发现在我们作领袖的时期内，个人的家庭过着十分幸福的生活，城邦变得非常强大。由于我们对那些日益壮大的城邦并不感到嫉妒，我们也没有在它们那里建立对立的政体，引起混乱的局势，使它们互相争吵，双方都来讨我们喜欢；相反，我们是把盟邦间的和睦当作共同的福利，因此我们用同一种法律来约束全体盟邦，用盟友的态度而不用主子的态度来审议它们的事情；我们维护整体的利益，让各个盟邦自由地处理自己的事务[47]；我们支持人民大众，同专制势力作斗争，因为我们认为多数人被少数人统治；财产比较少而在其他方面并不比别人差的人被免职；在一个共有的祖国里，有的人成为统治者，有的人成为侨居者[48]；他们生而为公民，一道法令就剥夺了他们的政治权利，这些都是令人愤慨的事情。

由于我们对寡头政体有这些指责以及其他的非难，我们因此在其他的城邦里建立和我们这里相同的政体[49]，这种政体在我看来，用不着长篇大论加以赞扬，因为三言两语就能说明它的性质：我们在这种政体下生活了七十个年头，没有遭遇过专制的压迫，没有忍受过蛮夷的统治，没有经历过内讧的痛苦，同全世界的人和平相处。

由于这些缘故，所有通情达理的人都应当对我们深为感激，而不应当责备我们把土地分配给移民，因为我们是为了保护当地人的领土，而不是为了贪图利益才派遣移民到人口稀少的城邦去的。这一点可以这样证明：我们的整个领土同公民的人数对比起来，是非常小的[50]，但是我们的主权却是非常大的；我们所保持的三层桨战船，两倍于其余的人所有的船只的总和，这些战船能够同两倍于这个数字的敌舰作战；靠近阿提卡的是优卑亚岛，它不但形势好，控制着大海，而且在别的方面比所有的岛屿都优越，它比我们自己的土地还好控制；此外，尽管我们知道在希腊人和蛮夷当中，要数那些把邻人赶走[51]、使自己能过上富裕安适的生活的人享有名声，这些想法却没有能激起我们去迫害这个岛屿上的居民；相反，在所有掌握着强大的力量的人们当中，唯有我们使自己的生活过得比被斥责为给我们当奴隶的人[52]更为艰苦。要是我们只顾自己的利益，我们就不至于贪图斯喀俄涅人的土地（谁都知道我们把它送给了我们这里的普拉泰亚难民了），而放弃了这样大一块足以使我们大家过富裕生活的土地。

尽管我们已经表示我们是这样的人，拿出这样可靠的证据来证明我们并不贪图别人的土地，偏偏有人厚着脸皮谴责我们。他们是十人执政团的参加者[53]，他们伤害自己的祖国；他们使过去的罪恶看来变得微不足道了，使后来还想当坏蛋的人无缘超过他们；他们宣称要摹仿拉孔人[54]，而行的却是相反的一套；他们为弥罗斯人所受的灾难感到悲伤，而对于自己的公民则忍心加以致命的伤害。还有什么罪恶他们没有犯过？他们把无法无天的人当作最可靠的人，把叛徒当作恩人来奉承；他们愿意给一个赫罗斯人[55]当奴隶，以便于侮辱自己的祖国；他们尊敬杀害公民的刺客和凶手，胜于尊敬自己的双亲；他们使我们全体的人都变得冷酷无情。在从前，由于生活幸福，我们每个人遭遇小小的不幸，都有许多人同感悲伤，可是在这些人的统治之下，我们由于自己的灾难太多了而不再互相怜悯，因为他们不让任何人有时间来分担别人的痛苦。谁能躲得过他们？谁能置身于政治局势之外，不至于被迫落在这些家伙推使我们去忍受的灾难里？这些人是这样无耻，他们使自己的城邦的法律遭到破坏，反而谴责我们的城邦不公正；除了其余的无耻的行为而外，他们还厚着脸皮谈论我们所审判的民事案和公诉，而被他们在三个月内不经审判就杀死的人，却多于被我们的城邦在整个当权时期判处死刑的人。

说起他们所下的放逐令、他们所闹的内讧、他们对法律的破坏、他们所搞的政体变革、他们对儿童的暴行、他们对妇女的侮辱、他们对财产的侵占，谁能数得清？关于这一切，我只是讲这么一点：我们的严厉的行为，只须通过一道法令就可以轻易地加以制止；而他们的残杀和无法无天的行为则是无从纠正的。

甚至这目前的和平状态和刻在和约[56]上而没有体现在政治制度里的独立自主，也不及我们的统治那样可取。因为如今强盗控制着海面[57]，轻盾兵占领着我们的各个城邦；如今同胞们不再为了保卫自己的土地而与外人战斗，而是在自家的城墙内自相杀戮；如今被矛头攻下的城邦比我们在签订和约以前被攻下的还要多；如今政变频繁，使居住在城邦里的人比受到放逐的处罚的人更为沮丧（因为前者对于未来的事变有所畏惧，后者却一直在盼望回家）。这样的现状有谁向往呢？各个城邦毫无自由独立可言，有一些由独裁君主统治，有一些归督军管辖，有一些已经被夷为平地，还有一些则奉蛮夷为主子——这些蛮夷当初过于狂妄，胆敢来到欧罗巴，被我们收拾了一顿，从此不但不再向我们进军，反而耐心地眼看着他们自己的土地被踩躏[58]；他们原来乘着一千二百只船航来，被我们打得抬不起头来，从此不敢在法塞利斯以西放一艘巨舰下水[59]，只好保持安静，等待时机，而不再仗恃自己手里的兵力了。

这一切都是依靠我们祖先的勇气，这一点可以从我们的城邦的厄运里看得很清楚，因为我们的主权的丧失，是希腊人的灾难的起源[60]。在我们在赫勒斯滂失利[61]以后，在别的城邦获得领导权的时候，蛮夷就在海战中获得胜利[62]，控制着海面，占领着大多数岛屿，在拉孔尼刻[63]登陆，强占库忒拉[64]，沿着整个伯罗奔尼撒航行，进行破坏。

只须把我们担任领导时期签订的条约和新近公布的比较一下，就能清清楚楚看出局势有了多大的变化。那时候我们显然是在限制国王的主权，给他的一些属地规定贡款，禁止他使用海上交通；如今却是他在处理希腊人的事务，规定我们每个人应当做的事情，简直等于在我们的城邦里委任了总督。除了这一件而外，他还有什么别的事情可做呢？难道不是他在主宰战争的命运，规定和约的条款，控制目前的局势吗？当我们互相控告的时候，难道我们没有坐船去找他，不就象去找主子一样吗？难道我们没有称他为"大王"，不就象他矛头押看下的俘虏吗？我们在内战期中，难道不是把得救的希望寄托在他这个乐于把我们双方都毁灭的人身上吗？

想起这些事情，我应当对当前的形势感到愤慨，对我们的领导权有所怀念；我们应当谴责拉栖第梦人，因为尽管他们当初在参加战争的时候，声称要解放希腊人，到头来却把许多人出卖为奴，还因为他们使伊奥尼亚人背叛我们的城邦（这些人是从雅典迁移出去的，他们曾经多次由于我们的城邦的援助而得救）[65]，然后把他们出卖给蛮子，这些人本来是不顾蛮子反对而占据那一片土地的，并且不断地同他们作战。

当时拉栖第梦人由于我们自认为我们有合法的权利管辖某一些人而感到愤慨，可是如今他们一点也不关心他们，尽管这些人受到这样大的奴役：他们缴纳贡款，眼看自己的卫城被敌人占据；这还不够，除了这些共同的灾难而外，敌人还使这些人的肉体受到侮辱，比我们这里的买来的奴隶所受的还要惨重，因为我们当中没有人象蛮子惩罚自由人那样折磨自己的家奴。但是这些人的最大的不幸乃是迫于不得已而同敌人一起参加远征军[66]以加强奴役制度，他们同那些争取自由的人作战，他们是在这样的情形下冒战争的危险：打败了，当场送命身死；打赢了，将来得更加受奴役。

除了埋怨拉栖第梦人而外，我们还应当埋怨谁呢？他们有这样大的势力，可是当他们的盟友遭受这样大的虐待的时候，当那个蛮子利用希腊人的力量来维护自己的主权的时候，他们却漠不关心。在从前，他们总是驱逐独裁君主，援助民众；但如今他们转了这样大一个弯，竟然攻击民主城邦，扶植专制政权；他们在和约签订以后把孟铁尼亚城夷为平地[67]；他们强占忒拜的卫城；如今他们正在围攻俄林托斯和佛利俄斯；他们并且帮助马其顿王阿明塔斯、西西里独裁君主狄俄倪西俄斯和那个统治亚细亚的蛮子大量扩充他们的主权[68]。那些身为希腊人的领袖的人，竟然把一个人扶植成为这样多的数不清的人民的主子，而不让我们的一些最大的城邦自己当家作主，致使它们遭受奴役或者陷入巨大的灾难，这不是奇怪吗？但是最奇怪的事情是我们看见那些自称有权利获得领导权的人每天向希腊人进军，长期和蛮子缔结盟约。

　　我曾经预先声明要谈论和解问题，却又用相当粗暴的口吻来提起这些事实，可不要有人因此认为我性情乖戾，因为我并不是抱着在别人面前诽谤拉栖第梦人的城邦的目的而这样谈论他们的，而是想借言语的力量劝他们放弃这种想法。然而不狠狠地谴责人们的现有的行为，就不能使他们改正错误。我们应当认清楚，有意伤人而说这种话是加罪于人，有意助人而这样责备他们则是忠心劝告。因为同一句话没必要作同样的解释。我们并且有理由谴责拉栖第梦人，因为他们为了自己的城邦的利益而迫使他们的邻人当农奴，却不肯为了盟邦的共同利益而这样作[69]，尽管他们可能同我们和解，使所有的蛮夷成为整个希腊的环居者[70]。然而从事于这样的事业，正是那些以天赋自傲而不以运气自夸的人所应尽的责任，而不是向岛民征收贡款。这些人值得他们怜悯，他们亲眼看见这些人由于土地不足而不得不耕种山地，而大陆上的居民则由于土地多而让大部分休闲，只是从他们的有收获的部分获得这样大的财富。

　　我相信要是有人从别的地方来到这里，看见我们现在的情形，他一定会责备我们双方都是大疯子，不仅因为我们在可能稳稳当当获得许多财富的时候，为了琐碎的事情而冒战争的危险，而且因为我们蹂躏自己的土地，而不去采摘亚细亚的果实。

在那个蛮子看来，比较合算的是想办法使我们打内战，永远不停；我们不但不去搅乱他的事情，或者使他的内部发生叛变，反而在他的国内偶然发生乱子的时候，企图帮助他进行镇压。如今有两支军队在塞浦路斯作战，我们竟让他利用其中一支来围攻另一支，尽管双方都是希腊这边的人。那些背叛他的人不仅同我们很友好，而且很信赖拉栖第梦人；至于忒里巴洛斯带领的军队，最有用的步兵是从我们这些地方招募去的，大部分海军则是从伊奥尼亚开去的，所有这些军队都很乐意同心协力劫掠亚细亚，而不愿为了琐碎的事情互相殴斗。但是这些事情我们从来没有想一想；我们在昔加拉第群岛问题上发生争执[71]，却把这样多的城邦和这样大的兵力随随便便送给了这个蛮子。这样一来，我们的土地，有一些已经被他霸占了，有一些即将被他霸占，还有一些他也正在觊觎。他有权利瞧不起我们全体希腊人。他完成了他的祖先从来没有完成的事业：亚细亚属于国王，这一点已经由我们和拉栖第梦人承认了；而希腊人的一些城邦则被他以无上的权威霸占着，他可以把它们夷为平地，或者在城内建筑卫城。这一切都是由于我们愚蠢，而不是由于他有力量。

可是有人对国王势力的强大感到惊异，他们详细论述他给希腊人造成的许多变动，认为他是一个不好攻打的敌人。然而，在我看来，那些发表这个意见的人不但不阻止我们进军，反而鼓励我们进军，因为如果说在我们已经和好、他却仍然被叛乱包围的时候，他是不好攻打的，那么，一旦蛮夷的局势已经稳定，他们的意志已经统一，我们却仍然象现在这样互相敌视，这样的时机才最令人害怕哩。可是尽管这些人的说法支持我的论点，他们对于国王的力量的认识却是错误的。要是他们能证明他曾经在从前同时压服了我们这两个城邦，那么他们倒应当企图在现在使我们感到恐慌。但是如果不是这么回事，而是当我们和拉栖第梦人发生冲突的时候，他帮助哪一边，哪一边的形势就比较乐观的话，这就不能证明他的势力就会变强大。因为在这样的重要时刻，小小的力量往往也能起举足轻重的作用，把形势扭转过来。以开俄斯人的力量为例，我就有理由说，他们愿意帮助哪一边，哪一边就会在海上占上风[72]。所以从国王加入某一边而造成的结果来估价他的力量，这个办法是不公平的，而应当从他独自一人为自己的利益所打出来的结果来观察。

先谈这一点：自从埃及背叛他以来，他对那里的居民干出了什么名堂？难道他没有派最有名的波斯人——阿洛科马斯、提特饶忒斯和法那巴左斯到这个战场上去吗？这些将领不是在那里待了三年之久吗？他们所受的灾难不是大于他们所造的灾难吗？他们不是终于那样可耻地撤退、让背叛的军队不但不满足于获得自由、反而企图向邻人进袭，以扩大自己的主权吗？再谈他向欧阿戈剌斯进军的事：欧阿戈剌斯只是统治着一个城邦，按照条约，他是被出卖了[73]；他居住在一个岛屿上，已经在海上吃了败仗；他现在只有三千名轻盾兵保卫着他的土地；可是欧阿戈剌斯的力量虽然单薄，国王却无力把他打败，而是白费了六个年头；如果我们可以凭过去推测未来，那么很可以预料，在欧阿戈剌斯被迫投降之前会有另一个人起来背叛国王。国王的行动是这样迟钝。在罗德斯[74]战争里，国王获得拉栖第梦人的盟友的好感——那是因为他们受到制度的压迫[75]，——并且利用我们的支援；还有科农给他作将军，这人是我们的最细心的将军，最为希腊人所信赖，最富于作战经验；可是国王，尽管他有了这样一个助手，却让那支为了保护亚细亚而首当其冲的水军被一支仅有一百艘三层桨战船的舰队围攻了三年之久，他还克扣了兵士们十五个月军饷；要是事情是操在国王手里，他们一定被解散许多次了；多亏有了这个将领和在科林斯缔结的盟约[76]，他们才勉强获得海战的胜利。这些都是他的冠冕堂皇、威风凛凛的事业，是那些想抬高蛮夷的势力的人所称道不绝的！

这样一来，没有人能说我在举例的时候态度不公平，也没有人能说我只谈论国王的小成就，而忽略了他的最伟大的功绩，因为我是在避免这种谴责，我已经把他的最光荣的事业一一列举出来了，我也没有忘记他的其余的事业[77]：得库利达斯只有一千名重盾兵，就把他的主权扩张到埃俄利斯；德剌孔占领了阿塔纽斯，他后来又招募了三千名轻盾兵，蹂躏了密细亚平原；提布戎带着一支稍微大一点的军队渡河进入吕底亚，把它抢劫一空；阿革西拉俄斯利用居鲁士的军队把哈吕斯河这边的土地几乎全都拿下来了。

我们不必害怕那支跟随着国王游荡的军队，也不必害怕波斯人的勇气，因为跟随着居鲁士向内陆进军的部队清清楚楚地证明了他们一点也不比沿海的军队强大。他们的其余的败仗我都按下不提，我们并且承认他们在闹内讧，不愿意一心同国王的弟弟作殊死战。但是，在居鲁士死后，所有的亚细亚居民都联合起来了，在这样好的时机里，他们也是这样可耻地败下阵来，使那些惯于称赞波斯人的勇气的人无话可说。因为他们只是在对付六千个希腊人，他们不是按照本领精选出来的希腊士兵，而是一些由于环境困难，无法在自己的城邦里谋生的人。这些兵士对于地形不熟悉，他们被盟友抛弃了，他们被一同向内陆进军的人出卖了[78]，他们失去了所追随的将军；可是波斯人还是远远地不如他们，使他们的国王——他对当时的局势一筹莫展，对手下的兵力又瞧不上眼——不得不厚着脸皮利用停战协定，擒获雇佣军的将领[79]；以为这样就可以使那支军队陷于混乱；他宁可冒犯神明，而不同那些兵士公开作战。他的阴谋失败了；兵士们团结起来，以高尚的精神忍受这苦难；当他们动身回去的时候，他派提萨斐涅斯带着骑兵去送他们。尽管他们一路上受到这些人的陷害，他们还是照样走完了全程，就象有人护送一样；他们最怕那荒无人烟的地带，而认为和尽量多的敌人遭遇，是最好的事。让我把上述的事情总结一下：这些人并不是前去打家劫舍的，而是去同国王本人作战的，他们却回来了，比那些带着友好的使命而到他那里去的使节还要安全。所以我认为波斯人在各个地方都清清楚楚地表现出他们的软弱，因为他们在亚细亚沿岸吃了许多败仗；他们进入欧洲，又受到惩罚，他们当中有一些悲惨地送了死，有一些耻辱地逃了生；最后，他们在自己的宫墙下成为笑柄。

这些事情没有一件是无缘无故发生的；它们全都是必然要发生的，因为象波斯人那样受过教养和受过统治的人，不可能具有任何美德，也不可能在战场上树立胜利纪念柱。在他们这种生活方式里怎么能产生能干的将军或勇敢的兵士？他们的人绝大多数是乌合之众，没有受过训练，没有冒过危险，没有勇气打仗，和我们的家奴比起来，他们倒是受过更好的卑躬屈膝的训练。甚至他们当中最有名望的人也从来不是为了追求平等，为了增进公益，或者为了对国家尽忠而生活；相反，他们一生都是对某一些人傲慢无礼，对另一些人奴颜婢膝，这种人最败坏人类的品格。他们由于家资富有而使他们的肉体过着娇生惯养的生活；由于受到君主统治而使他们的灵魂处于卑贱懦怯的境界；他们在宫门外受检阅，拜倒如仪；他们用各种方式来培养自卑的精神，在一个凡人面前下跪，奉他为神明。他们藐视神胜于藐视人。所以那些来到海边的波斯人，那些被称为"总督"的人，没有辱没他们在家里所受的教养，他们始终保持着同样的习性：对朋友不忠，对敌人不勇；他们的生活既卑贱而又高傲；他们扫盟友的面子，拍敌人的马屁。他们用自己的钱把阿革西拉俄斯手下的军队养了八个月，却克扣了那些为他们作战的兵士两倍于这个时间的军饷；

他们拿出一百塔兰同来分赠给喀斯忒涅的占领者，而对待那些帮助他们打居鲁士的兵士却比对待俘虏还要残暴。简单地说——不是一件件地讲，而是归总地说——所有同他们打过仗的人哪一个不是顺利回师，所有归顺他们的人哪一个不是由于受他们的折磨而断送了性命？科农为了保卫亚细亚而担任将军重职，摧毁了拉栖第梦的统治权，难道他们没有狠心地把他捉来杀了吗[80]？忒密斯托克利为了保卫希腊而在海战中把他们打得落花流水，难道他们没有认为他应当获得最大的赠品吗[81]？对于那些惩罚自己的恩人而公开拍那些害过他们的人的马屁的人，我们为什么要珍视他们的友谊呢？我们当中有谁没有被他们陷害过？他们在什么时候停止过对希腊人要诡计？他们曾经在从前的战争里狠心地抢劫神像和神殿，把它们一把火烧光，我们这里的东西还有什么他们不恨呢？所以伊奥尼亚人[82]是值得称赞的，因为当他们的神殿被烧毁的时候[83]，他们诅咒任何一个清除这些废墟或愿意使它们恢复旧观的人，这并不是因为他们无力重新修建，而是由于他们要给后人留下一件足以显示蛮夷的大不敬的纪念物。这样一来，没有人会信赖那些敢于这样冒犯神殿的人；谁看见他们袭击我们的肉体，而且袭击还愿的贡品，谁都会对他们有所戒备，有所畏惧。

关于我们的同邦人，我也有同样的话要说。他们在和解的时候，便忘却了对其他的同他们打过仗的人的旧仇；可是对大陆上的人[84]，甚至在他们受到优待的时候，他们也不感激；他们对那些人的愤怒是永世难消的。我们的祖先以亲米太人的罪名判了许多人死刑[85]；在我们的大会上，甚至在今天，在审议别的事情之前，我们总是先诅咒任何一个建议派使节去同波斯人议和的公民[86]；在举行入密教的仪式的时候，欧摩尔庇代和刻律刻斯也由于我们憎恨波斯人而警告其他的蛮子，就象警告杀人犯一样，叫他们不得参加这神圣的仪式。我们对他们的敌视是这样深入我们的性格，使我们最爱一块儿消磨时间，听有关特洛亚战争和波斯战争的故事，因为通过这些故事我们可以知道他们闯下的祸事。人们会发现我们打蛮夷的战争激起了颂歌，我们打希腊人的战争引起了哀歌；我们在节日里高唱颂歌，我们在灾难中回忆哀歌。我认为荷马的诗获得了更大的名声，因为他曾经用高尚的风格赞美那些和蛮夷作战的英雄。由于这个缘故，我们的祖先愿意在音乐比赛和青年教育中给他的艺术以光荣的地位，使我们一再听了他的诗句，得知我们对蛮夷怀抱的敌意，使我们在称赞那些攻打蛮夷的英雄的勇武的时候，很想干出同样的事业。

在我看来，鼓励我们和他们作战的因素是很多的，其中最主要的是目前的时机，这是不可失去的，因为时机到来而不加利用，时机过去而念念不忘，都是可耻的。在我们即将同国王作战的时候，除了目前这些有利条件而外，我们还想要什么别的条件呢？埃及和塞浦路斯不是背叛了他吗？腓尼基和叙利亚不是由于战争而遭到了毁灭吗[87]？使国王感到骄傲的泰尔不是被他的敌人占领过吗[88]？西里西亚境内大多数城市是在我们的盟友手里[89]，其余的要拿下来也并不困难。吕西亚从来没有被波斯人征服过[90]。加里亚的总督赫卡同诺斯实际上长期以来一直在背叛，在我们盼望他声明的时候，他是会声明的[91]。亚细亚海岸从奈达斯到西诺珀，都有希腊人居住，用不着劝这些人参加战争，只要不妨碍他们就行了。有了这样好的根据地，有了这样长的包围亚细亚的战线，我们又何必过于仔细地观察后果呢？既然蛮夷敌不上我们的小部分人，那么，要是他们被迫和全体希腊人作战，他们的境况是不难看出的。

情形是这样的：要是那蛮子加强他对沿海城邦的控制，在那些地方驻屯比现在更多的部队，那么，靠近大陆的岛屿，例如罗德斯、萨摩斯和开俄斯，也许会偏向他那一边；但是如果我们先占据那些地方，那么吕底亚、弗里基亚以及其他内地的居民就可能落在我们从那里出发的军队的手里。因此我们必须迅速行动,不可耽误,免得遭遇到我们的祖先的命运——他们由于比蛮夷晚了一步,撇下了一些盟友[92]而被迫以寡敌众;要是他们抢先进入大陆,手下有希腊人的全部兵力,他们就能把那些民族一个个地征服。因为经验证明,如果敌人是从许多地方纠合起来的,要同他们作战,千万不要等他们来攻你,而要趁他们还是分散的时候先发制人。我们的祖先起初犯了这个错误,后来冒了最大的危险才完全挽救过来;我们要是变聪明了,就应当在开始的时候有所戒备,抢先把军队驻屯在吕底亚和伊奥尼亚,因为我们知道国王之所以能统治大陆上的人,并不是因为他们是顺民,而是因为他身边的兵力比他们各自的力量都强大。所以当我们派出一支比他更强大的军队——这是很容易做到的,只要我们愿意——我们就能安安稳稳地采摘亚细亚的果实。何况为了摧毁他的王权而同他作战,比为了夺取领导权而互相争吵要光荣得多。

最好是在我们这一代就进军,好让那些分担过我们的灾难的人也能享受我们的福利,不至于一生不幸。过去的日子够受了,还有什么恐怖的事情没有发生?人类的天性中已经有了许多有害的东西,我们自己又制造了更多的灾难,多于命运强加在我们身上的,因为我们给自己制造战争和内讧,以致有一些人在自己的城邦里没有经过审判就被处死刑,有一些人带着妻子儿女流落异乡,还有许多人由于缺乏每天的口粮,不得不去当雇佣兵,帮助敌人打自己的朋友而送掉性命。

对于这些事情没有人感到愤慨;人们认为应当为诗人们编造的灾祸而流泪,而对于真实的苦难,那许许多多由于战争而引起的可怕的苦难,却熟视无睹,不加怜悯,甚至对共同的灾祸比对自己的幸福还要庆幸。也许有人会笑我太天真了,要是我在这样的时候悲叹个别人的不幸,这时候意大利已经被夷为平地[93],西西里正在被人奴役[94],一些这样大的城邦让给蛮夷了[95],其余的希腊人正处在很大的危险当中。

我对于各城邦的当权人物感到惊奇，要是他们对这样严重的局势提不出建议或策略，而又自高自大。要是他们有资格享受现有的荣誉，他们就应当把一切别的事情放下，而对攻打蛮夷的事情献出计策，提供意见。他们也许能帮我们做一些事情；即使他们半途而止，他们的教言也能象神示[96]那样传给未来的时代。可是如今这些享受最高荣誉的人却在琐碎的事情上忙忙碌碌，而让我们这些置身于政治生活之外的人对这样重大的事情来作出抉择。

我们的领袖越是胆小怕事，其余的人就应当越是卖力气，看怎样才能使我们化除现有的仇恨。但是，情形既然如此，缔结和约也是枉然，因为我们并没有解决战争问题，而只是把它推迟，以便等待时机，等到我们能互相给对方造成无法挽救的祸害。

我们必须揭穿这些阴谋诡计，而采取那些足以使我们更安全地居住在各自的城邦里、更放心地互相信任的行动。关于这一点，我的意见是很简单的，也是很容易说明的：我们不可能维持稳定的和平，除非我们联合起来攻打蛮夷；希腊人不可能和睦相处，在我们从同一源泉获得利益、和同一敌人进行战斗之前。等这些成了事实，等我们摆脱了生活上的贫困——这贫困使友谊破裂，使至亲成仇，使全人类陷入战争与内乱之中，——那时候我们才能和睦相处，彼此间才能有真正的善意。为此我们必须竭力使战争快快地从这里转入大陆，我们从内战中所能获得的唯一的好处，就是决心把我们从那里取得的经验用来对付那个蛮子[97]。

也许有人会问，由于签订了和约，我们应不应当控制自己的行动，而不要操之过急，忙于进军？——因为那些由于签订和约而获得自由的城邦对国王表示感激，它们认为它们是靠了国王的帮助而得以恢复独立的，而那些被出卖给蛮夷的城邦则对拉栖第梦人有怨言，对其他的参加和约的人也有怨言，在它们看来，它们是在他们的逼迫之下受人奴役的。可是我们怎么不该把这个协定撕毁呢？这协定竟然引起了这种看法，就是那个蛮子对希腊很关怀，维护它的和平，而我们当中却有人侮辱它，虐待它。最滑稽的是，在协定所记载的条款中，只有那些最坏的才是我们所遵守的。因为那些保证各岛屿和欧罗巴的各城邦的独立的条款早就被破坏了，成了石碑上的空文。而那些使我们感到屈辱，使许多盟友被出卖的条款却仍然保留在原地方，被全体希腊人认为是有效的。其实我们应当把它们毁弃，一天也不让它们存在；应当把它们看成敕令，而不是条约。谁不知道条约是一种对双方都平等而又公平的条文，而敕令则是一种违反正义而使对方处于不利地位的命令？所以我们有权利谴责那些议定这和约的使节们[98]，因为他们虽然是被希腊人派出去的，却签订了这个对蛮夷有利的和约。其实不管他们认为每一个城邦应当保持自己原有的领土，或者用从战争夺获的土地来扩充自己的主权，或者控制和议签订时所占有的土地，他们必居其一，而且公平地把它看作通用的原则，按照这个精神来起草条款。可是他们并没有把任何光彩分配给我们的城邦或拉栖第梦人的城邦，而是把那个蛮子捧成亚细亚的主子，仿佛我们是在为了他的利益而作战，仿佛波斯人的主权老早就创立了，而我们的城邦则是刚刚建立的。其实他们是在最近才获得这种光彩的，而我们和拉栖第梦人则在整个这一时期都是希腊人当中强有力的人民。

我认为这样说就能更清楚地表明我们所受的屈辱和国王所得的利益：普天之下的土地分成了两半，其中一半叫亚细亚，另一半叫欧罗巴，按照条约，他取得了一半，仿佛他是在同宙斯[99]平分世界，而不是同人类签订条约。他并且强迫我们把这个条约刻在石碑上，立在公共的神殿内，这是一件比那些在战场上获得的更为光荣的战利品，因为那些战利品只纪念小规模的战斗和个别的胜利，这个条约却纪念整个战争的结束和整个希腊的屈辱。

这些事情令我们感到愤怒，使我们想办法报复旧日的冤仇，改善未来的局面。这是可耻的，在私生活里认为蛮夷可以当家奴使用，在公共生活里坐视许多盟友沦为奴隶，这也是可耻的。那些参加特洛亚战争的人为了一个女人[100]被抢走而全体和受害者一起感到愤怒，不把那胆敢犯罪的人[101]的城邦夷为平地，决不停止战斗。而我们在整个希腊受到侮辱的时候，一点也不报共同的冤仇，尽管我们能造就我们所期望的事业。这个战争是唯一的优于和平的战争，它更象神圣的差使[102]，而不象军事远征；它对那些想安居的人和那些想打仗的人双方都有好处，因为它可以使前者安安稳稳地收获自己土地上的果实，而助使后者从别人的领土上获得巨大的财富。

只要我们反复思量，就能发现这个行动对我们特别有利。请问那些没有贪婪的野心而又重视正义的人应当同谁作战呢？难道不是同那些从前伤害过希腊、现在正在对它耍诡计、而且长期这样对待我们的人作战吗？请问那些并不完全缺乏勇气而又能有分寸地表现这种精神的人应当对谁感到嫉妒呢？难道不是对那些获得了人类不应当有的过大的权力而又不及我们当中的不幸的人那样有资格获得的人吗？请问那些愿意尊敬神而又考虑自己的利益的人应当对谁进军呢？难道不是对那些生来就是他们的仇人而且是他们的世仇的人、那些获得了最大的福利而又完全不能保卫自己的人吗？波斯人不正是这样一些人吗？

我们并不使各城邦感到苦恼，不向它们招募兵士——这是内战期中最使它们感到烦恼的事情。因为，在我看来，愿意留在家里的人远不及一心要随行的人那样多。有谁，不管是年轻的还是年长的，会那样懒惰，竟然不想参加这远征军——由雅典人和拉栖第梦人带领的、为了我们的盟友的自由而招集的、由全希腊派遣的、前去向蛮夷报复的远征军呢？我们应当认为那些将在这样的战斗中立下武功的人生前将要享受的或死后将要留下的名声、

古希腊演说辞选

荣誉和光彩有多么大？因为如果那些向阿勒克珊德洛斯[103]进攻的、拿下了一个城市的英雄值得那样称赞，那么，这些征服了整个亚细亚的将士应当得到什么样的褒奖呢？哪一位诗歌能手或演说行家不卖力气，不费心思，不想给千秋万世留下一件足以表现自己的才智和勇气的纪念品呢？

这时候我的想法和演说开始时的想法不一样了。那时候我认为我能说出和我的题材相称的话，可是这时候我并没有达到这题材的高度，我心里想过的概念有许多已经溜掉了。所以你们应当和我一块儿思量，看看我们要是能把目前这种自己人打自己人的战争化为攻打大陆人的战争，要是我们能把亚细亚的幸福带到欧罗巴来的话，能获得多么大的幸福？你们不应当象只是听过一篇演说的人那样离开这里；你们当中有作为的人应当互相勉励，使我们的城邦同拉栖第梦人的城邦和解；你们当中自称有口才的人不应当再写存款讼辞[104]以及你们现在用来胡扯的其他的题材[105]，而应当比赛写这个主题，看怎样才能在同一题材上比我谈得更好。要记住，做大事的人不宜于在小事上浪费时间，也不应当发表那种不能改善他们所要说服的人的生活的演说，而应当发表这样一种演说，这种演说一旦化为行动，可以使演说者本人摆脱目前的困境[106]，也给别人带来莫大的福利。

注　释

[1] "泛希腊集会辞"，指泛希腊集会上发表的演说辞。"集会"指宗教集会，例如奥林匹亚（Olympia）集会、皮托（Pytho）集会、涅墨亚（Nemeia）集会、伊斯特摩斯（Isthmos）集会。在集会期间，希腊各城邦暂时休战，以便各城邦的人参加盛会。会上除宗教仪式而外，还有体育竞赛、诗歌朗诵、演说朗读等节目。所以这种集会是希腊各城邦大联合的象征。本篇演说大概是在公元前380年举行的奥林匹亚集会上发表的，这是一篇"政治演说"。

[2] "智者"指诡辩哲人，他们传授文学、科学、哲学知识，特别传授修辞术。伊

索格拉底挖苦他们是学究，不是政治演说家。这里特别指高尔吉亚和吕西阿斯，因为他们两人都曾分别在公元前408年和前384年在奥林匹亚集会上对上述问题发表过演说。

[3] 指介于"四平八稳"与"炫耀才华"之间的风格，即介于质朴与华丽之间的风格。

[4] 据说伊索格拉底花了十年功夫准备本篇演说。

[5] 指波斯国王阿塔薛西斯二世。

[6] 即斯巴达人。

[7] 雅典扶植民主势力，所有处在雅典势力范围内的城邦都采用民主政体，由民主派当权。斯巴达则扶植寡头势力，所有处在斯巴达势力范围内的城邦都采用寡头政体，由寡头派当权。

[8] 雅典从公元前477年起就掌握着提洛海上同盟的领导权，直到公元前404年内战结束的时候为止。公元前378年成立第二次海上同盟，领导权仍然归于雅典，但盟邦享有否决权。

[9] 指首先获得领导权的问题和对希腊人最有贡献的问题。

[10] 雅典人属于伊奥尼亚民族，是由北方迁来的。斯巴达人属于多里斯民族，他们约在公元前10世纪进入伯罗奔尼撒，把阿开俄斯人（一支希腊民族）和伊奥尼亚人赶走而定居下来的。

[11] 传说火神赫淮斯托斯想娶雅典娜为妻，雅典娜不愿意。在火神强迫她的时候，她竭力挣扎，以致赫淮斯托斯的种子落地，化生为一个男孩，这孩子名叫厄里托尼俄斯，他后来作了雅典第一个国王。雅典人由于他们的祖先是从地里土生土长出来的而自命为土生土长的人，雅典的演说家和诗人经常在他们的作品中以此自豪。

[12] 得墨忒耳是克洛诺斯和瑞亚的女儿，她的女儿珀耳塞福涅被冥王哈得斯抢走了，她因此四处去寻找。她来到阿提卡境内的厄琉西斯，受到特里托勒摩斯的款待，她因此把麦种送给他。特里托勒摩斯到各处去传授耕种技术。厄琉西斯人崇拜得墨忒耳，为她建立一种秘密的教仪，传说这教仪能使信徒们死后在冥土享受快乐的生活。

[13] 指阿波罗神。

[14] 指欧罗巴和小亚细亚。

[15] 传说雅典曾经组织战神山法庭来审判一个名叫俄瑞斯忒斯的外邦人，这人犯了杀母之罪，结果无罪获释。参看埃斯库罗斯的悲剧《报仇神》。

［16］珀赖欧斯是雅典的港口。

［17］特别指雅典的泛希腊雅典娜节和酒神节（戏剧节）的豪华气派。

［18］奥林匹克竞技会和皮托竞技会每四年举行一次，涅墨亚竞技会和伊斯特摩斯竞技会每两年举行一次。雅典的泛希腊雅典娜大节每四年举行一次，至于泛希腊雅典娜小节、酒神大节、勒奈亚节（酒神小节）和乡村酒神节则年年举行。

［19］古希腊的演说家也就是政治家，他们掌握政治权力。

［20］伊索格拉底的弟子中有一些是外邦人。

［21］特洛亚战争大概发生在公元前 13 世纪与公元前 12 世纪之间。

［22］赫剌克勒斯死后，他的儿女被阿耳戈斯国王欧律斯透斯赶出伯罗奔尼撒半岛，他们来到雅典，受到国王忒修斯的保护。

［23］塔拉俄斯是阿耳戈斯国王。阿德剌托斯曾经为了扶植他的女婿波吕涅刻斯为王，带着七个将领去攻打忒拜，战败之后，所有的死者都得不到安葬，他因此来到雅典，请求雅典人帮助他把尸首收回，雅典人为这事同忒拜人打了一仗。

［24］古希腊人相信死者得不到安葬，阴魂便不能进入冥土，因此埋葬死者成为亲人必尽的义务。

［25］"祖先"指赫剌克勒斯，他曾为希腊人除害，做过许多有益于人民的事业。

［26］欧律斯透斯曾经命令赫剌克勒斯做十二件苦差事，其中一件是赴冥土把那只看守冥界的三头狗牵上来。

［27］西徐亚人是一支游牧民族，善骑射，他们且战且退，能把敌人拖死。色雷斯人住在黑海西边一带，倔强善战，十分残暴。

［28］波塞冬是海神。阿瑞斯是战神。阿玛宗人是居住在西徐亚的好战民族，据说全是妇女，她们曾向雅典国王忒修斯进攻。

［29］欧摩尔波斯曾和厄瑞克透斯争夺雅典，据说他父亲波塞冬曾经在雅典娜之前占据雅典。流行的故事是这样的：波塞冬曾和雅典娜争夺这个城邦，波塞冬牵出一匹战马，雅典娜拿出一支象征和平的橄榄枝，这地方的居民挑选橄榄枝，因此奉雅典娜为他们的城邦的守护神。阿玛宗人的女王希波吕忒爱上雅典国王忒修斯，她抛弃了自己的祖国，跟着忒修斯来到雅典，和他同居，阿玛宗人因此前来把她抢回去。希波吕忒为这事同阿玛宗人作战，被她们杀死。

［30］波斯国王大流士一世在公元前 492 年和公元前 490 年派兵攻打希腊，于公元前490 年败于马拉松（Marathon）战役。波斯国王薛西斯（公元前 485—前 465 在位）在公元前 480 年又亲自带兵攻打希腊，败于萨拉米战役。

［31］伊索格拉底在这里把旧时代的政治团体理想化，以便和当时的政治团体对比。

这些会社在当时的面目我们不大清楚，但是它们后来成为反民主的中心、寡头派活动的场所。

[32] 原文作"智者"，指诡辩派教师，他们是修辞学家。

[33] 神与人结合而生的子女称为"半神"。

[34] 雅典军大概只有九千人，另外有普拉泰亚军一千人。波斯派出六百船军队，兵力在十万以上。

[35] 古希腊人在作战胜利之后，把掳获的武器悬挂在柱上或树上。

[36] 斯塔狄翁约合一百八十五米。

[37] 薛西斯曾在赫勒斯滂海峡上架起两道浮桥过渡陆军，在希腊北部卡尔息狄栖半岛东南端亚陀斯海角上开凿一条两千四百米的运河过渡水师。

[38] 阿耳忒弥西翁在欧卑亚岛北部。

[39] 指温泉关。

[40] 暗指萨拉米战役的胜利。

[41] 伊斯特摩斯地峡在科林斯海湾东边，为通往伯罗奔尼撒的孔道。

[42] 有一些希腊人，例如多里斯人、罗克里斯人、玻俄提亚人，被迫参加波斯军队。

[43] 据希罗多德的《历史》载，波斯大将马都尼曾在萨拉米战役之后派使节去收买雅典人。

[44] 指波斯的海军和陆军。雅典是一个海军城邦，它的陆军不强。

[45] 指萨拉米岛。

[46] 弥罗斯人愿守中立，而不愿加入以雅典为首的提洛海上同盟，在公元前416年被雅典人攻陷，所有适合于兵役年龄的男子尽遭杀戮，所有妇孺被卖为奴。雅典移殖了五百个雅典人到弥罗斯。斯喀俄涅人在公元前423年退出提洛同盟，在公元前421被雅典人征服，所有成年男子尽遭杀戮，所有妇孺被卖为奴。雅典把普拉泰亚人移殖到斯喀俄涅。

[47] 指寡头派势力。

[48] 在寡头制度下，一般市民失去了公民权，他们的地位同侨民的地位相似。

[49] 指奴隶制度下的民主政体，在这种政体下，妇女和奴隶不得享受公民权。

[50] 雅典当日的人口，连侨民和奴隶在内，约五十万人，土地约一千平方公里。

[51] 挖苦斯巴达人征服墨塞尼亚人。

[52] 指优卑亚人和其他的受雅典人保护的人，他们受到别人的冷嘲热讽。

[53] 公元前404年，斯巴达将军来山特委任一些督军管辖雅典和其他城邦，各城邦在督军的监督之下成立十人制政府。

[54] 拉孔人即斯巴达人。

[55] 指来山特。

[56] "和约"指安塔喀达斯和约。

[57] 由于没有雅典海军维持海上秩序。

[58] 指雅典将军客蒙在公元前468年在小亚细亚南部欧律墨冬河口大败波斯海陆军。

[59] 据说根据雅典与波斯在公元前448年签订的卡利阿斯条约,波斯国王不得派舰队进入爱琴海。古希腊和波斯的战船平时是拖来放在岸上的。

[60] "主权"和"起源"在希腊原文里是同一个字 arkhe。

[61] 指公元前405年雅典海军在赫勒斯滂海峡北部的羊河口被来山特击败。

[62] 指波斯人在奈达斯战役获得胜利。

[63] 拉孔尼刻是斯巴达的领土。

[64] 库忒拉岛在拉孔尼刻南边。

[65] "这些人"指小亚细亚沿岸的希腊人,他们是雅典的移民,属于伊奥尼亚种族。他们经常受到波斯人的侵害。公元前5世纪初年,这些伊奥尼亚人起来反抗波斯的统治,他们得到雅典人的支援。这是希腊波斯战争的导火线。

[66] 指参加公元前480年攻打希腊的波斯远征军。

[67] 公元前384年,斯巴达人逼迫孟铁尼亚人拆毁城墙,分散在四个乡村里居住。

[68] 阿明塔斯二世(公元前393—前369年在位),为腓力二世的父亲。他曾经把马其顿南部的一些城市交给卡尔息狄栖人看守。他后来要把这些城市收回,遭到俄林托斯人的拒绝,他因此请求斯巴达人援助他。斯巴达人攻下俄林托斯以后,把这些城市交给了阿明塔斯。

[69] 伊索格拉底后来在《第二封上腓力书》中劝腓力迫使蛮夷成为希腊人的农奴。

[70] "环居者"指外围居住者,这是拉孔尼刻的土著遗民的名称,这种人居住在从属于斯巴达的市镇里,能享受一般的权利,而没有政治权利,他们的地位比农奴稍微高一点。

[71] 昔加拉第群岛在阿提卡东南边,以提洛岛为中心,这些岛屿加入了以雅典为首的提洛海上同盟,年年向雅典缴纳贡款;这时候斯巴达人在争夺这些岛屿,他们在那里驻扎军队,向岛民征收贡款。

[72] 开俄斯人在公元前412年背叛雅典,引起一连串的城邦相继背叛。他们在斯巴达人在奈达斯战役失败之后,又同雅典人缔结联盟。

[73] "城邦"指塞浦路斯岛上的萨拉米。欧阿戈剌斯于公元前911年统治这个岛上的萨拉米。按照安塔喀达斯条约,塞浦路斯归波斯统治。

[74] 罗德斯岛在小亚细亚西南边。

[75] 斯巴达的盟友由于受到自己的城邦的寡头制度的压迫，转而对波斯国王表示好感。

[76] "将领"指科农。公元前 395 年，在波斯国王阿塔薛西斯二世的怂恿之下，忒拜、科林斯、雅典和阿耳戈斯在科林斯联合起来反对斯巴达。根据这个盟约，希腊联军参加奈达斯战役。

[77] 指失败的事业。

[78] 其中之一是阿里埃俄斯，他向阿塔薛西斯投降。

[79] 提萨斐涅斯给希腊军带路，他有意把他们引向北路，以为他们到了那蛮荒地带，便不容易回到希腊。希腊军在路上起了疑心。提萨斐涅斯告诉克勒阿科斯，有人劝他谋害希腊军，只要希腊将军和队长去到他的帐中，他就愿意把诽谤者的名字告诉他们。克勒阿科斯疑心希腊军中的帖撒利亚人墨农出卖了他，这人是他的仇人。他想借这机会控告墨农。他偕同四个将军和二十个队长前往提萨斐涅斯那里，这二十五个人就是这样被杀害了。

[80] 公元前 392 年，安塔喀达斯使波斯总督提里巴左斯采取亲斯巴达政策。科农当时在撒狄为雅典进行外交活动，被提里巴左斯逮捕，他于同年逃到塞浦路斯，被波斯人杀害。

[81] 忒密斯托克利是雅典将军，为萨拉米战役的希腊英雄。他在战后采取反斯巴达的政策，并且和波斯国王薛西斯有联系，后来被他的政敌客蒙击败，约在公元前 470 年被放逐。他在放逐中进行反斯巴达的活动，受到斯巴达的谴责，约在公元前 468 年被雅典判处死刑。他因此逃往小亚细亚，受到波斯国王阿塔薛西斯一世的器重，得到许多津贴。

[82] 指小亚细亚西岸的希腊人。

[83] 公元前 494 年，小亚细亚米利都的阿波罗庙以及小亚细亚其他希腊城市的神殿被波斯人烧毁。

[84] 指亚细亚大陆上的波斯人。

[85] 米太人，指波斯人。公元前 479 年，雅典人吕喀得斯建议接受波斯大将马都尼提出的条件，雅典人听了很生气，用石头把他砸死了，雅典妇女也用石头把那人的妻子和孩子们全都砸死了。

[86] 阿里斯忒得斯在公元前 480 年首先建议请祭司诅咒任何一个同波斯人谈判的人和背弃希腊联盟的人。这种诅咒在公元前 4 世纪成为一种宗教仪式。

[87] 腓尼基和叙利亚在地中海东岸。这两个地区曾经被欧阿戈剌斯劫掠。

［88］泰尔，在腓尼基南部，为古代最著名的城市之一，当时为波斯的海军基地，曾经受到欧阿戈剌斯的袭击。

［89］西里西亚，在塞浦路斯岛北边。欧阿戈剌斯曾经使西里西亚的一些城市背叛波斯。

［90］吕西亚在小亚细亚西南部，为波斯属地，当地人民一直在反抗波斯的统治。

［91］加里亚在小亚细亚西南部。赫卡同诺斯名义上是波斯的总督，实际上是加里亚的君主，公元前397年到公元前377年在位。

［92］指小亚细亚西岸的希腊人。

［93］"意大利"指南意大利，为希腊人的殖民地，在公元前390年与公元前389年之间被西西里叙拉古城的独裁君主狄俄西俄斯一世征服。

［94］狄俄西俄斯一世在公元前405年和迦太基人签订和约，把西西里的一些城市让给迦太基人。

［95］指安塔喀达斯和约把一些希腊城邦让给波斯人。

［96］指神发出的预言。

［97］指亚历山大所采用的方阵战术，据认为是击溃波斯帝国的主要战术。

［98］特别指斯巴达将军安塔喀达斯，他说服波斯总督提里巴左斯和波斯国王阿塔薛西斯背弃雅典而与斯巴达缔结联盟，然后封锁赫勒斯滂海峡，使雅典无法从黑海运进粮食，而不得不承认他所议定的和约。

［99］宙斯（Zeus）是众神之首。

［100］指海伦娜（Helena），希腊神话中的美女。

［101］指帕里斯（Paris），希腊神话中的特洛伊王子。

［102］指前去参观泛希腊集会的差使，这种差使是由城邦委派的。

［103］这是帕里斯的别名。

［104］把银钱存在别人手里，容易引起纠纷。伊索格拉底在这里挖苦一些演说家替别人写诉讼辞，可是他自己也写过一篇"存款辞"，叫做《控告欧堤诺斯辞》。

［105］例如伊索格拉底在他的《海伦颂》中提到的"野蜂和盐"。

［106］伊索格拉底在这里挖苦他的对手们很穷苦。他自己开馆讲学，赚了很大一笔钱。

狄摩西尼

引　言

狄摩西尼（Demosthenes）约生于公元前 384 年。他父亲是制剑厂厂主。狄摩西尼七岁时，他父亲去世，给他留下十五个塔兰同的遗产。这笔钱财被他的三个监护人侵吞了。狄摩西尼曾在诉讼演说大师伊赛俄斯门下学习修辞术。他口齿不清，气不足，学习朗读有困难，但他勤学苦练，私淑伊索格拉底，终于成为一个卓越的演说家。他年轻时候控告他的监护人，收回了三分之一的财产，他用这笔钱为城邦装备了一艘三层桨战舰。他后来开馆讲授修辞学，并替人写诉讼辞，借此谋生。

在狄摩西尼的名义下传下六十一篇演说，大概只有三十四篇是狄摩西尼的真笔，其中十三篇是政治演说，二十篇是诉讼演说，包括一些带政治性的公诉，还有一篇是典礼演说，即《葬礼演说》。

马其顿人是由帖萨利亚部落、伊吕里亚部落和色雷斯部落组成的，他们和希腊人有血缘关系，但由于种族成份复杂，并由于文化水平不高，他们被希腊人当作蛮夷看待。马其顿王腓力二世统一分裂的马其顿，组织国民军，使马其顿成为一大强国。

公元前 358 年，腓力答应替雅典人夺回他们的殖民城市安菲波利斯，但是他攻下这个城市以后，却据为己有，不肯交出。公元前 352 年，腓力插手希腊的内部事务，向帖萨利亚进军，想通过温泉关，攻打福西斯，被雅典人阻挡。同年，腓力向色雷斯进军，企图切断希腊人从黑海运粮的孔道。这时候，狄摩西尼看出了马其顿的强大使希腊受到威胁。他于公元前 351 年发表《第一篇反腓力辞》，指出马其顿是希腊各城邦的大敌，建议派遣海军赴色雷斯。这是一篇有力的演说，雅典人鼓掌叫好，但没有采取行动。

公元前 350 年，腓力向卡尔息狄栖进军。次年，这半岛上的俄林托斯向雅典求援，这时候，狄摩西尼发表《第一篇俄林托斯辞》，建议与俄林托斯缔结盟约，迅速出兵。雅典派遣卡瑞斯率领海军北上。同年夏天，狄摩西尼发表《第二篇俄林托斯辞》，指出腓力的弱点。同年秋天，狄摩西尼发表《第三篇俄林托斯辞》，建议修改宪法，以便挪用看戏津贴来补充战费。狄摩西尼随即率领两千人北上，但是为时已晚，俄林托斯于公元前 348 年陷落。

雅典当时由于财政困难，无力继续作战，派人赴伯罗奔尼撒组织联盟，又没有成功。这时候，腓力想用外交手腕夺取温泉关，他假意说愿意讲和。公元前 346 年 2 月，雅典派遣十个使节（其中有狄摩西尼）赴马其顿议和。同年 4 月，第二次会谈时，腓力要求雅典人帮助他挤进邻城联盟，遭到狄摩西尼的反对。双方只就已经达成协议的条款签订和约。腓力随即通过温泉关，攻下福西斯，并且挤进邻城联盟。雅典人认为腓力破坏和约，不承认他为邻城联盟的成员。狄摩西尼这时候极力压制自己激发起来的反马其顿情绪，他发表了《和平辞》，劝雅典人不要在这不利的时候同腓力作战。

公元前 345 年，腓力怂恿墨塞涅、阿加狄亚和阿耳戈斯反对斯巴达。雅典派遣使节团（其中有狄摩西尼）赴墨塞涅和阿耳戈斯去抵消腓力的影响。在狄摩西尼的建议下，雅典派遣狄俄珀忒斯带兵赴刻索泥萨斯。次年，腓力派遣使节赴雅典，抱怨雅典使节在伯罗奔尼撒责骂他。狄摩西尼为此发表《第二篇反腓力辞》，指出腓力有意联系忒拜、墨塞涅和阿耳戈斯攻打雅典。公元前342 年，腓力写信给雅典人，抱怨狄俄珀忒斯侵犯了他的势力范围。狄摩西尼为此发表《刻索泥萨斯辞》，劝雅典人支持狄俄珀忒斯。同年，腓力征服色雷斯，向前海（在黑海与赫勒斯滂海峡之间）沿岸进军。次年初夏，雅典人讨论支援狄俄珀忒斯的问题，狄摩西尼为此发表《第三篇反腓力辞》，指出腓力与雅典为敌，并提出抵抗办法。这篇充满爱国激情的演说发生了很大的作用。雅典人行动起来了，派遣使节赴各地传达局势的严重性。狄摩西尼奉命赴前海，劝拜占廷背弃马其顿联盟。在狄摩西尼的建议下，雅典人向优卑亚进军，赶走了腓力扶植的两个独裁君主。公元前339 年，雅典海军支援拜占廷，迫使腓力撤除对该城的围攻。同年，雅典将军福喀翁攻入马其顿。

公元前338 年，狄摩西尼说服忒拜同雅典缔结联盟。同年，腓力南下，在喀罗尼亚击溃了希腊联军。狄摩西尼亲身参加了这次战斗，败阵而逃。雅典因为海军尚存，决心打到底。腓力提出温和条件，同雅典缔结联盟。他要雅典交出狄摩西尼和一些其他的人，经亲马其顿的演说家得马得斯劝说而作罢。

战后，狄摩西尼回到雅典主持防务，并受委托在喀罗尼亚阵亡将士的安葬仪式上发表葬礼演说，公元前336 年，克忒西丰建议在酒神剧场给狄摩西尼加一顶金冠，以感谢他对城邦的贡献。埃斯喀涅斯认为这个建议不合法，提出控诉。八年以后，这个案件提交审判，狄摩西尼为此发表《金冠辞》，为他的政策辩护，赢得诉讼的胜利。这是他最著名的演说。

公元前336 年，腓力被刺。狄摩西尼再次发动反马其顿的运动，被亚历山大镇压下去了。次年，谣传亚历山大战死，忒拜起义，狄摩西尼劝雅典人协助忒拜人作战。亚历山大毁灭忒拜城

古希腊演说辞选

后，要雅典交出狄摩西尼和其他的主战领袖，又经得马得斯劝说而作罢。

公元前 324 年，狄摩西尼因为接受亚历山大的财务官哈帕罗斯的贿赂，被判有罪，罚款五十塔兰同（这笔钱后来由城邦以公款代付）。他从狱中逃走，出外流亡。次年，亚历山大死后，狄摩西尼劝伯罗奔尼撒人反抗马其顿的统治。雅典人为此把他召回，全城的人都出来迎接他。希腊联军向北挺进，在拉弥亚围困马其顿摄政安提帕特洛斯。公元前 322 年，安提帕特洛斯在克然农战役获胜。此后，联盟解体，雅典投降。狄摩西尼在被捕的时候，假意给家人写信，咬破笔尖，吞食其中的毒药而自尽。

《第三篇反腓力辞》分三部分。第一部分是序论。狄摩西尼在序论中谴责一些演说者只图讨听众喜欢，说空话，他自己则要向公民提出有益的劝告。第二部分是正文，分四大段。第一大段揭露腓力的欺骗手段。狄摩西尼不谈和战问题，因为是和是战，不操在雅典人手里，而操在腓力手里。腓力嘴里高唱和平，实际上却在进行战争。狄摩西尼列举事实来证明腓力是在破坏和平，同雅典人作战。所以雅典必须自卫，考虑全体希腊城邦的安全。第二大段谴责希腊人让腓力为所欲为。从前的希腊人不让任何人这样干，他们援助受害的人。腓力如今侵害希腊人，干预希腊内部的事务，而希腊人对此不但不表示愤慨，反而想在别人遭受毁灭的时候捞一把。第三大段谴责受贿者。从前的希腊人对于接受贿赂的人嫉恶如仇，他们是不可能被收买的。如今的希腊人对待这种恶行的态度却不是那样激烈了。第四大段提出打败腓力的办法。第一个办法是采取新的战略。狄摩西尼劝希腊人不要同腓力打阵地战，而是出兵骚扰他，牵制他，把阵线布置在北方。第二个办法是惩罚国内的叛徒。第三个办法是准备船，准备钱，准备兵，派遣使节到各处去，甚至到波斯去组织联盟。第三部分是结束语。

　　这篇演说中有些论点和事实过分夸张。例如，腓力在公元前
346年南下的时候，他的态度是暧昧的，使人摸不清他要攻打忒
拜还是攻打福西斯，狄摩西尼却说："当他向福西斯人进军的时
候，他还说他们是他的盟友，并且有福西斯使节在他行军的途中
和他作伴，当时你们当中有许多人在争论，说他这次穿过隘口不
会对忒拜人有好处。"又例如，腓力是在发誓缔结和约之前攻占
塞里翁和圣山的，狄摩西尼却说，腓力当时"刚刚缔结和约"。
狄摩西尼惯于使用这种夸张手法来刺激他的听众。

　　应当责备的是狄摩西尼不惜借用波斯的力量来对付马其顿。
他认为那个仄勒亚人之所以成为叛徒，是因为他把波斯的金子
送到伯罗奔尼撒，而不是送到雅典，否则他就成为一个爱国志士
了。须知马其顿人虽然是敌手，但波斯人才是希腊人的世仇。波
斯国王的策略是怂恿希腊人自己打自己，在他看来，马其顿人也
就是希腊人。波斯国王曾经谕令他的总督们送狄摩西尼大量金
钱，因为狄摩西尼能在希腊制造动乱，牵制腓力，使他不能向亚
细亚进军。

　　狄摩西尼为了维护希腊各城邦的独立自由，同腓力和亚历山
大作顽强的斗争，这种精神是可贵的。但是希腊人终于失败了，
其原因是由于希腊全境是一盘散沙，各城邦互相斗争，力量日益
衰落，远非异军突起的马其顿的敌手。古希腊的小小的城邦制度
早已不能适应当日世界政治、经济力量的发展，长此下去，只能
坐以待毙。

　　狄摩西尼的演说很有说服力，他能用简练的语言取得最大的
效果。他的风格是庄严简洁，明白流畅，生动自然，时时流露出
强烈的情感，最能激动人心。他能根据不同的情况而改变演说的
风格，有时候象吕西阿斯那样质朴，有时候象伊索格拉底那样精
致。他还偶尔采用诗的词汇以增加演说的文采。他善于用隐喻，
但更多使用日常用语。他重视语言的节奏、音调的和谐与自然的

顺序，而不大使用倒装句法。他的演说在罗马时代和后世被认为是古希腊散文的典范。

《第三篇反腓力辞》是一篇动人的演说，最能代表狄摩西尼的风格。罗马演说家西塞罗摹仿狄摩西尼的风格，并且把他痛斥安东尼的演说称为《反腓力辞》。后世欧洲的一些作家也用"反腓力辞"一词来称呼他们痛斥对方的演说。

译文根据《勒布（loeb）古典丛书》中《狄摩西尼全集》第一卷《第三篇反腓力辞》希腊原文本译出。

第三篇反腓力辞

几乎在每一次公民大会上，雅典人啊，都发表许多演说，谈起腓力自从和约签订以来[1]，不但一直在害你们，而且在害其他的希腊人；的确是所有的演说者都曾断言——尽管他们并没有实际行动起来——我们的一言一行都应当针对腓力，灭他的骄气，给他以惩罚；可是我看出我们都上当了，付出了代价，使我认为——我担心这是一句不吉利的话，然而却是真理——尽管所有的演说者都想提出，你们也都想通过足以把事情弄得最糟的方案，我们的情形也不会比现在坏到哪里。我们所以落到这个地步，也许有许多原因，不止一两个，但是只要你们用正确的眼光观察一下，就会发现，主要是由于有了那些一心讨你们喜欢而不提出最好的劝告的演说者，其中一些，雅典人啊，只图保全他们自己的名誉和势力，而不关心未来的事情〔他们因此认为你们也不必关心〕[2]；还有一些演说对当局有所谴责、有所诽谤、一心要使城邦致力于惩罚自己的公民，而让腓力言所欲言，为所欲为。这种政治手腕你们是司空见惯的，这正是你们的灾难的根源。我希望，雅典人啊，要是我直言不讳，道破真情，该不至于惹得你们生气吧。请你们这样想想，在别的事情上，你们认为必须让每一个居住在这城邦里的人都享有言论自由的共同权利，甚至让侨民和奴隶也分享一部分这种权利，使人们看到连你们当中有许多家奴都能畅所欲言，比起一些别的城邦的公民要自由得多；可是你们却从审议[3]中把这种自由一扫而光。结果是你们在公民大会上一听见讨你们喜欢的演说，受到奉承，就怡然自得，可是你们所采取的办法和措施却使你们面临最大的危险。要是你们现在还是怀着这样的心情，我也就无话可说了；但是，如果除了奉承的话而外，你们还愿意听有益的劝告，我就准备讲下去。因为尽管我们的情况很坏，要付出的代价很大，可是，只要你们尽应尽的责任，这一切依然是可以挽救的。我所要说的也许是不足信的，然而却是真理：过去的最坏的事可以变成将来的最好的事。这句话怎么讲呢？你们的情形之所以弄糟了，是由于你们没有尽应尽的责任，不论是屑小的还是巨大的；要是你们尽了一切责任而情形依然如故，那么一点好转的希望都没有了。好在腓力所征服的是你们的懒惰和疏忽；你们的城邦他却没有征服得了：你们并没有吃败仗，你们根本没有行动嘛。

要是大家都认为腓力是在同我们的城邦作战，破坏和约，那么，一个演说者提出向大众推荐的应当是最安全、最容易的自卫办法；可是你们有一些人，在腓力攻取城市、侵占你们大片土地的时候，心情是颇为奇怪的，因为居然让一些演说者在公民大会上屡屡断言：煽动战争的是我们自己的人。因此我们一定要当心，把这大是大非弄清楚，因为任何一个提出建议，劝我们自卫的人，都冒着煽动战争这一大不韪。所以我要首先提出这个问题，把它弄清楚——我们到底能不能审议和战问题。要是我们的城邦能维护和平，要是事情的大权是操在我们手里——先谈这一点吧——我也就认为必须维护和平；我请求那位倡导这个说法的人提出具体建议来，从而行动起来，而不要欺骗我们。但是如果有另一个人手里拿着武器，身边有强大的兵力，嘴里向你们提出和平的名义，实际上却是在进行战争，那么除了自卫而外，还有什么别的办法呢？要是你们也愿意象他那样只是嘴里维护和平，我也就没有异议了。但是如果有人把足以使腓力占领一切城市从而向我们进攻的形势当作和平，那么，首先一点，他准是发疯了；其次，他所说的和平是你们同腓力和平相处，而不是腓力同你们和平相处；这就是腓力耗尽钱财换来的好处——他可以攻打你们而不致被你们攻打。

要是我们等待他承认他是在攻打我们，那么我们就是世间最愚蠢的人了，因为即使他是在向阿提卡和珀赖欧斯进军，他也不会承认这个事实的；要是我们可以用他对待别的城邦的行为作为证据的话。就说俄林托斯吧：当他距俄林托斯人的城邦四十斯塔狄翁时，他告诉他们，二者必居其一，不是他们不再居住在俄林托斯，就是他本人不再居住在马其顿[4]。尽管在别的时期内，当他被控有这样的意图的时候，他总是很生气，派遣使节去替他辩解；还有，当他向佛西斯[5]人进军的时候，他还说他们是他的盟友，并且说有佛西斯的使节在他们行军的途中左右相随，当时你们当中有许多人在争论，说他这次穿过隘口不会对忒拜人有好处。还有，不久以前，他以朋友和同盟者的姿态进入帖萨利亚，拿下斐赖城，并一直占领着它；最后一点，他曾经告诉可怜的俄瑞斯人，说他出于好意，派军队去慰问他们，因为他听说他们正在吃内讧的苦头。在这样的时候同盟者和忠实的朋友应当挺身出来援助他们。你们是不是认为他对于那些也许只能取守势而不能进攻他的人采取欺骗办法，不预先警告要下毒手，而对于你们，特别是在你们愿意受骗的时候，他反而会事先宣布要同你们作战？绝对不会的！要是他趁你们这些受害者不但不谴责他反而怪罪你们自己的人的时候，化除你们相互间的争吵，叫你们转而对付他；要是他不让他所雇佣的人说他并不同你们的城邦作战这句敷衍你们的话，那么他就是世间最愚蠢的人了。

但是，我以宙斯的名义提问，有没有一个头脑清楚的人会凭言语而不凭行动来断定谁要同他和平相处，谁要同他大动干戈？当然没有。且说当初腓力在他刚刚缔结和约的时候，在狄俄珀忒斯作将军之前[6]，在现在驻扎在刻索泥萨斯的军队被派出之前，就拿下了塞里翁和多里斯科斯，把你们的将军布置在塞里翁和圣山的驻屯军赶走了。可是他这样干用意何在？他已经发誓缔结和约[7]。所以谁也不能说："这有什么呢？这些事情哪一件同我们有关系呢？"这些事情是不是小事情，是不是同你们没有关系，乃是另一个问题；可是对于宗教和正义，不管是小的违反还是大的忤逆，都有同样的重要意义。请问，当他派遣雇佣兵赴刻索泥萨斯的时候——大王和所有的希腊人都承认那是你们的领土，——当他声明他是在支援卡狄亚人[8]，并且把这个意图写信告诉你们的时候，他是什么意思呢？他说，他并不是在作战；我却一点也不认为他这样干是同你们和平相处；我认为他干涉梅加腊[9]在优卑亚扶植独裁君主，现在又进兵色雷斯，在伯罗奔尼撒搞阴谋，凭武力进行这一切勾当，就是破坏和平，同你们作战。除非你们要说，安置攻城机的人在他们把那机械移近城墙之前，一直是在维护和平。可是你们是不会这样说的，因为任何一个忙于准备一套办法来俘虏我的人，尽管他还没有投枪射箭，都是在同我作战。那么，要是有什么事情发生，你们将冒什么样的危险呢？危险在于赫勒斯滂落到别人手里，梅加腊和优卑亚归你们的敌人统治，伯罗奔尼撒人倒向他那一边。我还能说那个把这攻城机安置在你们城墙脚下的人是在同你们和平相处吗？决不能那样说；我认为腓力的敌对行动是从他毁灭佛西斯那一天算起的。你们自卫，我就说你们很聪明；你们错过机会，那就再也不能自卫了，即使你们将来愿意。我很不同意，雅典人啊，别的审议者[10]的意见，我不认为你们现在应当讨论刻索泥萨斯问题或拜占廷问题[11]。支援它们，保护它们，使它们不至于受害〔给驻在那儿的军队输送一切他们所需要的东西〕；可是你们还是考虑面临着巨大危险的全体希腊城邦的安全吧。我想告诉你们，我对局势为什么这样忧虑，好使你们采纳我的看法——要是我的看法是正确的，——为你们自己未雨绸缪，即使你们不愿意为别人着想；但是如果你们认为我是在说胡话，发疯癫，你们现在或将来都不必把我当作一个健全的人而注意我的话。

腓力出身卑贱，逐渐壮大；希腊人却彼此猜疑，互相争吵；腓力从他的地位上那样爬起来，和他在夺得了许多土地之后，还要征服其余的世界一事来比，更是令人惊愕：这一类我能详细谈论的问题，我都暂且不细说。可是我观察到所有的人，从你们开始，都将希腊人为了它而经历过长期战争的权利拱手相送于他。到底是什么权利呢？对他来说就是为所欲为的权利，就是依次在希腊人之间进行掠夺的权利，就是攻打他们的城邦、使他们沦为奴隶的权利。你们当希腊人的领袖，算来已有七十三年[12]，拉栖第梦人也当了二十九年的领袖[13]，而忒拜人在最近一个时期，在琉克特拉战役之后，也获得了一些势力[14]。可是希腊人从来没有，雅典人啊，把为所欲为的权利给予你们，也没有给予忒拜人，也没有给予拉栖第梦人，绝对没有；相反，当你们，不如说当日的雅典人，被认为对别人太过分的时候，所有的人，连那些对他们没有怨言的人在内，都认为有责任为援助被害者而战斗；后来，拉栖第梦人获得领导地位，继承了你们的权力，但由于他们企图侵犯别人，过分干扰既成的秩序[15]，所有的希腊人，连那些对他们没有怨言的人在内，都起来同他们作战。我何必提起别的人呢？就是我们自己和拉栖第梦人吧，起初我们说不出彼此之间有什么侵害行为，我们都认为应当为防止那我们亲眼看见的、别的城邦所遭受的侵害而战斗。可是拉栖第梦人在这三十年间，我们的祖先在这七十年间所犯的一切错误，雅典人啊，比起腓力在他得势的十三年内对希腊人的侵害还是要少一些的，可以说还不及那些侵害的零头〔这一点很容易用几句话来证明〕。俄林托斯、墨托涅、阿波罗尼亚以及色雷斯边境上的三十二个城邦[16]，我都按下不提，所有这些城邦都已经被他这样残忍地抹平了，以致一个旅客难以说出那里是否有人居住过；我也不提佛西斯人这样一支重要的种族的毁灭。但是帖萨利亚人的情形又是什么样的呢？难道他没有夺去他们的权力和城邦，建立四省制，使他们不但按城市成为奴隶，而且按种族成为奴隶吗[17]？难道优卑亚的城邦不是处在独裁君主的统治之下吗？难道这些事情不是发生在靠近忒拜和雅典的岛屿上吗？难道他没有在他的信里明白地写道："我同愿意服从我的人和平相处"吗？他并不是这样写了而不见诸行动的；他到赫勒斯滂去了，正如他从前向安布剌喀亚进军一样[18]；他占领了伊利斯——伯罗奔尼撒境内的重要城邦；最近，他在对梅加腊人搞阴谋。不论是希腊还是蛮夷世界，都不能满足这家伙的野心了。这一切都是我们每一个希腊人所耳闻目睹的，可是我们并没有互相派使节讨论这些事情，表示我们的愤慨。我们落到了这样不幸的地步：我们是这样在各自的城邦里据壕固守，以致直到如今我们都不能尽我们的利益和需要所赋予我们的责任，不能团结，不能完成互助或友谊的组合；我们坐视这家伙日益强大，我们每个人，在我看来，都只图在别人遭受毁灭的时候捞一把，而不考虑，也不过问怎样挽救希腊，尽管没有人不知道腓力象热病或什么别的疾病的侵袭那样逼近那些自以为离得很远的人。你们也都知道，希腊人在拉栖第梦人或我们手里所受的侵害，不过是从纯粹的希腊人手里遭受的。我们可以认为，这就象一个生而富有的合法的儿子持家不善或者不当一样：他应当受到斥责，可是我们不能因而说他不是亲属，不是他所挥霍的家财的继承者。但是如果一个奴隶或顶替的孩子败坏了不属于他的家财，赫剌克勒斯啊[19]！人人都会说，这是一件多么可恶、多么令人气愤的事情。然而他们对腓力和他现在的所作所为却没有这种感触，尽管他不是希腊人[20]，和希腊人没有任何血缘关系，甚至不是来自一个说起来好听的地方的蛮子，而是马其顿的一个害人的东西。在从前，在那地方连一个象样的奴隶都买不到。

他的不可一世的傲慢态度还没有到顶吗？难道他除了毁灭城邦而外，没有召开皮托竞技会——希腊人的公共集会吗[21]？他不能亲自参加时，不是也派他的奴仆去主持吗？〔难道他不是温泉关和通往希腊的隘口的控制者吗？难道他没有派守备队和雇佣军去把守这些关口吗？难道他没有挤掉我们雅典人、帖撒利亚人、多里斯人以及邻城联盟的其余的参加者，而霸占所有的希腊人都不能妄想的那种求神问卜的优先权吗？[22]〕难道他没有写信给帖撒利亚人叫他们采取什么样的政体吗？难道他没有派一些雇佣军到波耳忒摩斯去推翻厄立特利亚的民主政体，派另一些到俄瑞俄斯去扶植菲利提得斯为独裁君主吗？这一切都是希腊人亲眼看见的，他们居然能容忍；在我看来，他们看见他就象看见冰雹一样，每个人都向神祈祷，别让冰雹打在自己身上，却没有人出来求神勿降冰雹。不但他对希腊的侮辱未能报复，而且每个人所受的损害也未能求得补偿：这已经是莫大的屈辱。难道他攻打安布剌喀亚和琉卡斯，没有使科林斯人受害吗[23]？他发誓要把帕克托斯交给埃陀利亚人，难道没有使阿开俄斯人受害吗？他夺取厄喀诺斯，难道没有使忒拜人受害吗？难道他现在不是在向他的盟友拜占廷人进兵吗？难道他没有从我们手里——别的都不谈——夺去了刻索泥萨斯境内最大的城邦卡狄亚吗？我们受了害，却木然不动，我们没有胆量，我们盯住邻人，彼此猜疑，而不对共同的敌人有所怀疑。他是这样残忍地对待我们全体希腊人，要是他把我们一个个地捏在手心里，你们认为他会怎么办呢？

我们落到了这个地步，究竟是为什么呢？从前的希腊人是那样热爱自由生活，现在的希腊人却是这样热爱奴隶生活，不能说这其中没有道理，没有合理的原因。有一种力量，雅典人啊，从前存在于广大群众的心中，现在已经荡然无存，它夺取过波斯的财富，维护过希腊的自由，它从来没有在海上或陆上吃过败仗，现在的毁灭把它整个都给毁了，把我们的事情弄得天翻地覆。到底是什么呢？〔并不是什么奥秘的东西，而〕是大家对那些接受过企图统治希腊或毁灭希腊的人的贿赂的叛徒的憎恨：被判决接受过贿赂本是最重大的罪名，这样的罪人受到了最严厉的惩罚〔是不许求情、不可饶恕的〕，因此每一个行动的时机——运气常把这种时机交给粗心大意的人。用来对付警醒注意的人〔交给无所作为的人。用来对付克尽职守的人〕——都是不可能从我们的演说者[24]或将军那里买来的；我们相互间的和睦、我们对独裁君主们和蛮夷的不信任以及诸如此类的原则，也是不可能从外面舶来的。如今这一切都在市场里公开兜售，我们还进口了一类货品，这类货品使希腊发生瘟疫，把它毁灭了。到底是什么呢？就是对受贿者的羡慕，对坦白者的讥笑，〔对被判有受贿罪的人的饶恕〕，对谴责这种罪行的人的憎恨，以及一切和受贿有关的恶德[25]。说起三层桨战船、强大的人力、岁入、别的丰富的物资，以及其他一切被认为足以加强城邦的力量的东西，我们今天比从前的希腊人多得多，强得多，可是这一切都被这些卖国贼弄成了无用之物、无效之物、无益之物。

现状如此，你们一定看得出来，用不着我来作证：我只是证明旧日的情形与此相反，这不是用我的话，而是你们的祖先刻在铜牌上、立在卫城上的碑铭，〔刻成碑铭不是为了对他们自己有什么用处——即使没有这些碑铭，他们的头脑也是够清楚的，——而是为了使你们能通过这些纪念物和榜样，记住这种行为是应当严肃看待的。这碑铭到底说些什么呢？〕它说："仄勒亚人阿特弥俄斯、皮托那克斯之子，被褫夺公共权利，其人及其家族成为雅典人民及其盟友的敌人"[26]。下面记载他遭受惩罚的原因："以其将米太金子运至伯罗奔尼撒故也"[27]。请你们看在众神的分上，想一想雅典人做这件事用意何在，目的何在。他们把一个名叫阿特弥俄斯的仄勒亚人，大王的奴隶（因为仄勒亚在亚细亚[28]），他本人和他的家族，作为他们自己和他们的盟友的敌人而刻在碑上，并且褫夺他们的公共权利，因为他曾经为他的主子服务，把金子运到伯罗奔尼撒，而不是运到雅典[29]。这不是一般人所说的"褫夺公民权"；因为一个仄勒亚人本来就不能享受雅典的公民权利，对他说来"公民权"又有什么意义呢？但是在涉及杀人案的法律中有明文规定，什么样的案情不得作为杀人案而起诉〔这样的杀人行为是清白无辜的〕；"让他成为一个被褫夺公民权的人而死，"立法者是这样说的。这就是说，任何一个杀死这样的罪犯的人，是没有污染的[30]。所以我们的祖先认为必须关心全体希腊人的安全；要是没有这个想法，他们是不会关心伯罗奔尼撒是否有人被收买利诱的；他们发现了这种人，就予以惩罚，甚至把他们的名字刻在铜碑上。自然而然的结果是：希腊人为蛮夷所畏惧，而不是蛮夷为希腊人所畏惧。但是现在不是那样子了，因为你们对这种罪行和其他罪行的态度不是那样的了。可又是什么样的呢？〔这个你们自己明白。既然其余的希腊人都和你们差不多，并不更好，我何必在这些事情上责备你们呢？所以我断言，对于目前的危机必须很认真地注意，很好地考虑。怎样考虑呢？〕你们要我讲出来吗？你们不生气吗？

（书记念文件）[31]

现在有一种愚蠢的论调，是由那些想安定人心的人发出的，说腓力到底不如当年的拉栖第梦人，拉栖第梦人曾经控制每一片海域、每一块陆地，与国王[32]联盟，所向无敌，可是我们的城邦却能抵抗，并没有被他们攻下。要是可以说一切技术都有了很大的进步，现在和过去大不相同的话，我就认为没有一种技术比战术更是革新，更有改进。先谈这一点，我听说当年的拉栖第梦人和其他的希腊人一样，总是花四五个月夏季时间，用重甲兵和公民部队进袭敌人的土地，抢劫一空，然后班师回国[33]；与其说他们是这样守旧，不如说他们是这样有公民义气，从来不花钱从别人手里收买什么东西，他们的战斗是合乎习惯的，是公开进行的。现在你们一定看出了绝大多数的失败都是由于内部叛变，没有一次是由于阵地战失利。你们也一定听说腓力想冲到哪里就冲到哪里，并不是因为他手下有重甲方阵军[34]，而是因为他拥有轻甲兵、骑兵、弓箭手、雇佣兵以及诸如此类的部队。当他带领这些部队去袭击那些正在吃内讧苦头的人的时候，要是他们由于彼此猜疑而不出来保卫他们的国土，他就安上机械，开始攻城。我不必告诉你们，他从不分冬夏，从不腾出时间来休整。这一切你们既然知道，就得加以考虑，不要让战争进入你们的国土，不要由于仗恃从前用来同拉栖第梦人作战的蠢笨战术而把颈骨摔断了；你们要想好自卫措施，做好战斗准备，把阵线布置在很远的地方，盯住他，不要让他从家里出动，不要同他扭打在一起。说起战役，雅典人啊，只要我们愿意做必须做的事情，我们是有许多天然的便利的，例如，他的国土的形势，大部分地方都可以抢劫，可以践踏，此外还有千百种别的便利，至于说起打硬战，那他是受过更好的训练的[35]。

但是只是采取这些决议，拿这些办法去对付他，是不够的；还须从理论上、从思想上憎恨那些公开替他说话的人，要记住你们不能打败城邦的敌人，除非先惩罚那些住在你们城邦里给他们当走狗的叛徒。这一点我以宙斯和众神的名义说，你们是办不到的。你们已经变得这样糊涂，这样错乱，这样——我不知该怎样形容，（我时常想起，时常担心，莫非是恶魔把你们赶上了苦难的道路），由于喜欢漫骂、嫉妒、嘲笑，或者由于什么别的缘故，你们竟然叫那些御用说客发表演说（他们当中有一些甚至不否认他们是那样的人），他们开口骂人，你们还发笑。这已经够严重了，更严重的是，你们竟然让这些家伙比那些忠于你们的演说者在政治活动中受到更多的保障。你们且看那些喜欢听这种人的演说的人落到什么样的灾难里。

我来讲一些众所周知的事实吧。

在俄林托斯，有一些当权者是腓力的人，什么事他们都为他跑腿；还有一些是忠于人民的人，他们竭力使公民免于被奴役。到底是哪一派毁了他们的祖国呢？是哪一派出卖了骑兵队，使俄林托斯因此灭亡呢[36]？是亲腓力的人干的；他们并且在城邦还屹立的时候，诽谤那些忠于人民的演说者，怂恿俄林托斯人民把阿波罗尼得斯[37]驱逐出境。

这种习气不仅在俄林托斯造成了各种恶果，在别的地方也是如此。在厄立特利亚，人民驱逐了普鲁塔科斯[38]和雇佣兵，控制着这个城市和波耳特摩斯，那时候他们当中有一些人想把政权交给你们，还有一些人却想把政权交给腓力。那些多难的、不幸的厄立特利亚人在许多事情上，不如说在一切事情上，都唯后一派人的命是从，最后被他们说服，竟至把那些忠于他们的演说者驱逐出境。于是腓力——他们的盟友，派希波尼科斯带领一千名雇佣兵去把波立特利亚的城墙夷平了，并且扶植了三个独裁君主——希帕卡斯、奥托墨冬和克勒塔科斯。此后厄立特利亚人两次想发动救亡运动，都被腓力赶出了国境〔第一次他派遣欧律罗科斯手下的雇佣兵，第二次他派遣帕耳墨尼翁手下的雇佣兵〕[39]。

再举许多例子有什么必要？但是在俄瑞俄斯，菲利提得斯、墨尼波斯、苏格拉底、托阿斯和阿伽派俄斯都给腓力跑腿，他们现在控制着这城邦（这是大家都知道的）；而欧佛赖俄斯——这人曾经在我们这里居住过——则是在为了人民的自由和解放而奋斗。说起这人怎样被人民侮辱，话就长啦。在厄立特利亚被侵占的前一年，他发现了菲利提得斯和他的党羽的行动，便告发他是叛徒。当时有许多人纠合起来，他们接受腓力的津贴，听从他的指挥，借口欧佛赖俄斯扰乱城邦的治安，把他打进牢狱。俄瑞俄斯的人民看见这件事情，他们没有援助他，也没有棒打他们，他们对那些家伙并不表示愤慨，对欧佛赖俄斯却是幸灾乐祸，说他该受惩罚。从此那些家伙获得了求之不得的行动自由，他们阴谋把城邦献给外人，并且准备行动；群众中即使有人发现了这件事情，也由于想起欧佛赖俄斯的遭遇而吓得不敢说话。他们的处境是这样不幸，这样大的灾难逼近了，竟没有人敢吭一声，直到敌人准备好了，兵临城下，那时候有一些人抵抗，有一些人投敌。在城邦这样可耻地、卑鄙地投降以后，叛徒们成为统治者和独裁君主；至于那些曾经保护过他们、愿意采用任何手段来对付欧佛赖俄斯的人，有一些被他们放逐了，有一些被他们杀害了；欧佛赖俄斯自杀了，用行动来证明他很正直、纯洁，为了市民的利益而反对腓力。

也许你们会感到奇怪，俄林托斯、厄立特利亚和俄瑞俄斯的人民为什么更喜欢那些忠于腓力的演说者，而不喜欢那些忠于他们自己的演说者。其原因和你们这里的一样：那些忠于人民的演说者，有时候（尽管他们愿意）不能讲讨人喜欢的话，因为他们必须考虑城邦的安全；而另一些人则专讲讨人喜欢的话，这样一来，倒是帮了腓力的忙。有一些人主张抽财产税，而另一些人则说不必抽；有一些人劝他们抗战，不要相信腓力，而另一些人则劝他们维护和平，终于使他们上了圈套。我认为事情到处是一样，用不着一件件地叙述：有一些人讲讨人喜欢的话，而另一些人则讲四平八稳、保证安全的话。到后来民众牺牲了许多利益，不是象先前那样由于寻找开心[40]，也不是由于愚昧无知，而是自动放弃的，因为他们认为大局已经完了。我以宙斯和阿波罗的名义说，你们也会落到这个地步，在你们仔细考虑、发现你们没有什么事情可做的时候。但愿，雅典人啊，事情不至于如此。死一千次也胜于拍腓力的马屁,〔交出任何一个忠于你们的演说者〕。俄瑞俄斯的民众信赖腓力的朋友们,把欧佛赖俄斯推开,他们得到了多么好的报答啊!厄立特利亚的人民驱逐你们的使节,归顺克勒塔科斯,他们也得到了多么好的报答啊!他们沦为奴隶,被人鞭打,受人宰割。俄林托斯人选择拉斯特涅斯为骑兵队长,而把阿波罗尼得斯驱逐出境,他对他们是多么宽大啊!怀抱这种希望,采取下策而不愿尽应尽的责任,听信那些忠于敌人的演说者的话,认为自己所居住的城邦是这样强大,不可能遭受任何危险,这些都是愚蠢和懦怯的作法。为时已晚,还说什么"谁知是这么回事?我以宙斯的名义说,我们应当这样做而不应当那样做",这也是可耻的说法,到今天,俄林托斯人可能提出许多办法,这些办法要是当初提出来了,就能使他们免于灭亡;俄瑞俄斯人也可能提出许多办法,佛西斯人也可能提出许多办法,每一个被毁灭了的城邦都可能提出许多办法。但是这些办法对他们有什么用呢?只要船只,不论大小,是安全的,水手、舵工、每一个船员都应当轮流出力,当心船只被人有意或无心弄翻了;一旦海水把它淹没了,再努力也是枉然。我们现在很是安全,有一个十分强大的城邦,有许多非常丰富的资源,有一个无限美好的荣誉,这时候,雅典人啊,我们应当怎么办呢?也许在座有人很早就愿意提出这个问题。我以宙斯的名义说,我要回答,我要提出建议,你们高兴,就请举手表决。先从我们自己说起吧,我们要做自卫的准备,我是说要有船,要有钱,要有军队;即使其余的希腊人甘心当奴隶,我们也要为自由而奋斗。等我们准备齐全,表明了我们的态度,再号召其余的人起来,派使节去宣传,〔我是说到各处去,到伯罗奔尼撒去,到罗德斯去,到开俄斯去,到国王那里去(因为不让腓力征服全世界,对国王的利益也并不是没有影响)〕,要是我们说服了他们,就能有人在紧要关头分担你们的危险和开销;万一不成功,也可以使局势

拖延下去。既然这个战争所针对的是个人而不是一个城邦的集体
力量，那么拖延也并不是无益的；你们去年派到伯罗奔尼撒去指
控腓力的使节，也不是无益的。那次我本人、我们的最忠实的波
吕欧托斯、赫革西波斯[41]，以及其他的使节们带着这使命到各
地去游说，这样挡住了腓力，使他不敢侵入安布剌喀亚，不敢向
伯罗奔尼撒进兵[42]。可是我并不是劝你们号召其他的人，而不
先为自身的利益尽必尽的职责，因为放弃自己的利益而声称关心
别人的利益，或者忽视目前的危险而提起未来的危险使别人惊慌
失措，都是愚蠢的作法。我并不是劝你们这样做，而是主张给驻
在刻索泥萨斯的军队输送供应品，满足他们的其他要求；我们自
己作好准备，再号召其他的希腊人，把他们联合起来，向他们宣
传，劝劝他们，这才是一个享受着你们所享受的荣誉的城邦的责
任。但是如果你们认为希腊会被卡尔息狄栖人或梅加腊人拯救而
置身局外，你们就想错了。要是他们能够各自自救，他们就满意
了。这个却是你们必尽的责任，这种权利是你们的祖先冒了很多
巨大的危险才挣来并传给你们的。但是如果每个人都坐着不动，
只顾个人苟且偷安，想方设法逃避责任的话，那么，首先一点，
他将找不到人替他尽责任；其次，我担心所有这些我们不愿尽的
责任全都会强加在我们身上。

　　这是我要说的话，也就是我的建议；要是执行了，我相信，
到如今，事情也还是可以挽救的。要是有人有更胜一筹的建议，
就请他献出来，让大家来审议。总之，不论你们怎样决定，我都
向众神祝祷，但愿希腊能有个好结果。

注　释

[1] "和约"指"菲罗克剌忒斯和约"。公元前 348 年，马其顿国王腓力表示愿意同
　　雅典议和。雅典因为反腓力运动发动不起来，在公元前 347 年派遣十个使节赴

马其顿议和，使节中包括菲罗克剌忒斯、狄摩西尼和埃斯喀涅斯。和议条款规定双方保持现状。腓力避而不谈佛西斯问题，只是表示对佛西斯人没有恶感。次年第二次会谈期间，双方谈起宽待佛西斯人的问题和迫使忒拜人承认玻俄提亚境内其他城邦独立的问题。腓力答应帮助雅典人控制优卑亚岛，但要求雅典人帮助他挤进邻城联盟。以上这些由于遭到狄摩西尼的反对而没有达成协议（狄摩西尼的策略是背弃佛西斯，与忒拜联合起来对抗马其顿）。双方只签订了已经达成协议的条款。

[2] 括弧里的话在最好的 S 抄本（10 世纪抄本）和 L 抄本（13 世纪抄本）中是旁文，在其他抄本中则是正文。这种话有十来段，长短不一（译文都加括弧为记），其中一些似乎来自另一稿本还有一些则是多余的引申。这些文字完全合乎狄摩西尼的风格；可能是狄摩西尼当时为了某种原因，发表了两种本子，以致后来产生这种混乱的现象。

[3] 指公民大会上对政治问题的审议。

[4] 俄林托斯由于受到马其顿的威胁，约在公元前 349 年与雅典结成联盟，狄摩西尼曾经为这事发表三篇演说，攻击腓力。雅典随即出兵北上。腓力为了分散雅典的兵力，煽动优卑亚人叛变。狄摩西尼主张不干涉优卑亚事件，而集中力量支援俄林托斯。雅典攻打优卑亚，没有攻下。狄摩西尼率领二千人北上，到达得太晚了。俄林托斯在公元前 348 年被腓力毁灭，所有的居民都迁到马其顿去了。

[5] 佛西斯在希腊中部，在科林斯海湾北岸。

[6] 狄俄珀忒斯是新喜剧作家米南德的父亲。大概在公元前 346 年担任雅典将军职。

[7] 雅典人早已发誓缔结和约，腓力却故意拖延，趁机会占领了塞里翁和圣山，然后赴斐赖城，当着帖撒利亚人和雅典使节发誓缔结和约，所以"在刚刚缔结和约的时候"和"他已经发誓缔结和约"二语，均不合事实。

[8] 卡狄亚在墨拉斯海湾旁边。公元前 344 年，卡狄亚人抗拒狄俄珀忒斯夺取他们的土地，他们向腓力求援。次年，腓力派兵支援卡狄亚人。狄俄珀忒斯转而向色雷斯境内的马其顿属地进攻。腓力因此在公元前 341 年写信给雅典人，抱怨狄俄珀忒斯破坏和平。这时候，亲腓力派的雅典人要求召回狄俄珀忒斯；狄摩西尼却发表《刻索泥萨斯辞》，劝雅典人不要罢免狄俄珀忒斯。狄摩西尼随即发表本篇演说。

[9] 梅加腊在阿提卡西边。公元前 343 年腓力怂恿梅加腊人发动政变。梅加腊平定了叛乱，与雅典结成联盟。

[10] 指别的演说者。

[11] 拜占廷本是雅典的盟邦。公元前 341 年，腓力向拜占廷进兵。

[12] 雅典人从提洛海上同盟成立之年（公元前 477 年）起到羊河战役最后失败之年（公元前 405 年）止，一共执掌了七十三年的领导权。

[13] 拉栖第梦人即斯巴达人。斯巴达人从公元前 404 年起到那克索斯战役败于雅典人之年（公元前 376 年）止，一共执掌了二十九年的领导权。

[14] 忒拜著名的军事家厄帕弥农达斯在琉克特拉战役，及在孟铁尼亚战役两次打败了斯巴达人，但是他本人也战死了。此后忒拜便不再执掌领导权了。

[15] 斯巴达人企图推翻希腊各城邦的民主制度，建立寡头制度。

[16] "三十二个城邦"指卡尔息狄栖半岛上的城邦。

[17] 帖撒利亚原来按种族分为四个部分，后来这四个部分又合而为一。公元前 342 年，腓力恢复旧制，扶植他的亲信对各族分而治之，以便于镇压各城市的起义。

[18] 公元前 343 年，腓力进兵伊庇鲁斯，扶植他的小舅子亚历山大为伊庇鲁斯国王，并且向安布剌喀亚进军。雅典人派兵去支援安布剌喀亚，腓力随即退兵。

[19] 赫剌克勒斯是古希腊最著名的英雄。此处用作惊叹语。

[20] 马其顿民族是由多里斯人（一支希腊民族）、伊吕里斯人、色雷斯人等混合组成的。

[21] 皮托是得尔福的别名，腓力在公元前 346 年被选为皮托竞技会的主持者。

[22] 这里提起的多里斯人指多里斯城邦的人，多里斯在佛西斯西北。颁发神示的得尔福是在佛西斯境内，所以求神问卜的优先权原来属于佛西斯人。得尔福人时常把这种优先权赠给有功的城邦或个人。小亚细亚吕底亚（Lydia）的国王克洛索斯送了得尔福大庙许多钱，也得到了这种权利。

[23] 安布剌喀亚是科林斯人的殖民地。琉卡斯是科林斯人的殖民地。腓力在公元前 343 年攻打琉卡斯。琉卡斯与雅典人缔结联盟，反抗马其顿。

[24] 即政治家。

[25] 据说狄摩西尼讲这句话的时候，特别注视菲罗克剌忒斯、得马得斯和埃斯喀涅斯，这三个演说家都是主和派人物。菲罗克剌忒斯曾多次出使马其顿，公元前 343 年以受贿罪被控，他不敢出庭受审，自动出外流亡，雅典人以蔑视法庭的罪名判了他死刑。得马得斯奔走于雅典与马其顿之间，曾在公元前 338 年劝腓力不要引渡狄摩西尼。他后来以接受哈帕罗斯的贿赂的罪名被控，他没有答辩，被处罚锾。狄摩西尼曾经企图控告埃斯喀涅斯接受腓力的贿赂。

[26] 厌勒亚在小亚细亚西北部密西亚境内。皮托那克斯的儿子阿特弥俄斯是公元前 5 世纪中叶的人，大概是一个希腊移民。

［27］阿特弥俄斯奉波斯国王阿塔薛西斯一世（公元前464—前425在位）之命携带金子赴伯罗奔尼撒煽动当地希腊人起来反对雅典人，因为雅典人曾经支援埃及人反抗波斯统治。米太是波斯帝国最重要的行省之一，这里借用来泛指波斯。

［28］指小亚细亚，小亚细亚属于波斯的势力范围。

［29］波斯国王经常怂恿斯巴达和雅典起内讧，他两边给钱。

［30］一个被褫夺公民权而出外流亡的人，人人得而杀之，所以尽管阿特弥俄斯并不是一个雅典人，但是由于雅典宣布他为一个被褫夺公民权利的人，他就有被杀的危险。实际上不会有人杀他，因为雅典的宣判是非法的，其原因是由于阿特弥俄斯并不是雅典的公民，他不受雅典法律约束。雅典人这样对待阿特弥俄斯，是一种嫉恶如仇的表现。古希腊人相信杀人者手上有污染，须举行净罪礼。

［31］公民大会书记忆了一篇文件，文件内容不得而知。一说此处抄本残缺，论雅典人的态度一段失传，括弧里的说明语是后人补订的。

［32］指波斯国王。

［33］"夏季时间"指夏秋两季。修昔底德在他的历史著作中把一年分为两季，即"夏季"和"冬季"。在内战期中，斯巴达人总是在秋收的时候进入阿提卡，一路放火，抢劫。"公民部队"指本国军队，与盟军相对而言。

［34］公元前368年，腓力赴忒拜作人质，在那里住了几年。他从忒拜将军厄帕弥农达斯那里学会了方阵军战术。"方阵"为长方形阵势，纵线可达五十人以上，以纵队阵势直冲敌军的横线。前面几排倒下之后，后面几排即成为前线。

［35］狄摩西尼劝雅典人在沿海骚扰，分别击溃腓力的兵力。公元前338年，希腊联军在喀罗尼亚同马其顿硬拼，吃了一个大败仗。

［36］在腓力围城的时候，俄林托斯人几次冲出来打击敌人。后来叛徒拉斯忒涅斯使五百名骑兵陷入埋伏，被敌人俘虏。

［37］阿波罗尼得斯是民主派领袖。

［38］普鲁塔科斯是厄立特利亚的独裁君主，由雅典人扶植的。他在公元前349年被推翻。

［39］欧律罗科斯和帕耳墨尼翁是腓力和亚历山大的大将，后者被亚历山大杀死。

［40］指喜欢听使自己开心的演说。

［41］波吕欧托斯和赫革西波斯都是反马其顿的政治家。

［42］公元前343年，狄摩西尼、吕枯耳戈斯等人到伯罗奔尼撒的阿卡伊亚和亚克内尼亚去组织反腓力的联盟，阻止腓力向安布剌喀亚进军。腓力本来可以从西部侵入伯罗奔尼撒，但是他被迫退兵了。

普卢塔克名人传记选

西塞罗传

（1）据说西塞罗的母亲赫尔维亚出身高贵，品行端正；可是关于他父亲的传说，我们所听到的没有一句不是言过其实的。有一些人说，他出生在一个漂布人的店铺里，就是在那里养大的；另一些人则追溯他的家谱，直到图路斯·阿提乌斯，这人是沃尔斯基人[1]的闻名的国王，曾经顽强地同罗马人作战。这个家族的第一个名叫"西塞罗"的成员，似乎是一个值得称誉的人物，由于这个缘故，他的后人不但不放弃这个姓氏，而且乐意保留它，尽管有许多人对这个姓氏加以嘲讽，因为"西塞尔"[2]是拉丁人给野豌豆荚的名称，这个家族的祖先的鼻尖上可能有一个模糊的伤痕，像野豌豆荚的裂缝，他就是从这个夹缝得到姓氏的。据说在西塞罗本人——我正在为他立传——初次担任公职、参加政治活动的时候，朋友们都认为他应该放弃这个姓氏，另外取一个，他当时年少气盛，回答说，他要努力使这个姓氏比斯考罗斯和卡图路斯[3]更有光彩。在他提任西西里的昆斯托尔[4]的时期，他把一件银器皿献给神，上面刻着他的头两个名字，即马尔库斯和图琉斯，他当时开玩笑，叫匠人在这两个名字后面再刻一只野豌豆荚来代替他的第三个名字。这些是关于他的名字的记载。

（2）据说西塞罗的出生没有使他母亲感到阵痛或痛苦，日期是新月初三[5]，也就是如今官吏为了皇帝的健康而向神献祭和祈祷的日子。据说有一个异象出现在他奶妈眼前，预示她将为全

普卢塔克名人传记选

体罗马人的莫大福利而哺育这孩子。这些预兆虽然被认为是幻梦和无稽之谈，但是这孩子很快就证实了它们是真实可靠的。当他还在求学的少年时期，他就显露出才华，在孩子们中间有了名声，惹得他们的父辈经常到学校来看看西塞罗，观察他在学习方面所表现的受人称赞的聪明伶俐。可是也有一些比较粗鲁的父辈看见他们的儿子们同西塞罗一块儿散步，让西塞罗走在中间以表示对他的尊重，就对孩子们发脾气。西塞罗的性格，柏拉图认为与好学和爱智慧的人的性格相似[6]，他追求每一种学识，对于任何一种作品和训练都不嫌弃，对于诗尤其热爱。他少年时写的一首小诗，一直保存到今天，篇名叫《海上的格劳科斯》[7]，格律是四双音步[8]。年事稍长，他致力于这些文艺活动，更显得多才多艺不仅成为最优秀的演说家，而且是罗马最杰出的诗人。他在演说方面的声誉一直保持到今天，尽管如今风格上有了许多新的改革。至于他的诗，则由于有了许多后起的天才诗人而完全黯然失色，不受人重视。

（3）少年时代的学习结束之后，西塞罗去听学园派菲隆的课[9]，在克勒托马库斯[10]的弟子中，罗马人特别称赞菲隆的口才，喜爱他的风度。这时候，西塞罗也同穆基乌斯[11]和他的伙伴们来往，他们是政治家和元老院的领袖，由于他们的帮助，西塞罗获得了法律知识。在抗击马尔西人[12]的战争时期，西塞罗在苏拉手下服过短期的兵役。后来，他看见局势正出现动乱，又由分裂转向绝对的独裁，这个时期他就过着闲情逸致、深思默察的生活，同一些希腊学者来往，研究学问，直到苏拉当权，国家大致安定下来时为止。

约在这时，苏拉的获释奴隶克里索戈努斯把某一个据说是被宣告为公敌而遭杀身之祸的人的产业拿来拍卖，他自己出两千德拉克马把它买了下来。事后，死者的儿子兼继承人罗斯基乌斯很气愤，指出这宗产业值二百五十塔兰同。苏拉受到指责，恼羞成怒，控告罗斯基乌斯是杀父的凶手，证据是由克里索戈努斯捏造的。没有人敢为罗斯基乌斯辩护，大家都因为害怕苏拉的残酷而躲避他。这年轻人无依无靠，便向西塞罗求援。西塞罗的好友再三劝他答应下来，说他再不会有一个更光辉或更体面的出名的机会。西塞罗这才把这场辩护承担下来，打赢了官司，受到称赞。但是由于害怕苏拉，他散布了一个消息，说他的身体需要调养，随即动身到希腊去了。他确实很瘦削，由于胃弱，每天很晚时才吃得下一点东西。他的嗓子很好，声音洪亮，只是刺耳，缺乏调节。他的演说热情奔放，所以音调总是慷慨激昂，使人对他的健康感到忧虑。

（4）西塞罗到了雅典，在阿斯卡隆人安条克[13]门下听课，这位哲学家的言辞的流畅和优美使他入迷，尽管他不赞成他在理论上的创见，因为安条克已经背弃了新学园派，脱离了卡尔奈德斯学派，原因是他被感觉和敏锐的知觉所说服，或者如某些人所说的，被一种同克勒托马库斯以及菲隆的弟子们竞争和作对的心情所刺激而改变了他的见解，时常发挥斯多葛派的理论[14]。西塞罗却喜欢另一派演说，他在这方面更是努力钻研，有意在完全不能从事政治活动的时候，移居雅典，远远地离开罗马的广场和政界，在那里研究哲学，享受宁静的生活。

后来，他得知苏拉去世[15]的消息，这时，他的身体经过锻炼而加强了，精力很充沛，他的声音有了调节，听起来悦耳，和他的结实的身体是协调的；他的远在罗马的好友写信来请求他参加政治活动，安条克也再三这样劝他，他才再一次磨砺他的工具——演说的风格，唤醒他的政治能力，苦练朗读的艺术，拜一些著名的修辞学家为师。为此，他航行到亚细亚[16]和罗得岛。在亚细亚，他在阿拉密提翁人克塞诺克勒斯、马格涅西亚人狄奥尼修斯和加里亚人墨尼波斯门下学习修辞术；在罗得岛，他在摩龙的儿子阿波罗尼俄斯门下学习修辞术，在波塞多尼奥斯门下学习哲学[17]。据说阿波罗尼俄斯[18]不懂罗马人的语言，因此叫西塞罗用希腊语朗读一段演说辞。西塞罗很愿意听从，认为这样一来，他的缺陷更好得到补救。他朗读完毕，别的听者都感到惊奇，竞相赞誉，只有阿波罗尼俄斯在听西塞罗朗读的时候，一点也不激动；在西塞罗读完以后，他坐在那里长久沉思，使西塞罗感到困惑不安，阿波罗尼俄斯这才说道："我赞美你，佩服你，西塞罗，可是我可怜希腊的不幸，因为我已经看出，我们所剩下的一点好的东西——学问和口才，也由你带到罗马去了。"

（5）可是尽管西塞罗抱着很大的希望去参加政治活动，他的热情却被一道神示挫伤了。他去向德尔菲的神[19]，怎样才能获得最大的荣誉，皮托的女祭司叮嘱他要把自己的天性，而不要把多数人的赞赏作为行动的指南。所以他回罗马[20]以后，在头一段时间里，总是小心翼翼地行事，不敢造次追求官职，因此不引人注意，被称为"希腊人"和"学者"，这是那些非常庸俗的罗马人惯用的现成的口头语。但是他生来喜好功名，又受了他的父亲和朋友们的鼓励，因此一开始投身于辩护事业，他并不是慢慢地爬到高处，而是一下子就赫赫有名，远远胜过那些在广场上同他竞赛的人。

据说他和德谟斯提尼一样，在朗读方面有毛病，他因此时而专心向喜剧演员罗斯基乌斯求教，时而专心向悲剧演员伊索求教。[21]据说这个伊索有一回在剧场上扮演阿特柔斯正在考虑如何向提厄斯特斯报复的时候[22]，有一个演出助手突然从他旁边跑过，这个演员由于情感太激动，失去了控制，竟用王杖一下子把他打死了。西塞罗的朗读功夫对于他的演说的说服力起了不小的作用。他时常讥笑那些大声疾呼的演说家，说他们由于自己的演说软弱无力而不得不借助于吼声，就像跛子不得不借助于跳上马一样。他对于这类的讥笑和戏谑运用自如，被认为是善于辩护，非常巧妙，可是他动用得太过火了，使许多人感到苦恼，而且给自己招来居心不善的骂名。

（6）在粮荒时期，西塞罗被任命为昆斯托尔，分到西西里省。他一上任就强迫西西里人把粮食输送到罗马，使他们感到苦恼。后来他们发现他很勤勉、公正、和蔼，反而尊敬他，胜于尊敬任何一位前任总督。有许多来自罗马、出自名门望族的年轻人，以不守纪律和不勇于作战的罪名，被送来交给西西里的普赖托尔[23]审判，西塞罗出色地为他们辩护，拯救了他们。他为自己的成就得意洋洋，在走向罗马的路上，据他自己说[24]，碰到一件可笑的事。他在坎佩尼亚遇见一个著名人物，他认为这人是他的朋友，因此，向他打听罗马人对他的功业有什么评论，有什么想法。他以为整个首都都充满了有关他的功业的名声，可是他的朋友反而问他："这些时候，西塞罗，你到哪里去了？"他听了大为沮丧，因为有关他的消息传到城里，就像沉入大海一样，没有对他的名誉增添显著的影响。后来，经过思索，他认为他要争取的名声是一种无边无际的东西，他的雄心才大为收敛。可是他对于赞美的过分爱好和对于名誉的热烈追求、一直保持到最后，而且经常搅乱他的正常思索。

（7）在他更积极地参加政治活动的时候，他认为匠人使用无生命的工具和器皿工作，他们对于每一件的名称、位置和功能都知道得很清楚，而政治家是使用人来完成公共事业的。如果漫不经心，不去结识公民，未免可耻。因此他不仅惯于记忆公民的名字，而且知道每一个著名人物居住的地点、占有的庄园、结交的朋友以及他的左邻右舍；所以西塞罗不论在意大利哪一条路上旅行，他都能随口说出并指出他的朋友们的田地和别墅。

西塞罗的收入虽然足够开销，却为数不大，因此人们觉得奇怪，在他当辩护士，特别是在他插手维勒斯案件[25]的时候，他为什么不接受报酬或礼物。维勒斯这个人作过西西里的普赖托尔，西西里人控告他干了许多坏事，西塞罗证明他有罪，他并没有发表演说，而是一句话不说。所有的普赖托尔都袒护维勒斯，他们利用许多拖延和推诿的办法把案件推迟到最后一天[26]，而一天的时间显然是不够发表诉讼辞的，因此审判就完结不了。西塞罗到时候站起来说，用不着发表诉讼辞，他随即把证人引进来，加以询问，然后请陪审员们投票判决。至于西塞罗所说的和这个案件有关的许多妙语却传了下来。罗马人称阉猪为"维勒斯"。有一个名叫凯基利乌斯的获释奴隶——这人有信奉犹太教的嫌疑——想推开西西里人，自己上前控告维勒斯，西塞罗问道："犹太人跟'猪儿'有什么相干？"又如维勒斯有一个很年幼的儿子，有人认为这孩子出卖色相，不像个自由人。当维勒斯骂西塞罗有女人气的时候，西塞罗回答说："你应当在家里这样骂你的儿子们。"演说家霍滕西乌斯不敢直接出面为维勒斯辩护，但是经过劝说，答应在估定惩罚[27]的时候，为他出庭，因此得到一个象牙的狮身人面兽[28]作为报酬。当西塞罗向他暗示的时候，霍滕西乌斯却说他不善于破谜。西塞罗于是说道："可是你家里却有个狮身人面像。"

（8）当维勒斯被判罪的时候[29]，西塞罗提出罚他七十五万第纳里，有人诽谤他由于受贿而降低了罚款。西西里人却很感激他；在他担任市场管理员[30]的时候，他们从西西里岛给他运来许多牲畜和产品，但是他并没有从中获利，而是借用岛民的慷慨馈赠来降低物价。

西塞罗有一个漂亮的庄园，坐落在阿尔皮[31]；他有一块田地，靠近新城[32]，还有一块，靠近庞培城[33]，都不算大。他的妻子特伦提娅的嫁资有十万第纳里，他自己还得到九万第纳里的遗产。他用这些钱同他的伴侣们——希腊学者和罗马学者一起过日子，生活丰富而有节制。他很少在太阳下山以前躺下来进餐[34]，这并不是因为他太忙，而是因为他的胃很弱，身体不好。在别的方面，他也是十分严格地保重身体，安排一些按摩治疗散

步活动。他这样锻炼了身体，得免于疾病，能应付许多艰巨的斗
争和辛苦的工作。他把他父亲的住宅让给了他的弟弟，自己住在
帕拉丁山[35]下，使访问者免于长途奔波之苦。每天到他们这里
来看望他的人，不少于那些为了羡慕富有而去看望克拉苏的人，
或那些为了趋炎军威而去看望庞培的人，这两个人是罗马人当中
最受称赞、最重要的人物。庞培本人也向西塞罗献殷勤，西塞罗
的政治活动大助于庞培建立他的势力和名声。

（9）尽管有许多重要人物同西塞罗争夺普赖托尔官职，他总
是首先得到任命，人们认为他断案公正，为人清白。据说有一个
叫做利基尼乌斯·马刻尔的人，靠自己的本事在城里获得很大的
势力，而且有克拉苏给他撑腰，这人在西塞罗主审的法庭上以欺
诈罪被控，他信赖自己的势力和朋友们的努力，在陪审员们还在
投票的时候，就回家去了。他在家里赶紧理好头发，穿上白袍，
就像官司已经打赢了一样，然后再动身到广场上去；克拉苏在法
院门口碰见他，告诉他全体陪审员一致判他有罪，他听了即转身
回去，躺在榻上就死去了。这件案子给西塞罗带来了声誉，就是
他主审案件非常审慎。还有一个叫做瓦提尼乌斯的人，样子很凶
恶，在答辩的时候，瞧不起主审官；他的脖子上长满了瘰疬。这
人有一回站在西塞罗主审的法庭上，对他有所要求，西塞罗考虑
了许久，没有当场答应，这人就说，假如他是普赖托尔的话，就
不会迟疑不决。西塞罗听了，转过头来对他说："可是我没有你
这么大的脖子呀！"

在西塞罗的任职只剩下两三天的时候，有人把马尼利乌斯[36]
带来，控告他报假账。这个马尼利乌斯受到人民的敬爱，被认为
是为了庞培的缘故而受到迫害的，因为他们俩是朋友。他要求给
他几天的期限，西塞罗只给他一天，就是第二天。人民听了很生
气，因为普赖托尔给被告的期限通常至少也有十天。当保民官们
把西塞罗带到讲坛上，对他提出指控的时候，他要求进行申诉，

说他总是按照法律许可的限度，尽量以公平的态度和人道的精神对待被告的，但是他认为马尼利乌斯不能享受这种待遇，这是一件不幸的事；由于他执掌普赖托尔职权的期限只剩下一天了，他有意指定在这一天审问，因为一个愿意帮助马尼利乌斯的人，不应当把这一场审判交给另一位普赖托尔。这番话使人民的心情起了惊人的变化，他们说了许多赞美西塞罗的话，要求他为马尼利乌斯辩护。这个要求他乐于答应，主要是为了庞培的缘故——当时庞培不在罗马。西塞罗随即再次登上讲坛，发表演说，猛烈地谴责寡头派和那些嫉妒庞培的人。

（10）贵族也和平民一样，推选西塞罗当执政官[37]，这两派人都为了国家的利益而竞相支持他，其原因如下。苏拉对政体的改革[38]在起初看来未免奇怪，如今由于时间久了，看惯了，多数人认为这是一种安定社会的办法，并不算坏。可是也有人企图搅乱并破坏现存的秩序，他们只图个人的利益而不顾公共的最大幸福。当时庞培正在同本都和亚美尼亚的国王们作战[39]，因此在罗马没有一支足以抗击这些叛变者的兵力。这些人推举了一个胆大妄为、诡计多端、野心勃勃的人作他们的头目，这人名叫卢基乌斯·喀提林[40]，他除了犯有别的重大罪行以外，还被控糟蹋了自己的闺女，杀死了自己的兄弟；他害怕为后一件事受到惩罚，便劝苏拉把他兄弟的名字列入那些被宣告为公敌而将被处死的人名单里[41]，好像此人还活着似的。这些坏人推举这家伙为他们的首领，他们互相发出各种保证，还杀人献祭，吃人肉。喀提林并且把城里大部分青年腐蚀了，不断地用娱乐、醇酒、女色去款待他们每一个人，不惜在这方面花费金钱。此外，埃特鲁里亚全部叛变了，山南高卢也大部分叛变了。这时候，罗马大有发生政变的危险，这是由于财富分配反常：那些名声显赫、心高志大的人，由于组织演出，设置酒宴，钻营职权，建造宅第而陷于穷困，财富流入卑贱的人手里，所以局势只需一触即发，任何一个胆大的人都能推翻这个本身有病的政府。

（11）喀提林想先获得一个牢靠的基地，为此竞选官职。他以为大有希望，可以和盖约·安东尼[42]共同担任执政官，安东尼这人自己不能带头干好事，也不能带头干坏事，但是大有助于加强另一个带头者的势力。绝大多数高贵的公民都预见到这一点，因而推荐西塞罗为执政官候选人，西塞罗受到人民的热烈欢迎，喀提林终于失败了，西塞罗和盖约·安东尼被选为执政官[43]。在候选人当中，惟有西塞罗是骑士的儿子，不是元老的儿子。

（12）喀提林的阴谋多数人还不知道，但是已经有一些艰巨的初步斗争在等待着西塞罗执政官的莅任。首先，那些被苏拉的法令剥夺了担任官职权利的人——他们力量不弱，人数不少——正在竞选官职，讨人民喜欢；他们对苏拉的专制提出许多指控，那些指控都合乎事实，而且是公正的，但是在不适当、不合时宜的期间，就不免扰乱政府的安宁。其次，保民官们也正在为了同样的目的提出一系列法令，要指派一个全权十人委员会，这十人作为全意大利、全叙利亚[44]和庞培新近并入版图的全部领土的主宰，有权出卖公田。随意审讯任何人，放逐任何人，建立殖民城市，从国库中提取银钱，随意征多少兵，养多少兵。许多著名人物也赞成这个法令，特别是西塞罗的同僚安东尼，他想成为十人委员之一。人们还认为安东尼得知喀提林的阴谋，但由于自己债务沉重而不表示憎恶，这一点最使贵族胆战心惊。

西塞罗首先安定这种心理，他使公民大会表决把马其顿省分配给安东尼，他自己却放弃了分配给他的高卢省。他利用这恩惠劝诱安东尼，使他像一个被雇用的演员一样，在维护国家安全的事业中充当配角。等到安东尼上了钩，成为驯服的工具时，西塞罗就更有胆量反对那些变革者。他在元老院谴责这个法令，吓得那些提议人不敢出来反驳。当他们再试身手，作好准备，邀请两位执政官出席公民大会的时候，西塞罗毫无惧色，他叫元老们跟着他一同前往，自己在前面带路；他不但推翻了这个法令，而且使保民官们撤回了其他的法令，他的口才是这样有力地把他们说服了。

（13）西塞罗使所有的罗马人领会到：口才能给正当的事情增添多么大的魅力，正义只要正确地表达出来，就是坚不可摧的，一个高尚的政治家应当经常正当的行动，而不是迎合奉承，应当说有益的话语而避免说恼人的词句。在他执政期间发生了一个剧场事件，可以用来证明他的口才的魅力。从前骑士们在剧场里和群众混合在一起，随便坐在那里同人民一起看戏；马可·奥托在他担任普赖托尔的时期，为了对骑士表示尊敬，首先让他们和其他公民分离，给他们指定专用的座位[45]，这个特权他们至今还保留着。人民认为这是对他们的侮辱，因此趁奥托在剧场里露面的时候，发出嘘声侮辱他，骑士则以响亮的掌声欢迎他。人民再次加强他们的嘘声，骑士也再次加强他们的掌声。然后他们转身互相谩骂，剧场里秩序混乱。西塞罗知道了这件事，赶到现场，叫人民到厄倪城庙[46]上集合，他在那里责备他们，规劝他们，他们听了又回到剧场，向奥托发出响亮的掌声，同骑士比赛，看谁对他更尊敬。

（14）喀提林和他的同谋起初有所畏惧，后来又鼓起勇气来。他们聚在一起，互相鼓励，要趁庞培回国以前更大胆地发动政变，因为有消息说，庞培正在率领军队往回走。而最卖力气怂恿喀提林的则是苏拉的老兵，他们分散在意大利各个地方，大多数散处在埃特鲁里亚各城市，这些人骁勇善战，又梦想掠夺近在手边的财富。他们推举曼利乌斯作首领，这人曾在苏拉手下作战很出色。他们同喀提林联盟，到罗马来拉选票，因为喀提林又在竞选执政官的职位，决心在选举的纷乱中刺杀西塞罗。甚至神灵也在借地震、雷电和异兆来显示未来的事变。此外，还有人间的信息，也都真实可靠的，可是还不足以揭露一个像喀提林这样有名气、势力大的人。西塞罗因此把选举日期推迟，并叫喀提林到元老院来，就传闻的事情盘问他。喀提林以为元老院中有许多人渴望发生一次政变，他并且有意向同谋者一显身手，因此给了西塞罗一个狂妄的答复，他说："眼前有两个身子，其中一个很瘦弱，但是有头，另一个没有头，却很强大，要是我给它安上一个头，我将干出一件什么样的可怕事？"喀提林这个谜语暗指元老院和人民，所以西塞罗更是惊慌。他穿上胸甲，由所有的显贵人物和许多年轻人把他从家里护送到草坪上。他故意把衬袍从肩上放松一点，亮出胸甲，让目睹者看出他正处在危险之中。他们看见了，非常生气，都聚集在他的周围。最后，他们投票，再一次抛弃喀提林而选举西拉努斯和穆列纳为执政官。[47]

（15）此后不久，喀提林在埃特鲁里亚招募的兵士集合起来，编成若干百人团。当他们约定的突击日期快要到来的时候，半夜里有人来到西塞罗家里，他们是罗马最有权势的首要人物——马可·克拉苏、马可·马克卢斯和西庇阿·墨特卢斯。他们敲门，呼唤看门人，叫他去唤醒西塞罗，告诉他是他们来了。事情是这样的：克拉苏吃了晚饭以后，他的看门人交给他一些信，这些信是一个陌生人带来的，是写给别的人的，只有一封没有具名的是写给克拉苏本人的。克拉苏只读了这封信，信上告诉他，喀提林要进行大屠杀，并劝克拉苏偷偷地溜出城。克拉苏没有拆阅其余的信，立刻就到西塞罗家来。他被这危险吓住了，要想消除由于他和喀提林有交情而招致的责难。

西塞罗考虑了一番，天一亮就召开元老院议事会。他把这些信带去，交给各个收信人，叫他们当众宣读。所有的信都以同样的方式揭露一个阴谋。昆图斯·阿里乌斯，一个卸任的普赖托尔，也提起在埃特鲁里亚的兵士已经编成若干百人团，还有消息说，曼利乌斯带着强大的军队在那个地区各城市之间来回走动，等待着罗马发出的消息。元老院因此通过决议，授权执政官们处理这个事件，他们可以采取一切措施以保卫首都的安全。元老院并不是时常这样授权，只是在有巨大危险的时候才这样做。

（16）西塞罗大权在握，便把罗马城之外的事委托给昆图斯·墨特卢斯[48]，他自己亲自控制着首都。他每天外出，保卫他的矛兵是这样多，以致在他进入广场的时候，大部分场地都被他的卫队占据了。喀提林对时间的拖延感到不耐烦，他决定赶到曼利乌斯的军中去。他命令马基乌斯和克特古斯带着剑大清早到西塞罗的家门口去，假意向他致敬，趁机下手，把他干掉。有一位名门妇女叫做孚尔维亚的把这个阴谋告诉了西塞罗，她是在夜里来劝西塞罗防备克特古斯和他的伙伴。那两个人在破晓的时候就来了。看门人挡住他们，不让进去，他们就火了，在门口吵闹，这就更令人怀疑了。西塞罗于是前去召集元老们到保护神朱庇特（罗马人称为"斯塔托尔"）的庙上开议事会，这座庙位通往帕拉丁山的圣路的开头。[49]喀提林也带着其他的人去到那里，想要辩护。可是没有一位元老愿意同他坐在一起，有几个元老都从他坐的长凳上离开了。喀提林一开口讲话，就被吵闹的声音打断了。后来，西塞罗站起来命令他离开首都，他说，他们两人当中有一个靠言语从事政治活动，有一个靠武器从事政治活动，因此他们之间应该有一道城墙。喀提林于是立即带着三百名武装随从离开首都，他俨然以官吏自居，叫人在他的周围举起棒束和斧子[50]，打起军旗，就这样去到曼利乌斯那里。他征集了近两万人，带着他们去到各城市，煽动它们起来叛变，所以公开的战争就要爆发了，罗马派安东尼去迎战。

（17）那些被喀提林腐蚀的、留在城里的人，由科涅利乌斯·伦图卢斯[51]召集来给他们壮胆，这人绰号"萨拉"[52]，本是名门出身，但行为卑鄙，曾因淫荡的罪行被驱逐出元老院，此时是第二次担任普赖托尔。按照惯例，凡是想重新获得元老身份的人，都要这样担任官职。据说他得到"萨拉"这个绰号，是由于下述原因。在苏拉的时代，他担任昆斯托尔，耗费了大量公款。苏拉对这件事很生气，要他在元老院交代。伦图卢斯来到元老院，目中无人，傲慢不逊，说他没有什么可以交代，只能交出他的小腿，就像孩子们在踢球落空的时候那样摆摆腿。罗马人称小腿为萨拉，因此他的绰号叫"萨拉"。还有一次，他吃官司，收买了一些陪审员，结果以两票的多数被宣判无罪，他却说他给另一个陪审员的钱是浪费了，因为只须一张票就足以使他被宣判无罪。

这人的性格就是这样，他已经被喀提林鼓动起来。又被一些假先知和术士用渺茫的希望毒害了，他们唱出一些捏造的诗句和预言，说是从西彼拉[53]的书中得来的，说有三个科涅利乌斯命中注定要成为罗马的君主，其中两个——秦纳[54]和苏拉——已经完成了他们必尽的使命，天神如今把君权带来送给余下的第三个科涅利乌斯，这件礼物非接受不可，他不能像喀提林那样迟疑不决，坐失良机。

（18）所以伦图卢斯的阴谋并非微不足道，毫无意义。他决心杀死所有的元老，并尽可能杀死更多其他的公民，放火烧城，一条命也不饶，除了庞培的孩子们，因为他要把这些孩子抢到手，看守起来，作为同庞培和解的人质，已经有广泛而可靠的消息在流传，说庞培已经结束他的远征，正在凯旋归来。他们因此决定在克洛诺斯节夜里[55]进袭；剑、碎麻和硫磺已经运到克特古斯家里藏起来。他们还指派一百人，把罗马城的一百个区抽签分配给他们，每人一区，为的是在顷刻之间有许多人放火，使罗马城顿时燃烧起来。其余的人去堵塞输水道，如有人取水，格杀勿论。

正巧在这个时候，有两个阿罗洛革斯使节驻在罗马，阿罗洛革斯这个民族在当时处境很困苦，深受罗马势力的压迫[56]。伦图卢斯和他的党羽认为可以利用这两个来促使加拉太起来叛变，因此让他们参与自己的阴谋。他们把给阿罗洛革斯人的议事会的信和给喀提林的信交给这两个人，前一封信答应给阿罗洛革斯人以自由，后一封信劝喀提林解放奴隶，向罗马进军。他们还派了一个名叫提图斯的克罗通人同他们一起到喀提林那里去，信件由这人携带。这些承诺者都是不沉着的人，他们聚会的时候总离不了酒色，西塞罗则以冷静的思考和绝顶的洞察力努力追踪他们的阴谋。他派了许多人从外部监视他们的动作，帮助他追踪，他并且信任地同许多假意参与这阴谋的人秘密商议，由此得知阴谋者同那两个外国人举行的会谈。他于是在夜里设下埋伏，捉到了那个克罗通人，获得了他携带的信件，当时那两个阿罗洛革斯人正在暗中与他合作。

（19）西塞罗在大清早召集元老们到和睦女神的庙上[57]开议事会，他在会上宣读了这些信件，听取了告发者的证词。西拉努斯·尤尼乌斯也报告说，有些人听见克特古斯声称，要杀死三个执政官[58]和四个普赖托尔。皮索，一个卸任的执政官[59]，也带来一些类似的消息。还有一个名叫盖约·苏尔皮基乌斯的普赖托尔被派到克特古斯家里去，发现有许多投掷物、武器和大量的刀剑，都是新磨快的。最后，元老院通过决议，保证那个克罗通人的安全，只要他吐露真情。这样一来，伦图卢斯就被判有罪，他宣誓退职[60]（当时担任普赖托尔），在议事会上脱下那件紫色镶边的长袍，换上一件适合于他的处境的衣服。他和他的党羽则交给普赖托尔们看守起来，没有戴镣铐。

那时已经是晚上了，人民聚集在庙外等候，西塞罗出来把事情告诉公民们。他们于是护送他到他的一位邻友家里，因为他自己的家已经被妇女占据了，这些妇女正在举行秘密仪式，祭祀一位女神，罗马人称这女神为"慈善女神"，希腊人称她为"妇女之神"[61]。妇女们每年要在执政官家里给这位女神献祭，由执政官的妻子或母亲主持，由侍奉灶神的贞女们[62]陪祭。西塞罗到了友人家里，他独自考虑——当时只有很少几位伴侣和他在一起——怎样处置这些人。他很小心谨慎，不拟采用适合于这样大的罪行的严厉惩罚，这是由于他性情温和，同时也不愿被人认为是在滥用权力、无情地践踏那些出身高贵、与城里的实力派结交的人；可是对他们过于宽大，又怕他们危害国家，因为如果他们只受到轻于死刑的惩罚，他们不但不甘心，反而会在旧的罪恶之上发出新的火气，胆大妄为；他自己则会被人认为缺乏勇气，软弱无能，特别是因为群众已经认为他的胆量太不足了。

（20）西塞罗正不知怎么办才好，这时，献祭的妇女得到一个预兆。看来火已经熄灭了，祭坛上却发出一大股灿烂的火焰，是从灰烬和焚烧过的树皮里燃起来的。别的妇女都吓坏了，圣贞女们却叫西塞罗的妻子特伦提娅赶快去劝她丈夫按照自己的决定行事以拯救祖国，因为这位女神已经发出强烈的光亮照耀着他的安全与荣誉。特伦提娅并不是一个温柔的妇女，而且天生勇敢，好胜逞强，据西塞罗自己说，她宁愿分担他的政治烦难，而不愿让他分担她的家务烦恼。她立即把这个信息告诉西塞罗，鼓励他严惩这些阴谋者。西塞罗的弟弟昆图斯[63]和他的研究哲学的伴侣普布利乌斯·尼基狄乌斯[64]（西塞罗在他的政治活动中大量采用这个人的意见）也这样鼓励他。

第二天，元老院讨论对这些阴谋者的惩罚。第一个被征求意见的是西拉努斯，他回答说，应当把他们押到监狱里，处以最严厉的惩罚。全体元老陆陆续续对他的意见表示赞成，一直轮到盖约·恺撒，这人后来成为独裁者。当时他还是个年轻人，他的势力才刚开始高涨，但是他的政治活动和他的愿望已经使他踏上了那条把罗马国体引向君主制的道路。他的意图并没有引起别人的注意，只是使西塞罗感觉到有许多可疑之处，却还没有给他一个可以定罪的把柄，尽管有一些人说，恺撒几乎被西塞罗抓住，却又从他手里滑掉了。也有人说，西塞罗有意忽视并放过那种对恺撒不利的情报，原因是由于害怕他的党羽和他的势力，因为每个人都清楚，这些同谋者都会同恺撒一起得救，而不是恺撒同他们一起受罚。

（21）轮到恺撒表示意见的时候，他站起来说，不必对这些阴谋者处以死刑，只是没收他们的财产，把他们押解到西塞罗认为合适的那些意大利城市，加镣铐，监禁起来，直到喀提林被打败的时候为止。这个建议宽大合理，建议的人能言善道，西塞罗又给它添上不少的分量，他站起来讲，两边摇摆，时而赞成前一种意见，时而赞成恺撒的意见。西塞罗的朋友全都认为恺撒的意见对西塞罗有好处（因为不把这些同谋者处死，西塞罗可以少受谴责），他们宁愿选择第二种意见。因此连西拉努斯也改变了他的看法，辩解说，他的意见并不是指死刑，因为所谓"最严厉的惩罚"，在罗马元老的心目中，是指坐牢。头一个反对恺撒的意见的人是卡图卢斯·路塔提乌斯[65]；伽图跟着起来反对，他的言辞之激烈使人对恺撒有所怀疑，他这样激起了元老们的愤怒和勇气，他们因此判处这些人以死刑。恺撒此时反对没收他们的财产，认为自己意见中宽大的部分被拒绝，而最严厉的部分反而被采纳，未免不妥当。许多元老坚持到底，恺撒便向保民官呼吁，可是他们不听他的请求，到后来还是西塞罗让步，取消了没收财产的决议。

（22）于是西塞罗同元老们一起去提人。这些人并不是在同一个地点，每个普赖托尔看管一个阴谋者。西塞罗先把伦图卢斯从帕拉丁山提出来，押着他沿圣路来到广场中心，许多最高的掌权人物环绕着西塞罗保护他。人民看见正在发生的事情，不寒而栗，只是静悄悄地走过，年轻人尤其有这种感觉，他们就像怀着畏惧与惊愕的心情参加一个贵族制度下的古代宗教仪式一样。西塞罗穿过广场，到达监狱，把伦图卢斯交给刽子手，命令他处决。下一个轮到克特古斯；西塞罗就这样把其余的阴谋者一个个押到监狱里去处决了。许多阴谋者聚集在广场上，不知道情况，他们等待黑夜来临，以为他们的伙伴们还活着，还能被救出来，西塞罗便对他们高声喊道："他们曾经是活人。"罗马人忌讳说不吉利的话，他们这样暗示人已经死了。

时间已经是晚上了，西塞罗穿过广场回家，人们不再是安安静静、整整齐齐地护送他，而是在他经过的时候，欢呼鼓掌欢迎他，称呼他为祖国的救星和创建者。街上灯火辉煌，家家户户门口点着灯和火炬。妇女们也在屋顶上举着火光向西塞罗致敬，观看他在最高贵的公民的护送下威风凛凛地回家去，这些公民大多数曾经打过大战，举行凯旋仪式进城，给罗马扩张了不小的海陆版图，此刻他们慢慢行进，一致认为罗马人民应该感谢当日许多统帅和将军为他们挣得财富、战利品和权力，而他们获得拯救与安全却只靠西塞罗一人，他使人民脱离了一场这么巨大和严重的危险。他制止了这些阴谋活动，惩罚了阴谋者，这还不足为奇；他以最小的损失镇压了自古以来最大的政变，而且没有发生暴乱和骚扰，这就奇了。因为那些聚集在喀提林的旗帜下的人，绝大多数在得知伦图卢斯和克特古斯的下场的时候都背弃了他而四散了；喀提林纠合残部，同安东尼打了一仗[66]，他本人战死了，他的军队也同归于尽。

（23）可是也有人准备对西塞罗的所作所为加以谴责，而且要害他，他们的首领是新选出的下一届长官：普赖托尔恺撒，保民官墨特卢斯和贝斯提亚[67]。在这些人上任的时候，西塞罗的执政官任期还剩下几天[68]，可是他们不让他向民众发表演说，他们用长凳堵住讲坛的过道，不让他，不许他讲话。他们命令他只宣誓退职，接着就退下讲坛，要是他愿意的话。西塞罗接受了这些条件，上前来宣誓。等会场安静下来，他就宣誓，但是他念的不是惯常的誓辞，而是他自己编的新的誓辞，说他拯救了祖国，维护了最高权威。全体人民都在他的口授下立下了这句誓言。这件事使恺撒和保民官们更为气愤，他们就给西塞罗制造别的麻烦，提出一条法令，召请庞培带兵回来摧毁西塞罗的势力。好在当时任保民官的伽图对西塞罗和整个国家都给予了很大的帮助，伽图反对其他保民官们的政策，他具有同他们平等的权力，而且名誉比他们好。他很容易地粉碎了他们的其他政策，并且在一篇向人民发表的演说中对西塞罗的执政大加赞扬，人民听了，通过决议赠予西塞罗以最高的荣誉，称他为"国父"。西塞罗似乎是第一个获得这个称号的人，伽图在人民面前这样称呼他。

（24）这时，西塞罗在国内的权威登峰造极，但是他惹得许多人嫉妒，并不是由于他有什么不好的行为，而是由于他总是自吹自擂，惹得许多人厌恶。每一次元老院开议事会，人民大会开会，法院开庭，都不得不听他滔滔不绝地谈论喀提林和伦图卢斯。到后来，他甚至使他的书里和文章里充满了自我表扬；他的演说本来是最有趣、最迷人的，却被这可憎的习气像病魔一样缠住了他，使人听了感到难受和厌烦。可是尽管他的荣誉感是这样强烈，他对别人却不嫉妒，他在称赞前人和同时代人的时候，非常慷慨，这一点可以从他的文章里看出来。他有许多言论被记录下来。例如，他说亚里士多德是一条波涛滚滚的金河[69]；他是这样评论柏拉图的"对话"：如果宙斯想用人间的语言，他不会像"对话"中人物这样地说话[70]。他经常说，特奥弗拉斯特是他特别喜爱的作家。有人问他，德谟斯提尼的演说哪一篇最好，他回答说：最长的一篇[71]。可是有一些自命为德谟斯提尼的摹仿者的人却批评西塞罗在一封致友人的书信中所说的话，即德谟斯提尼有时候在他的演说里打盹；而对于西塞罗经常用来赞扬德谟斯提尼的有分量的惊人的语句，以及西塞罗称呼他特别卖力写出来的反安东尼的演说为《反腓力辞》[72]等事，他们却只字不提。

在那些以口才或学识得名的同时代人中，没有一位不是经西塞罗在他的演说或著述中加以赞誉而变得更为著名的。西塞罗曾经从当权的恺撒那里为走廊派学者克拉提普斯[73]取得罗马公民权，并曾经使战神山议事会通过决议，请克拉提普斯留在雅典给年轻人讲课，为城邦增加光彩。西塞罗传下有写给赫拉得斯的书信和他写给儿子[74]的另一些书信，他在这些书信里劝他们在克拉提普斯门下学习哲学。可是他谴责修辞学家戈尔吉亚[75]引诱他的儿子行乐纵酒，他不让儿子同这个年轻人来往。几乎只有这封希腊文书信是他在愤怒中写成的。此外，还有一封这样的希腊文书信是写给拜占庭人佩罗普斯的。西塞罗对戈尔吉亚的责备是适当的，如果此人，正如人们所公认的，是个卑鄙放荡的人的话；而对于佩罗普斯，西塞罗所表现的则是小气和抱怨的态度，因为那人没有着意使拜占庭人通过一项赠于西塞罗某种荣誉的决议。

（25）这件事是西塞罗爱好荣誉的表现。还有一点，就是他时常由于卖弄口才的巧妙而不顾分寸。有一回，他为穆那提乌斯辩护，这人被宣判无罪以后，接着就控告西塞罗的朋友萨比努斯。据说西塞罗为这件事很生气，对他说："难道你是靠自己的清白，穆那提乌斯，而不是靠我把原来亮堂堂的法庭抹得漆黑而获得免罪的吗？"还有一回，西塞罗在讲坛上赞扬马可·克拉苏博得喝彩，几天以后又辱骂他，克拉苏因此对他说："前两天你不是站在那里赞扬我吗？""是的，"西塞罗回答说，"我不过是挑了一个坏题目来练习口才罢了。"还有一回，克拉苏说，没有一个克拉苏在罗马活到六十岁以上[76]，后来又要否认，自问道："我怎么会这样说呢？"西塞罗对他说："你明知罗马人爱听那句话，借此讨好他们。"克拉苏曾经表示，他对斯多葛派的演说感到满意，因为这一派人宣称为善即富有。西塞罗对他说："你得想一想，你之所以感到满意，难道不是由于他们宣称一切财富归于智者么？"克拉苏曾因贪财受到谴责。且说克拉苏的儿子当中有一个很像某一个阿克西乌斯[77]，因此给他的母亲引起同阿克西乌斯有不名誉的关系的诽谤。有一回，他这儿子在元老院发表演说，博得声誉，有人问西塞罗对这人有什么看法，他回答说："无愧于[78]克拉苏。"

（26）克拉苏将赴叙利亚[79]，他希望西塞罗成为他的朋友，而不是敌人，因此对西塞罗表示好意，说他想到他家里吃饭，西塞罗很热情地款待了他。几天以后，有几个朋友为瓦提尼乌斯说情，说那人要求同西塞罗和解，交朋友（原来是对立面）[80]，西塞罗回答说："难道瓦提尼乌斯也想到我家里吃饭？"他就是这样对待克拉苏。且说这个瓦提尼乌斯脖子上长了瘰疬，他有一次在法庭上答辩，西塞罗称他为"肿脖子演说家"。还有，他曾听说瓦提尼乌斯已经死了，过了不久，才确知此人还活在世上，他便说道："但愿那个说假话的贱人卑贱地死去吧！"有一回，由恺撒提议通过一条法令，要把夫佩尼亚的土地分配给恺撒的兵士，元老院中有许多人对此不满，卢基乌斯·格利乌斯[81]是他们当中最年长的，他宣称，只要他还活在世上，这条法令就不得执行。西塞罗听了，说道："他们等一等吧，因为格利乌斯要求的并非是很长的拖延。"还有，有一个名叫屋大维的人，有利比亚血统的嫌疑，这人在某一场审判中说，他不想听西塞罗讲话，西塞罗就回答他说："可是你的耳朵并不是没有穿孔[82]呀！"墨特卢斯·涅波斯[83]说，西塞罗作为敌对的见证人所害死的人比他当辩护士所救起的人还要多；西塞罗回答说："我承认我的见证的可靠性胜过我的口才的技巧。"还有，有一个年轻人有拿毒饼给他父亲吃的嫌疑，这人敢于说，他要骂西塞罗；西塞罗回答说："我宁愿挨你的骂，而不愿吃你的饼。"普布利乌斯·塞克斯提乌斯[84]请西塞罗和一些别的人给他当辩护士，打一场官司，后来又想完全由自己出庭答辩，不让任何人插一句话；在投票后，他显然将被陪审员们宣判无罪，这时候，西塞罗对他说：

"今天，塞克斯提乌斯，好好利用你的时机，因为明天你将成为一个无足轻重的人。"普布利乌斯·孔斯塔不学无术，缺乏才能，却想当法律专家，这人被西塞罗传去为某一个案件作证，他不停地回答说他什么也不知道；西塞罗听了，对他说："也许你以为我们追问的是法律问题。"墨特卢斯·涅波斯有一次同西塞罗争吵，再三问道："谁是你的父亲？"西塞罗回答说："就你而论，你的母亲把这个问题弄得更不好回答。"原来涅波斯的母亲有淫荡之名，涅波斯本人是个轻浮的人。他有一次突然放弃保民官的职务，航行到叙利亚去巴结庞培，随即从那里回来，一点理由都没有。还有，他尽心尽力地埋葬了他的老师菲拉格洛斯，在他的坟墓上立了一只石雕的乌鸦；西塞罗知道了，对他说："这件事你做得比较聪明，因为他教过你飞翔，而没有训练你的口才。"还有，马可·阿皮乌斯在某一个案件中答辩，他在开场白里说，他的朋友劝他炫耀自己的勤勉、口才和信心；西塞罗听了，对他说："那么，你还要对朋友这样冷酷无情，半点也不显出他所要求于你的这些优良品质吗？"

（27）用比较尖刻的俏皮话来对付敌人或诉讼对手，似乎是一个演说家应有的权利，但是西塞罗却为了逗笑而见人就嘲弄，惹得许多人憎恨。这一类的例子也可以举几个。马可·阿奎尼乌斯有两个女婿被放逐，西塞罗称他为阿德拉斯图斯 [85]。监察官卢基乌斯·科塔 [86] 嗜酒如命，西塞罗在竞选执政官的时候，因渴而喝水，恰巧他的朋友们站在他的周围，他因此对他们说："你们有理由害怕监察官看见我只是喝水而生我的气。"有一回，沃科尼乌斯带领着三个非常丑陋的女儿经过；西塞罗见了，高声朗诵：

他违背福玻斯的意旨而生了孩子 [87]。

马可·格利乌斯——这人被认为不是自由人出身——用响亮的声音向元老院宣读信件；西塞罗听了，说道："请不要大惊小怪，因为他是一个为自由呼喊的人。"浮斯图斯——这人是曾在罗马当过独裁者并曾公布过许多人的死刑的苏拉的儿子——大量挥霍财产，欠下了债，出招贴拍卖家具；西塞罗见了，说道，他喜欢这个招贴，胜于喜欢那人的父亲的招贴。

（28）以上这些事使西塞罗为许多人所怨恨。此外，克罗狄乌斯[88]，年纪轻轻，敢作敢为，傲慢不逊。他爱上了恺撒的妻子蓬珀伊亚[89]，假扮作竖琴女，偷偷地混进恺撒的住宅，当时妇女们正在那里举行秘密仪式，这种仪式是严禁男人观看的，所以家里一个男人也没有。克罗狄乌斯当时是个小伙子，没有胡须，他想混在妇女当中偷偷地溜到蓬珀伊亚房间里去。他是在夜里进去的，宅第又大，因此迷了路。他正在彷徨的时候，被恺撒的母亲奥瑞利亚的侍女看见了，侍女问他叫什么名字。他不得不回答，便说他是在找蓬珀伊亚的一个名叫阿布拉的侍女。那女子听出他的嗓音不是女人的，就大喊大叫召唤妇女们前来。这些妇女关上大门，到处仔细清查，发现克罗狄乌斯躲在一个领他进入住宅的侍女的房间里。这件事传开了，恺撒把蓬珀伊亚休了，并且以渎神的罪名控告克罗狄乌斯。

（29）西塞罗本是克罗狄乌斯的朋友，在喀提林事件中发现这人是他最热诚的助手和保卫者。克罗狄乌斯这样答辩，坚持说他当时并不在罗马，而是在最远的庄园里消磨时光。这时候，西塞罗却提出不利于他的证据，说克罗狄乌斯当时到过他家里，同他商谈过某一些事务。这件事是真实的，可是有人认为西塞罗并不是为了提供实情而作证，而是为了在他的妻子特伦提娅面前辩白。特伦提娅对克罗狄乌斯抱有敌意，起因是由于克罗狄乌斯的妹妹克罗狄娅。特伦提娅认为克罗狄娅想嫁给西塞罗，让一个名叫图卢斯的人帮她拉拢，这人是西塞罗最亲密的伙伴，与克罗狄娅是近邻，时常去看望克罗狄娅，讨她喜欢，这就引起了特伦提娅的疑心。特伦提娅很泼辣，管得住西塞罗，她就怂恿西塞罗参与对克罗狄乌斯的攻击，提出不利于他的证据。此外还有许多高贵的人也提出不利于克罗狄乌斯的证据，控告他发伪誓，耍流氓，收买群众，勾引妇女。卢库卢斯甚至让一些侍女出来证明克罗狄乌斯同他自己最小的妹妹发生过关系，当时此女子已经和卢库卢斯结婚，住在一起。又传克罗狄乌斯同他另外两个姊妹也发生过关系，其中一个名叫特尔提娅，嫁给了马可·瑞克斯，另一个名叫克罗狄娅，嫁给了墨特卢斯·克勒尔，后者的浑名叫做"小铜板"，因为她的一个情人把铜币放在钱袋里，作为银币送给她，而最小的铜币称为"小铜板"。特别是由于同后一个姊妹有关系，克罗狄乌斯的名声很坏。但是，由于当时人民反对那些联合起来提出不利于克罗狄乌斯的证据的人，陪审员们因此有所畏惧，由一个卫队围护着，大多数陪审员填写的票字迹模糊[90]。然而赞成放免的人似乎占多数；据说有人受贿。因此卡图卢斯在碰见这些陪审员的时候，对他们说："原来你们真是为了安全而要求保护，害怕有人抢你们的钱。"克罗狄乌斯对西塞罗说，他出庭作证，并未能使陪审员们相信他的话；西塞罗回答说："不然，有二十五个陪审员相信我的话，因为有这么多人判定你有罪；有三十七个陪审员不相信你的话，因为他们在接受你的金钱之前，并没有把你放免。"恺撒被传出庭，但是没有提出不利于克罗狄乌斯的证据；他否认他指责过他的妻子有奸情，只说他之所以把她休了，是因为恺撒的婚姻不但要和可耻的行为无关，而且要和流言不沾染。

（30）克罗狄乌斯脱险以后，被选为保民官，他立即开始攻击西塞罗，把一切事情都归罪于他，煽动所有的人起来反对他。他用宽大的法律讨人民喜欢，并使公民大会通过决议，给每个执政官分配一个大的行省（皮索分到马其顿，伽比尼乌斯分到叙利

普卢塔克名人传记选

亚），使许多穷苦的人组织起来参加政治活动，用武装的奴隶给自己当保镖。在当时最有权势的三大人物当中，克拉苏是西塞罗的死对头，庞培两边讨好，恺撒即将带兵赴加拉太[91]。尽管恺撒不是西塞罗的朋友，而是喀提林事件中的可疑人物，西塞罗还是巴结他，要求参加远征，给他当幕僚[92]。恺撒答应了他的要求，同时克罗狄乌斯看出西塞罗会躲过他的保民官权限的掌握，便假意同他和解，把主要的过错推到特伦提娅身上，时常好心好意地提到他，好言好语地应付他，好像他并没有怨恨和愤怒的情绪，而是适度地、友好地责备他。这样把他的恐惧心理完全消除了。西塞罗因此谢绝给恺撒当幕僚，继续从事政治活动。恺撒为这件事很恼怒，鼓励克罗狄乌斯同西塞罗作对，并使庞培同西塞罗完全疏远了，他本人还向人民提供不利于西塞罗的证据，说他不认为未经审判而处死罪人，是正当的或合法的。这是对西塞罗的指控，西塞罗接到了传票。由于成了被告，有危险，他换了衣服[93]，头发乱蓬蓬的，到处向人民恳求。克罗狄乌斯在各处小街上碰见他，他身边有一群傲慢鲁莽的人，放肆的讥笑西塞罗更换衣服，并且用泥土和石头向他扔去，阻挠他向人民请求。

（31）尽管如此，首先一点，几乎全体骑士都和西塞罗一起换了衣服，不少于两万名年轻人连头发也不理，紧紧地跟着他，和他一起向人民恳求。其次，元老院开会，要通过决议，叫人民更换衣服，表示悲哀，这个议案遭到两位执政官的反对，克罗狄乌斯又带着武装兵士把元老院包围起来，因此不少元老跑出来，撕破衬袍，大声呼叫。可是这景象并没有引起任何羞耻与怜悯之情，西塞罗如果不愿出外流亡，就得凭力量与刀剑同克罗狄乌斯较量一番。他向庞培求救，这人故意躲开，住到阿尔巴努斯山[94]下的庄园里。西塞罗先打发他的女婿皮索[95]去求他，后来又亲自前往。庞培听说他来了，羞于见他，因为想到这个曾经为他的缘故而参加艰巨斗争的、经常在政治方面讨他喜欢的人，他感到非常惭愧；他身为恺撒的女婿[96]，曾经由于恺撒的要求而辜负了西塞罗往日对他的恩情；这时候，他从另一个门溜了出去，避免和西塞罗见面。西塞罗被庞培抛弃了，感到孤立，只好请求两位执政官庇护。佃比尼乌斯像往日一样严厉地对待他，皮索接待他，态度比较温和，劝他退让，躲避克罗狄乌斯的攻击，顺从时机的转变，等祖国陷入克罗狄乌斯造成的动乱和灾难时，再出来拯救。

西塞罗得到这个答复以后，便同他的朋友们商量：卢库卢斯劝他留下，认为他能占上风，其余的人则劝他逃亡，认为人民一旦厌倦了克罗狄乌斯的疯狂与荒唐，很快就会想念他。西塞罗决定采取后一种办法。他先把雅典娜的像——这座像在他家供奉了很久，而且受到他的极大崇敬——运到卡皮托尔山[97]上奉献，像上刻着："献给雅典娜——罗马的守护神"；然后在朋友们的护送下，约在午夜出了城，步行穿过路卡尼亚，打算到西西里去。

（32）西塞罗逃亡的消息一传开，克罗狄乌斯就迫使人民投票对西塞罗下放逐令，他颁布禁令，禁止向西塞罗供给火和水，不许人在意大利五百里[98]以内供西塞罗住宿。有许多人由于尊敬西塞罗，对这道禁令一点不理睬，他们一路护送，向西塞罗表示各种好意。但是在路卡尼亚境内的希波尼乌姆城（今名维玻城）[99]，有一个名叫维比乌斯的西西里人，他曾经由于西塞罗对他很友好而获得许多好处，并且在西塞罗任执政官的时期当过工程长，他不愿意在家里接待西塞罗，但送信给他，表示要分配一所庄园给他住。西西里的盖约·维吉尔过去和西塞罗非常亲密，他写信给西塞罗，叫他不要去西西里。西塞罗受到冷遇，失望之余，去到布隆狄西乌姆，要从那里顺风渡海赴迪拉基乌姆，由于在海上遇到逆风，第二天返回意大利，等待时机再扬帆过海。据说他到迪拉基乌姆正要上岸的时候，发生了地震和海啸。预言者据此推测说，他的流亡不会拖得很久，因为这些都是变化的征兆。尽管有许多人好心好意地去探望他,尽管希腊各城邦竞相派使节去向他致敬,他依然在颓唐与苦恼中消磨他的大部分时光,像一个害相思病的人那样遥望着意大利。由于遭到不幸,他没精打采,低声下气,谁也想不到一个曾经享有那样一种高贵的教养的人会落到这个地步。他时常要求他的朋友们不要称呼他为演说家,而称呼他为哲学家,因为他曾经选择哲学作为他的事业,而演说术则不过是用来达到政治目的的工具而已。然而称誉却有很大的力量,能把理智从心灵深处洗刷掉,就像把颜色洗刷掉一样,它还能通过交往的力量把普通人的情感灌注到政治家的心灵里,除非他在参加活动时非常警惕,只和事务接触,而不和随着事务而来的情感接触。

(33)克罗狄乌斯把西塞罗赶走以后,就把他的别墅烧毁了,把他的住宅也烧毁了,就地建筑了一所敬奉自由女神的宙宇;并且把西塞罗的其余财产拿来拍卖,可是每天叫卖都没有人买。这样一来,克罗狄乌斯就成了贵族所畏惧的人物,身后有一群变得非常傲慢鲁莽的人。他向庞培进袭,猛烈地攻击他出征时所采取的措施。庞培受辱,悔不该当初背弃了西塞罗;他此时改变了,和西塞罗的朋友们一起竭力要把西塞罗召回。由于克罗狄乌斯反对召回,元老院决定在这个时期不批准任何议案,不处理任何公务,除非把西塞罗召回。在伦图卢斯执政期间[100],动乱加深了,连保民官都在广场上受到了伤害,西塞罗的弟弟昆图斯躺在尸首中间,像死人一样,才没有被敌人发现。于是人民开始改变他们的看法,保民官安尼乌斯·弥罗首先鼓起勇气,控告克罗狄乌斯行凶,许多人从乡间和周围的城市前来聚集在庞培的身边。庞培带着这些人前去把克罗狄乌斯从广场上赶走,召集公民投票。据说人民从来没有这样全体一致地通过一个议案。元老院也和人民一起竞相写信称赞在西塞罗流亡时期曾关照过他的那些城邦,并且下令用公款重建西塞罗的被克罗狄乌斯烧毁的住宅和别墅。

西塞罗在流亡后第 16 个月回国，各城市对他的欢迎是这样的欢腾，人们对他的欢迎是这样地热切，以致连西塞罗后来的描述都不足以表达真实情况。他说，意大利把他举到肩上，抬进罗马城[101]。克拉苏——这人在西塞罗流亡以前是他的敌人——此时也热情地迎接他，同他和解，据他说这是为了使他的儿子普布利乌斯高兴，这孩子对西塞罗十分钦佩。

（34）西塞罗没有等多久，就趁克罗狄乌斯外出的时候，带着许多人去到卡皮托尔山上，把那些记载保民官政令的三角牌扯下来毁掉了。克罗狄乌斯为这事谴责西塞罗，西塞罗回答说，克罗狄乌斯出身贵族而担任保民官，于法不合，因此他的措施没有一件是有效力的。伽图听了很生气，他反驳西塞罗的说法，这并不是因为他赞许克罗狄乌斯——实际上他对克罗狄乌斯的政治措施很不满意——而是因为他认为元老院通过决议废除这许多法令和措施——其中包括他本人在塞浦路斯岛和拜占庭采取的措施——是荒诞，是暴政。这件事使西塞罗和伽图发生冲突，尽管还没有表面化，但是给他们相互之间的友谊蒙上了较深的阴影。

（35）此后，克罗狄乌斯被米洛杀死了[102]；米洛因此被控犯有杀人罪，他请西塞罗给他当辩护士。元老院担心在米洛这样一个有名望、有胆量的人受审的时候，城里会出乱子，因此委托庞培担任这场审判以及其他一些审判的指挥者，要他保证都城与法庭的安全。天还没有亮，庞培就派兵驻守在高地上，包围着广场。米洛担心西塞罗会被这不寻常的景象所惊扰，官司打不好，因此劝西塞罗乘肩舆赴广场，在那里安安静静地等待陪审员集合，法庭满座。看来西塞罗不但没有胆量动刀枪，而且在开始演讲的时候常感到害怕，在许多场官司里，在他滔滔不绝地讲了很久之后，他还是忍不住地颤抖。当利基尼乌斯·穆瑞那被伽图控告时，西塞罗为他辩护，他很想胜过霍滕西乌斯——这人已经发表了一篇成功的答辩辞[103]，——西塞罗在前一天夜里一点不能入睡，过度的焦虑和失眠害了他，使他的答辩辞落到自己的水平以下。这一次，他下了肩舆，上前去为米洛答辩，望见庞培的兵士驻扎在高地上就像在那里安营扎寨一样，广场周围是刀光剑影，他就惊惶失措，周身发抖，声音沙哑，难以开始辩护[104]。米洛本人在受审的时候，却表现得很勇敢顽强。他不屑于披头散发，换上灰色衣服，这似乎是他被判有罪的主要原因之一。至于西塞罗的表现则被认为是忠心于朋友，而不是自己胆怯。

（36）西塞罗还接替死于帕提亚的小克拉苏[105]担任罗马人称为"马卜者"的祭司之一。后来他拈阄得到西里西亚省，他带着一万二千重甲兵，两千六百骑兵渡海前往[106]。他奉命使卡帕多西亚人对他们的国王阿里奥巴扎尼斯怀抱爱戴与听命的态度，这件事他办理得当，调处得很圆满，没有诉诸武力。他观察到西里西亚人看见罗马人在帕提亚吃败仗，看见叙利亚人叛变而蠢蠢欲动，因此用温和的统治安抚他们。他不接受礼物，即使是国王赠送他的也不接受；他豁免了行省居民应缴纳的招待费，自己却每天款待有教养的人，筵席不奢侈而丰富。他的住宅没有看门人；没有人看见他高卧不起，他总是大清早就站在房前，或者在那里散步，迎接来访的客人。据说他从来没有下令使用杖刑，从来没有撕破任何人的衣服，从来没有怒骂人或给人以污辱性惩罚。他发现许多公款被侵吞了，便采用退赔办法，使各城市富裕起来；对于已经退赔的人，他保全他们的公民权，不再加以处罚。他也打过仗，击溃过阿马诺斯山[107]的强盗，为此他的兵士尊称他为"大将军"。演说家凯利乌斯要西塞罗从西里西亚送几只豹子，以便在罗马展览。西塞罗炫耀自己的功劳，回信告诉凯利乌斯，说西里西亚没有豹子了，因为这里的一切生物都享受和平的生活，惟有豹子受到攻击，它们对此很生气，便逃到加里亚去了。西塞罗后来从这个行省航行回国，他先到罗得岛，然后在雅典欢度一些时日，怀念他旧日在那里的生活。他在那里同第一流学者交谈，向旧日的朋友和熟人问好，从希腊人那里受到应得的赞扬，然后回到罗马[108]，而罗马的局势就像着了火一样，正在酝酿内战。

（37）元老院决议，给西塞罗举行凯旋仪式，他却说宁愿紧跟在恺撒的凯旋仪仗后面，如果事情可以这样安排的话。他私下写信竭力规劝恺撒，并多次当面恳求庞培；他想安定和抚慰他们两人。可是事情已经无法挽救，恺撒已逼近罗马，庞培没有留守，而是带着许多高贵的公民离开了城市[109]，西塞罗没有跟着他逃跑，人们认为他已经归依恺撒。他的心意显然是多次左右摇摆，这使他感到苦恼。他在一些信里写道：不知应当倒向哪一边，因为庞培有光明正大的理由发动战争，而恺撒则更善于应付局势，更能拯救自己和他的朋友们，因此西塞罗只知道从哪方面逃走，而不知逃向哪方面。特雷巴提乌斯，恺撒的伴侣之一，写信告诉西塞罗，恺撒认为他最好加入他那一边，和他共同为未来斗争；如果因为年纪大了而不便加入，就该到希腊去，在那里安安静静地过日子，不干预双方的事儿。西塞罗觉得奇怪，为什么恺撒不亲自写信，他因此气愤地回答说，他不会做任何违反他的政治风度的事情。信的大意如此。

（38）但是当恺撒带兵赴伊里亚的时候，西塞罗立即坐船去投奔庞培[110]。庞培方面的其他人见到他，都很高兴，惟有伽图一见他就私下狠狠地责备他不该依附庞培。伽图说，就他自己而论，违背当初选定的政治阵线，是一件不光彩的事，但是西塞罗呢，只要留在家里，保持中立，适应局势的发展，对于祖国和他的朋友们就更有好处，他没有理由，也没有必要成为恺撒的敌人，跑到这里来分担这样大的危险。

这些话使西塞罗的心意有了改变，这也许是由于庞培不重用他。情形之所以如此，西塞罗自己有责任，因为他并不掩饰他悔不该到这里来，他蔑视庞培的军备，在背后对他的策略表示不满，讥笑他的战友们，妙语横生，不加检点；尽管他经常板着面孔，不带笑容，在军中走来走去，他却使别人忍不住发笑。最好举几个例子。多弥提乌斯[111]把一个不勇于作战的人提升为指挥官，说他性情温和，行为谨慎；西塞罗听了，对他说："怎么不聘请他给你的孩子们当傅保呢？"有人称赞勒斯波斯人特奥法涅斯[112]——这人是军中的工程长，——因为他曾经很好地安慰过那些丧失海军的罗得人；西塞罗听了，说道："聘请希腊人当工程长，是一件多么好的事！"[113]恺撒节节胜利，可以说是在围攻庞培的军队，这时候，伦图卢斯说，听说恺撒的朋友们满腹忧愁，西塞罗听了，对他说："你是说他们对恺撒不怀好意。"有一个名叫马其乌斯的人新近从意大利前来，说起罗马盛传庞培被围攻；西塞罗听了，对他说："那么你是航行到这里来亲眼看看才相信吗？"战败之后[114]，农尼乌斯说，还应该抱有大好的希望，因为庞培军中还有七只鹰；西塞罗听了，对他说："你的劝告倒是好，如果我们是在同寒鸦作战的话。"拉比努斯[115]对某些预言深信不疑，说庞培必胜；西塞罗听了，说道："是呀，正是有这种将才，现在我们才去营寨的。"

（39）在法尔萨卢斯战役之后——西塞罗因病没有参加这一战役——庞培逃跑了，当时伽图还有大量的陆军和强大的海军，驻扎在迪拉基乌姆，他要求西塞罗按照惯例以卸任的执政官的身份挂帅。可是西塞罗不肯执掌兵权，断然拒绝同他一起进军，为此几乎遭到杀身之祸，因为小庞培[116]和他的朋友们称西塞罗为叛徒，拔剑对准他，多亏伽图插身其间，好容易才把他救了出来，送出营地。此后，西塞罗去到布隆迪西乌姆，在那里逗留，等待恺撒，恺撒由于在亚细亚和埃及事务繁忙，迟迟才得回来[117]。有消息说，恺撒已经在塔伦同登陆，正从那里取道陆路到布隆迪西乌姆，西塞罗赶忙去迎接，他并不十分沮丧，但是一想起当着许多在场的人去试探一个得胜的敌人的气量，他就

感到羞耻。好在他用不着做什么有伤自己体面的事，或者说什么
有伤自己体面的话，因为恺撒望见他远远走在其余的人前头来迎
接他，就下马来拥抱他，和他一起步行许多斯塔狄翁[118]，同他
单独谈话。从此他继续对西塞罗表示尊重和友好，甚至在写一篇
演说辞来回答西塞罗写的伽图颂的时候，称赞西塞罗的口才和生
活，说他非常像伯克里利和特拉墨涅斯。西塞罗的演说辞叫做
《伽图颂》[119]，恺撒的演说辞叫做《反伽图辞》。

据说昆图斯·利伽里乌斯由于过去是恺撒的敌人而被控
告[120]，西塞罗为他辩护，恺撒当时对他的朋友们说："尽管利
伽里乌斯早已被判定是个坏人和敌人，可是有什么理由不让我
们在过了这么久之后，再听听西塞罗的演说呢？"西塞罗一开始
演说，他的言辞就使听者非常感动，他的演说继续下去，悲怆哀
婉，激情迭兴，显出惊人的魅力，这时候，恺撒的脸色就变来变
去，他心里的各种情感显然都激动起来；最后，当演说者提起法
尔萨卢斯战役时，恺撒是这样愤怒，以致浑身发抖，一些文件失
手坠落。总之，他是迫于不得已而放免了利伽里乌斯的。

（40）此后，政体改为独头制[121]，于是西塞罗不再从事
公众事务，把空闲时间用来给有志于哲学的年轻人讲学，由于
他和这批出身最高贵、地位最优越的人很亲密，他在都城里重
新获得极大的势力。他并且致力于哲学对话的写作与翻译，把
论辩术[122]与自然哲学上的一些术语译成拉丁语，据说是西塞
罗首先或主要是他给"phantasia"、"synkatathesis"、"epokhe"、
"Katalepsis"、"atomon"、"ameres"、"kenon"，以及许多这类的术
语配备拉丁语[123]，一部分是他想出来的转义字[124]，一部分是他
想出来的本义字，这些字明白易懂，为大家所熟悉。他写诗很熟
练，并以此自娱。据说只要他想写诗，一夜之间能写五百行。

这时期西塞罗大部分时间住在图斯库卢姆境内的别墅里，时
常给他的朋友们写信，说他过着拉尔特斯的生活[125]，他讲这句

话是在开玩笑——他惯于这样做——或者是由于他既热衷于政治活动，又对现状感到痛心。除了去奉承恺撒之外，他很少进城。在那些同声维护恺撒的尊荣、竞相用新鲜的词句称赞恺撒和他的措施的人当中，西塞罗居首位。他对庞培的雕像所发表的言论就属于这一类。这些雕像早已被推倒，抛弃，后来由恺撒下令重新建立起来。西塞罗当时说，恺撒宽宏大量，建立了庞培的雕像，同时使他自己的雕像立得更稳。

（41）据说西塞罗有意于编写祖国的历史，把许多希腊史料加进去，把他搜集的故事和传说全部写进去，可是有许多他自己不愿担任的公众事务和多半似乎是他自己招惹的私人不幸，妨碍他从事编写。第一件是同他的妻子特伦提娅离婚，因为她在战争时期没有照料他，害得他在出行的时候缺少必需的衣食盘缠；当他回到意大利的时候，她对他也没有好感：尽管他在布隆迪西乌姆呆了很长的时间，她也没有到他那里去；当他们的女儿，一个小姑娘，踏上长途旅行的时候[126]，她没有给她安排适当的护送，也没有给她旅费。特伦提娅甚至把西塞罗家里的东西都挖空了，还欠下了大宗债务。这些是为了离婚而提出的最漂亮的口实。可是特伦提娅不承认这些理由，西塞罗不久娶了一个姑娘[127]，这件事反而使特伦提娅的辩解显得分外有力。据她说，是因为他爱上了这个女子年轻貌美。但是据西塞罗的获释奴隶提洛[128]的记载，则是为了弄钱来还债。这个女子非常富有，西塞罗是她的受托人，保管她的财产。西塞罗欠下了几万的债，他的亲友们都劝他娶这个女子——尽管年龄不相称，——用她的钱来打发那些债主。安东尼在反驳西塞罗的《反腓力辞》的答辩中提起这门婚事。骂西塞罗把他的偕老的妻子扔出门外，同时讥笑他缩在家里，不服兵役，无所事事。西塞罗第二次结婚后不久，他的女儿因难产死在伦图卢斯家里，她是在她的前夫皮索死后嫁给伦图卢斯的。西塞罗的朋友们从各地前来安慰他，可是他对于这件不幸的事是这样过于悲痛，以致同他的妻子分离了，因为她似乎对于图利娅之死幸灾乐祸。

（42）西塞罗的家务事有如上述。至于那个对恺撒布下的阴谋，他没去参加，尽管他是布鲁图最亲密的朋友之一，而且似乎对现状比任何人更感到痛心，对往事更为向往。但是那些搞阴谋的人对于他的缺乏勇气的性格和他的年纪不敢信任，因为到了这样大的年纪，性格最顽强的人也一样缺乏勇气。在布鲁图和卡西乌斯[129]，以及他们的党羽完成了他们的事业以后，恺撒的朋友们联合起来对付这些凶手，人人担心首都又会卷入内战，这时候，执政官安东尼召开元老院的议事会，说了些要和睦相处的话，于是西塞罗发表一篇很合时宜的演说，劝元老院效法雅典人[130]，通过决议赦免那些反对恺撒的人，把总督这种官职分配给卡西乌斯和布鲁图。但是这些建议没有生效。人民怜悯恺撒，他们看见他的尸首通过广场，安东尼又把满是血污和剑痕的衣服给他们看，这时候，他们气疯了，在广场上寻找凶手们，举着火把到他们家里去放火。那些阴谋者早有戒备，因此躲过了这种危险。他们预料还会有许多别的巨大灾难，因此逃离城市。

（43）安东尼当时得意洋洋，大家都害怕他独揽政权[131]，西塞罗尤其害怕。安东尼看出西塞罗在政治上的势力恢复了，并且了解到他同布鲁图和他的党羽很亲密，因此有西塞罗在此，安东尼深感不安。此外，他们两人早就由于生活大不相同而互相猜疑。西塞罗起初由于有所畏惧，很想随同多拉贝拉乘船赴叙利亚，给他当幕僚，而即将继安东尼担任执政官的希提乌斯和潘萨[132]——两人都是高尚的人，而且景仰西塞罗，——则请求他不要抛弃他们，并答应要打倒安东尼，只要西塞罗肯留在罗马。西塞罗对他们将信将疑，他还是让多拉贝拉独自走了。他先同希提乌斯和潘萨说好，他要到雅典去消夏，在他们就职的时候回来，然后自己坐船走了。但是他的航程有一些延误，而且有新的

普卢塔克名人传记选

消息来自罗马——这是常有的事，——说安东尼有了惊人的转变，他的行为和他的措施都能讨元老院喜欢，并且说需要西塞罗亲临才能导致最好的局势。西塞罗因此责备自己过于谨慎，于是又回到罗马。他最初的希望并没有落空，有大群的人出于喜悦和对他的怀念，出来迎接他，将近一整天的时光都花费在城门口和他进城的路上为他举行的友好的欢迎会上。可是，第二天，安东尼召开元老院议事会，邀请西塞罗出席，西塞罗却没有前往，而是躺在榻上，借口说身体劳累，软弱无力。实际上他似乎是由于某种猜疑，并由于在路上意外得到的情报而害怕有人谋害他。安东尼对于这种诽谤很生气，就命令士兵去把西塞罗带来，或者把他的住宅烧毁，但由于有许多人反对，并且向他恳求，安东尼在得到保证之后才罢休。从此，他们两人一直是冷眼相看，互相警戒，直到下一代恺撒从阿波罗尼亚回来的时候为止。他是来接收老恺撒的遗产的，这笔遗产中有二万五千德拉克马被安东尼侵吞了，他为此同安东尼发生争吵。

（44）此后，那个娶了年轻的恺撒的母亲为妻的腓力和那个娶了他的姊妹为妻的马古卢斯带着这年轻人来到西塞罗这里，同他约定：西塞罗应当用他在元老院和人民面前凭他的口才和政治地位所得来的势力扶助恺撒，恺撒应当用他的钱财和重甲兵保证西塞罗的安全，因为这年轻人的身边已经有不少曾在老恺撒麾下服役的兵士。也有人认为西塞罗之所以欣然接受这年轻人的友谊，是有更大的理由的。据说在庞培和老恺撒还在世的时候，西塞罗曾梦见有人召集元老们的儿子到卡皮托尔庙上，说是宙斯将要指定他们当中的一人为罗马的领袖；公民们严肃地跑上去站立在庙旁，那些年轻人穿着紫色镶边的长袍，静悄悄地坐在那里。庙门突然打开了，年轻人一个个站起来，在神面前绕行，神检阅了他们，把他们打发走，各人面带愁容。但是当这个年轻的恺撒走到神面前的时候，神举起右手说道："罗马人啊，此子成为尔等之领袖时，即内战结束之日。"据说这样一个梦使西塞罗对那个年轻人的容貌有了深刻的印象，而且记得很清楚，虽然他并不认识他是谁。第二天，西塞罗来到战神的草坪，那些已经锻炼了身体的年轻人正在离开健身场，这时候，西塞罗初次看见了他在梦中见过的那个年轻人，他大吃一惊，问他的父母是谁。这孩子的父亲是老屋大维，并不十分著名，他的母亲是阿提娅，为恺撒的外甥女，无儿无女的老恺撒立下遗嘱，把家业和他的姓氏传给这个年轻人。据说此后他们两人相遇时，西塞罗总是聚精会神地同他交谈，这年轻人也恭恭敬敬地对待他的一片好意。这孩子碰巧出生在西塞罗任执政官之年[133]。

（45）以上这些是传说，但是使西塞罗同这个年轻的恺撒接近的原因，首先是西塞罗对安东尼的憎恨，其次是他爱荣誉的天性，他想把恺撒的权力同自己的势力结合起来。这年轻人是这样巧妙地巴结他，甚至称呼他为父亲。布鲁图对此非常气愤，他在写给阿提库斯[134]的信中谴责西塞罗，说他由于害怕安东尼而奉承恺撒，分明不是为了争取祖国的自由，而是为自己追求一个仁慈的主子。可是布鲁图还是提拔了西塞罗的在雅典学习哲学的儿子担任军职，并为他取得了许多成就[135]。

这时候，西塞罗在罗马城的势力登峰造极。他能够为所欲为，成功地拉起反对安东尼的派系并把他赶走了，并派遣两位执政官——希提乌斯和潘萨——去同他作战。与此同时，他还在元老院通过决议，让恺撒拥有棒束侍从和普赖托耳的标帜，因为他是为保卫祖国而战。但是安东尼被击败[136]，战后两位执政官死去后，兵力都在恺撒手下联合起来，于是元老院对这个命运亨通的人有所畏惧，想给予他荣誉和赠品，借此遣散他的军队，削弱他的权力，理由是安东尼已经逃跑，不再需要兵力保护了。恺撒惶惶失措，暗中派人到西塞罗那里去请求他、敦促他为他们两个谋求执政官的职位，说定掌权之后，他可以按照他自己的意思处理政事，指导一个只图名称和荣誉的年轻的同僚。恺撒后来承认，由于担心他的军队被遣散，自身有陷于孤立的危险，他才在危急中利用西塞罗贪图权力的心理，劝诱他靠他这个年轻人的合作和帮助拉选票，谋求执政官的职位。

（46）特别是在这个时候，西塞罗，一个年老人，被一个年轻人引诱、欺骗了，他帮助恺撒拉选票，使元老院偏爱他。为此，西塞罗立即受到朋友们的责备，不久以后，他就看出他毁了自己，断送了人民的自由。因为这个年轻人在他变强大、任执政官[137]以后，就和西塞罗分手，与安东尼和雷必达交朋友，把自己的势力同他们的势力结合起来，并同他们分掌权力，就像瓜分什么财产一样[138]。有二百多人被列为应处死刑的人。但是把西塞罗列为公敌一事，在他们之间引起最大的争执：安东尼不肯达成协议，除非把西塞罗列为第一个应处死刑的人，雷必达站在安东尼一边，恺撒则反对他们两人的意见。他们三人去到一处离营地相当远、有河流环绕的地点，在玻诺尼亚城[139]附近开了三天秘密会议。据说头两天恺撒为了营救西塞罗而力争，可是到了第三天，他就让步了，抛弃了他。他们之间的交换条件如下：恺撒抛弃西塞罗，雷必达抛弃他的弟兄保卢斯，安东尼抛弃他的舅父卢基乌斯·恺撒。愤怒和狂暴就是这样使他们丧失了人类的理性，确切地说，人类的强烈情感一旦为权力所驱使，就没有一种野兽会比人类更残忍。

（47）这件事正在进行的时候，西塞罗正好住在他的图斯库卢姆别墅里，他的弟弟和他在一起。他们获悉公敌文告以后，便决定前往阿斯图拉，那是西塞罗的海滨庄园所在地，再从那里坐船到马其顿去投靠布鲁图，因为已经有消息传说，布鲁图在那里很有势力。他们由于悲伤过度而疲乏不堪，因此乘肩舆前往。在路上休息时，两架肩舆排摆在一起，两人相对悲叹。昆图斯更是沮丧，想起自己的匮乏，说他没有从家里带出任何东西，而西塞罗身边可供旅途耗费的也很少。昆图斯因此说，最好是西塞罗赶紧先逃跑，他自己则回家去取些行李，再来赶他。他们决定这样办，于是互相拥抱，放声痛哭而别。

几天以后，昆图斯被他的一些家仆出卖给搜捕他的人，连同他的儿子一起被处死了。西塞罗乘肩舆到达阿斯图拉，他弄到一只船，立即上船，顺风沿海岸航行，到达喀开乌姆。舵手们想从那里立即启航，但由于西塞罗害怕大海，或由于对恺撒还没有完全失去信赖，竟自登陆，朝着罗马方向走了一百斯塔狄翁，但后来心情混乱，改变主意，向海边走去，到达阿斯图拉。在那里，他在可怕的困惑和焦虑中度过了一夜，甚至决心偷偷地进入恺撒的住宅，在炉火旁边自杀，使恺撒被复仇神缠身。但是由于害怕受到拷问，他不敢走这条路。接着，经过多少翻来覆去的胡思乱想，他终于让他的家仆用船把他送到卡厄塔，在这里他有庄园和避暑地，当北风送凉时，这地方最舒适宜人。

这地方有阿波罗神殿，略高于海面。当西塞罗的船划向海岸时，有一群乌鸦高声啼叫着从那里飞来，落在帆桁的两端，有的大声叫噪，有的啄帆索的末端，大家都认为这预兆不祥。可是西塞罗还是上了岸，去到他的别墅里，躺下来休息。这时，大多数乌鸦栖止在窗台上，大声叫噪，其中一只飞到西塞罗蒙头躺着的卧榻上，用嘴把衣服一点一点地从他脸上拉开。家仆见了这个情景，都责备自己，在小小的动物都来救助和照顾这不该受难的西塞罗时，他们却坐视自己的主人被杀害，而没有出力保护他。于是他们一面恳求，一面强迫，才用肩舆把他抬往海边。

（48）这时，刽子手们已经来到别墅，其中有百夫长赫伦尼乌斯和千夫长波比利乌斯，后者曾被控有杀父罪，西塞罗曾经为他辩护。刽子手们还有一些助手。他们发现大门是关着的，便破门而入，却不见西塞罗。屋里的人说，不知他在哪里。据说有一个年轻人——这人曾在西塞罗手下受过大量的语文和数学训练，

普卢塔克名人传记选

是西塞罗的弟弟昆图斯的获释奴隶，名叫菲罗罗古斯，他告诉千夫长，有一架肩舆正在穿过林荫小道往海边去。千夫长因此带着几个助手绕道跑向小道的尽头，赫伦尼乌斯则沿着小道跑去，西塞罗看见了，立即叫家仆们把肩舆放下来。他照平时的习惯用左手握着下巴，注视这些刽子手。他的头发很肮脏而蓬乱，他的面容因忧虑而憔悴，因此当赫伦尼乌斯杀他的时候，大多数在场的人都把脸遮掩起来。西塞罗从肩舆上把脖子伸出来，就这样被杀了，时年六十四岁[140]。赫伦尼乌斯奉安东尼之命把西塞罗的头和两只手砍下来，就是这双手写过《反腓力辞》，西塞罗本人曾把他那些反安东尼的演说定名为《反腓力辞》，所以直到如今，这些卷轴依然叫做《反腓力辞》。

（49）当西塞罗的手运到罗马的时候，安东尼正在处理选举官吏的事务。他听说运到了，亲自看了看，然后大声说道："公敌问题现在可以结束了。"他下令把这个头和这双手放在讲坛顶上的船头[141]上，这景象使罗马人看了吓得发抖，他们觉得他们看见的不是西塞罗的面孔，而是安东尼的魂影。可是安东尼总算做了一件过得去的事，就是把菲罗罗古斯交给了昆图斯的妻子蓬波尼娅。蓬波尼娅把这家伙弄到手，给了他各种可怕的苦受，还强迫他把自己身上的肉一小块一小块地割下来，烤熟了自己吃。这一些是编史者的记载，而西塞罗自己的获释奴隶提洛则没有提起菲罗罗古斯的出卖行为。

我听说，在这件事过了许久以后，恺撒去看他的一个外孙，这个男孩子由于手里拿着西塞罗的卷轴而吓坏了，忙把它藏在衣服下面。但是恺撒已经看见了，他把卷轴拿起来，站在那里读了一大部分，然后把它还给了这个年轻人，说道："孩子啊，他是个有学问的人，是个有学问的人，而且是个爱国的人。"等到恺撒打败了安东尼[142]，当上了执政官，他就选定西塞罗的儿子为共同执政的同僚[143]，在西塞罗的儿子任执政官期间，元老院推倒了安东尼的雕像，取消了安东尼所享受的其他荣誉，并通过决议，禁止安东尼一家人以马可为名字。神就是这样把对安东尼的最后几个处罚交给了西塞罗的家属去执行。

德谟斯提尼、西塞罗合论

（1）以上这些是我们所知的有关德谟斯提尼和西塞罗的记载中值得记忆的事迹。我曾经表示不比较他们的演说的技巧，但是这一点不能略而不谈，即德谟斯提尼把他的来自天赋和得力于磨炼的全部口才用于演说的艺术，使他在生动和力量方面胜过他的辩论对手和诉讼敌方，在宏伟和雄壮方面胜过那些浮夸的演说家，在精确和巧妙方面胜过那些诡辩家；而西塞罗则学识渊博，对各种著作有广泛的兴趣，身后留下不少合乎学园派风格的哲学论文，甚至在他为诉讼和辩论而写作的演说辞中，他也显然想炫耀他的学识。

也可以看一看他们各自的演说的风格。德谟斯提尼的风格毫无优雅与诙谐可言，而是严肃正经，并不像皮特阿斯所讥笑的那样有灯芯味儿，而是有喝水的习气和忧虑的情绪，即所谓性格上的抑郁不乐；而西塞罗则爱开玩笑，往往流于粗鲁，当他用嘲弄和诙谐的口吻来应付应当严肃对待的案件，以达到诉讼的目的时，他是不顾分寸的。当他为开利乌斯辩护[144]时，他说这个当事人生于繁华奢侈之乡，贪图享受，不足为奇，因为有福不享是疯子，特别是在那些大名鼎鼎的哲人[145]断言幸福在于享乐的时候。据说当伽图控告穆瑞那的时候，西塞罗当时任执政官，出面为他辩护，由于伽图信仰斯多葛派的演说，西塞罗便拿这个学派来大开玩笑，讽刺所谓反论的可笑之处。当响亮的笑声从旁听席上传到陪审席时，伽图莞尔而笑，对邻座的人说："朋友们，我们有了一个多么有趣的执政官！"看来西塞罗生来爱笑，喜欢开玩笑，他的面容总是含笑而安详。至于德谟斯提尼的面容则经常有几分严肃，他这种沉思与忧虑的表情不容易消失。据他自己说，由于这个缘故，他的敌手们总是说他脾气乖张，性情刚愎。

（2）此外，从他们的著作中可以看出，每当德谟斯提尼为了要达到重要的目的，有必要提起对自己的称誉时，他总是适可而止，不令人生厌，而在其他的时候，他更是小心翼翼，力求节制；西塞罗在他的演说中，则是毫无节制地自吹自擂，这足以说明他对荣誉有无穷的欲望，甚至叫嚷说，武器应让位于长袍，胜利的桂冠应归于口才。到后来，他不仅称赞自己的功绩和行动，而且称赞自己的演说辞，包括他亲自宣读过的和书面发表过的，好像他是在同修辞学大师伊索格拉底[146]和阿那克西墨涅斯[147]作激烈的竞争，而不是认为自己适宜于带领和指导罗马人民，使他们

全副戎装，威风凛凛，所向披靡。[148]

一个政治家诚然必须靠他的口才获胜，但是喜爱和贪图来自自己的口才的荣誉，则是卑鄙的。因此，在这方面，德谟斯提尼比较庄重，比较伟大，他曾说他的能力来自经验，主要依靠听众的爱护，并且认为那些以此自傲的人是很卑鄙和庸俗的。

（3）在当众演说和领导民众方面，他们两人的确有同等的能力，因此那些统率军队和野营军的人有求于他们，卡瑞斯[149]、狄俄珀特斯[150]和勒俄特涅斯[151]有求于德谟斯提尼，而庞培和年轻的恺撒则有求于西塞罗，正如恺撒本人在写给阿格里帕[152]和迈克那斯[153]的书信中所说的。但是凡是人们认为并宣称最足以显示并考验一个人的性格的东西，即足以激发每一种激情、暴露每一种邪恶的权力与职位，德谟斯提尼都不具备，他没有经历过这种考验，因为他没有担任过显要的职位，甚至没有指挥过由组织起来的反击腓力的军队；而西塞罗则曾被派往西西

里担任昆斯托尔，并曾被派往西里西亚和卡帕多西亚担任总督，当时官吏贪财成风，那些被派去担任总督和长官的人认为偷窃是可鄙的，所以他们就公开抢劫，因为敛财并不被认为是穷凶极恶，凡是敛财而有节制的人都受到爱戴。西塞罗处处表现出他对钱财的鄙视和他对人的友爱和慈善。当他在罗马城在名义上被任命为执政官，实际上却是对付喀提林和他的同谋者的独裁官时，他证明了柏拉图的预言[154]是正确的，就是当大权和智慧由于某种幸运和正直一起在同一个人身上结合时，城邦可以免除灾难。

此外，有人指责德谟斯提尼利用他的辩才来牟利，因为他曾经暗自为双方当事人佛耳弥翁和阿波罗多洛斯写诉讼辞，曾经被控接受国王[155]的贿赂，并曾经由于接受哈耳帕斯的金钱而被宣判有罪。尽管我们可说那些记载这些事情的人（人数不少）是在弄虚作假，但是不能否认德谟斯提尼不能对于国王们为了对他表示感激和尊重而送给他的财礼不屑一顿，也不能否认一个接受船舶抵押而放债[156]的人不会做这种事。至于西塞罗，如前面所说的，在他担任市场管理员的时候，有西西里人，在他担任总督的时候，有卡帕多西亚的国王，在他逃离罗马城的时候，有他的住在城里的朋友送他许多钱，请求他接受，都被他拒绝了。

（4）他们二人中，有一个遭到的流亡是一种可耻的事，因为他曾经被宣判有侵吞钱财的罪行；而另一个的流亡则是一件无限光荣的事，因为他曾经使祖国摆脱了一些罪大恶极的人；因此对前一个人的流亡，没有什么记载，而元老院则为后一个人的流亡更换衣服，表示悲哀，在西塞罗的归国案通过之前，元老们拒绝讨论任何提案。可是西塞罗是住在马其顿，懒散地度过他的流亡生活，而德谟斯提尼的流亡则成为他对祖国的重大贡献，因为如前面所说，他曾经参加希腊人的斗争，把马其顿的使节从他访问过的各城市赶走，这样显示出，作为一个公民，他比遭受同样命运的特弥斯托克勒斯[157]和亚尔西巴德好得多。此外，他回国后，再次献身于同样的政治活动，同安提帕特洛斯和马其顿人斗争到底。而西塞罗则在元老院受到莱利乌斯的指责，因为当恺撒要求担任执政官的时候——这个要求是不合法的，因为他还没有长胡须——西塞罗坐在那里一声不吭。布鲁图也曾在他的书信中谴责西塞罗扶植一种专制政治，这种制度比他所推翻的还要强大，还要暴虐。

（5）他们二人有一个毕竟死得可怜，一个老年人蒙受耻辱，由家仆们抬上抬下，想免于一死，躲避那些在他的天年将尽之前前来追捕他的人，终于被斩首；而另一个人，尽管他作出了一点恳求的姿态，可是毒药的准备和保藏是值得称赞的，毒药的使用也是值得称赞的，因为既然神[158]不能庇护他，他就到一个更大的祭坛前面去避难，使他躲过武器和矛兵，嘲笑安提帕特洛斯的残忍行为。

据勒布古典丛书（The Leb Classical Library）《普卢塔克：比较传记集》（*Plutarch: The Parallel Lives*）古希腊文译出。

注　释

[1] 沃尔斯基人（Volsciasn）是居住在拉丁地区的一支古老的部落，后来与拉丁人混合。他们反抗罗马人，直到公元前338年才被罗马人征服。——汉译者

[2] "西塞尔"拉丁语作 cicer，读音为"喀刻耳"。"西塞罗"拉丁语作 Cicero，读音为"喀刻罗"（"西塞罗"是惯译）。——汉译者

[3] 斯考罗斯（Scaurus）和卡图路斯（Catulus）是罗马两大家族，前者被认为是罗马王政时期的国王的后裔，后者虽属平民，但在罗马史上出过不少著名人物。——汉译者

[4] 西塞罗于公元前75年担任西西里的昆斯托尔（quaestor）。官职设于罗马共和时期初期（约在公元前5世纪初）。最早的昆斯托尔主要掌管司法，后来的昆斯托尔主要掌管财务。罗马城有两个昆斯托尔，掌管萨图尔努斯（Saturnus）庙上库

存的银钱和档案。行省总督之下有一个昆斯托尔（西西里有两个昆斯托尔），他的职务除了掌管财务而外，还掌管司法、军权等。将军之下也有昆斯托尔。此外，还有舰队昆斯托尔和粮食昆斯托尔。——汉译者

[5] 即公元前 106 年 1 月 3 日。

[6] 参看《理想国》，第 475 页 b。

[7]《海上的格劳科斯》指玻俄提亚人格劳科斯（Glaucus），这人吃了一种魔草，跳到海里，变成了一个海神，能说预言。——汉译者

[8] 四双音步诗体每行八音步（每两个音步组成一个双音步），每音步由一个长音缀和一个短音缀组成或由一个短音缀和一个长音缀组成，以前者较为通用。——汉译者

[9]"学园派"指柏拉图学派。菲隆（Philon）是帖撒利人，曾在雅典和罗马讲授修辞学和哲学。——汉译者

[10] 克勒托马库斯（Cleitomachus）是迦太基人，公元前 2 世纪下半叶，他在雅典讲授哲学，公元前 129 年，他继承卡尔奈德斯（Carneades）担任新学园的主讲人。——汉译者

[11] 穆基乌斯（Mucius Scaevola）是当时著名的法律学家。——汉译者

[12] 马耳西人（Marsians）住在意大利中部山区，他们在公元前 90 年到公元前 88 年之间，为了争取公民权而同罗马人作战。——汉译者

[13] 阿斯卡隆（Askalon）在地中海东南岸。安条克（Antiokhos）是菲隆的继承人。——汉译者

[14] 卡尔奈阿德斯在公元前 156 年到公元前 129 年之间担任新学园派的主讲人。新学园派不承认感觉和知觉的存在。斯多葛学派却发展了感觉论的认识论，这一派的学者认为一切知识都是通过感性知觉而获得的，但他们又承认有所谓先于一切经验的一般概念，从而陷入唯心论和先验论。——汉译者

[15] 苏拉于公元前 78 年去世。——汉译者

[16] 指小亚细亚。

[17] 小亚细亚有两个马格涅西亚（Magnesia），一个在小亚细亚西海岸中部，靠近现代土耳其的伊兹密尔，另一个偏南，靠近萨摩斯（Samos）岛。——汉译者

[18] 阿波罗尼俄斯（Apollonios）是加里亚人，后来移居罗得岛，曾在公元前 80 年代表罗得人出使罗马，并在那里讲授修辞学。——汉译者

[19]"德尔菲的神"指阿波罗。——汉译者

[20] 西塞罗于公元前 77 年回到罗马。

[21] 这时提起的罗斯基乌斯指昆图斯·罗斯基乌斯·伽路斯（Quintus Roscius Yallus），为当时最著名的喜剧演员及悲剧演员，是西塞罗的好朋友。这里提起的伊索（Aisopos）是当时著名的悲剧演员。——汉译者。

[22] 提厄斯特斯（Jhyestes）和阿特柔斯（Atreus）是珀罗普斯（Pelops）的两个儿子。阿特柔斯作了迈锡尼（Mykenai）的国王。提厄斯特斯诱奸了阿特柔斯的妻子阿厄洛珀（Aerope），并想夺取王位，因此被阿特柔斯放逐。他出走的时候，把阿特柔斯的儿子普勒斯特涅斯（Pleisthenes）带走；他把这孩子养大，叫他去杀阿特柔斯，哪知普勒斯特涅斯反而被他父亲杀死了。阿特柔斯后来假意同提厄斯特斯和好，请他赴宴，把提厄斯特斯的两个儿子的肉煮来款待他，这就是这里提起的"报复"。——汉译者

[23] 普赖托尔（Praetor，一译"行政长官"）官职大概设于公元前 366 年，最初大概是三个，其中两个掌管兵权，他们是最早的执政官，还有一个掌管司法。普赖托尔的人数后来增加了，其中一些被派到各行省去担任总督。——汉译者

[24] 参看西塞罗的《为普兰基乌斯答辩》第 26 节。西塞罗是在公元前 74 年回到罗马的。

[25] 维勒斯（Verres）在公元前 73—前 71 年任西西里的副普赖托尔。他退职后，西塞罗替西西里人控告他舞弊，维勒斯提不出反证，出外流亡。——汉译者

[26] "最后一天"指这一年的最后一天。将在下一年（公元前 69 年）担任首席普赖托尔的人是祖护维勒斯的辩护士霍滕西乌斯（Hortensius，公元前 114—前 50 年），这人是西塞罗的对手，西塞罗很赞赏他的演说才能。——汉译者

[27] 其中之判罪之后，原告和被告各提出一种惩罚，由陪审员们选择其中之一，作为罪人应受的处分。

[28] 狮身人面兽是神话中的怪兽，它从埃及来到希腊的忒拜城郊，背诵一道谜语，问什么动物有时四只脚，有时两只脚，有时三只脚，脚最多时最软弱。所有猜不中的人都被它吃掉了。这个谜语后来被俄狄浦斯道破，他说是人，这怪兽听了，便跳崖自杀了。——汉译者

[29] 维勒斯出外流亡以后，罗马人判他有罪。——汉译者

[30] "市场管理员"管理价格、度量衡、粮食分配。古希腊人用这个名称来翻译罗马的埃狄利斯（aedilis，一译"营造官"）。埃狄利斯起初是保民官的助手，管理监狱或庙宇，后来管理公共建筑、街道、交通、市场、竞技会等。——汉译者

[31] 阿尔皮（Arpinum）在拉丁地区，为西塞罗的家乡。——汉译者

[32] 新城即那不勒斯，在坎佩尼亚境内。——汉译者

[33] 庞培城（Pompeii）靠近新城，公元 79 年为火山爆发时流出的熔岩埋没。——汉译者

[34] 罗马人和希腊人一样，躺在卧榻上进餐。——汉译者

[35] 帕拉丁山（Paltium）是罗马七山冈之一，位于六山冈之间。——汉译者

[36] 马尼利乌斯（Manilius）担任过保民官。他支持庞培，多次被庞培的政敌控告。——汉译者

[37] "贵族"包括元老和骑士，前者是拥有土地的达官贵人，后者是工商业界富人，西塞罗属于骑士阶层。罗马有两个执政官，为最高的官吏，任期为一年。——汉译者

[38] 苏拉摧毁了共和国的民主秩序，使公民大会的职权限于选举官吏，并使作过昆斯托尔的三百名骑士进入元老院，这样调和元老与骑士之间的矛盾。——汉译者

[39] 庞培在公元前 66 年奉命去攻打本都国王米特拉达悌（Mithridates）和亚美尼亚国王提格拉涅斯（Tigranes），后者随即投降，前者也在这一年被打败。——汉译者

[40] 卢基乌斯·喀提林（Lucius Catilina 公元前 108？—前 62 年）是苏拉的党羽，公元前 68 年担任普赖托尔。——汉译者

[41] 苏拉曾多次公布公敌名单，杀害了近 5000 人。——汉译者

[42] 盖约·安东尼（Caius Antonius）是演说家马可·安东尼（Marcus Antonius）的儿子，为后三巨头之一的马可·安东尼的叔父。——汉译者

[43] 西塞罗和安东尼于公元前 63 年担任执政官。

[44] 叙利亚在地中海东岸，公元前 66 年由庞培并入罗马版图。——汉译者

[45] 马可·奥托（Marcus Otho）执行了卢基乌斯·罗斯基乌斯·奥托（Lucius Roscius Otho）在他担任保民官时期内（公元前 67 年）提出的法令，按照这条法令，骑士可以坐元老后面的十四排座位。——汉译者

[46] 厄倪俄（Enyo）是希腊神话中的女战神，此处借用来指罗马神话中的女战神贝洛娜（Bellona）。贝洛娜庙建于公元前 3 世纪初年，坐落在马尔提乌斯（意即"战神马尔斯 Mars"）的草坪上，这个草坪在共和时代的罗马城的西北郊，在台伯（Tileris）河右岸。——汉译者

[47] 西拉努斯（Silanus）是刺杀恺撒的布鲁图的继父，他和穆列纳（Murena）于公元前 62 年任执政官。——汉译者

[48] 据说孚尔维亚（Fulvia）的情人是阴谋参加者之一，她从那人那里得知这一消

息。——汉译者

[49]"保护神宙斯"的庙宇在圣路南边。从圣路东头或西头赴帕拉丁山，在圣路中部转入小道（庙宇在小道西边），普鲁塔克把分叉点作为上行的圣路的开头。——汉译者

[50]"棒束"是一束木棒，中间插进一把斧子，这是古罗马官吏的权标。

[51]科涅利乌斯·伦图卢斯（Cornelius Lentulus）在公元前 71 年任执政官，公元前 63 年第二次任普赖托尔。——汉译者

[52]萨拉（Sura，拉丁字）指小腿后部的肌肉，俗名"腿肚子"。——汉译者

[53]西彼拉（Sibylla）是希腊神话传说中的女预言家。——汉译者

[54]秦纳指卢基乌斯·科涅利乌斯·秦纳（Lucius cornelius Cinna），是苏拉的政敌，曾于公元前 87—前 84 年连任执政官，几乎成了一位独裁官。——汉译者

[55]克洛诺斯是乌赖诺斯（Ouranos，即天）和该亚（gaia，即地）的儿子，罗马人称为萨图尔努斯。萨图尔努斯节在 12 月 19 日举行，延续七至十天。——汉译者

[56]阿罗洛革斯人（Allobroges）住在阿尔卑斯山北加拉太（高卢）地方，是凯尔特人的一支，非常强悍，曾于公元前 121 年被罗马人征服，但时常企图恢复自由。——汉译者

[57]和睦女神（荷摩诺亚 Homonoia，罗马人称为孔科狄亚 Coneordia）象征的协调。这位女神在罗马有好几所庙宇，其中最早的一所建于公元前 367 年，纪念贵族与平民之间的和解，坐落在帕拉丁山北边。——汉译者

[58]指新选出来的下一年度的两位执政官和西塞罗。——汉译者

[59]盖约·皮索（Caius Piso）曾在公元前 67 年任执政官。——汉译者

[60]罗马官吏退职的时候要宣誓，参看本传第 23 节。——汉译者

[61]慈善女神（罗马人称为玻娜 Bona 女神），她是司农业与畜牧业浮努斯（Faunus）的姊妹或妻子，为司贞洁、丰饶与预言的女神。她的节日是 5 月 1 日，由妇女们在执政官或普赖托尔家中庆祝。——汉译者

[62]灶神指赫斯提亚（Hestia），为克洛诺斯和瑞亚的女儿，罗马人称为维斯塔（Vesta）。侍奉这位处女神的是二至六个贞女，她们看守庙上的圣火，要是熄灭了，须用人工办法取得火种。——汉译者

[63]昆图斯·图利乌斯·西塞罗（quintuo Tullius Cicero，公元前 102—前 43 年）有文学修养，写过悲剧。——汉译者

[64]普布利乌斯·尼基狄乌斯（Publius Nigidius）写过语法、神学和自然科学著作。

在哲学上，他属于毕达哥拉斯（Pythagoras）学派。——汉译者

[65] 卡图卢斯·路塔提乌斯（Catulus Lutatius）是贵族的领袖，曾在公元前 78 年任执政官。——汉译者

[66] 这场战争发生在公元前 62 年初。——汉译者

[67] 贝斯提亚（Bestia）是喀提林的党羽，西塞罗后来同他和解了。——汉译者

[68] 恺撒在公元前 62 年 1 月 1 日上任，正是西塞罗卸任的第二天，但是新的（公元前 62 年）保民官们在公元前 63 年年底就已经上任了。

[69] 参看《前学园派》第 2 卷，第 38 和 119 节。

[70] 参看《布鲁图传》，第 31 和 121 节。

[71] 指《金冠辞》。——汉译者

[72] 德谟斯提写过三篇《反腓力辞》，后世人往往把他们痛斥政敌的演说命名为《反腓力辞》。西塞罗的《反腓力辞》是他控告安东尼的诉讼辞，共十四篇。——汉译者

[73] "走廊"（Peripatos）指雅典吕刻翁健身园里的走廊（一说是一个大亭子）。亚里士多德曾经在吕刻翁租赁房屋，包括走廊，在走廊里讲学，因此他的学派后来称为"走廊派"。早在公元前 3 世纪初，就有人错误地认为亚里士多德在吕刻翁树林间用散步方式讲学，也有人把走廊派说成或"散步派"或"逍遥派"。走廊派分前期走廊派与后期走廊派，前者以特奥费拉斯特和他的弟子斯特拉同（Straton）为首，这一学派重视科学研究；后者由公元前 1 世纪人安德洛尼科斯（Andronikos）首创，这一学派研究亚里士多德的形而上学与逻辑学，为 3 世纪的新柏拉图学派打下基础。克拉提普斯（Kratippos）是爱琴海累斯博斯（Lesbos）岛米提利尼（Mytilene）城的人，公元前 1 世纪中叶在雅典讲学。——汉译者

[74] 西塞罗的儿子名叫马可·图利乌斯·西塞罗，是个独生子。——汉译者

[75] 这里提起的戈尔吉亚（Gorgias）是公元前 1 世纪人，为雅典修辞学家。——汉译者

[76] 克拉苏的意思大概是说，他一家人都为国尽忠而早死。——汉译者

[77] 阿克西乌斯原文是拉丁语 Axius。——汉译者

[78] 西塞罗把拉丁名字 Axius（阿克西乌斯）改成希腊字 axios，意思是"无愧于"。——汉译者

[79] 克拉苏于公元前 55 年任执政官，任期满后将出任叙利亚省总督。——汉译者

[80] 西塞罗曾攻击瓦提尼乌斯，也曾为他辩护，他们两人最后还是和解了。——汉译者

［81］卢基乌斯·格利乌斯（Zucius Gellius）于公元前 94 年任普赖托尔，公元前 72 年任执政官。——汉译者

［82］奴隶的耳朵上有穿孔为记。——汉译者

［83］墨特卢斯·涅波斯（Metellus Nepos）曾经在公元前 62 年任保民官，带头谴责西塞罗的不合法的措施（参看本传第 30 节末尾部分）。他在公元前 57 年任执政官。

［84］普布利乌斯·塞克斯提乌斯（Publius Sestius）在公元前 57 年任保民官，次年以残暴罪被控，由西塞尔代为辩护而被宣判无罪。——汉译者

［85］阿德拉斯图斯（Adrastos）是亚歌斯的国王，他把他的两个女儿分别嫁给提窦斯（Tydeus）和波吕涅刻斯（Polyneikes，奥狄浦斯的儿子），这两人当时都是流亡者。——汉译者

［86］罗马监察官调查户口与财产，有权过问社会道德。卢基乌斯·科塔于公元前 64 年任监察官。——汉译者

［87］这里所引用的诗句，可能是欧里庇得斯的悲剧《奥狄浦斯》的残诗。福玻斯（Phoibos）是预言神阿波罗的别名。阿波罗曾经警告拉伊俄斯（Laios，奥狄浦斯的父亲）不要生孩子，并曾预言奥狄浦斯会杀父娶母。——汉译者

［88］克罗狄乌斯后来为了向西塞罗报复，他过继给一个平民，于公元前 58 年当上了保民官。——汉译者

［89］蓬珀伊娅（Pompeia）是苏拉的外孙女，公元前 67 年嫁给恺撒，公元前 61 年离婚。——汉译者

［90］普鲁塔克对他的材料有误解。每个罗马陪审员有三块陶片，一块上面刻着 A 字母（代表 absolvo，意思是"放免"），另一块上面刻着 C 字母（代表 Condemno，意思是"定罪"）、还有一块上面刻着 N.L（代表 non liguet，意思是"不能确定"），他们把其中之一投入票壶。

［91］这里提起的三个大人物称为"前三巨头"。恺撒曾经在公元前 59 年任执政官，次年带兵赴加拉太，即阿尔卑斯山北高卢。他花了九年工夫才征服高卢人。——汉译者

［92］据西塞罗自己说［见《致阿提库斯（Atticus）的书信》第 2 卷，第 18 章，第 3 节］，是恺撒请他担任这个职务。

［93］西塞罗换上表示悲哀的灰色服装。——汉译者

［94］阿尔巴努斯（Albanus）山在罗马城东南，离城约 20 公里。——汉译者

［95］指盖约·皮索（Caius Piso），他于公元前 63 年娶西塞罗的女儿图利娅（Tullia）为妻。——汉译者

[96] 庞培比恺撒大六岁，他于公元前59年娶恺撒的女儿龙利娅（gulia）为妻。——汉译者

[97] 卡皮托尔（Capitolium）山在帕拉丁山丁北，两山相距约二百米。山上有一所大庙，供奉朱必特、朱诺（Juno，朱必特的妻子，希腊人称为赫拉 Hera）和弥涅瓦（希腊人称雅典娜）。——汉译者

[98] 一罗马里为一千步，约合1480米。——汉译者

[99] 希波尼乌姆（Hipponium）不在路卡尼亚境内，而在路卡尼亚南边的布鲁提乌姆（Bruttium）西岸，后来改名为维玻（Vibo）。——汉译者

[100] 这里提起的伦图卢斯指卢基乌斯·伦图卢斯（Lucius Lentulus），他在公元前57年任执政官。对西塞罗一直怀有好感。——汉译者

[101] 见西塞罗的《回国后在元老院发表的演说辞》（《Post reditum in Senatu》）第15篇第39节。——汉译者

[102] 克罗狄乌斯曾经在公元前57年企图审判米洛。他们两人各自养了许多斗剑士，这些人经常在罗马城内互相杀戮。公元前53年，克罗狄乌斯竞选普赖托尔，米洛竞选执政官。公元前62年18日，两方的斗剑士发生斗殴，克罗狄乌斯被杀。——汉译者

[103] 穆瑞那当选为公元前62年的执政官以后，就被伽图和苏尔皮基乌斯（Sulpicius）控告有受贿罪，证据确凿，但是在喀提林闹事的时候，不宜于给新选出的执政官定罪，所以西塞罗为他辩护。霍滕西乌斯也是穆瑞那的辩护士。穆瑞那被宣判无罪。——汉译者

[104] 西塞罗这篇答辩辞当时没有宣读，后来用书面形式发表。——汉译者

[105] 帕提亚（Parthia）在里海东南边。小克拉苏名叫普布利乌斯·克拉苏（参看本传第33节末段）。他的父亲马可·克拉苏在担任叙利亚省总督的时候，曾进袭帕提亚，父子两人都在公元前53年战死。——汉译者

[106] 西塞罗于公元前51年（一说是公元前52年）赴西里西亚（Cilicia，在小亚细亚东南部）担任总督。——汉译者

[107] 阿马诺斯（Amanos）山在西里西亚和叙利亚边境上。

[108] 西塞罗于公元前49年回到罗马。——汉译者

[109] 庞培于公元前49年逃往意大利南部，同年3月赴希腊。——汉译者

[110] 恺撒于公元前49年4月带兵赴伊柏里亚（Jberia，即西班牙）去袭击庞培的部队。西塞罗在同年6月赴希腊，投奔庞培。——汉译者

[111] 多弥提乌斯（Domitius）是伽图的女婿，他起初反对庞培和恺撒，内战爆发

时，支持庞培，公元前 48 年死于法尔萨罗斯（Pharsalos）战役。——汉译者

[112] 勒斯波斯（Lesbos）岛在爱琴海东部。特奥法涅斯（Jheophanes）是个历史学家，著有庞培作战纪。——汉译者。

[113] 意即以后吃了败仗，可以由这个希腊人来安慰。——汉译者

[114] 庞培于公元前 48 年 8 月在帖撒利亚南部法萨罗斯城被恺撒击溃。——汉译者

[115] 拉比努斯（Labienus）在公元前 49 年背弃恺撒，倒向庞培。——汉译者

[116] 这个小庞培名叫塞克斯图斯（Sextus），号称"大将军"，是庞培的次子，他在法尔萨卢斯战役之后，随父逃往埃及，后来转战西班牙。——汉译者

[117] 恺撒追到埃及时（公元前 48 年），庞培已经被埃及国王托勒密（Ptolemy）十三世刺杀。恺撒为了扶助克利奥帕特拉（Cleopatra）和她的大夫托勒密十三世共同统治埃及而和埃及人作战。他后来经由小亚细亚回国，在公元前 47 年 9 月到达罗马。——汉译者

[118] 斯塔狄翁（stadion）是希腊里，约合 185 米。——汉译者

[119] 伽图在法尔萨卢斯战役后赴非洲，在塔普索斯（Thapsos）战役（公元前 46 年）后自杀。他死后不久，西塞罗发表《伽图颂》小册子，引起恺撒的反击，这一反击反而使伽图更出名。——汉译者

[120] 昆图斯·利伽里乌斯（Quintus Ligarius）于公元前 46 年在非洲与恺撒作战，在塔普索斯战役后被放逐。当恺撒即将赦免他的时候，图柏洛（Tubero）控告他有罪。——汉译者

[121] 恺撒在公元前 45 年获得全胜，他想称皇帝，但看到人民不赞成，他拒绝了安东尼献给他的皇冠。他在公元前 46 年成为任期十年的独裁官，在公元前 44 年成为终身独裁官，俨然是一个君王。——汉译者

[122] 论辩术是一种问题的艺术，问者利用答者所承认的论证来驳倒答者的论点，要是驳不倒的话，那么答者就胜利了。——汉译者

[123] 这里提起的七个术语是希腊字，西塞罗把它们译为 risum（映象）、assensio（同意）、assensionis netentio（不同意）、comprehensio（理解）、individuum（不可分割的微粒，通译"原子"）、ameres（无部分者，意即"不可分的"，西塞罗借用希腊语原字，此术语未见于现存的西塞罗著作中）、vacuum（虚空）。——汉译者

[124] 转义字借用原来的字面赋予新的意义，为隐喻字。——汉译者

[125] 拉尔特斯（Laertes）是攻打特洛伊的希腊将领俄底修斯（Odysseus）的父亲，俄底修斯出征，二十年还没有回家，家里有许多客人向他的妻子求婚。拉尔

特斯因此搬到乡下居住，种植葡萄（见荷马史诗《奥德赛》第 1 卷 189—193
行）。——汉译者

[126] 指图利娅，生于公元前 78 年，公元前 63 年嫁给盖约·皮索，公元前 57 年守
寡，次年嫁给孚里乌斯·克拉西普斯（Furius Crassipus），公元前 50 年嫁给科
涅利乌斯·多拉柏拉（Cornelius Dolabella），公元前 46 年离婚。"长途旅行"
大概指她于公元前 47 年到布隆迪西乌姆去看望她父亲，当时她已经三十岁出
头了。——汉译者

[127] 西塞罗于公元前 47 年同特伦提娅离婚，次年同普布利利娅（Publilia）结
婚。——汉译者

[128] 提洛（Tiro）是西塞罗的书记和朋友，写过一篇西塞罗传。——汉译者

[129] 卡西乌斯（Cassius）曾在内战期间率领庞培的海军，战后被恺撒赦免。他是
刺杀恺撒的主谋人之一。——汉译者

[130] 公元前 404 年，雅典寡头派在斯巴达人的支持下发动政变，推翻民主制度，
成立"三十人政府"，次年这个寡头政府改为"十人政府"，随即被推翻。由
于斯巴达人进行调解，民主派举行大赦。——汉译者

[131] 公元前 44 年，安东尼和恺撒同任执政官，恺撒被刺后，安东尼成了惟一的执
政官。——汉译者

[132] 奥路斯·希提乌斯（Aulus Hintius）和盖约·潘萨（Gaius Pansa）将在公元前
43 年任执政官。——汉译者

[133] 屋大维生于公元前 63 年 9 月 23 日。——汉译者

[134] 阿提库斯（Titus Atticus，公元前 109—前 32 年），骑士家庭出身，是西塞罗
的挚友。——汉译者。

[135] 西塞罗的儿子马耳枯斯于公元前 46 年到雅典，在克拉提普斯门下求学。他曾
在布鲁图的领导下击败安东尼的一个军团。——汉译者

[136] 安东尼于公元前 43 年 4 月在提那（Mutina）战役被击败。——汉译者

[137] 屋大维于公元前 43 年任执政官，年仅二十。——汉译者

[138] 马可·雷必达（Marcus Lepidus）、安东尼和屋大维称为后三巨头。——汉译者

[139] 玻诺尼亚（Bononia）在意大利东北部，今名波伦亚（Bologna，读音为波洛尼
亚）。——汉译者

[140] 西塞罗在公元前 43 年 12 月 7 日被杀。

[141] 罗马广场上的讲坛四角以船头为饰，这些船头是公元前 338 年在安提乌姆
（Antium）战役获得的战利品。——汉译者

［142］安东尼于公元前 31 年在希腊西部阿克提翁（Aktion，在累夫卡斯 Levkas 岛北边）海战中被屋大维击溃，于公元前 30 年在埃及的亚历山大里亚城自杀。——汉译者

［143］恺撒和西塞罗的儿子马尔库斯于公元前 30 年共同担任执政官。——汉译者

［144］马可·开利乌斯（Marcus Caelius）于公元前 56 年被控有暴行罪（包括放毒），西塞罗给他当辩护士，开利乌斯被宣判无罪。——汉译者

［145］指伊壁鸠鲁派。——汉译者

［146］参看《德谟斯提尼传》第 5 节末尾部分。——汉译者

［147］阿那克西墨涅斯（Anaximenes，公元前 380 ？—前 320 ？）是修辞学家和历史学家。——汉译者

［148］古希腊三大悲剧诗人埃斯库罗斯（Aiskhylos，公元前 525—前 456 年）的双行体诗的次行。

［149］卡瑞斯（Khares）是雅典将军，多次同腓力作战。——汉译者

［150］狄俄珀特斯（Diopeithes）是雅典将军（为雅典新喜剧作家米南德 Menandros 的父亲），受到亲马其顿派的控告，德谟斯提尼曾为他辩护。——汉译者

［151］关于勒俄特涅斯，参看《德谟斯提尼传》第 27 节第 1 段。——汉译者

［152］马可·阿格里帕（Marcus Agrippa，公元前 63—公元前 12 年）是恺撒（即屋大维）的女婿和密友。——汉译者

［153］盖约·迈克那斯都（Caius Maenenas，死于公元前 8 年）是奥古斯都（即屋大维）的密友和幕僚，罗马文学艺术的赞助者。——汉译者

［154］参看柏拉图《理想国》473d。

［155］指波斯国王。

［156］指冒险放债，因为船舶可能失事。——汉译者

［157］特弥斯托克勒斯（Jhemistokles，公元前 514 ？—前 449）是抗击波斯侵略军的雅典将军。后来被放逐，叛国投靠波斯。——汉译者

［158］指海神波塞冬，参看《德谟斯提尼传》第 29 节第 1 段。——汉译者

琉善讽刺散文选

引　言

　　琉善于公元 120 年（或 125 年）出生在叙利亚北部孔马革涅省的萨摩萨塔（在当今叙利亚的尼济普城北边），这个省城位于幼发拉底河左岸，是当日东西方交通必经之地，商业繁荣。萨摩萨塔在亚历山大东侵后即已希腊化。叙利亚于公元前 64 年成为罗马的一个行省。但直到公元 72 年萨摩萨塔才被罗马人攻下，并入叙利亚省。

　　有关琉善生平的资料主要来自他本人的著作。他家境贫寒，幼年在家乡上学，学的是叙利亚语，穿的是东方人的衣服。他时常把写字板上面的蜂蜡抠下来捏制小人像，惟肖惟妙，因此被送往舅父家去学雕像手艺。他在第一天就打破了一块大理石，挨了鞭子，便逃跑了。

　　后来他去到小亚细亚的以弗所和斯米尔纳，那两个地方有希腊学者讲授修辞学，内容涉及文史哲、法律、天文、地理学。琉善在那些学校学习，深得修辞学的三昧，能写出卖弄修辞技巧、炫耀才华的文章。约在 150 年，他在安提阿城替人写诉讼辞，不很成功。

　　此后，他到南高卢、意大利、马其顿、希腊等地去游历，讲学，十年间获得高额的报酬。约在 160 年回到小亚细亚。约在 162 年，号称"奥古斯都"的罗马"并立"皇帝维鲁斯东游，驻跸安提阿，接见琉善，并请他写过一篇文章。此后，琉善荣归故里。约在 165 年，他全家迁居雅典，在那里居住了将近二十年。这时候他毅然放弃修辞学，转而研究哲学，写讽刺性的对话。

琉善老年时接受罗马皇帝康摩杜斯（公元 180—193 年在位）的任命，到埃及任司法官，检查案件，指导审判，管理司法档案。据说由于琉善在《佩雷格林之死》一文中攻击过基督教，因此被狗咬死，罪有应得。这条狗影射昔尼克派即犬儒派哲学家。这当是无稽之谈。他可能因患痛风病于 180 与 190 年之间死在埃及。

在琉善的名义下传下八十二篇作品，其中三十四篇可能是伪作。

琉善的著述活动主要在 160 与 180 年之间。这正是罗马皇帝马可·奥里略（161—180 年在位）统治的时期。165 年，帝国全境发生瘟疫和饥荒，人口损失一半。北方的日耳曼民族南下进攻，前后达十四年之久，奥里略在兵力财力交困中死在维也纳军营中。当时帝国的统治已开始动摇，奴隶制度出现危机，大批贫苦的自由民因破产而降为隶农，于是穷人与奴隶汇合了。大奴隶主和富豪专横跋扈，骄奢淫逸，平民穷困，难以为生，阶级矛盾空前尖锐。

琉善对当日的社会现实十分不满。他在《摆渡——僭主》一文中对最高统治者——僭主进行无情的鞭挞。他的矛头实际上是针对罗马皇帝和整个统治阶级的。他对穷苦的劳动人民则寄予莫大的同情。《摆渡——僭主》中的鞋匠弥库罗斯一生穷困，他得知命数将尽，乐意赴冥土。他说："这里一切都美好，人人有平等的地位，没有人比别人优越，我感到非常愉快。我断定这里没有人逼债，不需上税，最大的好处是冬天不至于冷得发抖，也没有疾病，不会挨权势者的棍棒。到处都很平静。形势变了，我们穷人笑逐颜开，富人却伤心落目，叫苦连天。"这些话出语诙谐，富于机智，足以代表琉善的最佳风格。

古希腊、罗马的哲学到了琉善的时代出现了各种唯心主义和宗教神秘主义。原子唯物论哲学家伊壁鸠鲁倡导的以身体无痛苦、灵魂无纷扰为幸福生活的快乐论，被罗马大奴隶主阶级庸俗化为腐朽的享乐论。这个阶级又宣传新斯多葛派的哲学思想，这种禁欲主义是用来麻痹人民的斗争意识的。

琉善抨击一切唯心主义哲学派别，高举唯物主义哲学的旗帜。他在《提蒙》、《墨尼波斯》、《伊卡洛墨尼波斯》等著作中揭露那些披着哲学外衣的伪君子，这些人的行为却是卑鄙无耻，他们是统治阶级的弄臣和走狗。

琉善在《出售哲学》一文中评价自古以来的各派哲学。宙斯叫神使赫耳墨斯把各种哲学拿来出售。唯心论哲学家毕达哥拉斯擅长"算数、天文和魔术；几何、音乐和骗术"，能净化人的灵魂，使他们获得永生。他的身价是一千希腊币德拉克马。犬儒派哲学家第欧根尼举着木棒，皱着眉头，瞪着眼睛吓唬人，自称"世界公民"，能解救人类，使他们陷于贫穷，受苦受难，教他们鲁莽行事，不顾羞耻，象狗那样咆哮，巧妙地骂人。他的身价只值两个俄玻罗斯。昔勒尼派（享乐派）哲学的创建者阿里斯提波是个钻研奢侈生活的大师，善于"陪伴那谈情说爱、骄奢淫逸的主人寻欢作乐"。这样一个人卖都卖不出去。原子唯物论哲学家德谟克利特讥笑世人，认为一切"事物没有一件值得认真对待，每一件都是虚空，都是原子的旋转，都是无限"。朴素唯物论哲学家赫拉克利特认为"人间的事物是悲惨的，没有一件不是要毁灭的"。他"怜悯世人，感到悲伤，……因为没有一件事物是常值不变的"。琉善称赞德谟克利特和赫拉克利特是"最聪明的人"，他们的哲学是"最好的哲学"。但这两人也是卖不出去，没有人要。作者把苏格拉底和柏拉图合成一个哲学家。他特别讽刺柏拉图的"理念"存在于"无何有之乡，因为如果它们存在于某个地方，他们就不存在了"。这师徒二人的联合体卖得了一万二千德拉克马。琉善很称赞伊壁鸠鲁，认为他比他的老师德谟克利特"知道得多一些，因为他更是大不敬"。这人的价格是二百德拉克马。斯多葛派哲学家克吕西波即使被卖为奴，也不感觉烦恼。他追求美德，目的在于能享受财富与健康。他的卖价是一千二百德拉克马。散步派哲学家亚里士多德聪明绝顶，无所不知。能观察出胚胎在子宫中的发育。他的身价是二千德拉克马。怀疑派哲学家皮浪怀疑自身的存在，一百德拉克马就把他出售了，他甚至怀疑这是事实。

《出售哲学》一文发表后，琉善受到攻击。他在《还阳者——钓鱼人》一文中为自己辩护，说服了那些自冥土上来捉拿他的哲学家。他然后把这些哲学家的徒子徒孙当作鱼从卫城下钓上来示众。这篇对话的情节和结构完全模仿阿里斯托芬的喜剧《阿卡奈人》。上面两篇文章是琉善的杰作，题材新颖，描写生动。

马克思和恩格斯曾指出："要评价古代世界崩溃时代的晚期古代各家哲学学说的现实意义，……只须注意一下这些学说的信徒在罗马称霸世界时的真实处境就行了。……可以在琉善的著作中找到这样的详细描述：人民如何把他们看作出洋相的丑角，而罗马资本家、地方总督等如何把他们雇来养着作为诙谐的弄臣，要他们在餐桌上为几根骨头和面包屑而和奴隶们争吵不休，在争得一勺酸酒之余，就专管用'不动心'、'忘言'、'快乐'等逗人的话来使大臣和他的客人们开心。"[1]

对宗教迷信的批判是琉善著作最重要的部分，也是他的特殊贡献。2世纪后半叶，罗马帝国境内的宗教迷信越来越猖獗，各种预言者、术士、巫师、占星家妖言惑众。琉善坚持无神论的观点，否定神的存在，反对宗教迷信。

琉善最著名的著作是《神的对话》和《冥间的对话》，他在这些对话中论证神的生活不合理，滑稽可笑。在《神的对话》第

24 篇《赫耳墨斯和玛娅的对话》中，赫耳墨斯这样叙述自己的可怜相："天一亮，我就得起来，打扫餐厅，铺好卧榻，整理一切；然后到宙斯那里去，为他送信，整日价天上地下奔跑。刚刚回来，还满身是尘土，又得去给他们端送神食；在这个新弄到的酒童没来之前，我还得斟神酒。然而，最糟糕的是，众神当中只有我一个夜里不得安睡，这时我得为冥王引渡阴魂，充当死人的护送者，出席冥土的法庭。白天的事好象还不够我干似的，我得到摔跤学校去，在公民大会上充当传令官，训练演说者，还得安排分配给我的、死人的一切事务。……现在，我刚刚从西顿，打卡德摩斯的女儿那里回来——是宙斯派我去看那个女孩在干什么，——还来不及喘口气，宙斯又派我到阿尔戈斯去看达娜厄。他说：'从那里顺路到比奥细亚去看看安提俄珀。'总之，累得我精疲力尽。如有可能，我倒乐意被卖掉，就象世上那些苦于劳役的奴隶被卖掉一样。"这是对众神特别是宙斯的绝妙讽刺。对话中提起的一些女子都是宙斯的情人。神的生活是恋爱，嫉妒，胡闹。

马克思曾引用《赫耳墨斯和玛娅的对话》的一部分（马克思："第 179 号'科伦日报'社论"，见《马恩全集》第一卷，第 108—109 页），然后写道：

自从被逐出奥林帕斯山之后，赫耳墨斯仍然照老规矩继续干"奴隶般的活"，并且管理有关死人的一切事务。

第 179 号"科伦日报"枯燥无味的社论究竟是赫耳墨斯本人写的或是他的儿子山羊神帕恩写的，让读者去解答吧。但读者首先应该记住这一点：希腊的赫耳墨斯是一位雄辩之神和逻辑之神[2]。

《被盘问的宙斯》一文对天神提出难以解答的问题。一个昔尼克派哲学家对宙斯说："如果是命运女神们控制着一切，一旦她们作出了决定，谁也不能改动一点，那么，我们凡人为什么还要给你们上供，设百牛祭，祈求你们赐福？如果我们靠祈求既不能消灾弭难，又不能得到神的赏赐，我看不出这种殷勤会有什么好处。……命运女神乃是万事的起因，……如果有人杀了人，元凶应是命运女神；如果有人犯了盗庙罪，他不过是奉命而行。因此，如果弥诺斯要想公正地判决，他应该惩罚定数女神，而不应惩罚西叙福斯，他应该惩罚命运女神，而不应该惩罚坦塔罗斯。他们服从命令犯了什么罪？"宙斯回答说："你既提出这类的问题，再也不配得到任何回答。"实际上是天神无言对答。

在《演悲剧的宙斯》一文中，斯多葛派的提摩克勒斯和伊壁鸠鲁派的达弥斯进行一场关于天命的论战。达弥斯断言，神并不主宰人们的命运，并不监察人间发生的事情。他的意思是说神并不存在。他以敬神的方式不同来说明信神是完全上当受骗。他说："很好，提摩克勒斯，你提醒我关于各民族信仰神的问题，在这个问题上谁都可以清楚地看出，关于神并不存在固定的概念。这里是一片混乱，各民族信仰各自的神。西徐亚人祭短剑，……弗利基亚人祭月亮，埃塞俄比亚人祭白天，……亚述人祭鸽子，波斯人祭火，埃及人祭水。珀路西翁人尊葱头为自己的神；在一些城市里，白鹤或鳄鱼是神，在另一些城市里，狗头狒狒、猫儿或猴子是神。此外，各个村庄的情形也不一样，一些人以左肩为神，另一些住在对面村庄的人则以右肩为神；一些人尊半个头骨为神，另一些人则尊陶杯或陶碗为神，尊敬的提摩克勒斯，这些不是很可笑吗？"提摩克勒斯无言对答，他另外提出一个论证："你看我的这个三段论是否合乎逻辑，你是否还能推翻它：如果有祭坛，就是有神；现在有祭坛；既然有祭坛，也就是有神。对于这个推论你还能说什么？"达弥斯回答说："先让我笑个够，再来回答你的问题吧！"作者用谈笑的方式把有神论驳倒了。

《佩雷格林之死》一文揭露基督教的"先知"、"兄弟会会长"

佩雷格林的卑鄙无耻和诡诈欺骗。这人流氓成性，曾犯通奸罪，勒死自己的父亲。他流浪到巴勒斯坦，同祭司和文牍交往，精通了基督教的奇异哲理，成为耶稣第二、新的苏格拉底，受到基督徒的爱戴，最后在奥林匹克运动会期间自焚而死，求得荣誉。这篇文章批判宗教的毒害。作者对一般基督徒的遭遇表示同情，称他们为"不幸的人"，怜悯他们太天真，容易上当受骗。

琉善在《亚历山大——假预言者》一文中揭露宗教骗子亚历山大宣传迷信，欺骗人民。这人奸污妇女，侮辱青年。他把一条蟒蛇当作医神的化身，通过它发出预言，聚敛钱财。连罗马皇帝奥里略也上了他的当，他听取蟒蛇发出的神示，相信他的军队渡过多瑙河可以打败日耳曼人，结果吃了个大败仗。琉善曾和亚历山大作生死搏斗，几乎被他害死。由于当局袒护亚历山大，琉善的报仇计划无法实现。

此外，琉善还反对大办丧事，把死人当作神和预言者，反对讲鬼神的迷信故事。总之，琉善反对一切宗教迷信，他是古代最彻底的、战斗的无神论者。马克思和恩格斯对琉善的著作予以高度的评价。恩格斯说："关于最初的基督徒，我们最好的资料来源之一是萨摩萨塔的琉善；这位古希腊罗马时代的伏尔泰，对任何一种宗教迷信都一律持怀疑态度，因而对基督徒，比起对其他任何宗教社团来，都不会由于异教或政治的原因而持另外的看法。相反，对他们的迷信，他一律大加嘲笑——对尤比特（按：相当于希腊神话中的宙斯）的崇拜者并不比对基督的崇拜者嘲笑得少一些；从他那平易的唯理论的观点看来，这两种迷信同样是荒谬的。"[3]

琉善最出色的著作是《真实的故事》。这篇小说讽刺当日流行的离奇古怪的游记作品，戏拟古往今来的诗人、历史学家、哲学家的奇谈怪论。故事中满纸荒唐言，没有一句"真实话"。

小说写琉善带着五十名伙伴乘船飘到月亮上，帮助那里的大鹰骑兵同太阳上的大蚁骑兵作战，吃了败仗。后来他们继续航行，又遇见鲸鱼。

他们从鲸鱼肚里放火，烧了七天七夜，才把鲸鱼烧死，逃了出来，航行到众英雄死后居住的长乐岛。

小说的结尾是这样写的："这就是我到达那片大陆之前的经历。先是在大海上航行，后来在各个岛屿之间，后来在太空，后来在鲸鱼中，逃出之后，又先后和英雄们、梦魂人相处，最后来到牛头人和驴脚女人国。至于那另一大陆的情况如何，且听下卷分解。"这是最后一句谎言，因为这部小说只有两卷，并无第三卷。

琉善的无神论思想使反动的宗教势力感到恐慌，对他无比仇恨。琉善的著作到中世纪完全被禁止了。《佩雷格林之死》到十七世纪还被天主教列为禁书。

琉善是叙利亚人，却完全掌握了阿提卡（雅典）方言，并使这种方言变得比较自然而不那么做作，这是琉善对希腊语言的贡献。他的词汇很丰富，全部作品使用了一万零四百多个希腊字，比柏拉图使用的还多一些。琉善模仿雅典作家，特别是阿里斯托芬的作品，他是这位旧喜剧诗人的唯一继承人。琉善采用的是讽刺性的对话，这是一种新的文体，他使这种文体达到了最高的境界。

琉善的风格清新，轻快，流畅，简洁，语言优美生动，明白易懂，其中充满戏谑成分，诙谐幽默，机智活泼，优美和机智是琉善风格的特色。他的观察锐利，学识渊博。他喜欢采用文学典故，讲究修辞，这一切大有助于他树立自己的风格。

琉善和传记家普鲁塔克是古希腊最后两个重要作家。

琉善对后世欧洲文学的影响是很深远的。自文艺复兴开始，许多人文主义者、早期空想社会主义者，以及 17、18 世纪的启蒙思想家和革命家都从琉善的作品吸收进步思想，用来同封建势

诗歌　散文

力和宗教神学作斗争。至于模仿琉善的作品和风格的著作，则数不胜数。

荷兰的人文主义者埃拉斯穆斯曾翻译琉善的作品，他的《对话集》模仿琉善的风格。他曾被他朋友和敌人称为"琉善第二"。

英国的人文主义者莫尔曾翻译琉善的对话，并且从《真实的故事》和柏拉图的《理想国》中获得提示来写他的空想社会主义小说《乌托邦》。

法国的人文主义者拉伯雷的《巨人传》借用《真实的故事》中的叙述手法和嘲弄语气。法国讽刺作家西拉诺的小说《月亮上的国家和帝国的趣史》模仿《真实的故事》和《伊卡洛墨尼波斯》写他到月亮上去旅行。他在苏格拉底的"灵异"的怀抱中回到大地上，有似伊卡洛墨尼波斯被神使赫耳墨斯提着耳朵送回来。

法国作家布瓦洛的《小说人物的对话》模仿琉善的《冥间的对话》。法国作家封特奈尔的《死者的对话》也是献给琉善的。

英国作家斯威夫特的《格列佛游记》借用拉伯雷的故事，也受到《真实的故事》的影响，但是作者多取法罗马诗人朱文纳尔的辛辣的讽刺，而很少学到琉善的幽默。

法国启蒙思想家伏尔泰的对话《琉善、埃拉斯穆斯和拉伯雷》模仿琉善的作品。他的《老实人》的情节很象琉善的《赫摩提摩斯》，二者都描写普通的老实人的生活。

法国作家勒萨日的《吉尔·布拉斯》继承西班牙的流浪汉小说的传统，也取材于琉善的《金驴记》和罗马作家阿普列尤斯的《金驴记》。

德国作家孟桥生的《冒险故事》连文字也模仿《真实的故事》。席勒的《希尼恩》受了《赫摩提摩斯》的影响。法斯曼自1718年至1740年在莱比锡的一个月刊上发表许多篇死者的对话，模仿琉善的作品。

歌德的《海格立斯》是琉善的《冥间的对话》第 11 篇（传统号码第 16 篇）《第欧根尼和赫剌克勒斯的对话》的复制品。罗马神话中的英雄海格立斯相当于希腊神话中的赫剌克勒斯。歌德的《普罗米修斯》受了古希腊诗人埃斯库罗斯的悲剧《被缚的普罗米修斯》和琉善的散文《普罗米修斯》的影响。

俄国的罗蒙诺索斯和赫尔岑也受了琉善的影响。

琉善描写的人物和图画成为意大利画家包提柴里、拉斐文，德国画家杜瑞、法兰德斯画家鲁宾斯、荷兰画家雷姆卜兰特等人的绘画题材。波尔格画完了他的师傅拉斐尔的素描《亚历山大和罗克萨涅的婚礼》。罗克萨涅是波斯贵族俄克叙阿耳忒斯的女儿，一说是波斯国王大流士三世的女儿。这幅画取材于琉善的《希罗多德——阿厄提翁》一文中描述阿厄提翁画的《亚历山大和罗克萨涅的婚礼图》。后来鲁宾斯又画了同样的婚礼图。杜瑞画的《欧罗巴》也取材于琉善的《海上的对话》第 15 篇《西风和南风》。这篇对话描述大神宙斯化成公牛把腓尼基西顿城的公主欧罗巴拐走，让她骑在他背上渡海到希腊的克里特岛去。

后人师法琉善者，奉为师表，经世不衰。

注 释

[1] 马克思恩格斯："德意志意识形态"，引文见《马克思恩格斯全集》第 3 卷，第 148—149 页。

[2] 马克思是借用满腹牢骚的赫耳墨斯来讽刺与神使同名的"科伦日报"主编赫耳墨斯。1842 年，普鲁士政府的密探赫耳墨斯任"科伦日报"政治编辑，疯狂攻击马克思主编的"莱茵报"。"帕恩"是山神 pan（潘）的译音。

[3] 恩格斯："论早期基督教的历史"，引文见《马克思恩格斯全集》第 22 卷，第 527 页。

伊卡洛墨尼波斯[1]

——云上人

墨尼波斯：是啊，从大地到月亮，我的第一个驿程[2]，是三千
斯塔狄翁[3]；从月亮向上到太阳，大约五百帕剌珊革斯[4]；
再上去，从太阳到天界和宙斯[5]的卫城，矫捷的鹰也得飞
一天。

友人：美乐女神[6]在上，墨尼波斯，请你告诉我，你为什么要
学天文家，轻声地计算数字呢？我一直跟在你后面，听你
念叨着太阳、月亮，用外国口音说着"驿程"和"帕剌珊
革斯"这些粗鲁的词儿。

墨尼波斯：朋友，你如果觉得我说的是天上虚无飘缈的事情，也
请不要大惊小怪，因为我真是在统计我最近一次旅行的路
程呢。

友人：朋友，难道你跟腓尼基人[7]一样，是凭星宿确定航程
的吗？

墨尼波斯：那倒不是，我是真的在星宿间旅行。

友人：赫剌克勒斯呀[8]！如果你是昏昏沉沉睡了许多帕剌珊革
斯，你说的就无非是个漫长的梦罢了。

墨尼波斯：朋友，你以为我讲的是梦吗？我是刚从宙斯那里回
来呀！

友人：你说什么？难道我面前的墨尼波斯是从天而降，自云端下
凡的？

墨尼波斯：是的，今天我刚从赫赫有名的宙斯那里回来，在那里耳闻目睹了许多怪事。你不信，我更高兴，因为这说明我的奇遇是难以置信地离奇。

友人：啊，俄林波斯[9]的神圣的墨尼波斯，我这个地上的凡人，又怎能不相信云上人（按照荷马的说法所谓天上人[10]）的话呢？请你告诉我，你是怎样上去的，从哪里弄来那么长的梯子的？你的长相又不大象那个弗利基亚人[11]，我们很难想象，你会象他那样被老鹰抓到天上去，成为一个酒童。

墨尼波斯：你分明是一直在跟我开玩笑，难怪你把我的奇遇都当作神话。其实，我并不需要梯子往上爬，也不必变成老鹰的宠儿，我自有翅膀。

友人：按照你的说法，别的不算，单是你不让我们知道就从人变鹞子、变乌鸦这一点，就比代达罗斯还高明。

墨尼波斯：是的，朋友，你没猜错，我制造了代达罗斯设计的那种翅膀。

3 友人：啊，比谁都大胆的人！你难道不怕掉进大海，给我们留下个伊卡洛斯海那样的以你的名字命名的墨尼波斯海么？

墨尼波斯：我不怕。伊卡洛斯是用蜡粘的羽毛，一靠近太阳，蜡就融化了，他失去羽毛，自然坠落下来；我的长羽毛可不是用蜡粘上的。

友人：你说什么？现在，也不知怎么的，你使我渐渐相信你的故事是真实的了。

墨尼波斯：事情是这样的：我抓住一只极大的鹰和一只强健的鹫，把它们的翅膀连同肩胛一起砍下来——如果你现下得闲，我把整个设计给你从头讲一遍。

友人：那当然好；你的话使我急不可耐，正准备张着嘴听到底呢。看在我们的交情上，请你别讲到半截就扔下我，让耳朵挂起来。

墨尼波斯：那你就听着吧，让一个朋友张着嘴等着，把他扔下 4
　　不管，实在不雅，象你所说的，如果真让耳朵挂起来的话，
　　尤其有伤大雅。

　　　我观察人生，很快就发现人类的一切都是可笑的、卑鄙
的、不牢靠的（我是说财富、官职和权力），我藐视它们，
认为对这些玩意儿孜孜以求，是从事真正值得为之奋斗的事
业的一大障碍，于是我仰起头来观察天地万物。这时，首先
是哲人们所说的宇宙使我陷入极大的困惑，我无法弄清楚，
宇宙是如何形成的，是谁创造的，宇宙的本原为何物，宇宙
的终极何在。我一部分一部分地去观察，更加困惑不解。我
发现星辰散布于天空，凌凌乱乱。我很想知道太阳为何物。
尤其是月亮，在我看来，样子很是奇怪，完全莫名其妙，我
猜想，她的变幻多端的形象一定有着某种神秘的原因。还
有，闪闪的电光、隆隆的雷鸣、雨雪冰雹的降落，都难以解
释，捉摸不定。

　　　我既落到这步田地，心想最好是拿这些疑难问题去向哲 5
人请教，料他们必能道出全部真理。于是，我从他们中间挑
选出一些最高明的人来。我凭他们脸色的忧郁、皮肤的苍
白、胡子的修长而加以遴选。他们立刻在我眼前显得是擅长
高谈阔论而又通晓天文的人，我立刻付了一大笔钱，并约定
欠下的待学完哲理时一齐付清，我这就把自己完全交给了他
们。我一心盼望学会观察天象，弄懂宇宙的布局。可是他们
不但没使我摆脱从前的愚昧，反而使我更加困惑，他们每天
向我灌输的都是什么本原、终极、原子、虚空、质料、形式
以及诸如此类的概念。最困难的事情是——至少在我看来是
如此，——尽管他们意见不合，言论彼此冲突，互相矛盾，
他们却都想说服我，个个都想把我领到他的学说里去。
友人：你说的是桩怪事，他们是哲人，对于同一个事物却抱有不

琉善讽刺散文选

同的看法，各执一说，互相争吵。

6　墨尼波斯：朋友，你听他们吹牛皮，耍花腔，一定会发笑。首先，他们也是在地上行走的，并不比我们这些在地上行走的人高明，他们的眼力也不比旁人更敏锐，他们当中有些人，由于年老或懒惰而两眼昏花，可是他们却声称找到了天体的界限，测出了太阳的圆周，遨游了月亮以外的空间，好象他们是从星星上下来的，大讲星星有多大；其实，连梅加腊[12]到雅典有多少斯塔狄翁他们往往也未必清楚，却大胆断言月亮与太阳的距离有多少肘尺[13]；他们还测量了天有多高，海有多深，地的圆周有多长；他们还画了些圆圈，在正方形上面加了些三角，绘出了各种球形，倒象真的量得了宇宙的大小。

7　　他们谈论这些情况不明的事物，却又不声明他们是在假设，而且固执己见，不让人胜过他们；他们甚至发誓说，太阳是一块炽热的金属，月亮上有人居住，星星喝水，是太阳用绳子和吊桶从海里汲水，把饮料依次分配给它们的。这不是无知和荒唐么？

8　　他们的学说互相抵触，是不难看出的。我以宙斯的名义请你看看，他们的学说到底是近似，还是完全不同。首先，他们对于宇宙的见解就不一样：有的人认为宇宙无始无终，有的人却大胆地谈论宇宙是谁创造的，是如何构成的；后者的说法特别使我吃惊，他们把某位神当作宇宙的创造者，而关于这位神是从哪里来的，在创造宇宙的时候站在什么地方，却又没有事先说明；在宇宙开辟之前，时间和空间也是难以想象的。

友人：墨尼波斯，照你说来，他们是胆大包天的骗子了。

墨尼波斯：可敬的朋友，这还不算，如果我把他们谈论的有形与无形、有限与无限的理论告诉你，不知你又将说什么？在后一问题上，他们发生了激烈的争论，有些人给宇宙划定界限，有些人则认为宇宙是无限的；他们还断言宇宙很多，对那些说只有一个宇宙的人加以谴责。还有一个不爱和平的人[14]竟然认为战争是宇宙之父。

关于众神，怎么说才好呢？有一些人说，神无非是数字[15]，另一些人则凭鹅、狗和阔叶树发誓[16]。还有人把别的神都轰走了，把统治宇宙的权力归于一位唯一的神。我听说神这么稀少，都有点不满意。与此相反，有的人倒慷慨，宣称神很多，并且分门别类，管某一位叫第一等神，其他的则按品格分为第二等、第三等。此外，有一些人认为神是无体无形，还有一些人则认为神是有体的。他们并不都认为神照管着我们的事情；还有人豁免了神的每一种职责，就象我们惯于豁免老年人的公役一样；实际上，他们使神担任的，无异于喜剧中的卫兵。有几个人甚至走得更远，认为神根本不存在，任凭宇宙飘摇，没有神主宰，没有神引导。

听了这些话，我不敢不相信那些胡子漂亮、声音如雷的人，可又不知往哪里去寻找一种无懈可击、难以驳倒的学说。所以我的处境完全象荷马所描述的，有许多次，我心想索性相信他们当中的一个人算了。

但是另外一种心情又阻挡着我。[17]

这一切使我毫无办法，只好放弃了在地上听见有关这些事情的真理的念头；我认为彻底摆脱这困境的唯一方法，就是插翅飞上天界。给我希望的，主要是我的心愿，其次是那个讲寓言的伊索[18]，他使老鹰和屎壳郎，有时甚至使骆驼都上了天。我知道，我长翅膀是绝不可能了，但是，如果我能装上鹰、鹫的翅膀——唯有这类鸟载得起人体的重量，——我的实验也许会成功。于是，我捉了两只，小心翼翼地砍下鹰的右边翅膀和鹫的左边翅膀，然后把它们连接起来，用结实的皮带绑在我的肩上，并且在那根长羽毛的尖端做了把手，以便用手抓住。于是我跳跃着，扑扇着两臂，象鹅那样在地面上飞，飞的时候脚尖着地。这样做没使我失望，我就开始更大胆地飞，我飞上卫城，又从峭壁上向剧场[19]直飞下去。我飞下去毫不危险，就想更高飞，于是我从帕耳涅斯山[20]或许墨托斯山[21]上升，飞到革刺涅亚山[22]，再从那里飞上阿克洛科林斯山[23]，然后经过福罗厄山[24]和厄律曼托斯山[25]，飞到塔宇革托斯山[26]。

　　我的勇气很快就训练出来了，我成了一个熟练的高空飞行者，不再抱有雏鸟试飞的心情。我飞上了俄林波斯，身边只带着分量极轻的粮食，又从那里直上云霄。起先，因为太高，我感到头晕，后来，这一点我毫不困难地适应了。但是，当我破云而上，接近月亮的时候，我感到疲倦，特别是左边，鹫的翅膀那边。我就飞上去，坐在月亮上休息，从高处眺望大地，象荷马诗中[27]的宙斯那样，时而看牧马的色雷斯人的地方，时而看密细亚人[28]的地方，过一会儿，随心所欲，看看希腊，看看波斯，又看看印度。看着这一切景象，我饱尝了各种各样的乐趣。

友人：墨尼波斯，请你都讲讲吧，旅途中每一件事，都别让我错过，哪怕你路上打听到什么枝节小事，也让我知道。我也希望更多地听到大地的形状以及你从上面观察到的大地上的种种情况。

墨尼波斯：朋友，你猜对了，那么，你就登上月亮，跟着我的故事一起去远游，一同观看大地上一切情况吧。

　　首先，我看见的大地是很小的，看来比月亮小多了，所以当我弯着腰乍往下看的时候，好半天我都在纳闷，高山和大海哪儿去了，老实说，如果我没有望见罗得岛上的大铜像[29]和法洛斯岛上的灯塔[30]，我就完全不知道大地在何方。幸亏它们又高大，又醒目，俄刻阿诺斯[31]也在太阳光下微微地闪闪发亮，我这才知道，我眼下所见就是大地。后来，我聚精会神地定睛一看，人类的全部生活都出现了，不仅是各民族和各城市，连航海的、打仗的、耕地的、诉讼的、妇女、走兽、一句话，凡是丰饶的土地所养育的一切都历历在目。

友人：你的话全不可信，而且自相矛盾，墨尼波斯，刚才你还说过，你寻找大地，由于它隔得远，缩得很小，若不是那大铜像指点你，你也许会认为看见的是别的东西，现在你怎么忽然变成了林叩斯[32]，地上的一切，人呀，兽呀，而且几乎连蚊子的窠你都能认出来？

墨尼波斯：多谢你提醒我；我早该特别声明的话，不知怎么倒忽略了。我一眼就认出了大地，但是别的东西却看不清楚，因为太高了，我的目力达不到那么远，这使我很伤脑筋，不知如何是好。我正懊丧得差点儿哭出来，哲人恩培多克勒[33]走过来，站在我背后，他浑身是灰烬，而且整个儿被火烤焦了，样子活象一根木炭。我见了，老实说，真有点搅糊涂了，以为我看见了月亮上的精灵。但是他说道："墨尼波斯，你放心吧！

我不是神，为什么把我比作神灵？[34]

我乃是自然哲学家恩培多克勒。当我纵身跳进火山口时，浓烟把我从埃特纳[35]山中卷出来，卷到这里来了，所以我现在住在月亮上，常在空中行走，以露水为主。我正是为解除你现时的困惑而来的，在我看来，看不清地上的东西这件事使你感到苦恼。"我回答说："谢谢你，亲爱的朋友恩培多克勒，我飞回希腊以后，一定记住在烟囱上给你祭酒[36]，每月初一张开嘴对着月亮为你祈祷三次。"他说道："凭恩底弥昂[37]起誓，我不是来要报酬的；看见你感

14　到苦恼，我心里不安。你知道怎样办才能使你的目光变敏锐吗？"我回答说："我确实不知道，除非你拨开我眼前的迷雾。现在我的视力似乎非常模糊。"他说道："你自己从地上带来了敏锐的目光，不需要我帮助。"我说道："那是什么？我不明白。"他问道："难道你不知道你装上了鹰的右边翅膀吗？"我回答说："当然知道，但是翅膀和眼睛有什么关系？"他说道："鹰的眼睛远比其他的动物好得多，只有它能正面注视太阳，一只嫡出的鹰王的特征，是它能面对阳光而不眨眼。"我说道："人们是这样说的；我后悔在上来的时候没有把我的眼睛挖出来，把鹰的眼睛嵌在眼眶里。所以我来到这里，只算一件半成品，我的装备没有全副的王家气派；我象是一只庶出的、被剥夺了继承权的小鹰。"他说道："你立刻就能有一只配得上王家气派的眼睛。只要你愿意站立一会儿，把鹫的翅膀控制住，只扑动另外一只翅膀，你的右眼就会象那支翅膀那样敏锐。至于另外一只眼睛，不免要迟钝一点，因为它是在比较差的一边。"我说道："只要我的右眼能象鹰那样看得很清楚，这就够了；这一点也不坏，我时常看见木匠用一只眼睛觑着尺子把木料弄直，比用两只眼睛好。"

15　　我说完这些话，就按照恩培多克勒吩咐的去做，他却渐渐后退，慢慢化作青烟消失了。我一扑动那翅膀，立刻有一大股光笼罩着我，先前看不见的一切事物都显现出来了。我弯着腰向大地看去，清楚地看见了城市、人民和一切发生的事情，不仅是外边的，还有人们认为可以在家里背着人干的事情：托勒密和他的妹妹同居[38]；吕西马科斯[39]的儿子谋害自己的父亲；塞琉科斯的儿子安提俄科斯[40]偷偷地和他的继母斯特刺托尼刻眉目传情；帖撒利亚人亚历山大[41]被他的妻子杀死；安提戈诺斯[42]引诱他的儿媳；阿塔罗斯的儿子把毒药倒在他父亲的杯里[43]；在另一个地区，阿耳萨刻斯[44]正在杀他的情妇，太监阿耳巴刻斯[45]却对着阿耳萨刻斯拔出剑来；米太人斯帕提诺斯[46]的前额被金杯打破，卫兵抓住他一只脚，把他拖出了宴会厅。在利比亚[47]、西徐亚[48]和色雷斯的王宫里都可以看到类似的事情发生，人们通奸，杀人，害人，抢人，赌假咒，心惊胆战，被最亲爱的人出卖……

国王们的行为给我提供了这样的消遣，至于平民的行为还要可笑得多，我也看见了他们——伊壁鸠鲁[49]派的赫耳摩多洛斯[50]为了一千德拉克马[51]赌假咒，斯多葛派[52]的阿伽托克勒斯为了索取学费同他的弟子打官司，演说家克勒尼阿斯[53]从医神庙里偷走一只酒杯，昔尼克派[54]的赫洛菲罗斯[55]在妓院里过夜。我何必再提起挖墙角的、受贿赂的、行乞的其他人呢？一句话，这场面真是五花八门。

友人：墨尼波斯，你最好把这些人也说说。看来他们给了你极难得的快乐。

墨尼波斯：亲爱的朋友，把那些事从头到尾讲出来是不可能的，甚至看一看都很费事。但主要的事情正如荷马所描述的盾牌上的景物[56]一样：这里是宴会和婚礼，那里是法庭和大会，别的地方有人在献祭，那附近有人在哭丧；每当我观看革泰人[57]的国土时，我总是看见他们在打仗；每当我移过去看西徐亚人时，我总是看见他们坐在车上漫游；我把眼睛向另一方稍微倾斜，就看见埃及人在耕地，腓尼基人在航海，西里西亚人在当海盗，拉孔人[58]在鞭打自己，雅典人在打官司。这些事情是同时发生的，你可以想象得到，这是多么混乱的情景。这就象有人把许多合唱队员，更确切地说，把许多合唱队带来，让每个歌唱者不顾和谐，

16

17

自己唱自己的调子，他们互相竞争，各唱各的，竭力高声压倒旁人，天哪，你想想这只歌是什么样的啊！

友人：墨尼波斯，这非常可笑，简直乱七八糟。

墨尼波斯：朋友，地上所有的合唱队员就是这样的，人们的生活就是由这种不和谐构成的。他们不仅唱不协调的歌曲，而且穿不一样的服装，向相反的方向跳舞，想的也不一样，直到合唱队司理[59]把他们一个个赶下舞台，说再也不要他们了。此后他们全都同样地安静下来，不再唱那种杂乱无章的歌曲了。不用说，那个五光十色的剧场上发生的一切都是可笑的。

特别可笑的，是那些为争地界而相斗的人，那些由于耕种西库翁平原、由于占有马拉松的俄诺厄乡区、由于在阿卡奈乡区获得一千亩地而自鸣得意的人。其实，在我从天上看来，整个希腊不过四指宽，我认为，按照这个比例，阿提卡就要小许多倍了。因此我想，留给我们的富翁引以自豪的东西是少而又少。在我看来，他们当中田地最多的人也不过耕种伊壁鸠鲁的一个原子罢了。当我眺望伯罗奔尼撒，看见库努里亚的时候，我想起这么一个小地方，不大于一颗埃及扁豆，却使那么多阿耳戈斯人和拉栖第梦人在一日之间死于战争。如果我看见一个人有八个金戒指、四只金酒杯，便因金子多而自豪，我也要大笑特笑，因为整个潘该翁山[60]连同它的金银矿，也不过一颗米粒大。

友人：幸福的墨尼波斯，多么奇异的景象！宙斯在上，请你告诉我，那些城市和人民从天上看来有多大？

墨尼波斯：我想你是一定常看见成堆的蚂蚁的，其中一些在洞口挤作一团，当众执行公务，有的外出，有的回城；一只运出粪来，另一只从什么地方拣到一片豆子皮或半颗麦子，拖着奔跑。与蚂蚁生活相适应，蚂蚁当中自然也有建筑师、公众领袖、主席官[61]、音乐家和哲学家。那些城市和城中的人民非常象蚁丘。如果你认为把人类的生活比作蚂蚁的组织，未免太贬低了，那么请你查一查有关帖撒利亚人的神话吧，你会发现密耳弥冬人这支最好战的民族，就是由蚂蚁变成人的[62]。

我把这一切看够了，笑够了，又振翅向上飞，

> 到持盾的宙斯的宫中去，到其他的神家里去。[63]

我飞了不到一斯塔狄翁，月亮神就用女人的声音说道："墨尼波斯，你好！托你到宙斯那里为我办一件事。"我说道："你说吧；不是要我带东西，不会有什么困难。"她说道："是托你带个不费事的口信，把我的请求转告宙斯。墨尼波斯，我从哲学家那里听到了许多可怕的议论，厌烦极了。他们旁的事不干，专爱管我的事——我是什么，有多大，为什么变成半圆的或要圆不圆的形状。有人说我这里有人居住，有人说我象一面镜子悬在海上，又有些人把他们各自的幻想加在我身上。最近他们甚至说，我的光是偷来的、是冒充的，是从上面的太阳那里来的；他们说太阳本身是石头，是炽热的金属，这还不算，还不断地使我同我的哥哥太阳起冲突，相争吵。

"那些在白天脸色忧郁、目光刚毅、态度庄严、为一般人所景仰的人，在夜里干下可耻可鄙的事情，难道我不知道吗？但是，我尽管看在眼里，却只好保持沉默，因为我想总不便揭露和照亮他们的夜间娱乐和他们每人的景后[64]生活。但是，如果我看见他们当中有人通奸、偷窃或胆敢做别的最适合在夜间干的事情，我立刻就把云拉过来遮住我的脸，免得把这些老年人暴露在众人面前，有辱他们的大胡子和德行。但是，他们继续发言攻击我，因此，凭夜神发誓，我多次想迁到最远的地方去，以便躲避他们爱管闲事的舌头。

"请你记住把这些话转达给宙斯，并且告诉他，我不能

再留在这个地方，除非他毁灭那些自然哲学家，封住那些论辩家[65]的嘴，掘倒画廊[66]，烧毁学园[67]，制止散步道上的闲谈[68]，那样，我才能获得安宁，不再每天被他们测量。"

22   "一定照办，"我说，并沿着上天的路飞去，

　　　　那里没有牛耕田，也没有人种地。[69]

过一会儿，月亮看来变小了，大地不见了。

我沿着太阳左侧，穿过星星飞了三天，接近了天界。起先，我想一直飞进去，我有半边是鹰，我知道鹰同宙斯向来是亲密的[70]，因此认为很容易躲避众神的注意。但是，后来考虑到他们很快就会发现我，因为我带上的另一支翅膀是鹭的，所以我决定，最好还是不要去冒险。我上前敲门。赫耳墨斯[71]应声开门，问了我的名字，连忙去报告宙斯。过了一会儿，他叫我进去，我心里害怕，浑身打颤；我发现他们都坐在一起，并且有点发愁，因为我的访问出乎意外，扰乱了

23 他们的平静，他们担心全人类都会象我这样装上翅膀飞了来。可是宙斯却以泰坦神[72]的锐利的眼光盯着我，恶狠狠地说：

　　你是何许人，何地人，何处来？何人之子？[73]

我听见这句话，差点儿没吓死，我站在那儿，开不得口，被那洪大的话音吓呆了。后来，我清醒过来，这才把一切清楚地告诉他。我从头说起——怎样想知道天体，怎样去找哲学家，怎样听见他们说些相反的理论，怎样被他们的议论弄得糊里糊涂而感到厌倦，然后循序说起我的奇想、翅膀以及其他一切，一直说到我上天，还加上月亮的口信。宙斯的眉头舒展了一点，他笑了笑，说道："连墨尼波斯都敢上天来，关于俄托斯和厄菲阿尔忒斯[74]还有什么可说呢？（向墨尼波斯）今天我们先叫你做客，明天，我们处理了你来办的事情，再打发你回去。"他随即站起来，走到天上最便于听声音的地方去，因为他坐下来听祈祷的时候到了。

他一边走，一边向我问起地上的事情，起先是问麦子在希腊卖什么价钱；去年冬天的风雪是不是猛烈地袭击了我们；蔬菜是不是还需要更多的雨水。随后他问起菲迪亚斯[75]的后裔是不是还有人在，为什么雅典人这么多年不庆祝宙斯节，他们是不是还有意为他修成俄林匹厄翁庙[76]，抢劫他的多多涅[77]庙的那伙人是不是已经就擒。

我回答了这些问题之后，他说道："告诉我，墨尼波斯，人们对我有什么看法？"我回答说："主上，除了最虔敬的看法，认为你是众神的首领之外，还能有什么别的看法呢？"他说道："你是在说笑话，你不说，我也清楚地知道他们喜新厌旧。从前有个时期，他们把我看做预言者、医师，那时我是一切，

24

条条街道和人间的市场尽是宙斯。[78]

那时多多涅和庇萨[79]昌盛繁荣，万人景仰，祭祀的烟雾太浓，使我什么都看不清。但是，自从阿波罗在得尔福建立了预言所，阿克勒庇俄斯在拍加马建立了医疗院[80]，色雷斯有了本狄斯[81]庙，埃及有了阿努比斯庙，以弗所有了阿耳忒弥斯[82]庙以来，他们都跑到那些地方去庆祝大节日，举行百牛祭，献上金锭，至于我呢？他们认为已经过了极盛时期，他们每四年[83]祭我一次，我就够荣耀了。所以你可以看出，我的祭坛比柏拉图的法律和克吕西波[84]的三段论还要冷清。"

谈着谈着，我们已来到他坐下来听祈祷的地方。那里有一排洞口，象井口似的，上面有盖子，每个洞口旁边摆着一座黄金的宝座。宙斯在第一个洞口旁边坐下，把盖子打开，注意听祈祷。祈祷来自大地各处，五花八门，种类繁多。

祈祷是这样的："宙斯啊，但愿我成为国王！""宙斯

25

琉善讽刺散文选

啊，使我的葱蒜长生！""众神啊，让我的父亲快死！"也有人说："但愿我能继承妻子的财产！""但愿我谋害兄弟的事不至于被发觉！""但愿我的官司能打赢！""让我在奥林匹克竞技会戴上桂冠！"航海的人当中，有一个祈求吹北风，另一个祈求吹南风；农夫求雨水，漂布者求阳光。

宙斯听了，对每一个祈祷都仔细加以考虑，但并不是全都答应了。

这个祈祷父亲允许了，那个他拒绝了。[85]

他让正当的祈祷穿过洞口上升，拿来放在右边；不虔敬的祈祷，他不让生效就把它们挡回去，吹下去，不让它们再和天界接近。对于某一个祈祷，我看出他感到为难：有两个人所求相反，却又答应献上同样的祭品，他不知该点头答应哪一个，落得个与学园[86]派相同的遭遇，难以作出决定，只好象皮浪那样暂停判断[87]，再作思考。

26　　他把这些祈祷处理得差不多了，然后走到下一个洞口，坐在第二个宝座上，弯着腰注意听誓言和发誓人说的话。他处理了这些誓言，毁灭了伊壁鸠鲁派的赫耳摩多洛斯，再移到下一个宝座上去注意听那些显示预兆的呼声、言辞和鸟语。然后，他又从那里移到接受祭祀的洞口，烟从那洞口上升，将每个献祭的人的名字传达给宙斯。离开这些洞口以后，他命令说："今天在西徐亚下雨，在利比亚闪电，在希腊下雪。北风，你到吕底亚去刮。南风，你保持安静。西风在亚得里亚海上掀起大浪。一千斗[88]冰雹撒在卡帕多细亚。"

27　　一切事情差不多办完以后，该吃饭了，我们就去赴宴。赫耳墨斯接待我，让我躺在[89]潘[90]、科律巴斯[91]、阿提斯[92]和萨巴齐俄斯[93]旁边，这些是身份不明的外来神。得墨忒耳[94]给我面包，狄俄倪索斯[95]给我酒，赫剌克勒

斯给我肉，阿佛洛狄忒[96]给我桃金娘，波塞冬[97]给我鳀
鱼。同时我也尝到了一点神食和神酒；那个高贵的伽倪墨得
斯出于对人类的爱，一见宙斯向别处看，就赶快给我斟上一
两钟神酒。众神，正如荷马——我想他一定象我一样在那里
见过这种事——在什么地方说过的那样，

> 不吃面包，也不喝火红的酒。[98]

他们面前只放着神食，他们喝神酒喝醉了；他们特别喜欢吞
食焚烧牺牲时给他们送上来的香喷喷的烟气和人们献祭时牺
牲在祭坛周围溅洒的鲜血。

宴会的时候，阿波罗弹竖琴，塞勒诺斯[99]跳粗野的舞
蹈，文艺女神们[100]站起来为我们唱赫西俄德的《神谱》[101]
中的段子和平达的颂歌[102]中的第一首。我们吃饱了，有些
醉了，便各自休息。

> 所有其他的神和指挥战车的将领
>
> 整夜安睡，我却得不到甜蜜的睡梦。[103]

28

我想了许多事情，特别是阿波罗为什么这么久不长胡子，
太阳神[104]始终在这里和大家一起宴饮，天上为什么还有
黑夜？

那天夜里我睡得很少。到了清早，宙斯起来，传令召集
大会。众神到齐以后，他就开始发言："召集你们来，是昨 29
天到这里来的这位客人引起的。我早就想同你们商议有关哲
学家的事情，特别是因为受了月亮和她提出的谴责的敦促，
我决定不再推迟对这个问题的讨论。

"不久以前，世上出现一种人，他们懒散，好辩，自负，
易怒，贪吃，愚蠢，狂妄自大，目空一切，用荷马的话来
说，是'地上的无益负担'[105]。他们分成若干学派，想出
各种迷人的字眼，有的自称斯多葛派，有的自称学园派；有
的自称伊壁鸠鲁派，有的自称散步派，此外，还有些更可笑

的派别。他们把美德的庄严的名字披在身上，竖起眉毛，皱着额头，把胡子留长，东游西荡，用虚伪的外表掩盖着可憎的恶习，很象悲剧演员，一旦有人剥去他们的面具和绣金的服装，剩下的就只是用七个德拉克马雇来争夺奖品的戏子。

30   "他们尽管是这样的人，却瞧不起全人类，关于神他们还说了一些怪话。他们召集了一些容易上当受骗的年轻人，用悲剧的腔调向他们宣扬那有名的美德，传授难以解答的理论；他们当着弟子们赞美忍耐、节制和自足，唾弃财富和欢乐，但是到了他们独处的时候，他们怎样贪图吃喝，怎样放纵情欲，怎样把俄玻罗斯上面的污垢舔干净，谁能说得尽？

    "最令人愤慨的，是他们于公于私从不做一点好事，他们是无用的、多余的人，

> 在战斗中，在议事会上，毫无用处。[106]

虽然如此，他们却责备别人；他们搜集尖刻的言辞，钻研新颖的骂人的话语，斥责旁人；他们中间谁最吵闹、最莽撞、31 最勇于诽谤别人，谁就名列第一。如果你问一个提高嗓音、吵吵嚷嚷、指责别人的人：'你又在干什么呢？我以众神的名义问你，你对于人世有什么贡献？'如果他愿意说恰当的真话，他就该说：'我认为航海、种地、服兵役、做工匠，都是多余。我大叫大嚷，一身肮脏，冷水洗浴，冬天光脚走路，披一件龌龊斗篷，象摩摩斯[107]那样对别人做的事吹毛求疵。如果有哪个富翁高价买鱼或者养伴妓，我就专爱管闲事，义愤填膺；但是，如果我的朋友或伙伴病倒在床，需要帮助和看护，我就不闻不问。'

32   "众神啊，这些家伙就是这样的。还有些自称伊壁鸠鲁派的人，非常傲慢，对我们横加指责，说神不但不照管人类，而且对发生的一切事都漫不经心。现在是你们考虑考虑

的时候了，万一他们说服世人，你们就要挨饿，因为，一旦无利可图，谁还愿意再向你们献祭呢？

"至于月亮所谴责的事情，你们昨天都听见客人讲过了。为此，你们应该作出一个对人类最有益、对我们最能保证安全的决议。"

宙斯刚说完，大会就陷于一片吵闹声中，全体天神高声嚷道："雷打他们！""火烧他们！""毁灭他们！""把他们抛到坑[108]里去！""扔到塔耳塔洛斯[109]去！""送到癸伽斯[110]那儿去！"宙斯命令安静下来，然后说道："就照你们的意思办，他们都要被毁灭。但是现在不宜于惩罚任何人，后四个月是圣月，我已经派人到各处宣布停战[111]。因此明年开春，这些坏人将遭受可怕的雷击。"

克洛诺斯的儿子动动浓眉表示同意。[112]

宙斯继续说道："关于墨尼波斯的事，我这样决定：把他的翅膀去掉，使他不能再来。今天就让赫耳墨斯把他带到地上去。"他说完这话，便宣布散会，于是库勒尼俄斯[113]揪住我的右耳朵，提起我来，昨天晚上把我送下来放在陶工区[114]。

朋友，从天上来的消息你全都听见了。我这就去把喜讯带给那些在画廊里散步的哲学家。

33

34

琉善讽刺散文选

注 释

[1] 伊卡洛墨尼波斯是由"伊卡洛斯"和"墨尼波斯"两个名字组成的复合词。伊卡洛斯是代达罗斯的儿子。代达罗斯是个灵巧的匠人，他在克里特岛遭到囚禁，便用蜡把鸟类的羽毛粘在他自己和他儿子的身上，以便从空中飞走。伊卡洛斯飞得太高，蜡被太阳融化，羽毛脱落，他因此跌到海里，这个海后来称为伊卡洛斯海（在小亚细亚西岸外）。墨尼波斯是公元前3世纪人，为昔尼克派（一译"犬儒派"）哲学家。

[2] "驿程"本是古波斯路程名称，为小亚细亚与古波斯首都之间的快速大道的两驿

站之间的距离。

[3] 斯塔狄翁是古希腊的路程单位，合 600 古希腊尺，每希腊尺合 30.7 公分。

[4] 帕剌珊革斯是古波斯的路程单位，每帕剌珊革斯合 30 斯塔狄翁。

[5] 宙斯是克洛诺斯和瑞亚的儿子，为古希腊神话中最高的神。

[6] "美乐女神"是司美丽与欢乐的女神，共三位。

[7] 腓尼基人居住在地中海东岸，善于航海，观察天象。

[8] 赫剌克勒斯是宙斯和迈锡尼的国王厄勒克特律翁的女儿阿尔克墨涅的儿子，为著名的希腊英雄，力大无比。他曾奉阿耳戈斯国王欧律斯透斯之命去做十二件苦差事，其中之一是扼死涅墨亚地方的一头狮子，他把狮子的皮披在身上。另一件是把厄利斯国王奥革阿斯的三十年未打扫的、养着三千头牛的牛圈弄干净：他使两条河改道，于一日之间用河水把牛圈冲洗干净。他的名字常用作惊叹语。

[9] 俄林波斯是希腊北部的高山，传说是众神的住处。

[10] "天上人"见荷马史诗《伊利亚特》第 5 卷第 373、898 行。

[11] 弗利基亚人居住在小亚细亚西北部，据说属于色雷斯种族。此处的"弗里基亚人"指特洛亚国王特洛斯的儿子伽倪墨得斯，宙斯曾化身为老鹰，把伽倪墨得斯抓到俄林波斯，使他充当酒童。

[12] 梅加腊在雅典城邦的领土阿提卡西边。

[13] "肘尺"是古希腊的长度单位，为肘弯至中指尖的距离。

[14] 指赫拉克利特。赫拉克利特（公元前 540？—前 480？）是小亚细亚西南岸以弗所的人，为朴素唯物论哲学家。

[15] 毕达哥拉斯认为日神阿波罗是一，衅隙女神是二，正义女神是三，一般的神是四。

[16] 此处暗指哲学家苏格拉底。苏格拉底把鸟兽树木当作神，时常凭它们发誓。"狗"指埃及的狗脸人身的神阿努比斯。阿努比斯护送阴魂赴冥土，古希腊人认为他就是赫耳墨斯（Hermes）。

[17] 《奥德赛》第 9 卷第 302 行。

[18] 伊索（公元前 620？—前 560？）是小亚细亚弗利基亚城的人，是个奴隶，后来获释。

[19] 指酒神剧场，在雅典卫城东南边。

[20] 帕耳涅斯山在阿提卡东北部。

[21] 许墨托斯山在雅典城东南边。

[22] 革剌涅亚山在阿提卡西边。

[23] 阿克洛科林斯山在希腊南半岛伯罗奔尼撒东北部。

[24] 福罗厄山在伯罗奔尼撒西北部。

[25] 厄律曼托斯山在伯罗奔尼撒西北部。

[26] 塔宇革托斯山在伯罗奔尼撒南部。

[27] 指《伊利亚特》第 13 卷第 4—5 行。

[28] 密细亚在小亚细亚西北部。

[29] 罗得人在公元前 283 年为阿波罗竖立了一座大铜像，高一百余尺。约在公元前 227 年这座像倒下了。公元 672 年，阿拉伯人用了九百头骆驼才把这座像的铜运走。罗得岛在小亚细亚西南边。

[30] 埃及国王托勒密二世（公元前 285—前 246 年在位）在法洛斯岛上建立了一座大灯塔。法洛斯岛在埃及亚历山大里亚港口外。

[31] 古希腊人相信大地是一块很大的平面，周围有一条长河环绕，长河的名称叫做俄刻阿诺斯，与这条河的主神同名。

[32] 林叩斯是寻找金羊毛的希腊英雄之一，他的目力非常好。

[33] 恩培多克勒（公元前 493？—前 433？）是西西里阿克剌伽斯城的人，为唯物论哲学家。据说恩培多克勒是跳到埃特纳火山口里死去的，他想用这个办法使人相信他成了神，但是他的一只鞋子被喷射出来了，因此人们知道他是怎样死去的。

[34] 《奥德赛》第 16 卷第 187 行。

[35] 埃特纳山在西西里岛东部。

[36] 屋顶上烟囱里冒出的浓烟可以把酒卷上月亮，有如把恩培多克勒卷上月亮。

[37] 恩底弥昂是个美少年，月亮神塞勒涅爱上了他，使他在小亚细亚西南部的山中沉睡，以便随时去和他相会。

[38] 托勒密二世按照埃及风俗娶他的妹妹阿耳西诺厄为妻。

[39] 吕西马科斯（公元前 360？—前 281？）是亚历山大大帝的将军，后为色雷斯的国王。

[40] 塞琉科斯是亚历山大大帝的将军，后为巴比伦的总督。安提俄科斯是叙利亚的国王。

[41] 这里提起的亚历山大是斐赖城的国王。

[42] 安提戈诺斯，亚历山大大帝的将军，后为弗利基亚的总督。

[43] 阿塔罗斯一世为帕加马的国王，但他的四个儿子都对他很好。他的儿子和孙子称为阿塔罗斯二世和三世。

[44] 阿耳萨刻斯约在公元前 250 年创建帕提亚王国。

[45] 阿耳巴刻斯是阿耳萨刻斯的太监，后为朱太的国王。

［46］关于斯帕提诺斯，别无记载。

［47］利比亚指非洲。

［48］西徐亚在黑海西北边。

［49］伊壁鸠鲁（公元前341？—前270？），唯物论哲学家和无神论者。

［50］赫耳摩多洛斯是虚构的人物。

［51］阿提卡钱币：6个俄玻罗斯合1德拉克马，100个德拉克马合1个谟那，60个谟那合1个塔兰同。当时一般劳动人民每天的收入是4个俄玻罗斯。

［52］斯多葛派是个唯心主义哲学派别，这个派别的创建者是芝诺（公元前336—前264）。

［53］克勒尼阿斯是虚构的人物。

［54］昔尼克派哲学否定习俗，提倡简朴生活。

［55］赫洛菲罗斯是虚构的人物。

［56］《伊利亚特》第18卷第483—608行描述希腊英雄阿喀琉斯的盾牌上雕刻的景物：天象、战争、耕种、放牧等。

［57］革泰人属于色雷斯种族。

［58］拉孔人即斯巴达人。

［59］古希腊戏剧的合唱队司理由富有的公民充当，他出钱聘请教练员，并负担合唱队的服装费用。

［60］潘该翁山在马其顿东部。

［61］古雅典的主席团由十族中的每一族推选出的50人组成，各族的主席官轮流执行36天左右的公务。

［62］密耳弥冬人居住在帖撒利亚境内的佛提俄提斯，那是荷马诗中的希腊英雄阿喀琉斯的祖国。传说密耳弥冬人曾遭受瘟疫，人口稀少，宙斯使蚂蚁变成密耳弥冬人，加以补充。这支民族的名称（密耳弥冬）和希腊字（密耳墨克斯，意思是"蚂蚁"）读音很相似。

［63］《伊利亚特》第1卷第222行。

［64］古希腊戏剧演出没有幕，故说"景后"。

［65］指苏格拉底那样的论辩家，这种论辩家以发问方式揭露对方的答复前后矛盾，从而获胜。如果答方能自圆其说，则答方获胜。

［66］画廊是斯多葛派（意思是"画廊派"）哲学家谈论哲学的地方。

［67］指柏拉图讲学的学园，在古雅典城西北郊。

［68］指亚里士多德用散步的方式讲学。亚里士多德（公元前384—前322）生于马其顿的斯塔革拉城，为古希腊著名的哲学家，他动摇于唯物主义与唯心主义之

间。"散步",一译"逍遥"。一说亚里士多德是在亭子里讲学,而不是用散步或逍遥的方式讲学。

[69] 《奥德赛》第 10 卷第 98 行。

[70] 鹰是宙斯的圣鸟。

[71] 赫耳墨斯是宙斯和迈亚(阿特拉斯的女儿)的儿子,为众神的使者。他护送阴魂赴冥土,并且是司商业、旅行、运动等的神。

[72] 泰坦是天神乌剌诺斯和地神该亚(Gaia)所生的六个儿子和六个女儿,其中有克洛诺斯、许珀里昂、伊阿珀托斯等。这些泰坦神所生的儿女,如赫利俄斯、普罗米修斯、宙斯等,也被称为泰坦。

[73] 这行诗常见于《奥德赛》,如第 1 卷第 170 行。

[74] 俄托斯和厄菲阿尔忒斯是阿罗欧斯的儿子,身体非常高大。他们把山头一个个地往上摞,要爬上天去和众神作战,但是他们还没有成年,就被阿波罗杀死了。

[75] 菲迪亚斯是公元前 5 世纪著名的希腊雕刻家。

[76] 奥林匹厄翁庙是供奉"俄林波斯山上的宙斯"的大庙,于公元前 6 世纪开始建筑,后来工程中断,到了公元 2 世纪(约在本文写作 30 年之前)才完成。

[77] 多多涅在希腊西部。

[78] 公元前 3 世纪希腊诗人阿剌托斯的《天象》第 2—3 行。

[79] 庇萨在奥林匹亚(在伯罗奔尼撒西北部厄利斯境内)东北边。

[80] 阿克勒庇俄斯是阿波罗和科罗尼斯的儿子,为医神。他曾使死者复生,侵犯了死神的权利,宙斯因此用雷电把他烧死了。

[81] 本狄斯,色雷斯人的月神和狩猎女神。阿奴比斯庙及阿耳忒弥斯庙也都是月神和狩猎女神。

[82] 阿耳忒弥斯是宙斯和勒托的女儿,为月神和狩猎女神。

[83] 奥林匹亚是开奥林匹克竞技会的地点。竞技会和祭祀每四年举行一次。

[84] 克吕西波(公元前 280—前 207)是斯多葛派哲学家。

[85] 《伊利亚特》第 16 卷,第 250 行。"父亲"指宙斯,宙斯是神和人的父亲。

[86] 指怀疑派的"学园"。

[87] 皮浪(公元前 365—前 275 ?)是伯罗奔尼撒西北部厄利斯地区的人,为怀疑派哲学的创建者。

[88] "斗"原文是 medimnos(墨丁诺斯),约合 54 公升。

[89] 古希腊人躺在榻上进餐。

[90] 潘是赫耳墨斯的儿子,为牧神。

［91］科律巴斯是弗利基亚的丰产女神库柏勒的随从和祭司。

［92］阿提斯是个牧人，为库柏勒所喜爱。

［93］萨巴齐俄斯是弗利基亚的神，后来被介绍到希腊，与酒神狄俄倪索斯混同，被认为是宙斯的儿子。

［94］得墨忒耳是克洛诺斯和瑞亚的女儿，为农神。

［95］狄俄倪索斯是宙斯和塞墨勒的儿子，为酒神。

［96］阿佛洛狄忒是司爱与美的女神。

［97］波塞冬为海神。

［98］《伊利亚特》第 5 卷第 341 行。

［99］塞勒诺斯是牧神潘的儿子，为酒神狄俄倪索斯的老师和随从。

［100］文艺女神们是司诗歌、历史、天文等的女神，共九位，称为缪斯。

［101］赫西俄德是公元前 8 世纪至公元前 7 世纪的希腊诗人，作品有《工作与时日》、《神谱》等。

［102］平达（公元前 518—前 438）是古希腊著名的抒情诗人，擅长写歌颂奥林匹亚竞技会的胜利者的合唱歌，称为"颂歌"。

［103］《伊利亚特》第 2 卷第 1—2 行。"我"字在荷马诗中作"宙斯"。

［104］指原始的太阳神赫利俄斯，不是指阿波罗。

［105］见《伊利亚特》第 18 卷第 104 行。

［106］《伊利亚特》第 2 卷第 202 行。

［107］摩摩斯是夜神的儿子，喜欢嘲笑和辱骂。

［108］指古雅典卫城北坡下面的深坑，为处死罪人的地点。

［109］塔耳塔洛斯是冥土下面的深坑，坑与冥土的距离等于地与天的距离。撒但们就是被因禁在这个深坑里的。

［110］癸伽斯是天神乌剌诺斯和地神该亚所生的人形蛇尾的巨怪。他们反对以宙斯为首的众神，将石块和木头扔向俄林波斯。宙斯在独眼巨怪和百手巨怪的帮助下，战胜了他们，把他们扔到火山口里。

［111］"圣月时期"是举行祭祀、开竞技会的时期，在这个时期内希腊各城邦不得进行战争，好让人们参加盛会。"四个月"是夸张说法。

［112］《伊利亚特》第 1 卷第 528 行。"儿子"指宙斯。

［113］库勒尼俄斯是赫耳墨斯的称号。赫耳墨斯出生在伯罗奔尼撒中部阿耳卡狄亚境内的库勒涅山，因此称为"库勒尼俄斯"。

［114］陶工区在古雅典双城门（西北门）内外，城内的叫做"内陶工区"，城外的叫做"外陶工区"。

摆　渡

——僭主[1]

卡戎[2]：好啦，克罗托[3]，我们的船已经准备好，一应齐全，只待出发：舱底的水舀干净了，桅杆竖起来了，帆篷拉上去了，每只桨也套上了皮圈，在我是没有什么事会妨碍我们起碇开船了。赫耳墨斯他早就该到了，却迟迟没来。这渡船本该已经往返三趟了，但你是看见的，到现在还没有一个乘客；快黄昏了，我连一个俄玻罗斯还没有弄到手。我知道，普路同[4]一定会疑心我在偷懒，其实，责任是在别的神。我们那位解送阴魂的高贵的神，准是象凡人一样喝了忘河[5]的水，忘记回到我们这里来了。他要么是在同小伙子摔跤，要么是在弹他的竖琴，要么是在发表演说，夸夸其谈，要么他这位高贵的神是到什么地方偷东西去了，这也是他的本事之一。总之，他是在同我们争自由，按说他有一半是属于我们的。

克罗托：卡戎，你怎么知道他不是忙着什么事呢？说不定宙斯要他去办理天上更重要的事去了。宙斯也是他的主子嘛。

卡戎：但是，克罗托，共有的财产[6]，宙斯总不该独自霸占着。赫耳墨斯应该离开的时候，我们从来没有扣留过他。我明白其中的原因了：我们这里除了长春花[7]、祭酒、供饼和献给死者的供品之外，只有阴沉、迷雾和黑暗；在天上却处处是光明，有吃不完的神食，喝不尽的神酒，所以他在众神那里逗留自然觉得比在这里愉快。他从我们这里飞上去的时候，活象是逃出了监狱；下来的时候，他却不慌不忙地步行，难得什么时候走到。

3　克罗托：卡戎，你不用生气了，他已经走来了，这你是看见的，他给我们带来了好些乘客，说得确切些，他是在用信使杖赶着一大群人，象赶着一群山羊一样。这是怎么回事？我看见其中一个人被捆绑着；另一个人笑哈哈的；还有一个人肩扛行囊，手拿木棒，眼光敏锐，催促别人。你看赫耳墨斯不也流着汗，脚上沾满灰尘，气喘吁吁的吗？他用嘴呼吸都困难了！赫耳墨斯，这是怎么回事？为什么这样匆忙？你好象心慌意乱。

赫耳墨斯：克罗托，哪有什么别的事？还不就是这个罪犯逃跑了，我追他，今天差点儿赶不上你们的船了。

克罗托：他是谁？为什么要逃跑？

赫耳墨斯：很明显，他想多活些时候。听他哭泣和悲叹，看样子他是个国王或僭主，因为他说，他失去了莫大的幸福。

克罗托：那个愚蠢的家伙想逃走，在他的生命之线用尽时还想活下去吗？

4　赫耳墨斯：你说他想逃走？要不是那个好人，那个手拿木棒的人帮忙，要不是我们把他逮住绑起来，他早就从我们身边溜走，逃跑了。自从阿特洛波斯把他交给我，他一路上一直拖拖拉拉，磨磨蹭蹭，两只脚栽在地上，很难带他往前走。每隔一些时候，他就央求我让他回去一会儿，答应给我一大笔贿赂。我知道，他所要求的是一件不可能的事情，自然没有放他去。刚才，我们到了洞口[8]的时候，我象往常一样，把死者点交给埃阿科斯[9]，他按照你的姐妹给他的清单，清点人数，当时，这罪该万死的家伙，不知怎么，趁我不注意溜走了。清点结果，少了一个死者，埃阿科斯就竖起眉毛说道："赫耳墨斯，不要在什么事情上都玩弄你那套盗窃本领，你在天上玩的把戏够多了。死者的数字是记得很准确的，不可能有差错。你是看见的，清单上写的明明是一千零四个，如果不是阿特洛波斯欺骗你，那就是你给我少带来了一个。"他的话使我一阵脸红，我立刻想起了路上发生的事，四面一看，不见了那人，就知道他逃跑了。我尽快沿着通向阳光的大道一路追去。这位朋友自愿跟着我，我们象从起跑线开始一样往前跑，终于在泰那洛斯把他捉住，没让他从那里溜走。

克罗托：卡戎，这会儿我们只顾责备赫耳墨斯玩忽职守。

卡戎：我们为什么还在磨蹭，倒象耽搁得还不够久？

克罗托：你说得对，叫他们上船吧！我将拿着清单，照常坐在舷梯旁边，他们一个个上来，我好问清楚他是谁，是哪里人，怎样死的；你只管接收，把他们堆起来，放在一起。赫耳墨斯，先把这些新生的婴儿扔进船吧。他们能向我说些什么呢？

赫耳墨斯：你收下吧，艄公！连弃婴在内，一共三百个。

卡戎：好家伙，收获倒真不少！你给我们带来的这批死者是生葡萄做的酒[10]。

赫耳墨斯：克罗托，你要我们把那些没有人哀悼的死者弄上船吗？

克罗托：你是说那些老头儿吗？就这么办吧！如今我有什么必要去追查欧几里德之前的事情[11]呢？你们这些年过六十的人快上船！这是怎么回事？他们不听我的话，准是由于年纪太大，耳朵聋了。也许你得把他们提起来送上船去。

赫耳墨斯：接住吧，差两个四百，都是软绵绵的、熟透的、到时候才收获的。

卡戎：是呀！他们都成了葡萄干了！

6　克罗托：赫耳墨斯，把受伤的人带上来！（向死者）先告诉我，
　　　　你们是怎样死的？不，我还是按照单子上写的来清查你们
　　　　吧。八十四个应该是昨天在米太阵亡的，其中有俄克叙阿
　　　　塔的儿子戈巴瑞斯[12]。

　　赫耳墨斯：他们全到了。

　　克罗托：有七个是因失恋而自杀的，其中一个是哲学家忒阿革涅
　　　　斯，他是爱上了梅加腊的伴妓，殉情而死的。

　　赫耳墨斯：他们就在你身边。

　　克罗托：那两个为了争夺王位互相残杀而死的人在哪儿？

　　赫耳墨斯：他们站在这里。

　　克罗托：那个被奸夫和自己的老婆谋杀的人呢？

　　赫耳墨斯：你看，就在你身边。

　　克罗托：把那些从法院出来的人带来，我是说那些死于拷打和尖
　　　　桩刑的人。那十六个被强盗杀死的人在哪儿，赫耳墨斯？

　　赫耳墨斯：他们在这里，就是你看见的这些受伤的人。你要我把
　　　　那些女人也带来吗？

　　克罗托：当然。把那些沉船遇难的人也一起带来，反正都是横死
　　　　的。还有那些死于高烧的，也带来，他们的医生阿伽托克勒
7　　　　斯[13]，也一起带来。哲学家昔尼斯科斯[14]在哪儿？他是吃了
　　　　赫卡忒的饭食[15]和涤罪的鸡蛋，又吃了生墨斗鱼而死去的。

　　昔尼斯科斯：好克罗托，我站在你身边很久了。我干了什么错事
　　　　吗？你竟叫我在世上待了这么久！你几乎把整个线坠儿上
　　　　的线都分配给我了。我曾多次想把生命之线弄断，以便到
　　　　这里来，不知怎么弄不断。

　　克罗托：我留你在那儿，是让你去充当人类的罪恶的检举人和医
　　　　生。上天保佑，你上船吧！

　　昔尼斯科斯：不，除非我们先把这个被绑着的人弄上船。我担心
　　　　他再三央求，会打动你的心。

克罗托：让我看看，他是谁？ 8

昔尼斯科斯：拉库得斯的儿子墨伽彭忒斯[16]，是个僭主。

克罗托：上船去！

墨伽彭忒斯：不，克罗托娘娘！让我回阳世上去一阵子。以后不
　　用人传，我自动回来。

克罗托：你为什么要回去？

墨伽彭忒斯：先把我的宫殿盖好，因为建筑刚刚完成一半。

克罗托：胡说！上船去！

墨伽彭忒斯：命运女神，我要求的时间并不长。准许我停留今天
　　一天就行，以便我把钱财指点给我的妻子，告诉她那一大
　　宗财宝埋在什么地方。

克罗托：你合当命尽，难以宽限。

墨伽彭忒斯：那么多金子都白扔了么？

克罗托：不会白扔。这件事你可以放心；你的堂弟墨伽克勒
　　斯[17]会继承的。

墨伽彭忒斯：啊，真是欺人太甚！这个仇人，我一时疏忽，没有
　　先把他杀死。

克罗托：正是那人；他将比你多活四十岁多一点，还要夺取你的
　　嫔妃、衣服和全部黄金器皿。

墨伽彭忒斯：克罗托，你太不公平，竟把我的财宝分配给我最大
　　的仇人。

克罗托：我的好人，那些原来都是库狄马科斯[18]的，你不是
　　在刺杀了他、趁他没咽气宰了伏在他身上的孩子，抢过来
　　的吗？

墨伽彭忒斯：可它现在属于我了。

克罗托：属于你的期限已经满了。

墨伽彭忒斯：克罗托，我想私下告诉你一件事，不叫别人听 9
　　见。——你们暂且站开点！——只要你让我逃跑，我答应

今天就给你一千塔兰同金币。

克罗托：可笑的人，你还念念不忘金子和塔兰同吗？

墨伽彭忒斯：如果你愿意，我还可以给你两个调酒缸[19]，那是我在杀死克勒俄里托斯[20]的时候弄到手的，每个重一百塔兰同[21]。

克罗托：把他拖上船去！看来他是不肯自动上船的。

墨伽彭忒斯：请你们大家作证，我的城墙和修船厂还没有竣工。再让我活五天，就能完成。

克罗托：放心，别人会把城墙修好的。

墨伽彭忒斯：我再来提这么个要求，总该是完全合理的。

克罗托：什么要求？

墨伽彭忒斯：让我一直活到我平定庇西狄亚[22]人，叫吕底亚人纳贡，给自己造一个巨大的陵墓，把我生平的赫赫武功刻在上面。

克罗托：你这家伙，你不是要求今天一天，而是要拖延将近二十年呀！

10　墨伽彭忒斯：可是我愿意给你个保证品，保证我快去快来。如果你愿意，我甚至可以把我心爱的人[23]交给你，作为我的替身。

克罗托：可恶的东西，你不是时常祷告要把他留在世上吗？

墨伽彭忒斯：很久以前，我曾经这样祷告过，现在我看出他有更好的用处了。

克罗托：他不久也要到这里来，因为他将被新的国王杀死。

11　墨伽彭忒斯：此外，命运女神，你总不该拒绝我这个要求吧。

克罗托：什么要求？

墨伽彭忒斯：我想知道我身后的事。

克罗托：你听着：你知道以后，将更加痛苦。你的奴隶弥达斯[24]将占有你的妻子，他早就诱奸了她。

墨伽彭忒斯：这个该死的家伙，我听从她，给了他自由。

克罗托：你的女儿将编入当今僭主的嫔妃之列，城邦从前为你竖
　　立的半身像和全身像将被推倒，只落得看热闹的人讥笑。

墨伽彭忒斯：告诉我吧，难道我的朋友没有一个对这些行径感到
　　愤慨吗？

克罗托：谁是你的朋友？怎么成为朋友的？所有拜倒在你面前、
　　称赞你的一言一行的人，其所以这样做，都是出于畏惧和
　　希求，他们是巴结你的权势，只着眼于自己的利益，你难
　　道不知道吗？

墨伽彭忒斯：可是他们在宴会上奠酒的时候，却高声祝我洪福齐
　　天，说如果有机会，每个人都准备为我而死，总之，他们
　　甚至以我的名字起誓。

克罗托：因此你昨天同他们当中的一个人一块儿吃饭以后，就送
　　了命；是他给你喝的最后一杯酒把你送到这里来了。

墨伽彭忒斯：怪不得我觉得酒有点苦味。但是他的目的何在？

克罗托：你该上船了，却偏偏向我打听这么多事。

墨伽彭忒斯：有一件事特别使我憋气，为此我很想回阳世去
　　一趟。

克罗托：什么事？想必是一件非常重大的事吧。

墨伽彭忒斯：我的家奴卡里昂 [25] 知道我死了，傍晚时候马上
　　来到我躺着的房间里，因为没有一个人守着我，他从从容
　　容把我的妃子格吕刻里昂 [26] 带进来——我猜想他们早就
　　有了来往，——关上门，和她取乐，好象房间里没有人似
　　的。他满足了欲望以后，瞪着眼对我说："可恶的小人，我
　　没有任何过错，你却经常打我！"他一面说，一面拔我头
　　发，打我嘴巴。末了，他大声咳口痰，啐了我一口，临走时
　　说道："滚到亵渎神明的罪人那儿去吧！"我怒火中烧，却
　　无法对等地回报他，因为我已僵硬了，冰凉了。那可恶的婊

12

琉善讽刺散文选

子听见有人走来，便用口水抹湿了眼睛，装出为我流泪的样子，她哭哭啼啼，呼唤着我的名字，走出去了。我要是逮住
13 他们——

克罗托：不要再吓唬人了，上船去！已经到了你去审判厅的时候了。

墨伽彭忒斯：谁有权给僭主定罪呢？

克罗托：对僭主没有人有权，对死者刺达曼堤斯[27]却有权。你立刻就可以看见他给你们每个人定罪，既公正，又合情理。现在你休要再拖延！

墨伽彭忒斯：命运女神，你不叫我做国王，叫我做老百姓、做穷人，甚至做奴隶都行，只要你允许我复活！

克罗托：那个拿木棒的人在哪里？赫耳墨斯，你也来抓住他的腿，把他拖上去，因为他不肯自愿上船。

赫耳墨斯：逃犯，上来吧！艄公，你收下这家伙，要当心，看管好——

卡戎：你放心，我会把他绑在桅杆上。

墨伽彭忒斯：我该坐首席。

克罗托：为什么？

墨伽彭忒斯：因为我的确当过僭主，有过一万名卫兵。

昔尼斯科斯：既然你是这样的笨蛋，卡里昂拔你头发，难道拔得不对吗？我叫你尝尝木棒的滋味，你就知道当僭主的苦乐了。

墨伽彭忒斯：一个昔尼斯科斯也配对我抡起棍子来吗？那一天，你说话太放肆，太尖刻，吹毛求疵，我不是差点儿把你钉起来吗？

14 昔尼斯科斯：所以你正该被钉在桅杆上，待在那里。

弥库罗斯：你说说，克罗托，你们为什么不重视我？我穷，就该最后上船吗？

克罗托：你是谁？

弥库罗斯：鞋匠弥库罗斯[28]。

克罗托：你嫌慢，不耐烦吗？难道你没看见，那个僭主要我们放
　　　他回去一趟，许下我们多少贿赂？真奇怪，你反而不喜欢
　　　拖延。

弥库罗斯：你听我说，命运女神，独眼巨怪许诺说："我最后吃
　　　乌提斯[29]，"这样的优待我不稀罕。真的，先吃也罢，后
　　　吃也罢，总之，都是同样的牙齿在等待着。此外，我的情况
　　　和富人不同，正如俗话所说，我们的生活是直径的两端[30]。
　　　这个僭主，在大家看来，当然是幸福一世，人人畏惧，人
　　　人敬仰；他身后留下那么多黄金、白银、衣服、马匹、食
　　　品，以及俊俏的小厮、美丽的妻妾，他当然很伤心，失去
　　　了它们，他就苦恼。不知是怎么回事，反正灵魂就象粘鸟
　　　的胶一样，和这些东西粘在一起，不愿轻易分离，因为它
　　　久已和它们紧密相连。人们用来把自己束缚起来的东西，
　　　非常象挣不断的链条。真的，如果有人使劲把他们拉开，
　　　他们就会痛哭，求情。尽管他们在别的方面很勇敢，但是
　　　在来到冥土的这条路上，他们却显得是懦夫。他们转身往
　　　回走，甚至象害相思病的人一样，心里想哪怕从远处眺望
　　　阳世也好，那个愚蠢的人就是这样行事，他半路上逃跑，
　　　到了这里又向你苦苦哀求。我的生活却毫无保障，我没有
　　　田地，没有住宅，没有黄金，没有用具，没有雕像，我自
　　　然早已束好腰带，只等阿特洛波斯向我点头，我就高高兴
　　　兴扔下刀子和鞋底——当时我手里有一只靴子，——立刻
　　　跳起来，来不及穿鞋，也没有把油泥洗掉，就跟着她走，
　　　说得确切些，是我在带路，眼睛朝前看，因为身后没有任
　　　何东西使我转向，叫我回去。我以宙斯的名义起誓，真的，
　　　看见你们这里一切都美好，人人有平等的地位，没有人比

15

琉善讽刺散文选

旁人优越，我感到非常愉快。我断定这里没有人逼债，不须上税，最大的好处是冬天不至于冷得发抖，也没有疾病，不会挨权势者的棍棒。到处都很平静。形势变了，我们穷人笑逐颜开，富人却伤心落泪，叫苦连天。

克罗托：真的，弥库罗斯，我早就看见你在笑。有什么特别使你觉得好笑的？

弥库罗斯：请听啊，最可敬的女神。我在世上和那个僭主是邻居，他家里发生的事我看得一清二楚。我曾认为他比得上天神。看见他的紫色衣服上的绣花、他的众多的侍从、他的黄金的器皿、镶着宝石的酒杯、支着银腿的卧榻，我就认为他很幸福。还有，为他进餐准备的烤肉的香气，使我馋得要命。因此，在我看来，他是个非凡的人，很有福气，几乎比什么人都漂亮，堂堂正正，比别人高一肘尺，因为他被好运抬高了，他昂首阔步，使遇见的人感到惊恐。他死后，没有了这些荣华，在我看来，他成了一个非常可笑的人物，但是我更笑我自己，因为我曾对这个废物感到惊奇，根据烤肉的香气便断定他有福气，看见他穿上用拉孔尼刻海[31]的小螺蛳的血染成的紫色衣服，便认为他很幸福。我觉得好笑的，还不止他一个人。我还看见放高利贷的格尼丰[32]在悲叹和懊悔，因为他没有享受过他的金钱的好处，没有品尝过金钱的滋味就死去了，把财产留给了那个挥霍的洛多卡瑞斯[33]，这人是他的近亲，按照法律是第一继承人。当时我不禁失笑，特别是因为我想起他是多么苍白、干瘪，满面愁容，只有他的指头接触过财富，数过塔兰同和数以万计的德拉克马。这些钱是他一点一点地积攒起来的，不久就要被那个幸运儿洛多卡瑞斯浪费掉。可我们为什么还不起程？我们在航行中看着他们哭哭啼啼，再来笑个够。

克罗托：上船吧，艄公好起碇。

卡戎：喂，你这么急往哪儿走？船已经人满了。你在那儿等到明
　　天，我们清早渡你过去。

弥库罗斯：卡戎，你把一个死了一天的人留下，是犯罪。我一定
　　要在剌达曼堤斯面前控告你犯法。哎呀，真倒霉！他们已
　　经开船了，

我留在这里，孤孤单单。[34]

　　为什么不跟在他们后面游过去？我已经死了，不怕累坏、淹
　　死。再说，我也没有一个俄玻罗斯交船钱。

克罗托：这是怎么回事？等一等，弥库罗斯！你不该那样游
　　过去。

弥库罗斯：说不定我比你们先到岸哩。

克罗托：不行！我们划过去，把他弄上来。赫耳墨斯，把他拉
　　起来！

卡戎：现在让他坐在哪儿呢？你是看见的，船已经人满了。

赫耳墨斯：你看，如果合适，就让他坐在那个僭主的肩上。

克罗托：真亏你赫耳墨斯想出了个好主意！

卡戎：爬上去，踩着那个罪人的肩膀。愿我们航行顺利！

昔尼斯科斯：卡戎，我现在不妨把真实情形告诉你。我到岸的时
　　候，无法给你一个俄玻罗斯，因为除了你看见的这只行囊
　　和这根木棒之外，我什么也没有。如果你允许，我准备舀
　　舱里的水，或者划桨，你只须给我一把容易操作的结实的
　　桨，你是不会找出我什么差错来的。

卡戎：快划吧！那就够你付船钱了。

昔尼斯科斯：你要我唱一只桨手号子吗？

卡戎：你唱吧，如果你熟悉一只水手号子的话。

昔尼斯科斯：我熟悉很多只，卡戎。但是，你看，他们哭哭啼
　　啼，跟我们作对，这样，我们的歌会被打乱。

众死者：（甲）哎呀，我的财产啊！（乙）哎呀，我的田地啊！
（丙）唉，我留下的房屋啊！（丁）我的继承人有多少塔兰
同到手，都将把它们花掉啊！（戊）唉，我的新生的儿女
啊！（己）我去年种的葡萄谁来收获啊？

赫耳墨斯：弥库罗斯，你没有什么要悲叹的吗？过冥河不流泪是
不合乎习俗的。

弥库罗斯：去你的！航行这么顺利，我没有什么可悲叹的。

赫耳墨斯：你还是按照习俗哭一哭吧。

弥库罗斯：赫耳墨斯，既然你喜欢听，那我就悲叹一番。哎呀，
我的鞋底啊！哎呀，我的旧靴子啊！唉，我的破凉鞋啊！
我这不幸的人再也不会从早到晚挨饥受饿，冬天赤着脚，
光着半个身子，到处游荡，冻得牙齿打颤。谁继承我的刀
子和锥子啊？

21　赫耳墨斯：哭得够了；我们快到岸了。

卡戎：喂，你们先把船钱给我！你付钱吧！他们大家的钱我已经
拿到了。弥库罗斯，把你的俄玻罗斯给我！

弥库罗斯：卡戎，你是在寻我开心，或者说，你指望弥库罗斯给
你一个俄玻罗斯，那就象俗话说的，等于在水上写字[35]。
我从来不知道俄玻罗斯是方的还是圆的。

卡戎：今天的摆渡太妙了，真赚钱啊！你们都上岸吧。我得去接
那些马、牛、狗和别的牲畜，现在该摆渡它们了。

克罗托：赫耳墨斯，你接收下来，把他们带走。我要到对岸去，
把丝国人[36]印多帕忒斯和赫剌弥忒剌斯渡过来，他们两人
是闹边界纠纷而互相打死的。

22　赫耳墨斯：诸位，我们走吧。大家最好按顺序跟着我走。

弥库罗斯：赫剌克勒斯啊，多么阴暗！那个俊俏的墨癸罗斯[37]
现在在哪儿？在这里谁能看出西弥刻比佛律涅[38]更美？
什么都一样，都是同一个颜色，没有一件东西是美的，或

是更美的，甚至我的小破斗篷，我刚才还认为是不象样的，
现在却和国王的紫色袍子一样体面，因为这两件衣服都隐
藏在黑暗之中，看不见。昔尼斯科斯，你在哪儿？

昔尼斯科斯：弥库罗斯，我在这里同你说话。如果你愿意，我们
就一块儿走。

弥库罗斯：你说得对；把右手给我。昔尼斯科斯，你分明是参加
过厄琉西斯宗教仪式[39]的，告诉我，你不认为这里的情形
和那里相似吗？

昔尼斯科斯：你说得对；你看，果然来了个打着火把的妇女，样
子很可怕，很吓人。她是不是一位复仇女神[40]？

弥库罗斯：从外貌看，好象是。

赫耳墨斯：提西福涅，把他们接收过去，一千零四个。

提西福涅：剌达曼堤斯等了你们好久了。

剌达曼堤斯：复仇女神，把他们带上来！赫耳墨斯，你传令，叫
他们！

昔尼斯科斯：剌达曼堤斯，我以你父亲的名义请求你先带我上
庭，检查我。

剌达曼堤斯：为什么？

昔尼斯科斯：我想控告一个僭主犯有罪行，我知道他在世时干过
许多坏事。但是我的话难以令人相信，除非我先表白我是
什么样的人，过的是什么样的生活。

剌达曼堤斯：你是谁？

昔尼斯科斯：好判官，我叫昔尼斯科斯，论才智是个哲学家。

剌达曼堤斯：上前来，先受审判。传控告人！

赫耳墨斯：控告昔尼斯科斯者，请上前来。

昔尼斯科斯：没有人前来。

剌达曼堤斯：昔尼斯科斯，这还不够。把衣服脱掉，我要看看记
号，检查你。

23

24

昔尼斯科斯：什么，我怎么会变成了一个有烙印的人[41]？

剌达曼堤斯：你们中间，如果有人生前干过坏事，每一件都会在他的灵魂上留下一个隐蔽的记号。

昔尼斯科斯：你看，我光着身子站在这里，你找找你所说的记号吧。

剌达曼堤斯：除了三四个非常暗淡模糊的记号而外，这人大体上是清白的。可是这是什么？有许多痕迹和印子，不知怎么擦掉了，更确切地说，消除了。昔尼斯科斯，这是怎么回事？怎么在开始检查的时候，你显得很清白？

昔尼斯科斯：我来告诉你。从前，我由于愚昧无知，成了一个坏人，因此身上有了许多记号，但是，自从我开始学哲学以来，我逐渐把所有的污点从灵魂上洗刷掉了。

剌达曼堤斯：他倒是采用了一种很好的、有效的挽救办法。快去到长乐岛上和最好的人住在一起，但是你得先控告你提起的僭主！（向赫耳墨斯）传别的人！

25

弥库罗斯：剌达曼堤斯，我的案情是一件小事，只需要简短的审查。我早就光着身子等候，你检查我吧！

剌达曼堤斯：你是谁？

弥库罗斯：鞋匠弥库罗斯。

剌达曼堤斯：很好，弥库罗斯，你非常清白，没有打上记号。你到昔尼斯科斯那边去！（向赫耳墨斯）现在传僭主！

赫耳墨斯：拉库得斯的儿子墨伽彭忒斯出庭！你往哪里去？上前来！我是在传你这个僭主。提西福涅，推他的脖子，把他推到我们当中来。

剌达曼堤斯：昔尼斯科斯，你控告他，揭发他吧！他现在就在你的身边。

26

昔尼斯科斯：根本不需要我发言，根据烙印，立刻就可以看出他是什么样的人。然而，我还是要把这个人揭发给你看，用言辞把他更清楚地刻画出来。这个罪该万死的家伙当平民时所干的坏事，我且搁在一边。自从他和亡命之徒勾结在一起，募集卫兵，凌驾于城邦之上，成为僭主以来，他不仅不经审判就处死了一万多人，而且没收了他们每个人的财产；自从他获得了巨大的财富以来，没有一种放纵的行为他没有干过。他粗暴地、傲慢地对待可怜的市民，他糟蹋少女，污辱青年，用各种方式欺负他的臣民。对于他的骄傲自大、虚荣心和他对人的蔑视，你想不出一种适当的惩罚。不眨眼地看太阳，也比看这个人好受一些。至于他的刑罚的空前的残忍，有谁能描述出来？他甚至连近亲也不放过！这一切并不是平白无故的诽谤，这一点你很快就可以看出来，只要你把那些被他杀死的人召唤来。不必了，你看，他们已经不请而来，他们围住他，掐住他的脖子。剌达曼堤斯，这些人都是死在这个罪人手里的，有的是因为他们有美丽的妻子而被陷害，有的是因为他们对于自己的儿子们被强行绑架感到愤慨，有的是因为他们有财富，有的是因为他们心明眼亮、谦虚谨慎，一点也不喜欢他的所作所为。

27

剌达曼堤斯：坏蛋，你对此有什么话说？

墨伽彭忒斯：他所说的谋杀，我是干过的，至于其他一切，如奸污妇女，污辱青年，糟蹋少女，都是昔尼斯科斯诬告我的。

昔尼斯科斯：剌达曼堤斯，关于这些事情，我也可以向你提供见证。

剌达曼堤斯：你说的见证是什么？

昔尼斯科斯：赫耳墨斯，请你传他的灯盏和卧榻，它们会亲自出庭，就它们所知道的他干过的丑行提供证据。

赫耳墨斯：墨伽彭忒斯的卧榻和灯盏出庭！它们很听话，做得对。

剌达曼堤斯：把你们所知道的、墨伽彭忒斯干过的丑行告诉我。

卧榻，你先说。

卧榻：昔尼斯科斯所控告的一切都是真实的。可是，我的主上刺达曼堤斯，我羞于提起这些事，他在我面前干过的是丑事啊！

刺达曼堤斯：你不愿提起这些事，这种态度就是最明显的证据。灯盏，你来作证！

灯盏：我没有见过白天发生的事情，因为我不在场。至于他在夜里干过和经历过的事情，我可不愿意说。我见过许多事情，都是说不出口的，超越一切暴行的。真的，我屡次情愿不吸油，想要熄灭，他却把我移到他的丑行旁边去，用各种方式污损了我的光亮。

刺达曼堤斯：证据已经够了！脱去你的紫色袍子，让我们看看你有多少记号。哎呀，他全身发青，杂乱无章，斑斑点点一大片记号！怎样惩罚他？是把他扔到火焰河里，还是交给刻耳柏洛斯[42]？

昔尼斯科斯：不！如果你愿意听的话，我可以向你提供一个新颖的、适合于他的罪行的惩罚。

刺达曼堤斯：你说说看！为此我将向你致最大的谢意。

昔尼斯科斯：似乎所有的死者都要喝忘河的水，这已经成为一种习俗。

刺达曼堤斯：是的。

昔尼斯科斯：那就让这家伙成为唯一不喝这河水的人。

刺达曼堤斯：为什么？

昔尼斯科斯：他将由于回忆他在世上是什么样的人，有多大的权力，并由于回味他的奢侈生活而受到沉重的惩罚。

刺达曼堤斯：你说得对；就这样判决。把他带到坦塔罗斯[43]身边去，给他戴上镣铐，让他去回忆生前干过的丑行。

注　释

[1] 僭主是借民众的力量夺取政权的独裁君主。

[2] 卡戎，据说是冥河上渡送阴魂的艄公。

[3] 克罗托是三位命运女神之一，这名字的意思是"纺绩者"，克罗托纺绩象征生命的线。另一位命运女神叫做阿特洛波斯，这名字的意思是"不可动摇者"，阿特洛波斯在一个人的命数将尽的时候，一定要把他的生命之线剪断。还有一位命运女神叫做拉刻西斯，这名字的意思是"分配者"，拉刻西斯分配命运。

[4] 普路同是哈得斯的别称，哈得斯是克洛诺斯和瑞亚的儿子，为冥土的主神。一为中国传说中的阎王。

[5] 忘河是冥土的一条河流。阴魂喝了忘河的水，便忘记生前的事了。

[6] 指赫耳墨斯。

[7] 这里提起的长春花是生长在冥土的长乐岛上的。冥土的长乐岛是善良的人死后居住的地方，这是后来的传说。荷马史诗《奥德赛》第4卷第561—569行中提起的长乐平原厄吕西翁是在大地的西头，为获得永生的英雄的居住地。后来的传说把厄吕西翁放在冥间。

[8] 指泰那洛斯山洞。泰那洛斯在伯罗奔尼撒南端，古希腊人相信那里有个进入冥界的洞口。

[9] 埃阿科斯是埃癸娜的儿子，死后成为冥土三判官之一。

[10] 比喻夭折的婴儿。

[11] 欧几里德是雅典政治家，于公元前403年任雅典执政官，雅典民主政体是在那一年恢复的。在那一年以前是"三十独裁者"的暴政时期。欧几里德执政后，为了避免流血，宣布不对那些与"三十独裁者"的罪行有牵连的人进行追查。

[12] 俄克叙阿塔和戈巴瑞斯都是虚构的人物。

[13] 阿伽托克勒斯是虚构的人物。

[14] 昔尼斯科斯是昔尼克派（犬儒派）哲学家的别名，意思是"小狗"。此处指昔尼克派哲学家第欧根尼。

[15] 赫卡忒是一位地神。昔尼克派常取食于富人在十字路口献给赫卡忒的祭品。

[16] 拉库得斯和墨伽彭忒斯都是虚构的人物。"墨伽彭忒斯"意思是"大悲哀者"。

[17] 墨伽克勒斯是虚构的人物。

[18] 库狄马科斯是虚构的人物。

[19] 调酒用的缸。古希腊人喝淡酒，酒里要搀水。

[20] 克勒俄里托斯是虚构的人物。

[21] 塔兰同是阿提卡重量单位，合 26.22 公斤。

[22] 庇西狄亚在小亚细亚东南部。

[23] 指俊俏的小伙子。

[24] 弥达斯是虚构的人物。

[25] 卡里昂是虚构的人物。

[26] 格吕刻里昂也是虚构的人物。

[27] 刺达曼堤斯是宙斯和欧罗巴的儿子，死后成为冥土三判官之一。

[28] 弥库罗斯是虚构的人物。

[29] 荷马史诗《奥德赛》第 9 卷第 105—542 行中叙述圆目巨人的故事，这种巨人是西西里岛上的牧人，他们只有一只眼睛，长在额上。希腊英雄奥德修斯和他的伙伴们被圆目巨人波吕斐摩斯关在洞里。波吕斐摩斯对奥德修斯说："在你的伙伴中，我将最后吃乌提斯，先吃别的人，这就是我对客人的优待。""乌提斯"是奥德修斯给自己起的名字，意思是"无人"。欧里庇得斯的"羊人剧"《圆目巨人》也写了这个故事。

[30] 意思是截然相反。

[31] 拉孔尼刻海在伯罗奔尼撒南边。

[32] 格尼丰是虚构的人物，意思是"吝啬者"。

[33] 洛多卡瑞斯是虚构的人物。

[34] 大概是喜剧中的诗句。

[35] "水上写字"是谚语，意思是"白费功夫"。

[36] "丝国人"是古代西方人对中国人的称呼。一说也指印度人。印多柏忒斯和赫剌弥特剌斯都是虚构的人物。

[37] 墨葵罗斯是科林斯的一个富人。

[38] 西弥刻和佛律涅都是伴妓。

[39] 厄琉西斯宗教仪式是崇拜地母得墨忒耳和她的女儿珀耳塞福涅的秘密仪式。

[40] 复仇女神惩罚亲属间的罪行，特别是凶杀罪。她们的名字叫做提西福涅、墨该拉和阿勒克托。

[41] 上文的"记号"一词，在原文里含有"记号"和"烙印"两种意思。古希腊的罪人和逃跑过的奴隶身上都有烙印，所以昔尼斯科斯感到吃惊。

[42] 刻耳柏洛斯是守卫冥界的有三个头的狗。

[43] 坦塔罗斯是宙斯的儿子，他犯过许多罪行（其中之一是用自己儿子的肉款待众神），死后受到惩罚。他立在湖中，想要喝水，水就退去了，想要吃果子，果子就被风刮走了。他头上还悬着一块大石头，随时可能掉下来。

出售哲学 [1]

宙斯：（向一侍者）你安排长凳，为前来的客人把这地方打整打
　　整。（向另一侍者）你把各派哲学领来，把他们排好，但须
　　先给他们打扮打扮，弄得漂漂亮亮，好吸引广大顾客。海
　　尔梅斯，你吆喝吆喝，招徕买主。

海尔梅斯：祝愿到商店来的顾客顺利！我们有各种各派的哲学
　　出售。如有人不能当时付现款，他可以请人担保，明年
　　再付。

宙斯：顾客已经聚拢来了，我们不可耽误时间，叫他们等候。开
　　始卖吧。

海尔梅斯：你要我们先带哪一个来？

宙斯：带那个长头发的爱奥尼亚人 [2] 来，看来他是个可敬畏
　　的人。

海尔梅斯：你这个毕达哥拉斯派，到前面来，让聚拢来的人看
　　看你。

宙斯：（向海尔梅斯）你吆喝吆喝吧。

海尔梅斯：有最美妙的哲学卖！有最可贵的哲学卖！谁买？谁想成
　　为非凡的人？谁想领悟宇宙的和谐，获得再生 [3]？

买主甲：样子不错。他最擅长什么？

海尔梅斯：算术、天文和魔术；几何、音乐和骗术。你看，他是
　　第一流的预言者。

买主甲：我可以向他提问吗？

海尔梅斯：问吧，祝你顺利！

3 买主甲：你是哪里人？

毕达哥拉斯：萨摩斯人。

买主甲：你在哪里受过教育？

毕达哥拉斯：在埃及，在那里的哲人们的门下。

买主甲：喂，要是我把你买下来，你能教我什么？

毕达哥拉斯：不教什么，只是使你回忆。

买主甲：怎样使我回忆？

毕达哥拉斯：先净化你的灵魂，把上面的脏东西洗干净。

买主甲：假使我已经净化了，你用什么方式使我回忆？

毕达哥拉斯：首先，你得保持长期的沉默，闭口无言，五个整年不说一句话[4]。

买主甲：我的好人，你去教克洛索斯的儿子[5]吧。我愿做饶舌的人，不愿当雕像。然而，在五年的沉默之后，又干什么呢？

毕达哥拉斯：你将学音乐和几何。

买主甲：说得好听；我得先当竖琴手，然后成为哲人。

4 毕达哥拉斯：此后，你还要学数数目。

买主甲：我现在就会数。

毕达哥拉斯：怎么数？

买主甲：一、二、三、四——

毕达哥拉斯：你看！你认为是四的，却是十，是个完整的三角[6]，是我们的誓语。

买主甲：凭你的最强有力的誓语四发誓，我从没听见过更神圣的学说，说得确切些，更神秘的学说。

毕达哥拉斯：然后，朋友，你将懂得土、空气、水、火，它们如何旋转，有何形状，如何运动。

买主甲：火、空气、水都有形状吗？

毕达哥拉斯：这是很明显的，因为没有形状和形式，它们就不能运动。此外，你还会明白，神乃是数字、努斯[7]与和谐。

买主甲：你出语惊人。

毕达哥拉斯：除了我所说的这些事理之外，你还会明白，你认为自己是个单一的人，其实，你看起来是某一个人，实际上却是另一个人。 5

买主甲：什么？我是另一个人，而不是现在同你谈话的人吗？

毕达哥拉斯：你现在是这个人，但是，在从前，你是借另一个人的身体，以另一个名字出现的；随着时光的推移，你将再转移到别的人身上。

买主甲：你是说我将获得永生，变成许多种形象吗？这一点谈够了。你吃什么东西？ 6

毕达哥拉斯：有生命的东西，我一样不吃，其他的东西，豆子除外，我都吃。

买主甲：为什么？你厌恶豆子吗？

毕达哥拉斯：不是厌恶，而是因为它们是神圣的，它们的性质是令人惊奇的。第一，它们完全是种子，你把一颗绿色的豆子剥开，就会发现它的结构很象人体的组成部分。还有，你把它煮一煮，在月光下放几夜，就会造出血来。还有，雅典人时常用豆子选举官吏[8]。

买主甲：每一点都解释得很妙，而且很合乎你的神圣的职务。把衣服脱去，我想看看你光着身子的样子。赫剌克勒斯呀，他的大腿是金的！他看来是天神，不是凡人，所以我一定把他买下来。（向海尔梅斯）你卖多少钱？

海尔梅斯：十个谟那。

买主甲：就按这个价钱归我所有。

宙斯：写下买主的名字和国籍。

海尔梅斯：宙斯啊，他好象是个意大利人，住在克罗顿或塔剌斯或那一带的希腊城邦[9]的人。但不止一个买主，大约有三百人合伙买下了他[10]。

宙斯：让他们带走。我们把另一个人带来。

7　海尔梅斯：你想把那个一身肮脏、来自黑海的人[11]带来吗？

宙斯：当然。

海尔梅斯：你这背着行囊、穿着独袖衣[12]的人，过来，在房间里转一转。我有雄赳赳的哲学、高贵的哲学、自由的哲学出售。谁买？

买主乙：叫卖的，你说什么？你要出售自由人吗？

海尔梅斯：我要出售。

买主乙：你不怕他控告你绑架自由人，把你传到战神山法庭[13]去吗？

海尔梅斯：把他卖掉，他也不在乎，他认为，不管怎么样，他都是自由的。

买主乙：他那样肮脏，那样倒霉，有什么用处？除非叫他掘土，或者运水。

海尔梅斯：不只是干那种事，你叫他做看门人，就会发现他比狗可靠得多。实际上，他的名字就叫做狗[14]。

买主乙：他是哪里人？自称哪一派？

海尔梅斯：问他本人，这样做比较好。

买主乙：我害怕他那忧郁和沮丧的样子。真的，要是我靠近他，他会向我咆哮，甚至咬我。你没看见他举着木棒，皱着眉头，瞪着眼睛吓唬人吗？

海尔梅斯：别怕；他是很温和的。

8　买主乙：好朋友，先告诉我，你是哪里人？

第欧根尼：各处的人。

买主乙：这是什么意思？

第欧根尼：你看，我是个世界公民。

买主乙：你以谁为典范？

第欧根尼：赫剌克勒斯。

买主乙：那么，你为什么不披上狮子皮呢？你有了这根木棒，倒也象他。

第欧根尼：这件破小斗篷就是我的狮子皮。我象他那样同享乐作战，可是我不是奉命行事，而是自觉自愿，目的在于把生活弄得干干净净。

买主乙：好个目的！我们来谈一谈，你最精通什么？或者说，你有什么特长？

第欧根尼：我是人类的解救者、治疗他们的感觉的医生。一句话，我想作真理和直率的代言人。

买主乙：好得很，代言人！如果我把你买下来，你怎样训练我？

第欧根尼：我接收你以后，先去掉你的奢侈，使你陷入贫穷之中，给你披上一件破斗篷，强迫你受苦受难，睡泥地，喝白水，碰见什么拿什么充饥。至于金钱，如果你有的话，你得听我的话，把它扔到海里去。你将不关心婚姻、儿女和祖国，这一切对你来说都是废物。你将抛弃祖宅，去住在坟墓里，或废弃的塔楼里，或破酒瓮里[15]。你的行囊将塞满羽扇豆和两面写着字的小卷轴。过这样的生活，你会认为比大王更幸福。如果有人鞭打你或者把你吊在拉肢刑架上，你会认为一点痛苦没有。

买主乙：挨了鞭打，不觉得痛苦，这是什么意思？我可不是包在乌龟壳或螃蟹壳里面的。

第欧根尼：你可以袭用欧里庇得斯[16]的诗句，把它稍稍改动一下。

买主乙：什么诗句？

第欧根尼：你的心痛苦，你的嘴却说不痛苦。

10　　　　你必须特别具备的是这样的品质：鲁莽行事，把所有的人一个个辱骂，管他是国王还是平民，这样，他们会重视你，认为你很勇敢。言辞要粗野，声音要吵闹，简直象狗那样咆哮。脸要绷起来，步态要和面容相称。一句话，各方面都要显得野蛮和凶狠。让耻辱、温和与节制统统滚到一边去，把羞愧的颜色从脸上完全抹掉。到人烟最稠密的地方去，愿意在那里孤零零地生活，不和朋友或客人接近，因为那会瓦解自己的王国[17]。要敢于在众目睽睽之下做别人不敢在暗中做的事情，采取更可笑的方式来满足你的情欲。最后，如果你愿意，可以吃生的章鱼或墨斗鱼而死去。这就是我们赐给你的幸福。

11　买主乙：去你的！你所说的生活是污秽的、不近人情的。

第欧根尼：然而，老兄，这却是最容易的，人人做得到的。你不需要教育、学说，以及各种废话。这是成名的捷径。即使你是个普普通通的人——鞣皮匠、咸鱼贩子、木匠或金钱兑换商，一点不妨碍你受人钦佩，只要你脸皮厚，胆量大，学会巧妙地骂人。

买主乙：我不要你教这种事情。但是，也许你可以在必要的时候充当水手或园丁，只要卖主愿意以两个俄玻罗斯的最高价钱把你卖给我。

海尔梅斯：把他带走吧。我们乐意把他甩掉，因为他讨人嫌，吵吵嚷嚷，对什么人都侮辱，谩骂，毫无例外。

12　宙斯：叫另一个来，叫那个身穿紫袍、头戴花冠的昔勒尼派[18]来。

海尔梅斯：喂，大家注意，有一件高价货征求有钱的顾客。这是十分甜蜜的哲学、非常愉快的哲学。谁想过奢侈的生活？谁买最精美的东西？

买主丙：过来告诉我，你精通什么？如果你有用，我就买下来。

海尔梅斯：好朋友，不要打扰他，不要问他，因为他已经喝醉
　　　了，你是看见的，他说话结结巴巴，不能回答你。

买主丙：哪个头脑清醒的人会买这样堕落的、放荡的奴隶？他发
　　　出好大的香气，走路摇摇晃晃。海尔梅斯，告诉我，他擅
　　　长什么？他追求什么？

海尔梅斯：简单地说，他善于与人同住，长于陪人喝酒，适于
　　　和吹箫女一起陪伴那谈情说爱、骄奢淫逸的主人寻欢作乐。
　　　他并且是个做糕点的能手、最熟练的厨子，一句话，是个
　　　钻研奢侈生活的大师。他在雅典受过教育，在西西里僭主
　　　们的宫廷里当过家奴[19]，很受尊重。他的主要原则是鄙视
　　　一切，利用一切，到处寻找快乐。

买主丙：你去找别的大富翁、大财主吧，我可买不起快乐的
　　　生活。

海尔梅斯：宙斯啊，看来这个人卖不掉，只好留在我们手里。

宙斯：把他放在一边。带另一个人来。最好把那两个人带来，其　13
　　　中一个来自阿布德拉[20]，他在笑，另一个来自以弗所[21]，
　　　他在哭，我想把他们一起卖掉。

海尔梅斯：你们到我们当中来。我要卖两个最好的哲学；我们有
　　　两个最聪明的人出售。

买主丁：宙斯啊，多么鲜明的对照！一个不住地笑，另一个显然
　　　在哭，因为他满脸是泪。老兄，怎么回事？你笑什么？

德谟克利特：你要问吗？因为在我看来，你们的一切事物和你们
　　　本人都是可笑的。

买主丁：你说什么？你讥笑我们全体的人，认为我们的事物无关
　　　重要吗？

德谟克利特：是这样的，因为这些事物没有一件值得认真对待，
　　　每一件都是虚空，都是原子的旋转，都是无限[22]。

买主丁：不对；你自己才真正是空空洞洞、无知无识[23]。真是　14

　　傲慢无礼！把你的笑容收起来！（向另一人）但是你，好朋友，你哭什么？我认为同你聊聊，荣幸得多。

赫拉克利特：因为我认为，客人啊，人间的事物是悲惨的，没有一件不是要毁灭的，因此我怜悯世人，感到悲伤。他们目前的苦难我倒不觉得有多大，可是未来的苦难却十分严重，我是说大火灾和宇宙的毁灭。我为此而悲伤，因为没有一件事物是常住不变的，万般事物在某种程度上都是混合在一起的——快乐与痛苦，智慧与愚昧，大与小都是一样的，他们转来转去，一上一下，在永恒的时间的游戏中彼此交替。

买主丁：永恒的时间是什么东西？

赫拉克利特：是个孩子，他在游戏，在下跳棋，又对立又和谐。

买主丁：什么是人？

赫拉克利特：会死的神。

买主丁：什么是神？

赫拉克利特：不死的人。

买主丁：老兄，你在说谜语或隐语。你的话象罗克西阿斯的一样[24]，没有一句是真正说清楚了的。

赫拉克利特：因为我不关心你们的事物。

买主丁：没有一个头脑清醒的人会把你买下来。

赫拉克利特：我咒你们老老少少都该死，不管是买我的人还是不买我的人。

买主丁：这人的毛病不久就要变成忧郁症。我一个不买。

海尔梅斯：他们也是卖不掉的。

宙斯：卖另外一个。

15　海尔梅斯：你想卖那个雅典人——那个多嘴饶舌的人[25]吗？

宙斯：当然。

海尔梅斯：你到这里来！我们有美妙的、精明的哲学出售！谁来买最神圣的哲学？

买主戊：告诉我，你特别精通什么？

学园派[26]：我是个爱小伙子的人，擅长爱术。

买主戊：那我怎么好买你呢？我需要给我的俊俏的儿子找个护送师[27]。

学园派：还有谁比我更适于同俊俏的小伙子生活在一起？因为我爱的不是肉体，我认为只有灵魂才是美的。实际上，即使他们和我躺在同一件外衣下面，你也会听见他们说，他们没被我伤害[28]。

买主戊：你的话不可信，说什么你作为一个爱小伙子的人，甚至在有机会的时候，躺在同一件外衣下面，也不和灵魂以外的东西接触。

学园派：我凭狗和阔叶树对你立誓，是这样的。

买主戊：赫剌克勒斯呀，多么奇怪的神！

学园派：你说什么？你不认为狗是一位神吗？你不知道埃及的阿努比斯是多么伟大吗？你不知道天上的塞里俄斯[29]和下界的刻耳柏洛斯吗？

买主戊：你说得对，我完全弄错了。可是你的生活是什么样的？

学园派：我居住在自己创建的城邦[30]里，采用外邦的政体，制定自己的法律。

买主戊：我想听听你制定的法令。

学园派：请听最重要的一条——我对于妻子的看法：任何一个妻子都不属于一个唯一的丈夫，每个愿意分享的人都可以获得丈夫的权利。

买主戊：你是说，你废除了禁止通奸的法律了吗？

学园派：是的，一句话，我废除了涉及这种事情的一切琐屑的谈论。

买主戊：你对处于青春时期的小伙子有什么看法？

学园派：他们的接吻是给那些做出了辉煌的英勇事业的人的

16

17

卢
善
讽
刺
散
文
选

奖赏。

18 买主戊：多么慷慨呀！你的哲理的要点是什么？

学园派：理念[31]，即事物的模型。你所见的一切事物——大地、地上的万物、天空、大海，都有不可见的模式存在于宇宙之外。

买主戊：它们存在于什么地方？

学园派：无何有之乡，因为如果它们存在于某个地方，它们就不存在了[32]。

买主戊：我可看不见你所说的模型。

学园派：你当然看不见，因为你的灵魂的眼睛是瞎的。我倒看见每件事物的模式——一个不可见的"你"、一个不可见的"我"，一句话，每一件事物都是双重的。

买主戊：你这样聪明，这样敏锐，我一定把你买下来。（向海尔梅斯）喂，告诉我，你要我付多少钱？

海尔梅斯：两个塔兰同。

买主戊：我依你说的价格买下来，但是以后才付钱。

19 海尔梅斯：你叫什么名字？

买主戊：叙拉古人狄翁[33]。

海尔梅斯：把他领走吧，祝你顺利！伊壁鸠鲁派，我在叫你。谁买这个？他是我们刚才出售的那个讥笑者和那个醉汉的弟子[34]。就某方面说，他比他们知道得多一些，因此他更是大不敬。此外，他还贪图享乐，爱吃爱喝。

买主己：什么价钱？

海尔梅斯：两个谟那。

买主己：拿去吧。顺便问问，让我知道，他爱吃什么？

海尔梅斯：他爱吃甜食和蜜饼，特别是干无花果。

买主己：毫无困难，我们将为他买加里亚[35]的无花果砖。

20 宙斯：叫另一个来，叫那个头发剪得短短的、来自画廊的忧郁的人^[36]来。

海尔梅斯：你说得对；好象有许许多多逛市场^[37]的人在等候他。我出售地道的美德，美德是最完美的哲学。谁愿意做唯一的无所不知的人？

买主己：这是什么意思？

海尔梅斯：他是唯一的聪明的人、唯一的俊俏的人、唯一的正直的人、勇士、国王、演说家、富翁、立法者、诸如此类的人。

买主己：那么他不但是唯一的厨师，而且是唯一的鞣皮匠、木匠、诸如此类的人吗？

海尔梅斯：好象是那样。

买主己：好朋友，过来，告诉你的买主，你是什么样的人？先说，你被卖为奴，是不是感到烦恼？

克吕西波：一点也不，因为这种事不由我们作主，凡是不由我们作主的事必然是无所谓好坏。

买主己：我不懂这是什么意思。

克吕西波：你说什么？难道你不懂这种事情有一些是可取的，有一些是不可取的？

买主己：到现在我还是不懂。

克吕西波：你当然不懂，因为你不熟悉我们的术语，没有领会事物的想象力，而一个精通逻辑思维的认真的学者，不但懂得这些道理，而且懂得什么是辛巴马^[38]，什么是帕剌辛巴马^[39]，它们彼此之间有什么区别。

买主己：我以智慧的名义请你不要拒绝，告诉我什么是辛巴马，什么是帕剌辛巴马，因为不知怎的，我已经被这些术语的对称弄糊涂了。

克吕西波：我不拒绝。如果一个瘸子把他的瘸了的腿撞在石头上，受了意外的创伤，他的瘸腿构成辛巴马^[40]，他的创伤构成帕刺辛巴马[41]。

22 买主己：多么巧妙！还有什么别的事你特别精通？

克吕西波：文字圈套，我用它们来缠住那些和我谈话的人，堵住
他们的嘴，干脆给他们戴上口套，使他们沉默下来。这种
力量的名称就是著名的推理。

买主己：赫剌克勒斯呀，你所说的是一种战无不胜的、强有力的
东西！

克吕西波：你来观察一下吧。你有小孩吗？

买主己：有，那又怎么样？

克吕西波：如果一条鳄鱼发现他在河边爬行，把他抓住了，并且
答应把他退还给你，只要你猜得对，关于退还这婴儿的事
它心里是怎么想的。你说它打算怎么办[42]？

买主己：你提出的问题难以回答。不知该用哪个答复才能把小
孩弄回来。我以宙斯的名义请你回答，帮助我拯救这小孩，
免得鳄鱼抢先把他吞食了。

克吕西波：放心。我还要把别的更惊人的学问传授给你。

买主己：什么学问？

克吕西波：关于刈割者的推论、关于统治者的推论[43]，尤其是
关于厄勒克特拉的推论和关于那个遮盖起来的人的推论。

买主己：那个遮盖起来的人和厄勒克特拉是谁？

克吕西波：她是那闻名的厄勒克特拉，是阿伽门农的女儿，她同
时知道又不知道同一个事物，因为当俄瑞斯忒斯站在她面
前，但还没被认出来的时候，她知道俄瑞斯忒斯是她的弟
弟，却不知道这人就是俄瑞斯忒斯[44]。关于那个遮盖起来
的人，你将听到一句很惊人的话。答复我，你认识自己的
父亲吗？

买主己：认识。

克吕西波：什么？如果我把一个遮盖起来的人带到你面前，问你

认识不认识他，你怎么回答？

买主己：当然说不认识。

克吕西波：但是那个遮盖起来的人却是你的父亲；因此，如果你 　23
不认识他，显然你就不认识你的父亲。

买主己：不是不认识；我可以把布揭开，发现真情。但你的智慧
目的何在？当你达到美德的最高境界时，你又将做什么？

克吕西波：那时，我将享受自然所赋予的最主要的东西，我是说
财富、健康什么的。但我得先下许多苦功夫，用小字体的
卷轴磨尖我的视力，搜集注释，肚子里塞满罗嗦的语法[45]
和粗鲁的词句。总而言之，一个人在连续喝三次藜芦水[46]
之前，不得成为哲人。

买主己：你的办法很高尚，而且非常有力量。但是一个人喝了
藜芦水，有了完善的美德以后，又成为吝啬鬼和高利贷
者——在我看来，这也是你的一种特长，——我们对此有
什么说的？

克吕西波：是的；唯有哲人才适于放债，因为推论是他的专长，
放债和计算利息被公认为推论的邻居[47]，那一种和这一种
一样，是大学者独有的本领，他不仅象别人一样只收简单
的利息，而且收利息的利息。难道你不知道有第一代利息，
还有第二代利息——前一种利息的子孙[48]？你一定知道推
论得出的结论："如果他收了第一代利息，他将收第二代利
息；由于他收了第一代利息，因此他必将收第二代利息。"

买主己：同样的话是不是可以应用到你靠智慧从年轻人那里收取 　24
的学费上面？是不是显然只有大学者才能靠他的美德收取
学费？

克吕西波：你已经领悟了。可是我收取学费并不是为自己，而是
为交学费的人好。既然有人是亏损者，有人是受益者，因
此我使自己成为受益者，使弟子成为亏损者。

买主己：与此相反，年轻人应该成为受益者，而你，唯一的富人，应该成为亏损者。

克吕西波：朋友，你是在寻找开心。你要当心，免得我用不须证明的推论把你射中了。

买主己：那种箭有什么可怕的？

克吕西波：困惑、失语、智力上的扭伤。最了不起的是，只要我愿意，我能把你立刻化成石头。

买主己：怎么化成石头？好朋友，我认为你并不是珀耳修斯[49]。

克吕西波：这样化。石头是不是物体？

买主己：是。

克吕西波：这个怎么样？生物是不是物体？

买主己：是。

克吕西波：你是不是生物？

买主己：好象是。

克吕西波：你既然是物体，因此就是石头。

买主己：不要这样说！看在宙斯面上，快解除你的咒语，把我还原为人。

克吕西波：没有什么困难。你会还原为人。告诉我，是不是每个物体都是生物？

买主己：不是。

克吕西波：这个怎么样？石头是不是生物？

买主己：不是。

克吕西波：你是不是物体？

买主己：是。

克吕西波：你虽然是物体，却又是生物，对不对？

买主己：对。

克吕西波：你既然是生物，因此就不是石头。

买主己：谢谢你！我的腿已经象尼俄柏的那样发冷变硬了[50]。

（向海尔梅斯）我买。我得付多少钱作他的身价？

海尔梅斯：十二个谟那。

买主己：拿去吧。

海尔梅斯：你是唯一的买主吗？

买主己：不是，你眼前这些人都是买主。

海尔梅斯：好多人，都是些宽肩膀的、适于做刈割者的汉子。

宙斯：不要浪费时间！叫另一个来，叫散步派[51]来。

海尔梅斯：（向散步派）我是说你，你这个俊俏的、富有的人[52]！

　　（向众顾客）喂，你们买这个聪明绝顶、无所不知的人吧。

买主庚：他是个什么样的人？

海尔梅斯：是个有节制的、正直的、在生活上很好相处的人，他
　　的最大特点是，他具有双重人格。

买主庚：这是什么意思？

海尔梅斯：从外表看，他似乎是这样一个人，从内里看，他似乎
　　是另外一个人。所以，你要是买下了他，可要记住，称呼
　　他的一个人格为"表人"，称呼他的另一个人格为"里人"。

买主庚：他最精通什么？

海尔梅斯：善有三种：灵魂的善、肉体的善、外物的善。

买主庚：他所想的是凡人的事。他值多少钱？

海尔梅斯：二十个谟那。

买主庚：你要价太高了。

海尔梅斯：不高，我的好人，因为他好象有一些钱，所以你得赶
　　快买。你还可以立刻从他那里得知蚊子能活多久，太阳光
　　透进海水有多深，牡蛎的灵魂是什么样子。

买主庚：赫剌克勒斯呀，多么精确！

海尔梅斯：要是你听见了别的比这些尖锐得多的观察，关于种子
　　的，生殖的，胚胎在子宫中的发育的，关于人是能笑的动
　　物的，驴子是不能笑、不能建造房屋、不能驾驶船只的动

物的，你又该说什么呢？

买主庚：你所说的都是非常崇高而有益的学问，所以我花二十个
谟那买下来。

27　海尔梅斯：好！

宙斯：我们还剩下哪一个？

海尔梅斯：还剩下这个怀疑派[53]。皮里阿斯[54]，过来，赶快卖身！

许多人已经走了，买卖只能在少数人中间进行。谁买这个人？

买主辛：我买。先告诉我，你懂得什么？

皮浪：什么也不懂。

买主辛：这是什么意思？

皮浪：在我看来，什么都不存在。

买主辛：难道我们也不存在吗？

皮浪：这个我不知道。

买主辛：甚至你本人也不存在吗？

皮浪：这个我更不知道。

买主辛：真是困惑啊！这架小天平有什么用？

皮浪：用来衡量论点，使它们双方相等。当我看见它们完全一
样、彼此相等时，我就不知道哪一方更正确。

买主辛：还有什么别的事你能做。

皮浪：除了追捕逃亡的奴隶而外，什么事我都能做。

买主辛：那件事为什么做不到？

皮浪：因为，好朋友，我把握不住。

买主辛：当然喽，因为你好象又慢又懒。但是你的努力目的
何在？

皮浪：无所知，无所听，无所见。

买主辛：是不是说你又瞎又聋？

皮浪：而且没有判断力，没有感觉，一句话，和蠕虫没有区别。

买主辛：为此，我一定要把你买下来。（向海尔梅斯）应该说

值多少钱？

海尔梅斯：一个阿提卡谟那。

买主辛：拿去。（向皮浪）朋友，你有什么话说？是不是我已经把你买下来了？

皮浪：未经证明。

买主辛：不是未经证明，因为我已经把你买下来了，并且付了现钱。

皮浪：这一点，我暂停判断，再作思考。

买主辛：跟着我走，象我的家奴应该做的那样。

皮浪：谁知道你说的是否属实？

买主辛：叫卖者、那个谟那和在场的人。

皮浪：有谁在场？

买主辛：我将把你扔到磨房里，用更严厉的逻辑使你相信，我是你的主子。

皮浪：对此你暂停判断。

买主辛：不，我已经发表了我的意见了。

海尔梅斯：不要反抗，跟着你的买主走。（向众顾客）请你们明天再来，我们将出售普通人、手艺人和小商贩。

注　释

[1] 原文意思是"出售生活"，指出售各种哲学生活。

[2] "爱奥尼亚人"指毕达哥拉斯。毕达哥拉斯（公元前 580 ？—前 500 ？）是个唯心主义哲学家。他出生于萨摩斯岛，这个岛靠近小亚细亚西海岸南部，是爱奥尼亚的组成部分。

[3] "再生"指灵魂的轮回。

[4] 五年内只许听讲，不得提问。

[5] 克洛索斯有一个儿子是哑巴。

[6] 四是十，因为四里面还包含三、二、一，4+3+2+1 = 10。四、三、二、一可以

排成一个完整的三角，即 ∴.。

[7] 原文是 νόος（noos，诺俄斯），合拼为 νοῦς（nous，努斯），意思是推动土、空气、水、火运动的力量。这个词在毕达哥拉斯的哲学中等于 μονάς（monas 摩那斯），μονάς 的意思是"一元"，一元为万物的始基。

[8] 古雅典人用拈阄法选举官吏：谁拈到白豆子谁当选。

[9] 古希腊人在意大利南端建立了好几个城邦，称为"大希腊"，其中比较强大的是克罗顿和塔剌斯。

[10] 毕达哥拉斯站在反动的贵族奴隶主方面反对萨摩斯的僭主政治遭到失败，因而逃往克罗顿，在那里建立了一个宗教团体，有信徒三百人。

[11] 指第欧根尼。第欧根尼出生于黑海南岸的锡诺普城（在阿玻诺忒科斯东边）。

[12] 指右手边没有袖子的外衣，为穷人和奴隶穿的衣服。

[13] 古雅典卫城西北边的战神山上有个审理刑事案的古老法庭。

[14] 昔尼克学派的创建者安提斯泰尼曾在雅典郊外 κυνόσαργες（kynosarges，昔诺萨耳革斯）体育场讲学，这个体育场的名称的前一部分 κυνο（kyno，昔诺，字根为 κύων, kyon）意思是"狗"，因此昔尼克派被称为"狗"或"犬儒"。"昔尼克"原文是 κυνικός（kynikos，昔尼科斯），意思是"狗的"。

[15] 据说第欧根尼是住在破酒瓮里的。

[16] 欧里庇得斯（公元前 485？—前 406？）是古希腊三大悲剧诗人中的第三人。

[17] 原文是 ἀρχή（arkhe），含有"王国"和"原则"两种意思。昔尼克派认为一个人不能同时和他的伙伴们混在一起，而又成为自己的心灵的主宰。

[18] 指昔勒尼派（享乐派）哲学的创建者阿里斯提波（公元前 435？—前 360）。

[19] 阿里斯提波当过西西里岛叙拉古城的僭主狄奥尼修斯一世的廷臣。

[20] 指德谟克利特。德谟克利特（公元前 460？—前 370？）是色雷斯地区阿布德拉城的人，为原子唯物主义哲学家。

[21] 指赫拉克利特。

[22] 德谟克利特认为万物是由原子和虚空构成的。

[23] 上句中的"无限"一词在原文里含有"无知识"的意思。

[24] 罗克西阿斯是阿波罗的别称。阿波罗在德尔斐颁发神示，神示的意义晦涩难解。

[25] 指由历史上的真实人物苏格拉底、柏拉图著作中的"理想"人物苏格拉底和柏拉图三人组成的混合人物。苏格拉底（公元前 469—前 399）是雅典唯心主义哲学家。柏拉图（公元前 427—前 347）是雅典唯心主义哲学家，他的著作采用对话体，其中的中心人物是苏格拉底。

[26] 指柏拉图派。抄本作"苏格拉底",参看上注。

[27] 护送孩子上学的奴隶。

[28] 参看柏拉图的《会饮篇》216D—219D。

[29] 塞里俄斯是天狗星。

[30] 指柏拉图的"理想国"。参看柏拉图的《国家篇》(一译《理想国》)。

[31] 原文是 *ιδέαι*(ideai,伊得埃),本义是"原型"。

[32] 柏拉图是客观唯心主义者,他认为宇宙间存在的一切事物都是理念或模式(即原型)的映象,都是不真实的,唯有理念或模式才是真实的。如果说各种模式存在于宇宙之内,那么它们就不是真实的了,也就是不存在了。

[33] 狄翁是柏拉图的弟子。当柏拉图在西西里被卖为奴隶时,狄翁用 20 个谟那把他买下来,并把他释放了。

[34] "讥笑者"指德谟克利特。伊壁鸠鲁接受了德谟克利特的原子论。"醉汉"指昔勒尼派。伊壁鸠鲁接受了昔勒尼派的享乐论。

[35] 加里亚在小亚细亚西南部。

[36] 指斯多葛派哲学家克吕西波。

[37] 市场在画廊旁边。

[38] 辛巴马(*σύμβαμα*,symbama)是斯多葛派的术语。如"苏格拉底在散步"句中的"在散步",是个不及物动词,因此这句中的谓项(逻辑学上的术语,指"谓语")是直接的、完整的。这种谓项称为"辛巴马"。

[39] 帕剌辛巴马(*παρασύμβαμα*,parasymbama)是斯多葛派的术语。如"对苏格拉底(*Σωκράης*,Sokrates Socrates)来说,这是要后悔的"(意思是"苏格拉底要后悔")句中的谓项"是要后悔的"(非人称动词),是完整的,这谓项要求间接的与格 *Σωκράτει*(Sokratei,苏格拉忒,意思是"对苏格拉底来说")。这种非人称动词构成的谓项称为"帕剌辛巴马"。

[40] "他是瘸了腿"句中的"是瘸了腿"是直接的完整的谓项,因此构成辛巴马。

[41] "创伤归于他"句中的"归于他"是要求间接的与格的完整的谓项,因此构成帕剌辛巴马。

[42] 如果婴儿的父亲回答说,鳄鱼想把婴儿退还给他,鳄鱼就会说,他猜错了,它于是把婴儿吞食了。如果婴儿的父亲回答说,鳄鱼不想把婴儿还给他,鳄鱼就会说,他猜对了,但是它却按照自己的想法把婴儿吞食了,而不是把他还给他的父亲。

[43] 这两个逻辑谬论难以解释,前者大概是指刈割者没有农作物可以刈割;后者大概是指统治者没有人民可以统治。

[44] 阿伽门农是远征特洛伊的希腊联军的统帅。他于战后凯旋回家，被他的妻子和她的情人谋杀了。后来阿伽门农的儿子俄瑞斯忒斯自外邦回来报仇，他装扮成运送自己的骨灰的人，所以厄勒克特拉当时没有把他认出来。故事见索福克勒斯的悲剧《厄勒克特拉》。

[45] "罗嗦的语法"原文是 *σολοικισμοί*（soloikismoi，嗦罗喀斯摩，本义是"语法错误"），这个字的前半部分和克吕西波的出生地 *Σολόη*（Soloe，索罗厄，在小亚细亚东南部西里西亚境内）读音相似。琉善在这里讽刺克吕西波的家乡语是蛮语。

[46] 藜芦是古希腊人医治疯病的药物。据说克吕西波喝过三次藜芦水。

[47] "推论"原文是 *συλλογίζεσθαι*（syllogizesthai，绪罗癸仄斯泰），这个字在此处含有"计算"和逻辑中的"推论"两种意思。

[48] 指利息所生的利息，所谓"复利"。"利息"原文是 *τόκος*（tokos，托科斯），*τόκος* 含有"利息"和"儿子"两种意思。

[49] 珀耳修斯是宙斯和达娜厄的儿子，为亚尔哥斯的英雄。他曾用弯刀杀死妖怪墨杜萨，并用墨杜萨的头一照，把支撑天体的阿特拉斯化成石头。

[50] 尼俄柏是忒拜的巴赛勒斯安菲翁的妻子，她有六个儿子、六个女儿，以此自豪，并且嘲笑勒托只有一个儿子、一个女儿。勒托的子女阿波罗和阿耳忒弥斯因此把尼俄柏的儿女全都射死了。尼俄柏不胜悲愤，化成了石头。

[51] 指亚里士多德。参看《伊卡洛墨尼波斯》注[67]。

[52] 据说亚历山大大帝给了亚里士多德 800 塔兰同。

[53] 指皮浪。参看《伊卡洛墨尼波斯》注[86]。

[54] 皮里阿斯（*πυρρίας*, pyrrhias）是奴隶的普通名字，这名字是由 *πυρρός*（Pyrrhos，皮洛斯，意思是"红头发的"）变来的，*πυρρός* 与怀疑派哲学家 *Πύρρων*（Pyrrhon，皮洛恩，惯译为皮浪）的名字读音很相似。

还阳者

——钓鱼人

苏格拉底：扔，向这个该死的家伙多扔石头！扔土坷垃！扔陶
　　　片！拿木棒打这个罪犯！注意，别让他逃跑了！柏拉图，
　　　你也扔！克吕西波，你也扔！还有你，也扔！大家一起
　　　扔！我们并肩作战，

　　　　　　行囊帮助行囊，棍子帮助棍子，[1]
　　因为他是我们的共同敌人，我们当中没有一个人没被他侮
　　辱。第欧根尼，如果你什么时候挥舞过木棒，现在你也挥舞
　　呀！你们别手软！要叫这个诽谤者受到应得的惩罚！怎么
　　回事？伊壁鸠鲁啊，阿里斯提波啊，你们疲倦了吗？这不
　　应该。

　　　　　　哲人们，要做男子汉，扇起猛烈的怒火。[2]
　　亚里士多德，快追！再快点！好呀！野兽被捉住了！坏蛋，
　　我们可把你逮住了！你马上就会知道，你所辱骂的是些什么
　　人。怎样惩罚他？让我们为他想一个别出心裁的、使我们全
　　都满意的死法，他活该为我们每个人死上七次。

哲学家甲：我认为应该用尖桩把他戳穿。

哲学家乙：对，但要先把他鞭打一顿。

哲学家丙：在鞭打之前，先把他的眼珠剜出来。

哲学家丁：在剜眼珠之前，先把他的舌头割下来。

苏格拉底：恩培多克勒，你认为怎么好？

1

2

琉善讽刺散文选

恩培多克勒：把他扔到火山口里，使他知道不能辱骂比他优秀的人。

柏拉图：最好他让象彭透斯或俄耳甫斯[3]那样

在岩石之间被人撕成碎块而死，[4]

我们每人分一块带回去。

3　自由谈：别那样！请你们看在恳求者的保护神[5]面上饶恕我。

柏拉图：你命该如此，休想逃脱。你听，荷马说：

狮子与人之间没有可信赖的誓约。[6]

自由谈：我也用荷马的诗来恳求你们，也许你们尊重他的诗，不至于在我吟诵的时候蔑视我。

饶恕我；我不是坏人；请接受高额的赎款，

铜和黄金，聪明人非常喜爱的礼物。[7]

柏拉图：我们也不缺少荷马的诗来反驳你。你听：

你这个诽谤者，现在不要一心想逃跑，

不要提黄金，你已经落到我们手里了。[8]

自由谈：啊，倒霉！我寄予最大希望的荷马对我已经没有用了。我得到欧里庇得斯那里去避难，也许他能救我一命：

不要杀我！你不应该杀你的恳求者。[9]

柏拉图：什么？欧里庇得斯不是也有这样的诗句：

干坏事的人受到恶报，有什么稀奇？[10]

自由谈：为了几句话，你们就要把我杀死？[11]

柏拉图：是的！欧里庇得斯也说过：

不带嚼子的嘴巴，

无法无天的蠢材，

到头来必有灾难。[12]

4　自由谈：既然你们一定要把我杀死，我又无法逃避，那么请告诉我，你们是什么人，从我这里受过什么无法医治的伤害，使你们这样狂怒，必欲置我于死地？

柏拉图：坏透了的东西，关于你给我们造成的可怕的伤害，你最好问你自己，问你的漂亮的"对话"，在那些"对话"里，你辱骂过哲学，欺侮过我们，你曾把我们这些哲人，而且是自由人，拿去出售[13]，就象在市场上卖奴隶一样。为此，我们感到愤慨，从阿伊多纽斯[14]那里求得一个短暂的期限，上来捉你。这是克吕西波，这是伊壁鸠鲁，我是柏拉图，那是亚里士多德，这个没有开口的是毕达哥拉斯，那是第欧根尼，那些是被你在"对话"中嘲笑过的人。

自由谈：我得救了，你们如果了解我是怎样对待你们的，就不会杀我了。快把你们的石头扔掉，最好还是留下来，因为你们可以用来打那些该打的人。

柏拉图：胡扯！今天你就得死。不，现在
　　　就穿上石头衬衣，因为你干了坏事。[15]

自由谈：高尚的人，要知道，你们将杀死一个你们唯一应当称赞的人——你们的自家人、对你们怀好意的人、与你们志同道合的人，说句并非无礼的话，还是你们的事业的拥护者，在我这样为你们辛苦之后，你们竟要把我杀死。你们要当心，可别象今日的大多数哲学家那样干，对恩人不知感激，动不动就发怒，冷酷无情。

柏拉图：无耻！你辱骂了我们，我们还得感激你么？你真的认为你是在跟奴隶说话吗？你这样欺侮我们，辱骂我们，还自命为我们的恩人吗？

自由谈：我何时何地欺侮过你们？我始终尊重哲学，称赞你们，醉心于你们留下的著作。难道我所说的那些话不是从你们那里，而是从别的地方引来的？我象蜜蜂一样辛勤地采集你们的花朵，供人观赏，他们称赞我，并且知道每一朵花是从什么地方、从什么人那里、怎样采集的，他们口头上称赞我的收集，实际上却是称赞你们和你们的田园，是你们在那里培育出这样绚丽多彩的花朵，只要有人善于挑选，编排，组合，使它们彼此和谐就行了。难道有人会在受了你们的优待之后，反而辱骂使他成名的恩人？除非他生来就是个塔密里斯或欧律托斯，敢于同赋予他诗才的文艺女神们比赛唱歌，或者同授予他箭术的阿波罗比赛射箭。[16]

7　柏拉图：高贵的朋友，你这番话是修辞花腔，和事实完全相反，而且使你的鲁莽行为显得更加恶毒，因为你既害人，又忘恩负义。你的箭，正如你所说的，是从我们这里得来的，却用来射我们，唯一的目的在于辱骂我们全体的人。我们的田园向你开放，我们让你摘取花朵，怀里满抱而归，你却这样报答我们。为此，你更是该死。

8　自由谈：你们看，你们一听就生气，也不顾正当的解释。我可不相信愤怒的情感会触动柏拉图、或克吕西波、或亚里士多德、或你们中间其他的人；我曾认为只有你们和这种情感是不沾边的。无论如何，可钦佩的人啊，不要未经审问和判决就把我处死。你们有一个原则：不靠暴力和权势来解决公民之间的纠纷，而是采取诉讼的方式，宣读诉状，也听取答辩。因此，让我们选出一位庭长，然后由你们全体的人或由你们选出的代表提出控告，再由我对你们的控告进行答辩。此后，如果我被宣判有罪，法庭对我下了这个判决，我当然接受应得的惩罚，你们也就不必使用暴力了。但是，如果经过审查，发现我清白无辜，陪审员们会宣判我无罪，你们则要把你们的愤怒转移到那些欺骗你们、促使你们反对我的人身上去。

9　柏拉图：又是你那一套；"骑士上平原！"[17]你想把陪审员们搞糊涂，以便溜之大吉。据说你是个演说家，是个讼棍，是个写诉状的无赖。你愿意谁来当庭长？这人应当是一个你不能贿赂的人——你们这种人往往那样干，——你不能劝诱他偏袒你，投不公正的票。

自由谈：这一点你可以放心。我不想要这种惹人怀疑的、犹豫不
决的、把票卖给我的公断人。我和你们一起推哲学本人担
任庭长，你们看怎么样？

柏拉图：如果我们当陪审员，谁来起诉？

自由谈：你们是起诉人，同时又是陪审员。这样安排，我一点也
不害怕。在正义方面我占有优势，有利于取得这场辩护的
胜利。

柏拉图：毕达哥拉斯、苏格拉底，我们怎么办？这人要求审判， 10
这个要求并不是不合理的。

苏格拉底：还有什么别的办法？只好带着哲学到法院去，听听他
怎么答辩。未经审判就定罪，不是我们的做法；那是完全
违反我们的行业的道德的，是火气大的、主张强权即公理
的人的作风。如果我们声称我们热爱公正，却把一个没有
机会为自己辩护的人用石头打死，我们将给那些想指责我
们的人提供借口。如果这人一点水[18]不用就死去了，那么
关于控告我的阿倪托斯和墨勒托斯[19]或那场官司的陪审员
们，我们有什么话说呢？

柏拉图：苏格拉底，你的劝告好极了。我们去把哲学找来，让她
主审；不管她怎样断案，我们都满意。

自由谈：好呀，最聪明的人，这个办法好得多，而且更合法。可 11
是，正如我刚才所说的，你们还是把石头留下来，因为过
一会儿，你们将在法庭里用得着它们。

可是到哪儿去找哲学？我不知道她住在哪儿。为了同她
交往，我曾转了很久，去找她的住处。后来，我碰见一些
披着破小斗篷、蓄着大胡子的人，他们说，他们是从她那
里来的。我以为他们知道，便向他们打听。可是他们比我
知道得更少，他们不是完全不回答，以免暴露他们的无知，

就是指出一个又一个的大门。直到今天，我还没找到她的住处。

12　　我多次凭自己的猜测或是在别人的指引下，去到一些大门前面，深信我当时能找到她的住处。我发现那些地方有许多人进进出出，他们表情忧郁，衣着整洁，面带沉思。我也挤在他们中间走进去。于是我看见一个妇女，尽管她衣着非常简朴，不加修饰，却有点不大自然。我立刻就看出，她并不是让她那似乎是蓬松的头发不加美化，也不是纯粹不关心她长袍上的衣褶。显然，她正是用这些作为装饰，利用这种表面的不修边幅来增加她的美丽。也可以看出她敷了白粉和胭脂；她的言谈完全是卖弄风情；她喜欢情人称赞她美丽；只要有人送礼，她就随手接受；她让比较富有的情人坐在身边，对于情人中的贫穷者，她却不屑一顾。多少次当她无意中露出脖子的时候，我看见一些比狗带的皮圈还大的金项链。见了这些东西，我立刻退了出来，因为我可怜那些显然不是被她牵着鼻子，而是被她牵着胡子的不幸的人，他们就象伊克西翁那样拥抱着一个幻影，而不是赫拉[20]。

13　柏拉图：这一点你说得对：她的大门不显眼，不是人人都知道。然而，不用到她的住处去了。我们将在陶工区等她。她将从学园回来，为了到画廊去散步[21]，一会儿就会到这儿来，她每天这样做，已经成了习惯。正好，她现在朝这儿走来了。你看见那个仪态端庄、外表整洁、目光温柔、在沉思中缓慢地行走的女人了吗？

　　自由谈：我看见许多人，他们的外表、步态和衣着都很相似。可是他们当中只能有一个是真正的哲学。

　　柏拉图：你说得对。只要她一开口，她就会显示出她是谁。

14　哲学：柏拉图、克吕西波、亚里士多德以及其他的研究我的学

问的头头们，你们来世上做什么？你们怎么又回到阳世来
了？难道下界有什么事情使你们感到苦恼？你们好象在生
气。那个被你们捉住带到这里来的是什么人？是盗墓者，
是杀人犯，还是渎神的人？

柏拉图：是的，哲学，他是个大不敬的渎神的人，因为他敢于辱
骂你这位最神圣的人，敢于辱骂我们全体的人——我们这
些受业于你而又传道与后世的人。

哲学：是不是有人骂了你们，你们就生气了？你们知道，尽管在
酒神节我从喜剧那里听到了那么厉害的辱骂，我还是把她
当作朋友，没有控告她，也没有去责备她，而是允许她开
节日里的公平的、常有的玩笑。我知道那种玩笑没有什么
害处；相反，美的东西象炼过的金子一样锻造提纯，会更
加闪烁，更加耀眼。我不知你们怎么变得这样暴躁，动不
动就生气。你们为什么卡住他的脖子？

柏拉图：我们求得这一天的期限，前来找他，使他为了他的所作
所为受到应得的惩罚。有消息告诉我们，他当众说了我们
什么话。

哲学：所以你们不让他答辩，未经审判就把他杀死，是不是？显
然，他有话要说。

柏拉图：不是，全都托付给你了；你看怎么好，就怎么了结这件
案子。

哲学：你有什么话要说？

自由谈：是这样，哲学，我的主妇啊，因为只有你才能发现真
情。实际上，经过再三恳求，我好容易才把这件案子留
给你。

柏拉图：该死的东西，你现在管她叫"主妇"吗？可是那天你却
使哲学成为最贱的东西，你当着那么多观众把她的各种学
说以每件两个俄玻罗斯的价钱出售。

15

哲学：你们注意，他骂的也许不是哲学，而是那些盗用我们的名义干了许多坏事的骗子。

自由谈：只要你愿意听我答辩，你马上就会明白。

16　哲学：我们到战神山去，最好到卫城去，以便同时鸟瞰全城。亲爱的，你们暂时在画廊里散散步；我断了这件案子就来找你们。

自由谈：哲学啊，她们是谁？我看她们的仪态也很端庄。

哲学：这位刚毅的是美德；那位是节制，她旁边是公正。前面是教化，那位颜色暗淡模糊的是真实。

自由谈：我没看见你所指的那一位。

哲学：你没看见那位不修边幅、光着身子、老是往后退、悄悄地溜走的人吗？

自由谈：现在好容易看见了。但是，为什么不把她们带去，使这个集会更加充实，更加完整？至于真实，我真想请她到审判处去当辩护人。

哲学：一定带去。你们也跟着去。审判一桩案子不是件很难的事，何况这案子还牵涉到我们的利益。

17　真实：你们都去吧；我可不需要去听我早已知道的事情。

哲学：真实啊，你参加审判，在每一点上提供情况，是很必要的。

真实：那么我可以把这两个对我很好的小侍女带去吗？

哲学：你愿意带多少就带多少。

真实：自由和直率，跟我们去，以便把这个可怜的人救出来——他是我们的爱戴者，平白无故地处于危险之中。揭发啊，你留在这儿吧。

自由谈：不，主妇啊，如果别人都去的话，让他也去。我要对付的不是一些偶然碰到的畜生，而是一些吹牛的、很难揭发的人，他们总是在寻找退路，所以揭发是必不可少的。

揭发：我是必不可少的；如果把证明也带去，那就更好了。

真实：都跟着去吧，看来对于这桩案子你们都是不可少的。

柏拉图：你看见吗？哲学啊，他正在拉拢真实来对付我们。   18

哲学：柏拉图、克吕西波、亚里士多德，难道你们害怕她身为真
    实，却为了他的缘故而说假话？

柏拉图：不是这样；不过他是个大坏蛋，又是个谄媚者：他会引
    诱她。

哲学：你们放心。有公正在，不会发生什么不公正的事情。我们
    上去吧。告诉我，你叫什么名字？   19

自由谈：我的名字吗？我叫自由谈，是真话之子，盘问之孙。

哲学：国籍呢？

自由谈：哲学啊，我是叙利亚人，出生在幼发拉底河畔。不过这
    又有什么关系呢？我知道我的对手当中有一些和我一样也
    是外国人，但是就他们的风度和教养说来，他们并不象索
    罗厄人，或塞浦路斯人，或巴比仑人或斯塔吉拉人[22]。但
    是即使有人讲外国话，只要他的意见是正确的、公正的，
    你对他也应一视同仁。

哲学：你说得对，这不必问。但是你的职业是什么？这个值得
    一听。

自由谈：我恨吹牛的人，恨骗子，恨撒谎者，恨傲慢的人，恨各
    种各样的坏蛋，你知道这种人多得很。

哲学：赫剌克勒斯啊，你所从事的是个充满了恨的行业！

自由谈：你说得对。你看，我的确惹得许多人嫌恶，并且为此处   20
    于危险之中。

    不过我也精通另一种与此完全相反的行业，我是说以爱
    为出发点的行业：我爱真、爱美、爱直率，爱一切与爱有关
    联的事情。但是只有很少的人值得我用这个行业的眼光去看
    待他们，而应该用相反的行业的眼光去看待的、更可恨的

人，却有五万之多。因此我可能由于闲置不用而把前一行业荒疏了，但是我对后一行业却十分精通。

哲学：不应该那样，因为，人们说，能做这一件，就能做那一件，所以不可把这两种行业区别开来，它们看起来是两种，其实是一种。

自由谈：哲学啊，下面这个道理你知道得更清楚。我有这样一个特点，我憎恨恶人，称赞并热爱好人。

21　哲学：瞧！已经到了我们要到的地方了，我们就在城邦的守护女神[23]的前殿审判吧。女祭司，给我们安排长凳。现在我们向女神敬礼。

自由谈：城邦的守护女神啊，快来帮助我对付那些吹牛的人，你该记得，你每天都听到他们发出虚伪的誓言。你立在这个了望的高处[24]，只有你才能看见他们的所作所为。现在是你向他们报复的时机。要是你看见他们胜过我，黑票超过半数，你就把你的票加进去，把我救出来。

22　哲学：好了！我们已经为你们坐好了，准备听取讼辞。你们选定一个你们认为是最善于起诉的人，进行控诉，提出证据，因为不可能大家同时发言。至于你，自由谈，将在此后进行答辩。

柏拉图：我们中间谁最适于应付这场官司？

克吕西波：你，柏拉图。惊人的崇高思想、无限优美的阿提卡腔调、魅力、说服力、智力、精确性、论证方面的及时的引人入胜——这一切你都充分具备。因此，快接受这个发言任务，代表大家讲一些适宜的话。现在要记住你的一切成就，把你攻击高尔吉亚或波罗斯或普洛狄科斯或希庇阿斯[25]的论点集中起来；这家伙比他们更精明。因此你还得加上一点装傻[26]，接二连三地提出巧妙的问话，如果你认为合适的话，就把这句话塞进去："要是这家伙不受惩罚，在天空驾驶飞车的伟大的宙斯会大发雷霆"。[27]

柏拉图：不，让我们挑选一个更凶狠的人——这个第欧根尼，或 23
　　是安提斯泰尼，或是克剌叙斯[28]，或是你本人，克吕西波
　　啊！因为现时需要的不是文章的优美与才华，而是辩论和
　　诉讼的本领。这个自由谈可是个演说家。

第欧根尼：由我来控告他，我认为完全不需要长篇大论。况且我
　　所受的侮辱比你们大，那天他以两个俄玻罗斯的价钱就把
　　我卖了。

柏拉图：哲学啊，第欧根尼将代表我们发言。要记住，高贵的朋
　　友，在控诉的时候，你不仅是代表你自己说话，还须关心
　　我们的共同事业。如果我们的学说彼此间有什么分歧，你
　　不要去追究，不要说谁比较正确。总之，要为哲学的缘故
　　感到愤慨，因为她在自由谈的"对话"中受到了欺侮，遭
　　到了辱骂。暂且把我们的学说上的分歧搁在一边，要为我
　　们的共同之点而奋斗。要注意，你是我们唯一的代表，我
　　们的学说是最值得尊重呢，还是象这家伙所说的，不过如
　　此，这一切全靠你了。

第欧根尼：请放心，我们决不会败诉。我将替大家发言。即使哲 24
　　学为他的言辞所感动——因为她生来是温柔宽厚的，——
　　决定宣判他无罪，我也不会没有办法，我会向他表明，我
　　们手拿木棒，不会白费力气。

哲学：无论如何不要那样；最好还是动口，比动木棒要好。不要
　　耽搁！水已经灌进漏壶了，陪审员们正在注视着你。

自由谈：哲学啊，让其余的人[29]入座，和你们一起投票，让第
　　欧根尼充当唯一的起诉人。

哲学：你不怕他们给你投判罪的票吗？

自由谈：不怕；我要以多数票取胜。

哲学：太好了。请大家入座。你，第欧根尼，起诉吧！

25　第欧根尼：我们在世时是什么样的人，哲学啊，你知道得非常清楚，不必我多说。涉及我本人的事情暂且不去谈它，但谁不知道这里的毕达哥拉斯、柏拉图、亚里士多德、克吕西波以及其他的哲学家给人生带来了多少美好的东西？因此我将控诉这个罪该万死的自由谈怎样侮辱我们，尽管我们是这样好的人。

据说他是个演说家，但是，他放弃了法庭以及可以从这里获得的名誉，而把他从修辞学上得来的技巧和力量全部用来对付我们，他不断地辱骂我们，把我们叫做骗子、拐子，唆使群众讥笑我们，藐视我们，好象我们是一文不值的人。更有甚者，他还使我们，也使你，哲学啊，在众人面前成为可恨的人物，他把你的学说叫做闲谈和废话，把你传授给我们的最严肃的哲理拿来取笑，以博取观众的掌声和喝彩，却使我们受到侮辱。多数人的天性是这样的：他们喜欢那些爱开玩笑和谩骂的人，特别是在那些似乎是最庄严的东西被嘲弄的时候，正象从前他们喜欢阿里斯托芬和欧波利斯为了玩笑把苏格拉底弄到剧场上去，对他大加讽刺[30]。

可是他们只敢讽刺一个人，而且是在酒神节里进行的，那时候是允许这样做的，因为开玩笑被认为是节日活动的一部分，

那位喜欢玩笑的天神，同样很开心。[31]

26　这家伙经过长期的思索和准备，把诽谤的言辞写成厚厚的一卷，然后把最优秀的人物弄到一起，大声辱骂柏拉图、毕达哥拉斯、这里的亚里士多德、那里的克吕西波，还辱骂我和所有的人，这既不是节日所许可的，也不是由于他受了我们的伤害。如果他是进行自卫，而不是发动进攻，倒还可以原谅。

最令人气愤的是，哲学啊，他是隐蔽在你的名义下这样

做的，他还引诱我们的家奴"对话"，把他当作对付我们的助手和喉舌。此外，他还劝得我们的同伴墨尼波斯帮助他写了很多讽刺文章[32]；唯独墨尼波斯没有出席，也没有和我们一起提出控诉，他背叛了我们的共同事业。

这家伙犯了这些罪行，应该受到惩罚。他曾当着那么多 27 目击者讽刺最庄严的哲理，难道他现在还有什么话说？如果那些人亲眼看见这家伙受到惩罚，对他们说来这倒是一件有益的事，这样，就不会再有别的人藐视哲学了。沉默无言与忍受侮辱不等于克制，很可能被认为是懦弱和愚蠢的表现。谁能忍受这家伙的最后表演？他把我们当作奴隶带到市场上，指派一个叫卖者，这样把我们卖了，据说有的卖了高价，有的卖了一个阿提卡谟那，而我呢，这个坏透了的东西以两个俄玻罗斯的价钱就把我卖了；在场的人都笑了。

为此，我们感到愤慨，来到这里要求你为我们报仇雪恨，因为我们遭受了最大的侮辱。

柏拉图：好呀，第欧根尼！你已经很好地替我们大家说出了你应 28 该说的话。

哲学：停止喝彩！为答辩人灌水！自由谈，现在轮到你发言，水正在为你往下漏。不要耽搁！

自由谈：哲学啊，第欧根尼并没有把他对我的控诉完全讲出来， 29 我不知道他为什么把他的遭遇的大部分、甚至是比较严重的部分略去了。我并不想否认我讲过那些话，也不想进行认真的答辩。凡是他略而不言的，或是我从前没有讲过的，现在我想把它们都摆出来。这样，你可以看出我把谁卖了，把谁骂了，把谁叫做吹牛的人和骗子。只是请你注意，关于他们我讲的话是否属实。如果我的答辩中有辱骂的言辞或尖刻的语句，我认为你不应该责备我这个揭露者，而应该正当地责备他们，事情是他们做出来的。

　　我一发现演说家必须具备的可憎的品质，如欺骗、撒谎、鲁莽、喧嚣、推搡，以及其他的千百种恶德，我立刻避而远之——这是很自然的，——前来追求你的高尚的思想，哲学啊，希望在未来的日子里能避开惊涛骇浪，驶向平静的港口，在你的保护下度过余生。

30　　我一见你的哲理，就对你——这是必然的——和这些哲学家表示钦佩，因为他们是美好生活的法则的制定者。他们伸出手来帮助那些追求美好生活的人，给他们以最良好、最有益的劝告，只要他们不违反，不偏离，而是目不转睛地注视着你建立的这些法则，使他们的生活与它们协调、吻合——这一点甚至在我们这代人中间，也只有少数人做得到。

31　　我发现许多人并不爱好哲学，他们只是追求可以从中得到的荣誉，他们在任何人都能轻易地模仿的普通的、共有的仪表方面，非常象高尚的人，我是指他们的胡子、步态和衣着而言，可是他们在生活和行为方面却和他们的外表相反，他们违背你的作风，败坏这种职业的名誉，为此我感到愤慨。在我看来，这情形就象一个软绵绵的、带女人气的悲剧演员扮演阿基里斯或提修斯[33]或赫剌克勒斯，他的步态和吼声没有英雄的气概，他不过是在庞大的面具下装腔作势罢了，甚至海伦或波吕克塞娜[34]也不肯让这样的人太象她们[35]，更不用说长胜的赫剌克勒斯了，我认为这位英雄很快就会用大头棒打破这家伙的脑袋和面具，因为他把他扮演得这样有女人气，使他蒙受耻辱。

32　　情形就是这样；当我看见你们被那些家伙这样对待的时候，我不能容忍这种扮演所引起的耻辱，他们是猴子，胆敢戴上英雄的面具；他们模仿库米[36]的驴子：它披上狮子的皮，自以为是狮子，在无知的库米人面前装得异常凶猛，令人惊讶，到后来有个时常见过狮子和驴子的外地人把它揭穿，用棍子打跑了。

可是，哲学啊，最令我吃惊的是，人们看见他们当中有人干坏事、下流的事或放荡的事，没有一个人不立刻归罪于哲学本身，归罪于克吕西波、柏拉图、毕达哥拉斯或任何一个被这个罪人当作自己的招牌和演说模范的人；由于他过着罪恶的生活，人们便对你们这些早已逝世的人作出令人不快的评价，由于你们已经不再活着，不存在他和你们之间的比较。但是，尽管你们是在遥远的地方，大家却清清楚楚地看见他干可怕的、卑鄙的事，因此你们还是受到缺席的审判，和他一起被宣判有罪，受到同样的诬告。

看见这种现象，我无法忍受，因此揭露他们，把他们和你们区别开来，为此你们本来应当尊重我，却反而把我押到法庭里来。如果我看见一个入了教的人泄漏两位女神的秘密仪式[37]，跳滑稽舞，因而感到愤慨，揭露他，你们会认为我犯了不敬神的罪吗？这是不公正的。甚至评奖人也常常鞭打演员，如果他扮演雅典娜、波塞冬或宙斯扮演得不好，有失神的尊严；这些神无论如何不会因为评奖人叫执鞭者鞭打那个戴上他们的面具、穿上他们的衣服的人而发怒。要是那家伙挨打挨得更厉害，我认为他们会感到高兴。扮演家奴或报信人不成功，是个小小的过失，但是，不能在观众面前表现出宙斯或赫剌克勒斯的尊严——天哪！那是多么可耻啊！

还有，最奇怪的是，他们当中的多数人对于你们的著作非常精通，但是，他们之所以阅读和研究这些作品，只是为了在生活中反其道而行之。他们在自己的书中说，应当鄙视财富和名誉，应当认为只有美的才是好的，应当不动肝火，应当蔑视大人物，以同等的地位和他们交谈；天哪！他

33

34

们所说的话真好，真聪明，真令人钦佩！可是他们之所以传授这些教诲，不过是为了要薪金，他们尊崇富人，张着嘴注视金钱；他们比狗易怒，比兔胆怯，比猴子谄媚，比驴子淫乱，比猫爱偷，比鸡好斗。他们成了笑柄，因为他们争吵不休，在富人的门前推推搡搡，他们参加盛大的宴会，在那里发表庸俗的颂辞，不顾体面地大吃大喝，还公开抱怨饮食不够，举着酒杯高谈阔论，声音刺耳，令人生厌，他们喝纯酒过量，烂醉如泥。那些在场的外行人自然会讥笑他们，唾弃哲学，因为她抚养出了这样一群废物。

最可耻的是，他们每个人都说，什么也不需要，而且大声地宣称，只有聪明的人才是富有的人，可是过了一会儿，他就出来乞讨，得不到施舍，他就感到愤慨，象一个人穿上国王的衣袍，戴上高耸的冠冕，拥有王家的一切威仪，却向比他低贱的人行乞。

他们在需要施舍的时候，大讲应该共同享受，似乎财富无所谓好坏："金子和银子是什么东西？无异于海滩上的石头子儿！"但是当一个老伴当或朋友需要帮助，跑来向他们乞讨他们的大量金钱中的一丁点儿时，他所遭遇的却是沉默、困惑、无礼以及对信条的否认；他们的那么多论友谊的话，以及善和美都远走高飞，不知跑到哪里去了，真是言辞有翼，白白地被他们每天用来在学园中对着影子争吵。只要眼前没有金子、银子，他们每个人都是你的朋友，但是只要有人亮出一个俄玻罗斯，和平就会遭到破坏，一切都不可和解、不能商谈，他们的书变成白纸，他们的美德逃之夭夭。狗就是这样的，如果有人扔一块骨头到它们中间，它们立刻就会跳起来，你咬我，我咬你，朝着首先抢到骨头的那只狗狂吠。

据说从前有个埃及国王教猴子跳舞，这种动物是最善于模仿人的动作的，它们很快就学会了，于是披上紫色衣服，戴上面具，当众表演。在很长的时间内，这个场面很受人称赞，到后来，有个机灵的旁观者把他衣兜里装着的坚果抛到猴子中间，猴子见了便忘记表演，不再是舞蹈家了，它们变成了原来的猴子，把面具打碎了，把衣服撕破了，彼此为了争夺果实而殴打起来，于是这场精心安排的舞蹈结束了，受到观众的嘲笑。

这些家伙干的正是这样的勾当，我辱骂的是他们这样 37 的人，我决不会停止揭露和讽刺他们。对于你们以及与你们相似的人——有的是真正热爱哲学、遵守你们的法则的人，——我不至于疯狂到说些诽谤和粗野的话。我有什么可说的呢？你们的生活中哪里有这样的行为呢？可是那些吹牛的人和那些为神所憎恶的人，我认为是可恨的。毕达哥拉斯、柏拉图、克吕西波、亚里士多德，你们有什么话说？他们这种人和你们有什么相干？他们在生活方面表现出和你们有什么相似之处？的确如谚语所说："有如赫刺克勒斯和猴子"[38]。或者因为他们有胡子，自命为哲学家、满面愁容，就应该和你们相比么？如果他们的表演令人信服，我倒愿意容忍，但是秃鹫模仿夜莺也比他们模仿哲学家快得多。

我为自己辩护所要说的话已经讲完了。真实啊，请你向他们证明我的话是否属实。

哲学：自由谈，往旁边退；再远一点。我们怎么办？你们认为这 38
　　人的答辩怎么样？

真实：哲学啊，他答辩的时候，我祈求钻到地下去；他所说的每
　　一件事都是非常真实的。我一边听，一边识别出每一个这
　　样干的人，把这些话应用到那些被提起的人身上：这句话
　　是指这个人说的，那句话是指那个人干的。总而言之，他
　　把这些人描述得栩栩如生，就象绘画一样，完全逼真，不

仅把他们的身体，甚至把他们的灵魂也描绘得非常细腻。

美德：我美德也面红耳赤。

哲学：你们的意见怎样？

柏拉图：除了撤销对他的控诉，把他登记在我们的朋友和恩人的名册上之外，还有什么别的话可说？我们的遭遇完全和特洛伊人一样，我们也弄到一个悲剧演员来演唱弗利基亚人[39]的苦难。让他演唱吧，让他扮演这些为众神所憎恶的人吧。

第欧根尼：哲学啊，我也很称赞这人；我现在撤销对他的控诉，把他这个高尚的人当作自己的朋友。

哲学：好呀！自由谈，到前面来！我们撤销了对你的控诉，你以全票获胜，要知道，今后你是我们的人了。

自由谈：我向有翼的女神[40]敬礼；这还不够，我认为应当把这个仪式弄得更合乎悲剧的精神，这样，才显得更庄严！

> 最庄严的胜利女神，
>
> 请保佑我的一生，
>
> 不断地为我加冠。[41]

美德：现在我们开始喝第二杯酒[42]。让我们把那些人传来，他们侮辱了我们，应该受到惩罚。自由谈将控告他们每一个人。

哲学：美德啊，你说得对。绪罗癸斯摩斯[43]，我的孩子，你弯着腰向城下传唤那些哲学家。

绪罗癸斯摩斯：听令！安静！哲学家都到卫城上来，在美德、哲学和公正面前答辩。

自由谈：你看见没有？只有少数人懂得传唤，上来了。他们害怕公正。大多数人围着富人转，没有工夫。如果你想叫他们都来，绪罗癸斯摩斯啊，你得这样传唤——

绪罗癸斯摩斯：不；自由谈，按照你认为最好的办法叫他们吧！

自由谈：这不难。听令！安静！尔等自命为哲学家之人，尔等自

认为配此称号之人，其来卫城领赏，每人赐两谟那及一芝
麻饼；其亮出大胡子者，尚可获一方干无花果。无须携带
节制、正直、自克，此等品质如不可得，则非必需；但须
携带五套绪罗癸斯摩斯，无此则无法成为哲人。

> 两镒金子放在当中，谁在争吵中
> 超群出众，此项奖品即归谁所有。[44]

哲学：啊哈！好多人！上行道上净是人，他们一听见赏赐两谟 42
那，就拥挤而来，有的从珀拉斯癸康墙[45]上来，有的穿过
医神的庙地[46]上来，更多的人从战神山那边过来，有一些
人穿过塔罗斯的坟地[47]上来，有一些人把梯子搭在阿那刻
斯庙[48]上往上爬，真是嗡嗡响，用荷马的话说，象"一群
蜜蜂"[49]；这一边许许多多，那一边

> 成千成万，多得象春天的叶子和花朵。[50]

他们"乱哄哄地坐下"[51]，一刹那卫城上满是人，到处是
行囊—诏媚，胡子—无耻，棍子—饕餮，绪罗癸斯摩斯—贪
婪。那少数响应第一次传唤而来的人不显眼，无标记，混杂
在人群中，在同样的衣服之间分辨不出来。

自由谈：哲学啊，这是最糟糕的事，你要特别谴责的人没有打上
记号和标志。这些骗子往往比真正的哲学家更令人相信。

哲学：一会儿就知道了；现在我们接待他们。

柏拉图派[52]：我们柏拉图派应当先领。 43

毕达哥拉斯派：不！我们毕达哥拉斯派应当先领，因为毕达哥拉
斯是前辈。

斯多葛派：胡说！我们斯多葛派高明得多。

散步派[53]：不！有关金钱的事，我们散步派占先。

伊壁鸠鲁派：把芝麻饼和干无花果发给我们伊壁鸠鲁派，至于谟
那，即使要到最后才领取，我们也将等待。

学园派：两镒金子在哪里？我们学园派[54]将表明我们比其他的

人更善于争辩。

斯多葛派：我们斯多葛派在这里，你们就不行。

44 哲学：不要再争吵了！你们昔尼克派，别再推推搡搡，也别用木棒打人。要知道，叫你们来，是为了别的事情。现在我哲学、美德和真实将判定谁是真正的哲学家。然后，所有被发现是按照我们的法则生活的人，都将被评为最优秀的人，他们从此享受幸福；至于那些骗子和那些与我们不相干的坏人，我们要狠狠地折磨他们，使那些吹牛的人不再追求对他们来说是可望而不可即的东西！怎么回事？你们在逃

45 跑吗？很多人真是从悬崖上跳下去了！卫城已经空了，只有少数人不怕审判，呆下来。众侍从，把那个行囊捡起来，那是昔尼克派逃跑时扔下的。让我看看，里面有什么东西，也许是羽扇豆，或是卷轴，或是粗面包。

侍从：不是，这里是金子，还有香油膏、剃头刀、镜子和骰子。

哲学：啊，我的好人！你这些旅行用具是为了苦修苦练吗？你以为借助于这些东西，你就配辱骂大家，教育别人吗？

自由谈：你们看，他们就是这样的人。你们得想个办法使他们不再面目不清，让那些与他们有接触的人能辨别他们当中谁是好人，谁是追求另一种生活的人。

哲学：真实啊，你来想个办法，因为这件事和你有关系，免得假象欺骗你，坏人伪装好人，凭借面目不清逃避你的注意。

46 真实：如果你认为合适，我们就让自由谈来想个办法，我们已经看出他是个好人，对我们有好感，对你，哲学啊，也特别尊敬。让他带着揭发去同所有自命为哲学家的人谈谈。如果他发现谁是真正名副其实的哲学家，就让他给谁戴上橄榄枝做的荣冠，邀请他到普律塔涅翁大厅[55]；如果他遇到一个冒充从事哲学研究的可恶的人——这种人多得很，——

就让他剥去他的破小斗篷，用剪羊毛的大剪刀紧贴着皮肤剪去他的胡子，在他的额上打上烙印，或者在眉心烙一个印记，烙铁上的图像可以是狐狸或猴子。

哲学：真实啊，你说得对！自由谈，那就采取通常所说的鹰对着太阳这种检验方法，但不是真的用注视阳光的办法来检验，而是把金子、名誉和享乐摆在他们面前，你看见他们当中谁不被这个景象所吸引，就给谁戴上橄榄枝做的荣冠；你看见谁两眼直视，朝金子伸手，就按照决定先剪去他的胡子，然后把他押到烙印室去。

自由谈：哲学啊，就这样办。你立刻就会看见他们当中的大多数将打上狐狸或猴子的印记，戴上荣冠的只是少数。如果你们愿意看，我就给你们弄几个上来。

哲学：你说什么？你能把那些逃走的人弄上来吗？

自由谈：是的，只要女祭司肯把钓鱼人从珀赖欧斯[56]奉献的钓线和钓钩借我用一下。

女祭司：在那里，去拿吧，连那根鱼竿也拿去，配成一套。

自由谈：女祭司，给我一些干无花果和一点金子。

女祭司：拿去吧！

哲学：这人要干什么？他把干无花果和金子当作鱼饵挂在钩子，坐在城墙高处，把钓线放到城里去。自由谈啊，你这是干什么？是不是有心从珀拉斯癸康外面钓一块石头上来？

自由谈：别做声，哲学，等候上钩的！钓鱼人的神波塞冬啊，亲爱的安菲特里忒[57]啊，给我们送许多鱼来！啊，我看见一条大狼鱼，说得确切些，是一条金斑鱼，不，是一条貂鱼。他张着嘴游到钩前。他嗅出了金子的气味；他靠近了，他碰到了，他被捉住了；我们把他扯上来。揭发啊，你也扯！揭发啊，你帮忙拉线！

揭发：他上来了！啊，让我看你是什么东西，我的好鱼儿。原来

47

48

琉善讽刺散文选

是一条狗鱼^[58]！赫剌克勒斯啊，好大的牙齿！怎么回事，我的好人？你是在石头旁边大吃大嚼，想从那里偷偷地溜走时被捉住的吗？现在你的鳃被钩住了，这样吊起来示众。让我们把钓钩和鱼饵取出来。哎呀，他吞下去了！这是你的钓钩，空空如也！无花果和金子都到肚子里去了！

自由谈：一定叫他吐出来，好用这些鱼饵钓别的鱼。——好了！第欧根尼，你有什么话说？你知道这家伙是谁？他和你有什么关系？

第欧根尼：一点也没有。

自由谈：怎么样？应该说他值多少钱？那天我估计他值两个俄玻罗斯。

第欧根尼：你说多了。这东西已经腐烂，肉又粗，吃不得，一文不值。把他头朝下扔下岩去。把钓钩扔下去，把另外一条扯上来。听我说，自由谈，你要当心，免得把钓竿弯折了。

自由谈：你放心，第欧根尼。他们很轻，比白杨鱼还轻。

第欧根尼：是呀，轻极了，还是把他们扯上来。

49　自由谈：你看！另一条扁鱼^[59]来了，象是剖开过的，是比目鱼一类的，他冲着钓钩张开嘴，他吞下去了，他被捉住了，扯呀！他是谁？

揭发：他自称为柏拉图派。

自由谈：该死的东西，你也来要金子么？柏拉图，你有什么话说？我们怎样处置他？

50　柏拉图：把他从同一个岩石上扔下去！放下去钓另一条。

自由谈：往水的深处看，我好象看见一条非常漂亮的鱼来了，全身五彩^[60]，背上还有金色的条纹^[61]。揭发啊，你看见没有？

揭发：他自称为亚里士多德。

自由谈：他游上前来，又溜走了。他是在仔细思考。他又回来了；他把嘴张开了；他被捉住了。把他扯上来！

亚里士多德：自由谈，关于他的事不要问我。我不知道他是谁。

自由谈：亚里士多德，那么他也将被扔下岩去。看那里！我看见 51
许多鱼在一起，颜色相同，身上带刺，样子很凶，比海胆
还难捉。要不要用大围网捉他们？

哲学：可是我们没有网。我们能从那一群里扯上一条就够了。那
冲着钓钩游来的，当然是他们中间最胆大的鱼。

揭发：如果你愿意，就把线放下去，但须先用铁皮把线的大部分
包起来，免得他吞下金子，把线咬断了。

自由谈：已经放下去了。波塞冬啊，赐我们一条快快上钩的鱼！
啊哈！他们在争夺鱼饵；有许多在一起啃无花果，有许多
紧靠着金子。好了！有一条很强大的鱼上钩了！啊，让我
看，你说你是哪一派？但是，如果我强迫鱼说话，那就太
可笑了，因为这些东西是哑巴。揭发啊，告诉我们，谁是
他的老师？

揭发：这个克吕西波。

自由谈：明白了；我想这个名字里含有金子[62]。克吕西波，我
以雅典娜的名义请你告诉我，你认识这些人吗？是你劝他
们这样生活的吗？

克吕西波：自由谈啊，凭宙斯发誓，你的问话含有侮辱的意思，
如果你以为那种人和我有什么关系。

自由谈：好呀，克吕西波，你太好了！他也将跟着其他的鱼头
朝下被扔下去，因为他身上带刺，恐怕有人吃了，会刺破
喉咙。

哲学：自由谈啊，钓够了，鱼多极了，别叫一条拖走了金子和钓 52
钩，逃跑了，那样一来，你得赔偿女祭司的损失。我们离
开这里去散步吧。这是你们从哪儿来，回到哪儿去的时候
了，别耽误了规定的期限。自由谈，你和揭发到周围各处

去寻找他们，按照我的吩咐给他们戴上荣冠或是打上烙印。

自由谈：就这么办，哲学！再见，你们这些最好的人！揭发啊，我们下去完成我们的使命。

揭发：先到哪里去？到学园去，还是到画廊去？或是从吕刻昂[63]开始？

自由谈：都一样。我知道，不论到哪里，我们只需要很少的荣冠，却要有很多的烙铁。

注　释

[1] 戏拟《伊利亚特》第 2 卷第 363 行："胞族帮助胞族，部落帮助部落。"

[2] 戏拟《伊利亚特》第 6 卷第 112 行。

[3] 彭透斯是忒拜城的巴塞勒斯卡德摩斯的外孙，他前去侦查酒神狄俄倪索斯的疯狂的女信徒如何崇拜这位天神，因此被她们（包括他自己的母亲）撕成碎块而死。俄耳甫斯是色雷斯的巴塞勒斯俄厄阿格洛斯和文艺女神卡利俄珀的儿子，是个歌手，他也是被酒神的疯狂的女信徒撕成碎块而死的。

[4] 大概是悲剧的残诗。

[5] 指宙斯。

[6]《伊利亚特》第 22 卷第 262 行。

[7]《伊利亚特》第 6 卷第 46、48 行及第 20 卷第 65 行。

[8] 戏拟《伊利亚特》第 10 卷第 447—448 行。

[9] 欧里庇得斯的残诗。

[10] 欧里庇得斯的悲剧《俄瑞斯忒斯》第 413 行。

[11] 欧里庇得斯的残诗。

[12] 欧里庇得斯的悲剧《酒神的伴侣》第 386—388 行。

[13] 指琉善曾在他的对话《出售哲学》中出售哲学家。

[14] 阿伊多纽斯是冥土的主神哈得斯的称号。

[15]《伊利亚特》第 3 卷第 57 行。

[16] 塔密里斯是神话中的歌手菲兰蒙和仙女阿耳癸俄珀的儿子，是个歌手，他自夸能胜过文艺女神们，比赛失败后被她们弄瞎了眼睛。欧律托斯是俄卡利亚城的巴塞勒斯，他曾和赫剌克勒斯比赛箭术，遭到失败。琉善却说他同阿波罗比赛。

[17] 比喻庭长上法庭。

[18] 指灌进漏壶的水。古希腊法庭用水来限定原告和被告所占用的时间。

[19] 阿倪托斯是雅典富豪，为民主派的领袖，他于公元前399年带头控告苏格拉底。墨勒托斯是阿倪托斯的追随者。

[20] 伊克西翁是帖萨利亚境内的拉庇泰人的巴赛勒斯。他为了赖聘礼，杀死了他的岳父。宙斯把他带到奥林帕斯，为他举行了净罪礼，他反而引诱宙斯的姐姐和妻子赫拉（赫拉是司婚姻和生育的女神）。宙斯便制造了一个类似赫拉的幻影送给他。宙斯后来把他绑在一个飞轮上。

[21] 哲学将从柏拉图的学园回来，进双城门（西北门），穿过内陶工区，到画廊去。

[22] 克吕西波是小亚细亚东南部索罗厄城的人，参看《出售哲学》注［45］。芝诺是塞浦路斯岛喀提翁城的人，参看《伊卡洛墨尼波斯》注［51］。波塞多尼俄斯（一说此处暗指的是公元前2世纪的斯多葛派哲学家第欧根尼）是巴比仑境内的塞琉喀亚城的人。亚里士多德是马其顿的斯塔吉拉城的人。

[23] "守护女神"指雅典娜。雅典娜是宙斯的女儿。

[24] 卫城西北部有雅典娜的巨像。

[25] 高尔吉亚（公元前483？—前376？）是西西里岛勒翁提诺城的人，是个演说家和智者，曾在柏拉图的对话《高尔吉亚篇》中受到柏拉图的攻击。波罗斯是西西里岛阿克刺伽斯城的人，是个智者，为高尔吉亚的弟子。普洛狄科斯是爱琴海上刻俄斯岛的人，是个智者。希庇阿斯是伯罗奔尼撒西北部厄利斯地区的人，是个智者，曾在柏拉图的对话《大希庇阿斯篇》中受到柏拉图的攻击。

[26] 指苏格拉底式的装傻。参看《冥间的对话》第20篇第5节。

[27] 见柏拉图的对话《斐多篇》246E。

[28] 克剌忒斯（公元前365？—前285？）是忒拜人，是昔尼克派哲学家，为第欧根尼的弟子。

[29] 指被邀请来的哲学家。

[30] 阿里斯托芬（公元前450？—前385？）和欧波利斯（公元前446？—前411）是雅典旧喜剧作家。阿里斯托芬曾在《云》里讽刺苏格拉底。欧波利斯曾讽刺苏格拉底，说他是个空谈者，事事精通，袋内空空，不知道怎样谋生。

[31] 出处不明。"天神"指酒神狄俄倪索斯。

[32] 墨尼波斯首先写讽刺文章。此处指琉善袭用过墨尼波斯的著作。

[33] 提修斯是雅典的巴赛勒斯埃勾斯的儿子，是个著名的英雄。

[34] 海伦是宙斯和勒达的女儿。波吕克塞娜是特洛伊的巴赛勒斯普里阿摩斯的女儿。

[35] 古希腊戏剧中的女人物是由男演员扮演的。

[36] 库米是希腊人在意大利最早建立的殖民地，在意大利西南岸，靠近那不勒斯。

[37] "两位女神"指得墨忒耳和她的女儿珀耳塞福涅，参看《摆渡——僭主》注［39］。

[38] 意思是："你们不象他们，有如赫剌克勒斯不象猴子。"

[39] 这里提起的"弗利基亚人"，指特洛伊人。

[40] "向有翼的女神"依改订译出。勒布本作"现在"。"有翼的女神"指胜利女神。

[41] 这三行诗重见于欧里庇得斯的悲剧《腓尼基少女》、《俄瑞斯忒斯》和《伊菲革涅亚在陶洛人里》的收场处。

[42] 比喻此文进入第二部分。此文的结构和风格模仿阿里斯托芬的喜剧《阿卡奈人》。

[43] 绪罗癸斯摩斯（Συλλογισμός, Syllogismos）意思是"三段论法"，即"演绎法"。这个字与σύλλογος（syllogos，绪罗戈斯，意思是"召集人"，即"传唤人"）读音相似，因此含有"传唤人"的意思。

[44] 戏拟《伊利亚特》第18卷第507—508行。"镒"原文作"塔兰同"，参看《伊卡洛墨尼波斯》注［51］。

[45] 珀拉斯癸康是卫城西北部的古城墙，早已坍塌。"珀拉斯癸康"意思是"珀拉斯戈斯人的"，珀拉斯戈斯人是居住在希腊的最早的民族。

[46] 医神的庙地在卫城南边。

[47] 塔罗斯的坟地在卫城东南边。塔罗斯是代达罗斯的侄儿，是被代达罗斯推下岩摔死的。

[48] 阿那刻斯庙意思是"两少爷庙"，在卫城北边。"两少爷"指宙斯的儿子卡斯托耳和波吕丢刻斯。

[49] 见《伊利亚特》第2卷第89行。

[50] 《伊利亚特》第2卷第468行。

[51] 见《伊利亚特》第2卷第463行。

[52] 指旧学园派。

[53] 指亚里士多德派，参看《伊卡洛墨尼波斯》注［68］。

[54] 指新学园派，代表人物是阿刻西拉俄斯（约公元前315？—前241？）和卡耳涅阿得斯（公元前213—前129）。

[55] 指到普律塔涅翁大厅吃公餐。普律塔涅翁大厅，意思是"主席厅"（参看《伊卡洛墨尼波斯》注［61］），厅里每天设宴款待外邦的使节和有功的公民。

[56] 珀赖欧斯是雅典的港口。

［57］安菲特里忒是海神波塞冬的妻子。

［58］指昔尼克派，参见看《出售哲学》注［14］。

［59］"扁鱼"原文是 *ὑπόπλατος*（hypoplatos, 意思是"有些扁的"），这个字是由 *υὑόπλατυς*（hypoplatys，意思是"有些扁的"）变来的。柏拉图的名字 Πλάτων（Platon）与 *ὑπόπλατυς* 的后半部分 *πλάτύς*（意思是"扁的"）读音相似。

［60］暗指亚里士多德多才多艺。

［61］暗指亚里士多德很富有，参看《出售哲学》注［52］。

［62］*Χρύσιππος*（Khrysippos，克吕西波）的名字的前一部分 *χρυσ*（*ός*）是"金子"的意思。

［63］吕刻昂是亚里士多德讲学的地方，在古雅典城东郊。

琉善讽刺散文选

佩雷格林之死

诗歌 散文

琉善祝愿克洛尼乌斯 [1] 诸事顺遂。

1   那个倒霉的佩雷格林——或者象他喜欢称呼自己那样，叫做普洛透斯，——有着和荷马诗中的普洛诱斯相同的经历。为了追求荣誉，他变成各种物体，化身为千百种形态，最后在这里化成了火焰；他是这样酷爱荣誉！现在你的最好的人已经象恩培多克勒那样化成了灰烬，不过恩培多克勒是想投身于火山口内，不让人看见，这个高尚的人却一直等到那人山人海的希腊盛会；他架起了一个极大的火葬堆，当着那么多目击者的面跳了进去。在做这件大胆行为的前几天，他还在希腊人面前谈论过这件事。

2   我好象看见你在大笑这老头子太愚蠢，说得确切些，听到你在大声地说，你当然会这样说："啊，多么愚蠢！啊，那么爱好荣誉！啊，——！"我好象还听到你发出我们时常对这种人发出的别的感叹。可你说这些话，是在远处，是在安全得多的地方；我却是在那堆火旁边这样说，而且在更早的时候，还当着一大群听众说过这些话，其中一些人被我激怒了，当时有那么多人欣赏这老头子的疯病；但也有别的人讥笑他。我差点象阿克泰翁被猎狗撕死，或者象他的表兄弟彭透斯被狂女撕死一样，被昔尼克派撕成了碎块。

3   整个剧情 [2] 如下。你当然知道这个剧作家是什么样的人，他一生上演过多少出悲剧，超过了索福克勒斯 [3] 和埃斯库罗斯^[4]。我一到厄利斯，穿过健身场^[5]上山去，就听到一个昔尼克派在三岔路口粗声粗气地向美德致庸俗的赞辞，他把所有的人都辱骂了。后来，他的喊叫以对普洛透斯的赞扬告结束，我将尽我所能回忆的把他的话告诉你。对这种腔调，你当然是熟悉的，因为他们喊叫的时候，你经常在他们跟前。

"谁敢说普洛透斯爱好虚荣？"他嚷道，"大地啊！太阳啊！江河啊！大海啊！我们的先人的神赫剌克勒斯啊！这个普洛透斯曾在叙利亚坐牢，为了祖国的缘故放弃五千塔兰同，被放逐出罗马城，他比太阳还明亮，能和奥林匹亚的宙斯媲美。难道由于他决心借火来摆脱生命，有人就认为这是爱好虚荣？难道赫剌克勒斯不是这样摆脱的？难道阿克勒庇俄斯和狄俄倪索斯不是被电火烧死的^[6]？难道恩培多克勒不是跳进火山口死去的？"

当忒阿革涅斯——那个大声叫嚷的人叫这个名字——说到这里的时候，我向一个旁观者问道："他谈论火干什么？赫剌克勒斯和恩培多克勒跟普洛透斯有什么关系？"他回答说："等不了多久，普洛透斯就要在奥林匹克运动会上自焚。"我问道："怎样自焚？为什么？"他竭力解释，可是由于那个昔尼克派大声叫嚷，我没法听见别人的话。我只好听那人滔滔不绝地说不去，听他用惊人的夸张语言谈论普洛透斯。他认为不但那个锡诺普人^[7]或他的先师安提斯泰尼不配和他相提并论，甚至苏格拉底也不配；他请了宙斯来和他较量。后来，他决定让他们处于平等地位。他这样结束他的话："世人只看见两个最好的杰作，这就是奥林匹亚的宙斯和普洛透斯，前一位的创作者和艺术师是菲迪亚斯，后一位的创作者和艺术师是自然力。但现在这个神圣的偶像将乘火离开人间到神那里去，撇下我们无依无靠。"他淌着大汗讲完了这些话，非常可笑地流着眼泪，揪拉着自己的头发，却又不揪扯得太重。后来，他咽咽呜呜地哭起来，一些昔尼克派竭

4

5

6

琉善讽刺散文选

力安慰他，把他弄走了。

7　　在他之后，另一个人[8]不等人散开，立刻就走上去，把酒奠在先前献上的、还在燃烧的祭品上。起先，他笑了很久，很清楚，他是由衷地笑的；然后这样说："那个该死的忒阿革涅斯以赫拉克利特的眼泪结束了他的最令人生厌的演说，相反，我却要以德谟克利特的笑开始我的讲话。"[9]他又笑了很久，使我们大

8　　多数人都同样地笑了起来。他然后转过脸来说道："诸位，听到这样可笑的发言，看见老年人为了追求可鄙的小名气几乎当众栽跟头，我们能不笑吗？如果你们想知道这个将要自焚的神圣的偶像是什么东西，你们就听我说，我从最初就开始观察他的意图，注视他的生活；我从他的同胞们和那些必然清楚地知道他的底细的人那里了解到一些情况。

9　　"自然力的这个创造物和杰作——波力克利特的典范像[10]刚刚进入成年，就在阿尔明尼亚[11]犯了通奸罪，被人捉住，挨了许多鞭打，最后从屋顶上跳下来逃跑了，屁股上塞着一根小萝卜。后来，他诱奸了一个俊俏的小伙子，赔了这个孩子的贫穷的父母三千德拉克马，才没有被带到亚细亚省的总督[12]面前去。

10　　"我认为可以把这些事以及诸如此类的事搁到一边，因为他当时还是一块没有定型的粘土，我们的神圣的偶像还不完美。至于他是怎样对待他父亲的，倒很值得一听，虽然你们大家都知道这件事，都听说他怎样勒死那个老头子，不容他活过六十岁。事情传开后，他就自行放逐，到处流浪。

11　　"那时候，他在巴勒斯坦同祭司和文牍交往，精通了基督徒的奇异的哲理。结果怎么样呢？他很快就把他们变成了小孩子，因为他自己是先知、兄弟会长、会堂长，他自己就是一切。他们的一些书由他来讲解，由他来注释，他自己还写了很多书。他们对他敬畏如神，把他当作立法者，称他为庇护人，仅次于他们依

然崇拜的那个人[13]，那人正是由于把这种新奇的教义带到人世来而在巴勒斯坦被钉在十字架上的。

"当时，普洛透斯为此被捕坐牢，这件事给他带来了不小的名声，促成了他未来的生活、欺诈行为和虚荣心，这些是他所爱好的。他坐牢的时候，基督徒认为这是一种灾难，想方设法营救他。营救不成，他们就从各方面照顾他，不是敷衍了事，而是尽心尽力。从清晨就可以看到年老的寡妇和孤儿在牢房旁边等候，基督徒的执事人甚至向看守行贿，和他一起睡在牢房里。后来，他们带去精美的膳食，朗读他们的圣书，这个最优秀的佩雷格林——他依然叫这个名字——被他们称为'新的苏格拉底'。 12

"真的，有人从亚细亚各城市前来营救他，支持他，安慰他，这些人是基督徒用他们的公共基金派来的。当他们有这类的公众事务的时候，他们表现出料想不到的快速，在短短的时间内把一切花光。对于佩雷格林，他们也是这样，由于他坐牢，大量金钱从他们那里输送到他的身边，使他得到一笔不小的进款。这些不幸的人一般都相信他们将获得永生，能长久存活，因此他们蔑视死亡，很多人乐于自我牺牲。他们的头一个立法者[14]使他们相信，自从他们背弃了希腊的神灵，违反了他们的法则，转而崇拜那位被钉在十字架上的哲人，并按照他的法则生活以来，他们彼此是兄弟。没有确切的证明，他们就接受了这样的教义，因而同样地蔑视一切财富，认为它们是共同所有的。因此，如果有任何一个能利用时机的骗子、术士来到他们中间，他就能嘲弄这些芸芸众生，短时期内很快成为富翁。 13

"但佩雷格林却被叙利亚的总督，一个爱好哲学的人，释放了。这人看出了佩雷格林很愚蠢，看出了他宁可一死以留下名声，因此把他释放了，认为他不应该遭受惩罚[15]。佩雷格林回到家乡，发现他父亲的凶杀案件仍然处在热劲上，许多人威胁要控告他。他的大部分财产在他外出期间已被人抢走，只有田地还 14

保存着，约值十五个塔兰同，因为老头子留下的全部产业只值三十个塔兰同，而不是如那个非常可笑的忒阿革涅斯所说的值五千个塔兰同。甚至帕里翁[16]全城连同它的五个邻城，包括人丁、牲畜和其他一切资源在内，也卖不了那么多钱。

15　　"当时，控告和指责仍然是灼热的，很可能不久就会有人出来攻击他；民众非常愤慨，为那个惨遭逆子杀害的好老头——那些见过他的人都这样称呼他——感到悲哀。你们且看这个精明的普洛透斯想出个什么办法来应付这一切，躲过危险。他走到帕里翁公民大会上，当时他蓄着长发，披着肮脏的破斗篷，身边挂着一只行囊，手里拿着一根木棒，总而言之，他的装扮很有悲剧的意味。他以这样的姿态出现在民众面前，宣布放弃他的先父留给他的财产，使它全部归公。当民众，那些渴望馈赠的贫穷的人，听到这一点的时候，他们立刻大声嚷道：'好个哲学家！好个爱国者！好个与第欧根尼和克剌忒斯相匹敌的人！'他的敌人则哑口无言，如果有人敢提起杀人的事，他立刻就会挨石头。

16　　"于是他再次出外流浪，有基督徒供给他足够的旅费，在他们的保护下，他完全过着非常富裕的生活。在一段时间里，他养得肥头大耳；后来，因为他干了点违反他们的教规的事——我猜想是有人发现他吃了一点不许吃的东西[17]，——他们就不再接待他了。他没有办法，认为必须打消从前的诺言，要求城邦把他的产业退还给他。他递上了申请书，希望皇帝下令退还。但由于城邦派代表去反对，他的事情没有成功。他奉令要遵守他在没有任何压力下作出的决定。

17　　"此后，他第三次出游，到埃及去访问阿伽托部罗斯[18]。在那里他接受奇异的训练：把头发剃去一半，用泥浆涂面，当着许多围观者把他的那话儿拿出来玩，以此表明所谓'无所谓好坏'。他还用芦秆打别人的屁股，自己的屁股也让别人打，此外，他还搞了许多别的更胡闹的玩意儿。

"他准备好以后，便从那里乘船赴意大利，一下船就什么人都骂，特别骂皇帝[19]，他知道这人非常温和，非常有教养，所以他可以胆大妄为而得平安无事。这个皇帝，正如我们所预料的，不大计较他的辱骂，认为不值得为了几句话就惩罚一个隐藏在哲学外衣下面的人，特别是一个以谩骂为职业的人。这家伙的名声反而因此提高了，至少在普通人中间是提高了，他由于狂妄而引人注目，直到后来，城市长官，一个聪明的人，因为他太醉心于这种事情，把他赶走了，说城市不需要这样的哲学家。可是，这却使他有了名声，他作为一个由于直言无隐和过分自由而被放逐的哲学家被所有的人挂在嘴边，他因此与穆索尼乌斯、狄翁、爱比克泰德[20]，以及其他处于同样境遇的人齐名。

"在这种情形下，他去到希腊，时而辱骂厄利斯人，时而劝希腊人拿起武器反抗罗马人，时而诽谤一个有教养、有地位的人[21]，那人在许多方面为希腊做过好事，特别是因为他把水引到奥林匹亚，使参加盛会的人解除了口渴的威胁。他恶意地指责那人使希腊人变得娇弱如妇人，而奥林匹克运动会的观众是应该忍受口渴的，是呀，甚至是应该牺牲性命的——他们中间有许多人是会死于先前由于那里的干旱而在稠密的人群中流行的凶恶的疾病的。他喝着引来的水，说出这样的话。

"所有的人都向他冲去，几乎用石头把他砸死。当时，这个高贵的人逃到宙斯的祭坛跟前，才得以幸免。在随后的一届奥林匹克运动会上，他却向希腊人发表了一篇他在过去四年间写成的演说，称赞那个把水引到这里的人，并为自己当时的逃避进行辩解。

"这时，他受到所有的人的蔑视，不再那样引人注目，因为他这一套已经过时，他再也拿不出什么新鲜货色使遇见的人感到惊奇，对他表示称赞与重视，这些正是他很早就强烈地追求的东

18

19

20

琉善讽刺散文选

西。最后，他想出了火葬堆这个大胆的设计。他在上一届奥林匹
21　克运动会后立刻对希腊人声明，他将在下一届运动会上自焚。此
刻[22]，据说他正在做这件惊人的事：挖一个坑，收集柴薪，答
应表现他那令人生畏的坚毅精神。

　　"我认为他首先应当等待死亡的来临，而不应当逃避生命；
如果他决定无论如何也要去死，那也用不着火或某种来自悲剧的
设计，他可以从无数的死法中挑选另外一种，以便离开尘世。如
果他偏爱火，把它当作与赫剌克勒斯有关的东西，那他为什么
不悄悄地挑选一个林木茂盛的山头，带着一个象忒阿革涅斯这
样的人作他的菲罗克忒忒斯，到那里去自焚呢？他却要在奥林
匹亚，在人山人海的盛会上，几乎是在舞台上烤自己的肉——凭
赫剌克勒斯发誓，这是罪有应得，如果杀父的人和不敬神的人
应该由于他们的胆大妄为而遭受惩罚的话。这样看来，他似乎
做得太晚了，早就该把他扔到法拉里斯铜牛的肚子里去[23]，使
他受到应得的惩罚，而不是对着火焰张开嘴，一下子死去。许
多人告诉我，没有比用火烧更快的死法：只要一张嘴，立刻就
死了。

22　　　"还有，我认为在圣地——甚至在那里埋葬别的死者也是不
允许的——烧人，是作为严肃的场面构想出来的。我想你们曾经
听说过，很久以前，有个想出名的人[24]烧毁了以弗所的阿耳忒
弥斯庙，因为他没有别的办法可以达到目的。普洛透斯也在构想
某种类似的东西，这样强烈的、追求荣誉的欲望深深地透入了他
的心灵。

23　　　"他却说，他做这件事是为了有益于人类，教他们藐视死亡，
忍受可怕的痛苦。我倒喜欢问问，不是问他而是问你们：你们是
否希望作恶的人在这种坚毅方面成为他的门徒，藐视死亡、火烧
和类似的可怕的事物？我知道得很清楚，你们是不希望的。那
么，普洛透斯又怎能确定，他既要有益于好人，又不使坏人更喜

欢冒险，更胆大妄为？

"姑且认为这是可能的；只有那些能从中获得教益的人才能 24
出场观看这个景象。我却要再问你们：你们是否愿意你们的孩子
成为这样一个人的仿效者？你们是不会说愿意的。但是，既然连
他的门徒都没有一个仿效他，我为什么要提这个问题？有人会特
别责备忒阿革涅斯：他在其他方面都仿效那人，却没有跟随他的
那位据他说是要到赫剌克勒斯那里去的老师，没有和他同行，虽
然他自己是能同他一起一头栽到火里，立刻成为一个非常有福的
人的。

"仿效不在于有行囊、木棒和破斗篷，这些东西毫无危险，
任何人都能轻易地做到。应该仿效最终的和主要的情事，用最绿
的无花果树干架个火葬堆，在烟雾中把自己闷死。火不仅属于赫
剌克勒斯和阿克勒庇俄斯，而且属于盗庙者和杀人犯，人们可以
看见他们被判罪，遭受这种惩罚。所以，最好是死于烟雾，它有
自己的特色，它仅仅属于你们这些人。

"此外，即使赫剌克勒斯决心这样做，那不过是由于他有病，25
因为，正如悲剧所说的，马人的血腐蚀着他。这家伙有什么理由
投身到火里去？是呀，他不过是象婆罗门[25]那样显示他的坚毅
精神罢了！忒阿革涅斯认为足以把他和他们相比，似乎在印度人
当中不会有愚蠢的人和爱好虚荣的人。就算他是在仿效他们，可
他们不是跳到火里去——正如亚历山大的舵手、那个曾看到卡拉
诺斯自焚的俄涅西里托斯[26]所说的，——而是在架火葬堆的时
候，紧靠在旁边不动，忍受着火的燎烤，然后走上去，保持着一
定的姿势自焚，躺在[27]那里，一点不转动。

"如果这家伙跳进去，被火吞没烧死，这有什么了不起？如
果他在半烧焦的时候跳出来，这也是意料中的事，若不是——如
人们所说的那样——他留心把火葬堆架在坑的深处。有人说，他 26
甚至改变了主意，说他做了一个梦，意思是宙斯不许他玷污圣

地。这一点他倒可以放心！我愿发誓，如果佩雷格林不得好死，没有一位神会发怒。但他此刻要往后退，已经不容易了，因为他的昔尼克朋友们正在怂恿他，推他到火里去，激励他的决心，他们不会让他退缩。如果他在跳到火里去的时候，把他们拉上两个，那倒是他做的唯一的好事。

27　　"听说，他不同意再称他为普洛透斯，而改称为福尼克斯[28]，因为相传福尼克斯，一种印度鸟，到了很老的时候就飞上火葬堆。他甚至编造故事，讲一些神示，当然是很古老的，意思是他注定要成为夜间的守护神，显然他是想要祭坛，盼望给他立金像[29]。

28　　"确实，如果在许多愚蠢的人中发现一些人说他们的四日热病[30]是由他治好的，说他们在晚上遇见夜间的守护神，这也用不着奇怪。我猜想他的该死的门徒们将在他火葬的地点给他建立神示所和内殿，因为他的名字的老祖宗，那个闻名的普洛透斯，宙斯的儿子，就是个预言者。我断言，他们将给他指派一些带皮鞭或烙印或类似的玩意儿的祭司，真的，甚至建立一种崇拜他的夜间仪式，在他火葬的地方举行火炬游行。

29　　"我有个朋友告诉我，忒阿革涅斯最近说，西彼拉[31]曾就这件事说过预言。他凭记忆背诵原诗：

> 当普洛透斯、昔尼克派最高贵的哲学家，
> 在雷电之神宙斯的圣地上点起火来，
> 跳到火焰里，升入崇高的奥林帕斯时，
> 我劝告所有吃耕种的地上生长的果实的人，
> 崇拜那位在夜间游荡的、与赫淮斯托斯
> 和赫剌克勒斯并排坐着的最伟大的神灵。

30　　"忒阿革涅斯所说的这些话就是他从西彼拉那里听来的。我却要给他讲巴喀斯[32]发出的有关这件事的神示。巴喀斯讲得非常好，他是这样讲的：

但是当那个有许多名字的昔尼克哲学家

心里好名若狂，跳到熊熊的火里时，

所有跟在后面的狐狸狗[33]应当仿效

那只离弃尘世的灰狼，和他共厄运。

如果哪个胆小鬼逃避火神的威力，

让全体阿开俄斯人用石头把他砸死，

免得他冷冰冰，说起话来却热气腾腾，

大放高利贷，行囊里塞满一块块金子，

在美好的帕特赖[34]拥有十五个塔兰同的财产。

诸位，你们以为如何？难道巴喀斯是个不如西彼拉的预言者？这正是给普洛透斯的可钦佩的门徒找一个地方，让他们气化——他们这样称呼火化——的时候了。"

那人讲完了这些话，所有的围观者大声嚷道："让他们现在就火焚，真是该烧！"那人笑着走了下来。   31

　　　　叫声并未躲过涅斯托耳的耳朵，[35]

我是说忒阿革涅斯，他听见吼声，立刻赶来，走上去大喊大叫，讲了无数的坏话，都是针对那个刚下来的人的——我还不知道那个最好的人叫什么名字。我离开那家伙，让他把肺都气炸了。我前去看运动员，听说裁判员已经到了角力场了。

你已经知道了在厄利斯发生的事情。当我们到达奥林匹亚的时候，后殿[36]里挤得满满的，对普洛透斯的打算，有人非难，有人称赞，以致许多人动起手来。直到传令员们比赛之后，普洛透斯本人才在无数人的护送之下到来。他就自己的事作了发言，谈起他度过的生活、冒过的风险、他为了哲学的缘故忍受过的苦恼。他的发言很长，但因为围观的人太多，我只听见一点点。后来，由于害怕在这样的混乱中被挤死——我见过许多人遭遇过这样的不幸，——我便离开那里，宣告和那个想死的、在死前宣读了自己的葬礼演说的哲人永别了。   32

33　　但无论如何我还是听见了这么一点：他说，他想在金色的弓上安一只金梢^[37]，因为一个象赫剌克勒斯那样生活的人应该象赫剌克勒斯那样死去，混入天空。"我希望能有益于人类，"他说，"向他们指出如何蔑视死亡，因此人人都应该为我扮演菲罗克忒忒斯。"有一些比较愚蠢的人啼啼哭哭地嚷道："为希腊人保全你的性命吧！"有一些比较刚强的人却大声地说："执行你的决定吧！"这句话使老头子大为不安，因为他原来希望大家都会抓住他，不把他送到火里去，而是违反他的意愿，保全他的性命。尽管他的肤色已经如同死人的一样，那句"执行你的决定吧"却完全出乎意料地使他变得更加惨白，真的，甚至使他微微发抖，他于是结束了他的演说。

34　　我想你可以想象我笑得多么厉害。一个人酷爱荣誉胜于所有受到这种毒害的人，这种人是不值得怜悯的。可是他却有很多人护送他，他注视着这么多钦佩他的人，便沉醉在荣誉之中。殊不知，倒霉的人啊，那些被带去钉在十字架上或落到刽子手手中的人却拥有比他多得多的追随者呢。

35　　奥林匹克运动会很快就结束了，我已经看过四次运动会，这次是我见到的最壮观的一次。因为有许多人要同时离开，车子不好雇，我不得不留下来。普洛透斯一再拖延，最后才宣称要在一个夜晚表演他的火化。我半夜起来，在一个朋友的带领下，直奔哈尔庇那，火葬堆就在那里。从奥林匹亚沿着赛车场往东前去，总共有二十斯塔狄翁。我们一到那里，就发现一个架在约六尺^[38]深的坑里的火葬堆，大部分是松木，中间塞着一些枯树枝，以便火很快地着旺。

36　　月亮升起的时候——月亮也得观看这件壮观的事，——普洛透斯穿着平日的衣服来到了，昔尼克派的头头们跟他在一块，特别是那个来自帕特赖的贵人^[39]，这人擎着一支火炬，不愧为第二演员^[40]。普洛透斯也擎着一支火炬。人们从这边和那边走上去点起了熊熊的火焰，因为火葬堆是用松木和枯树枝堆成的。普洛透斯——请你全神贯注！——把行囊、破小斗篷和那根赫剌克勒斯式的大头棒[41]放在一边，只穿着一件非常肮脏的细麻布贴身衣站在那里。然后，他要乳香，以便把它撒到火上去，有人给了他，他就把它撒在火里，同时望着南方——因为南方也和这悲剧有关[42]——说道："母亲的神灵啊，父亲的神灵啊，请你们好心好意地接待我！"他说完后就跳到火里去了，不见了，被那高高升起的大火吞没了。

我又看见你，亲爱的克洛尼乌斯，在嘲笑这出戏的结局。在他向他母亲的神灵呼吁的时候，真的，我并没有太责备他；而在他向他父亲的神灵祈求的时候，我想起有关凶杀案的传闻，不禁失笑。那些昔尼克派站在火葬堆周围，没有流泪，只是默默地望着火，流露出一点悲伤的表情。到后来，我气得透不过气来，便对他们说："傻瓜们，我们走开吧！看一个老年人被烤焦，自己也满鼻子臭气，并不是什么愉快的现象。你们是不是在等待某个画家前来，把你们描绘成象苏格拉底的在狱中的伴侣们那个样子[43]？"他们因此发怒，辱骂我，有几个甚至抢起木棒来。后来，在我威胁要把他们中的几个抓起来，扔到火里去，使他们去追随他们的老师时，他们才住手，安静下来。

在回去的路上，朋友啊，我百感交集：我反复思考，追求荣誉是一种多么奇怪的心理，唯独这种欲望甚至那些被认为是非常可钦佩的人也无法避免，更不用说那个在别的方面都过着疯狂的、无所顾忌的生活的人了，这种人被烧死是完全应该的。后来，我遇见许多前去看热闹的人，他们想发现他还活着，因为在前一天，传说他在走上火葬堆之前，要向东升的太阳告别，据说婆罗门就是这样做的。我告诉他们事情已经完结了，使他们中的多数人返回去了，这些人并不太热心去看那个地点，收集火葬堆的一点残片。

37

38

39

在这件事情上，朋友，我找了无数的麻烦，我得把情况告诉所有要详细打听和认真询问的人。如果看见一个有风趣的人，我就象对你一样，把赤裸裸的事实告诉他。但是对于那些愚蠢的、张着嘴听的人，我却给他们加上一点自己编造的悲剧情节，说在火葬堆正在燃烧、普洛透斯跳进去的时候，先是发生了伴有地声的大地震，然后有一只秃鹫从火焰中飞上天空，用人类的语言大声说：

> 我离弃大地，直上奥林帕斯。

他们感到吃惊，哆哆嗦嗦地表示敬畏，并向我打听，那秃鹫是飞向东方还是西方。我想起什么，就回答什么。

40　　我回到人群中，遇见一个头发灰白的老人，真的，他的面貌、胡子和别的方面的庄重样子，也令人对他表示信任。他叙述了一些别的有关普洛透斯的事情，说他在普洛透斯火化之后，就在不久之前，看见他穿一身白衣服；他刚刚离开他，让他戴着野生的橄榄枝做的荣冠，在那个有七重回音的走廊上愉快地散步。在这些事情之外，他还加上了一只秃鹫，他发誓说，他曾亲自看见它从火里飞走。这只秃鹫是我在不久之前放出去飞翔，讥笑那些傻瓜和蠢材的。

41　　想一想今后可能有什么样的对他表示崇敬的事情发生，什么蜜蜂不会在那地方停留呀，什么蝈蝈不会在那里唱歌呀，什么冠乌不会象飞到赫西俄德的坟地[44]上去一样飞到那里去呀，诸如此类的事情哪一件不会发生呀！至于他的雕像，我相信厄利斯人和别的希腊人很快就会竖起许多来，据他说，他曾经给他们写过信。据说，他几乎给每一个著名的城市都去过信，信中有某些遗嘱、劝告和教规；为此，他还指派他的一些同伴为特使，称他们为"死者的信使"和"下界的急差"。

42　　这就是这个倒霉的普洛透斯的结局。一句话，此人从来不正视现实，他的一言一行都是为了追求荣誉和人们的赞扬，他甚至为此跳到了火里去，当时他可能享受不到这种赞扬，因此他已经麻木了。

在止笔之前，我还要告诉你一件事情，使你笑个痛快。另一 **43** 件事你早就知道了，因为当时你曾听我说过：我从叙利亚回来的时候，曾向你叙述过，我怎样从特洛亚斯[45]出发和他一起航行，他怎样在航行中享受奢侈的生活，你怎样带着那个俊俏的小伙子——在他的说服下，这人已经成为一个昔尼克派，这样一 **44** 来，他自己也可以有一个阿尔西比阿德，——当我们于夜间在爱琴海中部被那往下卷的、掀起狂澜的黑云困扰时，这个令人惊奇、被认为是比死倔强的人怎样和妇女们一起啼啼哭哭。还有一件事，他在死前不久，大约九天以前，吃得太饱——我想是这样的，——在夜里吐了，烧得非常厉害。这是那个被请去给他看病的医生亚历山大告诉我的。医生说，他发现普洛透斯在地上打滚，烧得忍受不住，热切地要求要凉水喝，可是他没有给他。医生还说，他曾告诉他，既然死亡已经自动地来到了他的门前，如 **45** 果他真是想死，跟它去非常方便，根本用不着什么火。他却回答说："可是那个死法不光荣，人人都做得到。"

这就是亚历山大所讲的故事。不几天以前，我亲眼看见普洛透斯为了使眼睛流泪，把它们洗干净，给自己涂上辣乎乎的药膏。你看懂了吗？埃阿科斯是不大愿意接待视力模糊的人的！这就象一个将要上十字架的人医治脚趾上的跌伤一样。你想德谟克利特如果看见这件事，他会怎么样？难道他不该按照这人应受的讥笑而讥笑他吗？他能从哪里得到这么多笑料呢？亲爱的朋友，你也笑吧，特别是在你听见别人对他表示钦佩的时候。

琉善讽刺散文选

注　释

[1] 克洛尼乌斯是个罗马人，据说是柏拉图派哲学家。

[2] 一般版本作"剧情"，勒布本作"事情"。

[3] 索福克勒斯（公元前 496？—前 406？）是古希腊三大悲剧诗人中的第二人，著有 130 出戏剧，现存 7 出悲剧。

[4] 埃斯库罗斯（公元前 525—前 456）是古希腊三大悲剧诗人中的第一人，著有 70 出戏剧，现存 7 出悲剧。

[5] 这个健身场是运动员在参加正式比赛前作练习的场所。

[6] 酒神狄俄倪索斯的母亲塞墨勒是被电火烧死的。参看《神的对话》第 9 篇第 2 节。"和狄俄倪索斯"大概是伪作，因为狄俄倪索斯并不是被电火烧死的。

[7] 指第欧根尼。参看《出售哲学》注 [11]。

[8] 这人无疑就是琉善自己。参看本篇第 2 节"而且在更早的时候，还当着一大群听众说过这些话"一语。

[9] 参看《出售哲学》第 13—14 节。

[10] 波力克利特最讲究人体的比例，他的作品《执矛者》被认为是男子体型美的典范。

[11] 阿尔明尼亚在小亚细亚东边。

[12] 指小亚细亚省的罗马总督。本篇中的"亚细亚"，都是指小亚细亚西部。

[13] 指耶稣。

[14] 指耶稣。

[15] 指鞭打。按照罗马法令，犯人不论被释放或判刑，都要遭受鞭打。

[16] 帕里翁城在赫勒斯滂（今称达达尼尔）海峡旁边。

[17] 参看《新约·使徒行传》第 15 章第 29 节："禁吃祭祀偶像的牺牲、血和勒死的牲畜。"

[18] 阿伽托部罗斯是昔尼克派哲学家，在埃及亚历山大里亚城讲学。

[19] 指罗马皇帝安托尼乌斯·庇乌斯（138—161 年在位）。

[20] 这三个人是斯多葛派哲学家。穆索尼乌斯是被罗马皇帝尼禄（54—68 年在位）放逐的，狄翁和爱比克泰德（55？—135？）是被罗马皇帝多密善（81—96 年在位）放逐的。

[21] 指希罗德·阿提库斯。阿提库斯是 2 世纪雅典政治家。

[22] 佩雷格林批评引水一事是在 153 年，他称赞引水一事是在 157 年，"上一届奥林匹克运动会"是在 161 年，"此刻"是 165 年。

[23] 法拉里斯是西西里岛阿克刺伽斯城的僭主（公元前 570？—前 554？年在位），非常残暴。有人主动给他制造一个铜牛，可以把人放在里面烧死。他首先把那人放在里面烧死了。琉善曾在《法拉里斯（一）》第 11—12 节讲述这个故事。

[24] 指赫洛特剌托斯，公元前 3 世纪中叶的人。以弗所人为了挫败他想出名的企图，不许人提起他的名字。

[25] 指一般的印度人，不是指作为印度的第一种姓的僧侣阶级。

[26] 卡拉诺斯是亚历山大大帝军中的印度人，因为患肠病，自焚而死。俄涅西里托斯是个历史学家，为昔尼克派哲学家。

[27] 琉善在《逃跑者》第 7 节中更正为"坐在"。

[28] 福尼克斯是阿拉伯沙漠中的长生鸟，相传这鸟每五百年由阿拉伯半岛飞往尼罗河三角洲的太阳城，在那里烧死，然后由灰中再生。一译"凤凰"。

[29] 据说后来帕里翁立有佩雷格林和假预言者亚历山大的像，佩雷格林的像能颁发预言。

[30] 指四日两发的（三日一发的）疟疾。

[31] 西彼拉是古代的女预言者。

[32] 巴喀斯是古代的预言者。

[33] 戏指"犬儒"（昔尼克）与狐狸相配而生的杂种。

[34] 帕特赖在伯罗奔尼撒西北角上，今称佩特雷。

[35]《伊利亚特》第 14 卷第 1 行。涅斯托耳是特洛亚战争中著名的希腊英雄，他勇敢、机智，善于辩论，经验丰富。

[36] 指奥林匹亚的宙斯庙西头的后殿。

[37] 在弓的尖端安一只金梢，以便于挂弦。"弓"比喻生命的长度。"金梢"大概是指以自焚而求得的名声。

[38] "六尺"原文是 ὄργυια（orgyia, 俄耳古亚），为两臂及身宽的长度，合 6 古希腊尺，参看《伊卡洛墨尼波斯》注 [3]。

[39] 指忒阿革涅斯。

[40] 古希腊戏剧演出只有三个演员，第一个演主要的角色，第二个和第三个演次要的角色。

[41] 琉善在《不学无术的书籍收藏家》第 14 节中说，后来有人出一个塔兰同把这根大头棒买了下来。

[42] 在古印度文学中，死者的居留地是在南方。

[43] 苏格拉底被判处死刑后，在狱中同他的伴侣们谈论哲学。

[44] 传说俄耳科墨诺斯城发生瘟疫，神示说，除非俄耳科墨诺斯人到瑙帕克托斯去找到赫西俄德的骸骨，把它运到俄耳科耳墨诺安葬，否则不能得救。后来，有一只冠乌引导俄耳科墨诺斯人去找到了赫西俄德的坟地。参看《伊卡洛墨尼波斯》注［100］。

[45] 特洛亚斯是小亚细亚西北角的一个地区，特洛伊城在这个地区的西海岸。

亚历山大

——假预言者

最亲爱的刻尔苏斯[1]，你也许认为叫我把阿玻诺忒科斯[2]
的骗子亚历山大的生平，包括他的阴谋诡计、鲁莽行为和魔术戏
法，写成一本书送给你，是一件微不足道、轻而易举的事；但
是，如果有人想把每个细节都精确地叙述出来，这就不比把腓力
的儿子亚历山大[3]的事业记载下来容易，前一个的邪恶与后一
个的英勇是不相上下的。不过，如果你在阅读的时候能够谅解，
并且把我叙述中的不足之处自行补上，我倒愿意为你承担这种苦
差事，试把奥吉亚斯的牛圈弄干净，即使不能全部弄干净，我也
将尽力而为，弄出几筐牛屎来，以便你根据这些来断定三千头牛
在许多年内拉下的粪便有多少，多得无法形容。

我为我们俩，为你也为我自己，感到羞愧——为你，是因为
你想让一个罪该万死的恶棍长久留在记忆和著述中，为我自己，
是因为我把精力花在这种调查和这样一个人的活动上面，这人的
传记不值得有教养的人阅读，他的身体在大竞技场中被猴子或狐
狸撕成碎块，却值得一看。不过，如果有人这样责备我们，我们
可以援引某个类似的先例。爱比克泰德的弟子阿里阿努斯[4]，一
个显要的罗马人，一个毕生从事教育的人，曾受过同样的指责，
他能为我们辩护，他认为值得把强盗提罗洛部斯的生平记载下
来。我们将要记忆的是个野蛮得多的强盗，他并不是在绿林里、
山岭上剪径，而是在城市里抢劫，他不仅蹂躏密细亚和伊达山

1

2

琉善讽刺散文选

区，洗劫亚细亚[5]几个比较荒凉的地区，而且可以这么说，整个罗马帝国都充满了他的强盗行径。

3　　首先，我用文字给你描绘这人的形象，尽我所能力求逼真，尽管我并不长于描绘。就他的身体而论——这个也是我要摆出来给你看的，——他很魁梧、堂皇，真象天神似的；他的皮肤白嫩，胡子不太浓，头发一半是自己的，一半是外添的，但非常相似，所以许多人没有注意到那是他人之物；他的眼睛闪烁着十分凶恶而又热情的光芒；他的声音非常清朗悦耳；一句话，在这些方面没有什么可以挑剔的。

4　　就外表而论，他就是这样一个人；至于他的心灵和智力——驱恶神赫剌克勒斯啊！辟邪神宙斯啊！救主孪生兄弟[6]啊！但愿我遇上仇敌而不要遇上他这样的人，和他打交道！在理解力、机智、敏锐这些方面，他比别人强得多；好问、学得快、记忆力强，善于钻研，——这些品质他都具备，每一种都很突出。但是他用得最不得当，依靠这些高尚的工具，他很快就成为那些以邪恶闻名的人中最显著的人物，胜过猴人[7]，胜过欧律巴托斯[8]、佛律农达斯[9]、阿里托得摩斯[10]、或索斯特剌托斯[11]。有一次，他写信给他的女婿儒提利阿努斯，以最谦虚的态度提起他自己，说他象毕达哥拉斯；毕达哥拉斯是个谦和的、聪明的人，他的智力非凡，但是，如果毕达哥拉斯是这人的同时代人，我确信，和这人相比，他就象个小孩子！美乐女神在上，不要认为我说这句话，是有意侮辱毕达哥拉斯，也不要因为他们的行为有相似之处，就认为我想把他们两人拉在一起。即使有人把流传的有关毕达哥拉斯的最坏的言论和最大的诽谤——我根本不相信这些话是真实可靠的——收集在一起，其总和也不过是亚历山大的鬼聪明的极小部分。一句话，请你想象，凭你的思考能力构想一个非常复杂的混合人物，其成分为撒谎、欺诈、伪誓、下作；轻率、鲁莽、冒险、阴谋诡计、花言巧语、骗取信任、伪装善良、以及与其意图完全相反的装模作样。没有一个人第一次和他见面，在离开的时候不留下这样一个印象，认为他是世上最诚实、最公正的人，而且是最单纯、最天真的人。在这一切美德之外，他还具有成大事的雄心，他从不作细小的打算，而是一心向往最重大的目标。

当他还是个非常俊俏的小伙子的时候——这一点可以从他 5
的残梗上看出来，也可以从那些讲述他的故事的人那里听出来，——他毫无顾忌地出卖色相，为获取金钱同所有追求他的人交往。在他的其余的朋友中，有个喜爱他的人接待了他，这人是个骗子，会玩魔法，会念奇异的咒语，能配制求爱的媚药，帮助你引诱敌人入彀，发掘埋藏的宝物，获得遗产继承权。这骗子看出，他是个伶俐的孩子，最乐意作自己事业的助手，并且喜欢自己的邪恶，不亚于自己喜欢他的俊俏，因此给他很好的训练，一直把他当作仆人、助手和侍者使用。这人自称是个公共医生，象埃及人托恩[12]的妻子那样懂得。

多种炮制的良药和各种各样的毒物，[13]

这一切都由亚历山大继承下来，接受下来。他的这个老师和爱友出生在堤阿那[14]，是那个著名的阿波罗尼俄斯[15]的追随者，懂得他的先师的全套戏法。你可以看出我所描述的人是从什么样的学校里训练出来的。

亚历山大长满胡子的时候，那个堤阿那人就死去了，使他陷 6
入困境，因为这时他借以维持生活的俊俏已经凋谢了。可是他不再作细小的打算，而是和一个写合唱歌的拜占廷[16]人交往，这人是个参加比赛的诗人，他的性格比亚历山大还要可恶，他的诨名似乎叫做科科那斯[17]。他们遍游各地，玩魔法，搞骗术，剪"肥头"——术士们的祖传的术语这样称呼富有的人。他们在这些人中间发现了一个富有的马其顿妇女，她已经半老，还想保存风韵。他们从她那里得到足够的吃喝，并且跟随她从比堤尼

亚[18]去到马其顿。她是培拉[19]人，培拉在马其顿国王们的朝
7　代是很繁荣的，但如今衰落了，只剩下少数居民。他们在那里看
见一些大蟒蛇，这些蟒蛇非常温和、驯顺，因而可以由妇女们
饲养，同孩子们睡在一起，它们容许人踩踏，在被紧握的时候
也不发怒，而且象婴儿一样从奶头上咂奶。这样的蟒蛇在那里
多得很，可能由于这个缘故，从前曾流传关于奥林匹亚斯的故
事，我想是她怀着亚历山大的时候，有一条这样的蟒蛇同她睡
在一起[20]。他们买了一条这类的爬虫，是最好看的一条，只
8　花了几个俄玻罗斯。于是，照修昔底德的说法，"战争从此开
始"[21]。

　　这两个肆无忌惮的大坏蛋联合起来，准备干坏事。他们很容
易看出，人的一生是被两个最大的暴君——希望与恐惧控制着
的，一个人能利用此二者，立刻可以发财致富。他们还看出，对
于一个有所畏惧的人和一个有所盼望的人来说，预知未来的事，
是非常必要的，是求之不得的。他们并且看出，古时候，不仅
是德尔斐，还有提洛、克拉洛斯和布然喀代[22]，都变得很富裕，
为人歌颂，人们由于被前面所说的两个暴君——希望与恐惧所驱
使，经常到那些地方的圣庙去祈求预知未来的事，为此供上百牛
祭，献上金锭。他们就这些情况互相商量，心情很激动，决定建
立预言庙和神示所，他们希望，如果这件事情成功了，他们立刻
可以发财走运——这大大地超过了他们的预料，比他们所盼望的
好得多。

9　　　于是，他们先考虑地点，然后考虑他们的事业怎样开始，如
何进行。科科那斯认为加尔西顿[23]是个适当和方便的地方，因
为它靠近色雷斯和比堤尼亚，离亚细亚、加拉太[24]和所有内地
民族也不远。相反，亚历山大却宁愿选择他的家乡，他说，——
这倒是真的，——要开始进行这样的事业，要有肥头和蠢人可捉，
这种人，据他说，就是住在阿玻诺忒科斯城附近的帕佛拉戈尼

亚[25]人，他们大多数是很迷信而且很富有的；只要有人去到那里，带着吹箫手、或铃鼓手、或铙钹手，利用筛子发出预言[26]——俗话是那样说的，——人人都会向他张着嘴，目不转睛地盯着他，就象他是一位自天而降的神。

在这件事情上，他们之间的分歧并不小，最后是亚历山大得胜。他们去到加尔西顿，因为那个城市似乎对他们有些用处；他们在加尔西顿最古老的庙宇——阿波罗庙里埋下一些铜匾，匾上说，阿克勒庇俄斯神很快就会和他父亲阿波罗一起来到本都[27]，在阿玻诺忒科斯定居下来。这些匾是有意发现的，消息很快传遍了整个比堤尼亚和本都，在传到别的地方之前，早已传到阿玻诺忒科斯，那地方的人立刻通过决议，修建庙宇，他们开始挖土，打地基。科科那斯留在加尔西顿编写模棱两可、含糊晦涩的神示，不久就去世了，我猜想他是被毒蛇咬死的。亚历山大早就被派往阿玻诺忒科斯。这时，他蓄着长发，让它卷曲下垂；他穿着半白半紫的贴身衣，外面套一件白色的外衣，他仿效珀耳修斯，手里拿着一把弯刀，他从母方的世系追溯到珀耳修斯那里。那些倒霉的帕佛拉戈尼亚人虽然知道他的父母是无名的、卑微的人，却相信这个神示，神示说：

> 眼前的是珀耳修斯的后代，福玻斯[28]所喜爱的，
>
> 神似的亚历山大，有波达勒里俄[29]的血统。

波达勒里俄的天性是这样淫荡、这样狂势地热恋女色，竟从特里卡[30]追到帕佛拉戈尼亚去和亚历山大的母亲亲热亲热。

有一道神示被发现了，是西彼拉事先发出的：

> 在好客的海[31]的岸上，在锡诺普附近地方，
>
> 在奥索尼亚人[32]的时代，城楼[33]上有预言者出生。
>
> 在最前面的一和三个十数之后，
>
> 他将显示出五个一和三个二十，
>
> 这四个数字构成一个保卫者的名字[34]。

12　　　亚历山大在长期离乡之后，以这样堂堂的仪表进入他的故乡，成为一个引人注视、光彩夺目的人物。有时候他假装发狂，嘴里满是泡沫，这是很容易做到的，只须嚼一嚼染色用的皂草根就行了。但是在他的同乡人看来，甚至泡沫也似乎是神奇的、令人生畏的。他们两人在很早以前就制造和装备了一个用麻布做成的蛇头，有些象人的样子，色彩斑驳，栩栩如生，能借助于马尾丝的动弹张口闭口，还有一条象蛇那样的分叉的黑舌头，这也是用马尾丝控制着的，能从嘴里伸出来。此外，那条培拉蟒蛇早已准备好了，养在家里，到时候将出现在人们眼前，参加庄严的演出，而且担任主角。

13　　　开始的时候到了，亚历山大作了这样的安排：他在夜里去到正在挖土、打地基的地方，那里积着一些水，或是从地基下流出来的，或是从天上落下来的；他在那里面放下一只鹅蛋，这蛋是事先挖空了的，里面装有一条刚出生的爬虫。他把蛋深深地埋在泥浆里，然后离开。第二天早上，他一跳一跳地奔向市场，光着身子，只是腰间束着一条带子——这也是绣金的——手里拿着一把弯刀，松散的头发摇摇晃晃，活象个为大母亲[35]化缘的、狂热的信徒。他走上一个很高的祭坛，站在上面向民众发表演说，为城邦祝福，因为它即将接待一位显灵的天神。几乎是全体市民，包括妇女、老人和儿童，都聚拢来了。在场的人都感到惊奇，同声祈祷，向神膜拜。他讲了一些难懂的话，象是希伯来语或腓尼基语，使人们感到惊讶，他们不知道他讲的是什么，只听见他处处插进阿波罗和阿克勒庇俄斯的名字。他然后快步跑到未

14　来的庙地上，去到坑前和事先安排好的神示泉旁边，下到水里，大声唱着歌颂阿克勒庇俄斯和阿波罗的诗句，祈求这位天神顺利地到这个城市来。然后，他要个奠酒的杯子，有人给了他一只，他轻易地把杯子放到水里，把那只蛋连同水和泥浆一起舀起来，蛋里装着这位天神，蛋壳上的缝隙是用蜂蜡和白铅封住的。他把

蛋抓在手里，说他已经握住了阿克勒庇俄斯[36]。人们看见从水里找出蛋来，已经大为惊奇，这时，他们目不转睛地注视着，看会发生什么事情。他把蛋打破，把爬虫的新生小儿接到手心窝里，在场的人看见这蛇爬动，缠在他的指头上，他们立刻叫喊起来，欢迎这位天神，为城邦祝福，每个人都热切地祈祷，想从神那里求得珍宝、财富、健康和其他各种福利。亚历山大却又飞快地跑回家去，随身带着这刚出生的阿克勒庇俄斯——

　　　　他生了两次，别的人则只生一次，[37]

　　他不是科洛尼斯生的，真的，也不是冠乌生的，而是鹅生的！所有的人都跟在后面，他们着了魔，沉迷于希望，以致发狂。

　　好几天，他呆在家里，期待后来实际上发生了的事情：消息一传开，帕佛拉戈尼亚人会成群结队地跑来。城里挤满了人，这些人早已丧失了头脑和心灵，一点不象吃面包的人类，他们只是外貌上和牲畜不同。当时他在一个小房间里坐在榻上，穿着适宜于神穿的衣服，把那个来自培拉的阿克勒庇俄斯抱在怀里。正如我刚才所说的，它是非常粗大、非常好看的。他把它缠在自己脖子上，让它的尾巴——那是很长的——沿着他的胸襟垂下去，一部分直拖到地上。他只把它的头夹在自己腋下藏起来——这个动物什么都能忍受，——却让那个用麻布做的头从自己胡子旁边露出来，似乎它的确是属于这条露在外面的爬虫的。

　　请你想象一个小房间，不很亮，没有透进太多的日光，里面有一大群杂七杂八的人，他们非常激动，越来越感到惊奇，又为希望所鼓舞。他们一进去，在他们看来，这件事当然是个奇迹，原来的小爬虫几天之内就变成了这样大的蟒蛇，具有人形，而且是这样驯顺。他们立刻被人群推向出口，还没来得及看清楚，就被继续拥进来的人推出去了，因为对面作为出口另有一扇门早已打开了。据说，在亚历山大大帝患病期间，马其顿人在巴比仑就是这样拥挤的，当时他的病情恶化，他们环绕着宫殿，很想见见他，和他最后道别[38]。据说这个可恶的人的这种表演不止一次，而是许多次，特别是在有富人刚来到的时候。

17　　在这件事情上，亲爱的刻尔苏斯，实在说，我们应当原谅这些帕佛拉戈尼亚人和本都人，这些没有受过教育的肥头，他们一摸到蟒蛇——亚历山大允许那些愿意摸的人这样做，——在暗淡的光线中看见那个头把嘴一张一闭，他们就上当受骗了。要看穿这诡计，需要有一个德谟克利特，甚至伊壁鸠鲁或是墨特洛多洛斯，或是另外一个对这种事情具有金刚石般的识别力，既不相信又能猜中事实真相的人，这样的人即使不能识破这种伪装，也能事先确信——尽管这种骗局逃避了他的注意，——这完全是弄虚作假，是一件不可能的事情。

18　　那些比堤尼亚人、加拉太人和色雷斯人逐渐拥到这里来，因为每个传播消息的人都很可能这样说：他不仅亲眼见过这位天神出生，而且在后来，在他于短时期内长得非常大，并且具有人的面孔时摸过他。接着，出现了一些绘画、半身像和铸像，其中一些是铜的，另一些是银的，还有人给神起了名字。他们管他叫格吕孔，这个名字是根据一道有格律的神示而起的，因为亚历山大曾经这样宣告：

我是格吕孔，宙斯之孙[39]，人类之光！

19　　此刻是达到整个计划所指向的目标即对求神的人颁发预言和神示的时机。亚历山大从西里西亚的安菲罗科斯那里得到启发，这人在他父亲安菲阿刺俄斯在忒拜城死去和失踪之后，被放逐出家乡，他去到西里西亚，在那里对西里西亚人预言未来的事，每道神示收两个俄玻罗斯，日子过得不坏。亚历山大从他那里得到了这个启发，便预先对全体来人宣布神要颁发预言的确定日期。他叫每个人把他求问的事和他特别想知道的事写在一个卷轴里，把它捆起来，用蜂蜡或泥浆或其他类似的东西封上。他拿着这些卷轴进入内殿——当时庙宇已经建成，舞台已经装备齐全——然后宣布将由传话人和祭司按顺序传唤那些递上卷轴的人，并且将在听了神对每一个求问发表的意见之后，把卷轴原封不动地退还，里面会写上答案，因为神对于任何人所问的事都有答复。

这个骗局，在一个象你这样的人看来，或者，如果说起来不算庸俗的话，在一个象我这样的人看来，是早就明摆着的、容易看穿的，但是在那些愚昧无知的普通人看来，却成了奇迹，几乎是不可思议的。亚历山大想出了种种打开封印的办法，因此能阅读所有的问题，作出他认为最好的答案，然后把纸卷起来，加上封印，一一退还，使接受的人大为惊奇。他们当中时常流传着这样的惊叹语："他怎么会知道这些由我用难以仿造的封印非常稳当地封好的问题，莫非真有洞悉一切的天神？" 20

也许你会问，他想出的是什么办法？你听吧，这有利于以后揭露这样的骗局。第一种，最亲爱的刻尔苏斯，是这样的：他把一根针烧热，用来把封印下面的蜂蜡融化，然后取下封印[40]；读过问题以后，再用针把线下面的蜂蜡[41]和盖有封印的蜂蜡加热，很容易地把它们粘合在一起。第二种办法是借助于一种叫做"软膏"的粘胶，其成分为布瑞提亚[42]松香、沥青、石英粉、蜂蜡和松节油。他用这些东西制成软膏，在火上加热，敷在预先用口水涂抹过的封印上，制成一个模子，这模子立刻变干变硬了。于是他很容易地把卷轴打开来读，然后堆上蜂蜡，打上一个和原来的一模一样的封印，就象打戒指宝石印一样。请听第三种。他把石膏粉掺在通常用来粘卷轴的骨胶里，制成一种粘胶，趁柔软的时候，把它敷在封印上，然后取下来——粘胶立刻变干变硬了，比兽角，甚至比铁还坚硬，——当作模子使用。此外还有许多别的为此目的而设计的办法，但无须把它们一一举出，免得使我们显得庸俗不堪，特别是因为你曾经在你写的攻击术士的 21

琉善讽刺散文选

文章里——那是一篇足以使读者保持清醒头脑的、非常好的、有益的著作，——引用过足够的例子，比我举出的多得多。

22　　亚历山大就是这样发出预言和神示，他发挥了很高的理解力，又猜想，又用心机。他对问题作出的回答，有的是晦涩的、含糊的，有的简直是无法理解的，在他看来，要这样才合乎神示的意味。他按照他猜想的较好的理由去劝阻或劝告一些人，给另一些人开医疗法和摄生术，因为，正如我在开头的时候所说的，他懂得许多有用的药物。"库特弥斯"是他最喜欢开的药方，这是他给用熊脂配制的药起的名字。至于前途、晋升和遗产的继承，他总是拖到日后，只加上这样一句："这一切在我愿意的时候，在我的预言者亚历山大向我请求、为你们祈祷的时候，将会实现。"

23　　每道神示规定的价钱是一个德拉克马零两个俄玻罗斯。我的朋友，不要认为这个价格是很低的，也不要认为这笔收入是很少的。他每年弄到七、八万德拉克马，因为人们的欲望无穷，他们每次求十个，甚至十五个神示。但是他并没有把这笔收入作为个人专用，也没有把钱积攒起来，只图自己发财致富；当时他身边有许多人——助手、侍者、情报员、神示编写人、神示保管员、书记、伪造封印的人、解释人，他按照每人所值把钱分给他们。

24　　他还派人到外地去，向各民族传播有关神示的消息，说他能发出预言，找到逃亡的奴隶，追查盗贼，发掘宝藏，医治病人，在有些情形下甚至能起死回生。因此人们从各方面跑来涌来，他们献上牺牲和还愿物，献给预言者和神的大弟子的比献给神的多两倍，因为这道神示也发出来了：

　　　　我劝你们尊重那侍奉我的预言者；

　　　　我不大关心钱财，而是关心预言者。

25　　当时许多有见识的人从大醉中清醒过来，联合起来反对他，特别是伊壁鸠鲁的追随者，各城市都有人逐渐看穿这骗局和这出剧的鬼把戏，这时，他吓唬他们，说本都充满了无神论者和基督徒，这些人竟敢对他发出最恶毒的诽谤；他命令本都人：要是他们希望神大发慈悲，就该用石头把那些人赶走。关于伊壁鸠鲁，他发出了下面这道神示。有人问伊壁鸠鲁在冥间的情况如何，他回答说：

> 这人脚带铅的镣铐，身处污泥中。

看见那些到这里来的人提出的聪明而又文雅的问题，你还为那神示所的兴隆昌盛而感到惊奇吗？

总之，他对伊壁鸠鲁进行的斗争是不能和解的、无法谈判的。这是自然的。除了能看出事物的性质并能独自从中悟到真理的伊壁鸠鲁之外，还有什么人更适于作为喜爱欺诈、痛恨真理的骗子的斗争对象呢？柏拉图、克吕西波和毕达哥拉斯的追随者是他的朋友，他们之间有持久的和平，但是"那个无情的伊壁鸠鲁"——他是这样称呼他的——当然是他的死敌，因为那人认为这一切都是可笑的儿戏。因此在本都的各城邦中，亚历山大最恨阿马斯特里斯[43]，他知道那个城市有勒庇杜斯[44]的一些朋友和许多象他们那样的人，因此他从来不对阿马斯特里斯人颁发神示。有一次，他决心对一个元老院议员的弟兄颁发神示，他本人却成了笑柄，因为他自己编不出一道巧妙的神示，又找不到一个能及时为他编造的人。那人说他患胃痛，亚历山大想叫他吃用锦葵调味的猪蹄子，他说：

> 在圣洁的瓦锅里加锦葵和小茴香炖小猪。

正如前面所说的，他经常向那些要求观看的人展示那条蟒蛇，不是把它整个亮出来，而是特别把它的尾巴和身子亮出来，至于它的头则藏在他的腋下，看不见。他想使人们更感到惊讶，答应使这位神说话——不需要代言人而亲自发出神示。他毫不费力地把白鹤的一些气管连接起来，放到蟒蛇的制造得栩栩如生的头里。然后由一个在室外对着气管说话的人来回答问题，于是声

琉善讽刺散文选

音就从用麻布做的阿克勒庇俄斯那里发出来了。

　　这种神示称为"自发的声音"，并不是随随便便颁发给每个人的，而是只给那些穿紫色滚边的袍子的、富有的和赠送贵重礼品的人的。那个颁发给塞威里阿努斯[45]的关于进袭阿尔明尼亚的神示就是自发的声音。亚历山大怂恿他进袭，对他说：

　　　　用利矛征服帕提亚人和阿尔明尼亚人，

　　　　然后回到罗马——台伯河[46]波光耀眼，

　　　　你的鬓角上戴着金光闪闪的荣冠。

那个愚蠢的凯尔特人相信了这道神示，发兵进袭，结果，他本人和他的军队都被俄斯洛厄斯[47]歼灭了。于是亚历山大把这道神示从记录中抹掉，在原处插进另一道神示：

　　　　你最好不要带军队向阿尔明尼亚进袭，

　　　　免得有穿女衣的人从他的弓上射出

　　　　悲惨的死亡，碰断你的生命和阳光。

28　　　这就是他想出来的非常聪明的办法——用事后的神示去弥补那些讲错了的、没有猜中的预言。他时常在病人死前保证他们恢复健康，而在他们死去的时候，另一道撤销前言的神示就准备好了：

　　　　不必去寻求医治你的疾病的良方，

　　　　死亡已经来临，你是在劫难逃。

29　　　他知道克拉洛斯、狄底摩[48]和马罗斯的祭司都能发出同样的预言，很是有名，便和他们结交，打发许多人到他们那里去访问，他说：

　　　　去到克拉洛斯，听听我父亲[49]的声音！

　　又说：

　　　　去到布然喀代人[50]的神殿前，听神示说什么！

　　又说：

　　　　去到马罗斯，听安菲罗科斯发出的预言！

27

这些是爱奥尼亚、西里西亚、帕佛拉戈尼亚、加拉太这些　30
边境地区发生的事情。当他的神示所的名声传到意大利、进入
罗马城的时候，每个人都争先恐后地赶来，有些人亲自前来，
有些人派遣使者前来，特别是那些在城里势力最大和地位最高
的人，其中的显要人物是儒提利阿努斯，这人虽然就某些方面
而言是个高贵的人，而且担任过多种罗马官职[51]，但是在关于
神的问题上，思想很有毛病，而且对神祇有古怪的信仰，一看
见涂着油或戴着花冠的石头，他立刻就顶礼膜拜，长久站在旁
边，向它祷告求福。

　　这人听到有关这神示所的传闻，他几乎要抛弃委任给他的官
职，而插翅飞到阿玻诺忒科斯来。他派来了一批批的人，这些使
者是无知的家奴，很容易上当受骗。他们回去后，不仅详细述说
他们见过的事情，而且把他们听到的事情也当作见过的事情，添
枝加叶，以便在主人面前备受赏识。他们这样激起了这个可怜的
老头子的热情，使他大发狂热。他是很多有权势的人的朋友，他　31
前去把他从使者们那里听来的话详细告诉他们，自己又加以渲
染。于是，他搞得满城风雨，人人震动，使内廷里大多数官员感
到不安，他们立刻亲自赶来听有关自己命运的神示。

　　亚历山大很殷勤地接待来客，并用饮食和别的贵重礼品使他
们对他有好感，打发他们回去，不仅要他们述说他对问题的答
复，而且要他们歌颂这位天神，随意胡诌有关这神示所的奇迹。　32
这个罪该万死的家伙还想出了一个花招，这种花招很高明，不是
随便一个抢钱的人想得出来的。他在拆开和阅读那些送来的卷轴
时，如果发现问题中有拿不准和担风险的地方，他就把卷轴扣下
不还，使送交者处于他的控制之下，几乎成了他的奴隶，因为他
们由于记得他们问的是什么样的事情而有所畏惧。你知道那些富
裕的、有权势的人物可能提出的是些什么样的问题。他这样从他
们那里获得一大笔钱财，那些人明知他已经把他们网住了。

33　　我想告诉你几道送给儒提利阿努斯的神示。这人问起关于他的前妻所生的、正值青春时期的儿子的事，应当挑选谁作他的教师，神示回答说：

　　　　毕达哥拉斯和那位导演战事的好歌手[52]。

几天以后，那孩子就死了，由于神示突然被戳穿了，亚历山大不知怎么办，无法答复责备他的人。但是儒提利阿努斯这个好人却首先出来为神示辩护，说神预先把这件事指点出来了，他没有叫他挑选一个活着的人当教师，而是叫他挑选那早已死去的毕达哥拉斯和荷马，想来那个少年此时正在冥土在他们的门下求学。如果亚历山大认为他可以拿这样的小人来消闲遣闷，我们有什么好责备他的呢？

34　　　还有，儒提利阿努斯问起亚历山大所继承的灵魂是谁的，回答是：

　　　　起初，你是珀琉斯的儿子[53]，后来是米南德，

　　　　现在是你自己，此后会化作太阳的光线，

　　　　你能活到一百岁，再添八个十岁。

35　可是他在七十岁时忧郁而死，并没有等到神定的天年。这道神示也是自发的声音。

　　　有一次，他问起婚姻的事，神示明白地回答说：

　　　　同亚历山大和塞勒涅女神的女儿结婚！

很久以前，亚历山大曾散布消息，说他的女儿是塞勒涅生的，因为塞勒涅看见他在睡觉，爱上了他——她的习性喜爱正在睡觉的美少年[54]。那个最聪明的儒提利阿努斯一点也不拖延，立刻派人迎接这少女，六十岁的新郎完成了婚礼，和她生活在一起，用完整的百牛祭安慰他的岳母塞勒涅，认为自己也成了一位天神。

36　　亚历山大把他在意大利的成就一抓到手，就作出更大的计划，派遣神示贩子到罗马帝国各地方去，警告各城邦防备瘟疫、大火和地震；他答应给予可靠的帮助，使这些灾难不至于发生。

在瘟疫流行的时候[55]，他送了一道神示到各个民族那里去，这也是自发的声音，只有一行：

> 福玻斯，那长发的天神，会驱散瘟疫的云雾。

这行诗作为一道避疫的符咒写在门上，随处可见。但是在大多数情况下，效果适得其反，由于某种巧合，恰恰是那些写着这行诗的房屋空无一人。不要以为我是说，它们是由于这行诗的缘故而毁灭的，那不过是某种机会造成的。也许是由于许多人信赖这诗句而不谨慎，生活太随便，以为有文字保护他们，有长发的福玻斯用箭矢射瘟疫，就不必协助神示抵抗疾病了。

亚历山大还把许多共谋者作为耳目安插在罗马城，他们向他汇报每个人的意图，预先把问题和求问者的特殊愿望告诉他，因此在使者们到达之前，他已经把答案准备好了。 37

为了应付意大利方面的事情，他预先想出了这些办法；至于家里的事情，他也作了准备[56]，他建立了宗教仪式，设置了火炬典礼和祭司职务，这仪式每年连续举行三天。第一天，犹如在雅典一样[57]，发布公告，内容如下："如有无神论者或基督徒或伊壁鸠鲁派到此窥视仪式，令其速去！众信徒则齐沐神恩，参与典礼！"一开始就进行驱逐，由他带头说："基督徒，滚开！"众人齐声应道："伊壁鸠鲁派，滚开！"然后表演勒托坐蓐，阿波罗出生，阿波罗同科洛尼斯结婚，阿克勒庇俄斯出生。第二天，表演格吕孔显灵和这位神出生。第三天，表演波达勒里俄和亚历山大的母亲结婚——称为火炬日，点燃火炬。最后表演塞勒涅和亚历山大恋爱，儒提利阿努斯的妻子出生。火炬长和祭司长是我们的恩底弥昂－亚历山大。他当众躺下睡觉，于是儒提利亚，皇帝的一个管家的非常年轻貌美的妻子，代替塞勒涅从屋顶上，就象从天上降到他那里，她真心爱亚历山大，亚历山大也真心爱她，他们当着她的倒霉的丈夫公开亲吻，拥抱。如果不是有这么多火炬，可能还要做出丑事来。过一会儿，亚历山大作祭 38

39

司装扮，在死沉沉的寂静中重新进来，大声说："啊哈，格吕孔！"跟在后面的是一些来自帕佛拉戈尼亚的欧摩尔庇代和刻律刻斯[58]，他们脚上穿着粗皮鞋，嘴里冒着强烈的大蒜味儿，应声说："啊哈，亚历山大！"

40　　在舞火炬和跳宗教仪式舞的时候，他时常故意把他的大腿露出来，显出金色，很可能那上面裹得有贴金的皮革，在火炬的照亮下闪闪发光。有一次，有两个自作聪明的傻瓜为此展开讨论，这金大腿能否证明亚历山大所继承的是毕达哥拉斯的灵魂[59]，或者与此相似的灵魂。他们把这个问题交给亚历山大本人，巴赛勒斯格吕孔用一道神示解答了这个难题：

> 毕达哥拉斯的灵魂有时兴盛有时衰；
> 这能解神意的灵魂来自神的心灵，
> 父亲[60]打发他到世上来拯救善良的人，
> 他将遭宙斯雷殛，回到宙斯那里。

41　　他警告大家不要玩弄男孩子，认为这有伤天理，这个高尚的人自己却做了这样的安排：他命令本都和帕佛拉戈尼亚的各城邦派遣少年歌队来服务三年，在他家里唱颂神诗，它们必须进行测验和挑选，送来最高贵、最年轻、俊俏出众的男孩子。他把他们关起来，象对待银子买来的奴隶一样对待他们，同他们一起睡，用各种方式侮辱他们。他作了这样一个规定：不用嘴接待十八岁以上的人，不和他们拥抱亲吻；他把手伸向别的人，让他们亲吻，他自己却只亲吻年轻人，这些人叫做"列身于亲吻以内的人"。

42　　他一直这样愚弄蠢人，肆意糟蹋妇女，玩弄男孩。如果他向谁的妻子瞟一眼，每个人都认为那是一件了不起的、求之不得的事；如果他认为她值得亲吻，每个丈夫都相信那会给他的家庭带来无穷尽的好运。许多妇女自夸她们给亚历山大生了孩子，她们的丈夫则出来证明她们说的是真话。

我想把格吕孔和提俄斯城^[61]的一个名叫萨刻耳多斯的人所   43
谈的话详细告诉你，这人的智力如何，你可以从他的问话里看出
来。我曾在提俄斯城，在萨刻耳多斯家里的金字匾上读到这一段
对话。"告诉我，格吕孔，我的主，你是谁？"他这样问道。"我
是今日的阿克勒庇俄斯，"神回答说。"是另一个阿克勒庇俄斯，
不同于从前那个么？你是什么意思？""这个不该你知道。""你
在我们这里颁发神示，要呆多少年？""一千零三年。""然后到
哪里去？""到巴克特拉^[62]和那个地区去，因为蛮子也要由于
我呆在那里而获得益处。""其他的神示所、狄底摩的、克拉罗斯
的、德尔斐的，是不是还由你父亲阿波罗在那里颁发神示，或者
那里现在颁发的神示是假的？""这个你别想知道；这是不许可
的。""我自己呢——此生以后，将变成什么？""一头骆驼、一
匹马、然后变成一个聪明人、一个预言者，不亚于亚历山大。"
这就是格吕孔同萨刻耳多斯谈的话。他知道萨刻耳多斯是勒庇杜
斯的朋友，因此在结束时念了这样一道有格律的神示：

> 不要相信勒庇杜斯，恶运在追他。

这是因为，正如我在前面所说的，亚历山大非常害怕伊壁鸠鲁，
把他看作他的敌手和他的骗术的斥责者。

他曾经严重地危害一个敢于当着许多在场的人揭露他的伊壁   44
鸠鲁派。那人走到他跟前大声说："亚历山大，你曾经劝诱某个
帕佛拉戈尼亚人把他的家奴带到加拉太的总督面前，控告他们杀
害了他的在亚历山大里亚求学的儿子，犯有死罪。你把那些家奴
扔给野兽吃了，在他们死后，那个年轻人却还生存在世，活着回
来了。"事情是这样的：那个年轻人在埃及乘船往上行，到达克
吕斯马^[63]，当时有商船下海，他被劝诱航行到印度去。由于这
年轻人迟迟不回来，那些不幸的家奴以为他在沿尼罗河航行的时
候丧了命，或者被强盗杀死了——当时强盗多极了，——因此回
家来报告，说小主人失踪了。然后是神示和定罪，此后，是年轻

人的归来和他讲述的国外旅行。

45　　　这就是那个伊壁鸠鲁派讲的事情。亚历山大对这个揭露感到愤慨，这个指责的真实性使他受不了，他命令在场的人向他扔石头，否则他们自己将受到诅咒，被称为伊壁鸠鲁派。在他们开始扔石头的时候，一个在那里居留的德谟特剌托斯，本都的显要人物，抱住他，在他几乎被打死的时候，救了他一命。那人挨石头完全是活该！他有什么必要在那一群疯子里面成为唯一清醒的人，成为帕佛拉戈尼亚人的愚蠢行为的牺牲品呢？

46　　　那人的遭遇就是如此。还有，每当人们被按照接受神示的顺序召唤来——时间是颁发神示的头一天，——传话人问神会不会对某某人颁发神示的时候，如果里面的回答是："喂乌鸦去！"[64]那就再没有谁会迎接这个人进屋，给他火或给他水，他将从这个地方被赶到那个地方，被当作一个不敬神的人、一个不信神的人、一个伊壁鸠鲁派——这是最大的骂名。

47　　　亚历山大还做了一件最可笑的事。他找到了伊壁鸠鲁的《主要信条》[65]，你知道，这是那人著作中最美好的一部，包含他的简明的哲学见解。他把这本书带到市场中心，放在无花果树枝上焚烧，就象焚烧作者本人一样，然后把灰烬扔到海里去，并且发出这道神示：

　　　我下令烧毁这个已死的老头的信条。

这个该死的家伙不懂得那本书给读者带来了什么样的福泽，给他们造就了什么样的和平、宁静与自由，使他们免除了恐惧、幻象和凶兆，空虚的希冀和过奢的欲望，使他们有了理智和真理，真正净化了他们的智慧，不是用火炬、海葱和诸如此类的废物，而是用正确的思考、真理和直率。

48　　　请听这个坏人所干的最鲁莽的事。他依靠儒提利阿努斯享有的声誉使自己对皇宫和内廷起着不小的影响，竟在日耳曼战争达到高潮时，发出一道神示，当时先皇帝马可[66]正要和马耳科马诺人和夸狄人作战[67]。这道神示吩咐把两只狮子活活地扔到伊斯特洛斯[68]河里，同时抛进许多香草和大量祭品。最好还是引用神示原话：

> 我命令你们把库柏勒女神的两个侍者——
> 山上养大的走兽[69]和印度气候培育的
> 各种香花香草扔到天上降下的
> 雨水形成的河流伊斯特洛斯的漩涡里，
> 那就会获得胜利、荣誉和可爱的和平。

这些事情按照他的指示办完以后，那两只狮子却游到敌方去了，异族人把它们当作某种狗或外地的狼用木棒打死了，我们的军队立刻吃了最大的败仗，将近两万人被歼灭。跟着就发生了阿奎勒亚[70]事件，那个城市仅仅幸免于沦陷。面对这种结局，亚历山大冷酷无情地引用德尔斐颁发给克洛索斯的神示及其所作的辩解，但没有指明胜利属于罗马人或敌人。

这时，一群群的人涌来，城市由于有无数的客人来到神示所而变得很拥挤，供应不足，他于是想出了一种所谓"夜间的神示"。他拿了一些卷轴，据他说，他睡在卷轴上面，发出他在梦中从神那里听到的答复，这些答复大多数不清楚，意义含糊、混乱，特别是在他看见那些盖有非常仔细的封印的卷轴时提出的答复。他不去冒危险，而是随随便便地把他想到的答复写在那上面，认为这个做法是合乎神示的精神的。有一些解释人坐在旁边，解释预言，道破真义，从接受这种神示的人那里拿到一大笔酬金。他们的这个职业是包租来的，解释人各交一个阿提卡塔兰同给亚历山大。 49

有时候，为了使这些傻瓜感到惊奇，他给一个没有求问、也没有派人来的、根本不存在的人颁发神示，例如： 50

> 还不去寻找那个偷偷摸摸地在家里，
> 在床上污辱了你妻子卡利革涅亚的人？

琉善讽刺散文选

> 那个家奴普洛托革涅斯是你完全信赖的，
>
> 你娶了他，他又娶了你的同床人，
>
> 为他所受的侮辱进行最大的报复。
>
> 他们已经配好了致命的毒药来害你，
>
> 不让你听到或看见他们干的坏事，
>
> 这东西你可以在床下、在墙边靠近床头
>
> 发现；你的侍女卡吕索与闻其事。

哪一个德谟克利特清楚地听到这些名字和地点，能不惊惶失措，而在他看穿了他们的诡计之后，能不立刻感到厌恶？[71] 他还用

52 没有格律的散文劝另一个不在场的、根本不存在的人返回家去："那个派遣你前来的人已经在今天被他的邻人狄俄克勒斯杀死了，帮凶是强盗马格诺斯和部巴罗斯，他们已被逮捕监禁。"

51 只要有人用自己的家乡语、叙利亚语或凯尔特语提出问题，他也时常对这些异族人颁发神示，尽管他不[72]容易找到和提问题的人同种族的、逗留在城里的人。因此在递交卷轴和颁发神示之间相隔很长的时间，在这段时间内，他可以从容地、稳当地把卷轴打开，找到能把问题翻译出来的人。那道颁发给一个西徐亚人的神示就是这一类的：

> 形状欧巴利到黑暗克涅革离开阳光。[73]

53 请听一两道颁发给我的神示。我问亚历山大是不是秃子，非常仔细地把问题当众封起来，上面写下的答复是一道夜间的神示：

> 萨巴耳达拉枯 马拉卡阿特忒阿罗斯 是他。[74]

还有一次，我在以不同的名字递进去的两个卷轴里提出同一个问题："诗人荷马是哪里人？"他问我的仆人为什么事前来，这年轻人回答说："来求一个医治肋骨痛的药方。"他上了当，在一个卷轴上写下：

> 我劝你敷库特弥斯[75]，药里加马的涎沫。

他听说第二个卷轴的送交者问的是到意大利由海路去好，还是由陆路去好，因此作出了与荷马无关的回答：

> 不要航行，要沿着大路步行前往。

许多这样的圈套是我安排下来套他的。例如这一个：我只问一个问题，却按照通常的形式在卷轴外面写下："某某人的八个问题。"我签上一个假名字，送去八个德拉克马和外加的数目[76]。他相信了送去的钱和卷轴上写下的数目，对"亚历山大行使骗术，何日就擒？"这个单一的问题，他送给我八个所谓上不沾天，下不着地的答案，全都是无意义的难懂的话。

后来他知道了这一切，知道了是我劝儒提利阿努斯不要和他的女儿结婚，不要太相信神示所引起的希望，他自然就恨起我来了，把我当作最大的敌人。有一次，儒提利阿努斯问起我，他回答说：

> 他喜欢夜游中的交谈与肮脏淫逸的生活。

一句话，我当然是他最痛恨的人。

有一次，我带着两个兵士，一个矛兵和一个棒兵，进入阿玻诺忒科斯，这两个人是我当日的友人——卡帕多细亚的总督[77]派给我，护送我到海边的。亚历山大知道了这件事，并查明了我就是那个琉善，他立刻非常客气、十分友好地邀请我。我去到他那里，发现他周围有许多人；非常幸运，我带去了我的两个兵士。他把右手伸给我，要我亲吻，他惯于这样对待许多人；我握着他的手，做出要亲吻的样子，却狠狠地咬了一口，几乎把它弄成了残废。

那些在场的人把我当作大不敬的人，要掐死我，打我；在这件事之前，由于我称他为亚历山大而没有称他为预言者，他们已经感到愤慨。但是他气量大，忍受下来，制止了他们，并向他们保证，他能轻易地使我变驯服，并表示他能把非常恼怒的敌人化为朋友，以此显示格吕孔的美德。他叫所有的人退出去，然后规劝我，说他完全知道我是谁，知道我对儒提利阿努斯提出的劝告，并且说："在我能使你在这里爬得很高的时候，你怎么对我这样干？"当时我高高兴兴地接受了他的友谊，因为我看清了我所处的险境。过了一会儿，我便作为他的朋友离开了。在旁观者看来，我的转变来得这样容易，简直是个不小的奇迹。

56　　后来，我决定出外航行——我逗留在那里时，身边只带着色诺芬[78]，因为我已经把我的父亲和家里的人先期送到阿马斯特里斯去了——他送了我许多饮食和礼物，并答应准备船只和桨手送我远行。我认为这是真诚而友好的；但是，当我航行到中途时，我看见舵手在流泪，同水手们争吵起来，我瞻望前程，预兆不祥。实际上是亚历山大命令他们把我们提起来扔到海里去。这件事如果发生了，他对我进行的战斗很容易就结束了。但是舵手流着泪说服了同舟的水手们，劝他们不要伤害我们。"你看，我已经六十岁了，"他对我说："我过的是清白的、虔诚的生活，不愿在这样大的年纪，在有了妻子儿女的时候，让血污染我的双手。"他并且说明，他为了什么目的把我们带上船，亚

57　历山大给了他什么命令。他在埃癸阿罗——崇高的荷马提起过的地方[79]，把我们送上岸，然后航行回去。

　　我在那里遇见几个沿着海滨航行的博斯普鲁斯[80]人，他们是欧帕托尔国王[81]派到比堤尼亚去缴纳年贡[82]的使节。我把我们遭受的危险详细告诉了他们，发现他们是客气的。我被带上了船，经过九死一生，平安地到达了阿马斯特里斯。

　　从那个时候起我就准备好同他斗争，想用一切手段向他进行报复。甚至在他陷害我之前，我就憎恨他，由于他的习性恶劣而把他当作死敌。我决心控告他，我有许多战友，主要是赫剌克勒亚[83]的哲学家提摩克剌忒斯的一些友人。可是当时管辖比堤尼亚和本都的总督阿威图斯[84]出来阻止我，几乎是再三恳求我住手：由于他对儒提利阿努斯有好感，即使确实发现亚历山大有

罪，他也不能惩罚他。我的努力就是这样地受到了挫折，我不再在一个处于这种心情的主审人面前表现我的不合时宜的勇气。

在亚历山大的厚颜无耻的行为中，这一件还不算大吗？他请 58
求皇帝更换阿玻诺忒科斯的名称，把它改为爱奥诺波利斯，并请求铸造一种新币，正面要印上格吕孔的像[85]，反面要印上亚历山大的像，他头上要戴着他祖父阿克勒庇俄斯的桂冠，手里要拿着他外祖父珀耳修斯的弯刀。

尽管他在神示里预言，他注定要活一百五十岁，然后死于雷 59
电，他却在满七十岁之前死得很惨，他身为波达勒里俄的儿子，理应如此[86]：他的脚一直腐烂到大腿根，长满了蠕虫。到那个时候才发现他是个秃子，他因为头痛，让医生往他头上浇凉水，不把假发去掉，他们就办不到。

这就是亚历山大的悲剧的结局，这就是整出戏的收场，这似 60
乎是有天意，尽管是出于偶然。然而还须举行与他的生平相称的葬礼——争夺神示所的竞赛。所有首要的共谋者和骗子都愿意把这件事交给儒提利阿努斯，由他决定他们当中谁该中选，谁该继承神示所，戴上祭司和预言者的桂冠。他们当中的一个竞争者是派图斯，是个医生和白发老人，他的行为却有辱他的行医行业和白发高龄。但是评判人儒提利阿努斯没有给他们戴上桂冠，就把他们打发回去了，在亚历山大离开这个世界以后，还为他保留着预言者的职务。

这就是，我的朋友，一大堆材料中的一点点，我认为值得把 61
它作为一种样品写出来，以便讨你这样一位伴侣和朋友喜欢，因为我最钦佩你的聪明、你对真理的爱好、你的性格的温和与善良、你的生活的宁静、你对有来往的人的礼貌；更是为了替伊壁鸠鲁申冤——这一点也将使你更加高兴——论天性，他真是个非凡的人，唯有他能真正认识美好的事物，把它们传下来，他并且是所有与他交谈的人的解救者。我还认为这篇作品对于读者似乎是有些用处的，它在一切通情达理的人的心目中驳斥了某些谎言，证实了某些真理。

注　释

[1] 刻尔苏斯是个罗马人，为伊壁鸠鲁派哲学家。古注说，这个刻尔苏斯是《真言》的作者，《真言》攻击基督教，遭到俄里涅斯的反驳。但《真言》的观点是柏拉图派的观点，所以这个说法不可靠。

[2] 阿玻诺忒科斯（本篇中有时作"阿玻诺忒咯托斯"）在黑海南岸中部的帕佛拉戈尼亚北岸。

[3] 指马其顿的亚历山大大帝（公元前356—前323）。

[4] 阿里阿努斯（生于90年）是小亚细亚北部比堤尼亚地区的人，为希腊历史家，著有《亚历山大进军记》。

[5] 指小亚细亚西部。本篇中的亚细亚都是指小亚细亚西部。

[6] 指宙斯的儿子卡斯托耳和波吕丢刻斯。

[7] 猴人是一种矮小的人。有两个猴人趁赫剌克勒斯入睡的时候，偷过他的东西。

[8] 欧律巴托斯是个能爬高墙的小偷。

[9] 佛律农达斯是个臭名昭著的坏人。

[10] 阿里托得摩斯是个下流的雅典人，曾被旧喜剧讽刺。

[11] 索斯特剌托斯是个带女人气的雅典人，曾被喜剧诗人阿里斯托芬讽刺。一说是指《冥间的对话》第30篇中的强盗。

[12] 托恩是埃及国王。

[13] 《奥德赛》第4卷第230行。

[14] 堤阿那在小亚细亚东南部。

[15] 阿波罗尼俄斯是1世纪上半叶的人，是个魔术师，为新毕达哥拉斯派哲学家。

[16] 拜占廷在黑海西南边博斯普鲁斯海峡东南岸，后来的新城称为君士坦丁堡。

[17] 意思是"石榴子"。

[18] 比堤尼亚在小亚细亚西北部。

[19] 培拉是马其顿的古城。

[20] 传说宙斯曾化身为蛇与奥林匹亚斯（腓力的妻子）来往，因此亚历山大大帝是宙斯的儿子。

[21] 见修昔底德的《伯罗奔尼撒战争史》第 2 卷第 1 节。修昔底德（公元前 455？——前 400）是雅典人，为著名的历史家。

[22] 克拉洛斯在小亚细亚西海岸中部。布然喀代在小亚细亚西海岸南部，靠近米利都。此处提到的四个地方都有阿波罗的神示所。

[23] 加尔西顿在黑海西南边博斯普鲁斯海峡东南岸，在拜占廷对面。

[24] 加拉太在小亚细亚东部。

[25] 帕佛拉戈尼亚在黑海南岸中部。

[26] 古代的"筛术"没有记载。据说，16、17 世纪的西方魔术师把筛子吊起来，然后念咒语，念到某人的名字时，如果筛子不转动，那人便是偷东西的人或未来的妻子。

[27] 本都在小亚细亚东北部，包括帕佛拉戈尼亚。

[28] 福玻斯是阿波罗的称号，意思是"光明之神"。

[29] 波达勒里俄是阿克勒庇俄斯的儿子，为特洛伊战争中的希腊军医。参看《伊利亚特》第 11 卷第 833 行。

[30] 特里卡城在希腊东北部帖撒利亚境内。

[31] 指黑海。

[32] "奥索尼亚人"是意大利人的古称，此处指罗马人。

[33] "城楼"暗指 Ἀβωνονεῖχος（Abonouteikhos，阿玻诺忒科斯），这个城名的后一部分 τεῖχος 是"城楼"的意思。

[34] 神示中提到的四个数字，"一"在希腊字母中以 ά（a）代表，"三十"以 λ̀（1）代表，"五"以 έ（e）代表，"六十"以 ξ̀（x，等于 ks）代表，这四个字母合起来是 αλεξ，这是 Ἀλέξανδρος（Alexandros，亚历山大，意思是"保卫者"）的名字的前半部分。

[35] "大母亲"指库柏勒。

[36] 据说蛇是医神阿克勒庇俄斯的化身，能医治疾病（如用舌尖舐眼睑医治眼疾），并且能寻找草药。

[37] 戏拟《奥德赛》第 12 卷第 22 行，该行的意思是："他们死了两次，别的人则只死一次。"

[38] 亚历山大大帝患热病十一天，死于公元前 323 年。

[39] 阿克勒庇俄斯的父亲阿波罗是宙斯的儿子。

[40] "封印下面的蜂蜡"指线下面的蜂蜡。封印被取下以后，封印下面的线可以解开。

琉善讽刺散文选

[41] 指留在卷轴上的蜂蜡。

[42] 布瑞提亚在意大利南端。

[43] 阿马斯特里斯是本都的首府，在比堤尼亚海岸东部。

[44] 勒庇杜斯是本都的祭司长兼阿马斯特里斯的首长，为伊壁鸠鲁派哲学家。

[45] 塞威里阿努斯是小亚细亚东部卡帕多细亚省的罗马总督。帕提亚（在里海东南边）人对阿尔明尼亚（在卡帕多细亚东边）的王位继承问题进行干涉，塞威里阿努斯于 161 年带兵进袭阿尔明尼亚。

[46] 台伯河经罗马西流入海。

[47] 俄斯洛厄斯是帕提亚人的将军。

[48] 狄底摩即布然喀代，参看注 [22]。

[49] 指阿波罗。

[50] "布然喀代人"指布然喀代的祭司们。

[51] 儒提利阿努斯曾任罗马执政官，约在 170 年任小亚细亚省总督。

[52] "歌手"指荷马。荷马的史诗《伊利亚特》是叙述特洛伊战争的。

[53] 指阿基里斯。

[54] 暗指恩底弥昂。参看《伊卡洛墨尼波斯》注 [37]。

[55] 165 年罗马帝国全境发生大瘟疫。

[56] 抄本残缺，这句话（自"至于"起）是弗里切（Fritzsche）填补的。

[57] 指雅典人在举行崇拜地母得墨忒耳和地女珀耳塞福涅的厄琉西斯宗教仪式之前发布公告，不许外国人，杀人犯和卖国贼参加。

[58] 欧摩尔庇代是厄琉西斯宗教仪式的创始人欧摩尔波斯的后代，为厄琉西斯的祭司。刻律刻斯是刻律克斯的后代，为厄琉西斯的祭司。这两个专名在此处泛指祭司。

[59] 因为毕达哥拉斯有金大腿。参看《出售哲学》第 6 节。

[60] 指宙斯，参看《伊卡洛墨尼波斯》注 [85]。

[61] 提俄斯城在比堤尼亚海边。

[62] 巴克特拉是波斯行省巴克特里亚的省会，在里海东边。

[63] 克吕斯马城在红海北岸。古时候，尼罗河与红海之间有运河相通。

[64] 意思是："去死吧！"

[65] 《主要信条》（一译《主要思想》）包括 43 条格言。参看《古希腊罗马哲学》（北京大学哲学系外国哲学史教研室编译，商务印书馆 1961 年版）第 343—348 页。

[66] 指马可·奥勒留（161—180 年在位）。本篇作于 180 年以后，亚历山大死于 170

年左右。

[67] 马耳科马诺人和夸狄人是两支日耳曼部落，他们在 167 年跨过伊斯特洛斯河，涌入罗马帝国境内。

[68] 伊斯特洛斯是多瑙河下游的希腊名称。

[69] 指狮子。

[70] 阿奎勒亚在亚得里亚海北岸，为意大利北部的边防重镇。

[71] 弗里切把第 52 节移到此处。

[72] 勒布本删去"不"字。

[73] 这道神示是西徐亚语，其中混入几个希腊字。全句意义不明。

[74] 这道神示是希腊语，但提问的人没有请求解释人加以解释。

[75] 参看本篇第 22 节。

[76] 每道神示的价格是一个德拉克马零两个俄玻罗斯。八个问题应交八个德拉克马和十六个俄玻罗斯。"外加的数目"是十六个俄玻罗斯，合两个德拉克马零四个俄玻罗斯。

[77] 指塞威里阿努斯。

[78] 大概是个奴隶。

[79] 埃癸阿罗城在帕佛拉戈尼亚北岸。荷马在《伊利亚特》第 2 卷第 855 行提起埃癸阿罗城。

[80] 此处提起的博斯普鲁斯指黑海与迈俄提斯海（亚速夫海，在黑海北边）之间的博斯普鲁斯海峡。

[81] 欧帕托尔是黑海北边的博斯普鲁斯的国王（154？—171 年在位）。

[82] 这年贡是献给罗马皇帝的。

[83] 指比堤尼亚海边的赫剌克勒亚城。

[84] 阿威图斯于 165 年任总督。

[85] 不久以后，罗马钱币上出现了爱奥诺波利斯城的名字和格吕孔的人头蛇身像。

[86] 古希腊人以父亲的名字（用属格）为第二个名字。*Ποδαλείριος*（Podaleirios，波达勒里俄）这名字的前一部分 *ποδα* 是"脚"的意思，因此亚历山大应死于脚疾。

专名索引

诗歌 散文

　　本索引收录罗念生先生所译《古希腊演说辞选》、普卢塔克的《西塞罗传》和《琉善讽刺散文选》中正文中的专名，注释中的专名未列入，可参阅。本卷所见《古希腊抒情诗选》、中世纪拉丁诗歌《醇酒·妇人·诗歌》和《伊索寓言》中专名很少，且皆为常见，故未予收录。专名后附古希腊文及其相应的规范拉丁化形式，以备查核。专名后的阿拉伯数字为原文中专名所在位置，普卢塔克的《西塞罗传》译文中的阿拉伯数字段号相当于索引中的罗马数字。专名按汉语拼音顺序列出，译名保持译者原来的形式。

吕西阿斯《控告忒翁涅托斯辞》

阿波罗 Ἀπόλλων Apollo 17。

德拉克马 δραχμη drachma 12。

狄俄倪西俄斯 Διονύσιος Dionysius 24，30。

吕西透斯 Λυσίθεος Lysitheus 1，12。

潘塔勒昂 Πανταλεών Pantaleon 5。

梭伦 Σολων Solon 15。

忒翁涅托斯 Θεομνήστος Theomnestus 1，8，16，26，31。

雅典 Ἀθήναι Athenae 3。

伊索格拉底《泛希腊集会辞》

诗歌 散文

专名索引

狄摩西尼《第三篇反腓力辞》

专名索引

亚细亚 'Ασία Asia 43。

伊利斯 "Ηλις Elis 27。

优卑亚 Εὐβοίη Euboea 17, 18, 27。

仄勒亚 Ζελεία Zeleia 42, 43, 44。

宙斯 Ζεύς Zeus 15, 54, 65, 68, 70。

《西塞罗传》

阿波罗 'Απόλλων Apollo XLVII.5。

阿波罗尼俄斯 'Απολλώνιος Apollonius IV.4, IV.5。

阿波罗尼亚 'Απολλώνια Apollonia XLIII.6。

阿布拉 "Αβρα Abra XXVIII.2。

阿德拉斯图斯 "Αδραστος Adrastus XXVII.1。

阿尔巴努斯 'Αλβανός Albanus XXXI.2。

阿尔皮 "Αρπος Arpinum VIII.2。

阿克西乌斯 "Αξιος Axius XXV.4。

阿拉密提翁 'Αδραμυττήνον Adramyttium IV.4。

阿里奥巴扎尼斯 'Αριοβαρζάνης Ariobarzanes XXXVI.1。

阿罗洛革斯 'Αλλοβρύγης Allobroges XVIII.3, XVIII.4。

阿马诺斯 'Αμάνος Amanus XXXVI.4。

阿斯卡隆 'Ασκάλων Ascalon IV.1。

阿斯图拉 "Αστυρα Astura XLVII.1, XLVII.3, XLVII.4。

阿特柔特 'Ατρεύς Atreus V.3。

阿提库斯 'Αττικός Atticus XLV.2。

阿提娅 'Αττία Attia XLIV.5。

埃及 Αἰγύπτος Aegyptus XXXIX.2。

埃特鲁里亚 Τυρρηνία Etruria X.3, XIV.1, XV.1, XV.3。

安东尼 'Αντώνιος Antonius XII.3, XII.4, XVI.4, XXII.5, XXIV.4, XLI.4, XLII.2, XLII.3, XLIII.1, XLIII.2, XLIII.3, XLIII.4, XLIII.5, XLIII.6, XLV.1, XLV.2, XLV.3, XLV.4, XLV.5, XLVI.2,

专名索引

诗歌 散文

专名索引

卡尔奈德斯　Καρνεάδης　Carneades　IV.1。

卡帕多西亚　Καππαδόκια　Cappadocia　XXXVI.1。

卡皮托尔　Καπιτώλιον　Capitolium　XXXI.5，XXXIV.1，XLIV.2。

卡图卢斯　Κάτλος　Catulus　XXIX.6。

卡图卢斯·路塔提乌斯　Κάτλος Λουτάτιος　Catulus Lutatius
XXI.3。

卡图路斯　Κάτλος　Catulus　I.3。

卡西乌斯　Κάσσιος　Cassius　XLII.2。

恺撒　Καῖσαρ　Caesar　XX.4，XXI.2，XXI.3，XXI.4，XXIII.1，
XXIII.2，XXIV.5，XXVI.3，XXVIII.1，XXVIII.2，XXVIII.3，XXIX.7，
XXX.2，XXX.3，XXX.4，XXXI.3，XXXVII.1，XXXVII.2，
XXXVII.3，XXXVIII.1，XXXVIII.4，XXXVIII.5，XXXIX.2，
XXXIX.4，XXXIX.5，XXXIX.6，XL.4，XLII.1，XLII.2，XLIII.6，
XLIV.1，XLIV.2，XLIV.5，XLV.1，XLV.2，XLV.3，XLV.4，
XLV.5，XLVI.2，XLVI.3，XLVI.4，XLVII.3，XLVII.4，XLIX.3。

凯基利乌斯　Κεκίλιος　Caecilius　VII.5。

凯利乌斯　Καιλίος　Caelius　XXXVI.5。

坎佩尼亚　Καμπάνια　Campania　VI.3，XXVI.3。

科涅利乌斯　Κορνήλιος　Cornelius　XVII.4。

科涅利乌斯·伦图卢斯　Κορνήλιος Λέντλος　Cornelius Lentulus
XVII.1。

克拉苏　Κράσσος　Crassus　VIII.4，IX.1，IX.2，XV.2，XXV.3，XXV.4，
XXVI.1，XXVI.2，XXX.2，XXXIII.5，XXXVI.1。

克拉提普斯　Κρατίππος　Cratippus　XXIV.5，XXIV.6。

克勒托马库斯　Κλειτομάχος　Cleitomachus　III.1，IV.1。

克里索戈努斯　Χρυσόγονος　Chrysogonus　III.2。

克罗狄乌斯　Κλώδιος　Clodius　XXVIII.1，XXVIII.2，XXVIII.3，
XXIX.2，XXIX.3，XXIX.4，XXIX.6，XXIX.7，XXX.1，
XXX.3，XXX.4，XXX.5，XXXI.1，XXXI.2，XXXI.4，
XXXII.1，XXXIII.1，XXXIII.2，XXXIII.3，XXXIII.4，XXXIV.1，

专名索引

罗马　'Ρώμη　Roma　I.1，II.1，II.3，III.1，IV.3，IV.4，IV.5，V.2，VI.1，VI.2，VI.3，VII.5，VIII.2，VIII.4，X.1，X.4，XIII.1，XIV.2，XV.1，XV.4，XVI.3，XVII.3，XVII.4，XVIII.2，XVIII.3，XIX.3，XX.3，XXI.3，XXII.2，XXII.4，XXIV.5，XXV.3，XXVII.3，XXIX.1，XXXI.5，XXXIII.5，XXXVI.1，XXXVI.2，XXXVI.5，XXXVIII.5，XL.1，XLIII.3，XLIV.2，XLIV.3，XLVII.3，XLIX.1。

罗斯基乌斯　'Ρώσκιος　Roscius　III.3，V.3。

马尔库斯　Μάρκος　Marcus　I.4。

马尔西　Μαρσικός　Marsicus　III.1。

马格涅西亚　Μάγνητις　Magnesia　IV.4。

马古卢斯　Μάρκελλος　Marcellus　XLIV.1。

马基乌斯　Μάρκιος　Marcius　XVI.2。

马可　Μάρκος　Marcus　XLIX.4。

马可·阿奎尼乌斯　Μάρκος 'Ακυΐνιος　Marcus Aquinius　XXVII.1。

马可·阿皮乌斯　Μάρκος ῎Αππιος　Marcus Appius　XXVI.8。

马可·奥托　Μάρκος ῎Οθων　Marcus Otho　XIII.2。

马可·格利乌斯　Μάρκος Γελλίος　Marcus Gellius　XXVII.3。

马可·克拉苏　Μάρκος Κράσσος　Marcus Crassus　XV.1，XXV.2。

马可·马克卢斯　Μάρκος Μάρκελλος　Marcus Marcellus　XV.1。

马可·瑞克斯　Μάρκιος 'Ρήξ　Marcius Rex　XXIX.4。

马尼利乌斯　Μανίλιος　Manilius　IX.4，IX.5，IX.6。

马其顿　Μακεδωνία　Macedonia　XII.4，XXX.1，XLVII.1。

马其乌斯　Μαρκίος　Marcius　XXXVIII.5。

曼利乌斯　Μάλλιος　Manlius　XIV.2，XV.3，XVI.1，XVI.4。

米洛　Μίλων　Milo　XXXV.1，XXXV.2，XXXV.4。

摩龙　Μόλων　Molon　IV.4。

墨尼波斯　Μενίππος　Menippus　IV.4。

墨特卢斯　Μέτελλος　Metellus　XXIII.1。

墨特卢斯·克勒尔　Μέτελλος Κέλερ　Metellus Celer　XXIX.4。

墨特卢斯·涅波斯　Μέτελλος Νέπως　Metellus Nepos　XXVI.4，
　　XXVI.6。

穆基乌斯　Μούκιος　Mucius　III.1。

穆列纳　Μουρήνα　Murena　XIV.6。

穆那提乌斯　Μουνάτιος　Munatius　XXV.1。

涅波斯　Νέπως　Nepos　XXVI.7。

农尼乌斯　Νοννίος　Nonnius　XXXVIII.5。

帕拉丁　Παλάτιος　Palatinus　VIII.3，XVI.3，XXII.1。

帕提亚　Πάρθια　Parthia　XXXVI.1，XXXVI.2。

潘萨　Πάνσα　Pansa　XLIII.2，XLV.3。

庞培　Πομπήιος　Pompeius　VIII.2，VIII.4，IX.4，IX.6，X.1，XII.2，
　　XIV.1，XVIII.1，XXIII.3，XXVI.7，XXX.2，XXX.4，XXXI.2，
　　XXXI.3，XXXIII.1，XXXIII.2，XXXIII.3，XXXV.1，XXXV.4，
　　XXXVII.1，XXXVII.2，XXXVIII.1，XXXVIII.2，XXXVIII.5，
　　XXXVIII.6，XXXIX.1，XXXIX.2，XL.4，XLIV.2。

佩罗普斯　Πέλοψ　Pelops　XXIV.7。

蓬波尼娅　Πομπώνια　Pomponia　XLIX.2。

蓬珀伊亚　Πομπηΐα　Pompeia　XXVIII.1，XXVIII.2，XXVIII.3。

皮索　Πείσων　Piso　XIX.1，XXX.1，XXXI.2，XXXI.4，XLI.5。

皮托　Πυθώ　Pytho　V.1。

普布利乌斯　Πόπλιος　Publius　XXXIII.5。

普布利乌斯·孔斯塔　Πόπλιος Κώνστα　Publius Consta　XXVI.6。

普布利乌斯·尼基狄乌斯　Πόπλιος Νιγίδιος　Publius Nicidius
　　XX.2。

普布利乌斯·塞克斯提乌斯　Πόπλιος Σηστίος　Publius Sextius
　　XXVI.5。

普赖托尔　στρατηγός　praetor　VI.2，VII.3，VII.4，IX.1，IX.3，IX.4，
　　XIII.2，XV.3，XVII.1，XIX.1，XIX.2，XIX.2，XXII.1，XXIII.1。

秦纳　Κίννα　Cinna　XVII.4。

萨比努斯　Σαβῖνος　Sabinus　XXV.1。

萨拉　Σούρα　Sura　XVII.1，XVII.2，XVII.3。

塞克斯提乌斯　Σηστίος　Sextius　XXVI.5。

塞浦路斯　Κύπρος　Cyprus　XXXIV.2。

山南高卢　῎Αλπεων Γαλατία　Cisalpina Gallia　X.3。

斯多葛　Στωίκος　Stoicus　IV.1，XXV.3。

斯考罗斯　Σκαύρος　Scaurus　I.3。

斯塔托尔　Στάτωρ　Stator　XVI.3。

苏拉　Σύλλα　Sulla　III.1，III.2，III.3，III.4，IV.3，X.1，X.2，XII.1，XIV.1，XIV.2，XVII.2，XVII.4，XXVII.3。

塔兰同　ταλάντων　talanton　III.3。

塔伦同　Τάραντον　Tarentum　XXXIX.3。

特奥法涅斯　Θεοφάνης　Theophanes　XXXVIII.4。

特奥弗拉斯特　Θεόφραστος　Theophrastus　XXIV.3。

特尔提娅　Τερτία　Tertia　XXIX.4。

特拉墨涅斯　Θηραμένης　Theramenes　XXXIX.4。

特雷巴提乌斯　Τρεβατίος　Trebatius　XXXVII.3。

特伦提娅　Τερεντία　Terentia　VIII.2，XX.1，XX.2，XXIX.2，XXX.3，XLI.2，XLI.3。

提厄斯特斯　Θυέστης　Thyestes　V.3。

提洛　Τίρων　Tilo　XLI.3，XLIX.2。

提图斯　Τίτος　Titus　XVIII.4。

图利娅　Τυλλία　Tullia　XLI.5。

图琉斯　Τύλλιος　Tullius　I.4。

图卢斯　Τύλλος　Tullus　XXIX.2。

图路斯·阿提乌斯　Τύλλος ῎Αττιος　Tullus Attius　I.1。

图斯库卢姆　Τοῦσκλον　Tusculum　XL.3，XLVI.1。

瓦提尼乌斯　Οὐατίνιος-（Βατίνιος）　Vatinius　IX.3，XXVI.1，XXVI.2。

维比乌斯　Οὐίβιος　Vibius　XXXII.2。

维玻　Οὐίβων　Vibo　XXXII.2。

专名索引

希波尼乌姆　'Iππώνιον　Hipponium　XXXII.2。

希腊　'Eλλάς　Hellas　III.2，III.4，IV.4，IV.5，VIII.2，XIX.3，XXIV.7，
　　XXXII.4，XXXVI.6，XXXVII.3，XLI.1。

希腊人　Гραίκος　Graecus　V.2，XXXVIII.4。

希提乌斯　"Iρτιος　Hirtius　XLIII.2，XLV.3。

叙利亚　Συρία　Syria　XII.2，XXVI.1，XXVI.7，XXX.1，XXXVI.2，
　　XLIII.2。

雅典　'Aθήναι　Athenae　IV.1，XXIV.5，XXXVI.5，XLII.2，XLIII.2，
　　XLV.2。

雅典娜　'Aθήνη　Athena　XXXI.5。

亚里士多德　'Aριστότελης　Aristoteles　XXIV.3。

亚美尼亚　'Aρμένια　Armenia　X.1。

亚细亚　'Aσία　Aσια　IV.4，XXXIX.2。

伊里亚　'Iβηρία　Iberia　XXXVIII.1。

伊索　Aἴσωπος　Aesopus　V.3。

意大利　'Iτάλια　Italia　VII.2，XII.2，XIV.1，XXI.1，XXXII.1，
　　XXXII.4，XXXVIII.5，XLI.2。

犹太　'Iουδαῖος　Judaeus　VII.5。

宙斯　Ζεύς　Zeus　XVI.3，XXIV.3，XLIV.2。

《德谟斯提尼、西塞罗合论》

阿波罗多洛斯　'Aπολλωδόρος　Apollodorus　III.5。

阿格里帕　'Aγρίππα　Agrippa　III.1。

阿那克西墨涅斯　'Aναξιμένης　Anaximenes　II.2。

安提帕特洛斯　'Aντιπάτρος　Antipatrus　IV.2，V.1。

柏拉图　Πλάτων　Plato　III.4。

布鲁图　Βροῦτος　Brutus　IV.3。

德谟斯提尼　Δημοσθένης　Demosthenes　I.1，I.3，I.6，II.3，III.1，
　　III.2，III.5，III.6，IV.2。

专名索引

《伊卡洛墨尼波斯》

阿波罗 'Απόλλων Apollo 24，27，28。

阿耳巴刻斯 'Αρβάκης Arbaces 15。

阿耳戈斯 "Αργος Argos 18。

阿耳萨刻斯 'Αρσάκης Arsaces 15。

阿耳忒弥斯 "Αρτεμις Artemis 24。

阿佛洛狄忒 'Αφροδίτη Aphrodite 27。

阿伽托克勒斯 'Αγαθόκλης Agathocles 16。

阿卡奈 'Αχάρνη Acharne 18。

阿克勒庇俄斯 'Ασκληπιός Asclepius 24。

阿克洛科林斯 'Ακροκόρινθος Acrocorinthus 11。

阿努比斯 'Ανούβις Anubis 24。

阿塔罗斯 'Αττάλος Attalus 15。

阿提卡 'Αττική Attica 18。

阿提斯 "Αττις Attis 27。

埃及 Αἰγύπτος Aegyptus 18，24。

埃特纳 Αἴτνη Aetna 13。

安提俄科斯 'Αντίοχος Antiochus 15。

安提戈诺斯 'Αντίγονος Antigonus 15。

奥林匹厄翁 'Ολυμπίειον Olympieium 24。

奥林匹亚（奥林匹克） 'Ολύμπια Olympia 24，25。

巴赛勒斯 βασελεῦς basileus 25。

本狄翁 Βενδίον Bendium 24。

庇萨 Πῖσα Pisa 24。

波塞冬 Ποσείδων Poseidon 27。

波斯 Πέρσις Persis 11。

柏拉图 Πλάτων Plato 24。

伯罗奔尼撒 Πελοποννήση Peloponnese 18。

代达罗斯 Δαίδαλος Daedalus 2。

专名索引

《摆渡》

阿伽托克勒斯　'Αγαθόκλης　Agathocles　6。
阿特洛波斯　"Ατροπος　Atropus　4，15。
埃阿科斯　Αἰάκος　Aeacus　4。
庇西狄亚　Πισίδια　Pisidia　9。
德拉克马　δραχμή　drachma　17。
俄玻罗斯　ὀβόλος　obolus　1，18，19，21。
俄克叙阿塔　'Οξυάρτας　Oxyartas　6。
厄琉西斯　'Ελευσις　Eleusis　22。
佛律涅　Φρύνη　Phryne　22。
戈巴瑞斯　Γωβάρης　Gobares　6。
格吕刻里昂　Γλυκέριον　Glycerium　12。
格尼丰　Γνίφων　Gniphon　17。
赫尔墨斯　'Ερμῆς　Hermes　1，2，3，4，5，6，13，18，19，20，
　　21，23，27。
赫卡忒　'Εκάτη　Hecate　7。
赫拉克勒斯　'Ηράκλης　Heracles　22。
赫拉弥特拉斯　'Ηραμίθρας　Heramithras　21。
卡里昂　Καρίων　Cario　12，13。
卡戎　Χάρων　Charon　2，3，18，19，21。
克勒俄里托斯　Κλεόκριτος　Cleocritus　9。
克罗托　Κλωθών　Clotho　1，2，3，7，8，9，12，14。
刻耳柏洛斯　Κέρβερος　Cerberus　28。
库狄马科斯　Ξυδιμάχος　Cydimachus　8。
拉达曼堤斯　'Ραδάμανθυς　Rhadamanthys　13，18，23，25，26，
　　27。
拉科尼亚　Λακώνια　Laconia　16。
拉库得斯　Λακύδης　Lacydes　8，25。
吕底亚　Λυδία　Lydia　9。

《出售哲学》

诗歌 散文

《还阳者》

阿波罗 ’Απόλλων Apollo 6。

阿基里斯 ’Αχιλλεύς Achilleus 31。

阿里斯提波 ’Αρίστιππος Aristippus 1。

阿里斯托芬 ’Αριστοφάνης Aristophanes 25。

阿那刻斯 ’Ανάκης Anaces 42。

阿倪托斯 ’Ανύτος Anytus 10。

阿提卡 ’Αττική Attica 22，27。

阿伊多纽斯 ’Αϊδωνεύς Aïdoneus 4。

安菲特里忒 ’Ανφιτρίτη Anphitrite 47。

安提斯泰尼 ’Αντισθένης Antisthenes 23。

巴比仑 Βάβυλων Babylon 19。

毕达哥拉斯 Πυθάγορας Pythagoras 4，10，25，26，32，37，43。

波吕克塞娜 Πολυξένη Polyxene 31。

波罗斯 Πῶλος Polus 22。

波塞冬 Ποσείδων Poseidon 33，47，51。

柏拉图 Πλάτων Plato 1，4，8，14，18，22，25，26，32，37，43，49。

第欧根尼 Διόγενης Diogenes 1，4，23，28，29，48。

俄玻罗斯 ὀβόλος obolus 15，23，27，36，48。

俄耳甫斯 ’Ορφεύς Orpheus 2。

恩培多克勒 ’Εμπεδόκλης Empedocles 2。

弗利基亚 Φρύγια Phrygia 38。

高尔吉亚 Γοργίας Gorgias 22。

海伦 ’Ελένη Helene 31。

荷马 ’Ομήρος Homerus 3，42。

赫拉 ″Ηρα Hera 12。

赫拉克勒斯 ’Ηράκλης Heracles 20，31，33，37，48。

克拉忒斯　Κράτης　Crates　23。

克吕西波　Χρύσιππος　Chrysippus　1，4，8，14，18，23，25，
　　26，32，37，51。

库米　Κύμη　Cyme　32。

吕刻昂　Λυκεῖον　Lyceum　52。

墨勒托斯　Μελήτος　Meletus　10。

墨尼波斯　Μένιππος　Menippus　26。

谟那　μνᾶ　mina　27，41。

欧波利斯　Εὐπόλις　Eupolis　25。

欧里庇得斯　Εὐρίπιδης　Euripides　3。

欧律托斯　Εὔρυτος　Eurytus　6。

彭透斯　Πενθεύς　Pentheus　2。

珀拉斯癸康　Πελασγικόν　Pelasgicum　42，47。

珀赖欧斯　Πειραιος　Peiraeus　47。

普律塔涅翁　Πρυτανεῖον　Prytaneum　46。

普洛狄科斯　Πρόδικος　Prodicus　22。

塞浦路斯　Κύπρος　Cyprus　19。

斯多葛　Στωΐκη　Stoica　43。

斯塔吉亚　Σταγεία　Stageia　19。

苏格拉底　Σωκράτης　Socrates　10。

索罗厄　Σολόη　Soloe　19。

塔罗斯　Τάλος　Talus　42。

塔密里斯　Τάμυρις　Tamyris　6。

特洛伊（伊利翁）　Ἰλίον　Ilium　38。

提修斯　Θησεύς　Theseus　31。

昔尼克　Κυνίκη　Cynice　44，45。

希庇阿斯　Ἱππίας　Hippias　22。

叙利亚　Συρία　Syria　19。

绪罗癸斯摩斯　Συλλογίσμος　Syllogismus　39，40，41，42。

雅典娜　Ἀθήνη　Athena　33，51。

《亚历山大》

诗歌　散文

专名索引

雅典 ’Αθήναι　Athenae　38。

亚历山大 ’Αλεξάνδρος　Alexandrus　1，4，5，6，7，9，10，
　　11，12，13，14，16，17，18，19，20，22，25，27，31，33，
　　34，35，36，37，39，40，42，43，44，45，47，48，49，53，
　　54，55，56，57，58，60。

亚历山大里亚 ’Αλεξανδρεία　Alexandria　44。

亚细亚 ’Ασία　Asia　2，9。

伊壁鸠鲁 ’Επίκουρος　Epicurus　17，25，38，43，44，45，46，
　　47，61。

伊达 ”Ιδα　Ida　2。

伊斯特洛斯 ”Ιστρος　Istrus　48。

意大利 ’Ιτάλια　Italia　30，36，38，53。

印度 ’Ινδία　India　44，48。

宙斯 Ζεύς　Zeus　4，18，40。

文景
景
Horizon

社 科 新 知   文 艺 新 潮

《伊索寓言》·古希腊诗歌散文选

[古希腊]伊索 等著   罗念生 译

出 品 人：姚映然
责任编辑：马晓玲 朱艺星
封扉设计：储 平

出　　品：北京世纪文景文化传播有限责任公司
　　　　　（北京朝阳区东土城路8号林达大厦A座4A 100013）
出版发行：上海世纪出版股份有限公司
印　　刷：北京汇瑞嘉合文化发展有限公司
制　　版：北京大观世纪文化传媒有限公司

开 本：635×965mm　1/16
印 张：42　　字 数：475,000　　插页：2
2016年5月第1版　　2016年5月第1次印刷
定 价：89.00元
ISBN：978-7-208-13465-2 / I·1471

图书在版编目（CIP）数据

《伊索寓言》古希腊诗歌散文选/（古希腊）伊索等
著；罗念生译. —上海：上海人民出版社，2015
（罗念生全集）
书名原文：Aesop: Corpus fabularum Aesopicarum
ISBN 978-7-208-13465-2

I.①伊… II.①伊…②罗… III.①寓言-作品集
-古希腊②诗集-古希腊③散文集-古希腊 IV.
①I198.412

中国版本图书馆CIP数据核字（2015）第298251号

本书如有印装错误，请致电本社更换 010-52187586